U0883798

本年鉴得到中国作家协会网络文学理论评论支持计划项目资助
华东师范大学——“分众”中国未来网络文学家项目资助成果

中国网络文学年鉴

（2018）

欧阳友权◎主编

新华出版社

图书在版编目（CIP）数据

中国网络文学年鉴.2018/欧阳友权主编.—北京：
新华出版社，2019.5
ISBN 978-7-5166-4607-6
Ⅰ.①中… Ⅱ.①欧… Ⅲ.①网络文学—中国—
2018—年鉴 Ⅳ.①I207.999-54
中国版本图书馆 CIP 数据核字（2019）第 090498 号

中国网络文学年鉴.2018
作　　者：欧阳友权

责任编辑：徐文贤
封面设计：人文在线

出版发行：新华出版社
地　　址：北京石景山区京原路 8 号　　**邮　　编：**100040
网　　址：http://www.xinhuapub.com
经　　销：新华书店
购书热线：010-63077122　　**中国新闻书店购书热线：**010-63072012

照　　排：北京人文在线文化艺术有限公司
印　　刷：廊坊市海涛印刷有限公司
成品尺寸：185mm×260mm　1/16
印　　张：25.75　　**字　　数：**520 千字
版　　次：2019 年 6 月第一版　　**印　　次：**2019 年 6 月河北第一次印刷
书　　号：ISBN 978-7-5166-4607-6
定　　价：98.00 元

版权专有，侵权必究。如有质量问题，请与出版社联系调换：010-63077101

指导单位：

中国作家协会网络文学中心

编撰单位：

中国作家协会网络文学委员会中南大学研究基地

编委会：

顾　问：何　弘

主　任：欧阳友权

副主任：禹建湘　肖惊鸿　马　季

编　委：黄鸣奋　陈定家　周志雄　夏　烈　邵燕君
庄　庸　何　平　单小曦　桫　椤　许苗苗
周兴杰　周　冰　欧阳文风　曾繁亭　阎　真
白　寅　聂庆璞　纪海龙　晏杰雄　贺予飞

目 录

第一章　年度综述

2018 年，随着政府引导、行业加持及内部发展动力的不断积蓄，中国网络文学正进入升级换档的新时期，从以流量为导向的规模经济模式向社会效益导向的高质量发展模式演进。网络作者的社会责任与文化担当意识不断觉醒，新品力作彰显时代担当，网络文学 IP 精细化发展对当前文化产业带来积极的辐射效应。网络文学对中国文艺出海新场域的开辟，正给文艺发展带来新的气象。

一、总貌描述

2018 年，中国网络文学步入更加活力充沛、步伐稳健的升级换档阶段，总体来看，网络文学的发展态势总体平稳，稳中有进，从对量的追逐上升到对质的追求，从对市场广度的拓展深化为对细分领域的精细化开发，从单一的内容形态的输出发展到多业态、多形态的海外输出。

1. 网络文学进入升级换档期，顶层强化引导，区域持续推进

2018 年是网络文学升级换档的一年，从顶层对网络文学的政策引导与扶持，到区域网络文学发展氛围的营造，都呈现出积极向好的一面。网络文学近年来的爆发式发展及其在社会、文化、经济层面所不断扩大的影响力，使国家对网络文学的文艺属性和社会属性的建设愈发重视。2018 年，习近平在全国宣传思想工作会议上指出，中国特色社会主义进入新时代，我国文化供给的主要矛盾已经不是缺不缺、够不够的问题，而是好不好、精不精的问题。要推动文化产业高质量发展，以高质量文化供给增强人们的文化获得感、幸福感。① 这是继 2014 年北京文艺座谈会习总书记提出“要适应形势发展，抓好网络文艺创作生产，加强正面引导力度”，2015 年《中共中央关于繁荣发展社会主义文艺的意见》指出“大力发展网络文艺”之后，党和国家给予网络文学新的定位和期许。强化网络文学的社会属性、推动网络文学的高质量发展意味着要聚焦网络文学生态，形成了良好的正向引导力量，监管部门紧紧围绕党和国家对网络文学的期许，于 2018 年 5 月至 8 月间，开展网络文学专项

① 人民日报评论员，《更好满足人民精神文化生活新期待——论学习贯彻习近平总书记在全国宣传思想工作会议重要讲话精神》，http：//opinion. people. com. cn/n1/2018/0831/c1003-30264436. html，人民网，2018 年 11 月 18 日查询。

整治行动，打击导向不正确及内容低俗的作品，责令整改网络文学经营单位230余家，封堵关闭网站及账号4000余个，查删屏蔽有害信息14.7万余条。①

在顶层强化引导的同时，北京、浙江、江苏等省份纷纷立足属地，主动作为，精心谋划和精准推进国家的部署，以更好地满足人民对高质量文化供给的需求。2018年1月30日，北京市新闻出版广电局印发《关于在北京地区网络出版服务单位全面落实编辑责任制度的通知》，要求包括网络文学在内的网络出版服务单位坚持把社会效益放在首位，全面落实编辑责任制度，把好网络出版物的审核关，维护网络文学的内容健康。2018年5月16日至21日，浙江举办首届“中国网络文学周”活动，来自业界、学界的400名代表以“新时代、新起点、新使命”为主题，对网络文学海外传播、产业化衍生等问题进行探讨，为网络文学的健康发展献计献策。7月30日，“江苏网络文学谷”完成授牌，园区依托于政府的政策支持，优化配置，加快优质网络文学IP的立体开发，打造更多影视、网剧、游戏、动漫等精品。各地在国家文化发展战略的指导下，把内容的“硬件”建设和发展环境的“软件”建设结合起来，大力推动网络文学领域供给侧结构性改革。随着推动网络文学升级换档的政策措施渐次落地，网络文学发展开新局，走正道，呈又好又快发展之势。

2. 网络创作持续繁荣，现实题材的新品力作彰显时代担当

在经历野蛮生长、大浪淘沙之后，我国网络文学在日益清朗的环境中稳步前行，不断进行脱胎换骨的蝶变。其变化的标志之一便是陆续摆脱玄幻、修仙等幻想类作品一家独大的格局，现实题材的新品力作开始增多。2018年，现实题材创作持续发力，一大批贴近现实、接地气、扎根于民众的作品涌现出来，有的已成为网络文学创作的标杆。何常在的《浩荡》立足于改革开放的时代背景、完美地书写时代浪潮中艰苦奋斗的青年；唐四方的《戏法罗》用现实的笔调和网络通俗小说的形式，讲述艺术家为传统艺术复兴奋斗与拼搏的故事，传播中国传统曲艺文化、普及曲艺知识；琅俨的《荣耀之刃》、江南木木的《我们的，时代》分别以花样滑冰、电子竞技为背景，讲述普通青年的奋斗故事，传播时代的正能量。2018年，以覆手的《激流勇进》、骠骑的《太行血》、一路狂吃的《运河武工队》、作家李珂的《一寸山河》为代表的现实类型的抗战文再度兴起。这些作品以抗日战争为背景，围绕人物展开情节，多线索并行，以故事的形式多角度唤起人们久远的抗战记忆，赢得了不俗的网络反响和社会关注。在网络文学从成长期向成熟期升级换档的2018年，出彩的网络小说无论在人物塑造、情节设计、价值导向上，都呈现出积极向好的一面，不少作者在关注市场、点击量和浏览量的同时，融入了家国情怀与青年一代的正能量，创作出一批“讴歌党、讴歌祖国、讴歌人民、讴歌英雄”的现实主义作品。例

① 刘声，《文学专项整治显成效》，《中国青年报》，2018年9月25日。

如舞清影的《明月度关山》及恒传录的《中国铁路人》分别聚焦于乡村支教的年轻师范生和基层铁路工人，立足于时代发展历史，讴歌社会的平凡英雄；入围“全国网络文学重点园地工作联席会议 2018 年度重点作品扶持选题名单”的《黑白禁区》，揭开国家刑警鲜为人知的一面，生动刻画了国家公安干警英勇无畏的牺牲精神。获得第二届网络原创文学现实主义题材征文大赛特等奖作品《大国重工》，以“中国重大装备研制”计划为背景，描绘了 30 年来的中国工业发展，展示励志青年的爱国情怀。

那些一贯坚持纯商业化创作的网络作家，在 2018 年依然收效颇丰。月关的长篇小说《逍遥游》由鲜墨工作室绘制成了漫画，于 2018 年 2 月上线掌阅。耳根在年内完结的作品《一念永恒》以 428 万的收藏数排名收藏版第二①，该作品将由企鹅影视动漫工作室联合顶尖动画团队制作成动漫，而相关影视剧也正在制作中。在大批作者坚守玄幻、仙侠、军事、都市、科幻等网络文学传统题材的同时，部分作者也转而面向二次元新兴题材，满足相对小众青少年受众的阅读需求。墨熊在《地狱猎兵》中，以架空、科幻题材“轻小说”的形式，讲述了一名少年在“愚者之灾”浩劫后加入“地狱猎兵”的传奇故事，凭借其独特的魅力得到年轻一代读者的青睐，该作品已被改编成漫画，并获得金龙奖“轻小说”金奖。

3. 网文 IP 迎来大洗牌，大 IP“祛魅”，“精耕细作”小 IP 崭露头角

在经历了 2016 年的井喷状发展、2017 年的理性调整之后，网络文学的 IP 市场在 2018 年迎来了大洗牌。尽管市场依然活跃，《将夜》《后宫如懿传》等大 IP 改编剧依然是收视和口碑担当，但“网络文学大 IP+流量明星”已不再是万能的“灵丹妙药”。2018 年改编自“白金”作家天蚕土豆同名经典玄幻小说的电视剧《斗破苍穹》《武动乾坤》，以及改编自著名网络作家我吃西红柿的《莽荒纪》等纷纷遭遇滑铁卢。这 3 部电视剧的原著网络小说可谓名副其实的一线“大 IP”，在 2017 年“胡润原创文学 IP 价值榜”上，分列第 1、第 15 和第 24 名②，并成功衍生出漫画、游戏、有声读物等产品。其中《斗破苍穹》全网总阅读量近 100 亿，其实体图书累计销量已超过 1000 万册，电子版成功被翻译成法文、韩文、泰文、土耳其文等多国语言进军海外文学市场。《斗破苍穹》《武动乾坤》《莽荒纪》尽管自带粉丝和流量并有明星和大导演助阵，由于改编剧没能回归内容创作的本源，在受众审美水平不断提升、玄幻题材红利丧失的 2018 年，改编不当或制作不精的大 IP 剧难逃收视率持续走低的命运。网文 IP 改编是一个综合性系统工程，若导演和编剧过分依赖大 IP 的粉丝流量，将改编行为公式化，难免会脱离文化消费市场，使一线大 IP 在市场洗

① 起点中文网，https：//www. qidian. com/rank，2018 年 11 月 18 日查询。

② 胡润研究院，《2017 猫片 · 胡润原创文学 IP 价值榜》，胡润百富网，http：//www. hurun. net/cn/article/details？num=9587051b210d，2018 年 11 月 18 日查询。

牌的过程中日渐式微。毕竟粉丝不等同大众，只有那些与时俱进并能引起主流受众共鸣的改编作品，才能收获市场红利。

大 IP 的“祛魅”给网络文学 IP 市场敲响了警钟，也在预示着这个市场新的变局。随着市场开始褪去浮躁，《夜天子》《忽而今夏》《S. C. I. 谜案集》《香蜜沉沉烬如霜》《亲爱的活祖宗》《天坑鹰猎》《来到你的世界》《结爱·异客逢欢》（改编成《结爱千岁大人的初恋》）、《媚者无疆》等一大批“小 IP”在二次创作者的精耕细作下完成了华丽的蜕变，开始在市场崭露头角。这些二线 IP 剧集，大多没有强大的演员阵容，在投资规模上也属于中低体量，并且 IP 版权使用费及演员片酬占据剧集总成本不高①，使得更多资金可以投入到编剧、拍摄、道具、场景、灯光、美术等改编环节。由于不具备大 IP 的吸睛能力，这些 IP 剧的二次创作者只能通过在剧情设置、人物设定、风格路线的选择、剧情节奏的把握上的精益求精来为 IP 剧积累后劲。《夜天子》改编自月关的同名小说，相比月关的代表作《回到明朝当王爷》和《步步生莲》等，《夜天子》只能算是二线 IP，然而这并不影响改编剧的成功。为了更好地把控作品改编，月关亲自担任编剧。在多方的精耕细作下，改编剧《夜天子》一反“废柴逆袭”的套路，以亦正亦邪的男主人设、真实的历史背景设定、轻松幽默的风格路线、充满正能量的价值取向，成为网络文学 IP 改编市场的一匹黑马，获得了 2018 年横店影视节第五届“文荣奖”颁奖典礼（网络单元）最佳人气奖。改编自耳雅同名小说的网剧《S. C. I. 谜案集》同样是年度内网络文学 IP 改编市场现象级的作品。其原著小说的影响力并不大，然而制作方却别具匠心，他们保留原著中的冤家兄弟的设置，对案件推理逻辑进行深加工，将青春、热血、悬疑、推理等受众喜欢的元素融合其中，在制作方的精心打造下，这部剧最终成为“小而美”的精品，豆瓣万人评分 7.6②。近年来泛娱乐市场对网络文学 IP 的需求量居高不下，截止 2017 年 12 月，中国网络文学改编电影累计 1195 部，改编电视剧 1232 部，改编游戏 605 部，改编动漫 712 部③，在 IP 改编市场上，头部网络文学 IP 数量少且为巨头所占据，有潜力的中小型二线 IP 将越来越受到市场的关注。对于网络文学 IP 运营者而言，需要谋求运营思路的改变，优质取胜是不二法则，光有大 IP 却没将故事打磨好，或缺乏精良制作，投入再多的资本，也不一定能赢得市场。

4. 从形态输出到业态输出迭代演进，建设具有传播力的“出海”体系

2018 年，网络文学抓住全球内容消费市场增长所创造的历史机遇，一批承载中

---

① 2015 年起国内一、二线影视演员的片酬飞涨，部分演员的片酬甚至高达数千万元，为了遏制市场乱象，2018 年 11 月 9 日，国家广播电视总局发布《关于进一步加强广播电视和网络视听文艺节目管理的通知》，将对影视剧演员的片酬进行严格控制，规定影视剧演员的片酬不得超过制作总成本的 40%。

② 豆瓣电影，https：//movie. douban. com/subject/26816381/，2018 年 11 月 12 日查询。

③ 《2017 年中国网络文学发展报告》，http：//topics. gmw. cn/2018-09/17/content_ 31219938. htm，光明网文艺评论频道，2018 年 11 月 12 日查询。

国元素和中国气象的网络小说，从文本“走出去”向基于海外用户需求的全生态联动输出，实现迭代演进，以优质原创内容带动多元化 IP 输出，成为辐射广泛用户、助推中国影视剧、动漫“出海”的文化信使。源于网络小说的热播剧《延禧攻略》发行至亚洲、北美、欧洲、南美、非洲等全球六大洲，覆盖了日本、韩国、新加坡、越南、泰国、美国、澳大利亚等 70 多个国家和地区①，引发全球观影热潮。这部包含刺绣、缂丝、绒花、昆曲、火树银花等诸多中国传统文化元素，让海外受众感受到中国文化遗产的精致与华美，成为行走于全球文化市场的中国文化教科书。截至 2018 年 8 月，《延禧攻略》已收获海外新媒体平台单集点击量破百万的优异成绩，在海外视频网站的累计播放量超过 5000 万次。该剧还成为 2018 年台湾岛内的第一流量担当，并被纳入台湾 2019 年大学学科能力测试内容，2019 年 1 月 30 日国台办例行新闻发布会上，发言人马晓光在回答记者对这一现象的提问时表示，这表明“两岸同胞都是中国人，中华文化是我们共同的根和魂。”② 改编自网络小说《扶摇皇后》的电视剧《扶摇》被翻译成了 12 国语言，已登上欧美主流视频网站和多国电视台。网络小说《凰权》改编的电视剧《天盛长歌》，以“最高级别预购”的形式被 Netflix 买下，2018 年 9 月在全球播出。姜小牙《指染成婚》改编的同名漫画自 2017 年末登陆日本、韩国以来，成绩不俗，曾一度在韩国的 naver 平台位列海外作品第一位。中国网络文学水滴石穿式对外渗透，不仅输出了中国文化，而且输出了网络小说生产机制。2018 年 4 月 10 日，起点国际对用户开放了原创功能，截止到同年 9 月，已拥有超过 2000 名的海外作者主动入网写作，审核上线原创英文作品 4000 余部③。

网络文学对外输出的背后，离不开国家的引导和业界坚持不懈的努力。2018 年 9 月 14 日，“中国网络小说发展论坛”在北京召开，共青团中央携手阅文集团为网络文学如何传播正能量及如何扩大海外影响力献计献策。2018 年 9 月 15 日，第二届中国“网络文学+”大会“网络文学走出去”论坛在北京举行，论坛发布了“新时代网络文学出海暨激励计划”，清华大学文化创意发展研究院与阅文集团、纵横文学、阿里文学等联合成立了“网络文艺国际创业基地”，阅文集团与韩国原创文学站 Munpia 进行跨区域的战略布局，联合发起“星创计划”，助力明星作家和原创精品的孵化。现在，构建网络文学具有传播力的出海体系已成为社会共识，在政府引导、市场运作、写手参与的合力推动下，网络文学进入了全生态输出的新阶段，文化交流的亲和力、对外传播的辐射力、国际文化市场的竞争力都显著增强。未来，

① 佚名，《〈延禧攻略〉再掀“中国热”》，新华网，http：//www. xinhuanet. com/ent/2018-08/31/c_1123359817. htm，2018 年 12 月 12 日查询。

② 百家号：《岛内大学考试纳入《延禧攻略》内容，国台办发言人马晓光：它是在追热点》，环球网：https：//baijiahao. baidu. com/s？ id=1624052578375820476&wfr=spider&for=pc，2019 年 1 月 30 日查询。

③ 路艳霞，《中国网络文学作家涌现洋面孔》，《北京日报》，2018 年 9 月 17 日，第 11 版。

网络文学 IP 的影响力和海外粉丝的文化发酵能力将被进一步的激活，“中国故事”将以更加丰富的形态、更加多元的形式传递给海外受众，并与异域文化结合，潜移默化地影响他们的价值观念和文化审美。

二、年度热点

2018 年的中国网络文学融合了政策规制、资本博弈、内容创新和批评引导的力量。当我们站在 2019 年的门槛，回望 2018 年网络文学时，看到的是波澜不惊中的热点纷呈。

1. 网络文学 20 年的回顾与反思

（1）成功举办中国网络文学二十年学术研讨会

中国网络文学自 1998 年发轫，于 2018 年已走过二十载。在这个重要的历史节点上，社会各界围绕中国网络文学二十年发展历程，认真总结经验教训，对其中的相关问题进行了热烈讨论。2018 年 6 月 2 日，由西南科技大学文学与艺术学院参与承办的中国文艺理论学会网络文学研究分会第五届学术年会暨“中国网络文学二十年”学术研讨会在西南科技大学举行。来自中南大学、浙江大学、文艺报、中国艺术报等高等院校、科研院所和相关媒体的 100 余名知名专家学者，以及网络大神级作家“爱潜水的乌贼”等参加研讨会，与会专家围绕“中国网络文学 20 年的历史回顾与未来前瞻”、“网络文学批评与理论研究的问题及其突破点”、“网络文学海外传播与共同体建构”等问题进行研讨，检视网络文学发展历程，探讨其未来走向。

（2）网络文学二十年优秀作品系列评审结果发布

中国网络文学飞跃式发展的二十年中，涌现出大量佳作。网络文学二十年优秀作品系列评审活动的举行，不仅是对中国网络文学 20 年发展历程的回顾，也寄托着对网络文学未来发展的期许。伴随网络文学的发展进入新时期，打造具有时代气息的精品力作成为未来网络文学前进的方向。

2018 年 3 月 29 日，由中国作协网络文学委员会、上海市新闻出版局、上海市作家协会、阅文集团联合主办的“中国网络文学 20 年发展研讨会”在上海市作家协会举行，与会者深入探讨了网络发展至今的多方面问题。研讨会上，“中国网络文学 20 年 20 部作品”名单公布。《间客》荣登榜首，《第一次的亲密接触》居次席，今何在《悟空传》和阿耐《大江东去》紧随其后。现实题材小说占据榜单 6 席，《第一次亲密接触》《大江东去》《致我们终将逝去的青春》《繁花》《复兴之路》《全职高手》作为网络现实题材的代表作荣登榜单。

江苏是全国公认的我国四大网络文学重镇之一，经过 20 年的积淀，产生了一系列高质量的网络文学精品。2018 年 11 月 15 日，中国网络文学二十年江苏 20 部优秀代表作品名单发布，跳舞的《恶魔法则》、我吃西红柿的《吞噬星空》、忘语的《凡人修仙传》等广受网友好评的玄幻作品入选此次名单，同时上榜的还有卓牧闲的《韩警官》、乔雅的《心照日月》等多部现实题材的作品。该榜单中的《扶摇皇后》《何以笙箫默》《橙红年代》等作品改编的影视剧，影响广泛。

(3)《中国网络文学二十年》研究项目启动

2018年6月21日，中国作家协会网络文学理论评论支持计划办公室发布公告，由中南大学欧阳友权教授申报的《中国网络文学二十年》一书被列入2018年度中国作协网络文学理论评论支持计划项目。11月，橙瓜网启动“见证·中国网络文学二十年”活动，回顾网络文学20年来的发展历程、梳理其发展脉络，沉淀其成长内涵，以数据为重要依托，深度联结行业大咖、大神作家、专家、网站、读者在线上和线下同时以多形式、多维度的方式书写网络文学20周年发展轨迹。随后，这部由欧阳友权主编的《中国网络文学二十年》被列入国家出版基金项目，该书由江苏凤凰文艺出版社出版。

(4)第二届“网络文学+”大会发布“网络文学20部优质IP作品”

2018年9月17日，第二届“网络文学+”大会在北京举行，会上发布了网络文学20部优质IP作品，它们是：《诛仙》《步步惊心》《鬼吹灯》《致我们终将逝去的青春》《琅琊榜》《斗罗大陆》《盘龙》《大江东去》《斗破苍穹》《花千骨》《微微一笑很倾城》《失恋三十三天》《遍地狼烟》《裸婚时代》《全职高手》《完美世界》《择天记》《大国重工》《复兴之路》《网络英雄传Ⅰ：艾尔斯巨岩之约》等。

2. 规范管理，多措并举，网络文学形成千帆竞渡之势

(1)网络文学环境净化行动持续推进

2018年5月，全国“扫黄打非”办公室、国家新闻出版署联合部署开展为期3个月的网络文学专项整治活动，共清理有害信息14.7万余条，查办网络文学出版行政和刑事案件120多起，责令整改网络文学经营单位230余家，封堵关闭网站及账号4000余个。2018年7月16日，国家版权局、国家互联网信息办公室、工业和信息化部、公安部联合启动打击网络侵权盗版“剑网2018”专项行动，网络版权秩序进一步规范。2018年7月9日，连尚文学旗下原创网站逐浪网在南京举办第十一届作者峰会暨责任·创新·发展论坛，以“进化，为每一位作者赋能”为主题，意在引导网络文学作者更好地承担社会责任，共同营造健康的网络文学发展环境。

(2)第二届“网络文学+”大会在京举行

2018年9月14日，第二届中国“网络文学+”大会在北京亦创国际会展中心开幕，大会以“网络正能量，文学新高峰”为主题，全面展示改革开放以来网络文学二十年的发展历程及成就。大会期间《2017年中国网络文学发展报告》发布，同时发布的还有“网络文学发展历程中的20部优质IP”的评选结果及“影响网络文学发展的20个重大事件和20个关键词”等。此次大会吸引了国内众多专家学者、知名网络文学企业及相关文化企业负责人和网络文学大神，与会者聚焦网络文学领域的热点问题，共谋行业发展，助力“网络文学+”腾飞。会议期间举办了高峰论坛和“网络文学新时代两岸交流新征程论坛”“网络文学成果转化—精品生产论坛”“网络文学版权保护论坛”“网络文学走出去论坛”4 场平行主题论坛。

（3）上海、杭州、江苏等地举办“网络文学周”，系列研讨活动如火如荼

2018 年，多地举办“网络文学周”活动。5 月 17 日，首届中国网络文学周在浙江杭州开幕，此次活动以“新时代·新起点·新使命”为主题，旨在引领网络文学以人民为导向，坚定文化自信，讲好中国故事，开创繁荣昌盛的新局面。10 月 22 日，首届上海网络文学周在虹口北外滩白玉兰广场开幕。11 月 14 日，首届“中国江苏·扬子江网络文学周”开幕暨首届泛华文网络文学“金键盘”奖颁奖典礼在江苏南京市江宁区举行。

2018 年，在网络文学发展二十年的关键节点上，专家学者围绕网络文学发展的热点及精品创作问题展开了热烈讨论。5 月 11 日，江苏网络文学发展工作座谈会在南京召开，与会专家就如何构筑江苏网络文学新优势及如何引导网络文学产业化发展等问题进行了交流与讨论。7 月 19 日，上海社会科学院举办“网络文学发展”国际学术研讨会。8 月 14 日，河北网络文学座谈会在河北省作协召开。9 月 28 日，“湖南网络作家创作研讨会”在长沙毛泽东文学院举办。学者、专家和网络文学作家汇聚一堂，共同探讨今后网络文学创作方向。10 月 30 日，全国网络文学重点园地工作联席会议专题会议在京举行，会议深入学习贯彻习近平总书记关于网络文艺的重要论述，旨在引导网络文学作家承担起网络文学的责任和使命。会议还公布了 2018 年度重点作品扶持选题名单，《大山里的青春》等多部现实主义题材网文入选。

（4）湖南、江苏等地成立市级网络作家协会，网络文学组织日渐强大

2018 年，湖南省邵阳市、永州市、益阳市；江苏海安市、宿迁市、南通市、南京市、镇江市；江西省南昌市；浙江省湖州市、绍兴市；辽宁省阜新市、广东省中山市、河北省廊坊市等地相继成立市级网络作家协会。10 月，云南省网络文学创作委员会成立。11 月 18 日，江苏省网络作家村挂牌，落户镇江。各省市网络作家协会、网络文学创作委员会的成立及网络文学作家村的相继出现，标志着网络文学迎来了发展的拐点，意味着网络文学从“野蛮生长”的“杂牌军”逐渐变身为“正牌国家队”。

（5）杭州等地举办网络文学征文活动，网络文学创作迎来新气象

2018 年，各省市作协、高校以及相关企业举办网络文学征文活动，为网络文学创作注入新生力量，网络文学原创作品征集活动有助于激发网络文学创作群体的活力，树立正确导向，促进网络文学焕发蓬勃生机。2018 年 5 月，江苏省首届网络文学原创作品大赛启动。该大赛以主题出版和现实题材内容为重点，面向江苏省征集优秀的网络文学原创长篇小说。7 月，第二届两岸青年网络文学大赛在浙江杭州启

动，旨在发掘两岸网络文学青年作者，增进两岸青年的文化认同和情感认同。10月，为网络文学专设的首届天马文学奖在上海文化周开幕式上启动。10月30日，华东师范大学“分众”中国未来网络文学家项目启动仪式在华东师范大学举行，“分众”中国网络文学年度新人大赛评选公告在会议期间发布。2018年，网络文学行业重要的原创平台掌阅相继发起“掌阅文化首届原创梦想征文大赛”和“掌阅文化首届新风尚大赛”。由咪咕阅读承办的第三届“咪咕杯”网络文学大赛于2018年4月启动。9月20日，由深圳市作协与阿里文学联合主办的首届“大湾区杯（深圳）网络文学大赛”在“2018深圳文学季”上宣布正式启动。

（6）网络文学年度调研报告发布

2018年1月10日，艾瑞咨询发布《2018年中国网络文学IP影响力研究报告》，报告从网文IP改编发展历程、衍生现状、影响力表现、典型网文IP运作平台等方面分析了中国网络文学的市场发展状况，指出“从电视到网络，网络文学IP占据影视行业半壁江山”，“产业联动提升IP效应，小说游戏互为辅助共同成长”。2018年5月15日，艾瑞咨询发布《2018年中国网络文学作者白皮书》，对网络文学作者概况与写作习惯、网络文学作品现状、网络文学作者与IP改编分析、网络文学作者与平台分析进行了深入探讨研究。报告指出，新一代网文年轻作者快速崛起，已经逐渐成为网络文学创作的中坚力量。

3. 类型化创作势头不减，现实题材迎来高光时刻

2018年，网络文学类型化创作势头依然强劲，口碑作品入选各大榜单。但随着党和政府首次将“现实主义题材”作为顶层设计重点，网络现实题材创作迎来大好机遇，写手队伍不断壮大，作品的体量、质量提升明显，涌现出不少弘扬正能量、书写现实、鼓舞民心的佳作。

（1）网络现实题材创作成为新焦点，口碑作品增多

2018年1月15日，阅文集团举办“写一种精神，用文字传递力量”第二届网络原创文学现实主义题材征文大赛颁奖典礼。此次大赛共征集中长篇作品超过8300部，参赛作者超过6700人，提交签约作品达240部，超过第一届大赛两年间的总和。2018年11月30日，第三届写实网络文学创作竞赛工作研讨会和评价启动会议在上海召开，此次大赛由上海新闻出版局与多家知名原创文学网站联合主办，大赛以“情怀”为主题，旨在挖掘以改革开放40周年为背景，体现时代精神、家国情怀的优秀现实主义题材作品。截至12月，共有10200名作者参赛，提交现实题材作品11800部（篇）。作家wanglong创作的《复兴之路》豆瓣评分达9.3，荣登“中国网络文学20年20部优秀作品”名单。另外，第二届“金熊猫”奖、第四届网络文学征文大赛“抒写济南故事”等榜单，也有大量现实题材作品上榜。读者在经过玄幻、穿越等套路幻想文后，审美口味愈加趋向反映真实生活的新作品，这让一批

现实题材作网文作品、IP 改编的影视剧迎来新的机遇。以阿耐《大江东去》为原著改编的电视剧《大江大河》作为改革开放 40 周年献礼作品，讲述了改革开放先行者的浮沉故事。该剧 12 月 15 日开播当晚即问鼎全国收视冠军，豆瓣评分高达 8.8 分。不信天上掉馅饼创作的《刑警荣耀》2018 年 4 月首发，当日打赏粉丝破万，月票排行榜第一。卓牧闲的《朝阳警事》多次获得起点首页推荐，上半年月票全站排名 158，推荐票全站排名 188，卓牧闲本人也凭借该作品跻身 2018 年影响力 TOP50 的行列。

（2）网络现实题材创作研修班及研讨会举行

网络现实题材升温，创作反应大时代、大格局的现实主义精品是网络文学作家共同努力的方向。2018 年 10 月 19 日上午，由北京十月文艺出版社、北京作家协会、阿里文学联合举办的“新时代新风口：网络文学中的现实题材精品创作”主题论坛在北京出版集团举行。众多学者专家汇聚一堂，就新时代现实题材的创作如何打破套路化、模式化的症结，“改造”并影响网络文学的创作形态和格局展开主题讨论。2018 年 10 月 21 日至 10 月 29 日，由中国作协网络文学中心和上海市作家协会共同主办的第五期网络文学（现实题材创作）高级研修班在上海举办，来自全国的 72 位网络作家参加培训。

（3）幻想类题材创作热度不减

2018 年，玄幻、仙侠等幻想类题材又涌现出一批爆款作品，它们以奇特的想象和精彩的故事，赢得了广泛的读者群，在网络文学总体格局中占有重要地位。2018 年 5 月 19 日，第三届橙瓜网络文学奖年度十大作品获奖名单公布，我吃西红柿的《飞剑问道》、烽火戏诸侯《剑来》、忘语《凡人修仙之仙界篇》、无罪《平天策》、圣骑士的传说《修真聊天群》等多部玄幻作品上榜。主打玄幻题材的著名网文作家我吃西红柿获得第三届橙瓜网络文学奖“网文之王”的称号。在此次颁奖典礼上，橙瓜还颁布了年度百强作品的推介名单，其中近半数的作品为玄幻题材，这类作品担当了阅读市场主力，其创作体量相当庞大。据起点中文网对 9 月至 12 月间的新书统计，玄幻作品新书量达 70378 本，数目惊人。年度爆款的幻想类小说如风青阳的《吞天记》、无罪的《剑王朝》、梦入神机的《龙符》、跳舞的《愿世界之天衍》、半醉游子的《陨神记》、流浪的蛤蟆的《焚天 · 倾城决》、妖月夜的《不死武尊》、十月流年的《问鼎巅峰》、风御九秋的《参天》、净无痕的《太古神王》、扬帆星海的《混沌初始》、王白的《银河之舟》等，都堪称年度代表作。

4. 平台竞争加剧，跨界融合赋能泛娱乐产业

（1）移动阅读市场竞争激烈，阅文、阿里、掌阅稳居第一梯队

2018 年 10 月 30 日，易观发布的《2018 中国移动阅读市场白皮书》表明，中国移动阅读市场规模达 196.53 亿元人民币。根据《白皮书》中国移动阅读平台综合

价值评估排名，阅文、阿里、掌阅稳居第一梯队。在2018年上半年移动阅读应用IOS渠道下载量排行榜中，掌阅科技作为率先涉足移动阅读行业的巨头，排名有所浮动。阅文阵营实力强劲，对移动阅读市场虎视眈眈，2018年阅文积极扩展移动互联网分销渠道，联合腾讯各大平台，力图实现内容网络的全面铺开。阅文集团旗下的微信读书和腾讯阅读，2018年上半年移动阅读应用IOS渠道下载量高达804.4万次和658.9万次，成为排行第一的阿里旗下书旗APP的强劲对手。移动阅读的未来竞争重点集中在原创内容孵化与作品改编，各大厂商纷纷发力，频出新招。2018年1月18日，阅文集团携手湖南卫视共同举办“阅文超级IP风云盛典”，邀请苏童、刘震云、阿来、麦家等著名作家联袂站台，推出年度原创风云榜。2018年3月24日，第二届掌阅文学大赛暨侠世界创始征文大赛颁奖典礼在武当山举行，掌阅科技借助此次活动签约了多位优秀作家，并表示将上架销售所有获奖作品。此外，掌阅科技还成立了掌阅漫画，以丰富“掌阅文学”的内容品牌。阿里文学在2018年1月18日举办的阿里文学首届生态大会上发布了新一期“IP星河汇”，宣布旗下60部精品IP全面向合作伙伴开放，并签下酒徒、何常在、墨熊、风行烈、安思源等知名作家。

(2) 阅文、掌阅集团发布上市后的首份年报，业绩骄人

2018年3月19日，阅文公布了2017年财报。财报显示，阅文全年收入40.95亿元，同比增长60.2%；全年净利润5.561亿元人民币，同比增长1416%。2017年阅文旗下两大主营业务，在线阅读收入同比增长73.3%，合人民币34.206亿元（5.235亿美元）；版权运营业务收入同比增长48.0%，合人民币3.662亿元（5600万美元）。这是阅文上市后首份年报，亮眼的财务数据一举打破了“泡沫化”的传闻。掌阅集团于2018年4月22日发布上市后首份年报。年报显示，2017年掌阅科技实现营业收入16.7亿元，同比增长39%，归属于上市公司股东的净利润达1.2亿元，同比增长60%。掌阅的财报数据相比阅文略逊一筹，但在原创内容开发上掌阅也有自己的优势，据掌阅数据显示，掌阅的签约原创作者达1.5万名，其他类型作者近4万人，网络原创小说作品3万余本，培育优质作品4万余部，年电子收入过百万的作者超过40位。

(3)《夜天子》开启“爽”模式，点燃古装剧市场新风

电视剧《夜天子》作为小成本制作的男频IP剧，在女频题材霸屏的2018年崭露头角，该剧累计播放量18.9亿，斩获2018年1月至9月网剧豆瓣评分第2的好成绩。《夜天子》改编自月关同名小说，以反套路、非白莲花式的人设突出重围，凭借紧凑高能的剧情、入木三分的台词刻画，打造了一部现实主义+青春热血的“新古装剧”，开启了“爽剧”新模式。

(4) 女频IP改编剧口碑持稳，“她”时代来临

2018年，网文女作家的作品频繁改编，获得不俗成绩，成为影视开发的中流砥

柱。流潋紫的《后宫如懿传》豆瓣评分7.4，位列寻艺电视剧排行榜第二；电线的《香蜜沉沉烬如霜》豆瓣评分7.8，成为继《花千骨》《三生三世十里桃花》以后的女频剧爆款，口碑热度居高不下，点击量近150亿。天下归元的《扶摇皇后》收视率虽高开低走，仍收获超百亿播放量，排名仅次《香蜜》。除此之外，丁墨《你和我的倾城时光》《凉生，我们可不可以不忧伤》、梵缺《双世宠妃》、priest《镇魂》等均播放量喜人，口碑持稳，赢得一批忠实粉丝。根据最新网文市场数据统计，在当前数字阅读核心付费用户群体中，女性用户首次以56%的占比超越男性，成为网文市场的重要受众。女性向内容也因此成为极具开发价值的潜力领域，被视为"她"时代来临。

(5)《元尊》重燃国产动漫圈

漫画《元尊》是由著名网文作家天蚕土豆同名原著小说改编，于2017年12月24日首发，至2018年5月底，全网点击量突破20亿，打破2018年国产动漫圈的低迷而大获成功。《元尊》讲述了主人公周元背负国之重任，在层层逆境中强势崛起的故事，其情节紧凑，气势恢宏，集东方古典神韵与西方魔幻风格于一体，为漫画改编奠定坚实基础。同名改编漫画由少年玄幻漫画第一人"Dr. 吉"操刀，画风细腻精致，广受好评。目前其电子版在腾讯动漫、网易漫画等27家平台火热连载，单行本第一册也在5月上市，由知音漫客出版发行。

三、特点与趋势

进入升级换档期后，我国的网络文学发展面临着新的机遇与挑战，正确认识2018年网络文学的年度特点，对我们认清形势、抓住重点、把握未来发展的趋势和应对未来可能面临的挑战具有重要的现实意义。

1. 网络文学年度特点

(1) 网络作家成为备受关注的"新社会阶层"

2018年，网络作家较之以往获得了来自社会各界更多的关注，政府将其纳入"新社会阶层"进行管理和培养。我们知道，网络作家是文学队伍的生力军，也是社会重要的建设与培养对象，从中国作协与共青团中央联合主办的2018年全国青年作家创作会议，到中国作协的全国文学业务骨干系列培训、鲁迅文学院作家培训班，再到各企业主办的网络作家高级研修班，党政部门、社会群团和企业纷纷为网络作家的成长与交流搭建平台，引导作家写作水平和思想素质的成长，这批曾经以"野路子""孤独写作"而成名的网文大神，正轮次接受系统培训。代表中国最高文学荣誉的茅盾文学奖、鲁迅文学奖已将网络作家的作品纳入评奖机制中。在学界，网络作家获得的关注与尊重与日俱增，从月关成为北大网络文学研究论坛首位研讨会嘉宾，从林狼、小佛参加中国文艺理论学会网络文学研究分会的学术研讨，到爱潜水的乌贼应邀参加中国文艺理论学会网络文学研究会第五届学术年会、与与会学者面对面交流，再到血红应邀出席华东师范大学“网络文学家培育与网络文学创意产业孵化”论坛，网络作家逐渐成为学院派论坛、讲座、研讨会的“座上客”。在文化市场，从唐家三少，天蚕土豆、无罪、月关、天使奥斯卡分别以 1.3 亿元、1.05 亿、6000 万、5000 万、4930 万版税收入上榜登上第十二届中国网络作家榜①，到天下霸唱小说改编的电视剧《天坑鹰猎》总播放量的突破 40 亿，网络作家依靠作品积攒的人气与影响力在媒介的宣传与 IP 的跨界开发中持续发酵，很快成为文化明星，不断引发话题，吸引社会对网络文学及其作家群体的关注。

（2）大平台的品牌化运营渐趋成熟

2018 年，阅文、掌阅、阿里文学等网络文学大平台企业的品牌化运营渐趋成熟，不断发挥标杆示范作用，引领中国网络文学市场的良性发展。4 月 19 日，阅文集团发布“2018 年原创文学白金、大神名单”，辰东、耳根、猫腻、唐家三少、丁墨、苏小暖、叶非夜、吱吱、丛林狼等 56 名作家获“白金作家”的荣誉头衔，这是阅文品牌化运作的措施之一。自 2006 年推出“白金作家”品牌以来，阅文就致力于对旗下签约作者进行品牌化运作，如今已形成了成熟的运作机制。他们对大神作家提供个性化培养和包装计划，通过自有渠道和外部合作推介作家及作品，借助读书会、签售会、白金大神榜单等为作家聚合人气。在打造作家品牌的同时，阅文还积极推进 IP 的品牌化战略，在 2018 阅文 IP 生态大会上，推出了“IP 全链服务”，通过 IP 甄选、IP 赋能、IP 增值等措施，全方位推动 IP 的品牌化。掌阅自去年引入两位历史题材领域的大神月关与天使奥斯卡之后，2018 年又引入知名悬疑言情作家殷寻，基于特色作品与头部作家，深耕历史题材与现实题材，强化品牌特色，努力增加优质内容的供给。阿里文学依托阿里大文娱生态，从源头的作家包装与内容生产，到中游的内容推介与宣发，再到下游的内容衍生、渠道联动，全方位地推动作家与作品的品牌化。阿里文学联合 UC 推出互动娱乐栏目《大神来了》，借助书旗小说、UC 小说、优酷、大鱼号等，实行大神及其作品的全平台推广。大平台的品牌化运营渐趋成熟，一方面给网络文学行业注入活力，激励优秀作家迭代成长，同时也考验着中小平台的应变和重构能力，在竞争日益激烈的网络文学市场环境下，只有那些重视品牌建设的企业才能在泛娱乐时代占得先机。

（3）“网络文学+二次元”的热风骤起

2018 年，网络文学与二次元的联动愈发密切。随着二次元市场的扩容，具有丰富的故事储备、聚合大量审美情趣高度重合用户的网络文学，无疑可以为中国二次元产业源源不断地带来新鲜血液。唐家三少的《斗罗大陆》、我吃西红柿《星辰

---

① 第 12 届网络作家富豪榜，http：//www.chenggua.com/artical/details/index.html？id=8681，橙瓜网，2018 年 11 月 8 日查询。

变》、天蚕土豆的《斗破苍穹》、墨香铜臭的《魔道祖师》、纪茗的《幻游猎人》、非天夜翔的《末日曙光》、语笑阑珊的《帝王攻略》、荔箫的《盛世妆娘》、叶非夜的《国民老公带回家（第四季）》等大量网络小说被改编成了动画，并有着不俗表现，其中《魔道祖师》动画版上线15分钟播放量即破2.6亿，9月该动画还斩获“第十五届中国动漫金龙奖”中“最佳系列动画奖”金奖。天蚕土豆的《元尊》，火星引力的《逆天邪神》、解语《盛世帝王妃》、云天空的《灵剑尊》、沙子的《将军有喜》被改编成了人气漫画。2018年《元尊》漫画版连载5个月，全网点击破20亿，好评如潮。网络文学市场主体也在加速二次元市场的布局，10月19日，阅文集团就网络小说的漫画改编、出版及周边产品与天闻角川订立合作协议，让漫画为更多优秀网络小说提供更丰富的变现渠道。掌阅组建了独立的轻小说和二次元漫画频道，与60多家漫画工作室、近30家漫画公司达成合作，积极推动“文改漫”。“网络文学+二次元”的热风骤起加速了网络文学IP的价值增值，推动了泛娱乐领域内容产业升级。对于故事原创力欠缺的中国二次元行业而言，具有天马行空想象的网络文学故事是补齐原创故事短板的有效途径，与网络文学的深度连接可以创造“共荣共生”的互补效应，契合了中国二次元行业的跨越式发展要求。

（4）网络文学行业与高校的结合更加密切

高校是网络写手的重要来源地，也是网络文学理论批评人才的集聚地，在网络文学行业的发展与进步中发挥着重要作用。近年来高校学者围绕网络文学作家作品及产业运营进行了深入研究，并提出批判性、建设性的意见，其中许多成果从理论上解读网络文学现象，有助于人们认识网络文学创作及其产业发展，对加快网络文学IP的创意转化起到了积极作用。2018年，网络文学行业与高校的结合呈现出日益紧密的趋势，4月10日，掌阅文学宣布将与北京大学、中国传媒大学展开深度在原创人才培养、IP创意及开发等领域开展深度合作，打造“北大网络文学研究论坛-掌阅文学原创人才基地”“中传-掌阅IP研究基地”。9月，清华大学文化创意发展研究院与阅文集团、纵横文学、阿里文学等充分发挥各自在研究和实践方面的特长，联合成立了“网络文艺国际创业基地”。在网络文学创作走向精品化、IP运营走向“精耕细作”的换档时期，网络文学行业与高校的深度合作符合网络文学高质量发展要求。未来，网络文学行业与高校的结合或将更密切，校企联动将在补齐网络文学行业人才短板、调整治理措施、推动管理创新、解决网络创作“量大质不优”的问题中发挥更加积极作用。

2. 网络文学发展趋势

（1）“量大质不优”现象得到改观，网络文学步入“品质写作”快车道

近年来，无论是从政府、作协组织的外部引导，还是平台及作者的内部自我要求来看，精品化都已成为网络文学发展的重要方向。为了建立网络文学精品化的有

效引导、推介和激励机制，2018年陆续开展了“20年20部”优秀网络作品评选、优秀网络文学原创作品推介活动、网络原创文学现实主义题材征文大赛、网络文学“金键盘”奖、第三届网络文学写实大赛、第二届“金熊猫”网络文学奖等，推选格调健康、积极向上、注重文学细节、传播中华民族优秀文化的高水平原创作品上榜，为品质化创作设立行业标杆。

与此同时，网络文学行业内部也不断自我净化。随着网络文学已走过规模扩张期，早期那些粗制滥造的“灌水”之作很难在市场中存活，纯粹靠抄袭、堆字数、“打擦边球”的网文作者开始被淘汰，靠打擦边球、蹭热度、博取眼球、粗俗、媚俗赚流量的作品注定被边缘化，只有讲格调、艺术精湛、能触摸社会价值点的内容才能脱颖而出。网络写手的精品化创作意识不断提升，据调查显示，有81.3%的网络文学作者认为作品的竞争要素主要是内容质量①。同时，网络文学创作队伍的素质也发生变化，不少高素质、有担当和敬业精神的人才进入网络文学创作领域，如“第二届网络原创文学现实主义题材征文大赛”特等奖作品《大国重工》的作者齐橙是北京师范大学副教授，中国社会科学院工业经济研究博士，而入围2017年北京市新闻出版广电局的优秀网络原创小说推荐名单的《荒魂塔克木》的作者洛月明是一位遗传学博士生。随着作协及网站各类培训的加持，网络作者创作能力已今非昔比，许多青年作者在文笔流畅度，细节的把握能力上得到明显提升。一些网站注重引导优质作品创作，如2018年10月30日，阿里文学与十月文学联合启动“匠心计划”，扶持网络文学的精品化创作，助推网络文学与传统文学的融合发展。在政府、作协组织、网站平台与作者形成的合力之下，网络文学“量大质不优”的现象得到了一定程度的改观，“网络文学”不再是质量低劣的代名词，近年来，不同类型的原创作品都涌现出一批思想性、艺术性、可读性俱佳的优秀作品。现实题材中，郭羽、刘波的《网络英雄传Ⅱ：引力场》，唐家三少《拥抱谎言拥抱你》，舞清影《明月度关山》，丁墨《挚野》，吉祥夜《写给鼹鼠先生的情书》，蒋离子《老妈有喜》，罗晓《大山里的青春》；幻想题材中，骠骑的《零点》，无罪的《剑王朝》，风青阳的《吞天记》，梦入神机的《龙符》，风御九秋的《参天》；综合类作品中，李枭的《无缝地带》，房忆雪的《运河码头》，灰熊猫的《楚河汉界》，不画的《中华女子银行》，沙包的《天工》等等，都以内容健康、导向正确、艺术精湛而荣膺2018年中宣部广电总局优秀网络文学原创作品推介榜单。这一切都表明，随着网络文学逐渐褪去浮躁，其创作正步入“品质写作”的快车道。

（2）现实题材创作、改编和消费的三向回暖，打造平台、作者、读者共赢新格局

在党和政府的积极倡导下，重视和加强现实题材创作已成为网络文学界的共识，

① 数据来源：艾瑞咨询，《2018年中国网络文学作者报告》，http：//report.iresearch.cn/report/201805/3208.shtml，2018年12月1日查询。

据此所取得的创作成就有效改变了长期以来网络文学中玄幻、修仙等幻想类作品一家独大的局面，现实题材的作品在网络文学中的占比明显提升。2017 年现实题材作品已经达到全部网络作品的 52.5%。与此同时，好的故事支撑下的现实题材网络小说的阅读也逐渐回暖，据报告显示，在移动阅读用户中偏好都市职场题材的男用户达 51.8%，女用户达 54.0%①。2018 年在网文改编市场，现实题材网络小说 IP 愈发受到市场青睐。小狐濡尾的《南方有乔木》、唐家三少的《为了你，我愿意热爱整个世界》、南派三叔的《沙海》、骁骑校的《橙红年代》、疯丢子的《同学两亿岁》、明前雨后的《双城故事》（改编成电视剧《忽而今夏》）、匪我思存的《海上繁花》、丁墨的《你和我的倾城时光》、安宁的《温暖的弦》、惹上冷殿下的《惹上妖孽冷殿下》（改编成电视剧《惹上冷殿下》）等由现实题材网络小说改编的电视剧纷纷上映，业绩不俗，目前还有大量现实题材的网络文学作品在紧锣密鼓的改编中。

现实题材创作、改编和消费的三向回暖必将对中国网络文学的发展带来重大影响。对于平台与作者而言，现实题材作品在数字阅读、线下出版、影视改编等方面得到了更多的市场认可，将给主打现实题材小说的平台和作者带来更大的利益，同时也将激励平台和作者的创作、经营行为。目前起点中文网现实题材作品占比超 60%，据报告显示，有 40.1% 的男性作者倾向于创作都市、创业题材的小说，54.5%的女性作者偏爱创作现代言情题材②；对于读者而言，现实题材网络小说紧跟时代热点，戳准年轻受众痛点，具有接地气的生活感和代入感。随着主打“差异牌”的现实题材网络小说的日益丰富，读者在厌倦套路化的打怪升级之后，有了更多的审美与娱乐选择。

3. 强化版权管理，加速行业的有序和规范发展

版权保护是整个网络文学产业健康繁荣发展的生命线。经过近年来的“净网行动”和“剑网行动”清理、打击和处理，我国的网络文学版权环境已大为改善，然而新的问题也在不断涌现。例如“洗稿”或“融梗”等新型侵权行为引发“认定”的困境，IP 版权链不清晰导致版权交易中侵权情况频发，“写作神器”和“自动写作软件”等科技手段更是助长和纵容了内容抄袭，引发 IP 改编中的版权争议等。伴随着升级换档，网络文学的版权业务进入向周边领域跨界延伸的深水区，从网络文学的创作、出版，到 IP 的有声读物、影视、游戏、动漫、歌舞剧的转化及相关衍生品的生产与交易，网络文学的整个产业系统通过“版权”这个纽带紧密联系起来，产业链的每个环节都离不开强有力的版权保护。在网络文学版权外延持续扩大的背

① 数据来源：艾瑞咨询，《艾瑞咨询 2018 年中国移动阅读白皮书》，http：//report. iresearch. cn/report/201804/3198. shtml，2018 年 12 月 1 日查询。

② 数据来源：艾瑞咨询，《2018 年中国网络文学作者报告》，http：//report. iresearch. cn/report/201805/3208. shtml，2018 年 12 月 1 日查询。

景下，越来越多的网络文学企业已不再拘泥于网络文学的创作与数字出版，而是将业务触角延伸至产业链的上下游，若不强化版权的管理，势必会增加企业的版权维权成本和维权难度与复杂度。因此，网络文学的健康化、规范化发展还需要实现立体化、综合化的版权管理来维系，未来，强化版权管理仍然是网络文学行业的重中之重。

4. “学院派”入场带来理论批评新气象，网络文学研究渐成“显学”

网络文学是一种建立在网络媒介及“粉丝经济”上、拥有独特“文化场域”的“新文学”，这意味着囿于学院派的固有场域，传统学人很容易因“绕着围墙兜圈子”① 而陷入批评实践与批评效用错位的困境。近年来高校、科研院所中的文学批评力量在坚守传统批评阵地、助推网络文学参与现实和精神建构的同时，也不断将目光转向“学院院墙之外”，依靠网络媒介走入网络文学现场，用不拘一格、接地气的评论文体打破理论话语与网络文学审美、阅读的隔阂，实现网络时代的文学引渡。2018 年，“北大点评团”入驻掌阅，这个由北大学子组成的评论团队，以粉丝的身份入场走进网络文学的文化圈，按照粉丝批评的规矩进行批评实践与互动。由于受过专业文学训练，这批“学院派粉丝”比普通读者拥有着更高的文化品位和更敏锐的文学思维，他们借助“学术帖”，以深入浅出的方式将学院派的资源带入到网络文学现场，凭借更开阔的文学视野和更易为读者接受的形式，形成对网络文学写手与读者的双重影响，实现了网络文学创作、阅读与批评的良性互动。随着越来越多“学院派粉丝”的入场与站位，为网络文学批评带来了新气象，引发了学界对网络文学批评新的思考，从事网络文学理论批评的学者和成果逐年增加，研究网络文学开始成为“显学”。在网络文学身处升级换档期、市场不断呼吁精品的背景下，学院派应该从上网开始，从阅读出发，“入乎网络文学场域之内”，多倾听文学的时代脉搏，拓展新批评的疆域，回应文学发展中出现的新现象和新问题，这无疑是推动网络文学的供给侧改革、切实引导精品化创作的良方。

（邓祯，江思颖，欧阳友权　执笔）

① 庄庸、王秀庭：《重点是“网络性”而不是“文学性”》，《光明日报》，2017 年 12 月 25 日。

第二章 文学网站

文学网站是专门发布、传播文学信息的网络节点，是文学在网络虚拟空间的聚散地，也是网络文学作品的具体承载体。在政府引导、市场推动、资本加持、业界深耕之下，2018 年文学网站以更积极、理智的姿态在网络文学市场中激烈角逐，在不断创造优质网文内容、培养高水平作家、拓展网文产业链的同时，各大网站加速“网文出海”步伐，使中国网络文学版图实现了世界范围的扩张，以此为半径，迎来了百亿级的阅读市场。

一、文学网站现状

2019 年 2 月，中国互联网络信息中心（CNNIC）在京发布《第 43 次中国互联网络发展状况统计报告》，指出截止到 2018 年 12 月，我国网络文学用户规模达到 4.32 亿，占网民总体的 52.1%，手机网络文学用户规模为 4.10 亿，占手机网民的 50.2%①。手机网络文学用户占总体网络文学用户比例的 94.9%，移动端或已成为用户进行网文阅读的首选，PC 端阅读空间不断被挤压。而据站长之家（Chinaz.com）统计，截至 2018 年 1 月 4 日，中国境内共有 PC 端中文文学网站 1139 家，移动端中文文学网站 309 家②，文学网站在变幻莫测的互联网市场稳中求进，依旧保持着较为稳定的市场规模。目前，文学网站的发展模式日益多元化，行业发展也愈发成熟。

1. 年度文学网站清单

艾瑞咨询发布的《2018 年中国数字阅读行业研究报告》显示，咪咕阅读、阅文集团、掌阅科技三者以雄厚的资源和平台优势稳居数字阅读行业 2017 年营收第一梯队；沃悦读、纵横文学等网站亦依靠自身特色也有着不俗的市场表现，位列数字阅读企业营收第二梯队③。而纵观各项数据，大资本支持下的文学网站平台在 2018 年依旧表现强势。

① CNNIC 中国互联网络信息中心，《第 43 次中国互联网络发展状况统计报告》，http://www.cnnic.net.cn/hlwfzyj/hlwxzbg/hlwtjbg/201902/P020190228510533388308.pdf，2019 年 3 月 1 日查询。

② 站长之家，http://top.chinaz.com/hangyetop/index_yule_xiaoshuo.html，2018 年 1 月 4 日查询。

③ 艾瑞咨询，《2018 年中国数字阅读行业研究报告》，http://www.iresearch.com.cn/Detail/report?id=3255&isfree=0，2018 年 11 月 4 日查询。

2018年前10文学网站月度覆盖人数①

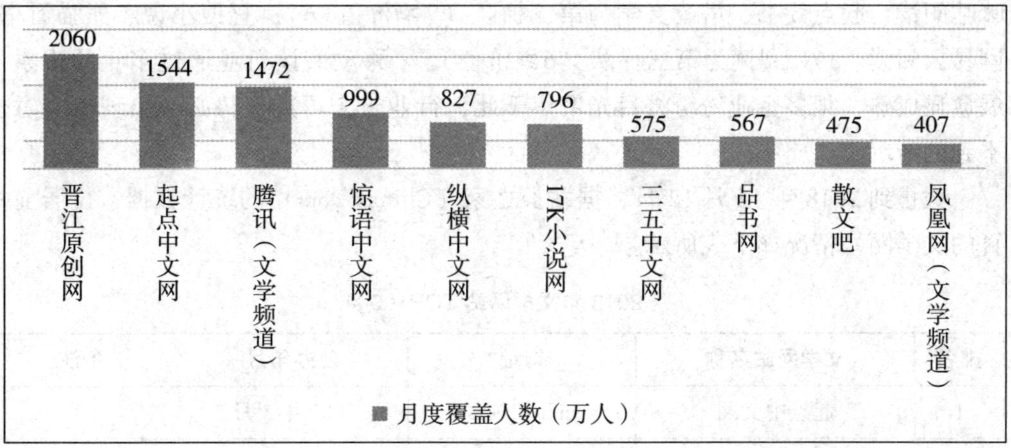

如上表所示，大型文学网站在月度覆盖人数排名中拥有绝对优势，地位难以撼动：晋江原创网、起点中文网和腾讯文学频道的月活 MAU 覆盖人数纷纷突破千万大关，在众多文学网站中保持着领先水平，位居榜首的晋江文学网月度覆盖人数更是达到了第十名凤凰网文学频道的四倍以上，甚至超过了后三名凤凰网文学频道、散文吧、品书网的总和。在竞争激烈的网文市场，大型文学网站依靠其雄厚的资本支撑、庞大且具有影响力的作者队伍和不断更新的优质小说，牢牢占据了有利地位，保持着巨大的用户存量和用户黏度。以起点中文网为例，截至 12 月 12 日，其已拥有完本小说共 69041 本，实现 24 小时内更新 18907 本网文，周入库 6059 本新书。旗下签约作者我会修空调的长篇连载灵异作品《我有一座恐怖屋》6 月初上线，迄今已拥有 3228.51 万总会员点击，134 万总推荐，飙升至灵异榜单第一名、总榜单 24 小时热销榜第二名，而白金作家唐家三少的《斗罗大陆外传唐门英雄传》上线不到一个月便实现了新锐会员周点击榜第一、推荐票榜第一、签约作家新书榜第一，以短短 41 章的更新内容获得了近 692.36 万总会员点击量，127 万总推荐②。相比发展稳健且排名稳定的大型文学网站，中小型文学网站月活 MAU 覆盖人数排名在今年则发生了不小的变化，去年榜上有名的顶点小说网、笔下文学网今年月度覆盖人数均未超过 300 万人，在激烈的竞争下未能保持自己的优势和地位。总体观之，起点中文网、腾讯文学频道、晋江原创网以超高的月度覆盖人数成为 PC 端数字阅读行业的第一梯队，惊语中文网、纵横中文网、17K 小说网等网站成为第二梯队，而位于“长尾”的中小型网站仍需更多实践与探索方能突出重围。

在移动端，据《中国移动阅读市场白皮书 2018》对中国移动阅读平台综合价值

① 艾瑞 PC 指数，http://index.iresearch.com.cn/pc，2018 年 12 月 2 日查询。

② 起点中文网，https://www.qidian.com/，2018 年 12 月 12 日查询。

的排序，QQ 阅读、书旗小说、掌阅 iReader 为第一梯队（10≥价值>7）；百度阅读、咪咕阅读、起点读书、塔读文学为第二梯队（7≥价值>6）；宜搜小说、熊猫看书、网易云阅读、17K 阅读为第三梯队（6≥价值）。① 移动阅读行业通过多年的积累发展愈显成熟，很多企业纷纷将目光聚焦于此，行业未来可期，势必会出现更多意想不到的新玩法。

截止到 2018 年 12 月 12 日，据站长之家（Chinaz. com）的统计数据，位居前一百的文学网站情况如下表所示：

2018 年文学网站 TOP100②

排名	文学网站名称	网址	创办年月	备注
1	起点中文网	qidian. com	2002 年 5 月	
2	纵横中文网	zongheng. com	2008 年 9 月	
3	晋江文学城	jjwxc. net	2003 年 8 月	
4	豆瓣读书	book. douban. com	2005 年	
5	顶点小说网	booktxt. net	2014 年 3 月	域名成立时间
6	简书	jianshu. com	2013 年 4 月	
7	飞卢中文网	faloo. com	2005 年 5 月	
8	飞卢小说网	b. faloo. com	2004 年 10 月	域名成立时间
9	短文学网	duanwenxue. com	2010 年 9 月	
10	17k 小说网	17k. com	2006 年 5 月	
11	八零电子书	80txt. com	2011 年 10 月	域名成立时间
12	风云小说网	baoliny. com	2010 年 4 月	域名成立时间
13	潇湘书院	xxsy. net	2001 年 5 月	
14	笔趣阁	biquge. info	2014 年 1 月	域名成立时间
15	八一中文网	81zw. com	2007 年	
16	文章阅读网	duwenzhang. com	2007 年 6 月	域名成立时间
17	2k 小说	2kxs. com	2010 年 2 月	域名成立时间

① Analysys 易观：《中国移动阅读市场白皮书 2018》，https：//www. analysys. cn/article/analysis/detail/20018952，2018 年 12 月 11 日查询。

② 资料来源：参见站长之家，http：//top. chinaz. com/hangye/index_ yule_ xiaoshuo_ 2. html，2018 年 12 月 12 日查询。

续表

排名	文学网站名称	网址	创办年月	备注
18	56 听书网	ting56. com	2010 年 3 月	域名成立时间
19	品书网	vodtw. com	2008 年 7 月	域名成立时间
20	奇书网	qisuu. com	2006 年 9 月	
21	塔读文学网	tadu. com	2008 年	
22	笔趣阁小说阅读网	cangqionglongqi. com	2012 年	
23	龙的天空	lkong. net	2000 年 8 月	
24	书阁网	bookgew. com	2011 年	
25	我听评书网	5tps. com	2006 年 12 月	域名成立时间
26	言情小说吧	xs8. cn	2005 年	
27	千千小说网	77nt. com	2007 年 10 月	域名成立时间
28	小说阅读网	readnovel. com	2004 年 5 月	
29	红袖添香	hongxiu. com	1999 年 8 月	
30	小故事	xiaogushi. com	2004 年 9 月	域名成立时间
31	听中国	tingchina. com	2009 年 1 月	域名成立时间
32	起点女生网	qdmm. com	2009 年 11 月	
33	书包网	bookbao. cc	2009 年	
34	鬼姐姐鬼故事	guijj. com	2010 年 9 月	域名成立时间
35	123 读书网	123du. cc	2013 年 8 月	域名成立时间
36	斗破苍穹小说网	doupocangqiong1. com	2012 年 1 月	域名成立时间
37	女生文学	wenxuemm. com	2012 年 6 月	域名成立时间
38	第八区小说网	d8qu. com	2012 年 5 月	域名成立时间
39	酷匠网	kujiang. com	2007 年 7 月	域名成立时间
40	笔趣阁	biquge. tw	2014 年 7 月	域名成立时间
41	520 听书网	520tingshu. com	2011 年 4 月	
42	恒言中文网	hengyan. com	2012 年 7 月	
43	黑岩网	heiyan. com	2013 年 4 月	
44	逐浪网	zhulang. com	2003 年 10 月	
45	红薯中文网	hongshu. com	2009 年 12 月	

续表

排名	文学网站名称	网址	创办年月	备注
46	小小书屋	xiaoxiaoshuwu. com	2011 年 7 月	域名成立时间
47	新鲜中文网	cncnz. net	2009 年 12 月	域名成立时间
48	印摩罗天言情小说	ymlt. net	2004 年 8 月	域名成立时间
49	懒人听书网站	lrts. me	2013 年 8 月	域名成立时间
50	天天评书网	pingshu365. com	2013 年 3 月	域名成立时间
51	吞噬小说网	tsxsw. com	2010 年 9 月	域名成立时间
52	SF 轻小说	book. sfacg. com	2008 年 10 月	域名成立时间
53	骑士小说网	xs74. com	2011 年 6 月	
54	多看阅读	duokan. com	2010 年 2 月	
55	轻之国度	lightnovel. cn	2007 年 2 月	
56	顶点小说	23us. la	2014 年 5 月	域名成立时间
57	幻听网	ting89. com	2009 年 12 月	域名成立时间
58	欢乐书客（现更名刺猬猫阅读）	ciweimao. com	2015 年 3 月	域名成立时间
59	SoDu 小说搜索	sodu. tw	2013 年 4 月	域名成立时间
60	爪机书屋	zhuaji. org	2014 年 5 月	域名成立时间
61	磨铁中文网	motie. com	2010 年 12 月	
62	猫扑中文	mpzw. com	2010 年 1 月	域名成立时间
63	69 书吧	69shu. com	2012 年	
64	23 文学网	fs23. com	2012 年 10 月	域名成立时间
65	我的书城网	wodeshucheng. com	2013 年 5 月	域名成立时间
66	新浪读书	book. sina. com. cn	2002 年	
67	567 中文网	xntk. net	2005 年 2 月	域名成立时间
68	黑岩阁	heiyange. com	2013 年 6 月	域名成立时间
69	乐文小说网	lwxiaoshuo. com	2013 年 10 月	域名成立时间
70	紫幽阁	ziyouge. com	2010 年 7 月	域名成立时间
71	大家读书院	dajiadu. net	2007 年 9 月	域名成立时间
72	派派小说后花园	paipai. fm	2011 年 9 月	域名成立时间

续表

排名	文学网站名称	网址	创办年月	备注
73	墨缘文学网	mywenxue. com	2009 年中旬	
74	乐读中文网	book. txtbook. com. cn	2006 年	
75	万卷书屋	wjsw. com	2010 年 9 月	域名成立时间
76	追书神器	zhuishushenqi. com	2013 年 8 月	域名成立时间
77	看书网	kanshu. com	2004 年	
78	书阁网	shuge. net	2011 年	
79	落秋中文网	luoqiu. com	2008 年 8 月	
80	看书啦	kanshu. la	2017 年 9 月	域名成立时间
81	56 书库	56shuku. org	2012 年	
82	腾讯文学	book. qq. com	2013 年 9 月	
83	魔爪小说阅读器	mozhua. net	2011 年 7 月	域名成立时间
84	连城读书	lcread. com	2006 年	
85	博听网	boting. co	2011 年	
86	江山文学网	vsread. com	2008 年 8 月	
87	浪漫一生言情小说阅读网	xunlove. com	2000 年 7 月	域名成立时间
88	黄金屋中文	hjwzw. com	2010 年 6 月	
89	雨露文章网	vipyl. com	2009 年 5 月	
90	舒阅网	shuyue. cc	2011 年 3 月	域名成立时间
91	狸猫小说网	xiaoshuoli. com	2016 年 11 月	域名成立时间
92	网易云阅读	yuedu. 163. com	1997 年 9 月	域名成立时间
93	疯狂中文网论坛	fkzww. net	2011 年 3 月	域名成立时间
94	凤凰网-文化读书	culture. ifeng. com	2004 年 10 月	域名成立时间
95	博看网	bokon. net	2008 年 7 月	域名成立时间
96	书海小说网	shuhai. com	2011 年 9 月	
97	95 小说网	ting95. com	2011 年 5 月	域名成立时间
98	鲸鱼阅读	jingyu. com	2000 年 4 月	域名成立时间
99	天方听书网	tingbook. com	2004 年 3 月	域名成立时间
100	小说旗	xs7. com	2000 年 5 月	域名成立时间

2. 多管齐下，规范文学网站行业生态

2018 年 6 月，艾瑞咨询发布了《2018 年中国泛娱乐版权保护研究报告》，数据显示 2017 年中国网络文学的盗版损失数额为 74. 4 亿元，成为 4 年最低值，网络文学盗版损失虽显著下降，但从其庞大且惊人的数额来看，盗版侵权问题依旧严峻。在 PC 端，一些大型盗版网文站点虽被强制关停，但其“继承者”却又随后出现，以“分享交流”之名行盗版侵权之实，致使 2017 年 PC 端网络文学盗版损失高达 31. 6 亿元，较 2016 年增加 2 亿元①。由于盗版网站技术门槛低、业内缺乏有效审核监管措施等原因，导致中小型盗版网站及服务势头猖獗，给网络文学正版化带来了不小的挑战。2018 年 7 月 16 日，国家版权局、国家互联网信息办公室、工业和信息化部、公安部联合召开新闻通气会，通报启动打击网络侵权盗版“剑网 2018”专项行动有关情况，提出把巩固网络文学的治理成果作为重点内容，并将与之相关的有声读物、知识分享等平台纳入治理范围。2018 年 9 月，由国家新闻出版署、北京市人民政府指导，北京市新闻出版广电局（北京市版权局）主办的 2018 第二届中国“网络文学+”大会平行主题论坛——“网络文学版权保护论坛”在北京召开，深入探讨了当前网络文学版权保护工作的特点以及行业普遍关心的热点难点问题。

为建设良好的网络版权环境，各大平台积极配合国家相关行动，联合同行抗击盗版。阅文集团利用法律手段坚决捍卫版权，2017 年委托第三方监控投诉下架侵权链接 70 余万条，通过平台投诉下架聚合类盗版网文 APP800 多个。② 同时，阅文、掌阅、阿里文学等网络文学平台针对盗版问题进行了技术上的升级，对“借鉴”“洗稿”“抄袭”等问题进行防范。其中，阅文集团上线了特殊算法模型数据库，使平台能自动将作者新发布的章节进行全网书库对比，“秒级内”实时计算出章节内容重复度；掌阅把每一本书所有章节都打上不同的码，并建立了庞大的内容库，以便其他作者入库时进行比对；阿里文学创新了“动态签名”模式，并上线了防抄袭系统 2. 0，尝试引入人工智能进行网文语义分析，精准打击抄袭。科学技术的不断进步为打击盗版侵权行动提供了更多的可能性，在多方共同努力下，网络文学产业的正版化运营已逐渐进入正轨。

除盗版侵权问题外，网络文学作品中存在的内容导向偏差，低俗、色情、暴力等情况也是网络文学行业健康发展的一大阻力。全国“扫黄打非”办公室专职副主任薛松岩曾指出，网络文学有着近 4 亿用户规模的巨大市场，而青少年是网文作品最大的读者群体，思想导向错误的作品将严重影响青少年健康成长，社会各界都应

① 艾瑞咨询，《2018 年中国泛娱乐版权保护研究报告》，https：//baijiahao. baidu. com/s？ id = 1602958619469123993&wfr = spider&for = pc，2018 年 11 月 17 日查询。

② 艾瑞咨询，《2018 年中国泛娱乐版权保护研究报告-简版》，https：//www. iresearch. com. cn/Detail/report？ id = 3222&isfree = 0，2018 年 11 月 17 日查询。

高度关注。为建立健康清朗的网络文学环境，2018 年 5 月，全国“扫黄打非”办公室、国家新闻出版署联合部署各地开展为期三个月的网络文学专项整治行动，重点整治网络文学作品导向不正确及内容低俗、传播淫秽色情信息、侵权盗版三大问题。① 截至 2018 年 6 月 15 日，北京市文化市场行政执法总队就传播淫秽色情及低俗文学作品情况，已对“17K 小说网”“晋江文学城”“飞库网”“飞卢小说网”“红袖添香”“纵横中文网”作出行政处罚，上海、江苏已分别向“起点中文网”“逐浪小说网”下达行政处罚告知书。据不完全统计，2018 年 6 月至 8 月底，各地共查办网络出版行政和刑事案件 120 多起，责令整改网络文学经营单位 230 余家，封堵关闭网站及账号 4000 余个，查删屏蔽各类有害信息 14.7 万余条②。

在地方政府组织下，网络文学企业也积极开展自查自纠。如逐浪网删除涉嫌违规作品 3.6 万部；潇湘书院下架违规作品，屏蔽 2011 年前未经人工审核的驻站作品 8 万多部；起点中文网删除屏蔽严重违规内容 71 条，修改轻微违规内容 1235 条；17K 小说网全面清查网站内容，加强内容审核和安全管理工作。政府和企业的严查实抓，让网络文学行业生态进一步优化，为网络文学发展营造了良好环境。2018 年 1 月 28 日，阅文集团携手湖南卫视举办“第三届中国原创文学风云榜盛典”，并发布了年度原创风云榜、年度改编潜力 IP、年度潜力作家等多份榜单，榜上有名的小说多以内容取胜，为主流发声。正如业内人士所说，网络文学已进入以质取胜的年代，追求真善美、传播正能量的原创作品已经成为社会主流，那些缺乏优质内容而单靠“打擦边球”“蹭热度”来吸引读者眼球的作品注定被边缘化。文学网站应把好作品质量关，让网络文学走上更加规范的发展道路，成为一种更高质量的文学形式。

3. 文学网站海外布局再谱新篇

阅文集团高级副总裁林庭锋曾在采访中表示，“网络文学是互联网时代最能理解小说读者的文化样式之一，随着互联网时代全球共鸣的不断加强，网文的这一内容特质能够很轻松地跨越传统概念上的文化鸿沟”③，这或许是中国网文深受海外网民欢迎的原因之一。据统计，阅文旗下的起点等文学网站、晋江原创网等，各拥有 3000 万-4000 万注册网民，其中 30%的网民来自国外，分布在全球近两百个国家和地区④，如此庞大的读者基础，让中国网络文学的海外旅程备受关注。2017 年 4 月，

---

① 张红兵，《两部门联合开展网络文学专项整治 400 余家违法违规文学网站被关闭》，《法制日报》2018 年 6 月 15 日。

② 中国新闻网，《扫黄打非办：网络文学整治关闭网站及账号 4000 余个》，http：//www. chinanews. com/gn/2018/09-20/8632251. shtml，2018 年 11 月 17 日查询。

③ 南方网，《中国网络文学已有海外号召力　网文如何成功出海?》，http：//culture. southcn. com/c/2018-10/15/content_ 183833314. htm，2018 年 11 月 18 日查询。

④ 周百义，《我国网络文学发展现状探析》，《中国编辑》2018 年第 10 期。

文化部出台《关于推动数字文化产业创新发展的指导意见》，提出了“开放发展，跨界融合”这一数字文化产业发展的基本原则，强调要走开放式创新和国际化发展道路。在政府扶持、企业助推、市场需求和文化吸引等多重因素推动下，“网文出海”的足迹已遍布全球。

据《网络文学海外传播（2017-2018）研究报告》显示，2005年启动的网络文学内容外文出版授权正式揭开了网络文学出海的1.0时代的序幕，而在2016年底，阅文集团开始启动海外传播2.0战略，带领网文出海由原来的内容输出向文化输出升级。以阅文集团为例，其近年已向日韩地区、东南亚多国和欧美多地授权数字出版和实体图书出版达300余部，涉及7种语种，20余家合作方，旗下网站起点国际（Webnovel）已上线近9万章、约2亿7000万字的翻译作品，覆盖东方幻想、言情等13个热门品类，实现了多部作品的英文同步首发，吸引累计用户访问量超2000万。起点国际上线的网络文学作品深受海外读者推崇，社区每天可产生评论6万余条，仅《天道图书馆》一文阅读人次便高达7700万，同样阅读人次突破千万级的网文作品还有40余部①。2018年8月，阅文集团与中国图书进出口（集团）总公司达成合作，将向中图公司率先授权包括《牧神记》《庆余年》《女巫》《全职高手》《许你万丈光芒好》在内的120部版权作品，通过中图易阅通数字平台、海外渠道进行海外市场运营。中图公司也将支持阅文集团开拓 Amazon Kindle、Apple ibooks、google 书城等渠道，结合以上平台的推荐资源，在海外地区实现更大限度地分销。10月，阅文集团正式完成对韩国原创网络文学平台 Munpia（株式会社文笔雅）的投资，共收购其26%的股份，有望快准狠地切入韩国网文市场，丰富海外传播的渠道和内容。除阅文外，掌阅近两年交出的出海“成绩单”亦表现不俗。截至2018年1月，掌阅已有逾100部作品授权至海外，翻译成韩、日、泰、英多种文字，其中授权泰国版权方9本作品，韩日版权方4本漫画，英语版权方88本作品，包括《龙武至尊》《闪婚厚爱》《奥法之王》《光》《画骨女仵作》等在内的多部小说，以及《指染成婚》《豪门天价前妻》《星武神诀》《赝品专卖店》等漫画。② 据《掌阅海外业务发展报告》，掌阅海外版已上线英语、韩语、俄语、印尼语、法语、泰语、阿拉伯语、乌尔都语等14个语种版本，覆盖40个“一带一路”沿线国家和地区，用户累计超过2000万，平均每天阅读时长为36分钟，在海外华语区掀起了中国文化热。除网络文学外，网文改编的作品也持续出海，备受好评。有《指染成婚》风靡日韩在前，截至2018年8月，在韩国最大漫画平台 KAKAO 独家首发的《妖神记》连续位居畅销排行前三名，而由网络小说改编的影视作品，如《全职高

① 出版商务周报，《〈网络文学海外传播（2017-2018）研究报告〉发布，网文出海进行时》，http：//www. cptoday. cn/news/detail/6303，2018年11月18日查询。

② 青年报，《掌阅文学公布“出海”成绩单》，http：//app. why. com. cn/epaper/webpc/qnb/html/2018-01/03/content_ 48681. html，2018年11月18日查询。

手》《琅琊榜》《无证之罪》《武动乾坤》《天盛长歌》《扶摇》等，已登陆多个国家和地区，以文艺的形态带动网络文学走出去。随着中国网文、网文改编作品在全球范围的闪耀，网络小说已扛起“文化逆输出”大旗，引发国外网文创作风潮。

“能否让用户融入并参与，是一种文化能否真正落地生根的核心。”① 当下“网文出海”已不仅仅满足于加强翻译投入以打破语言壁垒，而是主动地寻求更有生命力和创作力的文化空间，让网络文化落地。2018 年 4 月，阅文尝试输出“原创模式”，让外国人也纷纷摩拳擦掌写起了中国式网文。开放海外原创功能后，起点国际已吸引海外注册作者超 5000 人，共创 10000 余部英文原创作品②，这些作品种类丰富，包括西方奇幻类的 *Chronicles of the Weakest Wind Mage*（《最弱风之法师纪事》），东方仙侠类的 *Legend of the Perfect Emperor*（《完美帝王传说》）等。起点国际轻松的分享模式和读者高速的反馈深深吸引了西班牙作家 Alemillach，其发布的作品 *Last Wish System*（《最终愿望系统》）成为网站首部签约 VIP 付费阅读的原创作品，并长期占据起点国际原创小说海外月票榜前三名。新加坡青年 Moloxiv 创作的网文小说 *Number One Dungeon Supplier*（《第一秘境供应商》）也人气颇高，深受外国读者喜爱。9 月 15 日，第二届中国“网络文学+”大会“网络文学走出去”论坛在京举行，会上清华大学文化创意发展研究院与阅文集团、纵横文学、阿里文学等联合发起成立网络文艺国际创研基地，未来将携手海内外知名高校与机构共同落实网络文艺英才国际研修计划。此外，阅文集团携手韩国 Munpia 发布了“星创计划”，旨在共同培育网络作家，打造有潜力的原创文学作品，发布权威性的原创作品榜单。在多方共同努力下，长效化、精英化发展的海外网文创作人才培育机制将为中国网文模式的海外发展打下更为坚实的基础。

“除了让外国人能看懂，更要让他们自愿成为网文创作的主体”，这是当前中国网络文学产业海外输出呈现的新样貌，正如网文评论家庄庸所言，网络文学逐渐经历了阅读者即创作者、同步 UGC（用户内容产消合一）、到反向输出 PGC（专业内容生产者）三个阶段的嬗变和叠加③。在未来，各大平台还将紧跟网文海外传播 2.0 的步伐，利用优质的文化内容和丰富的传播渠道保持网络文学“走出去”的先天优势，打造一个中国式的“好莱坞”，为提升中国软实力贡献力量。

二、不同类型的网站平台

2018 年是中国网络文学发展二十年，也是文学网站发展历史中极为重要的节

---

① 出版商务周报，《〈网络文学海外传播（2017-2018）研究报告〉发布，网文出海进行时》，http：//www.cptoday.cn/news/detail/6303，2018 年 11 月 18 日查询。

② 阅文集团，《阅文持续探索海外市场 起点国际见面会菲律宾掀热潮》，https：//mp.weixin.qq.com/s/cXODru2WvzD46Tb-pG_55g，2018 年 12 月 10 日查询。

③ 沈杰群，《中国网文出海 外国人能懂也能写》，《中国青年报》2018 年 11 月 13 日。

点，网络文学境域内不同类型的网站平台面对新的机遇，携手创造新的网文历史，从各自维度发力推动网络文学的不断前行，又从各个侧面显示出其特有的功用。

1. 大型网站引领行业发展

大型文学网站是指在原创作品总数、签约写手数量、网站点击量、触达用户数量、资本运营数额等因素综合考量下体量较大的文学网站。以上市公司阅文集团为例，截止 2018 年上半年，阅文集团已拥有涵盖 200 多种内容品类的原创文学作品 1070 万部，旗下作家数量增长至 730 万人，平台新增字数 217 亿，平均月活跃用户 2.135 亿，创造了总营收 22.83 亿元、在线阅读收入 18.51 亿元的惊人数字①。可以说阅文集团囊括的创世中文网、起点中文网、起点国际、云起书院、起点女生网、红袖添香、潇湘书院、小说阅读网、言情小说吧等数字阅读平台各项数据均位居前列，发挥出巨大的品牌影响力，引领着行业的发展风向。

（1）深耕现实题材创作

中国网络文学的发起主要从玄幻、仙侠、历史穿越类型的小说作品开始，但随着时代的不断变化，目前网络文学同传统文学、同现实生活的联系日益紧密，更多关注现实题材的网络文学作品逐渐崭露锋芒。据统计，2017 年现实题材作品已经达到全部网络作品的 52.5%，中国网络文学正在迈向“现实题材”创作的新时代，而大型文学网站为这一新时代的发展贡献了不菲的力量。

在阅文集团的大力推动下，网络文学现实主义题材征文大赛迄今已成功举办两届，参赛作者累计超过 12000 名，参赛作品更是突破了 15000 部，成功输出了《复兴之路》《大国重工》等一系列描摹现实、讴歌时代的作品。2018 年 4 月，由阅文集团主办的“写一种情怀——第三届网络原创文学现实主义题材征文大赛”开始征稿，大赛以改革开放 40 年为时代背景，要求参赛作品能体现时代精神，抒发国家情怀。至截稿日，第三届征文大赛共有 10200 位作者参加征文，创作现实题材作品 11800 部，相比上一届征文，参赛作者增长 32.5%，参赛作品增长 31%。受大会推动，2018 年现实题材网络文学作品数量呈井喷式增长。此外，阅文还开展了一系列主题培训活动，如阅文集团 2018 年云起作家深圳高研班活动、“创现实　阅万里”2018 阅文集团现实主义万里行——第三届网络文学现实主义题材征文大赛培训活动等。通过深入作家和学生群体，阅文集团弘扬了“用网络文学书写新时代风貌”这一理念，将现实主义创作的火种传递给青年一代，为现实主义题材作品的持续创作发展储备充足的有生力量。

除阅文集团外，阿里文学就聚焦现实题材精品内容，助力传统文学与网络文学的融合发展做出了一系列努力。9 月 14 日，阿里文学 CEO 宇乾在第二届中国“网

① 阅文集团，《一张图读懂阅文集团 2018 年上半年财报》，https：//mp.weixin.qq.com/s/WcAriXwS1Snf BY-vALGyxxQ，2018 年 12 月 3 日查询。

络文学+”大会上表示，为全面朝向精品化方向发展，打造网络文学新高峰，网络文学需要传统文学的滋养。10 月 19 日，由北京十月文艺出版社、北京作家协会、阿里文学联合举办的“新时代新风口：网络文学中的现实题材精品创作”主题论坛在北京举行，对新时代现实题材的创作如何打破套路化、模式化的症结，“改造”并影响网络文学的创作形态和格局展开了主题讨论。10 月 30 日，在第三届“北京十月文学月”闭幕式上，阿里文学与北京十月文艺出版社签署战略合作协议，成立“十月阿里文学创作中心”，并推出“匠心计划”。阿里文学预计首期投入超 2000 万元，以培育弘扬民族文化、体现民族精神的重大革命历史题材和改革开放题材等类型作品，扶植广大作家创作出兼具艺术价值和市场价值的现实题材作品，并为优秀作家及作品提供全链路助力。据悉，有 7 名“十月”传统作家与 5 名“阿里”网文作家入选首批扶持名单。

网络文学与传统文学的融合发展是网络文学步入 2.0 时代的重要命题，而用现实主义精神和手法来反映生活及历史，也是当代网络作家必修一课。[①] 在行业先锋的带动下，网络文学界正经历一次自我蜕变，通过深耕现实题材创作记录时代生活，可以促使网络文学积极传播正能量，成为社会主义文学的一个重要组成部分。

(2) 重塑网文 IP 价值

2015 年前后，网络文学作品以其巨大的衍生价值受到了泛文娱产业的青睐，吸引了大量资本涌入网文改编市场，部分投资者抱着赚快钱的心态疯狂囤积 IP，而其粗糙且低质的开发模式和受众逐渐的“审美疲劳”致使 IP 价值泡沫化，IP 开发很快便遭遇凛冬。经过三年沉淀，IP 泡沫逐渐破灭，市场也开始回归理性，打造具有艺术观赏性和文化价值的高质量 IP 成为业界和消费者的共同呼声，网文 IP 开发重新站在时代的风口，直面新的契机和挑战。

为孕育优秀作品，积累创作人才，2018 年 4 月 26 日，掌阅与中国传媒大学受众研究中心共同建立的“IP 研究基地”正式揭牌，基地成立后将依托行业现状进行深入研究，通过定期召开行业峰会、讨论会的形式把脉行业痛点，并开展系列 IP 产业链人才培养计划，以推进行业发展、持续为行业输送人才。此外，掌阅文学旗下原创网文平台趣阅科技也长期面向社会进行 IP 向约稿，以对签约作品进行全版权开发，不断发现、扶持优秀作者与优质作品。

阅文集团 CEO 吴文辉曾表示，业内尚未找到关于“IP 变现”方面特别完整的商业模式，对于大 IP 的开发也缺少一个长远的规划。为解决这一问题，阅文集团升级“IP 共营合伙人”制，与包括电影公司、电视制作公司及游戏开发商在内的 200 多家内容开发公司建立深度合作关系，并在 2018 年 10 月正式完成对新丽传媒 100% 股权的收购，形成了“IP 全链服务”，意图加码 IP 开发，深耕 IP 泛娱乐产业链，

① 参见黎直前：《网络文学进入 2.0 时代》，《人民日报》2018 年 10 月 26 日。

为消费者提供更多元、更优质的 IP 精品。2018 年上半年，阅文已将 60 余部网络文学作品的改编权授予合作伙伴，以供其改编成其他娱乐形式。据阅文集团 2018 年上半年财报显示，其版权运营业务收入同比大增 103.6%，达到 3.17 亿元。与在线阅读业务相比，IP 开发是一个更大的泛娱乐市场，阅文根据网络文学 IP 开发影视剧、动漫作品、游戏等全版权运营模式已较传统的在线阅读业务更具增长点。以网文改剧为例，由潇湘书院金牌作家天下归元的作品《扶摇皇后》改编的电视剧《扶摇》斩获了单日网播量破 3 亿、上线一周腾讯视频《扶摇》单平台累积播放量 15 亿、浙江卫视周播剧场收视冠军的好成绩；超人气 IP《斗破苍穹》同名改编的电视剧首播当日便拿下了同时段全国收视第一、市场份额当晚第一；《武动乾坤》同名改编剧第二季总播放量更是突破 50 亿。除网文改剧外，2018 年阅文集团网文改编动漫作品的播放量也纷纷破亿，旗下白金作家我吃西红柿的作品《星辰变》豆瓣评分高达 8.5、腾讯视频评分高达 9.4，被认为是今年国漫领域高品质的口碑之作。而由阅文集团大神作家圣骑士的传说的作品《修真聊天群》改编的漫画获得第 15 届“金龙奖·最具网络人气改编漫画奖”银奖，目前全网人气已经突破 110 亿大关，收获好评不断。此外，由阅文旗下阅文游戏首款定制开发并自主发行的微操动作卡牌手游《斗罗大陆》也于 11 月 30 日正式开启公测，以超高的小说还原度和丰富的玩法吸引了一波原著粉与游戏迷。展望未来，阅文集团有望建立涵盖在线阅读和版权改编的整体 IP 开发运作体系，充分释放 IP 价值。

在付费模式下，“大 IP+小鲜肉”已不是流量的保证，只有“优质的文化内容+精良的制作”才能维持 IP 生命力，打通 IP 延伸渠道，最终实现 IP 变现。目前，培育优质作品、全版权运营 IP 已成为 2018 年各大文学网站的焦点，高质量的网络文学作品正在以 IP 的形式将影视、游戏、动漫等产业串联起来，拓展网文产业边界，塑造产业与文化的双重价值。

2. 中小网站探索生存之道

中小型文学网站是指在网络文学市场上所占份额较低，且具有独立性（独立经营、自负盈亏），未被大型网站、公司、集团收购或控股的文学网站。飞卢小说网、塔读文学网、恒言中文网、黑岩网、磨铁中文网等就属于中小型文学网站。2018 年，面对不断被蚕食的市场份额和激烈的市场竞争现状，部分中小型网站积极寻求合作，以创新谋得一条出路，但绝大多中小型网站仍被困境重重包裹，苦苦探索转型突围之路。

（1）在激烈竞争的夹缝中求生存

据艾瑞指数 iRIndex 数据显示，在 PC 端，惊语中文网以 2018 年月度覆盖人数 999 万人位居中小型文学网首位，较去年实现了一定程度的增长，但仍只有晋江文学城一半不到的用户覆盖面。在移动阅读方面，掌阅、阅文和阿里的月均独立设备数量也占据了绝对优势，将中小型文学网站开发的移动阅读 APP 远远甩在身后。速途研究院 2018 年 12 月推出的《2018 年中国网络文学作家影响力榜》指出，虽然不少新生代作家凭借优秀作品跻身榜单前列导致男女作家 TOP50 榜单的排名变化较大，但榜上有名的作家仍多为大平台所包揽。纵览男频作家影响力 TOP50 榜单，前 15 名中有 14 名作家为阅文集团所属，仅 1 名归属于纵横文学，且榜单中超过 95% 的作家作品在阅文集团旗下网站进行连载。女频作家影响力 TOP50 榜上的女作家虽签约分布广泛，但近 80%女频作家来自阅文集团旗下的原创文学品牌，网络文学头部作家与大平台捆绑紧密。同时，据 CNPP 数据研究与十大品牌网（china-10. com）联合推出的《十大网络文学品牌排行榜》显示，榜单中六大网络文学品牌属阅文集团旗下，百度文学、掌阅科技、中文在线、晋江文学城各占其一，中小型文学网站榜上无名。

在市场自由竞争机制下，大型文学网站手握大量资金，依靠无数优秀作家创造出的优质作品已成功构建了自有品牌，而其开展的全产业链运营也为平台自身发展打造了一条护城河。以掌阅科技为例，自成立以来，掌阅已与 600 余家版权方合作，通过图书数字版权为全球 150 多个国家和地区的数亿用户提供高品质的图书内容和智能化的用户体验，目前公司累计注册用户达 6 亿，月活跃用户达 1 亿。2018 年上半年，掌阅科技实现营收 9. 37 亿元，同比增长 18. 2%，净利润 7845. 7 万元，同比增长 15. 33%。8 月份，掌阅科技推出了一款专注于青少年阅读的 APP“掌阅课外书”，优选来自全球 36 个国家的 2W+本课外图书，以期帮助青少年形成阅读习惯，助推公司未来发展。相较大型文学网站，中小型网站对明星写手的吸引力较小，由于缺乏高质量的原创作品，其单一的付费阅读或广告收益往往无法维系网站发展的基本循环资金链条，在竞争中始终处于劣势。许多中小网站虽积极进行创新和市场拓展，但仍然随时面临被市场淘汰的风险。

（2）扬长避短，在变革中突围

中小型文学网站在激烈的市场竞争中承受着来自大型互联网企业的强烈冲击，生存空间不断被挤压，面对这一现状，许多网站开始思索自身的突围模式，在风暴中摸索着站稳脚跟。

通过精耕 IP 开发提升自身影响力仍是目前中小型文学网站的普遍选择。塔读文学签约作者纯风一度点击过亿的《豪门游戏：私宠甜心宝贝》目前已改编成青春爱情偶像剧《奈何 BOSS 要娶我》，由搜狐视频、华晨美创（北京）文化传媒有限公司出品，南京极韵文化发展有限公司联合出品。黑岩网作者陌上人如玉的作品《大理寺少卿的宠物生涯》改编成了同名网剧，于 2018 年 2 月顺利杀青。传统纸质媒体企业磨铁公司打造的网络文学品牌“磨铁文学”经过八年的探索发展，已脱离了“付费阅读+广告收益”这种单一的商业盈利模式，迈入以优质作品内容为基础的全版权开发之路，目前已签约了南派三叔、当年明月、阿桂、今何在、白茶、Priest、琉玄、猫小玖等著名写手，并在2018年1月发起第二届“磨铁杯”黄金联赛，分为三个赛季进行评选，为磨铁寻求更多优质作者与作品。在前两个赛季中，磨铁文学共计收到4034部参赛作品，涵盖悬疑、言情、玄幻、恐怖、科幻等多类题材，参赛作品展示页面点击量过两亿，参赛作品阅读总量超过五千万，评选出《萨满往事》《女先生》《斯文战争》《中华女子战争》等众多优秀网络文学作品，三赛季“磨铁杯”将共评选出36部“季度金牌签约奖”作品、3名“年度黄金大奖作家”，同时设立“年度出版黄金大奖”“年度影视改编黄金大奖”“年度最受欢迎作品黄金大奖”等单项奖励，共发放奖金2000万元。据磨铁文学总编辑、常务副总经理唐平介绍，当前磨铁文学正在孵化并运营包括纷舞妖姬的《中国特种兵之特别有种》、泠歌的《探者时骏》等24部重量级IP作品，涵盖了铁血军旅、古代言情、现代言情、悬疑推理等热门题材。在磨铁集团的运营下，“磨铁文化”与“磨铁图书”“磨铁娱乐”“磨铁动漫”“磨铁新媒体”共同形成了五大基石业务板块，通过全方位的内容生产和IP运营管理，构建了一个覆盖网络文学、实体图书、电影、电视剧、网剧、游戏等各种类型的完整内容生态。此外，以磨铁文学为代表的中小型文学网站也纷纷向移动阅读APP发力，力图在庞大的移动阅读市场上分一杯羹。据艾瑞指数iRIndex数据显示，逐浪小说网、塔读文学网、飞卢小说网等中小网站2018年月独立APP设备数在100-300万之间，虽然同行业巨头掌阅、腾讯、阿里和咪咕阅读有着明显的差距，但发展势头喜人，他们通过内容差异化定位成功抢占了部分市场。

3. 门户网站打造网络文学空间

门户网站的文学频道是指拥有丰富互联网资源、提供综合信息服务的门户网站为更好地给大众提供文学服务而专门开设的网络文学服务频道。目前中国最具代表性的门户网站有新浪、网易、搜狐和腾讯（被称为中国四大门户），同时百度、新华网、人民网、凤凰网等也属于国内知名度很高的门户网站。网络文学一路强势发展，轻松赚足了各类网站运营者的眼球，网络文学和文化产业的力量碰撞激发了网络文学价值井喷式的增长，显示出网络文学行业所蕴含的巨大商业价值与社会价值。在这样的背景下，各大门户网站也早就开始将触角伸向网络文学行业，陆续开通了自己的文学频道，为网络文学的创作和发展提供更为丰富多样的平台，且有部分门户网站的文学频道依托于门户流量做大做强而走向了单独分离经营的道路。2018年，很多门户网站的文学频道依旧活跃于网络文学的行业前沿，多维度影响着网络文学的整体发展。

（1）经营文学频道，增强网站竞争力

新浪、网易、搜狐和腾讯“四大门户”作为第一代“新媒体”已经老了，发展日渐式微，要想突破瓶颈就必须积极寻求新的业务拓展。门户网站的当下之急就是要打造平台，连接其他多种产品，以矩阵形成集群优势，以此更好地发挥门户网站平台的作用，吸引更加广泛的用户群体，增强整体竞争力。于是，各大门户积极布局网络文学领域：2002 年新浪在国内门户网站中开风气之先成立了读书频道，随后搜狐、网易、腾讯也陆续开通了读书频道，其中较早开设读书频道的新浪和搜狐有长年的经验积累，而网易和腾讯也凭借自身丰富的资源和后发优势在网络文学领域里大放异彩。下面我们对四大门户截至 2018 年 11 月旗下与网络文学相关的产品做了整理：

门户网站	网络文学产品
腾讯	**网络原创与阅读品牌：**腾讯读书频道（QQ 阅读 PC 版）、创世中文网、起点中文网、起点国际、云起书院、起点女生网、红袖添香、潇湘书院、小说阅读网、言情小说吧等 **出版及数字发行品牌：**腾讯文学图书频道、华文天下、中智博文、聚石文华、榕树下、悦读网 **听书品牌：**天方听书、懒人听书 **移动阅读 APP：**QQ 阅读、微信阅读、起点读书 **移动创作 APP：**作家助手
网易	**网络原创与阅读品牌：**网易读书频道（网易云阅读 PC 版） **移动阅读 APP：**网易云阅读、网易蜗牛读书
新浪	**网络原创与阅读品牌：**新浪网读书频道（新浪读书）
搜狐	**网络原创与阅读品牌：**搜狐网读书频道（搜狐阅读）

根据上表所显示的信息，显而易见，四大门户中腾讯在网络文学领域内走得最深最远。2004 年腾讯读书上线，为腾讯之后在网络文学的布局打下了基础，探索到了许多宝贵经验，是腾讯“泛娱乐”战略中的重要一环。2013 年，腾讯公司抓准时机在网络文学领域发力，与当时名声大噪的起点创业团队合作，引起了业内震惊，借腾讯读书探路之后的腾讯文学于 2013 年横空出世，并于 2014 年 4 月 16 日宣布以子公司形式独立运行，将创世中文网、腾讯文学网、腾讯读书频道以及 QQ 阅读等所有资源整合到了一起，腾讯读书至此完美融合于腾讯文学开启了全新的发展道路。到 2015 年网文江湖风云突变，腾讯文学整合了原盛大文学成立阅文集团，终于奠定了现在网络文学界的霸主地位。2017 年 11 月 8 日，阅文集团在港交所挂牌上市，开盘即上涨约 63%，每股报于 90 港元，市值达到 816 亿港元。此外，网络文学的“后起之秀”网易则剑指移动端，精心打造了口碑和用户量俱佳的网易云阅读、网易蜗牛读书两款优质移动阅读 APP。新浪读书、搜狐读书以及凤凰读书、百度阅读、新华阅读等门户网站的文学频道也依旧活跃在众多网络文学爱好者之间。

总而言之，门户网站打造读书频道不仅仅是给予网文用户一个更多样化的阅读平台，更是为门户网站的未来发展寻求新的市场空间。从另一个侧面来看，四大门户介入网络文学也愈发显现出了网络文学行业蕴藏的无限生机与活力。毋庸置疑，由腾讯读书频道发源而来的阅文集团已经登上当下中国网络文学霸主的宝座，它的一举一动都牵动着整个网络文学行业的神经，引领着行业的发展走向。

（2）依托不同特色，建立网文新空间

门户网站和专业性的网络文学网站之间存在着一些区别。相较于专业性的网络文学网站而言，门户网站囊括更为多样化的信息和更加多元化的内容，也有着更为纷繁复杂的栏目设置，综合性特征明显；其次，在用户构成方面，门户网站的用户覆盖范围更广、数量更庞大、成分更复杂；还有，门户网站的信息具有更明显的即时性，且书籍阅读和新闻链接之间的信息沟通更为方便快捷。基于门户网站的这些特点，大多门户网站读书频道的经营理念都以“综合性”“多元化”为关键词，但是在“综合性”之外，门户网站的读书频道也致力于挖掘自身特点，建立有辨识度的网文新空间，这样就可以充分利用平台资源进行专业的风格打造和市场细分，以便于维持网站的整体协调，更好地为目标用户提供精准、深度的服务。

比如新浪、搜狐、腾讯和网易虽然综合性特征都十分明显，但是在读书频道整体风格的建设上还是具有一定的差异性。新浪读书主打高端内容，图书资源偏向于传统文学；搜狐读书的内容也走纯文学路线，其中包括不少深度阅读和名家专访的内容；腾讯读书则定位大众化阅读，文学内容资源更年轻化、娱乐化。另外，像凤凰读书、新华悦读、人民网读书频道这类门户的读书频道有着更明显的风格化特征。比如凤凰读书是综合门户凤凰网的子频道，根据艾瑞咨询统计数据显示，凤凰网所面向的用户较之其他同类网站，更多的来自于那些高收入、经济状况良好、受教育程度高的相关群体①。用户的特点决定了凤凰网的内容提供主要涉及在新闻资讯、深度报道、观点评论、财经产品等方面，其读书频道也是期望达成“以高尚的人文阅读品味，引领全球精品阅读”的目标。在这样整体基调的确立下，凤凰读书频道在为广大用户读者提供精良阅读内容以及个性化书摘和评价的基础上，还对于文学、历史、政治等学科领域的话题坚持深入的研究和探讨，由此凤凰读书在业界也就树立了“长于文史，注重品质”的良好形象，获得了追求深度阅读品质用户的追逐。再如，新华网的子频道新华悦读是新华网联合中文在线共同开发的数字阅读平台，新华网的主办单位是国家通讯社新华社，属于中央重点新闻网站，因此也就更具有“党和政府喉舌”的特点。在这样的责任使命下，新华悦读虽然包含了部分网络文学的原创内容，但更重于严肃性和文学性，秉持着“思想点亮中国，阅读温暖人生”的传播理念，主要分享品质阅读和经典阅读，和以商业利益追逐为主的文学网站、文学频道有着本质上的区别。还有发源于《人民日报》的人民网子频道——人

① 纪海龙：《网络文学网站 100》，中央编译出版社 2014 年版，第 219 页。

民网读书频道也有着和所属门户网站风格相统一的特点，人民网是以新闻为主的综合型网络媒体，是“国家重点新闻网站的排头兵”，创始之初就奉行着“权威性、大众化、公信力”的宗旨直到现在，因此人民网读书频道也专注文学经典和高品质内容，且人民网读书频道和时政联系相当紧密，读书播报栏目中的推荐书目多与国家发展、红色历史、时事政治和党员思想建设相关，风格特点十分鲜明。

4. 文学机构网站的主流发声

文学机构网站是指隶属于专业文学机构或团体对外发布作品、传播信息的网站，其动态往往代表中国文学业界的主流。当下很多文学机构都建立了专门的网络文学委员会，很多文学机构网站也都下设有专门针对网络文学的子频道。网络文学由最初的“野蛮生长”到如今已经形成较为规范的产业生态离不开文学机构网站的主流发声，也离不开各级文学机构对网络文学这一新的文学形态的认可和支持。

（1）主流发声，引导网络文学健康发展

文学机构网站所依托的多是作协组织等政府机构，因而其网站内容与所依托的机构本身的定位息息相关。例如，中国作家网是中国作协的官网，它所体现的就是作协的立场。中国作家网有网络文学板块，内容十分丰富，更新也很及时，就是源于作协对网络文学工作的重视。这些年来，中国作协一方面成立全国网络文学重点园地工作联席会议办公室，举办网络作家作品研讨会，后来又成立了网络文学中心；另一方面在重点作品扶持工程、举办茅盾文学奖、鲁迅文学奖等重要奖项时向网络文学敞开大门，并从2015年开始每年举办网络文学作品排行榜，因而中国作家网中的网络文学内容就很好地体现了这方面的内容。

全国各地作协、文学团体主办的网站也对网络文学给予密切关注。这两年，各省市相继成立网络文学作家协会，各大文学机构网站举办的网络文学活动越来越丰富，如发布的网文作品点评、网文创作者的访问报道，以及对行业发展走向的深度思考等。如2018年3月29日，中国作协网络文学委员会就连同上海市新闻出版局、上海市作家协会等单位联合举办了“中国网络文学20年发展研讨会”，并在会上发布了“中国网络文学20年20部优秀作品”的推选结果。随后中国作家网和多个省市的作协官方网站都对此次研讨会做了报道并发表了相关评论。2018年5月，中国作家协会又联手浙江省委宣传部、杭州市委宣传部共同主办了首届网络文学周，并首次发布了《2017中国网络文学蓝皮书》①。中国作家网、中国文艺网等网站也都在关注作家和作品之外还发布了很多像《何平：再论“网络文学就是网络文学”》《网络文艺处在“雅化”关键期》《确立传统文化在网络文艺的话语权》这样对网络文学行业发展有影响的文章。各省市文学机构网站也在网络文学领域持续活跃。

① 中华网，《中国网络文学二十年系列评审揭晓（5）》，https://news.china.com/zw/news/13000776/20180917/33927248.html，2018年11月29日查询。

江苏是网络文学重镇，是网络文学创作发端最早、网络作家数量最多、创作总量在全国名列前茅的地区，2018 年江苏实施了很多网络文学“大动作”：11 月 14 日，江苏省作协、南京市江宁区人民政府、南京市秦淮区人民政府、镇江新区管理委员会共同举办了首届“中国江苏·扬子江网络文学周”，并在文学周期间揭牌了中国江苏网络文学创意产业园，落地了江苏网络作家村，还举办了首届泛华文网络文学“金键盘”颁奖典礼。广东省作为网络文学读者的聚集地非常看重网络文学的发展，广东作家网的网络文学板块对网络文学界的新闻和优秀评论实时追踪，特别是对广东地区的网络文学发展持续关注。湖南作家网专设网络文学板块，集结众多业内知名人物形成强大的网络文学方阵，壮大网络文学湘军，通过机构网站为网络文学的发展献言献策，对丰富多样的网络文学作品保持关注、积极评论。重庆市作协参与承办了“2018 重庆网络文学大会”，并在重庆作家网上对大会情况进行了详细报道，对网络文学关注力度加深。文学机构网站的积极发声，对网络文学又好又快的发展起到了积极的引导和促进作用。

(2) 重品质追求，为行业设立新标杆

文学机构网站主办方的特点决定了一个文学机构网站的格调和特色。相比起点中文网、潇湘书院、纵横中文网、晋江文学城等大型的专业性网络文学网站，文学机构网站有着更为重要的社会责任和文学担当，它们更多地肩负着中国文学健康发展的历史使命和中国文艺繁荣昌盛的时代任务。这就决定了文学机构网站的内容呈现有相当大的不同，这类网站多传播能体现时代精神和民族特色，给人以更多思想力量和精神提升的文学作品及相关信息。

首先，部分文学机构网站虽下设网络文学子栏目，但更多的关注点是集中于各传统文学类型的发展，对文学作品的品质要求十分严格。这一点可以通过不同文学网站的栏目分类和作品展示方面明显反映出来。文学机构网站拥有充盈的文学资源，包含着大量有深度的内容，其对于文学作品的方方面面也都不乏关注，从文学作品拓展到文学创作者、文学评论、文学理论、文学研究等文学细分领域。不仅如此，文学机构网站对于网络文学板块的内容挑选和把关都十分严格，有着较为科学全面的选择评价标准，不像一般的网络文学网站作品水平参差不齐，仅以点击率来进行推荐。如中国文艺网的网络文学板块推荐的作品，有一部分是来自于中国作家网的网络原创短篇小说作品，还有一部分则是于各大网络文学网站挑选出来的优秀作品。再如中国作家网的网络文学频道中主要包含大量已出版的优质网络文学作品推荐，如南派三叔的《盗墓笔记》、烽火戏诸侯的《雪中悍刀行》、缪娟的《翻译官》等。

其次，很多文学机构网站还会推出网络小说排行榜以及设置网络文学领域的文学奖项来表彰优秀网络文学作品，这种行为也于无形之中带动了网文作家进行更多优质内容的创作。比如 2018 年 5 月 17 日，中国作家网就发布了 2017 年中国网络小说排行榜下半年榜未完结和已完结作品的排名及评语，冰临神下的《孺子弟》、沧月的《朱颜·镜》、藤萍的《未亡日》、宅猪的《牧神记》等一批优秀的网络小说上榜，为网络文学创作设立了行业新标杆，促使网络文学作家不断攀登高峰，推出文学精品。由中国作协网络文学委员会、上海市新闻出版局、上海作家协会、阅文集团联合举办的“中国网络文学 20 年发展专题探讨会”，推出了 20 年来 20 部优秀作品。2018 年由文学机构新增的网络文学奖项有由江苏省作家协会设立的泛华文网络文学“金键盘”奖，还有中国作家网也参与协办了由橙瓜网主办的业内很有名气的“橙瓜网络文学奖”。文学机构网站借助文学奖项等措施，发掘优质作品、促使形成网络文学作者质量创作和网络文学行业健康发展的良性循环。

5. 移动阅读 APP 带动阅读新风向

APP 是应用程序“application program”的缩写，移动阅读 APP 就是指支持通过移动端来在线/离线进行阅读的移动应用程序，这里主要是指以网络文学或电子出版物为阅读内容的移动阅读 APP。2018 年，离 IOS 平台首次推出 App Store 已经过去 10 年，各类 APP 在这十年间以日新月异的状态迅速发展，从方方面面切入我们的生活、影响我们的生活并成为我们生活的方式。这些年来内容行业加速发展，国内移动阅读市场风起云涌，移动阅读 APP 带动了阅读的新风向，也为网络文学行业的发展创造了新的增长点。据艾瑞咨询公布的公开数据资料，我们整理了 2018 年月均独立设备数排名前 10 的主流移动阅读 APP：

移动阅读 APP	开发商	上线时间
掌阅	掌阅科技股份有限公司	2014 年
QQ 阅读	深圳腾讯计算机系统有限公司	2009 年
书旗小说	广州阿里巴巴文学信息技术有限公司	2015 年
咪咕阅读	咪咕数字传媒有限公司	2015 年
搜狗阅读	北京搜狗科技有限公司	2013 年
追书神器	上海元聚网络科技有限公司	2015 年
百度阅读	百度在线网络技术（北京）有限公司	2014 年
宜搜小说	深圳宜搜科技发展有限公司	2014 年
微信读书	深圳腾讯计算机系统有限公司	2015 年
多看阅读	北京多看科技有限公司	2010 年

（1）移动阅读市场发展稳步上升

移动互联网的便捷性，导致数字阅读由 PC 端向移动端转移。2008 年以来，众多移动阅读平台相继成立，三大运营商也逐步完成布局，阅读设备移动化这个趋势愈加明显，移动阅读进入黄金时代，无论是政策、技术还是资本都对移动阅读行业充分支持。2018 年 8 月，CNNIC（中国互联网络信息中心）发布《第 42 次中国互联网络发展状况统计报告》指出，截至 2018 年 6 月，我国网络文学用户规模达到 4.06 亿，较上年末增加 2820 万，占网民总数的 50.6%。手机网络用户规模达 3.81 亿人，较上年末增加 3713 万，网民使用率达 48.3%①。2018 年 10 月 Analysys 易观发布的《中国移动阅读市场白皮书 2018》显示，中国移动阅读市场规模稳步增长，2017 年达到 153.18 亿元人民币，相较 2016 年上涨 29.16%，预测 2018 年中国移动阅读的市场规模会达到 196.53 亿元。② 这些稳步增长的数据反映着行业可期的未来，移动阅读市场有着无限的市场潜力等待我们挖掘。

新兴行业的稳步上升必定会带来激烈的竞争，下面我们统计了几组数据：

中国移动阅读应用搜索指数分布③（2017 年 1 月–2018 年 4 月）

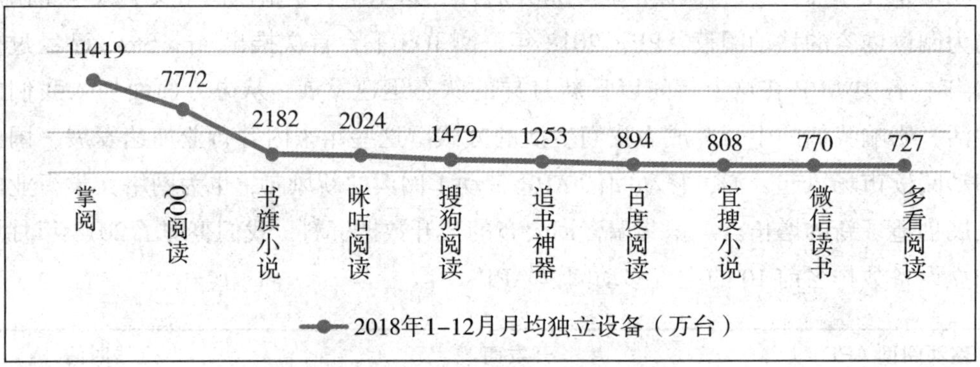

2018 年主流移动阅读 APP 月均独立设备④

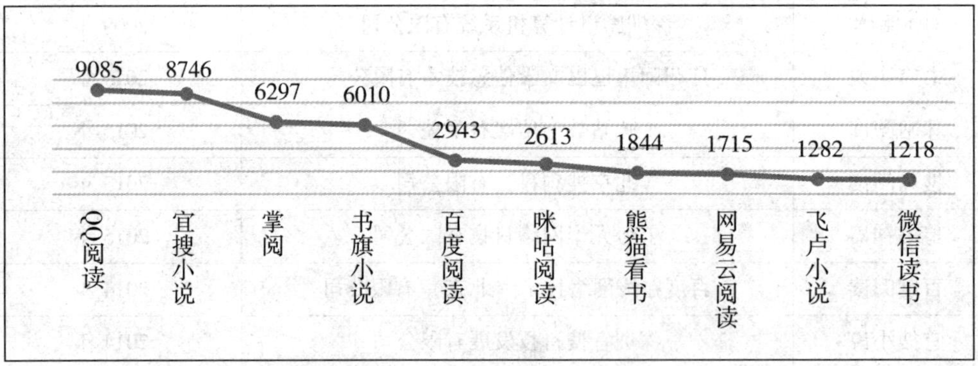

① CNNIC 中国互联网络信息中心，《第 42 次中国互联网络发展状况统计报告》，http：//www.cnnic.net.cn/hlwfzyj/hlwxzbg/hlwtjbg/201808/t20180820_ 70488.htm，2018 年 12 月 10 日查询。

② Analysys 易观，《中国移动阅读市场白皮书 2018》，https：//www.analysys.cn/article/analysis/detail/20018952，2018 年 12 月 11 日查询。

③ Analysys 易观，《中国移动阅读市场年度综合分析 2018》，https：//www.analysys.cn/article/analysis/detail/1001395，2018 年 12 月 11 日查询。

④ 根据艾瑞 iResearch 提供的数字在线阅读移动 APP 指数公开资料整理而成。

以上分别从移动阅读应用搜索指数和月均独立设备数两个指标来反映移动阅读APP市场热度状况和市场竞争现状。可以看出，QQ阅读、掌阅、书旗小说是移动阅读APP行业的领先者，而《中国移动阅读市场白皮书2018》就目前中国移动阅读市场情况也做了一个综合评价，将市场上的移动阅读平台的综合价值进行了计算并进行了梯度划分：QQ阅读、书旗小说、掌阅iReader为第一梯队（10≥价值>7）；百度阅读、咪咕阅读、起点读书、塔读文学为第二梯队（7≥价值>6）；宜搜小说、熊猫看书、网易云阅读、17K阅读为第三梯队（6≥价值）①。QQ阅读背靠阅文集团这棵"大树"，有庞大的原创内容资源，而且腾讯集团在2018年UP大会上将"泛娱乐"生态升级成为"新文创"生态。在这样的全新生态环境下，QQ阅读和其他平台的联系更为紧密，IP联动加强，"文、漫、影、游"相互助力的局面会更显乐观。掌阅以IP为核心，重视优质内容创作，在移动端持续发力打造了掌阅iReader、掌阅动漫（掌阅APP旗下栏目）、掌阅听书等明星产品，而且对海外市场也十分看重，企业影响力在不断扩大。书旗小说作为移动阅读市场的后起之秀能达到如此成绩和其在产品性能上不断推陈出新是分不开的，凭靠着阿里的技术实力和对用户需求的看重，书旗小说获好评无数，用户黏度相当高。在这之外，其他的移动阅读平台也为在移动阅读市场能分得一块蛋糕动作频频。比如中国联通沃阅读于2018年推出了"沃·阅世界"知识付费平台，并于4月29日正式成立了联通沃阅读科技文化有限公司，持续向移动阅读发力。快看小说新增了QQ支付、实时提醒等新功能，对整个界面设计以及阅读体验都进行了优化，以升级体验留住读者。阿里文学于2018年1月召开"领阅·共融"行业生态峰会，将文学、游戏、影视等不同业务进行整合，并针对特定用户群于6月发布"一刻钟内读懂一本书"的"秒读"和"纸电一体化"的"天猫读书"两款APP。爱奇艺也大力构建内容联动生态，于2018年2月上线了爱奇艺阅读APP。可以看出，2018年各厂商对移动阅读市场的关注度有增无减。

（2）*移动阅读行业凸显发展新趋势*

2018年中国移动阅读行业的发展重点从以往的内容积累向原创内容的孵化和作品改编的方向转变，整个行业的状态也呈现出有序发展的样貌，"生态化""全球化""个性化"是年度移动阅读行业呈现的几个关键词。

首先，伴随着整个行业的高速发展和对知识付费意识的培育，目前用户在线阅读付费的观念已经逐渐成熟，移动阅读的商业模式愈加完善，整个行业的未来饱含了无限生机。2018年，所有移动阅读厂商对"生态化"这个词有了更深的理解，阅文集团、阿里文学和咪咕阅读更是切实感受到生态化发展对于企业的积极影响，而

---

① Analysys易观，《中国移动阅读市场白皮书2018》，https://www.analysys.cn/article/analysis/detail/20018952，2018年12月11日查询。

其他厂商也因为看到了生态化发展带来的联动效果和协同进步而纷纷开启或者加大自身生态化布局的力度。2018 年，各阅读平台对“生态构建”均十分看重。例如，阿里文学将文学与其他不同业务进行整合，制定了生态联动策略，发力特定用户群推出新款移动阅读 APP，布局源头内容生态，成立 IP 影视顾问团，以生态合作保障 IP 孵化，还与阿里影业 A 计划合作，为青年导演提供优质 IP，从内容源头发展生态联动；腾讯集团正式将生态升级为“新文创”生态，阅文集团则紧接着对制作环节进行了生态升级，对生态布局加快细化。掌阅也开始发力儿童、青少年市场，上线掌阅课外书 APP 布局源头内容生态。未来，移动阅读 APP 上的文学内容会和更多其他内容形式进行合作联系，开发出不同的文化产品，互相助力借力加强生态化布局。

再说“全球化”。这几年是移动阅读走向海外力度扩大的几年，随着我国互联网人口红利消失，国内移动阅读市场规模的增速放缓，各移动阅读厂商开始试水海外。比如掌阅就一直坚持“走出去”，推出海外移动阅读 APP “iReader” 在新加坡、马来西亚等 60 多个国家和地区的阅读类 APP 销售中荣登榜首，被各系统的 APP 商店推荐。阅文集团在海外布局方面虽起步较晚，但现在也发展成为网文出海的领军企业，并不断加大力度优化战略布局，从起点国际上线，与 Gravity Tales 建立合作，再到参加伦敦书展、亚洲电视论坛，阅文的网文一路扬帆出海，不断提升影响力。阅文集团还与亚马逊 kindle 书店合作推出网络小说专区，获得了不错的成绩。

最后，移动阅读行业的“个性化”，是指移动阅读行业注重对市场的细分，深度挖掘用户喜好。比如很多 APP 都极为注重对自身用户属性进行分析，以用户的喜好来定位打造自己的阅读产品，也有部分 APP 是尽量扩展多种类型的阅读，吸引更多读者……这些都是这些年来很明显的行业细分特点。值得一提的是“听书”这个细分品类的表现同样不俗。2012 年以来，国内有声阅读市场规模持续增长，掌阅、百度阅读、微信读书、搜狗阅读等需多主流移动阅读 APP 阅读平台都有听书的功能。近两年，很多移动阅读厂商更是开始对有声阅读领域加大投入，如当当云阅读于 2017 年 10 月上线当当听书，截至 2017 年底，累积了 5 万小时的听书内容，听书点播次数超过 1000 万次①。掌阅科技于 2018 年 9 月上线掌阅听书 APP，打造正版绿色听书软件，仅上线两个月月度独立设备数环比增幅达到 78.5%②。懒人听书、酷我听书等老牌听书 APP 也在不断优化读者体验，发展势头强劲。

① Analysys 易观，《中国移动阅读市场年度综合分析 2018》，https://www.analysys.cn/article/analysis/detail/1001395，2018 年 12 月 11 日查询。

② 根据艾瑞 iResearch 提供的有声听书移动 APP 指数公开资料整理而成。

三、重要文学网站举隅[①]

1. 重要文学网站代表

起点中文网（www. qidian. com）：创立于 2002 年 5 月，是国内最大的原创文学网站，隶属于国内最大的数字内容综合平台——阅文集团旗下。2003 年 10 月，起点中文网首创“在线收费阅读”服务，成为真正意义上的网络文学赢利模式的先锋之一，就此奠定了原创文学的行业基础。此后，起点又率先推出了作家福利、文学交互、内容发掘推广、版权管理等机制和体系，为原创文学的发展注入了巨大活力，有力推动了中国文学原创事业的发展。

创世中文网（chuangshi. qq. com）：成立于 2013 年，由阅文集团精心打造，是集阅读、创作、互动社区、版权运营于一体的全开放网络文学平台。创世中文网拥有业界最为资深的编辑和运营团队，团队成员最长从业时间超过 10 年，是目前中国网络文学从核心商业模式、行业标准到具体通用功能的主要创造者。其全力推进网络文学泛娱乐运营、用户阅读和互动体验、原创扶持力度的全面升级，努力将网络文学推向一个全新时代，成为网络文学强势崛起的新锐力量和行业格局的主要变革者。

小说阅读网（www. readnovel. com）：成立于 2004 年 5 月，现隶属于阅文集团。成立之初，就以其独特的风格和丰富的内容受到广大文学小说爱好者的推崇。小说阅读网是国内优质文学版权运营商，网站拥有海量原创作品、签约作家、签约编剧及用户群。

潇湘书院（www. xxsy. net）：始建于 2001 年，是最早发展女生网络原创文学的网站之一，也是最早实行女生原创文学付费的网站之一，现隶属于阅文集团旗下。经过多年的辛勤耕耘，潇湘书院已发展成国内领先的女生原创网站，用户数量与日俱增，访问流量在国内文学类网站中名列前茅。

红袖添香（www. hongxiu. com）：创办于 1999 年，是全球领先的女性文学数字版权运营商之一，现隶属于阅文集团。红袖添香为用户提供涵盖小说、散文、杂文、诗歌、歌词、剧本、日记等体裁的高品质创作和阅读服务，在言情、职场小说等女性文学写作及出版领域具有巨大影响力。红袖添香在数字内容版权运营及行业技术方面，一直保持业界领先地位，拥有技术领先的在线阅读、创作、投稿、签约、互动、稿酬结算系统，通过付费阅读、移动阅读、实体图书出版、影视版权输出等多形态文化产品打造立体化版权运营。

云起书院（yunqi. qq. com）：组建于 2013 年，现为阅文集团旗下知名原创文学

① 大型网站的排序依据是按全国网络文学重点园地工作联席会议成员单位名单排序，移动阅读 APP 按艾瑞咨询公布的移动 APP 指数排序，其余类型均按首字母顺序排序。

品牌。云起书院是集阅读、创作、版权运营为一体的全新网络开放平台，有完善的运营机制、作家制度、编辑制度、版权运作制度。目前，云起书院精耕与女性文学这一细分市场，是引领行业的女性文学创作基地，成就了无数平民作者的文学梦想。

榕树下（www.rongshuxia.com）：是国内历史最悠久、最具品牌的文学类网站，创办于1997年，现为阅文集团旗下品牌。2009年底，“榕树下”宣布改版上线之后，在原来的原创文学网站基础上，转型为一个传播文学、文化评论及原创写作的权威综合人文媒体，并定位于华语文学领域的垂直门户。“榕树下”将着眼于整个文化市场，立足于各领域优秀文化产品，致力于化解各种文化产品间的障碍，为用户和版权方提供文化服务，全力搭建一个高密度文化平台。

起点女生网（www.qdmm.com）：成立于2009年11月，其前身是“起点女生频道”，致力于对女性网络原创文学及作者的培养和挖掘。起点女生网依托起点中文网的成熟运作机制，成功实现了女性网络原创文学的商业化发展模式。起点女生网首创阶梯型写作全勤制度，在针对知名作者进行全方位宣传和包装的同时，兼顾对新进作者的培养，在起点女生网丰富多样的福利设置吸引下，培养激励了众多优秀作者，使得网站内容呈现出个性鲜明、百花齐放的良好发展趋势。起点女生网依托领先的电子原创阅读平台，在未来将继续引入移动阅读、实体出版、影视改编等多元拓展渠道，建立海量版权交易库，形成一个集版权运作、原创阅读为一体的综合性女性原创文化品牌。

言情小说吧（www.xs8.cn）：成立于2005年，属于阅文集团旗下品牌。从建立之初至今，一直秉承着为用户提供优质的言情小说阅读体验平台，打造全球华语言情小说阅读基地的理念，在网络文学界走出了一条专业化的独特发展道路。言情小说吧拥有人气超高的论坛、方便快捷的网游以及站内家园等，能给用户提供读书、休闲、娱乐的多方位体验。

晋江文学城（www.jjwxc.net）：创立于2003年8月，原名晋江原创网，是福建省晋江市的一家文学网站，2010年2月晋江原创网正式更名为晋江文学城。晋江文学城以建设全球最大女性文学基地为宗旨，经过多年发展，已经成功成为内地最大的女性文学基地之一，吸引了众多女性文学写手与读者。

17K小说网（www.17k.com）：创建于2006年，隶属于中文在线数字出版股份有限公司旗下，集创作、阅读、等服务于一体的知名文学网站。17K小说网以“让每个人都享受创作的乐趣”为使命，以“成就与共赢”为价值观。

掌阅小说网（yc.ireader.com.cn）：成立于2015年4月，是北京掌阅科技有限公司旗下全资大型原创小说网，拥有专业的核心内容团队，以引领原创文学潮流为目标，以推动网络文学健康发展为己任，致力于打造集多媒体阅读、实体出版、影视、漫画、游戏等一体的文学平台，为作者提供广阔的文学舞台、为读者提供多元化、多类型、多内容的丰富阅读空间。

纵横中文网（www. zongheng. com）：成立于2008年9月，是百度文学旗下的大型中文原创阅读网站，坚持原创精品的建站理念，致力于本土优秀文化的传承、革鼎、激扬与全球化扩展，力求打造最具主流影响力与商业价值的综合文化平台，扶助并引导大师级作者与史诗级作品的产生，推动中华文化软力量的崛兴。纵横中文网拥有“纵横中文”、“纵横动漫”等诸多优秀品牌与资源，深入贯穿线上阅读，线下出版、动漫改编、游戏改编、影视改编等整条文化产业链。

阿里文学（www. aliwx. com. cn）：为阿里巴巴文学官方网站及原创PC站，是网站对外发布信息、驻站和签约作者进行集中创作及展示作品的地方，系阿里巴巴集团旗下的顶级互联网文化娱乐品牌，主要业务以内容生产、合作引入以及版权产业链的双向衍生为主。阿里文学将依托内容生产，从数字内容阅读、数字内容传播、版权衍生、粉丝经济等多个角度出发，建立跟文学产业相关的开放生态，鼓励多样化的创作风格，致力于建立多维度的作品评价体系，不论长篇作品、中短篇作品均能通过阿里文学找到相应的庞大读者群。

网易云阅读（yuedu. 163. com）：网易云阅读是网易旗下主要内容频道之一，也是集资讯、书籍的一站式电子阅读平台。无论在内容、体验、收益以及共赢等各个方面，网易云阅读都提供了值得信赖的服务，深得广大受众和作者的喜爱。

采薇书院（caiwei. yuedu. 163. com）：网易文学旗下网站，是国内领先的女性原创网络文学创作基地与阅读平台，致力于对优质文学作品及作者的培养和挖掘，为用户提供优质海量的言情小说阅读体验，网站作品主要分为婚恋情感、穿越架空、仙侠幻情、灵异推理、同人网游、短篇美文、种田重生、宫斗宅斗、浪漫青春、古风古韵、倩女幽魂征文十一个门类。

国风中文网（guofeng. yuedu. 163. com）：网易文学旗下网站，是国内较为优质的原创文学版权运营商之一，拥有海量原创作品与签约作家，且用户基础丰富，虽成立时间尚短，但可称为是引领行业发展的原创文学门户网站和写作平台。国风中文网致力于弘扬中华传统文化，期待为用户提供顺应时代潮流的原创文学作品，为实现文化强国的理想而努力。

红薯网（www. hongshu. com）：于2009年12月创立，是一家集创作、付费阅读、作品加工、版权贸易于一身的中文小说阅读网站。红薯网一直以营造良好阅读环境、建立完善创作平台、提供舒适交流空间为目标，以“看书、交友、轻松生活”为口号，试图将自己打造成一个高质量、有特色的文学网站。红薯网在成立之后，较短时间内也聚集了不少人气，吸引了许多网络文学创作者和爱好者，文学内容比较丰富。

神起中文网（www. shenqiwang. cn）：成立于2016年1月，是杭州趣阅信息科技有限公司旗下网站。站内小说主要分为武侠仙侠、科幻灵异、历史军事、玄幻小说、都市生活五大门类，神起中文网以开发精品内容为目标，致力于打造集网络文学、出版、漫画、影视、游戏为一体的泛娱乐内容生产基地，立志成为行业领先的网络文学内容生产商与版权运营商。

趣阅小说网（www. quyuewang. cn）：自 2015 年 8 月成立，属杭州趣阅信息科技有限公司，也是掌阅文学重要组成部分。网站围绕着“趣阅最精品”的品牌理念，旨在培养最优秀的网络原创作者，为他们提供广阔的文学舞台，同时深入发掘和提炼适合移动阅读需求的精品原创内容，打造明星作家和明星作品。

看书网（about. kanshu. com）：看书网是人民网旗下的大型原创文学门户，成立于 2004 年的看书网坚持精品路线，坚持为华语网络文学在文化传承、文学创作和创新上发挥核心价值，看书网专注于数字阅读，以互联网阅读，无线阅读为业务核心，力求打造最具影响力和商业价值的文化平台、汇聚和培养最优秀的作者和作品，与此同时，看书网也是一家非常注重服务作者的公司，致力于为作者的文字创作提供全方位的服务。

飞库网（www. feiku. com）：于 2005 年下半年正式从个人网站向商业化网站转型，2007 年 10 月，飞库网启动“网络原创文学发展计划”，这标志着飞库加入原创文学网站大军。改版后的飞库网以繁荣网络文学市场为己任，以为读者营造良好网上阅读环境提供更多高质量精品书为使命，以为创作者提供更大发展空间更好创作平台为宗旨。并与鲜网、信昌、上砚、河图、说频、飞象、暖流、春风文艺、朝华等多家出版机构建立了良好的合作关系，为网络文学和实体书出版行业搭建了一个顺畅的桥梁。

蔷薇书院（www. qwsy. com）：于 2010 年 12 月 24 日上线，是一家专注发掘女性言情作品创作与阅读的原创文学网站，隶属于广州优聚信息科技有限公司。作品类型主要有：都市、古代、玄幻、穿越四大类。开站运营以来，蔷薇书院注重累积的同时不忘探索创新的发展模式，获得了各界的关注和好评。

大佳网（www. dajianet. com）：是由中国出版集团于创办于 2011 年 5 月，中版集团数字传媒有限公司负责建设，联合全国出版发行集团和大型出版机构，聚合全国出版资源，共同建设一个公益性和商业性相结合的中国数字出版第一门户网站。大佳网强调读者至上，提供优质的资讯和图书内容，利用新技术手段开创互动分享的全新阅读体验，采用读者喜闻乐见的形式满足市场需求；开放出版社自助宣传与自主经营的平台，实现正版图书网络同步发布，以开放的心态打造一个全产业链的数字出版第一平台。

汉王书城（www. hwebook. cn）：汉王书城是汉王科技股份有限公司推出的图书资源下载网站，汇集了数万种图书、报纸等资源，分免费下载与收费下载两大类别。同时，网站也为广大读者提供了图书在线阅读与报纸在线阅读的服务，目前汉王已能从技术上实现每天清晨三点钟前完成当日报纸上线，给读者带来更具时效性和更充实的阅读体验，另外汉王也将不断帮助传统纸媒转型，搭建更为开放的数字化平台。

塔读文学（www. tadu. com）：正式上线于 2010 年 7 月 12 日，是北京易天新动网络科技有限公司在无线阅读领域发力的基础平台，是手机无线互联网原创文学先锋。塔读文学现已展开全平台运营包括电脑读书、手机读书、客户端应用等，是国内最受手机阅读用户喜爱的无线阅读服务商之一。塔读文学隶属于天音通信集团，亦是在新华社管理和指导下健康成长的无线阅读平台，为读者、作者、内容合作商创造了一个共赢共荣的阅读乐园。

不可能的世界小说网（www. 8kana. com）：是成立于 2014 年的北京晨星盛世网络文化有限公司旗下的二次元小说平台，不可能的世界的文学内容主要面向年轻群体，，立志于为年轻人提供更为丰富、新鲜的阅读体验。

创别书城（www. chuangbie. com）：创立于 2014 年 1 月 1 日，是由北京恺兴文化传媒有限公司开设的网络文学原创和云阅读平台。创别书城倡导一种内容、多种媒体、同步出版的全媒体出版模式，一个账号、多个终端、同步阅读的社交化阅读模式。主要为用户提供社交化云阅读平台服务，让用户能够随时随地进行阅读。同时创别书城确立了以“内容+平台+终端+应用+渠道”的五环战略。

火星小说网（www. hotread. com）：由中汇影视创始人、前盛大文学 CEO 侯小强创办于 2014 年，是北京金影科技有限公司旗下的原创文学网站。火星小说网拥有近万部全版权作品，涵盖网络文学的各个类型，网站专注于移动互联网和创新文化产业，致力于发掘、培育阅读、影视、游戏、动漫、出版和有声等全领域的优质 IP。至今已获得 SIG（海纳亚洲）、云峰基金、头头是道、小米、复星联合投资。

爱读文学网（www. aiduwenxue. com）：爱读文学网成立于 2015 年 8 月，隶属北京智达三江网络教育科技有限公司，系中国作家协会网络文学中心“全国重点文学网站联席会议”成员单位之一。截止 2018 年 5 月，爱读文学已拥有签约作者 150 人，作品 1660 部，并与全国近 10 家数字出版单位和网站合作进行版权接入。

3G 书城（www. 3gsc. com. cn）：隶属于广州市久邦数码科技有限公司旗下网站，始创于 2005 年，2010 年 8 月 3G 书城隆重推出网站，推出“移动+互联=自由自在的阅读”新口号，打造移动阅读新格局，至此 3G 书城成为 3G 门户的独立运营大型阅读集群平台和大型原创文学网站。

作客文学网（www. zuok. cn）：成立于 2014 年，是杭州作客文化传媒有限公司旗下集创作、阅读、版权运营为一体的大型原创阅读平台。作客文学网以“专业的网络文学作家孵化平台”为标语，致力于发掘新锐作家，推广潜力作者，目前网站主营无线阅读业务，包含大量正版多类型的网络文学作品。

长江中文网（www. cjzww. com）：长江中文网是长江传媒集团自主研发推出的融合网络原创精品小说和主流出版资源，以“精品阅读”为主的大型数字阅读与原创平台，于 2009 年正式上线。长江中文网拥有一支优秀的专业团队，专注于原创小说多媒体出版、传播，以引导最新阅读潮流为目标，向广大互联网用户提供玄幻小说，言情小说，穿越小说、都市小说、仙侠小说、灵异悬疑等多类原创小说。。

旗峰天下（www. qifeng. com）：成立于2012年1月1日，是东莞市永正电子图书科技有限公司的文学原创平台，网站集创作、阅读、下载、版权输出为一体，网站由男频、女频、经典三个大频道构成，覆盖玄幻奇幻、武侠仙侠、现代都市、历史军事、网游竞技、科幻灵异、古代言情、都市言情、穿越幻想、浪漫青春、文学小说、人文社科、经管励志、生活行业等十二个子分类，致力于打造综合类文学原创阅读平台。

天涯文学网（book. tianya. cn）：成立于2012年01月18日，从原天涯论坛中独立而出，启用独立域名。从建站起，天涯原创文学一直以中国文学在网络世界中塑造全新、全面的形象，深入发展视为己任，致力于在中国文学这片纯净土地上焕发勃勃生机而不懈的努力。在栏目设置上，涵盖了小说、散文、杂文、诗歌、日记等体裁，是目前中文网络创作体裁最全面的文学网站之一。

盛世阅读（www. s4yd. com）：创建于2016年，是重庆盛世悦文网络文化有限责任公司旗下的大型原创青春文学门户，励志成为国内一流的青春原创文学类专业网站。盛世阅读网坚持打造原创文学精品，为华语网络文学在文化传承、文学创作和创新上发挥核心价值。盛世阅读网声称其使命是为每位作者的文字创作提供全方位的服务，并致力于将作品推广到所有的平台、媒体，使每本作品能够得以发光、发亮。

云阅文学（www. iyunyue. com）：为福建云阅网络科技有限公司旗下网站，于2015年正式开站。网站分为男频、女频两个频道，其中男频含玄幻奇幻、武侠仙侠、热血都市、游戏竞技、校园青春、灵异悬疑、穿越重生、军事战争、官场职场共九个子频道，女频含古代言情现代、言情历史、架空青春、浪漫玄幻、仙侠科幻、奇幻灵异、鬼怪七个子频道，为广大读者提供了丰富高质的原创网文作品。

逐浪网（www. zhulang. com）：逐浪网成立于2003年10月，是南京大众书网图书文化有限公司旗下集阅读与创作为一体的原创文学平台。拥有逐浪小说网、新小说吧和逐浪小说APP等原创网站和移动渠道，一直秉承“坚持做最好的原创小说”这一发展理念，以丰富的优质内容，充分结合移动终端的阅读特性，为广大用户提供精彩的数字阅读服务。

半壁江中文网（www. banbijiang. com）：诞生于2008年，隶属著名民营出版业领军企业北京精典博维文化传媒有限公司。其是以传播国内文学小说和文化行业新闻资讯为向导，以提供大量原创阅读内容为优势，以引领生活、职场、旅游、时尚的资讯内容为平台的大型文化行业门户网站，包括半壁江传媒网、半壁江时尚网、半壁江文学网、半壁江作家网、半壁江读书网、半壁江小说频道（明月阁原创小说网）、半壁江笑话网和半壁江中文论坛等七大核心频道。

爱奇艺文学（wenxue. iqiyi. com）：成立于 2016 年，是爱奇艺进军文学界的产物。其成立时间尚短，但背靠爱奇艺庞大的资金链与资源已举办两届爱奇艺文学奖，以丰厚的奖金吸引了大量作者，创造了无数优秀作品。目前，爱奇艺文学作为爱奇艺 IP 生态系统的起点，发挥着培育开发优质 IP 内容的作用。

点众书城（book. dianzhong. com）：北京点众科技股份有限公司旗下原创站，站内书籍主要分为文学、社科、经管、生活四大门类，拥有海量的文学内容和较为稳定的活跃用户。成立以来，点众书城积累和传播有益于经济发展、社会进步的科学技术和文化知识，弘扬民族文化，推动文化传播，丰富和提高人民群众的精神文化生活。

书海小说网（www. shuhai. com）：成立于 2011 年 9 月，是陕西出版集团数字出版基地旗下的大型中文原创小说阅读网站。其致力于广大原创文学作者的挖掘与培养，力求打造最具行业影响力的文学殿堂，为推进中国文学原创事业的崛兴扎扎实实的做贡献，成立之初就以其独特的风格和丰富的内容受到广大文学以及文章爱好者的推崇。

磨铁中文网（www. motie. com）：是北京磨铁数盟信息技术有限公司旗下的社交化阅读平台群。2010 年 12 月由沈浩波、漆峻泓等人创立于北京，致力于向用户提供集“微博、博客、阅读和写作”的四位一体的图书类网站。“磨铁”二字含义在于“以铁磨铁，磨出刃来”，以展示“与文化死磕”的经营理念。磨铁中文网平台群包含面向 PC 网站 www. motie. com、移动互联网 motie. cn、及面向 APP 市场的客户端。

2. 移动阅读 App

掌阅：掌阅科技旗下的一款专注于手机阅读领域的经典阅读软件。支持 EBK3/TXT/UMD/EPUB/CHM/PDF 全主流阅读格式。功能强大，个性时尚，界面简约，与各大出版社进行深度战略合作，拥有广阔图书资源，一直稳坐中国阅读类 APP 榜首，专注于引领品质阅读。

QQ 阅读：QQ 阅读是阅文集团旗下手机阅读 APP，拥有旗下各平台海量资源，1000 万部作品储备，作者多达 400 万，是目前市面上最受用户欢迎的移动读书软件之一。其愿景是“让年轻享受阅读带来的乐趣”，致力于打造一款海量原著，想读就读的移动阅读 APP。

书旗小说：是阿里文学旗下的一款内容以免费小说书旗网为基础的在线阅读器，除了拥有传统阅读器的书籍同步阅读、全自动书签、自动保存阅读历史、点击翻页、全屏文字搜索定位、自动预读、同步更新等功能外，更有离线书包、增强书签以及资讯论坛等扩展内容，还可以阅读 SD 卡中 TXT/UMD/EPUB 内容，使阅读更丰富更自由。

咪咕阅读：由咪咕数字传媒有限公司开发的一款集阅读、互动等多种功能于一体的阅读器手机软件，有智能推荐图书、精致阅读体验、语音听书功能、互动社交阅读、悦读咖直播等个性化功能。截至2017年7月底，咪咕阅读平台已累计汇聚超50万册精品正版图书内容，涵盖出版图书、原创小说、杂志、听书等多种内容形态。

搜狗阅读：搜狗阅读拥有丰富的小说资源、优质的小说内容和全面的小说类型，依托搜狗搜索，海量小说资源即搜即得，多种阅读主题、夜间模式、翻页效果等功能一应俱全，力求打造最舒适的阅读体验。

追书神器：追书神器是一款资源丰富、更新迅速的小说阅读软件，专注于用最快的速度为用户提供各大网站最受欢迎的连载小说更新。软件在小说更新后的10分钟内会及时发送更新提示，支持国内各站热门小说阅读，还有个性细分的小说榜单，并独家提供“追书人数”和“留存率”数据来帮助读者挑选读物。

百度阅读：百度阅读是百度搜索旗下的阅读器，是百度为了满足用户阅读类需求而推出的产品，于2014年上线。图书资源覆盖小说、人文、科技、经管、娱乐等多个类别，与数百家主流出版机构合作，直接授权正版资源，打造的是个人作者写作平台、纸书电子书出版物、原生电子书等多种资源的数字阅读生态圈。

宜搜小说：宜搜小说，是由深圳市宜搜科技发展有限公司开发的一款手机软件，全免费阅读千万本的海量图书、最新最热网络小说追更神器，最专业的电子书阅读软件，全网小说图书一网打尽。全本缓存只需一键，没有网络也可随时随地阅读，本地阅读功能，全网图书轻松阅读，连载小说迅速更新。

微信读书：2015年8月27日微信读书APP正式上线，这是微信团队推出的第一款基于微信关系链的官方阅读应用，拥有为用户推荐合适书籍，并且可查看微信好友的读书动态，以及和好友讨论正在阅读的书籍、好友读书时间排行榜等功能，微信读书最大的特色就在于其呈现的社交关系。

多看阅读：隶属于多看科技，现属于小米公司旗下。多看阅读包含丰富精品阅读资源，提供多达上万种图书，在阅读的同时，用户可以对图书进行云备份，随时随地享受多看阅读体验，依托其10年专业排版积累以及其强大的图书编辑团队，使读者拥有超越纸书的良好阅读体验。

熊猫看书：熊猫看书是纵横文学旗下的手机看书客户端，支持听书、全本离线下载、本读阅读等功能，作为一款老牌移动阅读APP，从塞班时代就与读者风雨共度，一直致力于提供最好的阅读体验。

起点读书：又名起点看书，是起点中文网推出的一款阅读软件，集聚了大量网络文学大神，有《全职高手》《择天记》《斗破苍穹》等丰富的正版原著资源，玄幻、仙侠、武侠、奇幻、言情、历史、游戏、科幻……全类别热门图书随心挑选，还有活动中心、用户书单、智能推荐、云端同步等功能丰富用户体验。

网易云阅读：2011 年 11 月上线，是网易旗下全方位数字出版平台，致力于为用户提供优秀且富有乐趣的阅读作品。涵盖图书、小说、资讯等丰富内容，60 万册海量图书汇聚成国内最大移动书城，强力打造新书独家首发基地，是业界首先提出“开放平台”概念的移动阅读产品。

网易蜗牛读书：网易蜗牛读书是一款于 2017 年 3 月 9 日正式上线的全新阅读软件，推出了“每天免费阅读一小时”的营销新策略，付费模式也有别于其他阅读软件的按章、按字收费，而是让阅读开始按时收费。网易蜗牛阅读界面设计精美，图书资源涵盖历史、外文原版、诗歌、情感、经管、互联网、影视、心理、科幻等多个领域，其特色的“领读人”功能让通过专业筛选的读书达人来为普通读者荐书、评书则大获用户倾心。

塔读文学：塔读文学成立于 2010 年，覆盖所有的移动互联网平台，是一款注重用户体验、功能丰富的小说阅读软件。塔读文学拥有海量的热门书籍和原创作品，精美独特的界面，强大的操作管理功能，其目标是要做到“随身随心、乐享阅读”，是深受移动阅读用户喜爱的 APP 之一。

当当云阅读：当当云阅读的前身是当当读书，于 2017 年 10 月更名为当当云阅读。得益于当当本身的优势，当当云阅读的图书资源十分丰富，为用户提供 50 万本热门好书，并推出“租阅”的新型阅读收费方式，让利读者又激励了阅读，更名同时还上线了当当听书频道，50 万好书任性“阅听”，满足读者的不同需要，和当当纸书一起形成“纸、电、听”一站式的“全品类”全媒云阅读生态，成为万千读者“随身携带、随心阅听”的“掌上云书房”。

红袖读书：由北京红袖添香科技发展有限公司开发的一款专为女性打造的移动阅读 APP，内容涵盖豪门、校园、宫斗、江湖、快穿、纯爱、悬疑、推理等各个分类，拥有千万本正版图书资源。

豆瓣阅读：2012 年上线，是豆瓣旗下优秀数字作品的阅读、出版平台，提供个人作者原创作品和出版社精品电子书，豆瓣阅读拥有 8000 多部独家授权作品，数万种经过精细排版的正版授权图书电子书，近 3000 个原创专栏和连载，涉及情感、文化、理财、心理、科幻、历史、悬疑等多种主题，包含大量免费文章，另支持国内主流期刊电子版，以及知乎周刊、虹膜、简书周刊等互联网精选优质内容。

懒人听书：由深圳市懒人在线科技有限公司研发并运营的移动音频 APP，懒人听书支持多种客户端平台，产品目前由有声书城、听吧社区、开放平台三部分组成，文学名著、有声小说、曲艺戏曲、儿童文学、外语学习、时事新闻、搞笑段子等海量资源应有尽有，上传节目、下载收听、交流社区、云端同步、文本同步等功能一应俱全。懒人听书仅用三年时间用户突破 2 亿规模，渗透率、启动频次、在线时长等核心考核数据领跑行业，是国内最受欢迎的有声阅读应用。

快看小说：是北京点众科技股份有限公司出品的一款阅读软件。该 APP 号称全方位听书看书专用神器，专注网络小说，300 万册精品图书，每周 2000+新书上架，男频女频应有尽有，全网图书免费畅读，海量小说，完全免费，无限量下载，绿色清新无广告。

爱阅读：是有爱阅读（北京）科技有限公司开发的一款阅读类软件。支持 epub/txt/pdf/umd 主流阅读格式。提倡个性化阅读，自定义阅读板式，支持换字体功能。专业的排版设计，最完美的图文混排。强大的书架管理功能，支持万本图书随身携带。与各大出版社进行深度战略合作，拥有广阔图书资源。

3. 代表性门户网站的文学频道

360 小说网（xiaoshuo. 360. cn）：360 导航旗下的文学网站，集合多家小说网站作品，首发小说新章节免费小说阅读。下设热门小说、有声小说、原创小说、我要写书等数个子频道，并分别有男频女频的推荐榜单，为读者提供便利的阅读体验。

凤凰读书（book. ifeng. com）：2008 年正式上线，是凤凰新媒体公司下三大主要平台之一、综合门户凤凰网的子频道。凤凰读书定位在“以高尚的人文阅读品位，引领全球精品阅读”，下设图书库、书讯、书评、凤凰副刊、专题、行业新闻、译栈、作文、影视文学、剧本库、开卷八分钟等子栏目，另有畅销书单、热门文章、凤凰好书榜等榜单。凤凰读书不仅积极向广大用户提供海量读书内容以及个性化书评文摘，同时还坚持深入探讨和研究文史、政治等等学科领域的相关精深话题。

人民网读书（http：//book. people. com. cn/）：人民网读书频道是人民网下设的一个子频道，跟人民网的风格相符，人民网读书频道也涵盖了很多阐述名族历史、讴歌人民英雄的文学著作。

搜狐读书（book. sohu. com）：搜狐网站的一个子频道，旨在为服务读者阅读，丰富网友文化生活，其立足于“更好的阅读”。搜狐读书频道与 2004 年 8 月上线，是门户网站中较早开设读书频道的网站。搜狐读书下设连载、资讯、书评、书见风云、访谈、读书会、图集、好书榜、原创、专题汇总等子栏目，为网民提供优质深度的阅读平台。

腾讯读书（http：//dushu. qq. com/）：腾讯读书是腾讯公司的网络平台之一——腾讯网（QQ. com）的一个子频道，是腾讯公司 2012 年公布实施的“泛娱乐”战略中的重要一环，腾讯读书拥有内容丰富多样，不仅拥有原创的网络文学作品，也拥有很多传统作家的作品，以及一些已经出版的网络文学书籍，目前腾讯读书已经以“QQ 阅读”为名独立存在。

铁血读书（book. tiexue. net）：创建于 2001 年，是铁血网下辖的读书频道，是国内最大的军事小说互动平台，铁血读书频道建站之初即以军事类原创网络小说轰动互联网，是中国原创军文的摇篮。铁血读书现有原创、图书、书库、排行榜、VIP 专区、作者专区等子栏目，其中原创栏目下有军事小说、历史小说、玄幻、仙侠、都市、情感、推理、悬疑、中短篇小说、新书、完本等子栏目。另有编辑推荐排行榜和名家访谈等子频道。

网易读书（http://book.163.com/special/0092rt/test_index.html）：网易读书是门户网站网易下设的一个内容频道，包含书库、书评、书摘、书讯、访谈等多个板块。网易读书拥有海量丰富的图书资源，小说、社科、经管、生活、文艺类图书应有尽有。

新华悦读（www.xinhuanet.com/book）：2013 年 1 月 11 日正式上线，新华悦读是新华网联合中文在线共同开发的数字阅读平台，也是新华网首次推出的面向数字阅读和移动阅读市场的专业平台，是新华网旗下的子频道。新华悦读以“思想点亮中国，阅读温暖人生”为理念，定位于严肃阅读、品质阅读与经典阅读，下设新书首发式、读家对话、悦读汇、书影、号外、影响力书榜等子栏目，期冀为读者展示更多的网络阅读资源。

新浪读书（book.sina.com.cn）：创立于 2002 年，是我国最早的门户网站的文学频道，其隶属于新浪网站。新浪读书下设原创、书评、书摘、资讯、好书榜、专题、动漫、今日热点等频道，而其中原创频道中包含男生分类、女生分类、出版分类三个板块，涵盖了都市校园、奇幻玄幻、科幻末世、穿越重生、浪漫青春、流行小说、时尚生活等数个网络文学类型创作门类，是多元化与多样化的门户网站文学平台。

4. 网络诗歌代表性网站（按首字母顺序排序）

大别山诗刊（dbssk.xlwx.cn）：2006 年 10 月安徽六安诗人碧宇在互联网“乐趣园”网站建立了以中国首家主张绿色写作为依托的关注时代、自然、人性、民生和草根的绿色诗歌主题论坛——大别山诗刊论坛，大别山诗刊论坛以其“民间性、开放性、包容性”为中国当代诗歌的创作提供了一个完整而全面的聚集地，同时也为诗歌评论界提供了诗歌文本。2010 年乐趣园网站关闭，由广州心情文学网免费提供服务器再次开通《大别山诗刊》论坛。

东方诗风论坛（df.xlwx.cn）：网站分为诗歌创作、诗歌理论、诗友沙龙和论坛事务几个主要板块。诗歌创作板块集合了格律体新诗、自由体新诗、国诗、诗歌翻译几个主要的诗歌分区，同时也有东方文苑板块来供各位网友进行其他文学形式的交流，诗歌理论板块既包括诗歌鉴赏也涵盖了理论探讨，共同促进发现好诗，写作好诗。

诗词在线（www.chinapoesy.com 或 www.52shici.cn）：创建 2007 年 8 月 16 号，诗词在线网站开通，当时的目的是方便查找诗词，2008 年 9 月 5 号，分享诗集上线，成为原创诗歌中心。诗词在线将开放、原创、共享、交流视为其追求，提供免费的个性化二级域名，还提供古今中外诗词。诗词在线将提供丰富的中国古代诗词、近代诗词、现代诗词、国外诗词；同时建立起诗词爱好者沟通的桥梁，努力打造中国最好的诗词社区。

诗歌报（www. chinapoet. net）：是一家专注于诗歌交流、评论的网站，并办有面向网站会员的内部刊物——《诗歌报月刊》，网站版主、编辑会从网站上发表的网络诗歌中精选、推荐部分优秀内容刊登到《诗歌报月刊》进行印刷出版，诗歌报是主要为诗歌报论坛会员服务的网站。

诗生活网（www. poemlife. com）：由莱耳、小西、白玉苦瓜、桑克于 2000 年 2 月 28 日创建。诗生活是中国互联网诗歌网站的先行者，第一个拥有自己独立的域名和空间，第一家拥有专业的服务器，设计了第一个基于 WEB 页面专业的新诗论坛、翻译论坛和儿童诗论坛，第一家向诗人开放的专业的自助式专栏，建立了第一家网络诗歌通讯社、第一家网络诗歌书店等。

天下诗歌论坛（www. tianxiasg. com）：是嘉陵江新诗研究协会网上交流阵地，主要从事心事的研究、创作、交流、培训、宣传等活动。协会邀请了当地名家李永平、魏继新、汪一洲、李永路、瘦西鸿、何承亨及国内名家朱先树、梁平做协会顾问。吸纳了南充市、省内乃至全国的诗歌热爱者或名家为协会骨干及会员。并办有协会交流刊物《天下诗歌》，还不定期开展诗歌研讨活动，邀请国内诗歌界知名人士当场授课，近距离点评。

中国格律新诗网（www. gltxs. com）：网站主要致力于格律体新诗的创作、交流、发展，也是刊物《格律体新诗》的稿件收集平台。网站设有格律体新诗专区、韵式新诗专区、传统诗词专区、自由新诗专区四个诗歌发表、交流专区，还设有综艺大观板块呈现了一些非诗文体、音影书画、文论等内容。

中国诗歌网（www. zgshige. com）：2015 年 6 月 18 日，由中国作家协会、中国作家出版集团主办的中国诗歌网上线，是目前中国第一款整合写诗、读诗、听诗等多项功能于一体的诗歌类客户端。设有“每日好诗”、“读典”、“听诗”、“诗影中国”等多个频道，推送文字、音频、视频、摄影、绘画等多种类型产品。

中国诗歌学会网（www. zgsgxh. com）：是中国诗歌学会的官方网站，旨在贯彻党的文艺方针，广泛团结全国诗人和各界人士，进行国内外学术交流，传播创作信息，培养文学新人，为繁荣社会主义诗歌而开展多样的学术活动。

中国诗人网（www. chinapoet. net）：始创于 1999 年，是中国现存历史最悠久的诗歌网站，截止到 2018 年 1 月 4 日为止，会员人数达到 49663 人，网站发帖数目达到 512740 个。网站包含诗歌交流区、诗人活动区、中诗管理区、选稿特行区四大分区，为各位诗歌爱好者提供交流、学习的平台。

中国网络诗歌网（www. zgwlsg. com）：是由中国网络诗歌学会主办的大型文学网站，秉承“高远、纯粹、关注、发展”的理念，全力打造一流的文学创作、活动交流、理论研究平台，助力中国网络文学，特别是网络诗歌的创新和发展。网站内容主要以网络诗歌为主，包括现代诗、旧体诗、新歌词、散文诗、诗赛、诗译、诗论等，同时设有小说、故事、杂文、散文、剧本、童话、文评等多种文学体裁，另还设有《中国诗》《中国网络文学精品年选》、名家诗谈、文坛动态、文集出版、获奖诗星、优秀编辑、文集人气、最新作者、本站编辑、征文约稿等综合讯息栏目。

中国微型诗（www. zgwxsg. com）：是一家专注于中国微型诗发展的网站，网站宗旨是“高雅、精微、华风”。整个网站分为微型诗天地、投稿区、中微活动区、中国微型诗社管理区四个分区，其中微型诗天地是网站的主要分区，该区将网站作品分类为微型诗、微型诗诗组、中微优秀作品展、微型散文诗、理论与点评五个类别，网站分类鲜明、内容丰富。

中华诗词网（www. zhsc. net）：创立于2003年，2015年中国出版集团中版文化传播有限公司与“中华诗词网”正式签订转让协议，将“中华诗词网”及其所属的“中华诗词论坛”收并为“诗词中国”品牌旗下，强强联手打造中国最全的古诗词资讯社交平台，共同致力于以传统诗文为核心的中华优秀传统文化的普及和传播。

中华诗词网校（www. zhscwx. com）：创办于2011年3月，国内首家旧体诗词研习主题网站。中华诗词网校致力于中国古典诗词传承与普及推广工作，并长期坚持为广大诗词爱好者免费提供公益教学服务。网校现开设了诗词、散曲、楹联三大类的辅导课程，数千计的学员在中华诗词网校辅导下顺利实现独立创作格律诗词的目标。

5. 代表性散文网站（按首字母顺序排序）

6633散文网（www. 663395. net）：6633散文网致力于打造包含品类最全的散文网站，目前网站设有爱情散文、抒情散文、散文诗集、精美散文、优美散文、伤感散文、情感散文、哲理散文、写景散文、英语散文、古代散文、名家散文、经典散文、亲情散文、友情散文、写物散文、写人散文、记事散文、节日散文共19个分类模块，对散文类型作出了精细划分。

99原创散文网（www. mengyu365. cn）：网站于2012年正式上线运行，是一个纯公益的文学网站，倾力为广大的文学爱好者提供一个表现自己、交流文学、互帮进步的温馨家园。网站主打抒情散文、爱情散文、伤感散文、诗歌散文等风格的散文，还有诗歌、故事、小说、杂文等文学类别来满足不同读者的阅读需求。

百姓散文网（www. newsus. com. cn）：百姓散文网秉承着“打造精品原创、绿色的散文文学平台”的宗旨建设网站，网站为原创平台，投稿无任何稿费，注重作者交流，散文免费分享。网站中除了有写景散文、抒情散文、节日散文、哲理散文等常见类型的散文阅读板块，还设有散文网友推荐榜、散文点击榜、长篇文章点击榜等榜单，为读者提供选择参考的同时也激励作家创作。

当代散文网（www. sdswxh. com）：由山东省散文学会主办，在学会带领下一直高扬发展山东散文事业，推动散文创作，以培养人才推出作品为己任。当代散文网综合了学会动态信息发布、《当代散文》杂志在线阅读、佳作欣赏和散文评论等方面的内容。

读者散文网（www. duzhee. com）：是一个为广大散文爱好者提供经典散文、散文随笔、抒情散文、爱情散文、散文诗等各种散文精选的在线阅读平台，同时还兼具现代诗歌、杂文精选、心情随笔、日记、短篇故事等非散文体裁的文学作品。读者散文网有电脑版和手机版两个版本，为读者营造更舒适的阅读体验。

九九文章网（www. jj59. com）：是提供各类好文章美文，爱情小说故事，散文诗歌等在线免费欣赏阅读的网站，网站成立于 2008 年 3 月 22 日。九九文章网下设文章、故事、散文、诗歌、日记、小说等子频道，是一个专业的绿色文学在线阅读网站，致力于打造网络绿色健康文学阅读环境。

散文吧（www. sanwen8. cn）：隶属青岛广易通网络科技有限公司，2009 年上线。是一个以原创散文为特色的在线诗歌散文文章网站。有各种经典散文诗歌文章，爱情散文，哲理散文，伤感散文在线等，下设散文、诗歌、杂文、随笔、小小说等子频道。

散文在线（sanwenzx. com）：成立于 2008 年 9 月，属于杭州众书文化创意有限公司属下的文学网站，网站是以原创散文为主的散文精选阅读平台，内容包括抒情散文，爱情散文，伤感散文，经典散文，哲理散文，散文诗等优美散文。

写散文（www. xiesanwen. com）：网站的口号是“从阅读中获得乐趣，在写作中享受生活”，致力于为广大读者提供一个绿色、健康的散文阅读平台，为广大散文写作爱好者打造一个写作交流的园地，在网站中可以欣赏到许多优美的散文，也可以发表文章、书写日志、述说心情故事。

中国散文网（www. sanwen. net）：始建于 2006 年，是北方联合传媒有限公司推出的公益性散文文学交流平台，是一个以散文为主题的短文学文章阅读网站。内含有各种经典好文章，爱情散文，诗歌散文，优美哲理抒情散文，经典短文学等。

中国西部散文网（www. cnxbsww. com）：由中国西部散文学会主办，中国西部散文学会 2007 年在内蒙古鄂尔多斯正式成立，会员现已超过 500 人，其中有中国作协会员 28 名，各省作协会员 400 余名，中国散文学会会员 145 名，会员中有著名作家史小溪、许淇、刘志成、淡墨等人。中国西部散文网内容丰富、名家荟萃，网站中提供《西部散文选刊》的在线阅读，还有美文欣赏、学会主编书籍、散文排行榜等文学欣赏板块，以及名家书画收藏、书籍购买、收藏馆等盈利版块。

6. 文学机构代表性网站（按首字母顺序排列）

北京作家网（www. bjwl. org. cn）：创办于 2008 年，由北京作家协会主办，是北京作家协会的官方网站，下设通知公告、新闻、协会工作、理论评论、作家辞库、新书推荐、北京作家、小作家分会、征文等子频道。北京作家网秉承“文学理想，激情创造”的口号，是展示北京作协工作动态、代表作家、优秀作品的重要窗口。

广东作家网（www. gdzuoxie. com）：创办于 2003 年，由广东省作协主办，是广东省作协的官方网站。广东作家网主要负责发布广东省作协动态公告、广东省作协重大活动，刊登国内外文学新闻以及评论家文章，发布广东省作家的文学作品等。下设新闻、机构、专题、视频、公告等频道，其中专题一栏特设网络文学频道，展现广东省网络文学乃至全国网络文学最新发展动态。

海南作家网（www. hainanzuojia. com）：由海南省作家协会主办，2015 年启用改版新海南作家网。下设文坛焦点、近期关注、人文快讯、公告、原创作品、批评对话、访谈、新书推荐、作家博客等子频道，是海南省文学作品、文艺理论、新闻时讯的信息发布与交流平台。

河北作家网（www. hbzuojia. com）：创办于 2008 年，由河北省作家协会主办，网站下设视点、要闻、文学评论、文学讲堂、文学专题、河北作家、文献资料、十九大专题八个子频道。2014 年 7 月，河北作家网改由河北省作家协会网络文学中心管理。2016 年 11 月 3 日，河北省网络作家协会正式宣布成立，王万举当选主席，梦入洪荒、录事参军、何常在、九戈龙、随轻风去、聂昱冰当选副主席。

黑龙江作家网（www. hljszjxhw. com）：2013 年 11 月 6 日成立，是由中共黑龙江党委宣传部、黑龙江省作家协会主办的黑龙江省作协官方网站，下设作协概况、新闻动态、作家书情、作家动态、评论争鸣、文学评奖、签约作家、北方文学、作家博客、作家辞典等子频道，是为黑龙江本地作家及文学爱好者搭建的活动参与、作品发表、理论争鸣的平台。

湖北作家网（www. hbzjw. org. cn）：创办于 2009 年，是湖北省作家协会官方网站，目前开设有湖北作协、文坛进行时、文学鄂军、文学批评、作家茶馆、在线期刊、文学奖项、作家零距离、网络文学、新书看台等频道，涵盖小说、诗歌、散文等类别。其中网络文学频道为湖北省网络文学信息聚合地，是展示湖北省网络文学风采、网络作家形象，促进网络文学交流的聚合平台。

湖南作家网（www. frguo. com）：为湖南省作协的官方网站，该网站创办于 2005 年，下设文学资讯、湖南作协、网站公告、网络文学、文学学会、名家讲堂、文学奖项、潇湘诗词、机关党建、作家动态、作家访谈、精品力作、新书快递、文学馆藏、研讨会、文学阅读、文学课、作家博客、文艺论坛等子频道。湖南作家网湖南作家网立足湖南，服务作家，以“展示名家力作、扶持新人新作”为己任，持续为网络文学发展不断贡献自己的力量。

江苏作家网（www. jszjw. com）：为江苏省作家协会官方网站，下设作协动态、作家沙龙、新书速递、文学期刊、文学奖项、文坛资讯、理论批评、网络作协等子频道。江苏省作协团结了一大批全国著名的作家，形成了一支由老中青构成的、在全国有重要影响的文学创作队伍。

辽宁作家网（www. sczjw. gov. cn）：2008 年 1 月 1 日成立，为辽宁省作家协会主办的大型综合性业务网站，设有新闻、文学奖项、文学前沿、作家动态、作家博客、网络文学、书屋等频道，其中网络文学频道为辽宁省网络文学作品、网络文学评论和全国网络文学动态的信息集散地。辽宁作家网秉承服务宗旨，力求内容科学、丰富、可读，旨在打造集学习、沟通、交流、切磋于一体的文学互动平台。

青海作家网（www. qhwriter. com）：成立于 2011 年，为青海省作家协会官方网站，下设作协新闻、作协公告、作协机构、作家动态、文坛快讯、文学专题、少数民族文学、作家风采、文学评论、新书快递、文学活动、作家博客、市州县文学、文学奖项等子频道，是青海省作家协会的信息发布平台，青海省文艺事业的信息交流平台和青海省少数民族文学的扶持展示平台。

青年文学网（www. sw. 5xwx. com）：创办于 2001 年，由中国青年作家协会主办主管，下设青春那事、人在他乡、爱情故事、成长记忆、职场故事、都市情怀、军旅生涯、官场笔记、文学之路、岁月断想、生活感悟、思想笔记、纪实文学、名家访谈、美文赏析、写作探讨、文坛新闻等子频道，致力打造记录青年、再现青年、服务青年的综合型文学平台。

陕西作家网（www. sxzjw. org）：创办于 2009 年 6 月，系陕西省作家协会的官方网站，设置文学栏目 15 个，包括文学新闻、作协动态、文学专题、文学大家、作协简介、文学研究、文学杂志、文学社团、市县作协、作家书屋、作家书画等。其宗旨是传导陕西作协和陕西文学界各种声音，架起作协与会员，与全国乃至世界文学沟通的快捷通道，为促进陕西文学繁荣，让陕西文学走向世界创建信息交流平台。

上海作家网（www. shzuojia. cn）：是上海市作协的官方网站，其下设上海市网络作协子频道，包含组织机构、会员辞典、作协动态、文学信息、会员服务、文学期刊、权益保障等子频道。上海网络作家协会是由上海网络作家自愿组成的专业性的非营利性社会团体法人，成立于 2014 年 7 月 3 日，业务主管单位为上海市作家协会。

盛京文学网（www. sywriter. com）：2013 年 11 月 1 日开通，由沈阳市作家协会主办，下设散文、文学评论、儿童文学、中短篇小说、诗歌、影视文学、长篇小说、个人文集、作品研讨、文学讲堂、名家鉴赏、网络文学等子频道。网络文学频道主要发布国内网络文学重要新闻和重磅评论。

四川作家网（www. sczjw. gov. cn）：为四川省作协的官方网站，下设作协机构、文坛动态、文学工作、会员管理、文学天地、作家访谈、会员单位、文学社团、作家书画、文学评奖、创作研究、巴金文学院、四川文学、星星诗刊当代文坛、作家交流、网络文学、媒体关注等子频道。其中网络文学频道为四川省网络作协信息聚合地，四川省网络作家协会成立于 2015 年 6 月 10 日，首批入会网络作家 165 人。

西部文学网（www. xbwxw. com）：2008 年成立，系《西部文学》杂志旗下网站推广平台，设有文化资讯、西部文学、艺苑名流、业界精英、民间文学、红色经典、散文星空、未来之星、小说纵横、传统国学、精华作品、华山论剑、丝路风情、秦风秦韵、诗词歌赋、散文随笔等子频道，西部文学网以“弘扬西部文学，传承孝德精神”为旗号，志在实现“红色经典数西部，西部文化冠中华”。

新疆生产建设兵团文学艺术界联合会网（btwl. xjbt. gov. cn）：成立于 2009 年，为新疆生产建设兵团文学艺术界联合会官方网站，下设文艺动态、文艺评论、文艺评奖、作品展示、通知公告、领导讲话等子频道，是展示新疆生产建设兵团文艺风貌，鼓励引导文艺创作的重要窗口和平台。

浙江省网络作家网（www. zjwlzx. org）：是浙江省网络作家协会的官方网站，浙江省网络作协是全国第一家由网络文学创作、评论、编辑和组织工作者自愿结合的省级协会组织，2014 年 1 月 7 日正式宣告成立。浙江省网络作家网以图文滚动形式全面报道网络文学信息，以浙江文坛浙江网络作家为要，下设协会信息、热点关注、书库、精品推荐、会员、名家访谈、排行榜、评吧等频道，为以浙江省网络文学为原点的全国网络文学创作与阅读服务。

浙江作家网（www. zjzj. org）：成立于 2003 年，为浙江省作家协会的官方网站，下设作协信息、公告公示、文学动态、文学批评、书评序跋、文化时评、地市动态、海外文坛、文学奖项、重点推荐、作家访谈、作家瞭望、作品探讨、文稿信息、少协播报、文学之星、浙江文艺、浙江作家、期刊前沿等子频道，是集文学动态、新闻时政、理论批评、作家作品展示为一体的信息聚合平台。

中国报告文学网（www. zgbgwx. com）：创立于 2011 年，是中国网络诗歌学会主办的大型综合型文学网站。中国网络诗歌网站以诗歌为主，兼容多种文学体裁。诗歌栏目有现代诗、旧体诗、新歌词、散文诗、诗赛、诗译、诗论。其他栏目有小说、故事、杂文、散文、剧本、日记、童话、文评。另设有《中国诗》《中国网络文学精品年选》、名家诗谈、文坛动态、文集出版、获奖诗星、优秀编辑、文集人气、最新作者、本站编辑、征文约稿等综合讯息栏目。网站秉承“高远、纯粹、关注、发展”之纯文学理念，全力打造一流的文学创作、活动交流、理论研究之平台。

中国民族文学网（www. iel. cass. cn）：2001 年成立，由中国社会科学院民族文学研究所创办，隶属于中国社会科学网。下设南方民族文学、北方民族文学、藏族文学、蒙古族文学、民族文学理论、中国史诗、神话研究、各民族文学关系、当代论坛、口头传统、田野研究基地、科研动态、学术传真、非物质文化遗产保护、民族文学百科等栏目，旨在搭建中国民族文学的记录、交流与传承综合平台，打造民族文学研究的诺亚方舟。

中国文艺网（www. cflac. org. cn）：为中国文学艺术界联合会官方网站，其开设的文学版块涵盖资讯、文学话题、文学评论、文学人物、文学家艺术图书馆、网络文艺等频道，网络文艺频道则囊括网络文艺创作、网络文学、网络文艺资讯、网络文艺评论等栏目。通过构建资讯报道、理论批评、创作引导的三位一体矩阵，中国文艺网矢志攻坚网络文学发展顶层设计。

中国作家网（www. chinawriter. com. cn）：创办于 2002 年，是由中国作家协会（以下简称作协）主办的作协官方网站。作为作协的官方网站，中国作家网秉承作协宗旨，主要承担向外介绍、宣传作协，发布作协近期重要活动、文坛重要讯息，向读者推荐优秀作品等任务，以推动中国文学健康发展。中国作家网下设机构、新闻、阅读、评论、访谈、公告、公报、通知等多个频道，涵盖了作协的组成、功能、重要活动介绍、重要奖项的设立与中国文学发展的最新动态等等，其中还包括了作家、作品推荐、作品阅读和相关评论等内容，并且中国作家网专门为网络文学开设专栏引领时代文学前进。

作家在线（www. zuojiachubanshe. com）：成立于 2011 年，是由中国作家出版集团主办、作家出版社承办运营的文学门户网站，是以作家为核心服务对象的专业文学网站，旨在为所有写作者提供数字化出版平台。下设文坛资讯、在线阅读、连线作家、创作投稿、作家辞典等子频道，网站将充分发挥利用中国作家出版集团各单位的人才优势和内容资源，全力创造网络文学的精品门户，打造网络时代的文学旗舰。

（戴靓、罗诗咏　执笔）

第三章　活跃作家

网络文学的繁荣发展，离不开网络作家的辛苦耕耘。2018 年，是网络文学“大神”作家与“新生”作家大会合的一年。这一年，不仅有大神级作家不断走向品牌化，新作续更皆有爆款，90 后作家也来势喜人，逐渐成长为网络文学的中坚力量。同时，培养培训活动的增多，保证了作者数量的持续增长，也有利于提高网络文学作品的质量。

一、网络作家概况

1. 培养培训活动增多，作者数量持续增长

2018 年 9 月 15 日，第二届中国“网络文学+”大会在北京开幕，会上发布了《2017 年中国网络文学发展报告》。报告显示，截至 2017 年，国内 45 家重点网络文学网站的驻站创作者数量已达 1400 万，其中，签约作者数量达 68 万人，47%为全职写作。

2018 年，各大网络文学平台和各省市作家协会纷纷发力，通过结构化的培养体系和多样化的培训方式，打通了普通作家到大神的成长路径，同时还挖掘了有潜力的新秀，为平台的人才储备注入了新鲜血液。毋庸置疑，各项培养培训活动不仅决定了网络文学作者数量的持续增长，更为网络文学行业的生态建设贡献了新生力量。

作为网络文学行业领袖，阅文坚持“作家为本”的理念。长期以来，阅文集团一直致力于为旗下作家团队提供专业系统的培训支持，包括系统性的创作思维的培养、创作技巧的指导等等。2018 年，阅文持续发力，集中搭建作家培训体系，积极响应作家生态变化，打造了行业内成熟的作家结构——橄榄型结构，即除了顶尖作家和不断涌入的新人作者外，还有数量庞大的快速成长的中坚作家。2018 年 5 月 25 日，阅文星学院高级研修班在沪开班。本次高级研修班主要面向阅文旗下所有男性作者，并对中层以上作家群体进行集中培训，培训讲师从资深编辑、顶尖作家到市场专家、泛娱乐大师，全方位覆盖产业链。为了实现精品化教学理念，他们只选取了 50 名学员能够参与全部课程。7 月 3 日，为了加大对网络文学人才队伍的建设培养力度，推进网络文学健康发展，广东作协联手阅文集团及其旗下网站开设了为期 5 天的“广东网络作家深入学习贯彻中国特色社会主义思想高级研修班”。7 月 16 日，阅文集团 2018 年云起作家深圳高研修班活动在深圳成功落下帷幕，著名网络文

学白金作家叶非夜、苏小暖、MS 芙子、公子衍及凤炅等都参加了此次作家班。10 月 21 日，在上海市新闻出版局的指导下，“创现实　阅万里”2018 年阅文集团现实主义万里行活动正式启动，这已是阅文集团旗下举办的第三届现实主义题材征文大赛，并且成功输出了《复兴之路》《大国重工》等一系列现实主义题材的优质作品。除此之外，阅文集团还与团中央积极联动，举办了“志愿文学”网络作家基层行活动，包括孑与二、MS 芙子、纯洁滴小龙等在内的 33 位网络作家，走访了四川、贵州、青海等 20 个基层点。

中文在线的作家培训班模式也成为业内佳话，为网络文学作者的培养起到了示范性作用。2018 年 1 月 17 日，有“作家摇篮”之称的鲁迅文学院与中文在线携手举办为期十天的“鲁迅文学院网络文学作家培训班”。该培训班旨在激励和引导网络文学创作，加强网络文学作家培训，促进优秀网络文学原创作品的产生。林静、失落叶、骁骑校……这些在网络上响当当的写手们，如今济济一堂，共同探讨网络文学创作。培训班成为他们接触传统文学精英、互相探讨交流的一次大聚会。这次培训课程设置上既保留了鲁迅文学院经典课程，又加入了更贴近网络作家实际创作生活的针对性课程，包括国情文化、文学态势、作家的素质与培养、小说创作谈、创作知识与创作技巧等十几门核心课程。教师包括中国作家协会副主席、天津作家协会主席蒋子龙，北京大学中文系教授、著名作家曹文轩等。

作为国内数字阅读领先平台，咪咕阅读一直重视对有才华、有梦想作者的培养。他们利用网络文学大赛挖掘优质的原创网络文学作品，通过自身资源全方位打通 IP 产业链，让参赛作品得到推广和孵化，还举办网络作家培训班，培养了一批带流量的明星作者。2018 年 12 月 26 日，第三届“咪咕杯”网络文学大赛圆满落幕，共有 20 部著作杀入总决赛并获得奖项。其中超人气作者空留的《最佳词作》摘得第三届“咪咕杯”金奖，并获得了由咪咕阅读提供的 100 万元奖金。迄今为止，咪咕阅读联手掌阅科技已经发掘了朱毓旭、画骨师、红景、梦里梦外、砂子、奔放的老牛、逐声、拂樱等众多网文新秀，其中部分作品如《岁岁志》《尘风志》等已经投入到影视改编中。

2018 年，中国作协、各省市作家协会积极扛起培养网络作家社会责任之大旗，围绕习近平总书记在全国宣传工作会议上的重要讲话精神，举办了多场旨在加强网络作家队伍建设、推动网络文学精品创作的培训活动。譬如，2018 年 9 月 8 日至 9 月 13 日，由团中央社会联络部、中国作协网络文学中心与中央网信办网络社会工作局共同主办的全国第二期青年网络作家高级培训班在江西井冈山举行。培训班由来自全国各地的青年网络作家与重点文学网站从业者共 100 余人参加。10 月 13 日，湖北省作协在黄冈齐安湖开办了为期 4 天的“首届网络作家文学精品创作培训班”。10 月 22 日，为深入实施“筑梦计划”，进一步加强对新兴领域青年骨干的培养力度，浙江省团委组织来自全省 11 地市 40 余位优秀青年网络作家汇聚杭州白马湖畔中国网络作家村，举办了 2018 年全省青年网络作家骨干培训班。11 月 30 日–12 月

2日，四川省网络作家协会、南充市嘉陵区委宣传部联合嘉陵区供销社、区文化馆、区作家协会以及中国农夫商城在南充市嘉陵区举办了“改革开放四十年·网络作家嘉陵行”创作采风活动，并建立了四川省网络作家协会首个创作基地。11月14日至18日，由中国作协网络文学中心和江苏省作协联合举办的全国网络作家深入学习习近平新时代中国特色社会主义思想专题培训班在江苏南京举行，培训班的学员主要来自全国各省市作协和主要网络文学网站的作家。12月8日，河北网络作家培训班举行开班式，来自全省各地的50名网络作家参加了开班式；12月19日，主题为“书写新时代，网播正能量”的2018重庆网络文学大会暨“全国知名网络作家重庆行”在重庆九龙坡区举行，当日，九龙坡区政府与重庆出版集团签订了战略合作协议，重庆市网络作家协会与阿里文学、咪咕阅读、掌阅科技、纵横文学等6家网络文学平台签订了战略合作协议，以鼓励优秀网络作家有良好的平台发布作品，有目的地写作而不是跟风，为网文作者和传统作家创造更广阔的成长空间，建立以文学作品为起点的内容生态。

2. 大神级作家走向品牌化，新作续更皆有爆款

2018年12月12日，速途研究院发布了《2018年网络文学作家影响力榜》，此榜选取近一年来在网络文学平台上连载小说的作家，主要从作家新媒体影响力、作家平台影响力、作品影响力三大方面分析与论证，计算出作家影响力。具体评价方式是通过作家的百度指数、微博指数、微信指数、微博粉丝量、贴吧热度，以及作品点击量、推荐量、评论量、收藏量、粉丝量，最后根据速途研究院对阅读市场的长期关注、了解以及经验做出标准化后的加权平均，按照合理比例分配加权数值，综合计算出作家影响力指数，并进行排名，由此得出《2018年中国网络文学作家影响力榜单》。榜单显示，头部作家唐家三少重回榜首之位，辰东紧随其后，我吃西红柿、猫腻、丁墨、叶非夜、天下归元等众多头部作家均上榜。在2018年第三届橙瓜网络文学奖中，大神级作家唐家三少和天蚕土豆获得“名人堂”称号，“网文之王”由我吃西红柿摘得，五大至尊、十二主神和百强大神中，大神级作家均有入围，唐家三少和耳根分别作为年度玄幻作家和年度仙剑作家位居年度最受欢迎作家前二。在泛娱乐时代的当下，衡量作家影响力的标准不再仅仅局限于作品的点击量，评论量、推荐量等互动性较强的数据也将成为重要的参考依据。而大神级作家强大的粉丝关注度和支持度，在很大程度上决定了此作家的品牌价值。

大平台丰富的资源和数据体系为头部作家进一步走向品牌化提供了不可或缺的条件，有效帮助作家拓展了用户群体，实现粉丝聚拢和个人商业价值变现。大神级作家的商业价值是除作品价值外最被行业关注的焦点，商业价值一方面能直观反应网文市场的发展态势，另一方面也能为作家自身提供发展空间。2018年，各大神级作家的商业价值呈直线上升，以作品赢得和积累粉丝量，继而进入品牌化运作，线上有个人的社交平台和直播平台，线下进行不同规模的粉丝见面会，凭借强大的粉丝基础，进行了多种形式的“明星化”运作。例如，叶非夜在B站直播，吸引了30万粉丝同时在线；著名网络女作家丁墨微博粉丝近百万，其同名主话题阅读量超5000万，在女作家影响力方面更是摘得本次榜单榜首；血红举行了全国巡回见面会专场，人气火爆，掀起明星般的效应。拥有6亿用户的数字阅读平台阅文集团充分利用丰富的官方资源，将网络作家打造成明星，加强与粉丝的全方位互动，一步步将大神级作家的品牌化运作模式落到实地，带向成熟。

在起点中文网2018年12个月的原创风云榜单中，大神级作家的作品依旧火爆，上年连续十月高居榜首的辰东《圣墟》18年依旧热度不减，忘语的《凡人修仙之仙界篇》、我吃西红柿的《飞仙问道》、唐家三少的《斗罗大陆Ⅲ龙王传说》以及耳根的《一念永恒》等作品皆深受读者欢迎。在年度第三季橙瓜网络文学奖年度十大作品获奖名单中，我吃西红柿的《飞仙问道》、烽火戏诸侯的《剑来》和忘语的《凡人修仙之仙界篇》均榜上有名，大神级作家的新作续更皆为爆款。

3. 写手队伍呈年轻化趋势，90后渐成主流

根据2018年9月在第二届中国“网络文学+”大会发布的《2017年中国网络文学发展报告》显示，20岁左右的新一代创作者群体已经崛起，占比已经超过10%。在众多的创作人群中，18岁至30岁的人群创作意愿最为强烈，从读者到作者的华丽转身，使网络文学为大众创业、万众创新提供了新的机遇和途径。

从速途研究院发布的《2018年网络文学作家影响力榜》可以看出，在IP开发的强大推动下，国内网络文学发展环境日趋成熟，催生了众多新锐作家大量涌现。据报告可知，相较于去年，榜单中99%的作家名次产生了变动，其中男频作家首次上榜人数占据其榜单的30%，女频作家首次上榜人数占据其榜单的26%，众多新人作家快速崛起，90后渐成主流，实力不容小觑。在男频作家中，许多新人作家凭借优秀作品首次跻身榜单便获得优异成绩，如会说话的肘子，首次上榜便稳居榜单第三，志鸟村、高楼大厦等首次上榜便摘得榜单前20名。

年轻用户是整个泛娱乐生态圈未来的核心群体，抓住年轻用户的目光，是当下行业发展的关键。新人作家对于当代年轻人的生活状态有着更好的洞察和了解，所著作品更带有时代元素，满足当下粉丝读者的阅读需求和消费习惯，更易引发读者的共鸣。相对于已成为社会中坚力量的80后来说，90后用户群体拥有更多的休闲娱乐时间，他们和用户之间交流更加便利，也更能加快其成名速度。从艾瑞咨询发布的2018年调研数据发现，随着用户的不断年轻化，在网络文学作者的年龄分布方面，30岁以下的作者占比超过了七成，90、95后作者已经逐渐成为主流。其中2星-4星作者中90后作者数量达到了六成，5星及以上作者中90后作者的占比也达到了54.1%。可见，90后年轻作者已成为网络作家的中坚力量。2018年90后作家表现最突出的当属1990年出生的新锐作家会说话的肘子，其代表作《大王饶命》获得众多读者的认可和喜爱。截至目前，《大王饶命》推荐量破千万，评论量已超过百万，一举刷新原生评论记录，成为全网读者书评数量第一。同时，《大王饶命》在起点中文网平均订阅成绩第一，用户月票总数也位列第一，超过1500万，作品热度已与头部作家作品持平，并呈持续上升趋势。

二、重要网站代表性作家

1. 起点中文网

代表作家	主要作品
忘语	《凡人修仙传》《魔天记》《玄界之门》《六迹之梦魇宫》
爱潜水的乌贼	《一世之尊》《奥术神座》《武道宗师》《灭运图录》《诡秘之主》
辰东	《不死不灭》《完美世界》《遮天》《长生界》《神墓》
耳根	《仙逆》《我欲封天》《三寸人间》《一念永恒》《求魔》
唐家三少	《光之子》《狂神》《斗罗大陆》《善良的死神》《绝世唐门》
希行	《有女不凡》《回到古代当兽医》《名门医女》《君九龄》《大帝姬》
我吃西红柿	《莽荒纪》《雪鹰领主》《盘龙》《星辰变》《九鼎记》
鹅是老五	《纨绔疯子》《不朽凡人》《天下第九》《最强弃少》《造化之门》
方想	《星风》《师士传说》《卡徒》《修真世界》《不败战神》《五行天》
孑与2	《唐砖》《大宋的智慧》《银狐》

2. 创世中文网

代表作家	主要作品
妖夜	《兽破苍穹》《妖者为王》《焚天之怒》《不灭龙帝》
净无痕	《绝世武神》《太古神王》《莽荒记》《伏天氏》
猫腻	《映秀十年事》《朱雀记》《庆余年》《将夜》《择天记》
横扫天涯	《无尽丹田》《魔域》《力辟乾坤》《万界独尊》《天道图书馆》
高楼大厦	《僵尸医生》《武帝》《极限杀戮》《寂灭天骄》《天地龙魂》《叱咤风云》
飞天鱼	《万古神帝》《天帝传》
丁墨	《如果蜗牛有爱情》《他来了，请闭眼》《美人为馅》《你和我的倾城时光》
风行烈	《傲风》《云狂》《战神王妃》《江山梦》《盛世妖华》《风云》
乱	《英雄联盟之谁与争锋》《全职法师》
残剑	《超级优化》《都市全能霸主》《剑道邪尊》《天帝龙魂》

3. 纵横中文网

代表作家	主要作品
烽火戏诸侯	《陈二狗的妖孽人生》《雪中悍刀行》《剑来》《天神下凡》
无罪	《流氓高手》《仙魔变》《冰火破坏神》《剑王朝》《平天策》
烟雨江南	《亵渎》《尘缘》《狩魔手记》《罪恶之城》《永夜君王》
逆苍天	《天极魔道》《大魔王》《灵域》《十方天土》《万域之王》
更俗	《神之血裔》《官商》《山河英雄志》《大荒蛮神》
梦入神机	《佛本是道》《黑山老妖》《阳神》《永生》《龙符》《点道为止》
烈焰滔滔	《最强狂兵》《都市邪王》《武尽天荒》
柳下挥	《天才医生》《火爆天王》《终极教师》《逆鳞》《同桌凶猛》
步行天下	《医品宗师》《翡翠王》《功夫神医》《特种神医》
火星引力	《网游之修罗传说》《天辰》《网游之邪龙逆天》《逆天邪神》

4. 晋江文学城

代表作家	主要作品
北倾	《他站在时光深处》《美人宜修》《一线大腕》《徐徐诱之》
顾漫	《何以笙箫默》《微微一笑很倾城》《杉杉来了》《骄阳似我》
颜凉雨	《空降热搜》《丧病大学》《鬼服兵团》《谨然记》
Priest	《天涯客》《镇魂》《有匪》《山河表里》《残次品》
我想吃肉	《伴君》《宝玉奋斗记》《奸臣之女》《非主流清穿》
红九	《我们住在一起》《我的青春你的城》《咱俩没完》《别怕我真心》
笑佳人	《国色生香》《快穿之娇妻》《皇恩》《金枝御叶》
明晓溪	《旋风少女》《泡沫之夏》《烈火如歌》《会有天使替我爱你》
七英俊	《呵呵》《有药》《夕阳红》
十载如憾	《帝授录》《血冕礼赞》《锈祖决》《棉枭图》

5. 阿里文学

代表作家	主要作品
傲天无痕	《战皇》《界皇》《巫皇》《异界之三宫六院》《圣祖》
庄毕凡	《诸天记》《异界全职业大师》《末法王座》

续表

代表作家	主要作品
骠骑	《荣誉之站》《特遣行动》《山河血》《暗》《天师》《龙渊》
多一半	《唐朝好男人》《第五名发家》
酒徒	《大明长歌》《大汉光武》《家园》《烽烟尽处》《男儿行》
何常在	《命师》《胜算》《问鼎》《运途》《掌控》《交手》
青衫烟雨	《修真男配不好当》《天下男修皆浮云》
张小娴	《面包树上的女人》《那年的梦想》《你终将爱我》《荷包里的单人床》
靡宝	《流光之城》《桃花渡口》《露自今夜白》《殿前欢》
墨熊	《斑鸠》《苍发的蜻蜓姬》《黄龙天空》《地狱猎兵》

6. 潇湘书院

代表作家	主要作品
潇湘冬儿	《暴君，我来自军情 9 处》《11 处特工皇妃》《军火皇后》
天下归元	《扶摇皇后》《凰权》《燕倾天下》《千金笑》《女帝本色》
西子情	《妾本惊华》《卿本惊华》《纨绔世子妃》《京门风月》
似锦	《孤王寡女》《御宠医妃》《步步惊婚》《史上第一婚》
爱心果冻	《第一庶女》《豆蔻小皇后》《西月第一笑妃》
青青的悠然	《宦妃天下》《惑国毒妃》《九天倾凰》《锈色可餐》
唐梦若影	《神医傻妃》《妾色》《弃妃太逍遥》《代嫁狂妾》
若雪三千	《至尊废才狂小姐》《天才召唤师》《缠夫》《我的狼王殿下》
莫言殇	《白发皇妃》《夜妖娆》《惊世亡妃》《与魔共寝》
舒歌	《妾妖娆》《狼妃》《无德皇后》《妃倾城》

7. 17K 小说网

代表作家	主要作品
衣冠胜雪	《无尽剑装》《旷世妖师》《名动山河》《无尽神域》
风御九秋	《气御千年》《残袍》《紫阳》《太玄战记》《归一》
梦入洪荒	《官途》《权力巅峰》《至高使命》
紫气东来	《修真高手在现代》《爱上明星大小姐》《暧昧高手》

续表

代表作家	主要作品
善良的蜂蜜	《修罗战神》《修罗武神》
风青阳	《玄帝》《龙血战神》《吞天记》《弈剑天下》
伪戒	《正道潜龙》《传奇再现》《那些年混过的兄弟》
皇甫奇	《飞升之后》《无上真魔》《大周皇族》《神座》《人皇记》
失落叶	《网游之盗版神话》《网游之纵横天下》《天行》《斗神》
步千帆	《超级兵王》《辣手神医》《至强兵锋》

8. 小说阅读网

代表作家	主要作品
安知晓	《代嫁弃妃》《凤求凰：第一皇妃》《仲夏夜的秘密》《国民男神爱上我》
小小桑	《重生之傲世医女》《重生之厨女当家》《空间俏医女：猎户相公来种田》
千霓裳	《暖婚似火：顾少，轻轻宠》《因爱成瘾，抢来的新娘》《亿万老公太危险》
韩降雪	《弃妃要翻身》《豪门禁妻》《总裁的秘密》《首席的独宠新娘》
江山一顾	《大首长，小媳妇》《亿万旧爱找上门》《重生八零俏家妻》
夏染雪	《穿越网王之音飘零》《云龙破月》《残颜公主》《暖妻入怀》
梓云溪	《我家太子妃超凶的》《皇后逆天斗苍穹》《嚣张小皇妃》
猫千草	《腹黑总裁要抱抱》《名门淑媛》《美男太多多》
久雅阁	《邪王宠妻：医妃休想出墙》《庶女狂妃》《法医小妾》
陌骄阳	《倾城娇女：将军，太生猛》《千金检察官》《豪门第一暖媳》

9. 红袖添香

代表作家	主要作品
忆昔颜	《医爱到底》《凌少的妻子》《倾世盛宠：大帅的新娘》《重生 90 甜军嫂》
墨舞碧歌	《再生缘：我的温柔暴君》《非我倾城：王爷要休妃》《传奇》
寂月皎皎	《繁华落定》《风暖碧落》《倦寻芳》《两世欢》《君临天下》
恍若晨曦	《首席总裁的逃妻》《老公，滚远点》《腹黑老公来敲门》
千桦落尽	《双生复仇姐妹花》《名门公敌①谢先生，晚上见》《傅先生，偏偏喜欢你》
葉雪	《原来你是这样的宋医生》《年先生，慢慢喜欢你》《机长大人，别来无恙》

续表

代表作家	主要作品
明珠还	《总裁的挚爱》《一遇总统定终身》《相思入骨，总裁的心尖前妻》
吉祥夜	《漓宫挽歌：药引皇妃》《神秘老公不见面》《老师，爱情天天向上》
妖九夜	《司少的独宠新妻》《影帝撩妻请矜持》
唐逖	《我的男友是帝少》《邪皇绝宠：皇妃你别跑》《报告爷，太太要休夫》

10. 掌阅小说网

代表作家	主要作品
磨剑少爷	《式微》《西游之决战花果山》
姜小牙	《总裁在上我在下》《我家总裁有毛病》
唐欣恬	《裸生：生娃这件小事》《女金融师的次贷爱情》《稳住吧！女王》
绝情犀利哥	《世界魅影逍遥》《诸天至尊》《一等家丁》《独步逍遥》
极品妖孽	《吞噬永恒》《绝世战神》
任怨	《武道乾坤》《横刀立马》《斩仙》《神工》
墨子归	《情事档案》《情深不负好时光之交易婚姻》
月关	《回到明朝当王爷》《锦衣夜行》《逍遥游》《夜天子》
果味喵	《绝顶枪王》《马龙特务班》《绝顶航路》
天使奥斯卡	《宋时归》《篡清》《1911 新中华》《盛唐风华》

三、年度活跃作家创作业绩（按作家名首字母排顺）

1. 幻想类题材作家①

阿彩 女，别名彩、小彩，中国作协网络文学委员会委员，中国作协会员，顶级大神作家，中国移动“咪咕阅读”明星作家，2015 年中国移动“咪咕阅读”征文大赛导师之一。阿彩擅长写爱情小说，文笔细腻，故事架构千回百转，深受读者喜爱。主要作品《凤凰错：替嫁弃妃》《帝凰之神医弃妃》《下一站天后》《权妃之帝医风华》等，其中《神医凤轻尘》（即《帝凰之神医弃妃》）《凤凰错》《帝医风华》等多部作品已经出售影视版权，并出版发行。2018 年 5 月，在第三届“橙瓜网络文学奖”评选中位列百强大神，新作《盛世天骄》荣获年度十大作品，并以橙瓜

① 以幻想类题材为主的作家，作品所写世界基本为虚构，与现实世界完全不同，如玄幻、奇幻、魔幻、仙侠等类型。

评分 8 分的优异成绩入选百强作品。

傲天无痕 男，山东泰安人，原 17k 小说网著名写手，后转战创世中文网，现阿里文学签约作家，山东省作家协会会员。主要作品有《战皇》《界皇》《巫皇》《异界之三宫六院》等。傲天无痕从 2008 年开始从事网络文学创作，其中《界皇》创下了千万级点击量的傲人佳绩，并被粉丝誉为“高速超快金手指”。目前新作《圣祖》正在阿里文学连载中，占据着阿里男频点击榜和收藏榜的榜首，广受读者喜爱，并于 2018 年 5 月，在第三届“橙瓜网络文学奖”评选中，荣获年度百强作品奖。

Cuslaa 男，别名哥斯拉，80 后，南京人，原是一名在龙空写书评的神农，现纵横中文网签约作家，专职写作。哥斯拉的小说情节跌宕起伏、扣人心弦，历史知识扎实，文笔又优美流畅、古色古香，读起来让人如痴如醉，难以自拔。作品《宰执天下》连载于纵横中文网，发表后不久就快速占据新书榜第二位，并在极短时间内，跃升到新书榜第一位，两个月后跃居历史类点击榜第二。目前总点击 2000 多万，总推荐 330 万，已经成为仅次于《枭臣》的历史军事“人气王”，在第三届“橙瓜网络文学奖”评选中荣获年度十大作品奖，并位列百强大神。

辰东 男，原名杨振东，北京人，出生于 1982 年，毕业于中国石油大学，现为阅文集团起点中文网白金作家，中国作协会员。辰东崛起于网络文学青铜时代，在首届网文之王评选中位列五大至尊之一和十二主神之一。其代表作品有《不死不灭》《完美世界》《遮天》《长生界》《神墓》等。以作品《神墓》一文扬名立万，开创了太古战争流和玄幻悬念流。其后的《完美世界》荣登“2016 中国泛娱乐指数盛典”中国 IP 价值榜--网络文学榜榜首。目前正在连载中的《圣墟》一直占据着起点中文网人气排行和收藏榜的第一名，并入选 2018 年中国作家协会重点作品扶持选题名单。辰东的行文如天马行空，超脱不羁，能够最大程度的调动读者的代入感和心理欲求，以亦庄亦谐、纤秾合度的笔法让读者们欲罢不能。2018 年，高居速途研究院“2018 中国网络文学男作家影响力 TOP50 榜”第二。

纯情犀利哥 男，原笔名亲王，江西新余人，掌阅签约大神作家，中国作协会员，鲁迅文学院学员，全国首届网络文艺人才班学员。相比较于其他作者，纯情犀利哥的作品数量不算多，但是几乎每部都能跻身于各大排行榜之中，多数作品卖出了游戏、漫画和影视等各项版权。主要作品有《异界魅影逍遥》《邪御天娇》《一等家丁》等。2017 年，作品《诸天至尊》在第二届网文之王评选活动中荣获最具潜力游戏改编奖，本人在此次评选中位列百强大神。2018 年 5 月，在第三届“橙瓜网络文学奖”评选中位列百强大神，作品《独步逍遥》成为年度十大作品之一。

鹅是老五 男，原名白全明，出生于 1975 年，安徽宣城人，阅文集团起点中文网白金作家，外号更新狂人，每天至少 3 到 5 章，最高纪录一天爆发十七章。代表作品有《星舞九神》《纨绔疯子》《最强弃少》《造化之门》《不朽凡人》等。2017

年，在第二届网文之王评选中位列百强大神，《不朽凡人》荣获最具潜力仙侠作品奖。新作《天下第九》从2018年5月22日开始连载，发布后两天就累计获得三十万推荐票，十万点击量，连续数月登上起点男频书友月推荐榜前列。2018年，在第三届“橙瓜网络文学奖”评选中入选百强大神，位列速途研究院“2018中国网络文学男作家影响力TOP50”第16位，

耳根　男，原名刘勇，黑龙江牡丹江人，80后，现阅文集团起点中文网白金作家，中国作协委员。其主要作品有《仙逆》《天逆》《求魔》，目前正在连载中的有《我欲封天》《一念永恒》《滇娇传之天悦东方》以及《三寸人间》等。其中《仙逆》以其独特的情节构思在仙侠类型中独树一帜，大获成功，使其在网文界站稳脚跟。其后的《我欲封天》进一步增长了耳根的人气，在2015年度连续十个月蝉联起点月票第一，并最终获得福布斯原创文学风云榜年度冠军。而其正在连载中的《一念永恒》以23万的月票佳绩，跻身于2016年度福布斯中国原创文学风云榜三甲，并在第三届“橙瓜网络文学奖”评选中荣获2018年度百强作品奖。耳根独特的文风堪称仙侠小说界的一股清流，连连获奖的佳绩更是对其实力的认可，同时也反映了读者的追捧与喜爱。

风凌天下　男，原名张荣会，出生于1982年，山东莱芜人，阅文集团起点中文网白金作家，中国作协会员，山东省作家协会网络文学创作委员会成员。风凌天下从2009年开始从事网络小说创作，处女作《凌天传说》首发于起点中文网，连续数月登上起点首页的热点封面推荐榜。随后创作的《异世邪君》《傲世九重天》《天域苍穹》等都成绩不凡，其中《天域苍穹》发布首日即产生了百位盟主，创下了超高人气纪录，排名中国作协“2017中国网络小说排行榜半年榜（已完结作品）”第10位。2018年5月，在第三届“橙瓜网络文学奖”评选中位列百强大神，新作《我是至尊》荣获年度百强作品奖，位列速途研究院“2018中国网络文学男作家影响力TOP50”第32位，荣登橙瓜《网文圈》杂志第24期封面人物。

飞天鱼　男，原名张伟，出生于1990年，四川遂宁人，阅文集团起点中文网大神作家，新生代玄幻作家代表，nextidea玄幻征文优秀作者。2015年，处女作《万古神帝》首发于创世中文网，进入热销榜第一位，创男生作品销售纪录，一举成神。新作《天帝传》正在起点中文网火热连载中，目前已经累积获得一千万点击，网上热评不断。2018，在第三届“橙瓜网络文学奖”评选中入选百强大神，位列速途研究院“2018中国网络文学男作家影响力TOP50”第30位。

管平潮　男，原名张凤翔，出生于1977年，江苏南通人，就读于中国科学技术大学、日本国立情报学研究所复合科学系，中国仙侠代表作家，中国作协会员，浙江省网络作协副主席。管平潮从2004年开始从事网文创作，处女作《仙路烟尘》在起点中文网一经连载便受千万粉丝追捧，奉为中国仙侠小说开山之作之一。其后陆续创作了《仙剑奇侠传》《血歌行》《九州牧云录》《沧海问剑》《大话西游》等

作品。其中《血歌行》入选广电总局2016年度18部优秀网络原创作品推介榜；中国作协2016年度10部未完结优秀原创小说作品榜；中国作协2016年度全国网络文学重点园地工作联席会议重点作品扶持项目；浙江省网络作协2016年度优秀作品扶持计划。2017年12月携新作《燃魂传》强势来袭，目前该部作品已经签订出版及影视改编协议，预计影片会在2019年跟观众见面。2018年，在第三届“橙瓜网络文学奖”评选中位列百强大神。

火星引力 男，别名火星、火星大大，火大，80后，山东临沂人，毕业于南京大学，纵横中文网签约作家，新生代作家代表人物。主要作品有《网游之修罗传说》《天辰》《网游之邪龙逆天》《网游之天谴修罗》《逆天邪神》等。2012年，处女作《网游之修罗传说》首发于起点中文网，立即登上点击榜第一的宝座，凭借该部作品迅速积累的人气，成为业界新秀翘楚。《逆天邪神》从2014年10月开始在纵横中文网连载，截至2018年12月，该部作品的点击量已经突破1千万大关。2017，在第二届网文之王评选中位列百强大神。2018，在第三届“橙瓜网络文学奖”评选中位列百强大神，作品《逆天邪神》荣获年度百强作品奖。

横扫天涯 男，原名杨汉亮，出生于1983年，青海海西蒙古族藏族自治州人，现阅文集团大神作家，青海省作家协会会员，擅长玄幻题材的创作。主要作品有《拳皇异界纵横》《魔域》《力辟乾坤》《无尽丹田》《万界独尊》以及正在连载中的《天道图书馆》等。2013年著书《无尽丹田》上架，迅速蹿红网络，荣登首页畅销榜、点击榜、推荐榜及最受欢迎玄幻小说榜等，爆发期间甚至还创下过日更100的纪录，荣获“最勤奋作者”的称号。目前其正在连载中的《天道图书馆》已经被翻译成英文、法文、土耳其文等多种语言，在起点国际上长期占据海外点击、推荐榜双榜第一，在阅文集团原创风云榜上位列第一，在2017年第三届中国原创文学风云榜中，荣获“年度受海外欢迎IP”，年度风云榜第四。2018年5月，在第三届“橙瓜网络文学奖”评选中，《天道图书馆》脱颖而出，荣获年度百强作品奖。

净无痕 男，原名李涛，出生于1989年，江西南昌人，毕业于江西师范大学，原为逐浪网作家，现为阅文集团创世中文网白金作家。2014年，凭借首部玄幻作品《绝世武神》一举成名，随后被改编为同名手游、端游上线，广受热捧。其后新作《太古神王》首发于创世中文网，热度不减，一经发表就占据了各大榜单，高居手机百度“2017年度畅销小说榜”第二位，并在第二届网文之王评选中荣获最具潜力玄幻作品奖。目前这部作品的网游改编已由天悦东方投资制作中。除此之外，目前正在创世中文网和起点中文网火热连载中的新书《伏天氏》，在创世中文网的玄幻人气榜单中名列第三，并于2018年第三届“橙瓜网络文学奖”评选中荣获年度百强作品奖。

流浪的蛤蟆 男，原名王超，出生于1975年，江苏南京人，环艺设计专业毕业，现阅文集团大神作家，文笔汪洋恣肆，行文天马行空，极富创造力。流浪的蛤蟆从 2005 年开始网文创作生涯，作品数量繁多且种类比较庞杂。目前现有作品主要有《仙葫》《魔幻星际》《天鹏纵横》《天地战魂》《时空妖灵》《蜀山》《母皇》《天问》《焚天》《异能武装》等等。其中《仙葫》进入 2010 年起点首届金键盘奖评选十佳名单。2017 年，作者还作为首席架构师，联合马伯庸、月关、跳舞、天使奥斯卡四位殿堂级大神作者共同打造了基于中国真实历史和神话传说构建的平行世界——望古神话，并于当年的网文之王评选活动中位列百强大神。2018 年 5 月，其新作《一剑飞仙》在第三届“橙瓜网络文学奖”评选中荣获百强作品奖。

猫腻 男，原名蒋晓峰，出生于 1977 年，湖北夷陵人，曾就读于四川大学，现为阅文集团白金作家，牡丹江市网络作家协会副主席。猫腻 2003 年开始网络写作，于起点中文网首发其处女作《映秀十年事》，随后陆续创作了《朱雀记》《庆余年》《间客》《将夜》《择天记》等作品。其作品多次获奖或上榜被视为“文青”代表性作家。其新作《大道朝天》正在连载中，一经上线就一直占据着创世中文网人气排行榜榜首，并于 2018 年第三届“橙瓜网络文学奖”评选中荣获年度百强作品奖。

逆苍天 男，原名丁新奇，80 后，江苏扬州人，现为百度旗下纵横中文网签约作家。完成的作品有《无极魔道》《大魔王》《灵域》《十方天土》《杀神》等。其中《灵域》荣登 2015 年度百度风云榜前十，使其奠定了网文大神的地位。最新作品《万域之王》正在纵横中文网火热连载中，于 2017 年的网文之王评选活动中获得最具潜力的动漫改编奖，在第三届“橙瓜网络文学奖”评选活动中荣获 2018 年度百强作品奖。

失落叶 男，原名丁宗磊，出生于 1983 年，江苏淮安人，毕业于南京信息工程大学。2007 年签约 17K 小说网，成为网游频道核心作者之一，擅长数据网游小说创作。主要作品有《网游之纵横天下》《网游之天下无双》《网游之盗版神话》《斩龙》《剑王传说》等。2017 年，在第二届网文之王评选中位列百强大神，并荣登当年橙瓜《网文圈》第三期杂志封面人物。2018 年，在第三届“橙瓜网络文学奖”评选中荣获百强大神称号，其作品《天行》获得“年度十大作品”。

十里剑神 男，90 后，山东济宁人，阅文集团起点中文网大神作家，新生代网络作家代表。成名之作《重生之都市修仙》讲述了渡劫期大修士陈凡陨落在天劫中，却一梦五百年重回地球的年少时代故事。作品从 2016 开始连载至今，目前更新字数已经达到 363.5 万字，均订已过 4 万，多次跻身于月票榜前十，稳居各榜单 TOP10，排名阅文集团“2017 中国原创文学风云榜 TOP10”男生作品榜第 9。2018，在第三届“橙瓜网络文学奖”评选中入选百强大神，位列速途研究院“2018 中国网络文学男作家影响力 TOP50”第 44 位。

唐家三少 男，原名张威，北京人，出生于 1981 年，毕业于河北大学政法学院，现为阅文集团起点中文网白金作家，中国作协主席团委员，北京青联委员，网络文学代表人物之一，80 后明星网络作家中的“光之子”，中国作家富豪榜网络作家之王。其主要代表作品有《光之子》《狂神》《唯我独仙》《空速星痕》《生肖守护神》《斗罗大陆》《酒神》等。从2004年创作至今的14年网络写作生涯里，三少坚持“日均八千字，数年不断更”的记录，并不断尝试全新的题材，涉及奇幻、玄幻、仙侠及异世界等多种类型，其中的大部分作品都受到了网文阅读者的追捧，取得了良好的佳绩。如《善良的死神》《冰火魔厨》《天珠变》《神印王座》《绝世唐门》《斗罗大陆3龙王传说》等作品均跻身于年度百度搜索风云榜子榜单十大网络小说的前十名。其自传体爱情小说《为了你，我愿意热爱整个世界》改编的同名电视剧已于爱奇艺、优酷等各大网络视频平台播放完毕，实时搜索量及播放量均获得不凡的成绩。都市爱情小说《拥抱谎言拥抱你》由湖南文艺出版社出版，并在咪咕阅读平台连载，同年获得中华文学基金会第二届茅盾文学新人奖“网络文学新人奖”。2018年以1.3亿万元的年度版税收入高居“第12届作家富豪榜之网络作家榜”榜首，位居速途研究院“2018中国网络文学男作家影响力TOP50榜”第1位。

天蚕土豆 男，原名李虎，出生于1989年，四川德阳人，原起点中文网白金作家，现纵横中文网签约作家，浙江省作协委员会主席团委员。主要作品有《魔兽剑圣异界纵横》《斗破苍穹》《武动乾坤》《大主宰》《元尊》等。其中，成名作《斗破苍穹》一经发表就凭借超高的人气成为各大榜单的荣宠，随后被改编为网游和漫画，日前由其改编的电视剧已经在腾讯视频播出。《武动乾坤》发布后稳居百度搜索风云榜小说榜前三名，位列《2017猫片．胡润原创文学IP价值榜》第15。新作《元尊》位列手机百度“2017小说年度最强IP榜”第2，并于2018年5月，在第三届“橙瓜网络文学奖”评选中荣获年度百强作品。2018年以10500万元的年度版税收入高居“第12届作家富豪榜之网络作家榜”第2位，在第三届“橙瓜网络文学奖”评选中进入名人堂，位列速途研究院“2018中国网络文学男作家影响力TOP50”第7位。

跳舞 男，原名陈彬，江苏南京人，起点中文网白金作家，中国作协会员。主要作品有《大王》《变脸武士》《天骄无双》《恶魔法则》《邪气凛然》《猎国》等，其中《恶魔法则》排名《2017猫片·胡润原创文学IP价值榜》第69位，目前已经被改编为网游。《天王》已经由像素工坊执笔改为漫画《异能守望者》，在《好漫画》连载。2017年，在第二届网文之王评选中位列百强大神，2018年以3400万元的年度版税收入高居“第12届作家富豪榜之网络作家榜”第7位，在第三届“橙瓜网络文学奖”评选中位列“十二主神”之一。

天使奥斯卡 男，原名徐震，南京人，原起点中文网白金作家，现掌阅签约作家，主要作品有《宋时归》《篡清》《天命神话》《1911新中华》《我的新金庸群侠传》等。日前其新作《盛唐风云》正在掌阅火热连载，并于第三届“橙瓜网络文学奖”评选中荣获年度百强作品奖。2018年以4930万元的年度版税收入高居“第12届作家富豪榜之网络作家榜”第5位，在第三届“橙瓜网络文学奖”评选中进入百强大神，位列速途研究院“2018 中国网络文学男作家影响力 TOP50”第 33 位。

天下归元 女，原名卢菁，别名桂圆，江苏镇江人，阅文集团潇湘书院金牌作家，中国作家协会会员，当代中国古风文坛上最大气、最具畅销力的金牌作家之一，其多部作品首版即登上当当网青春文学热门新书榜首。著有《扶摇皇后》《凰权》《燕倾天下》《帝凰》《千金笑》《凤倾天阑》等。其中《扶摇皇后》在连载期间屡破网站古言类作品订阅纪录，点击量超百亿，并斩获业内多个标志性奖项；该作品改编的影视剧《扶摇》播出后稳居卫视周播剧场同时段收视首位，创造了上线三天总播放量破 10 亿、收官播放量超 130 亿的惊人成绩，并输出海外多个国家地区，颇受国内外用户喜爱。2018 年，在第三届“橙瓜网络文学奖”评选中位列百强大神，荣获“年度最受欢迎作家”之“年度古代言情作家”，高居速途研究院“2018 中国网络文学女作家影响力 TOP50”第 3 位。

忘语 男，原名丁凌滔，江苏徐州人，出生于 1976 年，毕业于无锡机械制造学校，后自学完成大学法律专业，现阅文集团起点中文网白金作家。其主要代表作品有《凡人修仙传》《魔天记》《玄界之门》等。2008 年，忘语以作品《凡人修仙传》开创了仙侠小说凡人流，突破了当时网文界普遍崇尚西方国家奇幻流作品的写作桎梏，堪称为开宗立派的创新之举。随后这部作品被改编为网页游戏，大获追捧。2013 年开始连载的《魔天记》热度不减，线下纸质书出版荣获 2 万+的佳绩，2014 年获得中国网络文学年度好作品优秀奖，随后被改编为手游，并拍成微电影。2015 年底开始连载《玄界之门》，这部作品获得 2016 福布斯中国原创文学风云榜男生作品第一名，并进入当年百度十大热搜作品，人气经久不衰。目前正在连载中的还有《六迹之梦魇宫》《凡人修仙之仙界篇》等。2018 年，在第三届“橙瓜网络文学奖”评选活动中位列五大至尊，作品《凡人修仙之仙界篇》荣获年度十大作品奖。

我吃西红柿 男，原名朱洪志，出生于 1987 年，江苏人，2009 年肄业于苏州大学数学系，现阅文集团起点中文网白金作家。著有《星峰传说》《寸芒》《星辰变》《盘龙》《九鼎记》《吞噬星空》《莽荒纪》等十余部作品。其中部分作品被改编为漫画，此外尚有多部作品被改编为网络游戏。《星辰变》荣膺金翎奖年度最受期待游戏称号。《飞来剑道》创新仙侠品类世界观，并上榜手机百度发布的“2017 小说年度最强 IP 榜”TOP10。2017 年，荣获第二届“中华文学基金会茅盾文学新人奖网络文学新人奖”。2018 年，在“第三届“橙瓜网络文学奖”评选中成为“网文之王”，位列速途研究院“2018 中国网络文学男作家影响力 TOP50”第 4 位。

我本纯洁 男，原名蒋晓平，阿里文学签约作家，广西作协理事会员，玉林市作协会员，鲁迅文学院学员，超人气玄幻网络作家。著有《神控天下》《妖道至尊》《我是霸王》《第一战神》等作品，2017 年 2 月，在第二届网文之王评选中位列百强大神，2018 年 5 月，在第三届“橙瓜网络文学奖”评选中位列百强大神，其作品《第一战神》荣获年度十大作品奖。

我会修空调 男，网络文学新锐作家，文字驾驭能力非常强，加之天马行空的想象力，使其作品无时无刻不透漏着惊悚与荒诞，对粉丝极具吸引力。2018 年 6 月 11 号上架首部作品《我有一座恐怖屋》，9 天点击破万，17 天推荐、收藏双双破万，8 月即获得了男频书友月点击榜第十五名，11 月更是一举登上男频月票榜第四名。同时该部作品获得悬疑灵异类 2018 上巳祭泛灵异征文的上巳金奖。如此快速的晋升，在浩如烟海的网文界中实是难得一见的成就。以新人之姿一举跻身“2018 中国网络文学男作家影响力 TOP50”榜单，并位列 2018 最具潜力 TOP5 网文男作家。

雾外江山 男，80 后，辽宁铁岭人，原起点中文网签约作家，现掌阅签约作者，是仙侠派的代表作者，以设定牛、脑洞大著称，书友送“设定之王”的名号。著有作品《仙道之王》《大道独行》《剑神永恒》《唯我巅峰》等。新作《道岳独尊》自 2017 年 11 月开始在掌阅连载，连续数月占据掌阅小说网男频点击榜榜首。2017 年，在第二届网文之王评选中位列百强大神，2018 年 5 月，入选第三届“橙瓜网络文学奖”百强大神，作品《道岳独尊》荣获年度百强作品奖。

月亮不发光 95 后新生代网络作家，阿里文学签约作者，从大二开始在网上连载小说。处女作《逆天神医》一经发布，火爆全网，拿下多个榜单第一，成为炙手可热的人气新星。这部作品情节引人入胜，荡气回肠，世界恢弘浩大，波澜壮阔。目前于阿里文学火热连载中，在点击总榜和订阅周榜中位列榜首。

月关 男，原名魏立军，出生于 1972 年，辽宁铁岭人，现起点中文网白金作家，中国作家协会会员。主要作品有《回到明朝当王爷》《步步生莲》《狼神》《锦衣夜行》等。其中《回到明朝当王爷》进入“网络文学十年盘点”评选，入选十大人气作品第六名。2018 年以 5000 万元的年度版税收入高居“第 12 届作家富豪榜之网络作家榜”第 2 位，在第三届“橙瓜网络文学奖”评选中成为“十二主神”之一，位列速度研究院“2018 中国网络文学男作家影响力 TOP50”第 33 位。

妖夜 男，原名黄雄，出生于 1984 年，湖南郴州人，知名网络小说作家，中国作家协会版权保护委员会委员，湖南省网络作协常务副主席，中国作家协会成员，现阅文集团创世中文网大神作家。2011 年正式开始写作生涯，凭借《兽破苍穹》一书，一举成名，连载期间一直占据各大榜单前五，销售火爆。随后创作了《妖者为王》《焚天之怒》《不灭龙帝》等炙手可热的作品。其中《妖者为王》已由台湾说频出版社出版，并改编为同名漫画。2014 年《焚天之怒》首发创世中文网，荣获第十届网络作家榜第十二名的成绩，目前该部作品已被改编为同名网络游戏。2016 年 4 月，新书《不灭龙帝》开始连载，并入选中国作协“2017 年度全国网络文学重点园地工作联席会议重点作品扶持选题名单”。2018 年以 1500 万元的年度版税收入位列“第 12 届作家富豪榜之网络作家榜”第 15 位，在第三届“橙瓜网络文学奖”评选活动中获得“十二主神”称号。

庄毕凡 男，原名曾一成，四川隆昌人，毕业于重庆师范学院，现为阿里文学签约作者，四川省网络作协会员。写作路线轻松幽默，笔风为典型的扮猪吃老虎，擅长创造独特的世界以及翻新老套的情节。主要作品有《诸天记》《异界全职业大师》《末法王座》等。2009年凭借《异界全职大师》一炮走红，获得了无数读者的喜爱，这部作品被称为是扮猪吃老虎写法的开山鼻祖。新作《诸天记》于2017年开始在阿里文学连载，点击量和订阅人数一直居高不下，广受欢迎。在阿里文学原创作者年终奖励中，这部作品获得了阿里文学颁发的“衍生潜力奖”，并在第三届“橙瓜网络文学奖”评选中荣获年度百强作品奖。

宅猪　男，原名冯长远，出生于1983年，2008年开始网络创作，阅文集团大神作家，上海网络文学作家协会会员。写作风格激情热血，而又不失幽默风趣，文字轻快明丽，擅长蓄势，自成一家。主要作品有《重生西游》《水浒仙途》《野蛮王座》《独步天下》《帝尊》《人道至尊》等。新作《牧神记》荣登“2017年中国网络小说排行榜下半年榜（未完结作品）第2名，并于第三届“橙瓜网络文学奖”评选中获得年度百强作品奖。2018年，在第三届“橙瓜网络文学奖”评选中位列百强大神，位列速途研究院“2018中国网络文学男作家影响力TOP50”第6位。

2. 现实类题材作家①

北倾　女，原名陶洛潇琪，人称北纸，晋江文学城签约作者，浙江省网络作家协会会员。北倾擅长温馨治愈系的文字，文风暖甜而清新，细微处下笔如点睛，每一个精彩的情节，每一个重要的转折，都如精火慢炖般让人品出个中滋味。主要作品有《何处暖阳不倾城》《竹马镶青梅》《一线大腕》《徐徐诱之》《我和你差之微毫的世界》《红尘滚滚滚》《美人宜修》《男人，你德行》《摇欢》等，其中大部分作品已出版。新作《他站在时光深处》于2017年开始在晋江文学城连载，后由百花洲文艺出版社出版，该部作品以医生职业为背景，编织了温景然和应如约的爱情，涉及治病救人、医患关系等现实话题，具有正确的价值引导作用，在第二届中国“网络文学+”大会闭幕式上，入选北京市新闻出版广电局发布的“2018年度向读者推荐的21部优秀网络文学原创名单”。

骠骑　男，原名董俊杰，70后，阿里文学签约作家，军事题材作家，编剧，擅长革命历史、军旅特战题材创作。主要作品有《荣誉之战》《抗日之铁血远征军》《特遣行动》《山河血》《血祭山河》《暗》《天师》《天枢之契约行者》等等。骠骑自身丰富的基层部队生活经历，为他的小说创作注入了活力，从出道至今，其创作的三十余部作品，目前已有九部投入到影视剧改编，强大的IP衍生价值有目共睹的。新作《龙渊》正在阿里文学火热连载中，并于2018年5月，在第三届“橙瓜网络文学奖”评选中，荣获年度百强作品奖。

① 现实类题材是与幻想题材相对的一个概念，其作品基于现实世界之上构建，人物有夸张与虚构，但不超越现实可能，如爱情、职场、历史、军事、犯罪等类型。作品以这种笔法为主进行创作的作家归于此类。

步千帆 男，原名叶方，出生于1984年，安徽人，毕业于安徽经济管理学院财会专业，17K小说网签约作者。步千帆从2010年开始混迹网文界，在工作之余利用闲暇时间上传过几本小说，但成绩都不是很理想，2011年正式签约17K小说网，人生开始发生转变，小说的成绩开始蒸蒸日上。主要作品有《至强兵锋》《辣手神医》《超级兵王》等。代表作《超级兵王》首发于17K小说网，高居17K小说网会员点击榜总榜第三，凭借跌宕起伏和扣人心弦的情节，在站内积攒了大量人气，成为读者追捧的都市激战类小说代表。2018年，在第三届“橙瓜网络文学奖”评选中位列百强大神。

常书欣 男，原名常舒欣，出生于1975年，山西沁水人，知名网络原创文学作者，山西网络文学院首批“在线作家”，国内警匪、刑侦类题材代表作家，每一部作品都受到专业警察的建议和指点。主要作品有《红男绿女》《黑锅》《超级大忽悠》《香色倾城》《余罪》《商海谍影》等，其中大部分作品已经签约影视改编或出版发行。《商海谍影》于2014年10月起连载于创世中文网，一经上架即位列创世中文网人气榜前列。成名作《余罪》畅销100万册，在国内掀起阅读狂潮，制造了前所未有的文化现象，被誉为近年来原创小说中最亮眼的口碑之作，由其改编的同名电视剧于爱奇艺平台播出，掀起收视热潮，点击量突破5亿，成为2016年度最受欢迎的网络剧之一，荣获金骨朵网络影视最佳网络剧，第七届澳门国际电视节金莲花优秀网络剧大奖，《黑锅：我和罪犯玩命的日子》于2016年热血上市，由其改编的影视剧《警察锅哥》于2017年7月在江苏卫视播出，同时在腾讯视频网播出，自播出以来，口碑不断攀升，播放量急速上涨，六天播放量破亿。2018年，在第三届“橙瓜网络文学奖”评选中位列百强大神。

丛林狼 男，原名廖群诗，出生于1975年，湖南郴州人，阅文集团白金级作家，中国作家协会会员，广东网络作家协会副主席，深圳市作家协会副主席，网络军事文学旗帜人物，擅长军旅、战争类题材。主要作品有《最强战神》《最强兵王》《丛林战神》《战神之王》《最强狙击手》等。新作《王牌兵王》当下正在起点中文网火热连载中，获得500多万点击量，累计收藏三千多个。2018年，在第三届“橙瓜网络文学奖”评选中位列百强大神，凭借作品《王牌兵王》排行速途研究院“2018中国网络文学男作家影响力TOP50”第39位。

丁墨 女，原名丁莹，80后，湖南沅陵人，毕业于北京大学物理系，阅文集团云起书院白金作家，女性网络文学超人气大神，多次横扫女性文学网站排行榜冠军，是中国网络文学影响力女作家之一。代表作品有《他来了，请闭眼》《如果蜗牛有爱情》《美人为馅》《你和我的倾城时光》《他与月光为邻》等，其中多部作品被改编为热门影视作品，由赵丽颖主演的《你和我的倾城时光》正在热播中，并收获大批剧粉，影视剧《他来了，请闭眼》《美人为馅》《如果蜗牛有爱情》等播放量均过亿，《他与月光为邻》已改编为同名电视剧，目前正在拍摄中。丁墨一直走在网文 IP 影视化市场的前端，引领网络 IP 的影视剧改编热潮。作为女频市场的领军作家，丁墨在 IP 改编上的影响力有目共睹，2018 年荣登速途研究院“2018 中国网络文学女作家影响力 TOP50”榜首。

多一半　男，原名王鹏，西安人，阿里文学签约作者。2006 年创作的网络小说《唐朝好男人》一经发布就被网友誉为“穿越种田流鼻祖”，广受读者追捧，其后该 IP 被改编为穿越题材的大型古装网络剧，收视火爆。现实题材长篇小说《第五名发家》则继承了《唐朝好男人》的成功模式，再次打响市场，获得当年阿里文学颁发的“衍生潜力奖”、入选“2017 年中国作家协会重点作品扶持选题名单”，并荣登中国作协“2017 年中国网络小说排行榜半年榜”榜首。

房忆雪　女，原名房静，出生于 70 年代，江苏徐州人，阿里文学签约作者，她曾创作长篇纪实小说《我是一朵飘零的花》，2006 年开始在天涯社区连载，即被推荐为“天涯头条”，被网友誉为“天涯第一帖”。代表作品有《中国继承人》《运河码头》《宿北硝烟》等。其中《宿北硝烟》讲述了宿北地区革命先烈的英勇抗战故事，具有浓厚的文化底蕴和思想内涵，重视价值观引领，深受读者喜爱。2017 年，该部作品入选“2017 年全国网络文学重点园地工作联席会议重点作品扶持选题名单”，并于 2018 年再度成功跻身于北京市新闻出版广电局发布的“2018 年度优秀网络文学原创作品推介名单”之列。

更俗　男，原名张年平，出生于 1979 年，江苏南通人，毕业于南京理工大学化工学院，现为百度旗下纵横中文网签约作家。主要作品有《神之血裔》《官商》《山河英雄志》《中州乱世录》《大荒蛮神》等。相比较于同行的成绩，更俗的这几部作品都显得反响平平，没有所谓的小说爆款，但是更俗的写作实力一直是业内所认可的，被誉为网络中的大神级写手。2017 年，新作《枭臣》上榜《2017 猫片 · 胡润原创文学 IP 价值榜》，《大地产商》入选 2017 中国作家协会重点十大作品名单，在第二届网文之王评选中位列百强大神，2018 年，在第三届“橙瓜网络文学奖”评选中入选百强大神

郭怒　男，昵称老郭，怒爷，狗老怒，80 后，湖北监利人，阿里文学签约作者，专长于体育竞技类写作，移动阅读基地的竞技王者之一，是足球类小说的旗帜。在足球类小说领域，郭怒是当之无愧的大神中的大神，从球迷到职业写手，郭怒坚持足球题材创作 12 年，他的笔下诞生了孟秋、步青云等一系列传奇形象，《重生 1994 之足坛风云》《中锋》《中国球王》等作品更成为百万读者绿茵梦想的经典文学符号。伴随着竞技类网络文学的发展，郭怒在阿里文学、起点、纵横、中国移动阅读基地等网络文学平台中，都是拥有超高人气的作者，其作品《中锋》曾经创下了移动阅读基地竞技类史无前例的九千万以上的点击。加盟阿里文学平台后，郭怒最新的作品《从零开始的足球生涯》《奔跑吧足球》在阿里文学网站一经上线，就得到了数百万读者的追捧，并获得了阿里文学颁发的衍生潜力奖。2018 年，在第三

届“橙瓜网络文学奖”评选中位列百强大神，作品《从零开始的足球生涯》荣获年度百强作品奖，同年6月，荣登橙瓜《网文圈》杂志第27期封面人物。

会说话的肘子 男，原名楚男，出生于1990年，河南洛阳人，阅文集团起点中文网新神作家，新生代都市代表作家。主要作品有《英雄联盟之灾变时代》《我是大玩家》《大王饶命》等。其中《大王饶命》2017年12月荣获阅文原创风云榜第一，并突破单月月票记录。2018年《大王饶命》点击量及推荐量等各项数据稳居各榜单TOP3；平均订阅在起点中文网所有作品中位列第一；同时用户月票数已突破1500万，为今年月票总数第一，是名副其实的年度第一神书。目前，该作品已完成IP授权，不久将改编为影视游戏作品。2018年5月，在第三届“橙瓜网络文学奖”评选中入选百强大神，位列速途研究院“2018中国网络文学男作家影响力TOP50”第3位，上榜最具潜力TOP5网文男作家。

囧囧有妖 女，原名周燕，出生于1989年，现居北京，阅文集团云起书院人气作家，现代网络文学言情作家代表。著有《家有囧妻》《纯禽老公不靠谱》《萌妻甜甜圈：亿万暖婚第7天》《恰似寒光遇骄阳》《许你万丈光芒可好》等作品。其中《恰似寒光遇骄阳》现收藏已突破300万，总订阅量超过1亿，曾4次蝉联女频月票榜榜第一，数次创下2018年女生原创作品日销新纪录。此外，作品《许你万丈光芒可好》英文版在海外的成绩也一直领跑，稳居Power Ranking（海外月票榜）与Popular（人气榜）亚军，并率先实现海外影视版权授权。2018年，凭借作品《恰似寒光遇骄阳》位列速途研究院“2018中国网络文学女作家影响力TOP50”第6位。

柳下挥 男，原名黄卫，出生于1988年，河南信阳人，毕业于焦作大学人文学院，百度文学纵横中文网“大神”作家，都市小说代表人物之一。其作品中的女性角色各有灵性，令人过目不忘。主要作品有《市长千金爱上我》《爱你我就骚扰你》《火爆之王》《天才医生》《近身保镖》《终极教师》《逆鳞》等。2007年开始从事网络小说创作，其中《市长千金爱上我》《爱你我就骚扰你》等多部作品已经出版发行，《火爆天王》《天才医生》现已改编为漫画。连续多年进入网络作家富豪榜前10名，2015年第一届网文之王十二主神，2017年2月，在第二届王文之王评选中位列百强大神，2018年以2600万元的年度版税收入高居“第12届作家富豪榜之网络作家榜”第8位，在第三届“橙瓜网络文学奖”评选中位列“十二主神”，荣获年度都市作家。

梁七少 男，原名梁业龙，出生于1986年，海南儋州人。毕业于北京华北电力大学，曾经从事工程类工作，现专职网络创作。2007年，创作出第一本武侠小说，之后相继创作出《花都兵王》《校花攻略》《贴身特工》《贴身护美》《终极教官》等数部享有良好口碑的都市小说。梁七少通过近十余年的创作，形成了别具一格的都市文风--诙谐风趣的情节，暧昧搞笑的风格，玩世不恭的主角塑造，获得了无数读者的喜爱。其作品兼具铁血与柔情，在作品里读者往往可以感受到那激动人心的男儿热血，更能领略到作品里所塑造的一个个美女的各色风情。新作都市激战类小说《近战狂兵》正在17K小说网火热连载中。2018年，入选第三届“橙瓜网络文学奖”百强大神，作品《终极教官》荣获年度百强作品奖。

梁不凡　男，原名梁志成，90后，黑龙江省哈尔滨市人，纵横中文网签约作家，中国作家协会会员，黑龙江省作家协会会员，鲁迅文学院毕业生，都市类超人气作家。主要作品有《女神爱上我》《王牌大高手》《医道生香》《超品战兵》等。其中《医道生香》现已在台湾冒险者出版社出版，影视剧与北京完美星空传媒有限公司签约也在筹备当中。新作《超品战兵》讲述了一个雇佣界的王者，为了红颜知己而回归平凡都市，扮猪吃虎，逆流而上，铸就王图霸业的故事。目前该部作品正在纵横中文网火热连载中。2018年，在第三届“橙瓜网络文学奖”评选中位列百强大神，作品《超品战兵》荣获年度百强作品奖。

流潋紫　女，原名吴雪岚，出生于1984年，浙江湖州人，毕业于浙江师范大学行知学院汉语言文学专业，中国内地作家、编剧、教师，2018年10月任浙江省作家协会主席团委员。2007年，出版长篇小说《后宫·甄嬛传》，荣获第二届“腾讯杯”原创文学大赛一等奖；其后陆续创作了《创世》和《如懿传》，2017年亲自担任该部作品改编同名影视的编剧，该剧已于2018年8月20日在腾讯视频独播，播放量高达161.2亿，位居年度网剧播放量第2，荣获“第十九届中国视频榜”年度热剧。2018年，凭借《如懿传》位列速途研究院“2018中国网络文学女作家影响力TOP50”第8位。

林海听涛　男，原名张琳韬，出生于1982年，四川成都人，毕业于中国科学技术大学，阅文集团起点中文网白金作家，网络体育竞技文代表，是公认的起点竞技小说第一人。林海听涛坚持足球题材创作近11年，他的笔下诞生了张俊、托尼·唐恩、楚中天、常胜等一系列传奇形象，其作品也成为百万读者绿茵梦想的经典文学符号。2003年，大学时期的林海听涛根据自己高中在学校里踢球的经验，尝试创作了一部足球竞技小说《我踢球你在意吗》，并且在网上发布，短短40余万字，广受好评和追捧。随后陆续创作了《我们是冠军》《冠军教父》《冠军传奇》《冠军之光》等。其中《冠军教父》排名《2017猫片·胡润原创文学IP价值榜》第23位。新作《绿茵峥嵘》正在起点中文网连载。2018年，在第三届“橙瓜网络文学奖”评选中位列百强大神，获得“年度最受欢迎作家”之“年度体育作家”称号。

李枭　男，本名李鹏飞，职业作家、编剧，辽宁文学院首届影视编剧班毕业，中国作家协会会员，大连市作家协会网络创作委员会秘书长、中国法学会法制文学研究会会员，现居辽宁大连。先后出版《禁城一号》《信仰》《盗墓高手》《刺杀》《无缝地带》等多部长篇小说，繁体版《寻陵记——楼兰古国》《寻陵记——决战六盘山》等在台湾、香港等华语繁体地区出版。目前已有《信仰》等两部长篇小说与中影集团签约。其创作的长篇小说取材独特，有侦探小说的特点，且镜头感极强，逻辑性严密、紧凑，历史凝重感深厚，尤以人性刻画细腻和迥异而在国内谍战类小说中独树一帜，曾被媒体誉为“大连网络文学的领军人物”“大连新生派作家的代表”“国内网络谍战小说作家领军者”。2018 年其沥血六年、四易其稿的谍战小说《无缝地带》在网易云连载后，广受关注，获 1.5 亿的点击量，10 月崭获首届泛华文网络文学“金键盘”奖。

齐橙 男，原名龚江辉，自称中年大叔，出生于 1969 年，阅文集团起点中文网大神作家，网络工业文的代表，工业经济博士，北京师范大学副教授，是集智慧和文采于一身的传奇人物。著有《江东突击营》《工业霸主》《大明地师》《材料帝国》《砺剑繁华》等完结作品，目前正在连载中的有《大国重工》。其中首部工业文《工业霸主》通过对穿越者机械系研究生林振华事迹的描写，反映了改革开放 30 多年来中国整个工业的崛起。《材料帝国》入选国家新闻出版广电总局“2016 年优秀网络文学原创作品推介名单”，2017 年被评为“第二届网络文学双年奖”铜奖作品。新作《大国重工》入选“2017 年中国作家协会重点作品扶持选题名单”，在第二届网络原创文学现实主义题材征文大赛中荣获“特等奖”，2018 年，在第三届“橙瓜网络文学奖”评选中，《大国重工》荣获年度百强作品奖，位列速途研究院“2018 中国网络文学男作家影响力 TOP50”第 28 位。

苏小暖 女，原名郭荣娟，浙江温州人，阅文集团云起书院白金作家，新派穿越小说鼻祖，拥有亿万超高人气。文笔流畅，构思精巧，擅长写大框架作品，深受 90、00 后读者喜爱。代表作品有《邪王追妻：废材逆天小姐》（出版名《一世倾城》）《神医凰后》等。其中《邪王追妻》获得 2.1 亿的点击量，积攒 130 万粉丝，蝉联两届福布斯原创风云榜女生榜冠军，至今红透网络。新作《神医凰后》上架之后，粉丝付费成绩不俗，该作品目前已经完成 IP 衍生授权，凭借作品广泛的影响力和极高的商业价值，高居速途研究院“2018 中国网络文学女作家影响力 TOP50”第 4 位。

苏曼凌 女，原名周艳乔，曾用笔名苏凌素心，70 后，中国作家协会会员，河北作家协会会员，中国石油作家协会会员，华北油田作家协会副主席。主要作品有《百草媚》《玉色》《晤歌》《染染纤尘》等。其中《百草媚》《荷殇·半面妆》和《中医世家》等大部分作品已经出版。苏曼凌的作品主要依托历史，以中国传统文化为创作源泉，关注女性的家庭、社会生活和情感世界，将传统文化与现代题材结合，兼顾网络上情感、悬疑、侦破等畅销元素和传统文学的思想性，十多年来逐步形成了自己的写作特色。新作《京杭之恋》描述了跨越两个时代的匠人故事，反映出了新中国的历史发展与大运河两岸人民生活的变迁，是一部中国发展史。该部作品在第二届中国“网络文学+”大会闭幕式上，入选北京市新闻出版广电局发布的“2018 年度向读者推荐的 21 部优秀网络文学原创名单”。

希行 女，原名裴云，黑龙江乌苏里江人，现为阅文集团起点中文网白金作家。希行喜欢将现代都市人物的心理特征与古代社会背景相结合，让身为平凡人的女强呈现其独立的精神，在古言网文中很有辨识度。希行的诸多作品也借此获得众多荣誉，著有《有女不凡》《回到古代当兽医》《药结同心》《名门医女》《重生之药香》《古代地主婆》《娇娘医经》《诛砂》《大帝姬》等作品。其中《名门医女》成为联席会议重点扶持项目和中国梦主题创作扶持项目。《诛砂》荣获 2015 年度“福布斯·中国原创文学风云榜”女生作品第六名。《君九龄》荣获 2016 年中国网络小说排行榜年榜已完结作品第六名，并于 2018 年 1 月入选国家新闻出版广电总局和中国作协会联合发布“2017 年优秀网络文学原创作品推介名单”。《大帝姬》2018 年 1 月荣登“阅文超级 IP 风云盛典暨第三届中国原创文学风云榜盛典”年度原创风云榜，并在第三届“橙瓜网络文学奖”评选中获得年度百强作品奖，入选全国网络文学重点园地工作联席会议 2018 年度重点作品扶持选题名单。

叶非夜 女，原名孔子星，出生于 1991 年，河北人，阅文集团云起书院白金作家，北京市作家协会会员。主要作品有《高冷男神住隔壁：错吻 55 次》《萌物遇上高富帅：101 次抢婚》《国民老公带回家：偷吻 55 次》《傲娇男神住我家：99 次说爱你》等。其中大部分作品已出版实体书，改编的同名影视《国民老公带回家》首播 4 小时点击量即破亿，同名动漫更是引发火爆关注，获得数以亿计的超高人气。她的作品网络总点击超过 100 亿，并创造单本作品电子日销 24 万元的销售记录，在年度原创文学风云榜评选中一举获得作品、作者双料第一。2018 年，在第三届“橙瓜网络文学奖”评选中，被评为“年度最受欢迎作家”之“年度青春言情作家”，高居速途研究院“2018 中国网络文学女作家影响力 TOP50”第 2 位，位列最具潜力 TOP5 网文女作家。

卓牧闲 男，原名段武明，江苏南通人，网络文学流行作家，擅长现实主义题材的写作，引领了现实主义写实派的热潮，文笔老到，有超高的文字驾驭能力。主要作品有《超级警察》《江山皇图》《韩警察》《朝阳警察》等。其中《朝阳警事》多次获得起点首页推荐，在社交平台上受到广泛热议，短短半年时间，即获得月票全站排名第 158 名，推荐票全站排名第 188 名的好成绩，为网络文学现实主义题材内容起到强力补充的作用，以真实接地气的叙事风格树立起现实主义题材的标杆式作品。2018 年，更是凭借该部作品成功跻身于速途研究院“2018 中国网络文学男作家影响力 TOP50”榜单，并位列最具影响力 TOP5 网文男作家。

3. 综合类题材作家①

爱潜水的乌贼 男，网称乌贼娘，四川成都人，出生于 1985 年，现为阅文集团

① 综合类作家指幻想与现实手法都有尝试的创作者，包含了除幻想、现实题材之外的所有题材创作的作家。

起点中文网白金作家。其主要作品有《一世之尊》《奥术神座》《武道宗师》《灭运图录》以及正在连载中的《诡秘之主》。其中《一世之尊》获得首届网络文学双年奖优秀奖，《武道宗师》登上了起点首页的强力推荐榜，并累计获得十万收藏的佳绩。从最开始的玄幻修仙、魔法西幻再到后来的都市异能，乌贼的每一部作品都在尝试全新的题材，他从未满足于一种风格，而是不断开拓新的领域，不断接受新的挑战。甚至有热爱他的网络读者戏称，唯一能限制乌贼的只有他的思维。2018 年，在第三届“橙瓜网络文学奖”评选中入选百强大神，位列速途研究院“2018 中国网络文学男作家影响力 TOP50”第 25 位。

二目 男，原名陈睿，出生于 1985 年，湖南长沙人，毕业于中南林业科技大学，土木专业硕士，现阅文集团大神级作家。2016 年凭借《放开那个女巫》登顶“十二天王”，同时该作品也开创了女巫种田流，为低迷已久的西幻市场打开了新局面。2018 年，在第三届“橙瓜网络文学奖”评选中荣获“百强大神”称号，位列速途研究院“2018 中国网络文学男作家影响力 TOP50”第 23 位。

愤怒的香蕉 男，原名曾登科，出生于 1985 年，湖南人，又名“爆炸的榴莲”“神奇的果冻”，阅文集团起点中文网“大神”作家，擅长生活描写，感情基调温馨，文笔细腻。著有《异域求生日记》《隐杀》《异化》《赘婿》等。其中《隐杀》已在台湾出版繁体实体书，书名改为《杀手之王》。2018 年，在第三届“橙瓜网络文学奖”评选中入选百强大神，作品《赘婿》荣获年度百强作品奖，位列速途研究院“2018 中国网络文学男作家影响力 TOP50”第 21 位。

烽火戏诸侯 男，原名陈振华，出生于 1986 年，浙江淳安人，毕业于浙江工商大学，现为纵横中文网“大神”作家，中国作家协会会员，浙江省网络作家协会副主席。主要作品包括《陈二狗的妖孽人生》《雪中悍刀行》《老子是癞蛤蟆》《剑来》《天神下凡》《桃花》等。其中《陈二狗的妖孽人生》被改编为网剧，由腾讯视频独播，点击量破 20 亿，荣获腾讯视频年度惊喜网剧荣誉。《雪中悍刀行》荣获 2015 首届“网络文学双年奖”银奖，入选中国作家协会 2016 年“中国网络小说排行榜”年榜。作品《剑来》入选首届中国网络文学周 2017 年“中国网络小说排行榜”年榜。2018 年 10 月，再次凭借《雪中悍刀行》在玄幻仙侠类获奖作品中获首届泛华文网络文学“金键盘”奖。2018 年，在第三届“橙瓜网络文学奖”评选中位列五大至尊，其作品《剑来》荣获年度十大作品奖。

高楼大厦 男，原名曹毅，出生于 1980 年，山东淄博人，毕业于青岛理工大学，阅文集团创世中文网白金作家，中国作协会员，山东省作家协会网络文学创作委员会成员，山东淄博市网络作家协会主席。擅长台湾幻武小说，被誉为“武幻小说第一人”。主要作品有《僵尸先生》《极限杀戮》《兵人》《貌似高手在异界》《寂灭天骄》《叱咤风云》《天地龙魂》《武帝》等。其中大部分作品已出版发行，屡创销量佳绩，《叱咤风云》更是荣获 2010-2011 年港台幻武销量冠军，被各大出版社誉为玄幻小说成功写作典范教科书。目前新作《太初》正在起点中文网连载中，自7月连续五个月均位列男频月票榜前十，人气十分火爆。2018年，以2000万元的年度版税收入位居“第12届作家富豪榜之网络作家榜”第12位，凭借《太初》位列速途研究院“2018中国网络文学男作家影响力TOP50”第18位。

蝴蝶蓝　男，原名王冬，出生于1983年，湖南湘潭人，现居北京，阅文集团起点中文网白金作家，网络原创游戏小说代表写手。作品以网游题材为主，语言诙谐幽默，被誉为“网游文神级大神”。著有《全职高手》《独闯天涯》《星照不宣》《网游之近战法师》《网游之江湖任务行》等多部作品，其中最具代表性的《全职高手》人气颇高，当下已经被改编为同名网游、漫画、舞台剧等多种IP运作方式，吸金无数，目前由其改编的电视剧已于2018年9月27日杀青，预计2019年播出。2018年，在第三届“橙瓜网络文学奖”评选中荣获年度游戏作家，成为“五大至尊”之一，位列速途研究院“2018中国网络文学男作家影响力TOP50”第15位。

何常在　男，原名崔浩，出生于1976年，河北石家庄人，现居北京朝阳区，现阿里文学签约作家，中国作协会员。作为横跨网络与实体的两栖实力派作家，被誉为国内政商类小说的第一人，知名畅销书作家，已经出版图书40余部，包括《命师》《胜算》《官神》（后改为《问鼎》）《运途》《武动苍穹》《交手》等，其中大部分作品受到读者喜爱，成为年度畅销书。2018年以2500万元的年度版税收入高居“第12届作家富豪榜之网络作家榜”第10位，在第三届“橙瓜网络文学奖”评选中荣获“百强大神”称号。

骷髅精灵　男，原名王小磊，出生于1982年，山东烟台人，毕业于华东政法大学，阅文集团起点中文网白金作家，第十届中国文艺家联合会版权保护委员会委员，上海青年文联副会长，上海网络作家协会副会长，上海视觉艺术学院客座教授。骷髅精灵于2004年开始从事网络小说创作，处女作《猛龙过江》成为网游类小说的扛鼎之作，作者本人也凭借该部作品进军网络文学一线人气作家的行列。随后陆续创作《海王祭》《机动风暴》《武装风暴》《雄霸天下》《圣堂》《星战风暴》等。其中多部作品都已签约出版、网游和漫画改编等多种形式进行IP开发，2018年12月1日，首部官方授权电竞小说《英雄联盟：我的时代》正式上线，同步在掌阅、QQ阅读和起点等平台火热连载。2018年，在第三届“橙瓜网络文学奖”评选中位列十二主神，并荣获“年度最受欢迎作家”之“年度科幻作家”，同年，以3900万元的年度版税收入高居“第12届作家富豪榜之网络作家榜”第6位，凭借《斗战狂潮》位列速途研究院“2018中国网络文学男作家影响力TOP50”第35位。

静夜寄思　男，原名袁锐，湖南常宁人，阿里文学签约作者，重庆市人大代表，全国青联委员，中国作家协会会员，重庆市网络作家协会主席。静夜寄思从2008年开始从事网络小说创作，第一部作品《终极警察》在起点中文网首发，很快获得网站认可，从此走上职业作家生涯。后续先后推出了《丹警》《吞天》《警神》《仙界归来》和《药神》等作品，其中都市题材类的《警神》近一步奠定了他的人气，赢得了广大书友的喜爱。2017 年，获得第二届“中华文学基金会茅盾文学新人奖”中的“网络文学新人奖”提名，2018 年，在第三届“橙瓜网络文学奖”评选中入选百强大神，荣获“年度最受欢迎作家”之“年度正能量作家”。

了了一生 男，原名欧阳富，出生于 1982 年，广东河源人，阿里文学签约作家，广东省作家协会会员，广东省网络作家协会会员。了了一生的作品涉及风水、面相、医术和卜卦等多个领域，笔下主角个性鲜明，强势霸气，文笔流畅，幽默风趣，给人印象十分深刻。主要作品有《俺不是庸医》《医行天下》《医世无忧》《天生神医》《近身特工》等。2017 年凭借新作《妙手小村医》斩获了由阿里文学颁发的至尊人气奖。目前，新作《火星情报局》正在阿里文学网火热连载中，故事情节惊心动魄，跌宕起伏，令人欲罢不能，读者好评如潮。2018 年，在第三届“橙瓜网络文学奖”评选中位列百强大神，作品《火星情报局》荣获年度百强作品奖。

刘阿八 男，原名刘伟光，出生于 1988 年，阿里文学签约作者，自由出版策划人，中国文字著作权协会成员，鲁迅文学院第八届网络文学作家。著有玄幻作品《龙战魔尊》《暗魔神》《嗜血星辰》《盗灵天下》，青春作品《伊甸青春》《从象牙塔到社会潜规则》，都市作品《暧昧公寓》《情陷美女总裁》《妖精住嘴》《绝美桃运》《极品护花妖孽》等。他的作品都十分火爆，深受年轻一代读者的喜爱。其中《情陷美女老总》在中国移动阅读基地达到了一百多万的用户量和四千多万的点击量，刘阿八在 IP 孵化方面可谓是收获颇丰，作品《妖精住嘴》的同名漫画已经在凤凰网原创频道连载，仅仅一周的时间，其点击量就突破了一百万，目前该作品已决定制作网络大电影、网剧，《暧昧公寓》的同名网剧已经上线播出，新作《半身之境》的漫画版由国内漫画公司极光动漫联合阿里文学共同出品，目前正在制作当中，即将与观众见面。2018 年，获得了金龙奖首次设立的最具网络人气轻小说奖银奖，在第三届“橙瓜网络文学奖”评选中位列百强大神，作品《妖精住嘴》荣获年度百强作品奖。

乱世狂刀 男，原名李国瑞，甘肃白银人，现居陕西宝鸡，毕业于南开大学，纵横中文网签约作家，中国作家协会会员。主要作品有《足球修改器》《御天神帝》《刀剑神皇》《光明神帝》《国王万岁》等。处女作《足球修改器》打造了竞技小说巅峰，长期荣登起点中文网竞技类月票、推荐、点击之首。《国王万岁》掀起热血格斗流狂潮，人气颇旺，现已改编为网络游戏。《魔域》高居百度搜索风云榜小说榜总类第三，登上玄幻奇幻类榜首，改编同名游戏已于 2018 年 12 月 23 日公测。新作《圣武星辰》正在纵横中文网火热连载中。2018 年，在第三届“橙瓜网络文学奖”评选中位列百强大神，作品《圣武星辰》荣获年度百强作品奖。

梦入神机 男，原名王钟，出生于 1984 年，湖南常德人，现纵横中文网专栏作家，浙江省网络作家协会副主席。主要作品有《佛本是道》《阳神》《永生》《黑山老妖》《圣王》《龙蛇演义》《点道为止》《星河大帝》等。其中《佛本是道》是封神体系古典仙侠的开山巨作，开创了“大荒流”，为读者打开了新世界。其后的《阳神》虽然同为仙侠故事，但独特的人物设定和叙事风格还是使他登上了起点当年“第一大神”的宝座。作品《永生》在完本时点击量达到两亿六千余万，奠定了他在纵横中文网的梁柱地位。《龙符》入选“2017 年中国作家协会重点作品扶持选题名单”，位列同年度手机百度最强 IP 榜的前十，并授权改编漫画版《龙符之王道天下》。2018 年 5 月，在第三届“橙瓜网络文学奖”评选中位列五大至尊，其作品《点道为止》荣获年度百强作品。

圣骑士的传说 男，原名高永信，出生于 1987 年，浙江温州人，毕业于温州大学，阅文集团起点中文网大神作家，温州市网络作家协会副主席。主要作品有《异界之极品奶爸》《诸神学徒》《翻天》《合成召唤》等。新作《修真聊天群》自连载以来就以强劲的势头席卷各大榜单，成为各大榜单的宠儿，2018 年 5 月，在第三届“橙瓜网络文学奖”评选中入选年度十大作品，位列速途研究院“2018 中国网络文学男作家影响力 TOP50”第 11 位。

藤萍 女，原名叶萍萍，出生于 1981 年，福建厦门人，毕业于广州中山大学，原是一名户籍警察。2000 年以《锁檀经》出道，荣获第一届花雨“花与梦”全国浪漫小说征文大赛第一名，此后相继出版《吉祥纹莲楼》《九功舞》《紫极舞》等作品，新作《未亡日》荣获中国作协“2017 年中国网络小说排行榜半年榜（未完结作品）”和“北京大学 2017 网络文学年榜”女频榜首。2018 年以 2500 万元的年度版税收入高居“第 12 届作家富豪榜之网络作家榜”第 9 位，在第三届“橙瓜网络文学奖”评选中入选“百强大神”。

无罪 男，原名王辉，出生于 1979 年，江苏无锡人，毕业于中南大学应用物理及热能工程系，现纵横中文网“大神”作家，中国作家协会会员。代表作品有《流氓高手》《仙魔变》《SC 之彼岸花》《剑王朝》等。其中《流氓高手》是由无罪创作的电子竞技类校园言情小说，曾连续三年占据起点中文网电子竞技小说点击榜、推荐榜第一。《仙魔变》以超高人气打破纵横中文网玄幻小说推荐、收藏记录，并成为首部获得月票三连冠的作品。其后的《冰火破坏神》《仙剑世界》《剑王朝》等作品均以游戏、动漫、影视等不同形式开发。新书《平天策》于 2017 年 7 月在纵横中文网独家首发，名列手机百度“2017 小说年度最强 IP 榜”第八位，并在第三届“橙瓜网络文学奖”评选中荣获年度十大作品奖。2018 年以 6000 万元的年度版税收入高居“第 12 届作家富豪榜之网络作家榜”第 3 位，在第三届“橙瓜网络文学奖”评选中入选百强大神，作品《剑王朝》在第二届中国“网络文学+”大会闭幕式上，入选北京市新闻出版广电局发布的“2018 年度向读者推荐的 21 部优秀网络文学原创名单”。

血红 男，原名刘伟，出生于 1979 年，苗族人，毕业于武汉大学，后在上海读研深造获得哲学硕士学位，阅文集团起点中文网白金作家，中国作协会员。主要作品有《升龙道》《逆龙道》《邪风曲》《神魔》《偷天》《光明纪元》等。其中有多部作品已被改编为同名游戏和影视剧。新作《巫神纪》入选中国作协“2017 年中国网络小说排行榜半年榜（已完结作品）”第 8 名。2018 年，在第三届“橙瓜网络文学奖”评选中荣获年度游戏作家，成为“十二主神”之一，位列速度研究院“2018 中国网络文学男作家影响力 TOP50”第 13 位。

西子情 女，别名阿情、情麻麻，天津蓟县人，毕业于天津开发区职业技术学院，潇湘书院金牌作家，天津作家协会会员，2018 年加入中国作家协会。文笔清新华丽，情感细腻，以精彩起伏的故事情节和独具一格的写作手法得到广大读者的喜爱。代表作品有《妾本惊华》《卿本京华》《纨绔世子妃》《京门风月》等。其中多部作品已出版并长期占据销售榜单，且售出影视版权。2015 年受邀成为以“创作和阅读，下一个大神就是你”为主题的首届中国互联网文学联赛导师。新作《花颜策》不仅小说获得粉丝用户喜欢，而且其同名漫画总点击量近 2 亿，2018 年，凭借该部作品位列速途研究院“2018 中国网络文学女作家影响力 TOP50”第 21 位，并入选最具潜力 TOP5 网文女作家。西子情连续产出多部优质作品，排名由去年的第 32 名一举提升到第 21 名，可见读者粉丝的高度认可。

小刀锋利 男，原名宋晓宁，出生于 1983 年，黑龙江牡丹江人，阅文集团起点中文网白金作家，中国作协会员，黑龙江作协会员。作品磅礴大气，文风凌厉，在业内及粉丝群体中极负盛名。主要作品有《超级猎人》《重生之商途》《傲剑凌云》《唯我独尊》《战神变》《傲剑天穹》《弑天刃》《渡劫》等。其中大部分作品都已出版，目前新作《无疆》正在起点中文网火热连载中，累积获得点击量 1158 万，连续数月跻身男频书友月推荐榜前十。2017 年，第二届网文之王评选中位列百强大神。2018 年，第三届“橙瓜网络文学奖”评选中，作品《无疆》荣获年度百强作品奖。

烟雨江南 男，原名邱晓华，出生于 1974 年，本科毕业于复旦大学，英国巴斯大学工商管理硕士学历，现百度文学旗下纵横中文网签约作者。2003 年，烟雨江南凭借处女作《亵渎》一炮而红，届时被称为网络小说史上里程碑式的存在、玄幻小说的代表性作品。在 2008 年的“网络文学十年盘点”活动中，该部作品荣获“十佳人气作品奖”第一名。其后的作品《尘缘》《狩魔手记》《罪恶之城》等均表现不凡。跟业内同行比较，烟雨江南的作品数量算是一般，但是部部都能成就经典，荣获佳绩，却是罕见。目前新作《永夜君王》在纵横中文线上火热连载中，位列畅销榜前十。2018 年，在第三届“橙瓜网络文学奖”评选中位列十二主神，作品《永夜君王》荣获年度百强作品奖。

跃千愁 男，江西上饶人，阅文集团起点中文网大神作家，擅长大场面的塑造和描绘，文风热血，剧情紧凑有张力，深受众多读者喜爱。主要作品有《修真界败类》《美女如云之国际闲人》《飞天》等。第一部作品《修真界败类》于2010年开始在起点连载，届时获得书友月点击榜的第8名，登上起点首页的强力推荐榜，刷新了传统修真类小说的写法，展现出非同凡响的实力和强大的语言能力。其后的《美女如云之国际闲人》人气不减，在中国移动阅读上创下了六千多万点击量，进一步打响了作者的名声。目前，新作《道君》正在起点中文网和创世中文网火热连载中。2017年，在第二届网文之王评选中位列百强大神，2018，在第三届“橙瓜网络文学奖”评选中入选百强大神，位列速途研究院“2018中国网络文学男作家影响力TOP50”第26位。

鱼人二代 男，原名林晗，黑龙江人，毕业于哈尔滨理工大学计算机专业，阅文集团起点中文网白金作家，中国作家协会会员，中国移动手机阅读基地作家，中国网络作家富豪榜上榜作家。鱼人二代从2006年开始从事网络小说写作，代表作品主要有《重生追美记》《很纯很暧昧》《校花的贴身高手》《极品修真强少》《总裁校花赖上我》等。其中《校花的贴身高手》已经改编为影视、手游和漫画，在手机百度2017“年度热搜小说榜”排名第5。2013年以4000万元年度版税收入位居“第8届中国作家富豪榜之网络作家榜”第14位。2017年，在第二届网文之王评选中位列十二主神。2018年，在第三届“橙瓜网络文学奖”评选中入选百强大神，位列速途研究院“2018中国网络文学男作家影响力TOP50”第19位。

意千重 女，阅文集团起点中文网大神作家，作品风格朴实细腻，智慧励志，题材涉及古代言情、穿越、重生、宅斗、现代言情等多种品类，其代表作有《花影重重》《男颜之瘾》《淑女不慎》《国色芳华》《喜盈门》《世婚》等。意千重从2009年开始从事网络小说创作，作品累计字数达580多万字，已出版简体小说7部22册，繁体小说10部61册，累计销售二十五万余册。其中《医手遮香》获得2014年中国网络文学年度好作品佳作奖，《司茶皇后》获得2017年全国网络文学重点园地工作联席会议重点作品扶持，人气与口碑兼具。最新作品《凤门嫡女》获千万点击量，深受用户喜爱。

志鸟村 男，称号万人迷，阅文集团大神作家，文风多变，精通多种类型的小说。著有《时空走私从2000年开始》《未来图书馆》《唯我独法》《超级能源强国》《重生之神级学霸》等作品，累计字数超过1300万字，其涉猎医学、科技、玄幻、重生、商战、科幻等多个题材。其中《重生之神级学霸》荣获第一届网络原创文学现实主义题材征文大赛优胜奖，更是一度掀起学霸流的热潮。新作《大医凌然》正在起点中文网火热连载中，上架短短三个月就登上了男频书友月票点击榜第五名，而后连续四个月都是榜上有名，人气高涨。2018年，凭借《大医凌然》一举跻身于速途研究院“2018中国网络文学男作家影响力TOP50”榜，并位列“最具影响力TOP5网文男作家”。

紫伊281 女，浙江金华人，阅文集团旗下云起书院大神作家，擅长描绘古风甜宠故事。主要作品有《重生之嫌妻不自弃》《朱门绣户》《重生之逆流》《一品闺秀》《古代试婚》《妾本温良》等。其中《萌妻食神》，是网络美食文的代表之作，原著借力阅文领先的渠道优势，收藏人数破百万大关，且电子销售成绩火爆，曾占据古代言情完结日销榜前五，均订量高达一万五，高订量近三万，拥有大批忠实粉丝。改编的同名网剧在腾讯视频播出，上线三小时便点击破亿，两周破10亿，一个月后点击已达到20亿，引爆甜宠网剧的热潮；同名动画的宣传片已在哔哩哔哩播出，完成多项IP开发衍生。2018年，凭借《萌妻食神》位列速途研究院“2018中国网络文学女作家影响力TOP50”第34位，并成为年度最具潜力TOP5网文女作家之一。

4. 诗歌、散文类作家

奔特浠铭 男，笔名浠铭，本名张雨晨，出生于2004年，杭州人，00后新生青年作家、诗人。原为简书网常驻原创性作家，现为中国若昕文学诗刊社社员、中国共青作家网合作作者、中国青年新秀作家协会会员，微博常驻性作者、中国青年文学网合作作者和中国后院读诗协会签约作家。奔特浠铭从14岁开始从事诗歌散文创作，作品散见于《中国教师报》、中国青年文学网等国家级机构和报刊社。主要作品有《秋的情书》《别院浪漫》《午后的风景》等。2018年，荣获中国青年新秀作家青年之星，《淘汰》和《梦想》二诗，一经发表就广受好评，并被青年作家协会收藏，成为奔特浠铭散文诗歌作品的一个里程碑。《诗人醉了》于2018年5月2日入选《华夏诗歌典籍》并评为本次活动的优秀青年作家，朦胧派散文诗《等待》被《中国教师报》刊载，是首位初中学生在《中国教师报》上发表作品。

陈昂 男，山东滕州人，出生于1992年，中国作家、诗人、中国红十字基金会形象大使。在中国网悦读频道、中国诗歌网、网易读书频道、腾讯读书频道发表了大量诗歌，2012年加入中国诗歌学会。2013年，陈昂的抒情诗《孤儿在雪地里画妈妈》以舞台剧的形式搬上美国荧屏。2014年，诗歌作品《洪荒》选入中学语文课外读本。2015年因《漫天飞雪的日子》一举成名；同年应邀做客中央电视台《中国诗词大会》栏目。2016年，出版了诗集《陈昂诗选》。2017年，在中央电视台综合频道科技挑战类节目《机智过人》中代表人类与机器人比赛作诗，同年获得第十一届作家榜金奖年度新锐作家奖。2018年，新作《哪有什么运气，不过是我们暗自努力》正式上市，凭借诗集《漂亮的人生敢于起航》325万版税登第12届作家榜，入选福布斯中国“30位30岁以下精英”榜。

淡鹤千影 女，原名苗志璞，曾用笔名夕颜，出生于1984年，毕业于上海外国语大学英语语言文学专业。目前为中国诗歌网、中国诗歌流派、中国诗人论坛、中国网络诗歌、诗中国的注册会员。作品散见《新诗歌》等刊物，被授予“2018年度网络时代先锋诗人”等荣誉称号。

杜绿绿 女，出生于1979年，安徽合肥人，现居广州，中国诗歌网蓝V诗人。杜绿绿从2004年开始写诗，作品发表于《诗选刊》《诗歌月刊》《诗生活月刊》《诗林》《花城》《青年文学》《芒种》《作家》《作品》《诗刊》《北方文学》等众多文学期刊，主要诗集有《近似》《冒险岛》《她没遇见棕色的马》《我们来谈谈合适的火苗》等。曾获“珠江国际诗歌节青年诗人奖”、“十月诗歌奖”、“现代汉语双年十佳”等奖项，被授予中国诗歌网2018年度十佳诗人荣誉称号。

冯春明 网名春光明媚，知青，上山下乡十年半，参加内蒙古生产建设兵团，从教至今，现居内蒙古呼和浩特。系内蒙古兵团战友联谊会会长，世界诗人协会、中国诗歌会、中国诗人协会名誉会长兼内蒙古分会会长，中国草原诗社第一届理事会常务副社长兼秘书长。作品散见《中国诗选刊》《新诗歌》《中国诗歌月刊》《作家与诗人》《敕勒歌》《昆仑》等刊物。获第三届中国诗歌大赛银奖、2013年度网络时代诗歌奖铜奖、第四届中国诗歌大赛银奖、2015年度新诗人奖金奖、中国诗歌会八十五周年庆典特别贡献奖等奖项，被授予首届中国十佳新锐诗人、2015年度网络时代十大知名诗人、2015年度风雅颂诗人、中国草原诗派首届十大草原诗人、2017年度旅游作家诗人、2018年度中国作家之星、2018年度网络时代先锋诗人等荣誉称号。

谷禾 男，出生于1967年，河南人，中国作协会员，中国诗歌网蓝V诗人。著有诗集《飘雪的阳光》《大海不这么想》《鲜花宁静》《坐一辆拖拉机去耶路撒冷》和小说集《爱到尽头》等多种。曾获“华文青年诗人奖”“《诗选刊》最佳诗人奖”“扬子江诗学奖”“刘章诗歌奖”等多种奖项。

何昌华 男，出生于1957年，江苏泰兴人，现居南京浦口。少时参军，参加过1985年老山地区对越轮战等重大行动。到地方后在一家公司从事政工多年。多篇论文发表在省级刊物，纵横网发表过个人参战回忆录《难忘的岁月》。荣获《中国好诗》杂志2018全国青春诗王会“中国十大桂冠诗人”、2018年度网络时代先锋诗人等荣誉称号。

黄玉龙 男，中国诗歌网蓝V诗人，安徽省作协会员，中国诗歌学会会员，世界汉诗协会国际一级诗人，香港诗人联盟和香港诗人报社永久会员。中国诗歌会安徽分会会长，安徽省检察官文联原常务委员。《当代文学艺术》《诗词文艺》平台副总编，《中外文化传媒》责任编辑，作品散见于国家省市报刊及网络微刊平台，部分入选《中国新诗百年精选》等十多部国家出版社丛书。曾获得《人民文学》优秀征文奖，多次在中外及全国性诗歌大赛中荣获金奖和一等奖等多种奖项，名字录入中华文艺名人榜，被授予2018年度网络时代先锋诗人等荣誉称号。

陆璐 笔名牧文，七十年代生，河南淮阳人，系中国诗歌学会会员，河南省诗歌创作研究会会员，《诗中国》《中国好诗》签约诗人作家。作品发表于《诗刊》《星星》《新诗歌》等刊物，入选二十余种选本。出版诗集《闪烁的星群》（合著）

《生命的影》。多次获全国诗赛大奖，被授予“中国十佳男诗人”、2018 年度网络时代先锋诗人等荣誉称号。

马兰 女，原名马云兰，湖南省常德市桃源县人，系桃源县作协诗歌创作委员会会员，中国诗歌会第四届理事会副会长兼湖南分会会长、活动部部长。作品散见于《常德民生报》《桃源诗刊》《作家与文学》《敕勒歌》《中国诗歌月刊》等刊物。获 2017 年度中国诗文奖银奖、第十五届大拇指朗诵诗人奖、新诗百年峰会（湖南）银奖等奖项，被授予 2017 年度网络时代十大先锋诗人、2018 年度网络时代先锋诗人等荣誉称号。

马启代 男，出生于 1966 年，山东东平人，系山东省作家协会会员，中国诗歌协会会员，中国诗歌网蓝 V 诗人。马启代从 1985 年开始发表作品，创办过《东岳诗报》等民刊，出版了《太阳泪》《杂色黄昏》《受难者之思》《马启代诗歌精品鉴赏》《黑如白昼》等诗文集，作品入选各类选本 100 余部。曾获首届刘勰文艺评论专著奖、2013 汉语诗歌盛典年度优秀诗人奖、首届金迪诗歌奖优秀年度诗人奖、第三届当代诗歌奖创作奖、首届亚洲诗人奖等奖项，入编《山东文学通史》。2018 年 10 月，在西南大学中国新诗研究所、《关雎爱情诗》等联合举办的“中国新诗百年”全球华语诗人诗作评选中，获得“新诗百年百位网络最给力诗人”荣誉称号。

浅草 男，原名陈忠民，美籍华人，原籍福建福州，1996 年旅美，系世界诗人协会第四届理事会会长兼美国分会会长。作品散见《中国诗选刊》《中国诗歌月刊》《新诗歌》及北美诸报刊。获第二届网络时代诗歌大展铜奖、2016 年度新诗歌奖金奖、中国诗歌会八十五周年庆典特别贡献奖等奖项，被授予 2016 年度网络时代十大知名诗人、2018 年度网络时代先锋诗人等荣誉称号。

邱黎 男，生于 20 世纪 70 年代，笔名文学探究者、阳明，江苏徐州人。中国诗歌网会员、蓝 V 诗人。曾获得全国首届黄河文学奖、21 世纪诗歌骑士奖章、创世纪诗歌奖、诗文艺诗歌奖、诗文艺中国诗歌金手指一等奖等奖项。荣获中国新诗百年十佳影响诗人、《世界诗人》微刊 2017 年十大年度人物、诗文艺中国当代十大实力诗人、诗文艺中国诗界才子等荣誉称号。现为徐州市师范学校第一附属小学副校长，从教三十年余来一直致力于原创文学创作，擅长诗歌创作，数百部作品在报刊、网络平台发表和结集出版，代表作有《在春天想你》《思念》《只想你在我身边》《陪我看月光》《给小柔的诗》《高铁的车窗》《那年芳华》等。2018 年，在全国“爱情、圆月、读你”同题诗会中位列“十大诗歌之王”。

霜扣儿 女，黑龙江人，系中国诗歌学会会员，中国诗歌网蓝 V 诗人，中诗网签约作家，《关东诗人》副主编，百年散文诗大系《云锦人生》卷主编。作品散见于《诗刊》《中华文学》《岁月》《绿风》《诗选刊》《诗潮》《中国诗人》《星星》等国内外刊物。著有诗集《你看那落日》《我们都将重逢在遗忘的路上》，散文诗集《虐心时在天堂》等。荣获第二届金迪诗歌奖十佳诗人，中国诗歌流派好诗榜上榜诗人，2014中国诗歌流派网散文诗大赛年度总季军，2015年度红门书院最受读者欢迎诗人，2017《中国诗人》年度诗人奖等多种奖项。2018年10月，在西南大学中国新诗研究所、《关雎爱情诗》等联合举办的“中国新诗百年”全球华语诗人诗作评选中，获得“新诗百年百位网络最给力诗人”荣誉称号。

童林 男，原名王志勤，毕业于内蒙古兴安盟科右前旗卫生职业技术学校，中国诗歌网蓝V诗人。作品散见《兴安日报》《新诗歌》等媒体。获《中国好诗》杂志2018首届全国青春诗王会“中国十佳男诗人奖”，被授予2018年度网络时代先锋诗人等荣誉称号。

王瑜 女，澳籍华裔诗人，毕业于复旦大学新闻学院，曾任复旦诗社理事，系中国诗歌学会会员、中国散文网编审，世界诗人协会第四届理事会副会长兼澳大利亚分会会长。作品散见诸多媒体，出版长篇小说《没有名字的狗》、短篇小说集《夜间飞行》、诗集《永恒白昼》。获“第五届中外诗歌散文邀请赛”一等奖、“2018优秀小说奖”一等奖、“叶红诗歌奖”（为中国大陆地区唯一获奖人）、第三届网络时代诗歌大展金奖等奖项，被授予2018年度网络时代先锋诗人荣誉称号。

王海栓 男，笔名行云流水，出生于1956年，山西省平顺虹梯关人。中国诗歌网蓝V诗人、中国诗词协会版主、世界诗歌文学社编委、香港诗词学会会员；大众诗词文学社、黄山松诗词文学社社员，山西省作协会员；长治作协会员；鹿鸣太行诗社社长。著有《王海栓诗词选集》《紫云轩诗集》等诗集，在中国诗歌网发表诗歌550多首。作品《闲情》《故宫行》收入《当代诗人作品精选》《五律·清洁工·新韵》被中国诗歌网评选为“每日好诗”。曾获评“共筑中国梦．当代诗坛名家”。

王舒漫 女，笔名蕙兰于心，诗人、画家，编剧，文学博士。1980年末开始从事文学诗歌创作，作品散见于《星星》《检察文学》《青岛文学》《散文世界》《中国散文家》《华夏散文》《中国散文诗人》《中国散文精选三百篇》《山东文学》《人生与伴侣》等刊物。曾获中国散文华表奖、复旦大学第一届汉字书写三等奖、华夏散文三等奖、人人文学网2017年度网络文学奖“最佳散文诗奖”等奖项。作品自2015年开始连续两年入选《中国年度作品　散文诗》精选。2016年开始致力于生态诗学、美学研究以及文艺批评，诗学创作散文诗千余多首，著有散文专集《心岸》、散文诗专集《耕云播月》等。2018年10月，在西南大学中国新诗研究所、《关雎爱情诗》等联合举办的“中国新诗百年”全球华语诗人诗作评选中，获得“新诗百年百位网络最给力诗人”荣誉称号。

晓辉 女，原名赵晓辉，出生于1972年，大专学历，内蒙古人，铁路工作者，世界汉语新诗研究会、中国诗词协会（诗社）、《九州诗词》杂志社、海子诗社成员，中国诗歌会呼和浩特分会副会长。作品散见《敕勒歌》《中国诗歌报》等刊物。著有个人诗集《故乡》，散文集《花朵的骨骼》。获第二届中国草原诗歌奖银奖、第八届中国诗歌大赛银奖等奖项，被授予2018年度最佳女诗人、2018年度网络时代先锋诗人等荣誉称号。

杨沐 笔名阳春三月、春风秀、春天，中共党员，国家企业人力资源管理师，中国诗歌学会会员，《中国散文网》创作委员会副主席，《中外华语作家》签约作家，中国百家文化网专栏作家，宜春市楹联学会会员。作品散见于全国各报刊，曾有诗歌在中央人民广播电台播出。获第三届中外诗歌散文邀请赛一等奖、第八届“祖国好”华语文学艺术大赛银奖、2017年全国诗书画家作品年会一等奖、第九届“祖国好”华语文学艺术大赛金奖等奖项。被授予“全国文艺先进工作者”、“中国新时代文艺名家”、2018年度网络时代先锋诗人等荣誉称号。

玉车 男，原名唐国连，广西桂林人，桂林市作协成员，中国诗歌会成员，《华南诗歌年鉴》主编。作品散见中国梦文学网、成都晚报、中国诗歌报、中国网络文学精品、腾讯搜狐头条等网络媒体。著有诗集《流浪的风》《警界礼赞》等。2018年，荣获“记住乡愁·诗意周庄”全球华语诗歌大赛优秀奖，“桂林杯”《中国最美游记》第二届文学艺术大赛优秀奖，“相聚鹏城”第二届全国诗文大会暨全国文学创作大赛诗歌奖银奖等奖项，被授予2018年度网络时代先锋诗人荣誉称号。

宇中俏 女，《中国爱情诗刊》编委。作品散见于《中国爱情诗刊》《敕勒歌》等刊物，编入《中国诗歌名家》《当代百强才女》《中国当代诗人大典》《当代诗歌名家》等选本。获第二届中国诗歌展金奖、首届中国风雅颂诗歌大赛金奖、首届张骞文学奖佳作奖、第二届中华文艺全国文学大赛银奖、首届中国乡土田园诗歌大赛银奖、第八届中国诗歌大赛金奖等奖项，被授予中国爱情诗人、2018年度最佳女诗人、2018年度网络时代先锋诗人等荣誉称号。

赵高峰 男，山西省阳城县凤城镇人，现就职于山西省晋城市晋煤集团旗下煤企，通风工程师。系阳城县“百家诗风”诗社、“中华山文学社”会员。有多首诗歌在省市各级报刊发表，著有诗集《濩泽流风诗文集》。被授予2018年度网络时代先锋诗人等荣誉称号。

赵烁恒 现为天津理工大学中环信息学院的大二学生，中国诗歌会会员，世界汉语文学作家协会会员，南边文学创作委员会成员。作品散见《敕勒歌》《新诗歌》等刊物。获第八届中国诗歌大赛金奖等奖项，被授予2018年度网络时代先锋诗人等荣誉称号。

周伦章 男，出生于1941年，江苏东台人，现居扬州，毕业于南京大学哲学系，副研究员，中国散文网特约编审，世界诗人协会江苏分会副会长。作品散见《昆仑》《敕勒歌》《新诗歌》等刊物，录入《2018中外诗歌散文精品集》《诗词世界杯中华诗词大赛精品典藏》《中华当代百家传世经典》等选本。多次在各类文学比赛中获得金奖，被授予2018年度网络时代先锋诗人等荣誉称号。

郑好 男，原名郑兴云，江西鹰潭人，系中国诗歌学会会员，中国诗歌会江西分会会长。作品散见于《诗选刊》《芒种》《延河》等杂志。获第二届“中华情”全国诗歌散文联赛最佳诗歌奖、第四届“相约北京”全国文学艺术大赛一等奖、第四届中外诗歌散文邀请赛一等奖、2017 年度作家与诗人奖金奖、第三届中国山水诗人奖金奖、2017 年度网络时代诗歌奖金奖等奖项，被授予全国文学艺术先锋人物、2017 年新时代文艺名家、2018 年度网络时代先锋诗人等荣誉称号。

（张忠秀、黄思源、聂庆璞　执笔）

第四章　热门作品

在政府规制、民间发力、业界深耕多方合力之下，2018 年网络文学总体发展均衡，网络创作在持续升温的同时倡导精品创作，在主流化的路上迈出了重要一步，并在更广泛的社会领域，也积极发挥着影视、游戏、动漫、畅销出版物、有声读物等大众泛娱乐文化的内容源头作用，并且，优质 IP 所承载的传统文化和民族文化也受到海内外读者的喜爱和认同。

一、年度作品概观

1. 网络小说百花齐放，高质量作品不断涌现

2018 年，网络小说在阅读量、话题热度等方面表现出良好的发展势头，笔耕不辍的网络大神和不断涌现的新锐作者保障了百万级创作队伍及其原创作品的输出，研究者的理论研讨与作家培训等活动也积极推动着网络创作良性发展。在量的积累和形式变化的同时，类型小说质量整体向纵深发展，呈现多元化发展格局。

（1）聚焦题材现实，作品注重内容导向

2018 年，现实题材创作迎来了一个小的井喷期。现实作品数量的增多，与政府的积极倡导有关。2018 年 6 月，全国网络文学重点园地工作联席会议公布本年度重点作品扶持选题名单，《大山里的青春》等现实题材作品占了多数；同月，何常在的《浩荡》成为中国作协“讴歌新时代、庆祝改革开放 40 周年、庆祝中华人民共和国成立 70 周年”主题重点作品扶持选题名单唯一一部入选的网络文学作品；9 月 16 日，北京市新闻出版广电局发布 2018 年度向读者推荐的 21 部优秀网络文学原创作品名单，《运河造船记》《一路走过：改革开放 40 年纪实》和《大明长城风云》等一批聚焦于庆祝改革开放 40 周年和全国文化中心建设的现实题材作品入选。与此同时，各大文学网站、网文作者积极响应现实题材创作号召，各类征文大赛也在一定程度上激发了现实题材小说创作热情。在第二届中国“网络文学+”大会上，中国作协网络文学中心主任何弘指出，坚持内容的精品化导向，避免同质化、媚俗化，立足现实题材体现主流价值观，是网络文学新时代的重要使命。2019 年 1 月 24 日，第三届现实主义网络文学征文大赛公布获奖名单，本届大赛共有 10200 位作者参与征文比赛，创作现实题材作品累计达 11800 部，相比上一届征文大赛，参赛作者增

长了32.5%，参赛作品增长了31%。众多兼具社会价值、经济价值，体现文化自信、中国自信的优秀现实主义作品脱颖而出，展现出想象力丰富、立足大众视角的网络文学与现实主义相结合的魅力。① 此外，现实主义题材小说因贴近实际生活，受众面广，IP孵化实现起来相对容易，IP改编的影响力反哺，也进一步扩大了现实题材小说的影响力，二者互利共赢，共同促成了现实题材创作热度的进一步攀高。

在体量扩大的同时，现实题材创作也更加注重“向内挖掘”，坚持内容的精品化导向，更深入地反映现实生活的深度和广度，为网络文学注入更新鲜生动的能量，拓展更广阔的发展空间。2018上海书展期间举办的网络文学会客厅活动现场，第二届网络文学现实主义题材征文大赛获奖作品《大国重工》《明月度关山》《朝阳警事》从网上“走”到纸上，卓牧闲作为写警专业户，其新书《朝阳警事》故事流畅度和可读性较前此作品有明显提高，以真实接地气的叙事风格树立起现实主义题材的标杆式作品，保持了不错的成绩和较高的关注度。Superpanda的《一栋人间烟火》从法律专业角度出发，探讨了房屋产权争执之下所折射的人间百态，具有极强的现实意义。讲述文物修复专业题材的《匠心》，同现实中《我在故宫修文物》《国家宝藏》等一类文化节目带来的“文物热”潮流紧密关联，作品在汲取中国文物知识和传统文化的精华后，又反过来在网络文学领域带动了一批文物题材跨界网文的热潮，反向推动了文物关注与保护事业的发展。

（2）轻松生活流、历史类题材增多，高口碑作品增速明显

2018年，从现实生活出发的都市情感、青春校园等题材占比逐渐升高，日常向、轻松向、逗逼向的文风大受欢迎。《大王饶命》一书因为主人公贱萌、搞笑的风格获得了极大的关注，爆笑而不低俗，感人而不狗血，第一章刚上线就获得了上千的收藏，已成为起点首部集齐“五榜”的爆款作品，即粉丝活跃度第一、2018月票总数第一、全网读者书评数量第一、2018年蝉联点击榜第一、起点平均订阅第一，其作者会说话的肘子也凭借此部作品首次登上2018年中国网络文学男频作家影响力50强，仅排在唐家三少和辰东之后。《修真聊天群》全平台的总点击破亿，均订将近4万。年度内还出现了许多的新的写作类型作品，如志鸟村的《大医凌然》均订破两万，引发医学流；《我只当一个安静的学霸》等形成以学校生活、学习与科研为主线的学霸流等；还有，作为一个创新的都市系职业，奶爸还是一个新生的领域，轻语江湖的《奶爸的异界餐厅》，长期盘踞2018年日销榜和月票榜前列。

历史类作品在网文圈中属于热度不减的小说类型，本年度出现了几部人气与口碑俱佳的优秀历史类作品。例如，《秦吏》的作者七月新番系科班出身的历史系硕士，结合网文行文特点，该小说对秦朝的社会风貌、法律制度等着墨颇多，历史细

① 《第三届现实主义网络文学征文大赛收官〈上海繁华〉斩获头等奖》，人民网-上海频道，http://sh.people.com.cn/n2/2019/0124/c137167-32573564.html，2019年1月26日查询。

节丰富，在剧情展开的同时，科普了诸多知识。冰临神下新书《谋断九州》走谋士路线，对剧情的把握和悬疑的营造，反转不断且有理有据，人物塑造精准。榴弹怕水借《覆汉》成功转型，小说在写出历史厚重感的同时，又不乏趣味，在每一章节最后写上一段伪“史书”，更是令人印象深刻。《开海》将明末官场的腐败，军户绝望糜烂的困顿生活，普遍的杀良冒功，底层的苦难无望等，描述得颇为真实生动，可惜剧情推进到进京之后，高层斗争的描写有失水准。

(3) 反套路创作追求类型新突破，泛灵异类小说悄然崛起

随着网文新增人口红利的耗尽，各种类型模式和基础套路的成熟，以及读者喜好类型的不断变化、口味与眼界的提升。小有名气的作者也需要及时适应当下读者需要，注重作品的创意，固守于创作的舒适圈也会让读者产生审美疲劳。如近几年上升速度迅猛的作者爱潜水的乌贼，因每部作品追求不同的创意，在优书网、龙空论坛等读者群体中广受好评，尤其是最新作品《诡秘之主》在本年度各大榜单排名靠前，口碑也不错。而新人想要“成神”也必须有所突破，如宅猪便因《牧神记》一书而封神。据速途研究院发布的《2018 年中国网络文学作家影响力榜》显示，网文领域 2018 年新人作家崛起速度进一步加快，内容迭代的趋势也在加强。正因为网络作者们的有益尝试，网络小说在原有类型的基础上有了新发展，出现诸多在思维、手法和品格等方面追求创新的作品，呈现出多重元素、多层类型交融下的多样可能性。如系统金手指入侵各个类型，诞生了一大批玄幻系统文，武侠系统文，仙侠系统文……游戏异界文单一的西幻类型蔓延至各个主流类型，武侠网游，仙侠网游纷纷进化成游戏武侠文、游戏仙侠文。如晨星 LL 的《学霸的黑科技系统》将学霸与黑科技元素与传统的爽点相结合，缔造了科幻题材近五年来最高的订阅纪录；妖僧花无缺的《黄庭道主》，主人公魂穿到仙侠世界，获得一枚能登陆到地球联邦开发的真实网游《洪荒》中的戒指，通过在游戏中累世转生，获得各种功法，借助游戏经验在主世界平稳发育；时下“吃鸡”游戏大火的背景下，Iced 子夜创作的《落地一把 98K》，引领了网游小说新潮流，创下首日精品、首订近万，连续五个月游戏分类月票榜第二的成绩。

2018 年度，多部悬疑灵异类小说悄然爬上各大文学网站排行榜前列，成长为一股不容小觑的网络小说新势力。起点 2018 年的十二天王里面，有三本泛灵异作品，占据了四分之一的份额。年度现象级作品《我有一座恐怖屋》，将模拟经营，副本升级，悬疑恐怖等元素出色地融合在一起，不仅成为起点悬疑灵异品类中平均订阅最高的作品，热度更是一路蔓延到微博、LOFTER、B 站等社交平台，作者我会修空调仅仅用时 6 个月时间，就一举拿下了 2018 年度“新人王”称号，也入选网络文学最具影响力男作家 TOP50。以灵异题材封神的作者纯洁滴小龙，时隔两年携新作《深夜书屋》回归，在悬疑中融入温情、搞笑元素，以喜剧文风，借鬼之眼反观人类社会。F 君《马恩的日常》是带克苏鲁原著风味的日本灵异生活文，小说以调查

员的视角展开，风格鲜明，辨识度高，笼罩着挥之不去的阴郁气质，诡秘悬疑，从小处切入，环环相扣，各种隐藏伏笔和暗示埋得很深。据统计，仅2018年上线的包括悬疑灵异元素的网剧就有35部，占全年网剧总数的16%①，其中不乏《镇魂》这样的热门作品。根据国家广电总局监管中心发布的《网络剧发展状况问卷调查》结果显示，喜欢悬疑、推理等题材的观众占比由上一年的48%上升到60%。面对急剧扩大的读者市场，如何将小说粉丝转化为目标消费用户，将成为引领悬疑灵异类小说发展的下一个转机所在。

2. 多平台蓄势发力，网络诗歌唱响“赛博空间”

移动互联网的时代背景下，当代诗歌的传播方式发生了根本性改变，网络诗歌是不可阻挡的潮流，并与诗歌主流刊物、诗歌民刊实现资源整合，在新媒体与传统纸媒之间形成交错与抗衡，终而，网络诗歌以更壮观的姿态唱响于“赛博空间”。

（1）场域在生长：传媒主导的泛诗时代和“浅诗歌”环境

随着微信的进一步普及，微信超越了博客、微博、杂志等媒介方式，成为网络诗歌中应用最广、传播最便捷的一种方式。比起以前的诗歌创作，微信确实提供了更多的发表机会和出版可能，尤其对于青年诗人群体而言，有更大被发掘的可能性。而以微信公众号和微信群为载体的网络诗歌呈现出继续扩张和不断开拓的开放征象，影响着网络时代的诗歌生态，诗阵地、诗作者与读者及诗创作数量同步剧增，刊物扩容、选本、比赛设奖、民刊盛行、自主出版物层出不穷，网络平台难以计数，诗活动日有发生……大众传媒中的“泛诗歌话语”，对日常生活实施了“饱和式裹挟”，似乎“诗性之美”已无所不在。

网络诗歌的出现，很大程度上实现了写作和发表自由，对多年来体制内的纸刊“诗坛”的森严的发表权力，进行了有效的消解，同时也有效地实现了诗人与读者的即时互动，诗人可以更真切地知道自己的诗歌在公共空间所引起的效果。但是作为一个新生事物，它也同时给我们带来了未曾料到的问题。这些问题数年前就存在，但于今为烈——今天的诗人们不仅生活在网络诗歌自由表达的时代，而且也是生活在被网络“流行诗”的膨胀所挟持的时代。由于网络诗歌传播的广泛和迅捷，其中明显的写作误区带来的损害也更大。表面的热闹与繁荣之下，诗歌数量远高于质量，审美与价值判断杂乱混沌并渐从平视到低与下，文本的虚拙、空洞和简单化现象日益明显，安静、实力、认真和有探索习惯的诗人，陆续退出热气腾腾的现场。“浅诗”时代最大的恶果是恣意的仿袭。常见的一种是借助信息传播便利而拿来置换想象及粗加工，并非自己真实体验与经验。在有的作者身上还存在为写而写、“为赋新诗强说愁”的现象，如因突发或重大的事件和节日的应酬抒情，常有群起咏之，

① 国家广播电视总局监管中心：《2018年网络原创节目分析报告/网络剧篇》，《广电时评》微信公众号，2018年11月28日发布。

做作之作众多。

（2）诗性的辩证：缺乏真性情、深度不够、审美不足仍是发展短板

网络诗歌在传播工具、速度、渠道与效果上扩张明显，但在传播顺境的同时，需要认识到诗歌质量的逆境。自由写作也为自我抚慰、无病呻吟提供了温床，以博客、微信为载体的自媒体诗歌，在大众化的同时也丧失了诗性的光辉。有的写作者急功近利，诗歌活动沦为一种形式，创作诗歌成为分行的“工艺写作艺术”，非诗、伪诗、垃圾诗歌不占少数。有的诗歌虽然短小却语言粗糙，禁不起细读，从中也感觉不出诗歌应有的含蓄凝练，使得诗歌在接地气的同时，也丧失了其公信力与艺术美感，只不过是在无限制的话语狂欢中制造了繁荣泡沫，却将大格局诗写、深度诗写弃置一旁。与此同时，真正有个人化风格追求的文本稀疏，安静的诗人和优秀的诗作反而进一步被遮蔽。

中国作家协会创作研究部研究员李壮曾形象地形容这几种诗歌形式是“传统诗歌输出渠道类似博物馆，诗歌网络论坛类似沙龙，博客类似广场演讲，微信则具有party或市场色彩”。评论家霍俊明指出：“资本和媒体塑造和规训了这个时代的诗歌生态。已近乎明日黄花的网络论坛、博客和微博以及正逢其时的诗歌微信群和公众号都使得缺乏共识、辨识度和公信力的现代诗进一步被稀释、压抑和遮蔽，尚未达成的统一性被进一步解体。”① 网络诗歌的开放性和低门槛使得创作队伍良莠不齐，深度不够、审美不足，是显而易见却又难以快速根治的发展短板，大量的低水平、同质化作品的推广与传播对诗人成长和诗歌艺术的发展都是颇为不利的。

（3）提升精神高度：秉持更高的艺术追求，创造网络时代的诗歌精品

诗歌最终需要的是精神高度，而不是用数量来评价诗歌整体水平。首先，创作者需要坚守诗人的责任和良知，有自己的审美理想和艺术追求。“有无理想主义精神是诗人如何在网络时代突围的前提，不论载体与平台如何变化，诗歌最基本的情感和美学不会变，新媒体时代诗歌的敌人不是互联网，而是诗人自己，网络只是工具，决定诗歌写作优劣的还是诗人的内心，诗人要与自我对抗，对抗自我的甘于平庸和观念简化，勇于寻求难度和极致之美。”② 真正有思想和艺术力量的诗歌才能留得住，才不会被时代淘汰。

另外，诗评家应该为好诗发声，给劣诗以警示，及时清理诗坛流弊，借助理论话语对网络诗歌乱象予以疏导与校正。2018年，由中国作协创研部、中国作协诗歌创作委员会、首都师范大学中国诗歌研究中心共同主办的“新媒体视野下诗歌生态研讨会”上，20余位诗人、诗评家在肯定新媒体环境下诗歌所面临的机遇及所取得的成就下，对当下存在的诸多问题及诗人、诗评家的责任进行了深入探究。网络诗

① 舒晋瑜：《当网络取代诗歌，成了兴观群怨的新载体》，《中华读书报》2018年1月24日。

② 何瑞涓：《新媒体诗歌：是草根崛起，还是一场假面狂欢?》，《中国艺术报》2017年7月7日。

歌也被作为新时代诗歌的范畴之一，被评论家予以重视。12 月 6 日，诗刊社召开了“2018《诗刊》新时代诗歌座谈会”，张清华、汪剑钊、敬文东、周所同、曹宇翔、刘笑伟、师力斌、孙晓娅、霍俊明、王士强等诗人、评论家与会大，家认为，新时代诗歌既呈现出多元发展的格局，诗歌的新媒体平台和虚拟语境，赋予了新时代诗歌更加丰富的可能性，应进一步增强对新时代诗歌创作规律的探索和创新，努力实现新时代诗歌整体性经验的提升和美学贡献的创造。诗刊社推出的“新时代诗歌十论”专栏，发表了蒋登科《微信时代——新诗探索的得与失》的文章，对网络诗歌予以客观审视并提出构建路径。

还有，还需要专业性机构建构有效的网络诗歌评价标准，筛选出优秀诗人和诗作，让网络平台传播更优秀的作品。中国诗歌网的总编辑金石开曾介绍其网站经验，该网站的“每日好诗”推荐了五百多首被广泛好评的诗歌，这些诗歌是从海量的投稿中，经编辑初选、网友投票、编委会和专家分别评选以及公示等流程脱颖而出的优秀之作，能够反映中国网络诗坛的创作生态。这种办法由专业编辑推荐候选作品，通过大数据分析，选出有鉴赏能力的读者，在此基础上，充分使用互联网投票功能和科学的计票方式选拔优秀诗歌，最后投票结果还需经受专业评论家的评判，这样的诗歌遴选能为网络诗歌创作设置评价标准和一定的标杆。另外，《中国诗歌》每年一期的“网络诗选精品专号”也展现出网络诗歌“秩序”与“节制”的一面，诸如此类，通过发现有潜力的诗人、推荐有质量的诗歌，建立一套被广泛认可的评价体系，将能够进一步树立网站、传统出版单位等机构的权威性，扩大专业影响力。

3. 网络散文：探索中寻求突破

相比网络小说的火爆，网络散文依然属于一个相对小众的文化领域，2018 年网络散文发展的总体态势，相比过去变化并不明显，但依然有可圈可点之处。

（1）传媒助力：发布平台多元化与自媒体的加入

虽然网络散文发展显得有些不温不火，但每年仍然有相当数量的网络原创散文作品面世，可供散文作者发布作品的网络平台也有很多。仅从网站而言，专门发布散文的专业性网站就有中国散文网、散文吧、散文在线等数十家，其中不乏散文创作背景深厚的高水平网站，比如中国西部散文学会主办的中国西部散文网。但令人遗憾的是，中国散文界的最大组织——中国散文家学会主办的中国散文家网，2018 年却更新迟缓，几乎陷入停滞状态，成为散文界的一大损失。另外，许多综合性文学网站也都开设了散文窗口，或保留了专门的散文栏目定期更新，但相比小说、诗歌而言，其更新频率与受关注程度都稍显不足，使得网络散文的发布始终处在一个相对边缘的境地，缺少一个专业性强、关注度高的龙头网站。

在自媒体浪潮的冲击下，网络散文的传播方式也发生了相应变化。当下发布散文的新媒体平台大致可分为三类。第一类是一些传统刊物、文学网站为了顺应阅读方式改变、寻求更广的传播范围而开设的自媒体，以微信公众号这种形式为代表，许多知名散文期刊都开设了自己的公众号，比如《散文选刊》《散文百家杂志社》等等，这类自媒体平台得益于原有背景，其发布的散文作品保持了一定水准，圈内认可度高。第二类是散文爱好者自发聚集形成的小团体，以百度贴吧、论坛等方式为代表，这类平台凭借其开放性，汇聚了一小批对于散文较为热爱或喜欢以散文表达自我的网友，进而形成一个较为封闭的小圈子，在其圈内则可以自由发布和阅读相互的散文作品，尽管近年来影响力有所下降，但仍然有许多爱好者坚守阵地。第三类是则是个人开办的作品发布平台，随着自媒体时代来临，有许多网络散文作者脱离传统网站投稿的束缚，选择了更为自我的表达方式，比如个人微博、微信公众号、网易旗下的轻博客产品 LOFTER（乐乎）等，作为个人作品的发布平台，这类自媒体平台以自由性与私密性著称，作者可以在个人账号上尽情发表散文作品，但也因为发布门槛接近为零，散文作品质量往往良莠不齐，难以得到保障。

（2）热爱的力量：小众爱好者的狂欢与网络散文边界的模糊

相较于其他文学形式乘着互联网的东风实现飞跃，散文更像是坚守在文学阵地的守望者。与发布作品数量连年攀高形成鲜明对比的是散文作者群体的相对稳定，新的散文代表作家迟迟未能冒头，散文本身反而越发成为小众爱好者的狂欢。以访问量最大的散文网站中国散文网为例，其“新作在线”栏目 2018 年共发表作品 260 篇，作者名字却屡有重复，多数作者一年内发表散文作品数量在 2 篇以上。虽然散文作品不像网络连载小说一样对于作者创作精力有着极高要求，但作为以尽可能覆盖较多受众为目标的散文专业网站，其作者队伍却显得新鲜血液不足，这也从侧面体现了散文创作的落寞。

如果脱离专业网站和平台的考量，放眼全网，散文作品却又呈现另外一幅景象：以用户可以自由发布原创散文的网站散文吧为例，其日更作品数量经常保持在 4–5 篇左右，虽不能与综合文学网站相提并论，却也说明散文创作并不是后继无人，只是由于读者范围较小的缘故，显得关注度不高。而在散文网站之外的作品发布平台，散文作品数量更是不计其数。由于网络散文创作门槛较低，大量散文业余爱好者涌入这一阵地，他们发布的散文作品中偶有佳作，但多数显得不够成熟，甚至流于矫揉造作、无病呻吟，这些散文作品不仅质量无法与传统期刊上的散文相比，就连能不能算作散文范围内，都值得商榷。许多散文作者将私人日记或轻小说之类统统算进散文的范畴，造成散文作品边界模糊，使得网络散文变成了一种“四不像”的文学类型。可以说，网络创作的便捷与自由，既带给网络散文走向大众的创作和阅读机会，也使得网络散文失去了原有散文创作应有的情怀积累和知识储备的门槛，对于散文的长远发展，带来了一定的负面影响。

（3）形散神不散：坚持散文特质，追求形式多元

网络散文在不断探索之中寻求新的机遇，如何在散文作品数量屡创新高的基础

上，实现散文质量的突破，成为网络散文创作必须面对的挑战。网络散文要想迈向新的高峰，就必须在量变基础上实现质变。

2018 年，业界对提升网络散文的品质已采取了许多措施。如举办多项散文赛事为网络散文创作设立标杆，散文届的传统刊物与各大网站携手，通过不断扶持和培养新人作家，为网络散文发展注入新鲜力量等。6 月 23 日，第八届冰心散文奖公布，共有 129 部散文作品获奖，作者包括了 11 岁到 80 岁的各个年龄层，重在奖励作品的参与热情，成为本届颁奖典礼的宗旨；9 月 27 日，第十届中国西部散文节在青海化隆召开；11 月 30 日，第四届"中华情"全国诗歌散文联赛颁奖大会三亚举行。一系列活动的召开，也让散文界的未来走向更为明朗。

网络散文作家也在不断进行各种新的尝试，比如，在形式上予以创新，将散文与其他艺术形式进行融合，不少散文网站都推出了散文诗专栏，将散文与诗歌融合，创造新的韵律；或是在题材上下功夫，像是近些年较为流行的文史类散文，在抒情的基础上融入对于历史的沉思，也是散文作品不断拓展素材来源的一种体现。当网络散文不再仅仅沉湎于小众范围内的自娱自乐，而是走出个人的一方小天地，将个人情感融于天地万物、时代潮流之中，就能产生更为成熟、更具诗性的作品，也才能得到读者和市场的认可。

二、年度热门作品

1. 网络小说年度榜单

（1）国家新闻出版署、中国作家协会联合发布榜单

2018 年优秀网络文学原创作品名单①

序号	作品名称	作者	原发网站
1	网络英雄传Ⅱ：引力场	郭羽、刘波	咪咕阅读
2	写给鼹鼠先生的情书	吉祥夜	红袖添香
3	明月度关山	舞清影	小说阅读网
4	零点	骠骑	阿里巴巴·文学
5	无缝地带	李枭	网易云阅读
6	挚野	丁墨	云起书院
7	拥抱谎言拥抱你	唐家三少	咪咕阅读
8	参天	风御九秋	17K 小说网

① 《2018 优秀网络文学原创作品推介》，新华网：http：//www. xinhuanet. com/politics/ldzt/wlwxtj2018/index. htm，2019 年 2 月 28 日查询。

续表

序号	作品名称	作者	原发网站
9	中华女子银行	不画	磨铁文学
10	白纸阳光	月壮边疆	大佳网
11	漕运天下	沙场点兵	铁血网
12	大山里的青春	罗晓	阿里巴巴·文学
13	老妈有喜	蒋离子	网易云阅读
14	剑王朝	无罪	纵横中文网
15	吞天记	风青阳	17K 小说网
16	冰上无双	真树乃	17K 小说网
17	幸福不平凡	青安	纵横中文网
16	徐徐恋长空	板栗子	晋江文学城
19	龙符	梦入神机	纵横中文网
20	扬帆 1980	创里有作	纵横中文网
21	燃魂传	管平潮	咪咕阅读
22	点心之路	冥灵	不可能 de 世界
23	楚河汉界	灰熊猫	网易云阅读
24	运河码头	房忆雪	阿里巴巴·文学

（2）中国作家协会榜单①

2018 年中国网络小说排行榜年榜-已完结作品

（以得票多少为序，得票相同者以首发时间先后为序）

序号	作品名称	作者	推荐网站	时间
1	《修真四万年》	卧牛真人	起点中文网	2015 年 3 月 6 日
2	《参天》	风御九秋	17k 小说网	2016 年 8 月 15 日
3	《燕云台》	蒋胜男	阅文、掌阅、咪咕	2016 年 4 月 30 日
4	《大汉光武》	酒徒	网易文学	2017 年 8 月 1 日
5	《翅膀之末》	沐清雨	晋江文学城	2017 年 10 月 12 日

① 李菁：《2018 年中国网络小说排行榜在杭州揭晓》，中国作家网：http：//www. chinawriter. com. cn/n1/2019/0511/c404028-31079442. html，2019 年 5 月 11 日查询。

续表

序号	作品名称	作者	推荐网站	时间
6	《零点》	骠骑	阿里文学	2018 年 4 月 1 日
7	《网络英雄传 2：引力场》	郭羽、刘波	咪咕阅读	2017 年 4 月 1 日
8	《无缝地带》	李枭	网易文学	2017 年 8 月 1 日
9	《挚野》	丁墨	云起书院	2016 年 4 月 15 日
10	《明月度关山》	舞清影	小说阅读网	2017 年 10 月 1 日

2018 年中国网络小说排行榜年榜-未完结作品

（以得票多少为序，得票相同者以首发时间先后为序）

序号	作品名称	作者	推荐网站	时间
1	《诡秘之主》	爱潜水的乌贼	起点中文网	2018 年 4 月 1 日
2	《大医凌然》	志鸟村	起点中文网	2018 年 5 月 14 日
3	《书灵记》	善水	不可能的世界	2018 年 8 月 1 日
4	《浩荡》	何常在	阿里文学	2018 年 8 月 18 日
5	《大清首富》	阿菩	阿里文学	2018 年 9 月 5 日
6	《商藏》	庹政	咪咕数媒	2018 年 4 月 13 日
7	《血火流殇》	流浪的军刀	咪咕数媒	2018 年 4 月 1 日
8	《我的塑料花男友们》	月斜影清	火星小说	2018 年 9 月 1 日
9	《沉鱼策》	解语	中文在线-四月天	2018 年 10 月 20 日
10	《长宁帝军》	知白	幻想纵横	2018 年 6 月 27 日

（3）二十年 20 部优秀作品名单①

2018 年 3 月 29 日，“中国网络文学 20 年 20 部作品”名单在上海市作家协会大厅发布，此次推选活动是“中国网络文学 20 年研讨会”的重要内容。20 部作品按票数排序分别为：

序号	作者	作品	序号	作者	作品
1	猫腻	间客（2009）	11	金宇澄	繁花（2012）
2	痞子蔡	第一次的亲密接触（1998）	12	月关	回到明朝当王爷（2006）

①《“中国网络文学 20 年 20 部作品”在沪发布》，中国作家网，http://www.chinawriter.com.cn/n1/2018/0329/c403993-29897307.html，2018 年 11 月 15 日查询。

续表

序号	作者	作品	序号	作者	作品
3	今何在	悟空传（2000）	13	天下霸唱	鬼吹灯（2006）
4	阿耐	大江东去（2009）	14	wanglong	复兴之路（2015）
5	萧鼎	诛仙（2003）	15	天蚕土豆	斗破苍穹（2009）
6	辛夷坞	致我们终将逝去的青春（2007）	16	血红	巫神纪（2015）
7	唐家三少	斗罗大陆（2008）	17	当年明月	明朝那些事儿（2006）
8	萧潜	飘邈之旅（2003）	18	我吃西红柿	盘龙（2008）
9	桐华	步步惊心（2005）	19	蝴蝶蓝	全职高手（2011）
10	酒徒	家园（2007）	20	辰东	神墓（2006）

（4）第二届“网络文学+”大会榜单①

2018 年 9 月 16 日，在北京召开的第二届中国“网络文学+”大会发布了影响和推动中国网络文学发展历程中的“20 部优质 IP 作品”，包括：《诛仙》《步步惊心》《鬼吹灯》《致我们终将逝去的青春》《琅琊榜》《斗罗大陆》《盘龙》《大江东去》《斗破苍穹》《花千骨》《微微一笑很倾城》《失恋三十三天》《遍地狼烟》《裸婚时代》《全职高手》《完美世界》《择天记》《大国重工》《复兴之路》《网络英雄传Ⅰ：艾尔斯巨岩之约》。同时，北京市新闻出版广电局发布 2018 年度向读者推荐的 21 部优秀网络文学原创作品，名单如下：

序号	作者	笔名	作品
1	苏娜	苏家大小姐	运河造船记
2	翟鹏延	翟鹏延	通惠河工
3	陶洛潇琪	北倾	他站在时光深处
4	葛圣洁	葛圣洁	犯罪画师
5	房静	房忆雪	运河码头
6	郭海峰	傻小四	武林大爆炸
7	王辉	无罪	剑王朝
8	汪奕垟	尼罗	双骄
9	班宇	坦克手贝吉塔	盘锦豹子

① 李菁：《20 部优质 IP、20 个关键词……网络文学 20 年这样走过》，中国作家网，http：//www.chinawriter. com. cn/n1/2018/0917/c403994-30296979. html，2018 年 11 月 15 日查询。

续表

序号	作者	笔名	作品
10	周艳乔	苏曼凌	京杭之恋
11	陈亮	燕赵散人	北洋秘闻
12	唐国松	隔壁小王	临清风云
13	作者李伟	屠苏	搏击霸主
14	蔡白玉	蔡白玉	大明长城风云
15	王宏	最后一名	运河天地之运河武工队
16	官亚兵	路远	一路走过：改革开放40年纪实
17	艾静一	猗兰霓裳	二胎驾到
18	赵华	沙场点兵	漕运天下
19	周健	花尾龙	运河传奇
20	梁怿炜	卫易	运河青云梦
21	李季彬	李季彬	静静的运河

（5）北京大学网络文学研究论坛“网络文学20年典文集·好文集”①

《中国网络文学20年·典文集/好文集》是“北京大学网络文学研究论坛”推出的“学院榜”。“典文集”中推举了5位“经典性作家”的代表作和15部“类型文代表作”共同构成网文类型史的地标，另有20部好文作为补充。

《中国网络文学20年典文集》

类型	作者	作品
经典性作家代表作	猫腻	将夜
	冰临神下	大明妖孽
	愤怒的香蕉	赘婿
	Priest	默读
	非天夜翔	二零一三

① 邵燕君等：《网络文学20年典文·好文榜单发布》，中国作家网，http：//www.chinawriter.com.cn/n1/2019/0101/c404027-30497850.html，2019年1月10日查询。

续表

类型	作者	作品
类型文代表作	今何在	悟空传
	萧鼎	诛仙
	顾漫	何以笙箫默
	桐华	步步惊心
	天下霸唱	鬼吹灯
	关心则乱	知否知否？应是绿肥红瘦
	爱潜水的乌贼	奥术神座
	庚不让	俗人回档
	月关	回到明朝当王爷
	zhttty	无限恐怖
	忘语	凡人修仙传
	天蚕土豆	斗破苍穹
	吹牛者	临高启明
	蝴蝶蓝	全职高手
	希行	名门医女

《中国网络文学20年好文集》

序号	作者	作品
1	小周123	十大酷刑
2	徐公子胜治	神游
3	老庄墨韩	小楼传说
4	梦入神机	龙蛇演义
5	妖舟	BLOOD×BLOOD
6	金宇澄	繁华
7	国王陛下	从前有座灵剑山
8	远瞳	异常生物见闻录
9	mockmockmock	别日何易
10	冰临神下	孺子帝

续表

序号	作者	作品
11	荆轲守	人道天堂
12	猫腻	间客
13	贼道三痴	上品寒士
14	盘古混沌	魔王奶爸
15	非天夜翔	鹰奴
16	Priest	大哥
17	睡觉会变白	文艺时代
18	祈祷君	木兰无长兄
19	卧牛真人	修真四万年
20	御井烹香	时尚大撕

（6）首届泛华文网络文学“金键盘奖”及江苏网络文学20年20部代表作品名单①

2018年11月14日，首届“中国江苏·扬子江网络文学周”开幕暨首届泛华文网络文学金键盘奖颁奖典礼于南京举办，16类23项作品荣获金键盘奖。11月15日，中国网络文学20年江苏20部优秀代表作品发布仪式，在中国江苏网络文学创意产业园举行，发布会由中国作家协会网络文学中心研究员肖惊鸿主持。

首届泛华文网络文学“金键盘奖”获奖名单

获奖作品类型	作者	作品
现实题材类	小桥老树	奋斗者：侯沧海商路笔记
	蒋离子	老妈有喜
玄幻仙侠类	烽火戏诸侯	雪中悍刀行
	我吃西红柿	雪鹰领主
都市幻想类	雀鸣	八珍玉食
	三水小草	还你六十年
军事历史类	酒徒	大汉光武
	李枭	无缝地带

① 蔡震：《中国网络文学20年江苏20部优秀代表作品发布》，扬子晚报网，http：//news.yangtse.com/jiancang/2018-11-15/640782.html，2018年11月15日查询。

续表

获奖作品类型	作者	作品
现代言情类	月下蝶影	人不可貌相
	沐清雨	翅膀之末
古代言情类	沐非	大明小婢
	芥沫	天才小毒妃
悬疑科幻类	跳舞	源世界之天衍
	骁骑校	罪恶调查局
游戏竞技类	番茄菜菜	回到八零年代打排球
优秀影视改编作品	天下归元	凰权
优秀有声改编作品	巫哲	撒野
优秀动漫改编作品	观棋	万古仙穹
优秀实体出版作品	雨魔	少年幻兽师
优秀翻译输出作品	姞文	琉璃世琉璃塔
优秀繁体作品	暗魔师	玄天魂尊
最具 IP 改编潜力作品	天使奥斯卡	望古神话之星坟
最佳创意作品	月关	秦墟

中国网络文学二十年江苏20部优秀代表作品名单

序号	作者	作品	序号	作者	作品
1	跳舞	恶魔法则	11	天下归元	扶摇皇后
2	我吃西红柿	吞噬星空	12	雨魔	驭兽斋
3	忘语	凡人修仙传	13	更俗	枭臣
4	天使奥斯卡	篡清	14	李歆	秀丽江山
5	骁骑校	橙红年代	15	石章鱼	医统江山
6	跳舞	恶魔法则	16	寂月皎皎	君临天下
7	我吃西红柿	吞噬星空	17	任怨	横刀立马
8	忘语	凡人修仙传	18	失落叶	网游之纵横天下
9	天使奥斯卡	篡清	19	卓牧闲	韩警官
10	骁骑校	橙红年代	20	乔雅	心照日月

（7）第三届网络原创文学现实主义题材征文大赛①

第三届现实主义网络文学征文大赛由上海市新闻出版局指导，阅文集团主办，大赛自2018年2月起征文，以“风云激荡四十载，逐梦创造新时代”为主题，旨在以改革开放四十年为时代背景，挖掘体现时代精神、抒发家国情怀的优秀作品。2019年1月24日，颁奖典礼暨第四届大赛启动仪式在沪举办，共评出14部获奖作品，获奖作品如下：

特等奖	《上海繁华》
一等奖	《中国铁路人》
二等奖	《规培医生》《戏法罗》
优胜奖	《向前一步》《他从暖风来》《远方的秘密》《高铁群侠传》《后手》《逆流纯真年代》《彩虹在转角》《鳏寡》《撑腰》《草原上的红飘带》

（8）第三届橙瓜网络文学奖②

2018年5月19日，第三届橙瓜网络文学奖在首届中国网络文学周期间揭晓。《飞剑问道》《剑来》《凡人修仙之仙界篇》《平天策》《修真聊天群》《天行》《独步逍遥》《盛世天骄》《宰执天下》《第一战神》获得“年度十大作品”。年度百部推荐作品如下：

序号	作者	作品	序号	作者	作品
1	我吃西红柿	飞剑问道	51	了了一生	火星情报局
2	烽火戏诸侯	剑来	52	鹅考	冒牌大少
3	忘语	凡人修仙之仙界篇	53	惊蛰落月	至尊武帝
4	无罪	平天策	54	逆苍天	万域之王
5	圣骑士的传说	修真聊天群	55	烟雨江南	永夜君王
6	失落叶	天行	56	太一生水	天神诀
7	纯情犀利哥	独步逍遥	57	三羊猪猪	女总裁的王牌高手
8	阿彩	盛世天骄	58	半醉游子	陨神记
9	cuslaa	宰执天下	59	胜己	不朽之路
10	我本纯洁	第一战神	60	乱世狂刀	圣武星辰
11	唐家三少	斗罗大陆 III 龙王传说	61	徐公子胜治	方外：消失的八门

①《第三届现实主义网络文学征文大赛收官〈上海繁华〉斩获头等奖》，人民网-上海频道，http://sh.people.com.cn/n2/2019/0124/c137167-32573564.html，2019年1月26日查询。

② 王志艳：《第三届橙瓜网络文学奖揭晓“我吃西红柿”摘得“网文之王”》，新华网，http://www.xinhuanet.com/book/2018-05/21/c_129877380.htm，2018年11月15日查询。

续表

序号	作者	作品	序号	作者	作品
12	天蚕土豆	元尊	62	骠骑	龙渊
13	月关	逍遥游	63	庄毕凡	诸天纪
14	辰东	圣墟	64	云泪天雨	诸天之主
15	耳根	一念永恒	65	狂奔的蜗牛	魔天
16	流浪的蛤蟆	一剑飞仙	66	柳枫	龙破九天诀
17	愤怒的香蕉	赘婿	67	心在流浪	护花高手在都市
18	风凌天下	我是至尊	68	杨子之爱	军婚 NO. 1：大叔，轻点爱
19	宅猪	牧神记	69	善水	大唐星际管理局
20	皆破	宠物天王	70	误道者	大道争锋
21	庚不让	俗人回档	71	小刀锋利	无疆
22	梁不凡	超品战兵	72	寒门	奶爸的文艺人生
23	覆手	医等狂兵	73	国王陛下	剑灵同居日记
24	猫腻	大道朝天	74	争斤论两花花帽	我的 1979
25	酒徒	大汉光武	75	志鸟村	重生之神级学霸
26	净无痕	伏天氏	76	全部成为 F	限制级末日症候
27	梦入神机	点道为止	77	潇铭	近身狂兵
28	胡说	凤袍不加身	78	萧瑾瑜	天骄战纪
29	火星引力	逆天邪神	79	张小花	强人
30	善良的蜜蜂	修罗武神	80	陈风笑	大数据修仙
31	烈焰滔滔	最强狂兵	81	大红大紫	都市之最强狂兵
32	贪睡的龙	十方神王	82	极品妖孽	绝世战魂
33	雾外江山	道岳独尊	83	荆泽晓	秘宋
34	月斜影清	古蜀国密码	84	傲天无痕	圣祖
35	我本疯狂	一世兵王	85	白姬绾	缥缈·阎浮卷
36	希行	大帝姬	86	洛心辰	缠情私宠：尤物小妻潜上瘾
37	总攻大人	我在泉水等你	87	慕容小宝	权皇女帝
38	第一神	万古天帝	88	天使奥斯卡	盛唐风华
39	齐橙	大国重工	89	七宝琉璃	鉴宝金瞳
40	横扫天涯	天道图书馆	90	冰墙	绝世神皇

续表

序号	作者	作品	序号	作者	作品
41	远瞳	异常生物见闻录	91	夜火火	首席新闻官
42	太上布衣	最强反套路系统	92	墨大先生	阴阳刺青师
43	梁七少	终极教官	93	番茄	都市圣医
44	陨落星辰	校园逍遥高手	94	就为活着	最强狂兵
45	朽木可雕	王牌神医	95	罗森	碎星物语
46	九灯和善	超品巫师	96	皇甫奇	人皇纪
47	一曲东风	都市渡鬼人	97	奥尔良烤鲟鱼堡	重燃
48	郭怒	从零开始的足球生涯	98	库奇奇	青叶灵异事务所
49	刘阿八	妖精住嘴	99	人生几渡	都市最强战医
50	最后的卫道者	猎日雷神	100	相思洗红豆	酋长别打脸

（9）第二届“金熊猫”网络文学奖获奖作品①

在四川省互联网信息办公室、成都市互联网信息办公室指导下，成都市互联网文化协会于2017年9月面向全国启动第二届“金熊猫”网络文学奖评选活动，2018年6月29日，公布最终获奖作品，长篇作品和中短篇作品各5部。

类型	奖项	作者	作品	籍贯
长篇作品	金奖	阮德胜	傩神	河南
	银奖	刘彩云	蜀帝	四川
	铜奖	陈杰	枕边敌人	四川
	最具改编价值奖	张军	官场沉浮	山西
	最具天府文化魅力奖	温秀利	锦绣河图	四川
中短篇作品	金奖	刘浩暄	梦境归来	四川
	银奖	刘明恒	律师晏天衡	湖北
		左文萍	秘境惊魂	北京
	铜奖	王德新	雷庄的庙	山东
		陈融	青枫渡	山东

① 成都市互联网文化协会：《第二届“金熊猫”网络文学奖评选结果公布》，中国作家网，http：//www.chinawriter.com.cn/n1/2018/0804/c403994-30208610.html，2018年11月15日查询。

（10）第四届网络文学征文大赛①

2018 年 11 月 27 日，由中共济南市委宣传部、济南日报报业集团、济南市文学艺术界联合会、济南市文化广电新闻出版局共同主办，舜网承办的第四届网络文学征文大赛于济南举行颁奖仪式。27 部优秀网络文学作品从近千部征集作品中脱颖而出，获奖名单如下：

一等奖作品（5 部）	张华亭《韵味》张晓《灯烬》王通《姐姐》耿建华《3 块钱的路》姜铁军《永远的红领巾》
二等奖作品（9 部）	崔冠亚《山乡情话》徐明卉《母亲的心愿》龚继岳《最后的村民》葛文峰《早开的花朵》倪贤秀《爱在琴台冬夜》刘国林《与蛇共舞》孙凤山《留守儿童》葛小明《出山》（组诗）李宗益《一瓢白面》
三等奖作品（13 部）	崔光宇《开拓者》章社友《日落西山》黄胜《父亲节的黄玫瑰》赵春《神奇跑鞋》崔其芳《能人二嫂》周其运《小城故事》张悦《领导病了》李书超《保洁》钟倩《南新街 58 号：气节与初心》傅先河《山窝里飞出金凤凰》袁磊《怀念炊烟》李振作《有个秘密没说破》张凡修《如初》

（11）2018 猫片 · 胡润原创文学 IP 价值榜和 IP 潜力价值榜②

2018 年 12 月 20 日，胡润研究院联合猫片第二次发布原创文学 IP 价值榜和 IP 潜力价值榜，榜单如下：

2018 猫片 · 胡润原创文学 IP 价值榜③

序号	作品	作者	序号	作品	作者
1	将夜	猫腻	51	英雄联盟之谁与争锋	乱
2	凡人修仙传	忘语	52	匆匆那年	九夜茴
3	鬼吹灯	天下霸唱	53	升龙道	血红
4	全职高手	蝴蝶蓝	54	飘邈之旅	萧潜
5	盗墓笔记	南派三叔	55	傲世九重天	风凌天下
6	三生三世十里桃花	唐七公子	56	我的前半生	亦舒

① 颜甲：《济南网络文学事业起航　第四届网络文学征文大赛颁奖典礼举行》，舜网新闻中心，http：//news. e23. cn/jnnews/2018-11-27/2018B2700469. html，2018 年 11 月 15 日查询。

② 胡润百富：胡润研究院发布《2018 猫片 · 胡润原创文学 IP 价值榜》，http：//www. hurun. net/CN/Article/Details？num=50D9745CEC8B，2018 年 12 月 20 日查询。

③ 原创文学 IP 价值榜依据 1998 年以来的各大原创文学平台的作品，通过全网的阅读量、月票量、推荐量和收藏量的大数据做出初步筛选，再由胡润研究院以及业内资深文学编辑根据作品影响力、文学价值和历史转化价值综合评分后排列出结果。

续表

序号	作品	作者	序号	作品	作者
7	斗破苍穹	天蚕土豆	57	烈火如歌	明晓溪
8	择天记	猫腻	58	大官人	三戒大师
9	雪中悍刀行	烽火戏诸侯	59	从前有座灵剑山	国王陛下
10	圣墟	辰东	60	史上第一混乱	张小花
11	海上牧云记	今何在	61	心术	六六
12	三体	刘慈欣	62	外科风云	朱朱
13	楚乔传	潇湘冬儿	63	极品家丁	禹岩
14	琅琊榜	海宴	64	庶女攻略	吱吱
15	扶摇皇后	天下归元	65	新猎物者	白饭如霜
16	龙蛇演义	梦入神机	66	陈二狗的妖孽人生	烽火戏诸侯
17	武动乾坤	天蚕土豆	67	寂寞空庭春欲晚	匪我思存
18	九州缥缈录	江南	68	孤芳不自赏	风弄
19	紫川	老猪	69	搜神记	树下野狐
20	花千骨	Fresh 果果	70	奋斗在新明朝	随轻风去
21	庆余年	猫腻	71	烽烟尽处	酒徒
22	斗罗大陆	唐家三少	72	无心法师	尼罗
23	诛仙	萧鼎	73	恶魔法则	跳舞
24	悟空传	今何在	74	五行天	方想
25	镇墓兽	蔡骏	75	赘婿	愤怒的香蕉
26	黄金瞳	打眼	76	宅妖记	善水
27	白夜追凶	指纹	77	狐狸的夏天	沈沧眉
28	微微一笑很倾城	顾漫	78	如果蜗牛有爱情	丁墨
29	爱情公寓	汪远	79	很纯很暧昧	鱼人二代
30	甄嬛传	流潋紫	80	通天之路	无罪
31	玄界之门	忘语	81	天堂向左，深圳往右	慕容雪村
32	仙逆	耳根	82	法医秦明	秦明
33	莽荒纪	我吃西红柿	83	致我们单纯的小美好	赵乾乾
34	春风十里不如你	冯唐	84	欢乐颂	阿耐
35	致我们终将逝去的青春	辛夷坞	85	医统江山	石章鱼
36	星辰变	我吃西红柿	86	最强弃少	鹅是老五

续表

序号	作品	作者	序号	作品	作者
37	无限恐怖	zhttty	87	绾青丝	波波
38	阳神	梦入神机	88	都市妖奇谈	可蕊
39	窃明	灰熊猫	89	最好的我们	八月长安
40	三重门	韩寒	90	火爆天王	柳下挥
41	逍遥游	月关	91	寡人无疾	祈祷君
42	大主宰	天蚕土豆	92	一路繁花相送	青衫落拓
43	心理罪	雷米	93	北京女子图鉴	余姗姗/张佳
44	小时代	郭敬明	94	枭臣	更俗
45	七月与安生	安妮宝贝	95	蜀山系列	流浪的蛤蟆
46	九鼎记	我吃西红柿	96	医妃权倾天下	承九
47	余罪	常书欣	97	亵渎	烟雨江南
48	左耳	饶雪漫	98	忽而今夏	明前雨后
49	风声	麦家	99	我不是精英	金子
50	完美世界	辰东	100	上品寒士	贼道三痴

2018 猫片·胡润原创文学 IP 潜力价值榜①

序号	作品	作者	序号	作品	作者
1	大王饶命	会说话的肘子	26	京杭之恋	苏曼凌
2	大道朝天	猫腻	27	双眼台风	须一瓜
3	剑来	烽火戏诸侯	28	飞翔在绿茵场	郭怒
4	挚野	丁墨	29	蒙娜丽莎密码	唐忍
5	牧神记	宅猪	30	纯洁	初小轨
6	天官赐福	墨香铜臭	31	末日主播	金寻者
7	神工	任怨	32	独步逍遥	纯情犀利哥
8	AI 生存指南	灰熊猫	33	半城	蒋离子
9	修真聊天群	圣骑士的传说	34	金融街	梁成
10	秦吏	七月新番	35	吴承恩捉妖记	有时右逝

① IP 潜力价值榜由包括起点中文网、纵横中文网、17K 小说网等业内领先的原创文学网站评选出各自最有潜力的三部作品，再由胡润研究院和猫片根据作者知名度和作品是否适合转化进行综合考量后排列出结果。

续表

序号	作品	作者	序号	作品	作者
11	仙武帝尊	六界三道	36	点心之路	冥灵
12	开个诊所来修仙	李闲鱼	37	致命亲爱的	殷寻
13	人间之盛世宝鉴	随轻风去	38	真相推理师-凶宅	呼延云
14	禁地猎人	猎鹰	39	单身狗	夜神翼
15	机斗之南明崛起	文舟	40	豪门第一盛婚	温小妖
16	妖怪客栈	杨翠	41	天师打假协会	八匹
17	长宁帝军	知白	42	我们的秘密	王巧琳
18	无尽墟	雨魔	43	书剑长安	他曾是少年
19	最佳辩护	青耳 Gloria	44	天命凰谋	MS 芙子
20	十号酒馆判官	白饭如霜	45	战略级天使	白伯欢
21	我被校花逆推后	不是蚊子	46	凌天至尊	辰小白
22	超能者	秋风清	47	岛上故事	梅叶挺
23	刑警荣耀	不信天上掉馅饼	48	魔术会：幻戏陷阱	巫童
24	秘宋	荆涤晓	49	商途	笔龙胆
25	西游八十一案	陈渐	50	华丽的冰上	红景

（12）中国青年阅读指数·首届华语网络文学年度 TOP100 盘点（2018~2019）①

2019 年 1 月 8 日，由中国青年出版总社、北京名赫集团、新华文轩四川数字出版传媒有限公司联合主办，中创文艺智库、中国青年智库论坛、北京名赫文化传播有限公司、杭州师范大学文化创意产业研究院联合承办的“连接宇宙——首届华语网络文学 IP 价值论坛”于北京召开，会上，中国青年智库论坛执行秘书长庄庸发布了“中国青年阅读指数·首届华语网络文学年度 TOP100 盘点（2018~2019）”，推出了十大 TOP10 榜单：年度网络作家 TOP10（综合榜）、年度网络作品 TOP10（综合榜）、年度网络文学 IP 影视剧 TOP10（副榜：年度网络文学 IP 衍生榜 TOP10）、年度网文（界）风云人物 TOP10、年度网络文学关键词 TOP10、年度网络文学年度大史记 TOP10、年度网络文学女频文 TOP10、年度网络文学新物种（跨界网文）TOP10、年度网络文学内生趋势（硬核网文）TOP10、年度网络文学爆款潮流（灵

① 《首届华语网络文学 IP 价值论坛举行》，光明网-文艺评论频道，http：//topics. gmw. cn/2019-01/09/content_ 32323133. htm，2019 年 1 月 15 日查询。

气复苏流）TOP10，陆续将在中国青年智库论坛（newyouththinktank）和网络文学智库（wlwxzk）两个微信公众号平台发布有关此盘点的系列文章。

（13）2018 阅文超级 IP 风云盛典暨第四届中国原创文学风云榜盛典推荐名单

超级 IP 原创风云榜

	作品	作者
男生频道	大王饶命	会说话的肘子
	牧神记	宅猪
	圣墟	辰东
	修真聊天群	圣骑士的传说
	汉乡	孑与2
	太初	高楼大厦
	诡秘之主	爱潜水的乌贼
	道君	跃千愁
	凡人修仙之仙界篇	忘语
	全球高武	老鹰吃小鸡
女生频道	时光和你都很美	叶非夜
	恰似寒光遇骄阳	囧囧有妖
	神医凰后	苏小暖
	后来偏偏喜欢你	公子衍
	吾欲成凰	夜北
	余生漫漫皆为你	浮屠妖
	一世倾城	苏小暖
	神医弃女	Ms 芙子
	天医凤九	凤炅
	师父如花隔云端	穆丹枫

超级 IP 游戏改编价值作品

序号	作品	作者
1	武道宗师	爱潜水的乌贼
2	我有一座冒险屋	我会修空调
3	深夜书屋	纯洁滴小龙
4	超神机械师	齐佩甲
5	武神	苍天白鹤
6	异世邪君	风凌天下
7	造化之门	鹅是老五
8	凌天战尊	风轻扬
9	重生之最强剑神	天运老猫
10	天帝传	飞天鱼
11	曙光纪元	人勿玩人
12	大秦天庭	任我笑
13	绝世丹王	孤单地飞
14	九阳帝尊	剑棕
15	万古至尊	太一生水
16	伏天氏	净无痕
17	三界独尊	犁天
18	这里有妖气	咬火
19	诡秘之主	爱潜水的乌贼
20	万道剑主	打死都要钱
21	武破九荒	无敌小贝

超级 IP 影视改编价值-男频作品

序号	作品	作者
1	我的 1979	争斤论两花花帽
2	我真是钱多多	中秋月明
3	神起地球	李暮歌
4	大医凌然	志鸟村
5	我只想当一个安静的学霸	术小城
6	还看今朝	瑞根
7	重燃	奥尔良烤鲟鱼堡
8	北斗推理剧场	天丛
9	草莽警探	形骸
10	执法如山	罪恶倾城
11	警高一丈	罪恶倾城
12	血钥侦缉档案	火红森林
13	极限谋杀	延北老九
14	罪语录	二度被害
15	至尊兵王	8 难
16	主宰之王	快餐店
17	苍穹记	百里龙虾
18	太古星辰诀	陆摇
19	天才相师	打眼
20	超级怪兽工厂	匣中藏剑
21	修炼狂潮	傅啸尘
22	如意小郎君	荣小荣
23	秦吏	七月新番
24	明颂	上山打老虎额
25	寒门崛起	朱郎才尽
26	覆汉	榴弹怕水
27	观澜调	苍山月
28	逍遥小书生	荣小荣

续表

序号	作品	作者
29	间谍的战争	如水意
30	特种兵之利刃	蝼蚁望天
31	兵王之王	七品
32	最强特种兵之龙刺	赤色星尘
33	谍影风云	寻青藤
34	爆笑兵王	寒雪独立人
35	后手	可大可小

超级 IP 影视改编价值-女频作品

序号	作品	作者
1	小时光，微微甜	浮光锦
2	我会一直喜欢你	忘记呼吸的猫
3	时光和你都很美	叶非夜
4	他与微光皆倾城	绛美人
5	薄先生，情不由己	青湖醉
6	微风知你有多美	颜霸霸
7	青春制暖	西子情
8	神医弃女	Ms 芙子
9	帝妃凤华	珊瑚蔓
10	独步惊华	萧七爷
11	医后倾天	萧七爷
12	医品风华	相思梓
13	半缘修仙半缘君	穆丹枫
14	盛世凤歌	萧七爷
15	恰逢星光璀璨时	北川云上锦
16	你是我的恋恋不忘	公子衍
17	恰似寒光遇骄阳	囧囧有妖
18	他从暖风来	舞清影

续表

序号	作品	作者
19	最美就是遇到你	M 茴
20	奈何清风知我意	公子衍
21	我的人间都是你	叶非夜
22	重生之药香	希行
23	花开春暖	闲听落花
24	长女	燕小陌
25	花开锦绣	吱吱
26	丑女如菊	乡村原野
27	善终	玖拾陆
28	欢喜农门	朵朵殿
29	凤回巢	寻找失落的爱情
30	公子有疾我有药	楼星吟
31	锦桐	闲听落花
32	金枝绕东宫	七叶槿
33	凤鸾归来时	唐梦若影
34	盛世嫡妃	凤轻
35	萌妃七七	忘记呼吸的猫
36	爱你迟而不晚	饭掌柜
37	等你喜欢我	央秧鞅
38	万里情深不负	万里里
39	他比时间更深情	十点听风
40	我亲爱的顾先生	灿淼爱鱼
41	余生，请多多指教	桃花朵朵香
42	赠我深爱如长风	碧玉萧

2. 网络小说年度代表作 100 部（以作品首字母排序）

综合速途研究院发布的《2018 年中国网络作家影响力榜》、橙瓜发布的第三届橙瓜网络文学奖年度作品、各大平台发布的小说排行榜等各类年度榜单，在此选取 100 部作品作为 2018 年度网络小说的代表作，以 2017 年年中之后开书，并且在

2018年年度持续更新或者2018年年中以后完结的作品为主，重点考察作品的价值和在2018年度的影响力。以下为100部作品简介，按照作品的首字母排序。

《AWM［绝地求生］》，作者漫漫何其多，2018年1月24日首发于晋江文学城，2018年4月30日完结，耽美小说。小说讲述了电竞明星大神队长与新锐队员之间的爱情故事，你是我的AWM的意思是，你是我的可遇不可求。

《报告首长，我重生啦!》，是百鸟朝凤的首本作品，多次蝉联小说月度榜单前列，是小阅风云榜总榜第二名作品，2017年8月2日首发于小说阅读网，连载中。作为女频新人作家，凭借首部作品便荣登2018中国网络文学女作家影响力TOP50。讲述了女主人公重生到了男主人公刚入伍的时候，还拥有了一个九转药塔，相知相爱，一同面对未知前路的故事。

《不负荣光不负你》，作者清风莫晚，2017年12月1日起连载于云起书院和起点女生网，目前还在连载中。作品描写了简桑榆与军官顾沉之间相互成就相互爱护的热血爱情。

《才不要和老板谈恋爱》，作者叶斐然，2018年4月22日起开始在晋江文学城连载，2018年7月24日已完结。小说讲述了知名律师钱唯突遭意外，穿越回大学时期，立志跟紧未来老板陆询的步伐，改写人生，而发生了一系列轻松幽默的故事。

《曾是年少时》，作者青浼，2018年2月16日起开始在晋江文学城连载，2018年6月29日已完结。小说叙述了沉迷游戏的男主人公艾佳遇到了比他大的富家千金陈今阳，为了陪伴转型电竞选手的男友，陈今阳毅然转型电竞比赛双语主持，二人携手参加世界比赛屡破纪录的热血故事。

《朝阳警事》，作者卓牧闲，2017年9月17日首发于起点中文网，尚未完结，多次获得起点首页推荐，片警韩朝阳的奋斗和成长、基层民警的酸甜苦辣、派出所的真实生态、朝阳群众的谜之力量等话题引起社会热议，充满烟火气的警察形象和朝阳社区警务室日常，让无数人从中看到生活的本质与现实，并产生代入感和情感共鸣，以真实接地气的叙事风格树立起现实主义题材的标杆式作品。

《长宁帝军》，作者知白，2018年6月27日开始在纵横中文网连载，目前尚未完结。小说以伟光正的笔触描写了横扫天下的宁军之中一个少年的破军成长史。

《超级神基因》，作者十二翼黑暗炽天使，2016年11月9日首发于起点中文网，连载中。小说背景是未来辉煌的星际时代，人类在攻克空间传送技术后，被传送到了一个神秘的庇护世界，里面充斥着无数强横的异生物，而人类是个稀少而弱小的品种。主人公韩森从一开始就具备一个金手指——黑色晶体，通过喂养并吃掉可以升级的异生物，基因进化速度飞快，从普通满级、原始满级、变异满级，很快升级为神血满级，并获得了帝灵神体，开启了星空下最辉煌璀璨的新纪元。

《超神机械师》，是齐佩甲所写的一本游戏异界小说，2017年5月19日首发于起点中文网，连载中。主人公韩萧，网游《星海》的骨灰级代练，携带玩家面板变成了 NPC，重生于该游戏尚未公测的十年前，毅然选择了难度最高的机械系。游戏背景是多种力量体系下的高武星际世界，战舰列队纵横星海，星辰机甲夭矫如龙，幽能炮毁天灭地，还有无边无际的机械大军，地图和场景由最新一代的光脑输入参数后自动演化成型，可容纳上亿玩家同时在线。

《重生野性时代》，是王梓钧的一本都市重生商战小说，2018 年 9 月 9 日首发于起点中文网，连载中。主人公从 2018 回到 1993，小说把 80 至 90 年代社会的精神风貌，商业沉浮与娱乐性巧妙地融合在了一起，阅历文笔俱佳。

《大帝姬》，作者希行，2017 年 3 月 14 日首发于起点女生网，2018 年 5 月 10 日完结，多次进入月票榜前十，入选第三届“橙瓜网络文学奖”百强作品。小说讲述女主人公薛青穿越成为被迫藏在民间的宝璋公主，为了活下去只能女扮男装走上复仇路的故事。

《大龙挂了》，是白雨涵的一部异界生活流小说，2018 年 2 月 22 日首发于起点中文网，连载中。小说以类似中世纪的异世界为背景，融合了领主种田与系统元素，讲述了地方小贵族李斯特的人生经历。有能拉出金属的龙，有种田养花的精灵，还有一心想要骑龙的乡下男爵。整体氛围轻松愉快，剧情安排、节奏掌控自成风格。

《大汉光武》，作者酒徒，2017 年 8 月 24 日首发于网易文学，目前尚未完结。小说立足于民间历史传说，讲述刘秀和云台二十八将的故事，带领读者重回那个金戈铁马的热血年代。

《大王饶命》，作者会说话的肘子，小说于 2017 年 8 月 18 日首发于起点中文网，2018 年 11 月 26 日正文完结，点击量及推荐量等各项数据稳居各榜单 TOP3，平均订阅在起点中文网千万部作品位列第一。主人公是个和妹妹相依为命的孤儿，独立刚强，在获得了一个靠收集怨气来抽奖的金手指后，秉承着“水至清则无鱼，人至贱则无敌”的思路，踏上了依靠向亲人朋友敌人灌毒鸡汤获取能量点以自强的嘴炮强者之路。

《大医凌然》，作者志鸟村，是罕有的能融合好行业知识与网文行文特征的作者。小说于 2018 年 5 月 14 日首发于起点中文网，连载中。主人公凌然，帅且有才，是刚来到云华医院不久的实习生，小说讲述了他在系统的帮助下，医术开始开挂的故事。书中涉及一些医学知识，严谨的同时又不失通俗易懂，情节流畅爽点多。

《带着仓库到大明》，作者迪巴拉爵士，2016 年 10 月 12 日首发于起点中文网，2018 年 10 月 31 日正文完结，2018 年 2 月、4 月、5 月进入月票榜前十。故事背景为明朝朱棣至朱瞻基王朝期间，小说讲述了主人公方醒不用武力解决问题，而是解放思想，从根本打破儒学对华夏几千年的束缚，通过几代人努力慢慢改变的过程。

《道君》，作者跃千愁，2017 年 2 月 14 日首发于起点中文网，连载中，暂列 12 月月票榜第一。小说为一本披着修仙皮的架空历史权谋文，文笔老辣，剧情常出乎意料。外号道爷的主角并非正道人士，一路靠奇诡之策完成一件又一件看似不可能的任务，扶持燕国上代太子的儿子建立势力。这一过程中，主角对规则的利用，对人心的解离拆分，着实叫人叹为观止。

《帝道独尊》，作者一叶青天，2018 年 3 月 15 日首发于纵横中文网，目前还在连载中。小说讲述少年苏炎于雪山之上意外迎接了地球新纪元的到来，他从弱小中崛起，一步步踏向宇宙星海，战万界，伐仙穹。

《第二十八年春》，作者耳东兔子，2018 年 3 月 19 日首发于晋江文学城，2018 年 6 月 27 日完结。小说讲述了心理咨询师于好与陆怀征重逢，反而被他拯救，走出了童年阴影，收获爱情的治愈故事。

《帝国的晨辉》，作者硕鼠，2017 年 9 月 5 日首发于逐浪小说，2018 年 8 月 31 日完结。小说以架空的魔幻版地球为背景，讲述了华夏历史如何征服世界的争霸故事。

《第一战神》，作者我本纯洁，连载于阿里文学，在第三届“橙瓜网络文学奖”评选中《第一战神》荣获年度十大作品。讲述少年子爵杨武因拒一桩王室婚姻被囚入狱，在狱中获神犬之助，吞噬仙蟠桃核，成就不死战体，逆袭人生，重耀家门，坐拥圣女，怒揣小人，灭杀宿敌，成就第一战神的故事。

《独步逍遥》，作者纯情犀利哥，2017 年 9 月 26 日首发于掌阅小说网，第三届“橙瓜网络文学奖”评选中荣获年度十大作品。讲述一位现代地球青年无意中穿越无尽星空，来到了一个以修炼为主的广袤大陆，为了回家再见自己的亲人父母，努力修炼，最终威压诸天万界的故事。

《毒妃在上》，作者穆丹枫，2017 年 4 月 19 日起连载于起点女生网，尚未完结，2018 年度连续 7 次月票榜前十。作品讲述现代第一杀手的女主被未婚夫暗算撞墙身亡，穿越回古代，却不小心招惹了邪王的故事。

《都市超级医圣》，作者断桥残雪，2016 年 11 月 1 日连载于起点中文网，尚未完结。主人公葛东旭，作为一个淳朴的山里人，无意间得到了传说中医药学家葛洪的传承。当大多数人还在读高中时，他为了炼丹修行已经开始一边读书一边赚钱。当大多数人读大学还在为交女朋友的开销发愁时，他已经是一名老板。当大多数人大学毕业在为找工作四处投简历时，他已经是一名超级富一代，还是一名大隐隐于市的至尊医圣。

《夺梦》，作者非天夜翔，2018 年 2 月 11 日在晋江文学城开始连载，2018 年 7 月 13 日完结，耽美小说。小说里用梦境的设定，将潜意识对现实世界的反映与两位主人公的感情经历结合起来，讲述了一个自我救赎的故事。

《恶魔就在身边》，作者汉宝，2018 年 4 月 24 日首发于起点中文网，连载中。主人公陈曌能召唤恶魔，能够看到死亡，小说讲述他来到一个架空的美国当起了非法医生，在这其中遇到形形色色的恶魔，并且成家立业，走上人生巅峰的故事。

《方外：消失的八门》，作者徐公子胜治，2017 年 11 月 20 日首发于网易云阅读，连载中，入选第三届“橙瓜网络文学奖”百强作品。主人公丁齐因为心理学的一技之长，被江湖中传闻已久的“八门”中人看中，希望通过他找到不为人知的宝藏秘境。而当丁齐最终成功进入了隐秘之地——小镜湖时，“八门”中不断有人遇害，让开启秘境的钥匙再度丢失，并牵动更大范围的“江湖”。在经历一段段惊险传奇的同时，丁奇也在重新审视自己对于精神世界的理解。

《凡人修仙之仙界篇》，作者忘语，小说于2017年11月1日首发于起点中文网，连载中，2018年度连续五个月进入月票榜前十。讲述一个韩立叱咤仙界的故事，一个凡人小子修仙的不灭传说。

《飞剑问道》，作者我吃西红柿，小说于2017年9月21日首发于起点中文网，连载中，2018年度1至3月进入月票榜前十。小说中，有狐仙、河神、水怪、大妖，也有求长生的修行者。修行者们，开法眼，可看妖魔鬼怪；炼一口飞剑，可千里杀敌；千里眼、顺风耳，更可探查四方。秦府二公子秦云，便是一位修行者。

《伏天氏》，作者净无痕，2018年1月11日首发于起点中文网，连载中，2018年3月、4月、5月进入月票榜前十，入选第三届“橙瓜网络文学奖”百强作品。小说延续了作者一贯的大型玄幻史诗风格，讲述了乱象四起的神州大陆上，东海青州城一名为叶伏天的少年，为探寻自己离奇的身世之谜而踏上修行路并不断变强的故事。

《诡秘之主》，作者爱潜水的乌贼，2018年4月1日首发于起点中文网，连载中，2018年6月起连续五个月进入月票榜前十。小说掺杂了克苏鲁风格、SCP基金会元素、第一次工业革命时代风情和蒸汽朋克情怀的异世大陆小说，讲述连续但是暧昧不清的前四个纪元，正邪难分、难以度测的神祇、多次出现的亵渎石板成神之路、分崩离析的世界版图、神奇多样的古怪生物、变化莫测的能力与物品、变革前夕的社会现状、互相纠葛的人生轨迹、隐藏在历史中的种种隐秘……

《还看今朝》，是瑞根创作的一本都市生活类小说。2018年1月31日首发于起点中文网，连载中。讲述九十年代初大学毕业的沙正阳遭遇了爱情挫折和仕途失意的双重打击，被分配下乡镇的他奋发图强，依靠自己前世在企业中的工作经验和远见卓识，带领一家濒临破产的乡镇企业崛起，赢得了各级领导的看重和欣赏，抱着侠之大者为国为民的理念，从乡镇到开发区，从乡镇企业到国有企业，借着改革开放的春风大潮，一步一步走上人生巅峰。

《汉乡》，作者孑与2，小说于2017年8月8日首发于起点中文网，连载中，2018年度8次进入月票榜前十。作者试图从一个全新的角度去解读秦汉时期的历史事件，并从中找到故乡的真正意义。

《侯沧海商路笔记》，作者小桥老树，2017年3月13日首发于网易文学，2018年7月5日完结。这是一部基于现实经历中民企教父的商路传奇奋斗史，也是一部个人的命运打拼史。

《后来偏偏喜欢你》，作者公子衍，2017 年 9 月 8 日起连载于云起书院和起点女生网，2018 年 10 月 31 日完结，连续多月进入月票榜前十。作品讲述了男女主角之间相遇之后甜蜜温馨的搞笑爱情故事。

《花颜策》，作者西子情，2018 年 3 月 2 日首发于潇湘书院，连载中。讲述了太子妃花颜与太子云迟的曲折感情路与温情搞笑日常，同时加入朝堂之争，江山权谋，异时空双线叙事独具特色。

《幻想农场》，作者西子绪，2018 年 8 月 11 日起连载于云起书院和起点女生网，2018 年 12 月 6 日正文完结。城市上班的陆清酒回到老家水府村，在这个不平凡的村子里遇到了各种奇怪的事情和奇怪的动物，会做高数的猪，可以打跑小偷的鸡，永远不会填饱肚子的房客和行为举止奇怪的好友，一个非人类的世界有着各种神怪的有趣传说。

《剑来》，作者烽火戏诸侯，小说于 2017 年 6 月 1 日首发于纵横中文网，连载中，连续 12 个月进入月票榜前三。讲述了一个生长在北方的贫寒少年陈平安搬山、倒海、降妖、镇魔、敕神、摘星、断江、摧城、开天的故事。

《锦衣春秋》，作者沙漠，2016 年 5 月 18 日首发于纵横中文网，还在连载中。小说讲述本是武警的杨宁，一夜宿醉之后穿越到楚国的一名丐帮小卒身上，重建黑麒营，复兴祖国的故事。

《绝命毒尸》，作者十阶浮屠，2017 年 11 月 30 日首发于纵横中文网，还在连载中。小说承接作者的末日系列，讲述了末日来临之时夏不二经历的一系列冒险故事。

《开个诊所来修仙》，作者李闲鱼，2018 年 2 月 22 日首发于纵横中文网，连载中，多次进入月票榜前十。小说讲述了被一条狗送了一个诊所的男主宁涛，成为一名冒牌医生，开始了奇幻故事。

《开海》，作者夺鹿侯，一部口碑很好的写实向历史文，2018 年 6 月 1 日首发于起点中文网，连载中。作者的文笔和对历史细节的描述让人眼前一亮，文风踏实不跳脱，男主穿越明末广东沿海，从小旗起家，参与俞大蝤的清远平叛，靠着自己的拼命和超前的知识获得身边人的信任和拥戴。

《开天录》，作者血红，2018 年 9 月 10 日首发于起点中文网，连载中。作者尽力塑造一群有血有肉像活人，却又各自极端且鲜明的男女老幼。少年巫铁生于废土，身处地狱，一切道路都已彻底断绝，他以热血和豪情开辟出一条通天大道，向天地发声：我族，誓不为奴；我族，绝不苟且偷生；我族，要精彩、惊艳地活着！

《黎明之剑》，作者远瞳，2018 年 4 月 10 日首发于起点中文网，连载中。主人公高文穿越为异界天空的某个不明物体身上，保持卫星精状态万年后成功脱逃，又附身到某个破落家族死了七百多年的曾是开国大公的老祖宗。好不容易解决完家族领地去国都面见国王，告知魔潮即将彻底爆发的消息，同时启用身为第一代开拓骑士应有的权利，前往新地图开拓新的领地。

《落地一把98k》，iced子夜的电竞类小说，2018年1月9日首发于起点中文网，连载中。本书主要描写了FPS界大牛刘子浪偶然间接触绝地求生，原本因在游戏诸神之战败落而不愿再接触fps游戏的他，从此一把98k，一发入魂。人物描写独到，对于比赛中的内容也十分细节。

《轮回乐园》，那一只蚊子的游戏竞技小说，2017年6月23日首发于起点中文网，连载中。主人公为爸妈报仇后死了，被主神拉倒轮回乐园并签订契约，穿梭在各个动漫世界内执行任务。被轮回乐园选中成为“猎杀者”的那一刻，他就明白，将与所有人为敌。乐园虽然残酷，但无所不能，机遇与危险共存。

《曼曼归途》，作者君子以泽，2018年8月1日起在晋江文学城开始连载，正文已完结。小说背景设定在娱乐圈，流行天后侯曼轩遭遇未婚夫背叛，她却因为各种原因维持现状，直到平静的生活被比自己年轻许多的男团成员龚子途打破。

《妙医鸿途》，作者烟斗老哥，2016年9月5日起连载于纵横中文网，尚未完结，多次进入月票榜前十。小说年轻的中医苏韬，在接管祖传的医馆后，遇到了各种各样的病人，因而发生一个个妙趣横生的故事，他也在成长中一步步酝酿着经营一个中医之城。

《民国谍影》，作者寻青藤，2018年5月22日首发于起点中文网，连载中，2018年10月、11月进入月票榜前十。讲述一个平凡普通的公务员，机缘巧合回到了民国二十五年，被迫加入军统，寻找地下组织，追查日本间谍，在波澜壮阔的大时代中为祖国，为民族的解放与复兴贡献着自己的一分力量，开始了他传奇的谍海生涯。

《明朝败家子》，是上山打老虎额的一部幽默、搞笑、另类的历史穿越小说。2018年5月10日首发于起点中文网，连载中，2018年9月、10月进入月票榜前十。主人公方继藩，一个现代社会的明史学者，穿越至弘治十一年，成了南和伯府里地主家的傻儿子，南和伯的嫡传继承人方继藩，以一个脑疾小侯爷的形象，在风雨飘摇的大明王朝中改革创新，拯救百姓于水火。

《牧神记》，作者宅猪，2017年6月20日首发于起点中文网，连载中，2018年度十余次进入月票榜前十。主人公秦牧小反派的性格设置很出彩，老弱病残这些配角也各有特点，其间发生了许多让人忍俊不禁的故事，该小说秉承了作者一贯的风格，磅礴大气又不失幽默风趣。

《奶爸的文艺人生》，寒门的一本都市生活文，2017年7月4日首发于起点中文网，连载中，在第三届“橙瓜网络文学奖”评为年度百强作品。讲述全能杀手魂穿平行世界，成了一名出身“战狼”中队的退伍特种兵，和过气歌后阴差阳错有了个精致可爱的女儿曦曦，于是开间咖啡店，抄书抄歌抄创意，投资互联网企业实现财务自由，靠着女儿追女儿她妈，成为一个优秀的居家煮夫的故事。

《奶爸的异界餐厅》，作者轻语江湖，2017年11月3日首发于起点中文网，连载中。讲述毒舌美食家魂穿美食层次较低的奇幻世界，依靠厨神系统和自身努力，不断推出具有特殊效用的新菜，征服异世界的各种种族，并在餐厅中发生一系列有趣的日常故事。

《逆流纯真年代》，作者人间武库，2017 年 5 月 14 日首发于起点中文网，2018 年 9 月 7 日正文完结，共 789 章，全文 218.24 万字。有着重生金手指的江澈在赚钱之余更多的是在弥补以往的过失：上一世支教遇见的那个贫穷朴实的村庄，他带他们走出了大山；上一世支教遇见的爱情债，在这世他笃定了她；上一世欠爸妈的，这一世他给了他们骄傲。岁月更迭中早已不再单纯的江澈，逆流归来，重启 1992，书写一场终于可以被妥善安放的璀璨青春。

《逆天神医》，作者月光不发光，2016 年 11 月 24 日首发于阿里文学，尚未完结。作品讲述了一个落魄青年意外成为神医，在争议中救死扶伤的故事。

《女配不掺和》，作者风流书呆，2018 年 6 月 18 日起连载于晋江文学城，目前尚未完结。小说讲述了林淡绑定了一个辅助系统，在无数小世界做维护剧情的辅助任务，她总是需要当女配或炮灰，用自己的卑微去成全别人的伟大，并在其中逐渐寻找自我的故事。

《平天策》，作者无罪，小说于 2017 年 7 月 21 日首发于纵横中文网，连载中，在第三届“橙瓜网络文学奖”评选中荣获年度十大作品。讲述一名年轻修行者，在天地灵气即将枯竭的灵荒时代，想他人之不敢想，做他人之不敢做，依靠自己，在天地间走出一条独属于自己的睥睨天下之路。

《恰似寒光遇骄阳》，作者囧囧有妖，小说于 2017 年 8 月 15 日起连载于云起书院和起点女生网，尚未完结，连续十余月进入女频月票榜前十，4 次蝉联榜单第一。故事一波三折，男女主彼此都爱着对方，做的事却像是在互相捅刀子，虐心至极。当误会解除，男女主就各种发糖，完美甜宠。

《秦吏》，作者七月新番，2018 年 1 月 4 日首发于起点中文网，连载中。讲述警官学院的毕业生，为了救人不幸溺亡后，重生为战国末年秦国小卒黑夫，云梦秦简中的小人物，为免死于沟壑，掌握自己命运，他奋力向上攀爬。好在他赶上了一个大时代。六王毕，四海一。千年血统，敌不过军功授爵。六国豪贵，皆被秦吏踩在脚下。六合之内，皇帝之土。在他参与下，历史有何改变？秦始皇固有一死，天下将分。身为秦吏，又当如何抉择，是推波助澜，还是力挽狂澜？

《全球高武》，作者老鹰吃小鸡，2018 年 6 月 4 日首发于起点中文网，连载中，2018 年 9 月、10 月进入月票榜前十，11 月月票榜第一。小说讲述了小人物方平重生地球，却发现身边的人物没变，而现实却是高武模板的地球。武者有着常人没有的特权，使得世人羡慕，并挖空心思想成为武者。全不知，真实的武者都在“阴影”下守护着普通人的安宁。而方平在金手指的帮助下，逐步打上巅峰。

《燃魂传》，作者管平潮，2017 年 12 月 17 日首发于咪咕阅读，目前已完结，

2018年8月12日出版。作品讲述了神魔大战的千万年后，为了保护民众，飞云山寨寨主云翻海，代替“光明神侠”职位，开始了一段惊心动魄的冒险经历。

《如来必须败》，作者鸟云，2018年6月22日首发于起点中文网，连载中。悟空在花果山获得预知后事的天书，了解到了西游的剧情和后世，然后决心和命运抗争，改变剧情走向，种田花果山、发展科技搞社会主义……一百年后，石猴打败如来，登基成了玉帝。

《如意小郎君》，作者荣小荣，2018年5月24日首发于起点中文网，连载中。本书讲述了21世纪双料硕士唐宁魂穿古代，意外被绣球砸中，获得了一个老婆，并凭借自身丰富的知识储备和过目不忘的能力，一路逢凶化吉，实现官场和情场双丰收。

《三寸人间》，是耳根继《仙逆》《求魔》《我欲封天》《一念永恒》之后的第五部长篇仙侠类小说。2018年5月30日首发于起点中文网，连载中。主人公名叫王宝乐，是一个喜欢吃零食的小胖子，心怀远大理想——成为地球联邦总统而不被人欺负，为了实现这个愿望，他从小就研究一些高官的自传，也总结了不少心得，并开始修炼，以此迈入仕途。也因为这个主角特殊性格的存在，整体上带动了整部小说的情节。

《似锦》，作者冬天的柳叶，2018年3月1日首发于起点女生网，目前尚未完结。作品描写了男女主重生后再度相逢，一起破案顺便谈谈恋爱的故事。

《时光与他，恰是正好》，作者蒋牧童，2018年5月24日起首发于晋江文学城，2018年8月12日完结。小城少女林惜转入重点中学与家境优渥的季君行相遇，二人在日常学习中渐生情愫，却因意外彼此分开一年，林惜努力考入季君行学校，这一次，他们共同努力，一起创造属于自己的事业。

《深夜书屋》，作者纯洁滴小龙，是一本披着恐怖外衣的暖心小说，2018年2月9日首发于起点中文网，连载中，2018年4月、5月进入月票榜前十。讲述作为主人公周泽身亡后意外从地狱归来，阴差阳错成为鬼差经营一家书屋的故事，救人身亡的农民工鬼魂，纵火又救人出名的快递员小哥的鬼故事，或惊悚或暖心的鬼故事穿插其中，有着作者对于社会对于人生的思考。

《盛世天骄》，作者阿彩，连载于咪咕阅读，尚未完结，在第三届“橙瓜网络文学奖”评选中荣获年度十大作品。讲述楚九歌穿越变神医，悬壶济世，与东林第一战神北天骄之间动人心非得爱情故事。

《神医凰后》，作者苏小暖，2017年6月30日起连载于云起书院和起点女生网，尚未完结，延续了上个年度的高热度。小说讲述拥有凤凰真血的天才少女被亲人所害，又被师父以凤凰神血所救，最终走上修炼复仇之路的故事。

《神医弃女》，作者MS芙子，2015年8月4日首发于潇湘书院，目前尚未完结，2018年度多次进入月票榜前十。作品讲述了上辈子傻女出身的女主一朝重生，化身药毒无双的绝世神医，逐步实现复仇计划，王者归来的故事。

《圣墟》，作者辰东，2016 年 11 月 1 日首发于起点中文网，目前还在连载中，2018 年度十次进入月票榜前十。小说将现代科学与古代玄学完美结合，讲述了在其他域外星球的纵横联合之下，地球文明遭受了灭顶之灾，男主人公楚风来世间历劫的同时，前来拯救地球文明。

《圣祖》，作者傲天无痕，2016 年 2 月 26 日首发于阿里文学，2018 年 7 月 16 日完结。作品讲述一位名叫罗列的少年穿越回上古时代，全新封神的故事。

《时光和你都很美》，作者叶非夜，2018 年 3 月 25 日起连载于云起书院和起点女生网，尚未完结。男主角林嘉歌与女主角时瑶自幼被各自爷爷指定为娃娃亲，然而两人却彼此并不相识，直到在《绝地求生》网络游戏中相遇，时瑶被林嘉歌带着躺赢，从此萌生了想要结识这个高手的想法，高冷小少爷与吃货少女共同谱写了一段轻松幽默的爱情故事。

《史上最强赘婿》，作者沉默的糕点，2018 年 9 月 13 日首发于起点中文网，连载中。主人公沈浪穿越异世成为财主家的小白脸赘婿，因太废物被赶出来。一气之下奋发图强找了一个更加有权势的富家千金上门做了女婿，老婆还是一个武功盖世的第一高手。

《天道图书馆》，作者横扫天涯，2016 年 11 月 1 日首发于起点中文网，连载中，2018 年 1 月、2 月、11 月进入月票榜前十。小说主人公张悬穿越异界，成了一名光荣的教师，脑海中多出了一个神秘的图书馆。只要他看过的东西，无论人还是物，都能自动形成书籍，记录下对方各种各样的缺点，他教学生、收徒弟，开堂授课，调教最强者，传授天下。

《天官赐福》，作者墨香铜臭，自 2017 年 6 月 16 日起连载于晋江文学城，正文于 2018 年 2 月 25 日完结。小说讲述破烂神谢怜某日收破烂归来的路上，将一个神秘少年捡回家中，而这少年，居然是三界谈之色变的鬼王——花城，一鬼一神上天入地的仙侠之旅就此展开画卷。

《天骄战纪》，作者萧瑾瑜，2016 年 2 月 24 日首发于纵横中文网，尚未完结。小说男主林寻独自从矿山牢狱中走出，掌御灵纹，心通万古，踏上了一条古今未有的传奇之路

《天下第九》，作者鹅是老五，2018 年 5 月 22 日首发于起点中文网，连载中，2018 年 8 月进入月票榜前十。主人公狄九从异世界乘坐飞船来到了地球上，继承了地球上的这个和自己长相相同的死人的一部分记忆，继承了死人的身份，由地球到仙女星修炼武道的故事。

《天行》，是失落叶的一部网游类型的小说，2017 年 11 月 27 日首发于 17k 小说网，连载中，荣获第三届橙瓜网络文学奖年度十大作品称号。小说月恒系列网游第四部，故事从一位被战队排挤而选择退役的职业选手开始，主人公丁牧宸重铸辉煌，

在李承风帮助下已和林澈一起暗中重回警队。

《天医凤九》，作者凤炅，2016 年 3 月 1 日起连载于云起书院和起点女生网，2018 年 11 月 27 日正文完结，2018 年度十次进入月票前十。小说讲述了原是现代隐门门主，却穿越成了一个毁容少女的凤九，在初见时为求活命，不得不乞求凌墨寒救她，谁知二人一个是天命凤主，一个是天煞孤星，此生却注定纠缠不清。

《同居大神暗恋我》，作者战七少，2018 年 2 月 12 日首发于云起书院，目前尚未完结。作品讲述了曾经是游戏高手的女主隐退之后，女扮男装回归，并在其中与男主不打不相识，重登神坛的励志故事。

《同桌凶猛》，作者柳下挥，2018 年 10 月 10 日首发于起点中文网，连载中。讲述了菜鸟编剧陈述青梅竹马同桌突变国际巨星后的一系列故事。

《我爱种田》，作者拉棉花糖的兔子，2018 年 7 月 8 日开始在晋江文学城连载，2018 年 10 月 24 日全文完结。小说讲述了上古帝王崔栖潮苏醒之后，开始在各个朝代种田生活的故事。

《我穿越回来了》，作者梦箩，2018 年 9 月 4 日起首发于晋江文学城，正在连载中。小说女主角宋如一是一个穿越者，直到有一天，一觉醒来的她发现自己穿越回来本来的人生，有机会改写自己的人生轨迹。

《我是至尊》，作者风凌天下，2017 年 6 月 1 日首发于起点中文网，目前还在连载中。小说继承了作者一贯的热血风格，开篇以战争视角切入，塑造了战后帝国的众生百态。

《我有一座恐怖屋》，作者我会修空调，是一本恐怖灵异加一点推理和心理，并和种田流相结合的书。2018 年 6 月 11 日首发于起点中文网，连载中，2018 年 11 月进入月票榜前十，获得悬疑灵异品类 2018 上巳祭泛灵异征文的上巳金奖。故事开始半年前，陈歌的父母离奇失踪，只留下了一座濒临倒闭的恐怖屋。他在存放父母遗物的木箱旁边找到一个布偶和一个漆黑的手机，手机桌面上只有一个鬼屋应用程序。主角开始完成手机发布的各种任务，经营鬼屋，吓哭游客。

《我只想当一个安静的学霸》，作者术小城，2018 年 1 月 3 日首发于起点中文网，连载中。主人公刚开始是个没有任何目标的高中学渣，不被老师重视，通过系统的帮助和自身的勤奋努力，他马上跳脱出了高中的学习内容，开始接触各种高大上的理论，通过竞赛一步步击败对手获得学霸积分，变得越来越强，保送燕大。

《无污染、无公害》，作者 priest，2018 年 3 月 25 日起在晋江文学城开始连载，2018 年 8 月 14 日完结。小说讲述了现代武林盟主和魔教圣女的轻松搞笑爱情故事。

《修真聊天群》，是圣骑士的传说创作的都市修真文，于 2015 年 9 月 11 日首发于起点中文网，连载中，2018 年度连续十个月进入月票榜前十。主人公宋书航原本是一个普通的大学生，因 QQ 号与某修真者相似而被误拉进专属于修真者们的 QQ 群，并在之后正式加入该群成为一名修士。作者以现代人的生活方式和网络经验构想出一个修真者的世界，其间擦出的火花带给读者许多惊喜。

《学霸的黑科技系统》，作者晨星 LL，2018 年 2 月 28 日首发于起点中文网，连载中。金陵大学数学系的普通学生陆舟选择了在“图书馆挂机”的任务，进而升级为学霸，系统的加成是集中注意力，他逐渐领悟到了学习的美妙，这本书最独到的地方在于——让人看了之后想去学习。

《一剑独尊》，作者青鸾峰上，2018 年 10 月 15 日首发于纵横中文网，尚未完结。小说描写了被罢黜世子之位的男主角叶玄经历种种修炼，替妹妹复仇，重夺宝位的故事。

《医品宗师》，作者步行天下，2016 年 12 月 29 日首发于纵横中文网，连载中，2018 年度多次进入月票榜前十。小说男主方丘拥有神秘的绝对手感，成了中医大学的大一新生，在晚会中一战成名，开启了美好的新生活。

《阴间神探》，又名《猎罪者》，作者道门老九，是首发于火星小说的一部悬疑灵异类小说，已完结。讲述大宋提刑官宋慈的后人宋阳，利用失传的仵作绝学，破现代奇案，令无数死者得以瞑目的故事。

《鹰掠九天》，是仲渊 2 的一部军事类小说，2018 年 2 月 25 日首发于起点中文网，连载中。距离高考还剩四个月，渡过除夕和生日这一天后，怀揣翱翔蓝天梦想的周海，突然发现梦想，第一次触手可及。这是一位天之骄子的故事，更是一个苍穹之巅的传奇。

《娱乐春秋》，作者姬叉，2017 年 8 月首发于掌阅书城，还在连载中。小说将娱乐文中演艺公司的手段用在江湖门派经营上，使得原本热血快意的高武世界画风大变，产生了意想不到的效果。

《余生漫漫皆为你》，作者浮屠妖，2017 年 10 月 6 日起在云起书院开始连载，尚未完结，连续多月进入月票榜前十。小说描写了 H 市最为神秘的男人余越寒在某天突然被一个小女孩抱住了大腿，这才发现自己不知何时招惹了年小慕，阴差阳错之下，两个人重新开始由相识到相爱的故事。

《元尊》，作者天蚕土豆，2017 年 9 月 14 日首发于纵横中文网，尚未完结。故事发生在一个气掌乾坤的世界，一气可搬山、可倒海、可翻天、可掌阴阳乾坤。身为大周王朝太子的周元，圣龙气运在出生之际就被大武国阴谋剥夺，但在师傅苍渊和师姐夭夭的协助下，他重开八脉，踏上了荆棘重生的历练之路。2018 年 5 月，入选第三届“橙瓜网络文学奖”百强作品。

《这里有妖气》，作者咬火，2018 年 3 月 5 日首发于起点中文网，连载中。一个天天加班的普通职员方正，因为最近总是夜梦盗汗，于是跑到楼下药店买了瓶六味地黄丸，结果竟然变成了让他变得更强大的八颗肾六味地黄丸，碰到一根萝卜也能被变成千年人参，在路边碰到一个老神棍在卖假神功秘籍，假秘籍竟变成了《金身不坏阿罗汉》。虽无法相信最近发生的这一切，可事实证明一切都不是幻觉，眼前的世界已经成了一个灵气复苏的时代。

《诸界末日在线》，作者烟火成城，2017 年 8 月 25 日首发于起点中文网，连载中。诸界的末日降临，魔王的秩序收割着众生性命，在绝望的黑暗之中，主角挣脱时空的束缚，自由切换游戏世界和现实世界，回到世界崩毁之前，改变自己的命运。

《罪恶调查局》，作者骁骑校，2017 年 7 月 18 日在网易文学首发，2018 年 7 月 6 日完结。小说核心人物是由大学生卢振宇和肾上腺切除的虎胆老记者张洪祥以及古灵精怪的文讷组成的新闻记者调查小组，在一桩桩离奇案件中抽丝剥茧，调查真相，同时见证了新时代物欲横流科技发达的大都市背景下的种种罪恶，引发对人性最深层的思考。

三、网络创作新趋势

阿里文学 CEO 黎直前认为，“网络文学走过初期发展的 20 年，正在从 1.0 时代进入 2.0 时代。用来标记这个 2.0 时代的，一是内容的精品化，二是产业形态的融合化。”① 确如其所说，随着网文市场的稳步发展和跨界融合，网文作品所具有的题材多元化、内容品质化、IP 商业化等特点也将愈发明显。一方面，多元化的网文题材，为 IP 影视开发提供更加广阔的施展空间，高品质创作推动 IP 改编全面升级成为业界新共识。另一方面，视频（影视、游戏、动漫等）对网络小说创作的影响也在增强，出现定制化创作、合伙人制等新模式，网文作品正借助多渠道的 IP 开发形式，有效扩大了覆盖力及影响范围。

1. 新类型不断拓展，跨界网文渐成气候

各大文学网站进一步细分类型，使作品更精准地匹配广大用户的内在需求。当前，以玄幻、仙侠、网游、架空历史、穿越等网络特色鲜明的类型为主，占据着网络阅读的主要市场。2018 年原创文学网站点击率和影响力综合排名前十位分别为：起点中文网、创世中文网、纵横中文网、晋江文学城、云起书院、潇湘书院、17K 小说网、小说阅读网、红袖添香、和掌阅小说网②，其中起点中文网等 6 家网站隶属于阅文集团。十大网站所产生的小说作品数量和变化在一定程度上代表了整个行业的走势。如 2018 年起点男频新书 24 小时首订排行榜中，首订量超 1 万共计 14 部作品，其中都市 4 部，仙侠 3 部，玄幻奇幻 2 部，悬疑灵异 2 部，科幻 2 部，历史 1 部③。

随着网络文学作品类型的不断丰富细化，跨界网文应运而生。一些具有扎实专

---

① 黎直前：《网络文学进入 2.0 时代》，《人民日报》2018-10-26。

② 十大品牌网：中国十大中文网络文学网站，小说网站 TOP10，原创文学网站排名［2018］，http://www.china-10.com/china/1350wx_index.html，2018 年 12 月 15 日查询。

③ 起点数据：2018 年起点男频新书 24 小时首订排行总榜，http://www.qidianshuju.com/rank/107/0.html，2018 年 12 月 29 日查询。

业知识，并非从事网文创作的作者加入到网文行业中来，他们为网络文学带来了崭新的跨界力量，让网络文学更具有社会现实属性，让众多的阅读者有了从中了解某个专业领域、行业业态的机会。譬如，由安徽省公安厅专业法医秦明创作的刑侦题材网络小说《法医秦明》，通过法医行业的精深奥妙，吸引了大批的刑侦推理爱好者，2017 年，其改编的电视剧取得了不俗的点击量和口碑，也证明了跨界网文的商业价值。再如，第二届网络原创文学现实主义题材征文大赛特等奖作品《大国重工》，其作者齐橙拥有中国社科院工业研究经济所博士学位，上海市新闻出版局副局长彭卫国在为齐橙颁奖时，点评了齐橙的作品《大国重工》，做出了如此的论述："冶金装备、矿山装备、电力装备、海工装备，一个泱泱大国，不能没有自己的重型装备工业。作者在《大国重工》中紧紧抓住不断向前的时代变迁，将中国改革开放以来的重工业发展写得大气磅礴，几代开拓者身上的理想气息令人感怀。同时，作者在写到小城镇变化时又能具体而微，收放自如，气魄与笔力令人赞叹。"2018 年，跨界网文呈现出全方位的爆发趋势，如志鸟村的新作《大医凌然》是一本讲述天才医学生凌然追求医学领域巅峰地位的行业文，作者通过走进医院，亲身体验医护工作者的实际生活，甚至极近距离地观摩手术现场，切实增强增厚的网文现实质感，作品的影响力也不再局限于网络小说的传统读者范围内，在包含许多专业医护人员、医学生的社交社群社区圈内，可以看到诸多关于《大医凌然》的讨论。年度爆款《学霸的黑科技系统》故事落足点为大众并不十分熟悉的高等数学领域，作者以扎实真切的细节和丰富翔实的资料，既让读者感受到了学习知识所带来的振奋爽感，也是对高等数学领域的有效科普。还有如以《重生在跑道上》《相声大师》《匠心》等为代表的行业文、专业文，也获得了广泛的赞誉。

2. 作品分众化进一步凸显，精品创作成为升级动力

男频作品粉丝基数庞大，玄幻、奇幻、仙侠等题材作品仍然占主要地位。根据多个文学网站提供的热门小说排行榜、阅读点击量排行榜，可以发现，玄幻、仙侠、盗墓、探险等幻想类题材排名靠前，与男性偏好猎奇、寻求刺激的心理特征契合。圣骑士的传说《修真聊天群》、横扫天涯的《天道图书馆》、烽火戏诸侯的《剑来》作品等尽管不是最新连载，但在本年度依旧有着超高人气。《黎明之剑》则聚焦于史前魔幻领域的探索，填补市场空白，小说构建的完整宏大的全新世界观，涉及了上古之神、精灵、人族、海妖、龙族等等魔法生物，讲述了空有虚名的史前公爵高文，带领没落家族重返荣耀的故事。猫腻作品《将夜》同名改编剧于 2018 年 10 月登陆腾讯视频，累计超过 39 亿播放量，宁缺、桑桑、莫山山、夫子等人物深入人心。

随着女频市场的深入发展，"她经济"影响力不断凸显。女频作品涉猎都市、校园、历史、宫斗、玄幻、青春等多元领域，无论是大女主的荡气回肠、小清新的温馨放松，还是现实作品的时代关怀，抑或甜蜜刺激兼具的悬爱题材，共同折射着女频原创文学多品类发展，呈多题材、齐开花的蓬勃发展之势。现言大热，古言其次，以囧囧有妖《恰似寒光遇骄阳》、叶非夜《时光和你都很美》为代表的“甜宠文”依旧盛行，言情、穿越重生、女强复仇类几类题材仍占主流，人气比较高的许多女性作品中融入了悬疑、推理、灵异、惊悚、异能等新元素，故事框架有所扩大，所涉及的知识面也有所拓宽。目前，已有三大网文公司均成立了独立的女性网文平台。2018 年 9 月 12 日，阅文集团宣布全新女性阅读旗舰品牌“红袖读书”上线，这是继掌阅科技收购喵阅读、中文在线推出四月天文学网、火星女频 APP 上线之后，又一针对女性网文市场的重大布局。根据网文市场数据统计显示，“在数字阅读核心付费用户群体中，女性用户首次以 56%的占比超越男性，已经成为网文市场的主要受众。在新一代主流用户群体‘95 后’调查中显示，女性用户的网文付费意愿比例高达 76.6%。”① 由于大多数女频作品篇幅适中，作品偏重情感类内容，衍生开发难度较小，因而女频作品成为影视开发备受关注和极具价值的潜力领域，女性市场正在成为新的内容蓝海。由天下归元《扶摇皇后》改编的电视剧《扶摇》，稳居卫视周播剧场同时段收视榜首、最高日播放量近 4 亿、总播放量突破 130 亿大关。临近年末春节，背靠正午阳光、大 IP，又有当红流量小生加持，《知否知否应是绿肥红瘦》吸引了众人眼球。此外，丁墨的《你和我的倾城时光》、流潋紫的《如懿传》、梵缺的《双世宠妃》、天衣有风的《凤囚凰》、priest 的《镇魂》等影视作品成绩表现也颇为亮眼。

网络文学作品作为出版、影视、有声读物等泛娱乐产业最大的 IP 贡献来源，凭借其庞大的市场体量和广阔的市场前景，向来是社会文化资本热衷追逐的对象。近几年 IP 作品狂轰滥炸之下，观众已产生一定的审美疲劳，试图通过粗制滥造来简单复制《花千骨》《琅琊榜》等爆款 IP 剧实现短期盈利的投机行为已不可取。经过近四年时间的大浪淘沙，IP 改编作品由野蛮生长逐渐步入正轨，优质内容将成为未来竞争中制胜的重要法宝，这也要求业界的投资者和创作人在选择 IP 作品时要充分考量其作品内核。要想在每年上百部 IP 改编作品中突出重围，只有悉心钻研内容，不断推陈出新，追求精品创作，才能实现 IP 全面升级。本年度涌现出的许多热度与口碑俱佳的优秀作品，也在印证着这一趋势：改编自天下归元《凰权》的电视剧《天盛长歌》豆瓣评分随剧情展开一路走高，最终稳定在 8.3 分，评分人数也达到了 11 万之多；收视率名列同时段第一、网播量也位于年度前五的热门剧《香蜜沉沉烬如霜》豆瓣评分也达到 7.7 分，实现了商业价值与艺术创作的双赢；年末黑马《大江大河》横空出世，电视剧继承了原著《大江东去》的现实主义命题，展现了 1978

---

① 速途研究院：《阅文大数据洞察：女性向市场升级趋势》，“速途研究院”公众号，2018 年 12 月 15 日查询。

年至2008年这三十年间中国的风云巨变，刻画了企业界的几类代表性人物，将历史大潮的波澜壮阔投射在一城一地的变革之中，豆瓣评分高达8.8分，一跃成为年度国产电视剧口碑之王。纵观年度热门IP剧的走红路线，大多数作品是依靠优质内容吸引受众，继而发酵形成讨论热度，最终成为IP剧市场竞争中的优胜者。

3. 合伙人制、定制化写作推动IP长效运营

付费让网络文学产品化，而IP化，则使网络文学大众化、主流化、商业化。对于网络文学竞争者来说，优质内容是重中之重，而网络文学的商业盈利模式，早已从单纯的付费阅读变为付费+IP开发模式。网络文学界的“领头羊”阅文集团最早提出“IP共营合伙人制度”，将包括作家、版权方、影漫游等开发商、投资方等在内的产业链各端的不同合作方即合伙人纳入同一体系，围绕IP不同形态不同阶段的衍生开发协同合作，合伙人共担风险，共享收益，通过共营达到共赢，充分释放IP价值，推动IP产业良性生态的建设。2018年，阅文以参投、出品、联合开发的形式参与了多部IP的开发，《将夜》《武动乾坤》等先后上映，《斗破苍穹》动画第一季全网播放量超15亿，取得年度国产3D动画播放量第一等。在6月举行的阅文IP生态大会上，阅文公布了数个近阶段的影视项目：由阅文集团、万达影视、腾讯影业联合出品的动画大电影《全职高手之巅峰荣耀》已经启动，青春校园太极题材作品《CMFU学院——淑女飘飘拳》将致力弘扬太极文化，并打造《CMFU学院》成为青春燃向竞技系列剧；《兵者为王》致力打造出一部主打年轻受众的主旋律军事影视剧；阅文白金作家骷髅精灵的作品《斗战狂潮》，阅文将携手万达进行多渠道合作开发；白金作家打眼的鉴宝类人气作品《神藏》则吸引了天王刘德华成为共营合伙人，与梦造者影业合作开发。2018阅文超级IP风云盛典上，公布了一系列荣誉名单：超级IP成就作家由辰东斩获，中国幻想文学代表作家江南的作品《龙族V》被推荐为超级IP杰出作品，《如懿传》被推荐为超级影视改编IP，手游《新斗罗大陆》被推荐为超级游戏改编IP，《许你万丈光芒好》被推荐为超级IP国际传播作品。

除阅文集团，阿里巴巴集团旗下阿里文学，通过与塔读文学、新浪阅读、微博有书、咪咕阅读、天翼阅读、中文在线、纵横中文网、博集天卷、中国出版集团等150多家合作商合作，根据IP内容进行深度扶持，并依托阿里大文娱，让优质作品能有更高成功率的衍生。2018年，中文在线收购了晨之科作为二次元游戏平台G站的运营主体，结合汤圆创作、游戏业务及A站，形成“内容+渠道+变现”的二次元文化生态。掌阅科技以数字阅读平台为基础，逐步构建内容创作、内容分发、内容衍生开发（影视、游戏、周边产品等）等多板块的业务布局，旗下网络原创文学品牌掌阅文学，拥有红薯网、掌阅小说网、趣阅小说网等8家原创网站，自2015年成立后的短短2年多时间内，掌阅文学已签约优质作家万名以上，拥有优质版权数万

本。纵横文学提供潜力版权给影视方进行占比合作分成，联合出品网络大电影、网剧等影视项目，全程提供影视项目宣传，作者配合等服务支持，共同开发 IP 打造精品。此外，主攻以文学 IP 为源头的影视、动漫、游戏等全版权生态战略的网易云阅读，以及被完美世界重新收购后也开始发力 IP 孵化、推出了网络剧、游戏作品的百度文学……各类孵化 IP 产业平台的运行形态虽然不同，但都促进了 IP 概念向产业的纵深发展。

随着网络文学与其他网络文艺门类的互融，在开发过程中，定制化写作模式应运而生，如一部影视作品或一款游戏在准备上市发布之前会邀请写手同步创作网文。在营销定制业务中，IP 库更能发挥精准定位的作用。以纵横为例，他们设立了一个专门的 IP 库，一般在搜索引擎排行榜能进年度前 200 名的作品，并跟纵横文学有签约版权协议的，便会被选到这个 IP 库中，可以通过 IP 库找到纵横文学创作同类题材合适的作者，向他定制一部同名文字作品，作为影视或者游戏播出与上线前的预热，如 2018 年度播出的《香蜜沉沉烬如霜》采取的便是这种宣传方式。IP 库拥有纵横文学全系列独家签约的版权，可以为之后的版权合作提供强大的内容资源支持。

（张伟颀、宋倩钰　执笔）

第五章 网络文学阅读

2018年，是改革开放40周年，也恰逢中国网络文学诞生20周年。这诚然是一种历史的“巧合”，但是二者的内在联系却显而易见。网络文学是改革开放发展到较高阶段所形成的整体社会条件孕育出的文学新事物，离开了改革开放的伟大成就，我们很难想象，网络文学能在短短20年间，由一个“赤脚奔跑的孩子”成长为一个令人瞩目的“巨无霸”。回到网络文学场域内，一个愈加明显的事实是，读者群体的阅读热情和支付能力，是网络文学繁荣的根本动力。因此，回顾、总结2018年的网络文学，“阅读”这一维度必须敞现。而我们在回顾、总结2018年网络文学阅读时，除了梳理这一年的阅读状况外，还应站在“20年”这样一个时间节点上检视网络文学阅读的发展。

一、网络文学读者分布状况

1. 网络文学读者群体持续增长，总体分布状况稳定

20年来，网络文学读者的数量变化与网络用户的数量变化基本保持同步性。2018年，中国网民数量持续增长，与之相应，网络文学读者数量也持续增长。据中国互联网信息中心（CNNIC）统计：截至2018年6月，我国网民规模为8.02亿，上半年新增网民2968万人，较2017年末增加3.8%。网络文学用户规模达到4.06亿，较去年末增加2820万，占网民总体的50.6%。①

我国网民以青少年、中青年群体为主，网络文学阅读的主要群体也是青年。到目前为止，这一分布状况没有改变。截至2018年6月，10-39岁群体占总体网民的70.8%。其中20-29岁年龄段的网民占比最高，达27.9%；10-19岁、30-39岁群体占比分别为18.2%、24.7%，与2017年末基本保持一致。30-49岁中年网民群体占比由2017年末的36.7%扩大至39.9%，互联网在中年人群中的渗透加强。② 在网络文学阅读方面，大多数读者也为30岁以下的人群，且地域分布较为均匀。《2017

① 中国互联网信息中心：《第42次中国互联网络发展状况统计报告》，http://www.cac.gov.cn/2018-08/20/c_1123296882.htm，2018年12月1日查询。

② 中国互联网信息中心：《第42次中国互联网络发展状况统计报告》，http://www.cac.gov.cn/2018-08/20/c_1123296882.htm，2018年12月1日查询。

年中国网络文学发展报告》显示：从网络文学读者的年龄分布看，截止2017年底，30岁以下占比为73.1%，其中18.2%的读者在18岁以下。从地域分布看，20.3%的读者生活在一线城市。目前不同城市的地域间分布较为均匀。① 不过，从学历分布状况来看，我国网络文学读者的学历状况要好于我国网民的总体学历状况。网民中学生群体最多，占比达24.8%，但是受过大专、大学本科及以上教育的网民占比分别仅为10.0%和10.6%。② 而网络读者的学历水平则普遍较高，具有本科和以上学历者占比为62.3%。较高学历总是与较高的收入与消费能力构成正比例关系，网络读者中49%的读者月均收入集中在3000至8000元之间。③ 读者具备较高学历和较高消费能力，不仅意味着良好的运营环境和市场前景，而且意味着较高的内容质量期待。这给网络文学提升提供了很好的土壤和发展空间，也给予了一定的压力。《2017年中国网络文学发展报告》的调研结果显示，70.7%的读者期望网络文学质量得到提升，充分反映出优质内容已成为主导产业发展的决定性力量。网络文学只有涌现更多的精品力作，才能满足日益成熟的读者期盼。

2. 网络文学读者书龄和阅读时长增长，消费趣味更趋理性

网络文学发展的20年，是网络文学读者与之不离不弃地相伴的20年。20年间，有人做长情的陪伴，也不断有人离开，更不断有人加入。据统计，平均下来，网络文学读者的书龄已达4.9年，77.9%的读者阅读在两年以上，6年以上资深读者占比近三分之一。而且网络文学读者的阅读时长也稳步增长。从阅读时长看也在稳步增长，2015年的日均48.7分钟增长成2017年的73.4分钟。伴随网络文学作品内容的丰富和质量提升。读者的黏性也在逐年提升。④ 按网文界习惯的说法，书龄“破4”是一个重要的标杆，意味着读者已经步入了一个比较有鉴别力的人群的行列。网络文学读者的鉴别力是靠一本一本的阅读实打实地“堆”出来的，比起经典文学读者乃至专业的文学批评人士来，这种鉴别力或许因缺少必要的理论指引和技巧训练而在鉴赏的高度和深度上有所欠缺，但却是一种充满真情实感的“原生态”的感受力和鉴别力。它是读者自我教育的结果，也真切地构成其自我素养的一部分。因此，4亿读者的平均书龄“破4”，不仅表明网络文学读者群体内部已经形成一个稳定的、有鉴赏能力的群体，而且表明，网络文学读者的整体素养也有了一定的提升。

---

① 中国音像与数字出版协会：《2017年中国网络文学发展报告》，https：//mp. weixin. qq. com/s/eL1Hh1kd_ gPNPBI5d9tdKw#_ _ NO_ LINK_ PROXY_ _，2018年12月1日查询。

② 中国互联网信息中心：《第42次中国互联网络发展状况统计报告》，http：//www. cac. gov. cn/2018-08/20/c_ 1123296882. htm，2018年12月1日查询。

③ 中国音像与数字出版协会：《2017年中国网络文学发展报告》，https：//mp. weixin. qq. com/s/eL1Hh1kd_ gPNPBI5d9tdKw#_ _ NO_ LINK_ PROXY_ _，2018年12月1日查询。

④ 中国音像与数字出版协会：《2017年中国网络文学发展报告》，https：//mp. weixin. qq. com/s/eL1Hh1kd_ gPNPBI5d9tdKw#_ _ NO_ LINK_ PROXY_ _，2018年12月1日查询。

当然，由于网络文学读者多达4.06亿的规模，他们的整体阅读趣味并未出现明显的变化。网络空间的草根性、网络文学作者的草根性和网络文学读者的草根性，共同决定了当下的网络文学阅读趣味仍然是草根性的。“接地气”仍然是网络文学生存的首要条件。因此，我们看到，网络文学界仍然是“得小白者得天下”的局面。以2018年12月2日起点中文网、纵横中文网和潇湘书院的部分榜单为例，上榜的作品大部分仍可以划归“小白文”之列。

“小白文”不等于粗制滥造和重复老套，它更意味着通俗易懂和简单明快。在力求每日不断更的生产方式和以休闲阅读为基本需求的网络文学生产场，“小白文”毋宁说是一种最具可操作性，也最广泛地适应网络文学阅读需求的选择。当然，我们也注意到，读者的成长也在促使“小白文”的质量提升，比如避免套路重复，人物刻画更加细腻化，避免有“坑”不填……等等。而且，像《剑来》《赘婿》这样的“文青文”作品也曾登上过各大榜单。这也在一定程度上反映了读者阅读趣味的提升。

网络文学读者阅读趣味的稳定性还体现在阅读内容的选择上。

一是性别意识影响的阅读取向基本没有变。从总体看，当前的网络文学阅读，还是“男读玄幻武侠，女读言情穿越”的局面。因为玄幻武侠的男性中心叙事和言情穿越的女性中心叙事更易让彼此对应的性向读者代入作品中的人物，进而产生爽感体验。但是，由于读者成长带来的期待视野的微调，也在细微的层面上影响当下的网络文学创作，出现了一些试图超越既定套路的小说叙事。例如，以《延禧攻略》为代表的“宫斗文”，就试图摆脱《甄嬛传》的影响，不再讲述“傻白甜”的宫女成长上位的故事，而赋予了女主人公更多的理性和更为明确的行动目标。而像《白银霸主》这样的“玄幻文”，也不再是一味地“打怪升级换地图”，而是加入了“种田文”的元素，更注重布局谋划和人物心理描写，使人物刻画更为饱满，故事情节更加有吸引力。

二是生活场域影响的阅读取向基本没有变化。具体说来，城市读者偏爱玄幻奇幻类型作品，农村读者偏爱都市言情类型作品。与前述性别意识影响层面所表现出来的阅读兴趣与性向快感的对应性不同，生活场域的阅读影响体现为一种补偿性，即玄幻奇幻类作品所虚构的古代或异域生活场景，是对生活在快节奏的、乏味的城市场景中的读者一种心理补偿，而都市言情类作品所描绘的丰富绚烂的都市生活和情感故事，则是对生活在各方面相对贫乏的农村场景中读者的一种心理补偿。

三是年龄阶段对阅读取向的影响也基本没变。大体而言，30岁以下读者偏爱玄幻类题材，30岁以上读者偏爱现实题材。这种偏好分歧的产生，一方面固然是受到不同年龄阶段的人群的心理活动特性的影响，另一方面也是生活阅历的影响使然。一般而言，青少年总是爱幻想的，故而偏爱玄幻等题材，而随着生活阅历的增加，幻想的热情消退，对生活的体认加深，读者也就越来越倾向于现实题材的作品。当然，当前现实题材作品阅读升温，也与国家层面对网络创作的引导有着不容忽视的影响。

读者的成长也使他们的消费习惯更趋理性化。《2017年中国网络文学发展报告》的调查表明，从付费金额看，网络文学读者人均消费30.9元。有8.7%的读者月均消费过百元。从付费比例看，累积有72%的读者为网络文学读者付费，从付费方式看，多数读者倾向于单本，以便根据需求灵活阅读。① 2018年的状况基本与此一致。网络文学读者更趋理性化的消费习惯，与网络文学粉丝对钟爱的作品额外“打赏”的行为并不冲突。“打赏”是基于礼物经济的回馈与报答，那必须是作品打动读者到了相当深的程度才能出现的行为。而理性的选择与消费，则是基于商品经济的等价交换，是面对浩瀚的网络文学作品时所持的审慎态度的体现。它们可以并行不悖地出现在网络文学读者身上。实际上，当前的网络文学读者的消费习惯是，对感兴趣的作品订阅，对钟爱的作品打赏，对大多数作品则是浅尝辄止后弃读。有一句话或许能代表许多成长起来的网络文学读者的阅读心态：“我愿意为作品付费，但值得我付费的作品越来越少。”

3. 读者分布状况格局中值得注意的新动向

（1）移动端阅读快速增长，基本形成PC端阅读与移动端阅读平分秋色的局面

统计数据表明，截至2018年6月，网络文学用户规模达到4.06亿，较去年末增加2820万，占网民总体的50.6%。手机网络文学用户规模为3.81亿，较去年末增加3713万，占手机网民的48.3%。

2017.12—2018.6网络文学/手机网络文学用户规模及使用率

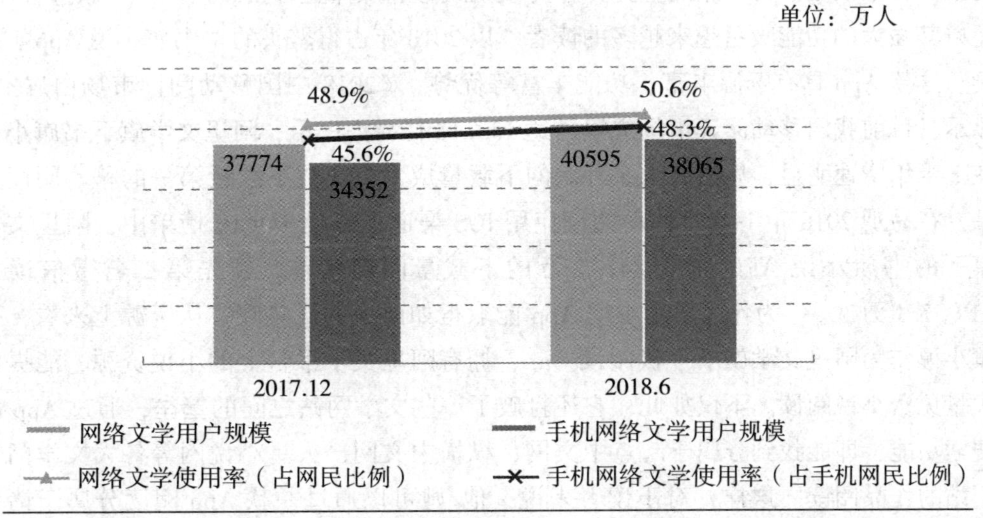

来源：CNNIC中国互联网络发展状况统计调查　　2018.6

这一动向的形成，从根本上说是由我国网民上网习惯的变化推动的。进入4G

① 中国音像与数字出版协会：《2017年中国网络文学发展报告》，https://mp.weixin.qq.com/s/eL1Hh1kd_gPNPBI5d9tdKw#_ _NO_ LINK_ PROXY_ _，2018年12月1日查询。

时代的智能手机更加便捷。首先在上网速度上，4G 手机能够以 100Mbps 的速度下载，比目前的拨号上网快 2000 倍，上传的速度也能达到 20Mbps，能够满足几乎所有用户对于无线服务的要求。其次是在价格方面，4G 与固定宽带网络在价格方面不相上下，而且计费方式更加灵活机动，用户完全可以根据自身的需求确定所需的服务。特别是“流量不限量套餐”的推出（尽管还存在一定的技术困难，不能真正做到流量不限量），使大部分手机网民消除了流量不足的后顾之忧，得以通过手机在网络上尽情流连。截至 2018 年 6 月，我国网民使用手机上网的比例已达 98.3%。与人们越来越习惯于手机上网相反，使用电脑上网的比例则呈下降趋势。统计数据表明，截至 2018 年 6 月，使用台式电脑、笔记本电脑上网的比例分别为 48.9%、34.5%，较 2017 年分别下降 4.1、1.3 个百分点。[①] 在这样的形势驱动下，移动端网络文学读者快速增长也就是顺理成章的事了。2018 年 5 月在贵阳举行的 2018 年中国大数据产业博览会上，百度、高德、微软等多家新媒体技术行业巨头宣称，手机等移动媒体即将进入 5G 时代。可以预想，这意味着移动媒体的智能化程度将更高、更便捷，人们对以手机为代表的新媒体的使用程度还将大幅提升，移动端的网络文学读者数量也势必继续增长。

促成移动端网络文学读者快速增长的另一个重要的原因在于阅读应用软件的功能越来越强大，产生了强大的用户黏性。当前，由于意识到移动端阅读的巨大前景，多家文学网站或网络文学媒体平台都推出了自己的阅读应用软件（App）。这些 App 的推出，不仅是作为网站的补充，作为便携式移动媒体上方便阅读的一个软件程序，还以其强大的功能吸引越来越多的读者。以 2018 年占得鳌头的“书旗小说 App”为例，这款 App 具有资源丰富、功能丰富等优势。《2018 中国移动阅读市场白皮书》显示，目前我国移动阅读市场规模已达 153.18 亿元人民币，阿里文学旗下书旗小说在上半年增速明显，凭借 841.5 万次的下载量成为 IOS 端下载量第一的移动阅读产品。在易观 2018 年 1-6 月移动阅读应用 IOS 渠道下载量 TOP10 榜单中，阿里文学旗下的书旗小说 APP 凭借 841.5 万的下载量问鼎榜首，领先第二名微信读书 APP37.1 万次。[②] 为什么书旗小说 App 能取得如此大的优势呢？从资源上来看，书旗小说作为阿里文学旗下手机阅读 App，拥有阿里文学平台上的小说资源，能提供大量免费小说阅读。不仅如此，它还打破了一些文学网站之间的壁垒，通过 App 的搜索功能，即能找到分属于起点中文网、纵横中文网、火星小说网等各大文学门户网站的作品阅读。这样，对于读者来说，他/她可以通过一款 App 阅读分属于诸多文学网站的作品，而无须去相应的网站一一注册、付费，这无疑为普通网络文学读

---

① 中国互联网信息中心：《第 42 次中国互联网络发展状况统计报告》，http://www.cac.gov.cn/2018-08/20/c_1123296882.htm，2018 年 12 月 1 日查询。

② 中国经济新闻网：《中国移动阅读市场三足鼎立　书旗小说逆袭领跑行业》，http://cet.com.cn/xwsd/2082074.shtml，2018 年 12 月 1 日查询。

者提供了极大的便利。而且，书旗小说在与读者互动方面也大胆探索，开通网络直播功能，让作者与读者隔屏见面、相互交流，以吸引读者。可以说，书旗小说 App 实现了由创作、发布、阅读、评论到交流的多功能聚合，再加上智能手机本身越来越强大的功能产生的用户黏性，使得移动端阅读成为越来越多人群的选择。

当然，从目前来看，可以预料移动端的网络文学阅读将逐渐超越 PC 端的网络文学阅读，但说 PC 端的阅读将被取代还为时尚早。因为目前 PC 终端的整体功能还是强于智能移动终端，除了在便携性上无法超越后者之外，在其它方面的阅读、交流的舒适感还是要强于后者。特别是由于分辨率的影响，PC 端界面阅读的舒适感要普遍好于移动端，这是桎梏以智能手机为代表的移动端阅读的大问题。在这一问题没有得到根本解决之前，人们处于自我保护的目的，都将限制自身在移动端阅读投入的时间。当然，这个问题也同样影响着 PC 端的网络文学阅读，这也是加入到“听书”行列当中去的人数越来越多的重要原因。

(2) 网络文学接受方式更趋多元化，出现“听书”等多种接受方式

如前所述，手机等智能移动终端日益普及，功能越来越强大。得此之助，网络文学阅读衍生出一种新方式——听书。到 2017 年上半年，移动电台的活跃用户已达 6557 万人，2017 年中国有声阅读市场规模也已达 40.6 亿元。① 听书用户快速增长，是其便利性使然：“互联网有声读物类应用的典型使用场景几乎涵盖了人们的整个休闲时间：做饭、运动、休息/等候间隙、公交/地铁、驾车、育儿教育、睡前，甚至有部分是在工作时间收听。这种特殊的阅读方式带来的好处是显而易见的：解放双眼和双手，不用随时盯着屏幕，可以边做事边收听。”② 同时，听书也是读者对网络文学阅读弊端的自发性拯救。人们普遍注意到，读屏实则是长时间地关注电脑屏幕的虚拟成像，对视力伤害很大，而且长时间坐在电脑前，对颈椎、肩胛等也都有不小的伤害。改读为听，既能满足“读”的快乐，又能避免其伤害，何乐为不为！

我们认为，听书是一种值得期待的网络文学接受方式。因为，“听”的需要会对网络文学文本提出新的需要。这种需要不仅局限于增强文本的口语化特征，以使之更适应口头表达的需要，而且也会增强文本的音乐性特征，这对于提升网络文学文本的质量特色无疑是有利的。不仅如此，我们认为，听书凸显了网络文学的“次生口语文化”特质，将引发主体建构类型发生变化：“印刷文明或者书面文化，建构起来的是一个在默读习惯中沉思、向人的内部世界不断探索的主体；次生口语文化则是在此基础上重新使人转向外部世界，或者说它建构了一个能够容纳更多感受

① 暴英霞、金佳丽：《〈2017 年度中国数字阅读白皮书〉发布：2017 年我国人均阅读电子书 10.1 本》，中国青年网，http：//news. Youth. Cn/gn/201804/t20180415_ 11598764. htm，2018 年 4 月 15 日。

② 张琦：《数字化阅读模式研究：以有声读物类应用为中心》，《编辑之友》2017 年第 7 期。

性的主体。这可与前文所述的过度注意力与深度注意力问题相互印证。不止于此，从书面文化转向次生口语文化、从视觉霸权转向听觉复活，在更高级的生存论意义上，还意味着主体在向外部世界敞开的过程中，同时倾听到来自世界和自我的声音，形成复调的、多音复合的听觉经验，也即更丰富的人类体验。诚然，由于网络文学质量的限制，当下的听书还难以企及这一生存论高度，但是，对于致力于提升自我的网络文学而言，其接受方式中的听觉转向无疑呈现了这种可能性。"①

网络文学接受方式的变化，不仅受手机等智能化移动终端的影响，还受到产业策略的影响："随着网络文学产业在 IP 驱动下走向泛娱乐产业，网络文学的读者不再是单纯的文字阅读者，而同时具有影视观众、动漫看客、手游玩家、周边衍生产品买家等多重身份。他们对网络文学的接受方式，不再局限于'读'（文字），而变成集'看'（影视画面、动漫图像）、'听'（音乐、声音）乃至多种感觉融通的'玩'（游戏）于一身。就此而言，网络文学的接受方式多样化了。这种接受方式的多样化，在一定程度上丰富和深化了接受者的体验，也反哺网络文学并扩大其影响。"② 但是事物的另一面在于，由于利益驱动，网络文学中将越来越多地出现以改编、IP 授权为目的的创作，这将在一定程度上可能会牺牲作品的文学性，进而导致接受者体验的下降、注意力转移，这是我们不得不注意的问题。

（3）随着"网文出海"战略的推广，中国网络文学"海外粉"不断增加

2017 年 3 月，一则题为"一美国小伙靠读中国网络小说戒掉了毒瘾"的帖子曾刷爆朋友圈。事后看，这虽然属于博眼球的"标题党"的"常规"操作，但却让中国网络文学走出国门的话题真正形成了社会舆论热点。

在欧风美雨、日潮韩流不断冲刷我国文化市场的大格局中，"网文出海"、赢得外国读者青睐的确有些"屌丝逆袭"的味道。我国网络文学研究者邵燕君曾明言，"网络文学……得到了海外影视和 ACG（Animation Comic Game 的缩写，是动画、漫画、电子游戏的总称）文化的反哺——网络文学中大量的重要作者和铁杆粉丝正是多年来英美日韩剧、ACG 文化哺育的粉丝"。③ 如今，这群被"文化反哺"的"孩子"已经成长起来，甚至开始再"反哺"海外读者，这一由"引入"到"输出"的文化输送路线的翻转的确耐人寻味。它不仅意味着在世界文化市场格局中，我们终于有了一个可以和好莱坞大片、欧美流行音乐、日本动漫、韩国影视等文化产业相提并论的"拳头产品"，而且，它也为落实"中国文化走出去"战略提供了一个可资参考的方式。

"网文出海"虽然在近两年形成了舆论热点，但是其"走出去"的步伐其实在

① 周兴杰：《网络文学 20 年接受方式的转变》，《中州学刊》，2018 年第 7 期。
② 周兴杰：《网络文学 20 年接受方式的转变》，《中州学刊》，2018 年第 7 期。
③ 转引自乔燕冰：《中国网文"出海"：越是网络的，越是世界的》，《中国艺术报》，2017 年 4 月 10 日。

十余年前就已经开始了。出于文化相近性的相互吸引力，我国网络文学走出国门后，最先影响的就是东南亚地区。2007年起，每年有数百部作品被翻译成东南亚各国语言。需要指出的是，在这一进程中，海外粉丝走在了市场前面。正是他们不辞辛劳地“搬运”，逐渐扩大了中国网络文学的影响，嗅到商机的企业才闻风而动。例如，在越南，发布网络小说的网站上TOP100名全为中国网络小说，作品往往在中国发表后半个小时就已翻译上传。① 如今，越南、泰国、马来西亚等国家文学网站排名前百的作品都来自中国。在亚洲翻译小说的导航网站Novel Updates上，人气总榜的前五名，中国网络小说就占领了四个席位，第一名便是《Against the Gods》（逆天邪神）。② 在韩国，知名电子出版商内容社已与我国文化企业就21种图书达成了合作意向，目前已经上架的作品有《吞噬星空》《无限恐怖》等。此外，日本也与我国达成了网络文学的战略合作协议。

在北美，中国网络文学的接受与传播经历了由无序竞争到合作发展的过程。一开始，Wuxiaworld、Volaro Translation、Readlightnovel等民间翻译网站在未得版权许可的情况下翻译、推广少量作品。2016年，进入合作发展阶段。这一年年底，Wuxiaworld宣布与起点中文网开启十年电子出版合作。协议达成之际，Alexa数据显示：起点日均访问量约10万，日均页面浏览量为160万；Wuxiaworld日均访问量达24万，日均页面浏览量更是高达362万。有报道称，至2017年4月，Wuxiaworld“已迅速蹿升为全球Alexa排名954的网站（2017年4月7日Alexa统计数据），月日均独立访问者达97.92万，月日均页面浏览量达1449.22万，在全球综合排名上远远超过了建立近20年的中文网络文学网站‘起点中文网’（2017年4月7日Alexa排名为16128）。约1/3的访问用户来自美国，其他用户来自菲律宾、印度尼西亚、印度、加拿大、巴西、德国、英国、澳大利亚、新加坡、马来西亚、法国、泰国、俄罗斯等近百个国家。”③ 具体的作品方面，连载于阅文旗下起点中文网的小说《我欲封天》，英文翻译为“I shall seal the Heaven”，它的Google搜索量是45万。海外读者像中国读者一样，追更、催更、互动、评论成为传统，大量留言信息充斥网站。甚至，Wuxiaworld这样的网站逐渐成为他们学习中国文化的重要基地。中国网络文学能够世界“圈粉”。除了中国文化的吸引力，中国故事的新鲜感之外，很重要的一点还在于读者阅读能力和阅读趣味的相近性，如某位海外读者所说：“天下小白差不多都一样”。在这一阅读基础没有发生根本改变的情况下，可以预见，中国网络文学海外“圈粉”的数量还将持续增加。

---

① 界面新闻：《中国的“网络文学”为什么在海外这么火》，https://www.jiemian.com/article/1043689.html，2019年1月10日查询。

② 大风号：《日赚200美金，中国网络小说在国外爆火，商机巨大的蓝海市场!》，https://wemedia.ifeng.com/75141487/wemedia.shtml，2019年1月10日查询。

③ 乔燕冰：《中国网文“出海”：越是网络的，越是世界的》，《中国艺术报》，2017年4月10日。

借助网络与新媒体的力量，中国网络小说弯道超车，成为世界类型小说的领军者，在全球文化产业格局抢得一片高地，这的确极大提升了中国网络文学界的文化自信，践行了中国文化“走出去”战略。但是在欣喜之余也应该看到，中国网络小说如何在走出去之后走得更好？如何有助于切实提升中国文化软实力？仍然是有待认真思考的问题。

二、网络文学阅读市场分析

1. 阅读市场营收持续增长，上市巨头推动行业快速发展

得益于改革开放以来中国经济的稳定发展，人们的文化生活水平持续提升，文化娱乐消费能力不断提升，消费观念和消费方式也有了很大的转变，付费阅读、有偿欣赏的习惯进一步养成。在网络文学读者的增长速率趋于稳定的前提下，网络文学的市场营收却仍处于较快的增长当中。2013-2017 年的 5 年来，网络文学市场规模每年保持 33%以上的增长速度。在保持高速增长的同时，网络文学的“吸金”能力也是一流的：“营收规模已破百亿，增长速度明显提升。2017 年网络文学市场营收最（此处疑漏掉‘大’字——论者）规模 129.2 亿元，同比增长 35.1%，继续保持同比增速。”① 著名信息咨询机构“观研天下”预计，2018 年，仅付费阅读的市场规模就将达到 85 亿。

在整个互联网经济业态由增量经济转向存量经济的大前提下，这一成绩的取得殊为不易。除了上文所提及的改革开放以来中国经济总体发展态势的支撑外，网络文学行业内部业态的改善是更为直接的原因。一是政府管理力度加大，既规范了网络文学产业发展的轨道，也给予了极大的政策红利。2010 年以来，国家版权局、公安部、工信部联合开展的“剑网行动”，持续打击网络盗版行为，不断净化网络空间。2014 年，习近平同志在北京的文艺座谈会上的讲话中强调“抓好网络文艺创作生产，加强正面引导力度”，“引导他们成为繁荣社会主义文艺的有生力量。”2017 年，文化部出台《关于推动数字文化产业创新发展的指导意见试行办法》，国家新闻出版广电总局发布《网络文学出版服务单位社会效益评估意见》，把优化网路文学内容质量作为评估网络文学出版业工作质量的重要内容。同年年底，党的十九大报告对文化建设和文艺工作作出重要指示，要求“提升文艺原创力，推动文艺创新”。上述政策措施为网络文学营造了良好的发展环境，为新时代网络文学的健康发展指明了方向。

同时，网络文学企业也在提升服务质量，推动核心业务运营精细化方面下足了功夫。在内容传播上，大数据技术的运用，使得计算机能够在一系列属性数据之上

① 中国音像与数字出版协会：《2017 年中国网络文学发展报告》，https://mp.weixin.qq.com/s/eL1Hh1kd_gPNPBI5d9tdKw，2018 年 12 月 2 日查询。

建立目标用户模型，实现“千人千面”的准确“画像”，即利用存储在服务器上的海量日志和数据库里的大量数据进行分析和挖掘，抽象出的一个标签化的用户模型。由此，平台可以依据掌握的读者阅读兴趣数据实现阅读书目推送的个性化、精确化，并进行用户研究和业务决策。而且，凭借丰富的 IP 内容、及时更新、个性化推荐等特点，“书旗小说”“百度阅读”和“微信读书”等行业排名靠前的 APP 赢得了越来越多用户的青睐，促使人均每日使用 APP 时长均保持了稳中提升的趋势。同时，各个网络文学企业不断推出个性化的促销策略，如提供免费书源，开展每日签到活动，用户可以通过签到累计积分，兑换礼品和代金券等。这些举措大大增强了网络文学行业用户的忠诚度，推动用户留存率不断提升。

市场利好给予了企业发展的动力，网络文学平台开始融资上市，形成企业巨头。2017 年 9 月和 11 月，掌阅科技和阅文集团分别在上交所和港交所挂牌上市，加上之前上市的中文在线，网络文学公司上市已有三家，他们体现了网络文学的经济价值和文化地位，是社会对网络文学的价值认可，坚定了网络文学业态内部的信心。基于这样的信心，掌阅、中文在线、阿里文学、百度文学等几家大型网络文学平台于 2017 年推出了“精品内容全平台共享计划”，力图打造更为开放的内容分发平台，加速了网络文学精品的影响力的扩张。融资上市意味着更为开放的资金、资源和内容共享，意味着网络文学内部开放共赢的局面的形成和展开，意味着更为宏大的市场体量的增长和整个行业业态的壮大。当然，有合作共赢，也有良性竞争。在网络文学阅读市场大幅向移动端转移的背景下，中国移动阅读领域的市场竞争愈发激烈。目前，市场上大致形成以“BAT”为代表的互联网公司派系、电信运营商起家的中国移动、中国电信和中国联通推出的“咪咕阅读”“天翼阅读”等运营商派系和以掌阅科技为代表的独立运营的数字阅读平台。① 其中掌阅科技、阅文集团和“咪咕阅读”的市场收入都在 10 亿以上，其他阅读 APP 亦有一定市场。行业竞争加剧意味着消费者的选择性逐渐增多，这要求厂商在保持自家竞争优势的同时，加强内容建设，优化用户运营，提高自身竞争力。

2. IP 改编使网络文学与文化娱乐产业深度融合，阅读市场边界进一步模糊

2015 年以来，“IP”（Intellectual property）概念大热于整个文化创意产业圈，成为业界的专业表述和核心资产。IP 热吸引资本疯狂涌入，网络文学产业随之走向泛娱乐化。泛娱乐化使网络文学 IP 的核心资源地位进一步凸显。在整个泛娱乐产业格局中，网络文学 IP 往往是其他娱乐产业的创意源头，为中下游产业不断提供内容和素材。其突出表现就是近年网络文学作品不断被改编为影视作品，并大获成功。因此，网络文学 IP 在整个泛娱乐产业中占据上游地位，形成行业联动的泛娱乐生态，

① 前瞻网：《2018 年移动阅读市场竞争分析》https：//www.qianzhan.com/analyst/detail/220/180801-a14da97c.html，2018 年 12 月 23 日查询。

实现 IP 价值的商业变现。

如果说 2015 年涌现了“IP”热潮，那么，2017 年以来 IP 改编已经常态化，市场对网络文学 IP 的开发更趋理性。2017 年以来，北京连续两年举办“网络文学+”大会，为网络文学 IP 产业链的打造推波助澜。各大网络文学企业也是动作频频，利用 IP 改编赋能文娱产业。截止 2017 年 12 月，中国网络文学作品出版纸质图书高达 6942 部，改编电影累计 1195 部。改编电视剧 1232 部，改编游戏 605 部，改编动漫 712 部。[①]“网络文学+影视”是网文 IP 变现的主力。2017 年，由同名网络小说改编的电视剧《三生三世十里桃花》《楚乔传》《择天记》《欢乐颂 2》等尽管口碑不一，但收视率表现优异。其中，《三生三世十里桃花》《楚乔传》的网络播放量均突破 400 亿，《择天记》上线 32 小时，全网播放量破五亿大关。2018 年，网络文学改编影视剧市场成绩依然不错。根据“2018 上半年中国网剧豆瓣评分人数 TOP50”排行，占据首位的仍然是网络文学改编作品《你好，旧时光》，评分人数达 69163 人，其他如《结爱·千岁大人的初恋》（改编自《结爱·异客逢欢》）、《我才不会被女孩子欺负呢》《忽而今夏》均位列前十，点评人数过万。尽管《武动乾坤》的收视率偏低，但是《将夜》却上线一周突破 3 亿[②]。在影视改编之外，“网络文学+动漫”成为网络文学 IP 变现的新热点。改编自蝴蝶蓝小说《全职高手》的动画，豆瓣评分高达 8.2 分，弹幕数超过 600 万条，首播第一季总播放量近 9 亿，创下国漫播放新记录。其他如改编自天蚕土豆同名小说的 3D 动画《斗破苍穹》，播放首日全网播放点击量破亿，成绩也是可圈可点。“网络文学+有声读物”也快速增长，知名网络文学作品如《鬼吹灯》《盗墓笔记》累计收听量分别超过 15.2 亿、24.6 亿，[③]这一数字远远超过了相应的实体书的销售。致此，正如有的研究机构指出的，以网络文学创意为源头和核心，以网络文学 IP 业态延伸、价值变现为导向，已经形成了淡化边界、多态联动的网络文学 IP 生态格局：

从目前的格局和中长期的发展趋势来看，网络文学在整个产业链中的源头地位不会动摇，IP 改编形成的产业业态还将持续。这首先是因为，网络文学的创意潜力还未穷尽，甚至可以说前景广阔，其所蕴含的故事生产力、内容改编力、产品延伸力和社会影响力还在逐步的释放过程中。其次，网络文学 IP 改编意味着庞大的粉丝群体的注意力牵引，从注意力经济的角度看，这就意味着更大的市场保障。就像这两年频频出现的情况，一些改编作品被“原著粉”吐槽不止，但是点击率、收视率

① 中国音像与数字出版协会：《2017 年中国网络文学发展报告》，https://mp.weixin.qq.com/s/eL1Hh1kd_gPNPBI5d9tdKw，2018 年 12 月 2 日查询。

② 一点资讯：《〈将夜〉上线后收视率爆表　网友：3 亿收视率哪来的》https://www.yidianzixun.com/article/0KRDf48h/amp，2018 年 12 月 23 日查询。

③ 何天骄：《〈鬼吹灯〉〈盗墓笔记〉收听量破十亿，有声书迎来新风口》，http://www.yicai.com/news/5065847.html，2018 年 12 月 24 日查询。

行业边界日趋淡化，IP延伸出新的格局

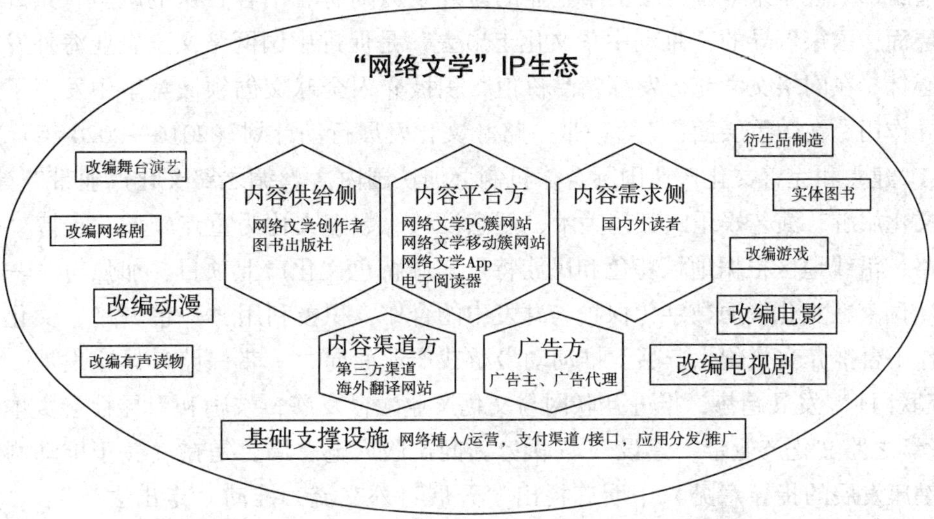

（图片来源：中国音像与数字出版协会《2017 年中国网络文学发展报告》）

却成绩不俗。因为这样的改编不管成功与否，关注度都是不缺乏的。再者，网络文学企业也采取了系列措施来推动网络文学内容的转化和多渠道 IP 价值变现。如“QQ 阅读”举办了多场创作大赛，通过线上互动、表彰奖励和新闻发布等方式培养作家群体的原创能力，帮助作家塑造个人品牌。并且非常注重影文互动，在爆款 IP 影视作品上线的同时，也在其平台上同步推出相应文学作品。阅文集团则推出“IP 共营合伙人制度”，促成多项 IP 改编立项。上述举措，在为网络文学企业创造可见、可观的利润同时，也促进了网络文学及相关行业的规模化、多元化，促使一系列创意产业发展壮大。

3. 利好政策驱动网络文学企业纷纷布局海外，拓展国际读者市场

中国网络文学“海外粉”的不断增加已经预示了中国网络文学广阔的海外市场前景，市场吸引加上政策助推，促使中国网络文学企业投入海外市场拓展的力度越来越大。从海外中国网络文学读者的地域分布来看，用户占比最高的地区为欧洲，其次为北美洲，分别为 29.8%和 27.7%。而读者人数排名前五位的国家分别为美国（20.9%）、巴西（7.4%）、印度（6.7%）、加拿大（5.5%）和印度尼西亚（5.4%）。预计在未来，东南亚地区的用户数将超过 6500 万，欧洲地区将达到 2 亿+用户。而随着中国网络小说海外翻译网站、起点国际网站在北美的上线、发展，预计美洲地区的潜在用户会有 3 亿+。①

① 搜狐网：《2017〈中国网络文学出海白皮书〉发布——中国网文海外受欢迎程度高，市场可挖掘空间大》，http://www.sohu.com/a/195528797_99941658，2019 年 1 月 11 日查询。

前文已述，中国网络文学海外“圈粉”，走出国门首先是得益于粉丝间的自发传播，那么近年来中国网络文学企业的海外发力则有着不容否认的政策背景。在思想层面，国家倡导的“推动中华文化走出去”是促进中国网络文学企业海外发力的强心针，在网络文学充分发挥精品价值，积极介入全球文创领域竞争中发挥了重要指导作用。在政策层面，《“一带一路”文化发展行动计划（2016—2020年）》提出：“建立和完善文化产业国际合作机制，加快国内“丝绸之路文化产业带”建设。以文化旅游、演艺娱乐、工艺美术、创意设计、数字文化为重点领域，支持‘一带一路’沿线地区根据地域特色和民族特点实施特色文化产业项目，加强与‘一带一路’国家在文化资源数字化保护与开发中的合作，积极利用‘一带一路’文化交流合作平台推介文化创意产品，推动动漫游戏产业面向‘一带一路’国家发展。顺应‘互联网+’发展趋势，推进互联网与文化产业融合发展，鼓励和引导社会资本投入‘丝绸之路文化产业带’建设。”① 国家新闻出版广电总局更是在《关于推动网络文学健康发展的指导意见》中明确提出“开展对外交流，推动‘走出去’”：“支持网络文学作品在坚守中华文化立场，传承中华优秀文化，展示中华审美风范的基础上，学习借鉴世界优秀文化成果和艺术形式；鼓励网络文学作品积极进入国际市场，在世界舞台讲好中国故事、传播好中国声音、阐发中国精神、展示中国风貌；支持有条件的网络文学企业通过海外并购、联合经营、设立分支机构等方式开拓海外市场，加大对优秀网络文学作品对外贸易、版权输出、合作出版传播渠道的拓展扶持力度；鼓励以技术、标准、产品、品牌、知识产权、差异化服务等自身优势和特点参与国际竞争。”② 这些就为中国网络文学企业海外发力提供了切实的政策保障。在此利好政策的推动下，随着网络文学海外翻译热潮，中国网络文学核心企业纷纷布局海外市场。

以2017年起点中文国际上线为标志，中国网络文学国际化不断加速：

截止2018年5月，起点国际上线自有英文翻译作品150余部、原创英文作品620余部、累计访问用户超过1000万。掌阅科技也不断加大进驻海外的步伐。2017年8月，掌阅宣布与泰国出版龙头企业红山出版集团合作，将掌阅旗下一批优质原创文学作品授权与红山集团翻译成泰文；截止2017年12月底，掌阅科技已将100余部作品翻译成英文、泰文、韩文等进入海外市场，作品形式包括小说、漫画等。纵横文学开始于2018年内容出海，通过与亚马逊平台合作迈出出海第一步，目前纵横文学英文版网站搭建完成，正在导入作品阶段，接下来计划加大海外业务投入，

① 文化部：《“一带一路”文化发展　行动计划（2016—2020年）》，http://www.sohu.com/a/123588092_488231，2018年12月23日查询。

② 国家新闻出版广电总局：《关于推动网络文学健康发展的指导意见》http://www.cac.gov.cn/2015-01/06/c_1113893482.htm，2018年12月23日查询。

开发东南亚市场，并建立西班牙语网站进入海外。①

中国“网文出海”如此受到国家重视和政策支持，实则源于当前综合国力竞争的背景下，网络文学海外传播所产生的综合效应。具体说来，一是它能够产生直接的经济利润。中国网络文学企业走出去，首先就是为了维护自身的版权利益，实现创意价值。尽管当前海外读者的付费意愿不高，但是应该看到2017年，海外中国网络文学用户已经超过700万户，有超过六成的读者愿意以打赏的形式向译者和作者付费。二是中国网络文学的海外传播是“推进国际传播能力建设，讲好中国故事”的具体体现，它有助于提升中国文化软实力。中国网络文学现今已成为助力中国走向世界出版强国的重要力量。我们看到，许多海外读者在阅读中国网络文学作品的同时喜欢上了中国文化，因而中国网络文学的海外传播事实上扩大了中国文化的影响力。

在政策的大力支持下，中国网络文学的海外传播已开始进入纵深布局阶段。首先，在传播方式上，总体已形成实体图书、国内英文数字阅读平台、海外网络文学翻译网站协同推进的模式。其中，影响力最大仍属海外网络文学翻译网站。相关情况，前文已有介绍，此不赘述。其次，“网文出海”盈利的商业模式主要有广告、打赏与众筹三种。网文翻译网站大都免费提供译文，辅之以页面广告，通过打赏译者、众筹捐款来鼓励翻译者积极性，增加章节更新等形式。目前，望文若渴的海外中国网络文学粉丝已经把翻译的费用炒到了75美元一章！最高的《Spirit Realm》(灵域)，还众筹到了195.9美元。② 此外还有以Patreon网站为代表的专门为艺术家筹集发展资金众筹平台可以让译者通过众筹章节来获得盈利。③ 再者，网络文学企业巨头纷纷扩大海外合作的步伐。例如，2017年9月2日，阅文集团在曼谷主办“中国网络文学国际传播全球研讨会——泰国专场”，吸引了来自泰国十余家主流出版商的代表，讨论了网络文学翻译落地、如何促进中华文化在泰国的传播，以及加快中泰文化交流与合作等问题。掌阅科技也乘势推出“网文出海”计划，启动网文“走出去”三步走战略，成功与泰国原创出版公司红山出版集团达成战略合作协议，积极拓展东南亚市场。

当然必须承认，“网文出海”还面临版权维护、付费模式、翻译质量等方面的问题。但是，中国网络文学已辐射到世界各个大陆，正在形成全球化的市场格局却是不争的事实。我们相信，随着更多、更优秀的网络文学作品输出到海外市场，从经济到文化的综合效应将逐步体现。

---

① 易观：《中国移动阅读市场年度综合分析2018》，https://www.analysys.cn/article/analysis/detail/1001395，2018年12月2日查询。

② 大风号：《日赚200美金，中国网络小说在国外爆火，商机巨大的蓝海市场!》，https://wemedia.ifeng.com/75141487/wemedia.shtml，2019年1月10日查询。

③ 艾瑞网：《2017年中国网络文学出海白皮书》，http://report.iresearch.cn/report_pdf.aspx?id=3057，2018年12月24日查询。

4. 网络文学读者市场运营面临的主要问题

自网络文学阅读付费机制探索成功以来，网络文学读者市场的蓬勃发展已为有目共睹之事实。但是繁荣的市场景观之下，网络文学市场运营仍有着一些需要面对的问题。

其中最主要的当属版权保护问题。在国内市场，据统计，2014 年，盗版文学造成网络文学读者市场在 PC 端损失 43. 2 亿元，移动端损失 34. 5 亿元，合计损失达到 78 亿元，而盗版网文市场规模难以统计，一般认为，正版+盗版网络文学市场应该是当前百亿市场规模的 3-5 倍，由此针对盗版网络文学的打击将持续驱动行业增长。① 在政府层面打击和行业正版企业的共同努力下，2017 年中国网络文学盗版损失降至四年来最低值，但情况仍不容乐观。据艾瑞咨询最新报告数据显示，2017 年网络文学整体盗版损失高达 74. 4 亿元，占同期市场规模的 58. 3%，远高于数字音乐的 5. 9%和网络视频的 14. 3%。换句话说，网络文学一年本应有的行业收入中，一大半都因盗版而流失了。近年来移动端市场的盗版势头得到了较为有效的遏制，但在 PC 端，一些大型盗版网络文学站点被关停后，新的后来者不断涌现，导致 2017 年 PC 端网络文学盗版损失相比 2016 年反而略有增长。② 如下图：

2014—2017年中国网络文学盗版损失

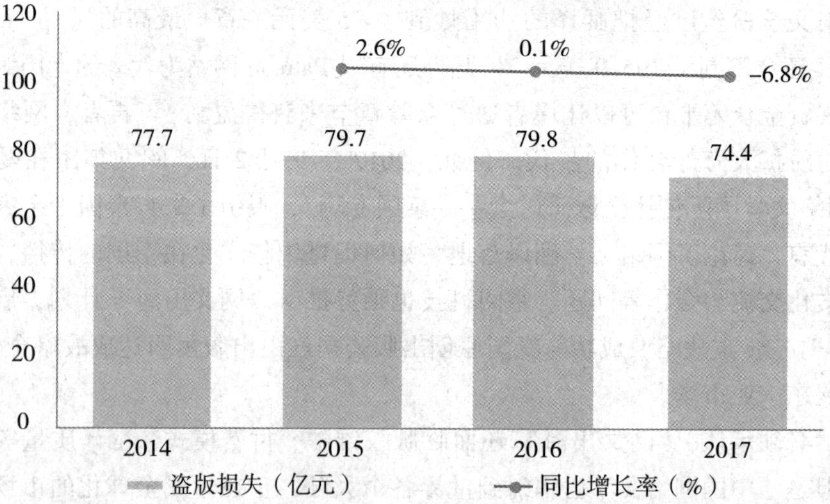

来源：根据艾瑞 iUserTracker，mUsetTracker 数据产品，iClick 用户调研数据进行艾瑞中国网络文学损失模型估算得出，仅供参考。

为有效遏制盗版行为，政府与行业联手采取了多项行动，近年来不断加大盗版

① 中国产业信息网：《2017 年中国网络文学市场现状及未来发展趋势分析》，http：//www. chyxx. com/industry/201712/589111. html，2018 年 12 月 22 日查询。

② 光明网：《网络文学盗版降至 4 年来最低值　正版化仍需政企合力》，http：//reader. gmw. cn/2018-07/10/content_ 29773562. htm，2019 年 1 月 11 日查询。

监测处置力度。政府层面，2011 年，“小说 520”等大型盗版网站被打击，从此大型盗版网站没落；2016 年，国家版权局等四部委组织发起的“剑网 2016”专项行动，重点整治网络文学盗版行为；2017 年 2 月国家版权局发布《版权工作“十三五”规划》，加大版权执法监管力度，进一步规范平台。企业也不断加强版权维护行为，以阅文集团为例，2017 年下架侵权链接数高达近百万条，下架聚合类盗版网文 APP 近千个。同年，阅文牵头发起成立中国网络文学版权联盟，发布《自律公约》，联盟成员包含业内 33 家企业；联合作家群体发起“对盗版 say no”的大型宣传活动。阅文集团还将正版内容推向海外市场，在东南亚、欧美地区授权大量网文作品的数字出版、实体书出版，并于去年上线海外门户“起点国际”，推动海外网络文学的正版化进程，以在推广中国网络文学国际化同时有效遏制盗版。①

诚然，自“剑网行动”开展以来，国内网络文学读者市场的盗版问题在一定程度上得到了遏制，非法网站的盗版难度增加，一些非法网站更是在强劲的打击力度下倒闭。但是，2017 年以来盗版迹象又有抬头，盗版商开始使用更高端的搭建海外服务器的方法规避盗版打击，非法牟利，对市场造成不良影响。因此，为维护良好的网络文学市场运营环境，保护网络文学生产方的利益和作者的创作积极性，打击盗版仍然是重中之重的问题。

对此，行业龙头公司应对盗版采用的主要策略有：“1）与政府合作，在服务器端直接屏蔽盗版。但策略需要较长时间才能落地与执行。2）不断升级产品，赋予产品多元功能。例如增加智能推荐、互动、社区交流等功能，与盗版方做差异化运营。3）加大内容创新。例如开拓漫画、有声书等创新项目，提升用户对平台的黏性和付费转化率。4）加速渠道推广。例如与第三方企业：腾讯、阿里、百度合作，接入更多的流量入口，提升用户全面覆盖率。”②

上述举措还是有一定的成效的。一方面我们看到，用户规模由于盗版的影响的确出现了增速放缓的趋势，但另一方面，用户使用时长稳步上升，2017 年网络文学行业用户总使用时长达到 1675. 8 亿分钟，同比增长 16. 6%，人均单日使用时长达到 73. 4 分钟，同比增长 9. 6%。③ 这表明用户的黏性在提升，用户在养成良好读书习惯后，会投入更长的使用时间。使用时间的增长，表明阅读量和作品内容订购量都相应增长了。有了良好阅读习惯的用户会更为自觉地付费阅读，但是，庞大的没有良好阅读习惯的读者仍在读盗版。可见要打击盗版，扭转读者的阅读习惯，仍有很

① 光明网：《网络文学盗版降至 4 年来最低值　正版化仍需政企合力》，http：//reader. gmw. cn/2018-07/10/content_ 29773562. htm，2019 年 1 月 11 日查询。

② 中国报告网：《2018 年中国网络文学行业分析报告-市场深度调研与发展前景预测》http：//baogao.chinabaogao. com/hulianwang/341775341775. html，2018 年 12 月 24 日查询。

③ 中国报告网：《2018 年中国网络文学行业分析报告-市场深度调研与发展前景预测》http：//baogao.chinabaogao. com/hulianwang/341775341775. html，2018 年 12 月 24 日查询。

长的路要走。

“知乎”上曾有一项网友自发的关于“现在网络小说收费是否合理”的调查，我们看到，有许多网友是支持付费阅读的，但是也有相当一部分读者认为当前的网络小说收费“贵了”：“看一本书要一百以上，贵啊！一年可能看一百本，一万元？”① 也有人站在作者的角度，同情他们的艰难境况，支持收费：“有一个作者，本来订阅数量就不多，处在一个新兴网站的中等偏上水平，大约是 10-15 名的样子。用他的话说，他不是全职作家，每天更新五六千字，赚的钱也就只能买烟钱，买零食钱。我估计绝对是没到 1000，因为据一个排名第一的小说作家透露，他的收入仅仅是每个月 2000。而后者每天的更新数量大约是前者的两倍。”②

综合看来，笔者认为，关于盗版问题，应该分清两个层面。首先是要不要支持正版的问题。我们认为，这个问题的答案一目了然。正如名为“胡岚”的网友所说：“没有那些一直在支持作者，付费，帮忙推荐，转发，赞同，关注，投月票买实体书的人，你又是从哪里来的，看免费的机会？”③ 其次是如何合理收费的问题。许多读者反映网络小说收费贵，还是有现实依据的。由此看来，要吸引更多的读者养成付费阅读的习惯，现有的付费阅读机制和利益分配机制还需要进一步调整。

三、在线阅读的临场评说

1. 在线阅读：阅读、评论与交流的一体化

在线阅读作为网络文学阅读的主要方式，指的是利用互联网等新媒体平台，对首先发表于网络的文学作品进行阅读的接受方式。阅读的“在线性”建立在网络文学文本数字化的存在形态之上。就目前而言，数字化形态的文学文本相对于纸媒形态的文学文本而言，其文本的样态外观并无根本性变化，即仍然都是由字、词、句连缀而成的语篇，绝大多数仍然是线性的、顺序性的文本。但是，由于数字化形态的网络文学文本是以网页的形式存在于网络世界之中，它们也就实际上成为网络超文本的一部分，培养出了在不同的网页之间穿梭、徘徊的阅读方式。

具体到在线阅读而言，这种徘徊式的阅读方式的体现就是，网络文学读者会选择同时阅读多本自己感兴趣的网络文学作品。网络文学文本大体上可以分为“完本”“烂尾”和“正在更新”三种形态。“完本”是内容已经全部在网络平台发布的完成形态的文本，“烂尾”则是因作者创作能力欠缺（或其他不明原因），或读者

---

① 知乎：《现在的网络小说收费是否合理?》https：//www. zhihu. com/question/40985843，2018 年 12 月 26 日查询。

② 知乎：《现在的网络小说收费是否合理?》https：//www. zhihu. com/question/40985843，2018 年 12 月 26 日查询。

③ 知乎：《为什么明明有盗版网络小说看，还有人花钱看正版?》，https：//www. zhihu. com/question/35583006，2019 年 1 月 11 日查询。

阅读兴趣欠缺而难以为继的未完成性文本，“正在更新”则是正在网络平台定期、不定期持续发表的，拥有相当的阅读订阅量的未完成性文本。因为绝大部分网络文学读者的阅读状态都是“追更”这些未完成性文本，而这些更新文本每日所需的阅读时长不过数分钟，长的也不会超过半小时，显然不能满足读者的阅读需求，所以大部分读者选择同时阅读多部作品，这就形成了在线阅读多文本交织的徘徊式阅读。对于这种阅读方式，常被人冠以“碎片化阅读”之名而加以批判，此处不再赘述。但是，我们仍然强调“有必要以辩证的观点看待碎片化阅读”：“因为碎片化阅读从根本上源于社会的碎片化，它是现代以来社会管理机制切割人的生命时间的产物，也是当代人对这种趋势的自发性应对，是对已然碎片化的生命时间重新进行意义建构的努力。无论是PC端还是移动端的网络文学阅读都是如此。碎片化阅读作为社会症候，表征的是当代人生命的‘被碎片化’和对碎片化的生命时间的‘打捞’的悖论性并置。”①

在线阅读由于得到了互联网等新媒体的技术支持，不仅培养了多文本交织的徘徊式阅读，而且还实现了阅读、评论和交流的一体化。时至今日，网络媒介的交互性已经成为老生常谈。这种交互性不仅影响和改变了网络文学创作，而且也给阅读带来了革命性变化。

首先是互联网等新媒体的技术保证。在今天，只要有网络，你不仅可以随时随地读到网络作品，而且可以随时表达你的阅读感受。纸媒时代，批评作品的权力主要集中在专业人士手中。一名普通读者想要表达自己对作品的评价，需要经过层层审核，实现愿望的可能性微乎其微。但是，网络等新媒体构建的交流平台第一次将表达评价的权力交到了每个普通读者手中。评价权力的下移，如同创作权力的下移一样，自有其局限。比如，像网络文学中存在大量粗制滥造、甚至趣味低下的作品一样，网络文学读者的批评话语中也充斥着谩骂、诋毁之词，以及只为打发时间的、无聊的“水”性话语。但是，无论如何都不能否认，评价权力的下移为我们推开了一扇门，让我们见证了不一样的精彩。例如，起点中文网对2018年的起点社区进行了盘点，评出了“2018起点书单主榜”“2018起点十大专栏主”“2018十大热度段落”“2018十大热门话题”四大类。“书单”是一些书友热心为其他书友推荐优秀的，或者自己喜欢的作品，而“书单”其实就是许多书友解决“书荒”的“菜单”，作用极大。“专栏”的内容包含甚广，不过多为长篇书评，也有一些话题研讨。这里聊举一例。女频作者“琴瑟花”开专栏《这样的小说，你看吗?》，批评当下女频写作的粗糙，其中举了一个例子，有人文中写道：“他们狠狠的撕掉了我的衣服，我雪白的胸部像泰山一样颤了三颤。”对此，“琴瑟花”忍不住吐槽：“地理老师哭晕在厕所，泰山能颤吗？十级地震啊！再说你以为你是谁啊？胸部像泰山？

① 周兴杰：《网络文学20年接受方式的转变》，《中州学刊》2018年第7期。

严重怀疑写手小学没有毕业!”① “热度段落”的数据来源于起点读书 APP 开发的“本章说”功能。“本章说”类似于中国古代小说批评的“旁批”或“夹批”，是网络小说读者阅读到小说文本某处时的随感、随想。它篇幅短小，机动灵活，真切记录了读者实时、鲜活的阅读体验。入选的“十大热度段落”，最少的也有 877 条“本章说”，第一名高达 1372 条，读者的活跃度可见一斑。“热门话题”也是起点社区中读者们最为关心的话题。这四大选项直观地体现了网络文学阅读的互动性，展示了阅读、评论与交流的一体化。

基于交互性的技术支持，在线的网络文学文本呈现的不再是单纯的“作者文本”，而是由更新的“故事文本”“作者感言”和读者评论话语共同组合而成的复合文本。这种复合文本是真正的交互主体文本，它由作者与读者共同创作，而且随着不同读者批评话语的加入而不断延伸。在这些评论话语中，你能看到“沙发”“板凳”这样的、如同“到此一游”一般的“签到”留言，也能看到三言两语的简短评价，还能看到洋洋洒洒的长篇评论。读评论本身就是一件很有趣的事情，因为有的时候评论比作品更精彩。正所谓“高手在民间”，读者们通过各式各样的评论话语尽情展现了他们的智慧、幽默和才情。例如，批评更新的故事文本质量不高，读者们通用一个“水”字，即点明作者是在滥竽充数凑字数，也同时表达了自己无趣、无味的阅读感受，精炼、形象而准确。但是这一“更”到底“水”不“水”？会出现分歧。有的时候，作者会加入书评区留言，说明这是过渡性章节，是叙事推动所必需的。有的时候，支持作者的读者会站出来分析，说出认为这一“更”不“水”的理由，于是就形成了讨论（当然有时候是骂战）。再如，有的作品为保证质量更新周期很长、很不稳定，每到这样的作品更新的时候，就会有读者以各种话语调侃作者。像在《赘婿》的书评区，我们就能看到这样的“评论”：读者会模仿坟头烧纸状，热泪盈眶道：“爷爷，您最爱的《赘婿》又更新了……。”当然，最精彩的还是读者对自己钟爱的作品写出的长篇评论，像《雪中悍刀行》《庆余年》《巫颂》《雪洗天下》等优秀网络文学作品都有这样的评论，限于篇幅，我们就不在这里举例分析了。通过长期的观察我们发现，点击量不一定与网络文学作品的质量成正比，但是精彩评论的数量一定与作品的质量成正比。

2. “带感”：网络文学读者批评话语的基本属性

网络文学读者的评论话语是一种非常“带感”的批评话语。“带感”是网络流行词汇，就是“蛮有感觉的，比较触动你的”意思。② 说网络文学读者批评话

---

① 起点专栏：《这样的小说，你看吗?》，https：//h5. if. qidian. com/Atom. axd/Web/Column/Share？ columnId = 7897，2019 年 1 月 11 日查询。

② 360 搜索：“带感”，https：//www. so. com/s？ ie = utf - 8&src = hao_ 360so_ b&shb = 1&hsid = d62bd03eac5f1d8a&eci = undefined&nlpv = &q = %E5%B8%A6%E6%84%9F，2018 年 10 月 28 日查询。

语是“带感”的，一则是因为几乎所有的网络文学读者批评话语都是基于真切的阅读感受而发出的。相较于学者型的批判话语而言，这样的批评话语绝大多数只能算“读后感”，缺少理论的深度和分析的力度。但是也因为如此，它们避免了理论先行，不是故作高深的架空之言，可以让我们从中窥见读者的鲜活体验和真情实感，自有其不可替代的价值。二则是，这种“带感”还体现在读者的表达方式上，即精彩的批评话语总体上追求一种以网民们喜闻乐见的网络话语表达方式来言说，它们不够严谨、严肃和深刻，但是辛辣、风趣而鲜活，也不缺乏灵性，非常易于引发会心一笑式的共鸣。以前文所述的“2018 十大热度段落”排名第一的“本章说”为例。该段落出自“九个栗子”《直播之工匠大师》第 12 章《拜师大典》中的一段：“开什么玩笑，送人钱包里面不放钱，这跟老婆饼里面没老婆有什么区别！”这段话在“起点社区盘点”时统计的数据是 1372 条“本章说”，“盘点”之后，读者闻风而来，“观光”本段，留名、留言表示“留念”，致使“本章说”数量进一步暴涨。后来，2017 年 12 月 23 日在这一段话后第一个留言的读者又回来翻阅，感叹：“厉害了，……月 29 日我翻到了一楼，看到有 1571 个赞”。截止 2019 年 1 月 10 日，留言评论数已达 1584 条。除了数量惊人之外，有些评论话语也很有意思。如有“精华”读者评论：“我都愁死了，买的老婆饼里面都有一个老婆，都养不起了。搞得我现在都不敢买老婆饼了！”此语显然不是对这本书、甚至这个段落的评价，而是由阅读字里行间激发的当下所思、所想，属于典型的网络文学读者评论的表达方式。该读者用语幽默，表达风趣，获得 1384 个点赞。

其次，网络等新媒体技术还打造了多样化的交互平台，借此，人们不仅能在线阅读、评论，还能实现实时交流。网络文学读者的在线交流平台不止网站的书评区，还有贴吧、QQ 群、微信群等。有的读者还会关注作者的微博、微信公众号，参与交流。我们发现，交流阅读体验最多的平台是文学网站的书评区，其次是贴吧。到了 QQ 群、微信群中，读者们更多的是相互灌水聊天，所涉及的内容五花八门，在大多数情况下反而与作品没了多少关联。当然，在一开始，他们是因为共同的阅读兴趣而走到一起来的。多样化的交流平台的构建，帮助网络文学读者实现了多层面的交流，即人们不仅在此交流阅读感受，而且还交流生活体验，形成诸多各自感兴趣的话题，促进了彼此之间更多方面的相互了解，进而推动了“书友”共同体的形成。这从上文所举的起点社会年度盘点中，已可见一斑，故不重复。

在本尼迪克特·安德森看来，几乎所有的共同体都是“想象的共同体”。文学读者群体同样如此，但是对比传统媒体中的文学读者与网络文学读者，我们认为，网络文学读者体现出了更为鲜明的群体性。这首先当然是因为上述的多样化交流平台，使读者们更为密切地联系在了一起。这种联系的紧密度在之前的时代是难以想象的。正如安德森所说，报纸的读者会意识到有很多人跟他一样在读这份报纸，但这种同一性、认同感是想象性的建构。而在网络时代，读者们虽然不能实现“实体”性的交流，但是凭借互联网技术，“实感”性的交流已经实现。他们会更为真切地感受到，有许多人在跟他一起读（甚至可以量化到具体的人数），以及他们各自是怎么看的。其次，在作者面前，网络文学读者也以更为真切的“群体”面貌出现。尽管网络文学创作也不能完全排除编辑等因素的影响，但是，作者与读者的交流再也不需要通过“编辑”、“批评家”这样的代理人来进行了。只要作者原意，他每天会面对成千上万条来自读者的写作意见。尽管这会在一定程度上干扰写作，但是作者借此得以更为明确地把握读者群体的期待视野，也是事实。作者与读者更为密切的联系，一方面改变了作者的地位，即他不再因传统媒体制造的距离感而占据主导性位置，而是在网络平台中与读者形成了更为平等的关系；另一方面由于读者意图的更为直接的介入，使得网络文学文本具有更多的交互主体性。

3. 打赏与投票：网文粉丝型读者的“礼物经济”行为

2003 年，起点中文网成功探索出 VIP 付费阅读模式，网络文学产业走上快速繁荣发展的道路。VIP 付费阅读模式给网络文学带来的最深刻变化是，网络文学阅读行为变成了消费行为，网络文学读者中的付费会员成为网络文学“粉丝”。2009 年打赏制度兴起，与之相先后，文学网站还推出了投票制度，消费到达一定金额的粉丝获得各种投票权力，网络文学粉丝的影响力进一步扩大，同时，它们给网络文学阅读行为带来的变化是，网络文学阅读不再仅仅是基于商品经济的消费行为，而是衍生出了基于“礼物经济”的报答与馈赠。

人类学家马塞尔·莫斯在《礼物》中提出了以“整体性呈赠”为特征的、由给予、接受和报答三要素组成的“礼物经济”概念，以之与现代的商品交换体系相区别。“礼物经济”观念推动了虚拟社区建构，Facebook 的创始人马克·扎克伯格就说：“你知道馈赠型经济吗？在一些不太发达的地区，相较于市场经济，这是种非常有趣的非主流经济形式，我拿出一些成果分享给大家，出于感激和表达慷慨之情，人们会回馈给我一些东西。整个文化就建立在这种彼此的馈赠框架下。”① 通过馈赠型经济（其实即礼物经济）的形式，粉丝型读者在虚拟社区的象征性现实中建立了互赠型文化。离开“礼物经济”的观念，网络文学粉丝的许多行为是很难理解的。如果作者文本只是商品，在线阅读只是基于交换价值的消费，网络文学读者为什么还要给作品额外的打赏和投票？不只是打赏和投票，读者还乐于分享，写出热情洋溢的评论、推介，甚至自主创作衍生的粉丝文本？这一切都是因为，阅读对于粉丝而言，不止是对商品的购买，还包括对“礼物”的接受（接受的意义建构产生交换价值难以估量的象征价值），由此而生的欢愉激发了“感激和表达慷慨之情”，产生了“回馈”的需要和行动。正如凯伦·海尔克森所说：“钱在这儿更多的是作为一

① 大卫·柯克帕特里克：《Facebook 效应》，华文出版社，2010 年版，第 5 页。

个愉悦的象征，而不仅仅是支付的工具。”①

打赏与投票行为是网络文学粉丝“礼物经济”行为的突出表现。粉丝型读者于此表现出来的“壕”情，也让局外人或者秉承商品交换理念的人瞠目结舌。以起点中文网站为例，在打赏粉丝榜的日榜上，2018 年 11 月 4 日排名第一的“康叔 01”打赏 1300000 起点币，② 折合人民币 1.3 万元（100 起点币 = 1 元人民币）。而在打赏粉丝总榜上，位列前三的“烟灰黯然跌落”“Fning”“淙谷～茗枞”，打赏金额分别为 229217209 起点币、171753816 起点币、129585764 起点币，③ 折合人民币分别为 229 万余元、171 万余元、129 万余元。相应的，他们打赏过的作品、投出的月票、推荐票也非常之多：“烟灰黯然跌落”总计打赏过 364 本作品、投出月票 18715 张、投出推荐票 22756 张，④“Fning”总计打赏过 2284 本作品、投出月票 16354 张、投出推荐票 1328 张，⑤“淙谷～茗枞”总计打赏过 1019 本作品、投出月票 13350 张、投出推荐票 60954 张。⑥ 而且，因为如此“出众”的表现，他们也为自己赢得了成千上万的粉丝，在网络文学读者中产生了非同一般的影响力。

4. “起点月票战”：佛系读者也疯狂

在整个 2018 年，最能够体现粉丝礼物经济属性的事件当属《赘婿》的读者们在五月“月票战”中的“疯狂”表现。应该说，月票战是文学网站的盈利手段，也是不同作品人气的比拼。为争夺月票排行榜上的荣誉与奖励，作者会拼命加更，并号召其粉丝为自己投票，粉丝会为了自己喜爱的作品投入更多的金钱，打赏、投票，甚至会组织起来集资投票、拉票，以使作品获得更好的排名。这样，为争夺在月票榜上的排名，因而就有了“月票战”。而每年的 5 月，由于起点中文网推出了“5·15 粉丝节”以及双倍月票等举措，故而“战况”尤其惨烈。一般而言，能够获得这样的月票榜排名前列的，都是点击量超高的那些作品。但是，今年 5 月，月票的榜首却属于了意外“爆冷”的《赘婿》和它的粉丝们。而且，《赘婿》不但夺得月票总榜冠军，还以 186249 票的成绩，打破了起点月票榜的最高票数记录。

《赘婿》爆冷夺魁，颠覆了许多关于月票争夺的常规或定律。如果按照常规，

① 凯伦·海尔克森：《粉丝领域的价值观：网络上的粉丝互赠文化》，《世界电影》2010 年第 6 期。

② 起点中文网：《打赏粉丝排行榜（日榜）》，https：//www. qidian. com/rank/fans？dateType = 1，2018 年 11 月 4 日查询。

③ 起点中文网：《打赏粉丝排行榜（总榜）》，https：//www. qidian. com/rank/fans？dateType = 2，2018 年 11 月 4 日查询。

④ 起点中文网：“烟灰黯然跌落的个人主页”，https：//my. qidian. com/user/106690213？targetTab = 0，2018 年 11 月 4 日查询。

⑤ 起点中文网：“Fning 的个人主页”，https：//my. qidian. com/user/4192964？targetTab = 10，2018 年 11 月 4 日查询。

⑥ 起点中文网：“淙谷～茗枞的个人主页”，https：//my. qidian. com/user/20597788？targetTab = 0，2018 年 11 月 4 日查询。

《赘婿》是不太可能夺得最后的榜首的。诚然，它的作者“愤怒的香蕉”（以下简称“香蕉”）是起点大神级的作家，但是，香蕉却是一个对于月票争夺并不热心的作者，他此次参与月票争夺，竟然是起于书友的怂恿。他曾这样来表达参与抢票的心情：“起点抢票，有时候会弄出很多烟火气来，因为各种小事或者误会，人们一点就着，书评区撕逼谩骂，各种互怼。有时候它能点燃人的火气，但它也会影响人看书的心情，这是我最忌讳的东西，我很爱惜我的书，我希望读者享受我的书，我也希望这个月的读者是因为享受而参与这样一轮抢票。”① 因此，香蕉根本不懂许多在抢票中应有的操作方式。但是，这次他却战胜了一众深谙此道的作者，夺得了冠军。

诚然，《赘婿》的质量也毋庸置疑。就笔者而言，这是我读过的最高水平的网络小说。但是，网络文学争榜，需要质量，更需要数量。与它的竞争对手比较起来，它的会员总点击量还不到对方的一半。而且，它是一部更新了七年多的、不停断更，而且断更时间很长的小说。这样的小说能够在当下网络文学环境中继续存在就已经是奇迹了，遑论争榜夺魁！就算是在整个争榜的 5 月，它也只更新了 15 章，却开了 33 个单章。如此有悖常理的写作节奏，竟让它战胜了许多通过不断加更来抢票的作品。

正因为这样的作者、这样的作品，所以也就培养出了一批“佛系读者”（作者香蕉语）。所谓“佛系”，大概是指他们已经变得很淡定了，无更新时静等，有更新时品读，有时调侃作者，偶尔写写评论，如此而已。这样的读者，应该是不能够、甚或是没有兴趣参与紧张激烈的月票争夺的，但是这一次，他们竟一反常态的发动了起来、组织了起来、行动了起来，而且取得了最后的胜利，不能不说是咄咄怪事。当然，其中也有像“烟灰黯然跌落”这样的富豪读者，但占绝大多数的仍是上述的“佛系读者”。是什么让这些佛系读者加入到抢票的狂欢中，或者用香蕉的话是“发了神经”呢？笔者以为，是对作品的认同和对彼此的认同激发出来的热情和力量。香蕉的话，贴切地反映了这种认同心理：“我喜欢这本书，我们要一起搞事情，希望看到站在一起、都在认可自己认可的东西。”②

《赘婿》爆冷夺魁，体现了网络文学粉丝的理性与温情。在此次事件中，粉丝的理性体现在，他们用自己的打赏与投票表达了对作品质量的尊重、对严肃的创作态度的尊重，也表达了对自身阅读品位的坚守。客观而言，月票争夺容易导致恶性循环，即使作者一味迎合读者、创作套路化，作品因过分追求数量而大幅度牺牲质量。但是，此次《赘婿》的胜利体现了一种相反的倾向，那就是不迎合、反套路，坚持质量，同样可以赢得读者。在月票战的过程中，不少《赘婿》的粉丝赶来投

① 起点中文网：《赘婿_ 好吧，今天无更，求月票!!!》，https：//read. qidian. com/chapter/i-H2eDTDYsI1/JtrBbvRZPPtOBDFlr9quQA2，2018 年 11 月 4 日查询。

② 起点中文网：《赘婿_ 〈疯子们，狂欢结束啦!〉——五月月票夺冠总结》，https：//read. qidian. com/chapter/i-H2eDTDYsI1/o3xhNXMZQnH6ItTi_ ILQ7A2，2018 年 11 月 4 日查询。

票，他们在评论中不是催促作者加更，相反，他们一再拜托作者要慢点写，保证质量。这样的希求，无疑是对网络文学的良性发展有利的。网络文学粉丝的理性精神，由此可见。而他们的温情表现在，他们并未因自己投了票、打了赏，就端起“上帝”的架子压榨作者，而是允许作者多开随性的单章，根据自己的状态更新；他们为抢票付出了很多（如有的读者在书友群里留言四千多条、字数都超过了作者的更新字数，有的读者开着医药公司的大佬，白天上班，晚上看榜单看到三点多），却拒绝道德绑架（如有人要求“烟灰黯然跌落”打赏大盟而被踢出书友群），读者与作者之间、读者与读者之间有相互的支持，也多相互的调侃，但绝少谩骂与侮辱。因而，香蕉在这个月的单章中多次用“温暖”一词来表达自己的心情。经过一个月的抢票，他们真正加深了彼此的感情。与其他的粉丝群体的抢票行为比较起来，《赘婿》爆冷夺魁，因为颠覆了许多常规和定律，更突出地体现了“礼物经济”的反功利化倾向，显得独特而难能可贵。正如香蕉所言：“……当我们走过五月，将来会想起来，也会觉得这一次的月票榜，是起点最神奇和有趣的一次月票榜。”①

5. IP 改编之后：“原著粉”吐槽原因探析

前文已述，影视改编是当前网络文学 IP 价值变现的主要方式。2015 年以来，热门影视排行榜的前列几乎被网络 IP 类改编作品占据。今年这一态势仍在延续，《延禧攻略》《如懿传》《斗破苍穹》等剧都保持了相当高的热度。整体而言，这类改编作品不乏叫好又叫座的作品，但是也有相当一部分作品遭遇普遍差评，特别是被原著粉吐槽“毁原著”。何以如此？我们认为，问题主要出在改编上。

由于媒介的转换，网络文学作品在影视化时被改编是必然的。因为“读图”是一种更为直观的视觉文化接受，而“读文”则是将抽象的文字意涵在接受者的头脑中转化为意象，二者之间的差别非常显著。一个最简单的例子是，文字用数百字来描写的景观，在影视中，用一幅画面来表现就足够了。而且，许多文字叙事的情节是很难用影视镜头来表现的，或者即使是表现了，也是缺乏表现力的。因此，影视作品对网络文学原著进行改编是必然的。那么，为什么有的改编人们表示可以接受，有的又难以接受呢？

从接受者的反映来看，问题的焦点主要集中在改编的情节、人物和主题方面。被用来改编的网络文学作品，多半是读者众多而且大受好评的作品，换言之，是有较高的 IP 价值的作品。就情节而言，能被接受的改编，一般情节主线与原著比较贴近，或者随之发生了改变，但是存在逻辑和情感的自洽性，与原著相比，在品质上不相上下。而难以被接受的改编，则往往是把原著的故事情节改得面目全非，因而，它在观众、特别是原著粉眼里变成了另一个“故事”，不过因为缺乏逻辑和情感的

① 起点中文网：《赘婿_ 今天只有一更，求月票!!!》，https：//read. qidian. com/chapter/i-H2eDTDYsI1/RLz8ZUjHt2a2uJcMpdsVgA2，2018 年 11 月 4 日查询。

自洽性，与原著比起来却是一个粗制滥造、品质低劣的故事。例如有原著粉吐槽《武动乾坤》的改编："编剧跟导演跟原著《土豆》有仇吧，这都什么玩意呀！改成这样换个名字都不知道是啥了！你改可以，但你不能毁原著呀？所有的原著人物情节都乱套了。让人都怀疑编剧和导演有没有把原著完整的看完再改编。"另有观众直呼："打假打假打架！这只是盗用土豆的武动乾坤小说的一部，近代武侠电视剧。情节跟武动没有一毛钱关系。"①

从人物来看，能被接受的改编的作品中人物与原著贴合度较高，影视剧演员的演绎也可圈可点，因而受到好评、甚至追捧。而难以被接受的改编的作品则使原著塑造得较丰满的人物扁平化了，或者用毫无演技的偶像明星模仿韩剧的"面瘫"式表演，让观众吐槽不已。除全文所述《武动乾坤》"原著粉"对剧中杨洋扮演的"小痞子版"林动吐槽不意外，网络小说名著《斗破苍穹》改编后也遭吐槽不断。网友"慕帆丶"写下《来自一个斗破铁粉的无情吐槽》，批评改编中将"药老"、"一个书中自带世外高人光环的仙风道骨的慈祥老者形象，变成了一个和主角差不多年纪的'白发老人'"，他更不能容忍的是剧中女主人公"萧薰儿"的形象转变："书里的熏儿，容貌倾国倾城，气质冷若天仙"，而女演员呢，"她不算丑，但就气质而言，不要毁劳资的熏儿女神"。对于剧中别的人物塑造，作者表示"不想多谈，主角都成这样了，别的还用说吗？"②

从主题表现来看，原著作为网络文学中的精品，主旨、命意多有可取之处。好的改编会尊重这一点，而不好的改编则要么忽视这一点，要么就将之改编成了言情、打斗的俗套故事，让整个作品在主题层面变了味。例如，《悟空传》被改编后，小说对抗心魔的主题被弱化，影片变成了一部原著读者眼中的"青春狗血爱情片"。"原著粉"们纷纷吐槽。网友"阿诺"说："我要这天，再遮不住我眼 要这地，再埋不了我心 要这观众，都明白我意 要那烂片，都烟消云散 可是哦 它只想要这猴子，继续圈你钱 要那情怀，消费到厌倦。"网友"荔枝超人"说："打到七彩，震到耳聋。除了视听部分可以拿得出手外，故事一塌糊涂，节奏乱七八糟，根本看不出这是《悟空传》，更像是看隔壁青少年在打了两个小时游戏机。十七年的原著粉看完后，感觉一段青春就这样结束了，呵。亿万大导演郭子健，你满意了！"网友"刘小黛"说："了解过原著的肯定失望，没了精神内髓，化成一段感情和大量动作 pk，敷衍了孙悟空的单线。"③ 由此可见，改编能力已经成为网络文学作品

① 爱剧情：《武动乾坤评论_ 武动乾坤怎么样_ 武动乾坤吐槽》，https：//www. ijq. tv/yingshi/pinglun/14724365672435_ 1. html，2019 年 1 月 11 日查询。

② 慕帆：《来自一个斗破铁粉的无情吐槽（斗破苍穹）剧评》，https：//movie. douban. com/review/8598037/，2019 年 1 月 11 日查询。

③ 搜狐娱乐：《悟空传吐槽大集合：看盗版都觉得浪费时间！》http：//www. sohu. com/a/157178984_ 99932947，2019 年 1 月 12 日查询。

取得由“文”向“图”转变的成功的关键，它是网络文学泛娱乐化产业链中的关键性内容生产能力，直接关系到产业链的可持续性和泛娱乐产业生态的健康。

从网络文学 IP 改编引发的读者反映来看，我们一方面要承认，泛娱乐化战略的确吸引了更多娱乐资本的投入，提高了优质网络文学 IP 的价值变现能力，创造出了更多的变现渠道，但是另一方面，为了保证优质网络文学作品在泛娱乐化环境中的可持续性变现能力，一定要树立产业链生产中的“精品”意识，拒绝“捞快钱”的资本运作。因为，经济学研究已经表明，这样的急于变现二粗制滥造的运作方式必将导致“产品的平均质量往往会下降，市场规模将缩小”。① 而到那时，各种意义上的接受者都会抛弃网络文学，作为整个泛娱乐产业链的源头的网络文学将会枯竭。不过我们相信，那样的情况不会出现。

（周兴杰　执笔）

① 乔治·阿克洛夫：《柠檬市场：质量的不确定性和市场机制》，《经济导刊》，2001 年第 6 期。

第六章　理论与批评

2018年度，我国的网络文学在创作上取得令人瞩目的成就，在理论批评上也有不俗的业绩。我们需要廓清年度内网络文学理论批评基本面貌，找到其理论批评热点，也需要对其中存在的问题和不足予以总结和反思。

一、年度理论与批评总貌

2018年是中国网络文学理论批评走向规范和迅速发展的一年，学术热点频现。针对一些重要的网络文学问题，理论批评界发表了一系列有一定水平、有影响力的研究成果。

通过知网统计，2018年，我国共有216家专业学术刊物刊发网络文学理论与批评论文424篇。与2017年199家刊物发表共408篇论文相比，发表论文的期刊数量有所增长，论文数量也有一定提升。从这一数据来看，网络文学理论研究处入平稳发展期。在424篇论文中，共有134篇为CSSCI期刊论文，占总数的31.6%。从学科分布上来看，研究者进一步扩展了研究范围，除了哲学与人文科学这一研究领域外，经济与管理科学也已成长为网络文学研究的重要领域。除此之外，社会科学、信息科技等领域也涌现出一批网络文学方面的研究成果。

1. 网络文学研究的年度热点

(1) 网络文学本体论研究

作为一种时代级现象，网络文学已经成为中国当代文学中一支不可或缺的力量。对网络文学现象、作家、作品进行进一步的深入解读，成为学界的共识。欧阳友权和邓祯对2017年网络小说的整体态势以及发展趋势进行全局式的扫描回顾。① 陈保志对2017年度网络文学理论研究的热门话题、重要活动等进行了梳理和总结概述，指出网络文学研究的局限性，提出了对应策略和超越方法。② 韩颖琦和韦宝华在《对广西网络小说写作现状的考察及思索》中对地域性网络文学进行梳理总结，对“网络文学桂军”的发展给予充分的肯定。③ 针对网络小说中的“女性主义”，吴小

---

① 欧阳友权、邓祯：《2017年网络小说回眸》，《南方文坛》2018年第3期。
② 陈保志：《网络文学研究的深度耕犁——2017年网络文学理论研究概览》，《当代文坛》2018年第5期。
③ 韩颖琦、韦宝华：《对广西网络小说写作现状的考察及思索》，《南方文坛》2018年第2期。

玲和张霄通对一部分“种田文”的分析，揭开了此类“觉醒”浅层性、虚假性的外表，指出通过女性主义在文学中的“觉醒之路”还需要进一步的探索发展。① 黄鸣奋在《人民论坛》上撰文总结了2017年度网络文艺发展呈现出的“九千岁”受众独领风骚、网络文艺“出海”形势喜人、泛娱乐浪潮席卷各个文艺网站等多项特征，据此指出应当构建新的网络文艺生态。② 周百义对我国网络文学的现状进行了梳理，在总结出社会贡献的同时，也指出其尚需努力的地方。③ 李昊和吴玉杰认为，耽美文学起初在一定程度上抵抗了男性话语霸权，但由于资本的参与以及自身叙事逻辑的缺陷，其所具有的“异托邦”反抗色彩被逐渐淡化。④ 吴楚舒分析了穿越类网络小说中的部分母题，认为它不但传承大众文艺“欲望叙事”的鲜明属性，还以创新的形式反映着大众的新愿望、新情趣与新价值观。⑤ 孟隋对当前学界关于网络文学的定义以及研究提出质疑，并根据我国网络文学特殊性提出了“内容组织模式”这一概念。⑥ 黎杨全则认为中国网络文学深受电子游戏的影响，受游戏经验的启发而在“世界”“人”与“叙述方式”上呈现出一系列新特征。⑦ 他同时还认为，中国网络文学表现了网络社会来临后的社会、文化与文学走向与变迁，这些独特价值具有一定的世界意义。⑧ 徐杰从文本比较的角度切入，认为《红楼梦》与《性感时代的小饭馆》二者的差异性根源在于媒介的差异，但有着本质层面和现实层面的关联与交流。⑨ 刘弟娥从“语言本体论”的角度切入，为网络文学与经典之间的关系提供了新的思考。⑩ 欧阳友权还对20年以来的少数民族网络文学状况进行了概述，并指出其特色与不足，认为我国少数民族网络文学从创作实践到理论评论，都还处在蓄势待发的创生期和成长期。⑪ 韩模永认为网络文学存在“类型文”和“新文类”两副面孔，只有在认识到这两种形态差异的前提下，把握住，其内在的会通之处，才能够准确的辨析网络文学。⑫ 苏晓芳分析了当前网络小说创作与传统文学的内在关联，认为这种借鉴和传承既是形式上的兼容，也是内容上的兼收并蓄。⑬ 另外，还有研究者对网络文学的发展进行了反思。如黄亚妮认为，程式化与趋同性成为大部分网络小说日益严重的病症，在降低读者阅读趣味的同时，影响了网络小

① 吴小玲、张霄：《虚假的觉醒：“种田文”中的女性意识探析》，《天府新论》2018第2期。
② 黄鸣奋：《2017年网络文艺发展动态》，《人民论坛》2018年第3期。
③ 周百义：《我国网络文学发展现状探析》，《中国编辑》2018年第10期。
④ 李昊、吴玉杰：《女性文学异托邦建构的可能性——以“耽美文学”为例》，《当代文坛》2018年第6期。
⑤ 吴楚舒：《穿越类网络文学的文化传承与艺术创新》，《江西社会科学》2018年第6期。
⑥ 孟隋：《论我国网络文学的内容组织模式》，《天府新论》2018年第1期。
⑦ 黎杨全：《中国网络文学与游戏经验》，《文艺研究》2018年第4期。
⑧ 黎杨全：《虚拟体验与文学想象——中国网络文学新论》，《中国社会科学》2018年第1期。
⑨ 徐杰：《“意味”与“快感”：从传统文学到新媒体文学》，《内蒙古社会科学》（汉文版）2018年第2期。
⑩ 刘弟娥：《网络文学、语言传统与文学经典》，《当代文坛》2018年第5期。
⑪ 刘弟娥：《网络文学、语言传统与文学经典》，《当代文坛》2018年第5期。
⑫ 韩模永：《论网络文学的两副面孔及内在会通》，《扬子江评论》2018年第2期。
⑬ 苏晓芳：《古典文学传统影响下的网络小说创作》，《福建论坛（人文社会科学版）》2018年第4期。

说的健康发展。[①] 郑纳新指出，网络文学当前更需要从文学的思维、回到文学的立场来思考，从创作主体和接受主体这两个根本方向上来寻找解决网络文学生态问题的途径。[②] 贺予飞则指出，随着网络文学的发展，商品属性的强化、伪个性化类型的滋长、读者的精神迷途与官能退化、写手生存焦虑的增长等成为其发展症结。[③]

（2）网络文学批评范式探讨

2018 年度，研究者对网络文学批评范式进行进一步的深入探讨，为网络文学研究提供新的理论武器。欧阳友权指出网络文学批评在“述史”的过程中面临“资源掣肘”、“批评定制”、“语境选择”三大难题，并针对这些困境给出了相应的解决方案。[④] 同时呼吁学界从“拐点期”、“择优排行”以及“主流化和精品化”三个认知维度出发来获得对新时代网络文学较为明晰的辨识。[⑤] 赵小雷认为，网络文学评价体系的建立应当采用以文学为体、以网络为用的思考途径。[⑥] 李志艳、邹建军认为文学地理学作为中国本土化的原创批判理论，可以成为网络文学研究的利器。[⑦] 黄鸣奋从社会、产品、运营三个角度对网络文学进行了观察和反思，证明了位置批评理论可以被。[⑧] 杨柏岭和张泉泉认为当前的各类批评模式均缺少“网络文艺心理+对话”的批评机制，因而倡导有力量的建设性批评，以“艺术真实论”的重构为核心，解读网络文艺的新特质，强化网络文艺心理学研究，重视网络文艺的现实感及审美属性，构建以网络文艺新特质为本位的文艺批评体系。[⑨] 通过对《凡人凡语精选书评专辑》的剖析，谷硕认为应当进行理论范式转换，寻找更加具有包容性、阐释力的文学批评方法。[⑩] 房伟阐释了网络文学所孕育的“新老问题”，据此提出在面对网络文学时应当做的“三个坚守”和“三个改变”。[⑪] 王一鸣将数字叙事理论引入网络文学研究领域，从网络文学叙事圈的动因、过程和制度三个层面剖析其生产、阅读、互动等内在机制，回答了一系列基本问题。[⑫]

（3）网络文学产业研究

2018 年网络文学产业持续发展，随着产业链的延伸其市场不断扩大，因而研究

---

① 黄亚妮：《网络小说的程式化与趋同性研究》，《兰州学刊》2018 年第 8 期。

② 郑纳新：《优化网络文学生态的几点思考》，《南方文坛》2018 年第 2 期。

③ 贺予飞：《网络类型文学崛起的媒介动因与发展症结》，《出版科学》2018 年第 3 期。

④ 欧阳友权：《网络文学批评的述史之辨》，《文学评论》2018 年第 3 期。

⑤ 欧阳友权：《辨识新时代网络文学的三个维度》，《中国高校社会科学》2018 年第 3 期。

⑥ 赵小雷：《文学为体，网络为用——建构网络文学评价体系的两难境遇》，《西北大学学报（哲学社会科学版）》2018 年第 3 期。

⑦ 李志艳、邹建军：《文学地理学视野下网络文学的空间问题研究》，《南方文坛》2018 年第 5 期。

⑧ 黄鸣奋：《位置批评视野中的网络文学》，《江苏大学学报（社会科学版）》2018 年第 4 期。.

⑨ 杨柏岭、张泉泉：《“想象的实感”：网络文艺批评的原则、类型及艺术真实论》，《现代传播（中国传媒大学学报）》2018 年第 8 期。

⑩ 谷硕：《论“凡人凡语”的网络文学批评建构价值》，《学习与探索》2018 年第 8 期。

⑪ 房伟：《青年批评家如何应对网络文学?》，《扬子江评论》2018 年第 2 期。.

⑫ 王一鸣：《网络文学叙事圈的动因、过程与叙事制度》，《出版科学》201 年第 1 期。

网络文化产业便成为年度热点之一。禹建湘在《产业化背景下网络文学 20 年的写作生态嬗变》中认为，网络文学的产业化影响了网络写作的范式，改变了写作生态，这种改变又被分为显性变化与隐性变化。① 贺子岳、梅瑶对网络文学产业链总体进行了分析，探讨了业态各环节在产业链中所起的作用以及问题。② 宁传林和夏德元以场域理论为视角，对作者、编辑、读者三者进行了分析，指出要促进网络文学的健康发展，就必须注意场域内部资本间的彼此制衡以及场域外部之间的有机互联。③ 欧阳友权和邓祯总结了网络文学产业竞合与优化现象。④ 通过对全版权运营模式的分析比较，李文怡指出产业融合发展是未来的发展趋势，业界应当进一步提高知识产权的保护意识。⑤ 刘学周剖析了网络文学内容生产中存在的问题，进而提出解决对策及方案。⑥ 在针对产业现象进行案例解析方面，宫丽颖、纪红艳通过分析阅文集团、中文在线和掌阅科技这三家具有代表性网络文学平台的资本运营，对我国网络文学平台的资本运营战略和趋势进行探究，为网络文学和数字出版产业的经营提供了有益参考和启示。⑦ 王昊、蒋帅和王立军考察了中国十大知名网站，归纳其网站建设方面存在的主要问题，并针对这些问题提出切实可行的解决方案，提出未来建设的发展方向。⑧ 郝婷以 37 家网络文学平台为样本，指出了我国网络作家培养制度存在的不足。⑨

（4）网络文学版权保护

引导网络文学积极健康发展是理论家应尽的责任，网络文学的版权保护和法制监管引发了学界的进一步关注。彭桂兵结合几项实际案例，回答了关于网络文学版权问题的司法判决中常出现的一系列问题。⑩ 在法制建设方面，高婷提出应当将“两分法”标准、“许可费推定”的损害赔偿计算方法引入到《著作权法》当中，以解决网络文学作品 IP 改编中所存在的版权问题。⑪ 王志刚和度冉指出，大数据技术造成了新时期网络文学产业发展的一系列问题，尽快建立版权信息共享的统一检测平台以预防侵权，采用区块链技术提升维权，加强大数据人才储备，在宏观层面

---

① 禹建湘：《产业化背景下网络文学 20 年的写作生态嬗变》，《中州学刊》2018 年第 7 期。.

② 贺子岳、梅瑶：《泛娱乐背景下网络文学全产业链研究》，《出版广角》2018 年第 4 期。.

③ 宁传林、夏德元：《场域理论视角下网络文学作者、编辑、读者的角色认知》，《编辑学刊》2018 年第 1 期。

④ 欧阳友权、邓祯：《网络文学产业链的竞合与优化》，《福建论坛（人文社会科学版）》2018 年第 2 期。

⑤ 李文怡：《全版权运营模式初探》，《出版广角》2018 年第 4 期。.

⑥ 刘学周：《探究网络文学产业化发展中的内容生产》，《出版广角》2018 年第 8 期。.

⑦ 宫丽颖、纪红艳：《网络文学平台多元化资本运营探究》，《中国出版》2018 年第 12 期。.

⑧ 王昊、蒋帅、王立军：《中国网络文学网站建设问题探析》，《图书馆学研究》2018 年第 17 期。.

⑨ 郝婷、杨蕾磊：《我国网络文学作家成长制度研究——基于 37 家网络文学平台的调研》，《科技与出版》2018 年第 11 期。.

⑩ 彭桂兵：《网络文学版权保护：侵权形态与司法认定——兼评近期的几个案例》，《出版科学》2018 年第 4 期。

⑪ 高婷：《网络文学作品 IP 改编存在的版权问题及对策思考》，《中国出版》2018 年第 7 期。

提供有力的制度支持，是规制这些问题的主要手段。① 范婴从我国 IP 运营的法制现状入手，对网络文学产业相关的法制化建设进行了探析。② 林雨晓界定了网络文学创作中的“洗稿”现象及其特征，提出了有针对性的解决策略。③

（5）网络文学“IP”研究

2018 年网络文学改编现象极为兴盛，以“IP”为基础的网络文学产业迅速发展，这方面的研究开始成为热点。例如，汤俏对近几年网络文学 IP 热潮的现象进行了研究，厘清概念、分析现状、追问成因、探究本质，反思当下网络文化产业发展状况中出现的问题，并结合行业动态试图探索网络文学 IP 未来的发展路径。④ 卜凡以《悟空传》为例，从角色、故事、内涵等方面探讨了网络文学对经典 IP 以及 IP 电影对网络文学的解构与重塑。⑤ 骆志方认为，IP 运营方应以打造原创精品作为价值目标，通过优化传播路径，提升产品传播效率与传播价值来满足受众的个性化体验，繁荣我国文化产品与服务市场。⑥ 卫晴和杨国祥从内容策略、视觉策略以及传播策略三个维度对《楚乔传》的 IP 运营策略进行了探析，认为要平衡好商业和艺术的天平，走精品化路线，不能竭泽而渔。⑦ 王小英提出视觉文化转向是当代生活的重要变迁之一，因而网络小说的视觉化与其影视改编之间存在着相互促进的关系。⑧ 张云帆则分析和探讨了网络小说改编漫画的现状以及发展趋势。⑨ 施灏提出网络文学改编剧在一定程度上改变了传统电视剧行业的格局和发展方向，但应尽早规避和解决其发展过程中所出现的问题和不足。⑩ 王红梅以《大运河会馆传奇》为例，对传统出版单位转型融合以及打造优质文化 IP 提供意见策略⑪等等。

（6）网络文学的接受和海外传播研究

网络文学的海外传播现象研究继续成为热点。邵燕君、吉云飞和肖映萱对中国网络文学出海现状进行了整体性的描述和总结，指出中国网络文学的定位需要在全球媒介革命的视野中进行，中国网络文学是网络文明的突出代表之一。⑫ 王璐璐以

---

① 王志刚、度冉：《大数据时代网络文学版权保护的新问题及其规制》，《科技与出版》2018 年第 11 期。

② 范婴：《互联网业态下 IP 运营的法制建设》，《出版广角》2018 年第 2 期。

③ 林雨晓：《网络洗稿特征及解决策略》，《编辑学刊》2018 年第 5 期。

④ 汤俏：《网络文学“IP 热”研究》，《当代文坛》2018 年第 5 期。.

⑤ 卜凡：《从〈悟空传〉看经典 IP 的解构与重塑》，《电影文学》2018 年第 16 期。

⑥ 骆志方：《融媒时代网络小说 IP 产品的传播研究》，《出版广角》2018 年第 12 期。

⑦ 卫晴、杨国祥：《〈楚乔传〉的 IP 运营策略探析》，《青年记者》2018 年第 12 期。

⑧ 王小英：《网络小说的视觉化与影视改编》，《中州学刊》2018 年第 10 期。

⑨ 张云帆：《网络文学改编漫画的新趋势》，《传媒》2018 年第 15 期。

⑩ 施灏：《网络文学改编剧的传播问题及对策》，《当代电视》2018 年第 5 期。

⑪ 王红梅：《以现实主义题材打造网络文学优质文化 IP 探析——以地质出版社〈大运河会馆传奇〉为例》，《出版发行研究》2018 年第 5 期。

⑫ 邵燕君、吉云飞、肖映萱：《媒介革命视野下的中国网络文学海外传播》，《文艺理论与批评》2018 年第 2 期。

Wuxiaworld 为例，基于文化消费视角，从全球文化消费多元化、趋同化的趋势和特点入手，剖析了推动文化海外输出和跨文化融合的方式方法。[①] 鲍娴对网络文学出海现象进行了分析，指出其中存在着翻译、内容、版权等多方面问题亟须解决。[②] 席志武、付自强通过考察网络文学海外传播的现状，揭示出网络文学当前所面临的版权不清、翻译质量参差不齐、作品内容空心化和单一的商业模式等现实困境，提出网络文学出海应当由"拿过去"向"走出去"转变。[③]

另外，网络文学带来的传播和接受体制变革也开始为学界关注。周兴杰指出，网络文学在过去 20 年里造就了从读"书"到读"屏"、从 PC 端阅读到移动端阅读、从读到听、IP 经济驱动下的多样化接受等系列变化。[④] 郭彤从途径、状态、时效三个方面对网络文学传播特征进行了分析，同时剖析了其中存在的主要问题。[⑤]

2. 刊发网络文学论文的主要期刊和报纸

（1）*发表网络文学论文的主要学术期刊*

2018 年刊载网络文学理论与批评论文的学术期刊与 2017 年相比，从 199 家增加到了 216 家，一些核心期刊依旧是刊载网络文学研究成果的重要阵地。其中，2018 年内发表有关网络文学相关论文 3 篇及以上的期刊有 22 家，它们是《福建论坛》《文学评论》《出版科学》《中国编辑》《东南传播》《出版参考》《博览群书》《当代文坛》《中国出版》《中国图书评论》《文艺理论与批评》《湖南工业大学学报（社会科学版）》《北京印刷学院学报》《新闻知识》《出版发行研究》《中州学刊》《南方文坛》《文艺争鸣》《科技与出版》《文学教育》《新闻导刊》《广西师范学院学报（哲学社会科学版）》《出版广角》《杭州通讯》《现代商业银行》等。除文学、影视领域外，出版、法治、教育等领域的专业期刊对网络文学的关注也逐年增长。其中发表网络文学理论与批评论文较多的代表性期刊有：

①《文学评论》

《文学评论》于 1957 年 3 月创刊，是中国文学研究和理论批评的主流权威学术刊物，发表有关中国文学与中国文论、外国文论研究方面的论文，致力促进我国文学理论学说和体系的建设。2018 年共发表关于网络文学研究的论文 3 篇，有《论电子媒介时代文论话语转型》（胡友峰，2018 年第 1 期）、《游戏逻辑：网络文学的认同规则与抵抗策略》（许苗苗，2018 年第 1 期）、《网络文学批评的述史之辨》（欧阳友权，2018 年第 3 期）等。

---

① 王璐璐：《全球文化消费视角下中国网络文学海外传播研究——以 Wuxiaworld 为例》，《出版发行研究》2018 年第 1 期。

② 鲍娴：《当下网络文学出海中的问题及对策》，《中国出版》2018 年第 10 期。

③ 席志武、付自强：《我国网络文学海外传播现状、困境与出路》，《中国编辑》2018 年第 4 期。

④ 周兴杰：《网络文学 20 年接受方式的转变》，《中州学刊》2018 年第 7 期。

⑤ 郭彤：《网络文学的传播与发展研究》，《芒种》2018 年第 8 期。

②《南方文坛》

《南方文坛》创刊于 1987 年，由广西文联单独主办。《南方文坛》一直致力于充满活力的高品位的学术形象和批评形象的建设，设置具有前沿性的话题批评。历时六届的《南方文坛》年度优秀论文奖已被专家认为“是中国文学批评的一项重要奖项”。2018 年刊载了《优化网络文学生态的几点思考》（郑纳新，2018 年第 2 期）、《网络文学的视野与文学的互联网化——兼谈海青拿天鹅的古典言情系列网络小说》（肖晶，2018 年第 2 期）、《对广西网络小说写作现状的考察及思索》（韩颖琦，韦宝华，2018 年第 2 期）、《2017 年网络小说回眸》（欧阳友权，邓祯，2018 年第 3 期）、《文学地理学视野下网络文学的空间问题研究》（李志艳，邹建军，2018 年第 5 期）等 5 篇有关网络文学研究的论文。

③《中州学刊》

《中州学刊》创刊于 1979 年，是河南省社会科学院主办的综合性人文社会科学理论学术期刊，以“崇尚科学、追求真理、提倡原创、打造精品”为办刊理念。2018 年以“中国网络文学 20 年”做专题研究，巡礼网络文学发展 20 年来的繁荣或隐忧。相关论文有《改革开放视野中的网络文学 20 年》（欧阳友权，2018 年第 7 期）、《网络文学 20 年接受方式的转变》（周兴杰，2018 年第 7 期）、《网络文学 20 年发展及其社会文化价值》（许苗苗，2018 年第 7 期）、《产业化背景下网络文学 20 年的写作生态嬗变》（禹建湘，2018 年第 7 期）等。

④《出版科学》

《出版科学》由湖北省编辑学会与武汉大学联手主办，为出版学、编辑学研究提供园地，对编辑出版实践给予理性指导，理论性与实用性并重，总结介绍图书、期刊、音像制品、电子出版和网络出版的编辑出版经验，促进编辑出版学理论研究和学科建设。2018 年发表了《网络文学叙事圈的动因、过程与叙事制度》（王一鸣，2018 年第 1 期）、《网络类型文学崛起的媒介动因与发展症结》（贺予飞，2018 年第 5 期）、《网络文学版权保护：侵权形态与司法认定——兼评近期的几个案例》（彭桂兵，2018 年第 7 期）等相关网络文学研究的论文。

⑤《出版发行研究》

《出版发行研究》杂志创刊于 1985 年 7 月，是新闻出版总署主管、中国新闻出版研究院（其前身为中国出版科学研究所）主办的出版行业学术性刊物，它是适应我国出版体制改革、总结出版工作丰富的实践经验、开展出版学理论研究、加强国内外学术交流、探索出版工作规律的需要而创办的，对探索研究出版学科理论建设体系和出版教育发展，起到了促进作用。［2018 年发表了《全球文化消费视角下中国网络文学海外传播研究——以 Wuxiaworld 为例》（王璐璐，2018 年第 1 期）、《以现实主义题材打造网络文学优质文化 IP 探析——以地质出版社〈大运河会馆传奇〉为例》（王红梅，2018 年第 5 期）、《网络文学的起兴、异化与价值回归——基于三种经典传播学理论的解析》(余碧琳，汤雪梅，2018年第11期）等6篇论文。

⑥《科技与出版》

《科技与出版》杂志创刊于1988年，由中华人民共和国新闻出版总署管制，中国出版科学研究所与中国版协国际合作出版促进会共同主办，是我国新闻出版界创办最早的新闻性时政类权威期刊，同时也是华文出版的平台、我国唯一涵盖中外新闻出版的资讯期刊。2018年发表了包括《网络文学+，+什么？怎么+?》（丹飞，2018年第11期）、《中国网络文学的责任与担当》（陈前进，杨琴，2018年第11期）、《攀登网络文学创作新高峰》（彭远红，苏磊，韩婧，张广萌，石磊，2018年第11期）和《大数据时代网络文学版权保护的新问题及其规制》（王志刚，度冉，2018年第11期）等6篇相关网络文学的论文。

⑦《出版广角》

《出版广角》于1995年创刊，由广西新闻出版局主管、广西出版杂志社主办，以“与中国出版同步，为中国出版服务”为宗旨，定位于大出版文化，实现了学术性、时政性、可读性的统一。2018年该刊发表有关网络文学的论文共22篇，包括《一代文学崛起：2017年中国网络文学大事记》（杨勇，2018年第3期）、《全版权运营模式初探》（李文怡，2018年第4期）、《探究网络文学产业化发展中的内容生产》（刘学周，2018年第8期）、《网络文学价值导向与主流意识形态》（姚君喜，白如金，2018年第21期）、《文学理想闪亮：快速进化的中国网络文学——以爱奇艺文学的发展章法为例》（杨勇，2018年第21期）等论文。

⑧《广西师范学院学报（哲学社会科学版）》

《广西师范学院学报（哲学社会科学版）》创刊于1980年，是由广西师范学院主办的综合性学术期刊，坚持正确的政治方向和舆论导向，为社会主义精神文明建设和物质文明建设服务，近年来先后被评为“全国百强社科学报”及“优秀学报”。2018该刊年共发表关于网络文学的论文9篇，数量较多，内容丰富。如《网络文学受众的身份特征与心理机制》（叶雨菁，2018年第1期）、《网络文学批评对文论逻辑原点的调适》（欧阳友权，2018年第4期）、《网络文学产业化的三种形态》（禹建湘，2018年第4期）、《网络类型化小说创作的逆向书写——以〈灭运图录〉为例》（孙敏，2018年第4期）、《文化共生与中国“网文出海”的困境》（曾照智，2018年第4期）、《从虚构到写实——论网络文学的题材转向》（陈海燕，2018年第4期）等。

⑨《新闻研究导刊》

《新闻研究导刊》于2010年创刊，由国家新闻出版总署批准，重庆日报报业集团主管主办，以“传媒业界与学界的结合点，传媒理论与实践的引领点，传媒今天与明天的制高点”为办刊理念。2018年共发表有关网络文学的论文9篇，从多种角度分析网络文学产业现状，如《近二十年（1998—2017）我国网络文学领域研究现状分析》（赵兵，郭才正，祁汝峰，马云辉，王飞，2018 年第 9 期）、《移动阅读环境下网络文学的发展》（罗俊，2018 年第 9 期）、《网络原创文学的营销模式及问题研究》（侯洋，2018 年第 9 期）、《原创网络文学作者成长机制探析——以晋江文学城为例》（左涛，王海刚，2018 年第 9 期）、《网络文学 IP 价值评估探索》（姜波，2018 年第 9 期）等。

⑩《中国文艺评论》

《中国文艺评论》于 1984 年创刊，由黑龙江省文联主办，以“以马克思主义文艺观为指导，坚持文艺的双百方针，追踪和研究当前的文艺创作和文艺理论研究的态势，研究本省文艺创作和理论研究的成就和不足，推动文艺创作和理论建设的健康发展”为办刊宗旨。2018 年共发表关于网络文学的论文 8 篇，包括《大网络文艺 2017：走向文化治理和全面规范》（郑焕钊，2018 年第 2 期）、《网络文学的民族性与大众化》（桫椤，2018 年第 5 期）和《媒介、结构与情结——论“升级流”网络小说的游戏性》（傅善超，2018 年第 6 期）等。

（2）发表网络文学理论批评文章的主要报纸

报纸是刊载时事新闻和评论的重要载体，是传播新闻热点的重要领域。2018 年伴随网络文学不断变化，相关网络文学的文章在报纸媒体中占有一席之地。

据统计，2018 年我国报纸媒体发表了关于网络文学理论与批评的文章共 441 篇①，数量上较 2017 年的 306 篇，有显著增长。刊发网络文学理论批评文章的主要报纸刊物有：《文汇报》《文艺报》《文学报》《人民日报》《光明日报》《中国社会科学报》《中华读书报》《中国艺术报》《中国新闻出版广电报》《中国知识产权报》《国际出版周报》《工人日报》《团结报》《河北日报》《新华日报》《太原日报》《中国出版传媒商报》《中国文化报》《天津日报》《人民日报海外版》《中国教育报》《北京日报》《杭州日报》《解放日报》《法制日报》《中国青年报》《湖北日报》等。许多文章内容紧跟时事热点，内容主要集中在网络文学的精品化、版权保护、海外传播、批评体系的建立、发展前景等问题上。如《精品内容是网络文学的核心竞争力》（王小书《中国文化报》2018 年 11 月 9 日）、《网络文学打造版权运营新生态》（姜旭《中国知识产权报》2018 年 4 月 27 日）、《中国网文，世界圈粉》（陈圆圆《人民日报》2018 年 2 月 12 日）、《网络文学批评的困境与突围》（刘桂茹《文艺报》2018 年 11 月 7 日）、《网络文学：驰骋在改革开放的时代蓝海》（欧阳友权《中国艺术报》，2018 年 12 月 7 日）等。

《光明日报》2018 年刊发了《我国网络文学走过 20 年》（李苑，2018 年 2 月 24 日）、《文化走出去：创造润物无声的境界》（韩业庭，2018 年 3 月 15 日）、《让文学之花在网络空间绚丽绽放》（李姝昱，2018 年 9 月 15 日）《展现网络文学新风貌、

① 该数据来源于知网数据库搜索结果。

新担当》（李澍，2018 年 9 月 18 日）、《文化 IP 如何实现高质量发展》（鲁元珍，2018 年 11 月 7 日）等相关网络文学的文章 14 篇。

《文艺报》2018 年共刊载了网络文学研究相关文章 36 篇，如《2017 年网络文学："媒介融合"与"世代更迭"》（邵燕君，2018 年 1 月 29 日）、《2017 年网络文学：更富多样性　离梦想更近》（肖惊鸿，2018 年 2 月 12 日）、《优化网络文学生态的几点思考》（郑纳新，2018 年 2 月 26 日）、《复杂时代经验下的类型文学思辨》（徐亦䂮，2018 年 10 月 22 日）、《文学评论要有底气、接地气》（黄发有，2018 年 10 月 31 日）等，是网络文学报纸文章发表的重要阵地。

《中华读书报》2018 年共发表了 15 篇相关网络文学的文章，如《2017 年，中国网络文学走进现实主义新时代》（鲁大智，2018 年 1 月 3 日）、《中国网络作家村书写文学的时代答卷》（杜浩，2018 年 4 月 11 日）、《网络时代文学批评的担当》（李明非，2018 年 6 月 27 日）、《网络文学及其与动漫产业的联姻》（刘殊菁，2018 年 9 月 12 日）、《网络文学摒弃"抄袭"还有多少功课要做》（吴学安，2018 年 10 月 10 日）等。

《文汇报》2018 年刊发了《网络文学：深耕现实沃土焕发时代新气象》（许旸，2018 年 3 月 30 日）、《网络文学，得到的和失去的》（许苗苗，2018 年 5 月 29 日）、《互联网时代的文学地理，需要网络文学》（夏烈，2018 年 5 月 29 日）、《正版化有力带动网络文化产业蓬勃发展》（钱好，2018 年 6 月 7 日）等 22 篇相关网络文学的文章。

《中国新闻出版广电报》2018 年发表了《网络文学正打破套路化模式》（任晓宁，2018 年 1 月 29 日）、《对新时期网络文学发展的几点思考》（张云帆，2018 年 1 月 30 日）、《网络版权产业缘何高速增长》（张钦坤，2018 年 5 月 3 日）、《以 IP 为支点，网络文学撬动泛娱乐产业》（任晓宁，2018 年 5 月 28 日）、《"+"出网络文学新时代》（张君成，2018 年 9 月 17 日）等 41 篇相关网络文学研究的论文。

3. 年度代表性学者

从事网络文学研究的学者队伍不断壮大，一批有经验，有建树的资深专家，如陈崎嵘、白烨、南帆、黄鸣奋、何弘、欧阳友权、陈定家、周志雄、肖惊鸿、马季、黄发有、夏烈、邵燕君、单小曦、禹建湘、许苗苗、庄庸、王祥、何平、吴长青等，一直活跃在网络文学研究的阵地上。一大批少壮派迅速成长为该领域的学术中坚或新锐，如安亚斌、周兴杰、黎扬全、桫椤、周冰、西篱、安迪斯晨风、陈海燕、乌兰其木格、何志钧、王泽庆、孙书文、李荣林、房伟、周思明、罗先海、韩模永、刘晓闻、杨晨、吉云飞、贺予飞、乔焕江、张云帆、闫伟、刘英、王金枝、邓祯、程海威、汤俏、王小英、鲍远福、章正、汤俏、马云飞、陈帅、董子铭、葛娟、李强、王飞、赵兵、郭才正、赵明、欧阳一荃、肖映萱、王玉王、王志刚、孙敏、罗诗咏、丁玮俊、张迪、许玫娜、李涵……，他们瞩目网络文学研究，在2018年度都有新成果发表。

2018年度发表网络文学研究论文的代表性学者主要有：

黄鸣奋，2018年发表了《2017年网络文艺发展动态》（《人民论坛》2018年第3期）、《位置批评视野中的网络文学》（《江苏大学学报（社会科学版）》2018年第4期）、《后移动互联网时代的网络文艺》（《福建论坛（人文社会科学版）》2018年第8期）等文章。其中《位置批评视野中的网络文学》一文以位置叙事学为理论依据，既是指对“批评”的一种反思（将“位置”理解为动词），又是指以“位置”作为核心范畴的一种批评方法，分别从社会、产品、运营等角度剖析了网络文学的发展趋势。

欧阳友权，2018年发表了多篇网络文学研究论文，主要涉及两个方面，一是从横向切面总结2017年网络文学产业的发展现状，二是构建网络文学理论批评体系。论文包括《中国网络文学二十年》（《文艺论坛》2018年第1期）、《网络文学产业链的竞合与优化》（欧阳友权，邓祯《福建论坛（人文社会科学版）》2018年第2期）、《辨识新时代网络文学的三个维度》（《中国高校社会科学》2018年第3期）、《2017年网络小说回眸》（欧阳友权，邓祯《南方文坛》2018年第3期）、《网络文学批评的述史之辨》（《文学评论》2018年第3期）、《改革开放视野中的网络文学20年》（《中州学刊》2018年第7期）、《网络文学批评对文论逻辑原点的调适》（《广西师范学院学报（哲学社会科学版）》2018年第4期）、《中国少数民族网络文学20年巡》（《福建论坛（人文社会科学版）》2018年第10期）、《中国网络文学时代隆起》（《网络文学评论》2018年第6期）、《网络文学批评的五个焦点问题》（《社会科学家》2018年第10期）等。

陈定家，2018年发表的网络文学论文主要有：《市场境遇与媒介转型——改革开放40年中国文学期刊谫论》（《中州学刊》2018年第8期）；《新时代：“文化自信”与“网络强国”》（《社会科学辑刊》2018年第4期）；《从“茅盾文学新人奖”看网络文学大趋势——以“网络时代的赛车手”唐家三少为例》（《长江学术》2018年第2期）；《2017年网络文学研究著作盘点》（《中国图书评论》2018年第2期）；《“图像时代”的“听觉文化”浅说》（《枣庄学院学报》2018年第1期）。

邵燕君，2018年发表了《我的文学观》（《当代作家评论》2018年第1期）、《媒介革命视野下的中国网络文学海外传播》（邵燕君，吉云飞，肖映萱《文艺理论与批评》2018年第2期）。作者认为，经过20年的茁壮成长，中国网络文学不但形成“全球风景独好”的文化奇观，更原创出一套根植于网络性和粉丝经济的生产机制。随着其海外传播规模逐渐扩大，开始进入某种程度上的“文化反哺”阶段，有望与美国好莱坞电影、日本动漫、韩国电视剧等全球流行文艺一样，成为具有国际竞争力、能够代表本国特色的文化输出力量。

禹建湘，2018年共发表的网络文学研究论文，总结了网络文学产业化的三种形态以及网络文学写作生态呈超长篇、类型小说、“太监文学”、“小白文”的显性特征和扁平人物刻画、直线叙事、图像语言、间性写作的隐性特征。这些论文分别是《网络文艺学的历史性演进——读欧阳友权〈网络文艺学探析〉》（《中国图书评论》2018年第9期）、《网络文学产业化的三种形态》（《广西师范学院学报（哲学社会科学版）》2018年第4期）和《产业化背景下网络文学20年的写作生态嬗变》（《中州学刊》2018年第7期）。

单小曦，2018年发表的有较大影响学术期刊论文有：《媒介性主体性——后人类主体话语反思及其新释》（《文艺理论研究》2018年第5期），提出“媒介性主体性”话语概念，尝试对后人类主体问题进行一种新阐释。另一篇是《“作家中心”“读者中心”“数字交互”——新媒介时代文学写作方式的媒介文艺学分析》（《学习与探索》2018年第8期），认为在当今社会，传统纸媒印刷文学日益走向边缘，网络文学逐渐走到文学场的中心，已成大势所趋。文学理论要回应这个现实，必须面对新媒介给文学带来的新变化，要求今天的文艺学必须进行理论范式转换。

夏烈，2018年出版了《大神们：我和网络作家这十年》（南方出版社2018年5月）而备受关注。此外年度内还发表了《态度与方法：略说介入网络文学20年的学术资源》（《中国图书评论》2018年第10期）；《我写《大神们》的一点因缘》（《我写〈大神们〉的一点因缘》《博览群书》2018年第10期）；《网络文学20年的“杭州样本”——从1.0优势向3.0优势的创造性转化和创新性发展》（《杭州（周刊）》2018年第16期）等。

周兴杰，2018年发表的网络文学研究论文，总结了文学接受方式从PC端阅读到移动端阅读、从读到听的听觉转向、IP经济驱动下的多样化接受的革命性转变，探讨了少数民族族群“共同体”文学叙事和华夏族裔“共同体”文学叙事两种“共同体”文学叙事构成的互补关系，巩固和丰富着“一体多元”的中华民族认同。其论文分别是《网络文学20年接受方式的转变》（《中州学刊》2018年第7期）和《当“民族”遇见“新部族”：少数民族网络文学中的身份认同问题》（《民族文学研究》2018年第7期）。

黎杨全，2018年共发表的网络文学研究论文，对网络文学受电子游戏影响产生的新特征进行了梳理，并对中国网络文学的特征及独特价值进行了辨析。这两篇论文分别是《中国网络文学与游戏经验》（《文艺研究》2018年第4期）和《虚拟体验与文学想象——中国网络文学新论》（《中国社会科学》2018年第1期）。

王玉王，2018年发表的网络文学论文，探讨了网络文学的创作、网络类型小说及网络文学的批评。论文包括《一词一世界——，破壁书：网络文化关键词〉的编撰》（《中国图书评论》2018年第8期）、《“选择服从”与“选择相信”——“二次元存在主义”的内涵与实践》（《文艺理论与批评》2018年第4期）和《世如鬼域，人性未亡——评藤萍〈未亡日〉》（《中国文学批评》2018 年第 1 期）。

许苗苗，2018 年共发表的网络文学研究论文主要有：《游戏逻辑：网络文学的认同规则与抵抗策略》（《文学评论》2018 年第 1 期）一文中，提出游戏逻辑是网络文学对电子游戏预设规则的借用，也是网民以低成本幻想改变世界的游戏态度的体现。当前网络小说虽是大众文化工业的一部分，但网民低成本的人气支持使其能够表达底层态度，抵抗话语权威，形成自我力量。在《网络文学 20 年发展及其社会文化价值》（《中州学刊》2018 年第 7 期）一文中，揭示网络文学发展 20 年来，其面貌发生巨大变化以及在点击量和产业数据之外，具备的社会文化价值。

韩模永，2018 年共发表的网络文学研究论文主要有：《网络文学的空间转向》（《南京社会科学》2018 年第 7 期）中，提出“类型文”和“新文类”是当下网络文学的两种主要形态，尽管其面貌不一，但空间转向却是一以贯之的观点。《论网络文学的两副面孔及内在会通》（《扬子江评论》2018 年第 2 期）一文，认为网络文学的创作和研究在当下都备受关注，但关于它的概念形态、学理定位甚至命名方式等都存在着较大的争议，甚至说网络文学内部也包含着诸多不同的文学形态，因此，宏观看来，当下网络文学主要表现为两种形态，一是“网络原创文学”，二是“数字文学”。

陈海燕，2018 年发表网络文学论文内容涉及以辛夷坞为例的区域网络文学类型化发展现状，为我们深刻全面的揭示网络文学的题材转向观点。这些论文是《从虚构到写实——论网络文学的题材转向》（《广西师范学院学报（哲学社会科学版）》2018 年第 4 期）和《四川网络文学发展现状、问题及对策研究》（《名作欣赏》2017 年第 10 期）、《中国网络文学的社会影响力及海外传播》（《西南石油大学学报（社会科学版）》2018 年第 2 期）。

还有许多年度内发表网络文学论文的学者，恕不一一列举。

4. 年度获奖成果和代表性论文

2018 年度获奖的网络文学研究成果有：

（1）夏烈，《媒介裂变下的文艺批评生态和批评者重构》（《文艺评论》2017 年第 3 期），获中国文联、中国文艺评论家协会第二届“啄木鸟杯”中国文艺评论年度优秀论文奖。该文通过对“前互联网时期末叶”和互联网时代文艺批评状况及其问题的探讨，对新媒介时代文艺批评的状态作了准确描述，揭示了它与时代发展的差距和疏离，呼吁文艺批评的信用重建，具有针砭时弊的警示作用。

（2）许苗苗，《游戏逻辑：网络文学的认同规则与抵抗策略》（《文学评论》，2018 年第 1 期），获中国文联、中国文艺评论家协会第二届“啄木鸟杯”中国文艺评论年度优秀论文奖。论文对于新的文学领域（网络文学）的游戏规则、面貌、艺术元素加以梳理和评说。游戏逻辑是网络文学对电子游戏预设规则的借用，也是网民以低成本幻想改变世界的游戏态度的体现，它在网文中表现为金手指、穿越、爱情最大等。

2018年度发表的网络文学理论批评的代表性论文很多，兹列举几篇：

《后移动互联网时代的网络文艺》，（黄鸣奋，《福建论坛》2018年第8期）。作者归纳出网络文艺在不同阶段呈现出不同特征：互联网阶段是精英阶层为主导的先锋文艺、异域文艺，移动互联网阶段是草根阶层为主导的通俗文艺、本土文艺，后移动互联网阶段正朝创意阶层为主导的算法文艺、世界文艺演变。我国网络文艺的迅猛发展，为建构具有中国特色的网络文艺学派创造了可能性。

《网络文学渠道与内容的关系》（马季，《中国文学批评》，2018年第2期）。论文主要梳理了没有互联网这一渠道，就不可能产生网络文学这一样式，而网络文学的内容由最初的作者自发上传，发展到由文学网站根据受众阅读产生的数据划分等级，由此分门别类，进而引导和规约作者，形成独特写作范式的过程。

《网络文学批评的述史之变》（欧阳友权，《文学评论》2018年第3期）。作者指出网络文学批评在修史中该怎样“述史”不得不面临三大难题：怎样处理网络文学历史短促与学术成果积淀不足造成的资源掣肘，如何规避网络文学多元创作下“批评定制”的述史风险，以及怎样处理文学史元典传承与网络时代观念新变的语境选择。且针对如此困境，提出合理的应对方法。

《虚拟体验与文学想象——中国网络文学新论》（黎杨全，《中国社会科学》2018年第1期）。文章提出，在世界网络文学的大背景下，探讨中国网络文学的新质，是一项重要而急切的工作。作者从中国网络文学的特殊性，即由印刷媒体向网络媒体转型中，寻求其所处的“中间路径”，揭示它在商业化、大众化外表下折射的网络时代之生存体验与文学想象。中国网络文学表现了网络社会来临后的社会、文化与文学走向与变迁，这构成中国网络文学的独特价值，具有一定的世界意义。

《再论“网络文学就是网络文学”》，（何平，《文艺争鸣》2018年第10期）。作者认为网络文学不只是一个文学问题，更不只是一个文本问题，且是“网游”加“脚本”的综合。这种“复合性”特征决定了不能单以文学的审美尺度衡量网络写作的经典与否，应尊重网络文学的现实去谈网络文学的评价体系。作者还强调网络文学虽为现代文学传统提供新的可能性，但要紧提未来无法预知的挑战者。

《新时代：“文化自信”与“网络强国”》，（陈定家，《社会科学辑刊》2018年第4期）。文章提出，十九大报告八次论及网络建设，明确发出“网络强国”的号召，习近平对网络时代文艺繁荣与发展的动因和愿景的分析全面而深刻，富有远见卓识。作者看到阅读网络化潮流不可阻挡，梳理出文艺观念和文艺实践相应地发生深刻变化的脉络，同时也对随之产生的文学性逐渐缺失等问题提出思考。

《媒介性主体性——后人类主体话语反思及其新释》，（单小曦，《文艺理论研究》2018年第5期）。论文提出“媒介性主体性”话语，尝试对后人类主体问题进行一种新阐释。媒介性主体性话语以媒介化赛博格的生命形态为物质基础，媒介化赛博格以“个体（肉体—意识）—媒介—身份”为基本结构。媒介性主体性具体呈现为主动联接、邀请、聚集、容纳、谋和世界、与之联结和交融的活动性质。媒介性主体性为主体与世界交融共生的主体存在方式提供了现实可能。

《媒介革命视野下的中国网络文学海外传播》（邵燕君、吉云飞、肖映萱，《文艺理论与批评》2018 年第 2 期）。文章认为，中国网络文学自孕育诞生之日（20 世纪末）便与世界流行文艺有着密切的关系。在发展初期，它是“被哺育方”——接受世界流行文艺输出大国的影响，模仿其成熟类型进行创作，在这一过程中进行本土化更新。经过 20 年的茁壮成长，中国网络文学不但形成“全球风景独好”的文化奇观，更原创出一套根植于网络性和粉丝经济的生产机制。随着其海外传播规模逐渐扩大，开始进入某种程度上的“文化反哺”阶段，有望与美国好莱坞电影、日本动漫、韩国电视剧等全球流行文艺一样，成为具有国际竞争力、能够代表本国特色的文化输出力量。

《网络小说的文化价值》（周志雄，《网文圈》，2018 年 11 月刊）。作者认为，为什么中国网络小说会有如此活力，并且风景这边独好？中国改革开放以来经济高速发展的成就所带来的宽松的创作环境与阅读环境是其生长的土壤，而悠久的中国文化和文学传统为中国网络小说创作提供的养分是它最雄厚的资源和底气，网络小说的文化价值由此而来。网络小说创作的意义就在于赋予作品丰富的文化价值，满足广大读者的精神文化需要。

二、学术期刊代表性论文（100 篇列目，以发表时间先后为序）

1. 孟隋，《论我国网络文学的内容组织模式》，《天府新论》2018 年第 1 期。

2. 王泽庆，《网络超长篇小说的多维度透视》，《山西大学学报（哲学社会科学版）》2018 年第 1 期。

3. 吴小玲，张霄，《网络言情小说的亚文化因子与主流文化的收编》，《西南交通大学学报（社会科学版）》2018 年第 1 期。

4. 王璐璐，《全球文化消费视角下中国网络文学海外传播研究——以 Wuxiaworld 为例》，《出版发行研究》2018 年第 1 期。

5. 胡友峰，《论电子媒介时代文论话语转型》，《文学评论》2018 年第 1 期。

6. 许苗苗，《游戏逻辑：网络文学的认同规则与抵抗策略》，《文学评论》2018 年第 1 期。

7. 宁传林，夏德元，《场域理论视角下网络文学作者、编辑、读者的角色认知》，《编辑学刊》2018 年第 1 期。

8. 马立新，洪文静，《基于 IP 和流量要素的网络文艺内循环生产机制研究》，《艺术百家》2018 年第 1 期。

9. 沈瑜钰，《论疯丢子围观式历史穿越小说——以〈百年家书〉为例》，《小说评论》2018 年第 1 期。

10. 王一鸣，《网络文学叙事圈的动因、过程与叙事制度》，《出版科学》2018 年第 1 期。

11. 庄庸，张瑞霞，《2017“中国网络文学+”发展报告》，《中国出版》2018 年第 2 期。

12. 黄鸣奋，《2017 年网络文艺发展动态》，《人民论坛》2018 年第 3 期。

13. 黎杨全，《虚拟体验与文学想象——中国网络文学新论》，《中国社会科学》2018 年第 1 期。

14. 周雯，范笑竹，《泛娱乐背景下中国文化影响力生成的可能性探讨》，《艺术评论》2018 年第 2 期。

15. 欧阳友权，邓祯，《网络文学产业链的竞合与优化》，《福建论坛（人文社会科学版）》2018 年第 2 期。

16. 杨勇，《一代文学崛起：2017 年中国网络文学大事记》，《出版广角》2018 年第 3 期。

17. 陈定家，《2017 年网络文学研究著作盘点》，《中国图书评论》2018 年第 2 期。

18. 范婴，《互联网业态下 IP 运营的法制建设》，《出版广角》2018 年第 2 期。

19. 吴小玲，张霄，《虚假的觉醒：“种田文”中的女性意识探析》，《天府新论》2018 年第 2 期。

20. 郑纳新，《优化网络文学生态的几点思考》，《南方文坛》2018 年第 2 期。

21. 肖晶，《网络文学的视野与文学的互联网化——兼谈海青拿天鹅的古典言情系列网络小说》，《南方文坛》2018 年第 2 期。

22. 韩颖琦，韦宝华，《对广西网络小说写作现状的考察及思索》，《南方文坛》2018 年第 2 期。

23. 陈骢，刘绍静，《“互联网+”时代网络文学生产者的新特征》，《齐鲁学刊》2018 年第 2 期。

24. 徐杰，《“意味”与“快感”：从传统文学到新媒体文学》，《内蒙古社会科学（汉文版）》2018 年第 2 期。

25. 陈日红，《网络文艺视频化的原因探析》，《青年记者》2018 年第 8 期。

26. 谢磊，王雪梅，《网络小说 IP 剧“生成”与“生存”研究》，《出版广角》2018 年第 4 期。

27. 贺子岳，梅瑶，《泛娱乐背景下网络文学全产业链研究》，《出版广角》2018 年第 4 期。

28. 李文怡，《全版权运营模式初探》，《出版广角》，2018 年第 4 期。

29. 邵燕君，吉云飞，肖映萱，《媒介革命视野下的中国网络文学海外传播》，《文艺理论与批评》，2018 年第 2 期。

30. 韩曙明，《提高网络文学编校质量的思考》，《出版广角》2018 年第 6 期。

31. 苏晓芳，《古典文学传统影响下的网络小说创作》，《福建论坛（人文社会科学版）》2018 年第 4 期。

32. 高婷，《网络文学作品 IP 改编存在的版权问题及对策思考》，《中国出版》2018 年第 7 期。

33. 黎杨全，《中国网络文学与游戏经验》，《文艺研究》2018 年第 4 期。

34. 席志武，付自强，《我国网络文学海外传播现状、困境与出路》，《中国编辑》2018 年第 4 期。

35. 付伟棠，张志强，《我国数字阅读行业的新发展：基于 2017 年数字阅读报告的分析》，《图书馆杂志》2018 年第 4 期。

36. 韩模永，《论网络文学的两副面孔及内在会通》，《扬子江评论》2018 年第 2 期。

37. 房伟，《青年批评家如何应对网络文学?》，《扬子江评论》2018 年第 2 期。

38. 卫晴，杨国祥，《〈楚乔传〉的 IP 运营策略探析》，《青年记者》2018 年第 12 期。

39. 施灏，《网络文学改编剧的传播问题及对策》，《当代电视》2018 年第 5 期。

40. 欧阳友权，《辨识新时代网络文学的三个维度》，《中国高校社会科学》2018 年第 3 期。

41. 欧阳友权，邓祯，《2017 年网络小说回眸》，《南方文坛》2018 年第 3 期。

42. 赵小雷，《文学为体，网络为用——建构网络文学评价体系的两难境遇》，《西北大学学报（哲学社会科学版）》2018 年第 3 期。

43. 欧阳友权，《网络文学批评的述史之辨》，《文学评论》2018 年第 3 期。

44. 王红梅，《以现实主义题材打造网络文学优质文化 IP 探析——以地质出版社〈大运河会馆传奇〉为例》，《出版发行研究》2018 年第 5 期。

45. 刘学周，《探究网络文学产业化发展中的内容生产》，《出版广角》2018 年第 8 期。

46. 贺予飞，《网络类型文学崛起的媒介动因与发展症结》，《出版科学》2018 年第 3 期。

47. 鲍娴，《当下网络文学出海中的问题及对策》，《中国出版》2018 年第 10 期。

48. 罗先海，《当代文学的“网-纸”互联——论〈繁花〉的版本新变与修改启示》，《当代作家评论》2018 年第 3 期。

49. 于准，《全民阅读背景下的移动网络文学内容建设》，《中国编辑》2018 年第 6 期。

50. 吴楚舒，《穿越类网络文学的文化传承与艺术创新》，《江西社会科学》2018 年第 6 期。

51. 常方舟，《网络文学类型化问题研究》，《上海文化》2018 年第 6 期。

52. 田泥，杨飏，《网络文学离公共领域有多远——关于网络文学的“新民间”论反思》，《探索与争鸣》2018 年第 6 期。

53. 宫丽颖，纪红艳，《网络文学平台多元化资本运营探究》，《中国出版》2018 年第 12 期。

54. 骆志方，《融媒时代网络小说 IP 产品的传播研究》，《出版广角》2018 年第 12 期。

55. 常洪卫，蒋海升，《互联网思维对网络文学 IP 运营理念的重塑》，《中国编辑》2018 年第 7 期。

56. 韩模永，《超文本场景：网络文学的空间转向》，《南京社会科学》2018 年第 7 期。

57. 欧阳友权，《改革开放视野中的网络文学 20 年》，《中州学刊》2018 年第 7 期。

58. 周兴杰，《网络文学 20 年接受方式的转变》，《中州学刊》2018 年第 7 期。

59. 许苗苗，《网络文学 20 年发展及其社会文化价值》，《中州学刊》2018 年第 7 期。

60. 禹建湘，《产业化背景下网络文学 20 年的写作生态嬗变》，《中州学刊》2018 年第 7 期。

61. 周兴杰，《当“民族”遇见“新部族”：少数民族网络文学中的身份认同问题》，《民族文学研究》2018 年第 4 期。

62. 彭桂兵，《网络文学版权保护：侵权形态与司法认定——兼评近期的几个案例》，《出版科学》2018 年第 4 期。

63. 王玉玊，《“选择服从”与“选择相信”——“二次元存在主义”的内涵与实践》，《文艺理论与批评》2018 年第 4 期。

64. 尹航，张莉，《传播主流价值引领社会风尚　创造性构建网络文化产业链》，《四川戏剧》2018 年第 7 期。

65. 黄鸣奋，《位置批评视野中的网络文学》，《江苏大学学报（社会科学版）》2018 年第 4 期。

66. 黄鸣奋，《后移动互联网时代的网络文艺》，《福建论坛（人文社会科学版）》2018 年第 8 期。

67. 谷硕，《论“凡人凡语”的网络文学批评建构价值》，《学习与探索》2018 年第 8 期。

68. 田泥，杨飏，《反思网络书写群像中的“新民间”现象》，《文化纵横》2018

年第 4 期。

69. 张云帆，《网络文学改编漫画的新趋势》，《传媒》2018 年第 15 期。

70. 黄亚妮，《网络小说的程式化与趋同性研究》，《兰州学刊》2018 年第 8 期。

71. 张晶，《论网络文学电影改编中的文化接受》，《电影文学》2018 年第 16 期。

72. 卜凡，《从〈悟空传〉看经典 IP 的解构与重塑》，《电影文学》2018 年第 16 期。

73. 杨柏岭，张泉泉，《“想象的实感”：网络文艺批评的原则、类型及艺术真实论》，《现代传播（中国传媒大学学报）》2018 年第 8 期。

74. 刘弟娥，《网络文学、语言传统与文学经典》，《当代文坛》2018 年第 5 期。

75. 陈保志，《网络文学研究的深度耕犁——2017 年网络文学理论研究概览》，《当代文坛》2018 年第 5 期。

76. 汤俏，《网络文学“IP 热”研究》，《当代文坛》2018 年第 5 期。

77. 李志艳，邹建军，《文学地理学视野下网络文学的空间问题研究》，《南方文坛》2018 年第 5 期。

78. 王昊，蒋帅，王立军，《中国网络文学网站建设问题探析》，《图书馆学研究》2018 年第 17 期。

79. 林雨晓，《网络洗稿特征及解决策略》，《编辑学刊》2018 年第 5 期。

80. 陈发长，《“网络文学+影视”的全媒体营销模式探索》，《出版广角》2018 年第 18 期。

81. 欧阳友权，《中国少数民族网络文学 20 年巡礼》，《福建论坛（人文社会科学版）》2018 年第 10 期。

82. 夏烈，《态度与方法：略说介入网络文学 20 年的学术资源》，《中国图书评论》2018 年第 10 期。

83. 周百义，《我国网络文学发展现状探析》，《中国编辑》2018 年第 10 期。

84. 王小英，《网络小说的视觉化与影视改编》，《中州学刊》2018 年第 10 期。

85. 张涛，《两种艺术的融合与再生——“从小说到电影：艺术形式的转换与生成”学术论坛综述》，《文艺争鸣》2018 年第 10 期。

86. 何平，《再论“网络文学就是网络文学”》，《文艺争鸣》2018 年第 10 期。

87. 丹飞，《网络文学+，+什么？怎么+?》，《科技与出版》2018 年第 11 期。

88. 李华成，《网络文学纸书出版趋冷困境及对策》，《科技与出版》2018 年第 11 期。

89. 彭远红，苏磊，韩婧，张广萌，石磊，《攀登网络文学创作新高峰》，《科技与出版》，2018 年第 11 期。

90. 王志刚，度冉，《大数据时代网络文学版权保护的新问题及其规制》，《科技与出版》2018 年第 11 期。

91. 陈前进，杨琴，《中国网络文学的责任与担当》，《科技与出版》2018 年第 11 期。

92. 郝婷，杨蕾磊，《我国网络文学作家成长制度研究——基于 37 家网络文学平台的调研》，《科技与出版》2018 年第 11 期。

93. 李昊，吴玉杰，《女性文学异托邦建构的可能性——以“耽美文学”为例》，《当代文坛》2018 年第 6 期。

94. 刘毅，张佐堂，《网络文学中武术文化的译介与传播——以北美网络翻译平台“武侠世界”为例》，《西南交通大学学报（社会科学版）》2018 年第 6 期。

95. 杨拓，《论电子媒介文学文本的跨媒介性》，《江西社会科学》2018 年第 11 期。

96. 余碧琳，汤雪梅，《网络文学的起兴、异化与价值回归——基于三种经典传播学理论的解析》，《出版发行研究》2018 年第 11 期。

97. 黄发有，《论文学语言在电子文化语境中的变异》，《文艺研究》2018 年第 12 期。

98. 莫林虎，杨舒钠，《改革开放 40 年来资本运营对出版传媒产业的促进作用》，《中国出版》2018 年第 24 期。

99. 杜书瀛，《漫议“改革开放 40 年来的文艺理论”》，《文艺争鸣》2018 年第 12 期。

100. 徐一天，《泛娱乐化时代粉丝经济规模效应分析》，《市场研究》2018 年第 12 期。

三、年度报纸文章代表作（100 篇列目，以发表时间为序）

1. 陈定家，《中国网络文学：营造清朗网络空间》，《中国社会科学报》2018 年 1 月 22 日。

2. 邵燕君，《2017 年网络文学：“媒介融合”与“世代更迭”》，《文艺报》2018 年 1 月 29 日。

3. 张云帆，《对新时期网络文学发展的几点思考》，《中国新闻出版广电报》2018 年 1 月 30 日。

4. 卢有泉，《新媒体时代：文学如何链接文化产业》，《中国教育报》2018 年 2 月 5 日。

5. 樊文，《作家作品仍是根本　传播平台成首要助力》，《国际出版周报》2018 年 2 月 5 日。

6. 于田，《运作模式多样　规模持续扩大》，《国际出版周报》，2018 年 2 月 12 日。

7. 窦元娜，《商业化进程完善　打通泛娱乐全产业链》，《国际出版周报》，

2018 年 2 月 12 日。

8. 许惟一,《在新时代看“中国网文”的变革与发展》,《国际出版周报》2018 年 2 月 12 日。

9. 樊文,《现实类题材成为 IP 改编新增长点》,《国际出版周报》2018 年 2 月 12 日。

10. 肖惊鸿,《2017 年网络文学:更富多样性　离梦想更近》,《文艺报》2018 年 2 月 12 日。

11. 郑纳新,《优化网络文学生态的几点思考》,《文艺报》2018 年 2 月 26 日。

12. 刘青纯,《经典式微是时代之殇》,《上海金融报》2018 年 2 月 27 日。

13. 王觅,《增强文化自信,促进文学事业繁荣》,《文艺报》2018 年 3 月 12 日。

14. 刘艳,《在文学领域倡导“三讲”抵制“三俗”》,《中国社会科学报》2018 年 3 月 15 日。

15. 蒲波,《世上有　戏上有》,《中国艺术报》,2018 年 3 月 16 日。

16. 章正,《网络作家崛起:如何坐上社会的“主桌”》,《中国青年报》2018 年 3 月 19 日。

17. 章正,《网络作家的底线:作品要敢给孩子看》,《中国青年报》2018 年 3 月 19 日。

18. 章正,《如何面对网络作家等“新青年”群体崛起》,《中国青年报》2018 年 3 月 19 日。

19. 杜浩,《“中国网文”如何赢得世界》,《石家庄日报》2018 年 3 月 21 日。

20. 张颐武,《提高文学品质,打造跨语言的文化航船》,《文艺报》2018 年 3 月 21 日。

21. 张颐武,《网络文学是中国新“发明”》,《人民政协报》2018 年 3 月 26 日。

22. 胡雨,《阅文收入增长放缓　影视开发是“新大陆”》,《财会信报》2018 年 3 月 26 日。

23. 李尔静,《网络文学也可以讲好“中国故事”》,《长江日报》2018 年 3 月 31 日。

24. 高爽,《现实之根与想象之翼》,《辽宁日报》2018 年 4 月 4 日。

25. 张颐武,《网络文学是中国新“第五大发明”》,《北京日报》2018 年 4 月 9 日。

26. 杜浩,《“中国网络作家村”书写文学的时代答卷》,《中华读书报》2018 年 4 月 11 日。

27. 陈曼冬,《重镇风范如何炼成》,《浙江日报》2018 年 4 月 13 日。

28. 张魁兴,《网络文学也须攀“高峰”》,《中华读书报》2018 年 4 月 18 日。

29. 周慧虹，《网络文学创作需谋求“钱景”更应讲求“尊严”》，《中国艺术报》2018 年 4 月 25 日。

30. 舒晋瑜，《“我们不是在扶持现实题材的作品，而是在扶持伪现实”》，《中华读书报》2018 年 4 月 25 日。

31. 杨鸥，《网络文学 20 年：进入“品质为王”新时代》，《人民日报海外版》2018 年 4 月 25 日。

32. 吴学安，《网络文学须摒弃“野蛮生长”模式》，《河北日报》2018 年 4 月 27 日。

33. 庄庸，《中国网络文学进入现实题材新时代》，《中国出版传媒商报》2018 年 4 月 27 日。

34. 邵燕君，《网络文学恢复了大众的阅读梦和写作梦》，《文学报》2018 年 5 月 3 日。

35. 张钦坤，《网络版权产业缘何高速增长》，《中国新闻出版广电报》2018 年 5 月 3 日。

36. 尚光一，《出版产业变革的“张力”与“阻力”》，《中国社会科学报》2018 年 5 月 3 日。

37. 安亚斌，《从网络中来 到现实中去》，《文艺报》2018 年 5 月 7 日。

38. 楚卿，《有效阅读比人均阅读量更待提升》，《中国艺术报》2018 年 5 月 7 日。

39. 李勤余，《在小说〈玩家 1 号〉里看美国商业资本的丛林法则》，《文汇报》2018 年 5 月 8 日。

40. 许苗苗，《网络文学：壮大之后别走向单一》，《人民日报》2018 年 5 月 8 日。

41. 钱小芊，《在中国作协九届三次全委会上的工作报告》，《文艺报》2018 年 5 月 11 日。

42. 唐家三少，《把光明的力量传达给广大读者》，《文艺报》2018 年 5 月 14 日。

43. 蒋胜男，《坚定文化自信 激发创造活力》，《文艺报》2018 年 5 月 16 日。

44. 杜浩，《有感于“中国网络作家村”》，《文学报》2018 年 5 月 17 日。

45. 天下尘埃，《好风凭借力》，《文艺报》2018 年 5 月 21 日。

46. 王国平，《“有力量的文字像钉子”》，《光明日报》2018 年 5 月 23 日。

47. 李小茜，《从“网络性”回归到“文学性”》，《中国社会科学报》2018 年 5 月 25 日。

48. 桫椤，《〈大神们〉：批评家的意气和燃情》，《文艺报》2018 年 5 月 25 日。

49. 夏烈，《互联网时代的文学地理，需要网络文学》，《文汇报》2018 年 5 月 29 日。

50. 许苗苗，《网络文学，得到的和失去的》，《文汇报》2018 年 5 月 29 日。

51. 王祥，《〈间客〉何以成为第一？》，《文汇报》2018 年 5 月 29 日。

52. 范周，《文化为核，娱乐为表》，《社会科学报》2018 年 5 月 31 日。

53. 庄庸，《网络文学进入新时代》，《中国出版传媒商报》2018 年 6 月 5 日。

54. 孙佳山，《网络文学为中国传统文化插翅“出海”》，《中国文化报》2018 年 6 月 8 日。

55. 邱振刚，《告别“野蛮生长”[N]》，《中国艺术报》2018 年 6 月 8 日。

56. 李林荣，《中国网络小说排行榜为网络小说扬起一面文学的风旗》，《文艺报》2018 年 6 月 11 日。

57. 张成，《由“漫威宇宙”到网络文艺中国式 IP》，《中国艺术报》2018 年 6 月 11 日。

58. 鲍远福，《新时代，网络科幻小说何为？》，《中国艺术报》2018 年 6 月 15 日。

59. 刘仁，《浅析全版权运营趋势与问题》，《中国知识产权报》2018 年 6 月 22 日。

60. 吴长青，《“网络文”的消费表达》，《团结报》2018 年 6 月 23 日。

61. 李明非，《网络时代文学批评的担当》，《中华读书报》2018 年 6 月 27 日。

62. 郑崇选，《网络文学可能决定未来大众文化生产》，《社会科学报》2018 年 6 月 28 日。

63. 关育兵，《网络是现实主义文学的大舞台》，《湖南日报》，2018 年 7 月 2 日。

64. 湖南作家研究中心，《2017 年湖南文学年度发展报告》，湖南日报 2018 年 7 月 6 日。

65. 李长空，《网络文学创作需去浮躁之风》，《中国文化报》2018 年 7 月 11 日。

66. 何勇海，《整治网络文学要“堵疏结合”》，《山西日报》2018 年 7 月 11 日。

67. 李永杰，《网络文学发展的热土》，《中国社会科学报》2018 年 7 月 13 日。

68. 周思明，《用现实主义拓宽网络文学发展之路》，《河北日报》2018 年 7 月 13 日。

69. 彭艺，《让网络文学 IP 成为中国动漫的加速器》，湖南日报 2018 年 7 月 17 日。

70. 张颐武，《百年文学与文化》，《人民政协报》2018 年 7 月 23 日。

71. 程惠民，《加强现实题材创作　推出一流作品》，《文艺报》2018 年 7 月 27 日。

72. 魏玉山，《2017 年中国数字出版产业整体规模扩大》，《国际出版周报》2018 年 7 月 30 日。

73. 臧军，《完善机制　创造条件　提供保障》，《文艺报》2018 年 8 月 3 日。

74. 马立新，《遏制流行病象　构建网络文艺新秩序》，《中国社会科学报》

2018 年 8 月 8 日。

75. 罗宗宇，《民族文学研究的本土立场与世界眼光》，《中国民族报》2018 年 8 月 10 日。

76. 贺予飞，《开启网络文艺学研究新疆域》，《中国艺术报》2018 年 8 月 15 日。

77. 楚卿，《文艺要塑造灵魂，而非匹配明星脸》，《中国艺术报》2018 年 8 月 20 日。

78. 楚卿，《“江南们”走向真正的创作必须在精神上实现“断奶”》，《中国艺术报》2018 年 8 月 27 日。

79. 桫椤，《文本位移和审美转场》，《文艺报》2018 年 8 月 29 日。

80. 谢仁敏，《在时代实践中寻找方向》，《广西日报》2018 年 8 月 30 日。

81. 刘殊菁，《网络文学及其与动漫产业的联姻》，《中华读书报》2018 年 9 月 12 日。

82. 何弘，《从自然生长到有序引导》，《文艺报》2018 年 9 月 17 日。

83. 许莹，《写作旅途中的别样分享》，《文艺报》2018 年 9 月 21 日。

84. 李虎（天蚕土豆），《青春梦想　责任担当》，《文艺报》2018 年 9 月 26 日。

85. 吴学安，《网络文学摒弃“抄袭”还有多少功课要做》，《中华读书报》2018 年 10 月 10 日。

86. 罗立桂，《创作中国网络文学精品》，《中国社会科学报》2018 年 10 月 11 日。

87. 周才庶，《数字媒介与审美经验变迁》，《中国社会科学报》2018 年 10 月 15 日。

88. 徐亦嘏，《复杂时代经验下的类型文学思辨》，《文艺报》2018 年 10 月 22 日。

89. 黄发有，《文学评论要有底气、接地气》，《文艺报》2018 年 10 月 31 日。

90. 张智全，《惩治网络文章侵权要刮骨疗伤》，《人民法院报》2018 年 10 月 31 日。

91. 刘桂茹，《网络文学批评的困境与突围》，《文艺报》2018 年 11 月 7 日。

92. 王小书，《精品内容是网络文学的核心竞争力》，《中国文化报》2018 年 11 月 9 日。

93. 红九，《网络文学需要现实生活的滋养》，《中国艺术报》2018 年 11 月 9 日。

94. 韩莉，《网络文学“从乱而治”需要坚守责任》，《河北日报》，2018 年 11 月 9 日。

95. 王朝军，《速成的文化只能是鸡肋》，《山西日报》，2018 年 11 月 14 日。

96. 欧阳友权，《网络文学：驰骋在改革开放的时代蓝海》，《中国艺术报》2018 年 12 月 7 日。

97. 周思明，《新时代文学的“速度与激情”》，《河北日报》2018 年 12 月 7 日。

98. 尚光一，《网络文学的发展态势与优化策略》，《中国社会科学报》2018 年 12 月 10 日。

99. 张景阳，《区块链来了，网络文学侵权可以休矣》，《科技日报》2018 年 12 月 14 日。

100. 邵燕君，《什么是“典文”？什么是“好文”？谁是“经典性作家”？》，《文学报》2018 年 12 月 27 日。

四、年度论著、硕博论文和科研项目

（一）年度理论批评著作

1. 2018 年出版的著作

（1）《2017 中国年度网络文学（男频卷）》，邵燕君，吉云飞主编，漓江出版社，2017 年 12 月。

（2）《2017 中国年度网络文学（女频卷）》，邵燕君，肖映萱主编，漓江出版社，2017 年 12 月。

（3）《华语网络文学研究 3》，夏烈著，湖北教育出版社，2018 年 1 月。

（4）《文化产业境域的网络文学研究》，赖敏著，科学出版社，2018 年 4 月。

（5）《大神们：我和网络作家这十年：星火时代》，夏烈著，花城出版社，2018 年 5 月。

（6）《网络文艺学探析》，欧阳友权著，中国社会科学出版社，2018 年 5 月。

（7）《中国网络文学年鉴（2017）》，欧阳友权主编，新华出版社，2018 年 5 月。

（8）《破壁书：网络文化关键词》，邵燕君主编，王玉王副主编，生活．读书．新知三联书店，2018 年 5 月。

（9）《粤派网络文学评论》，西篱主编，广东人民出版社，2018 年 5 月。

（10）《中国诗歌：2018 年度网络诗选》，阎志编，人民文学出版社，2018 年 6 月。

（11）《中国网络文学改编的电视剧研究》，侯怡著，上海人民出版社，2018 年 7 月。

（12）《网络与新媒体文学》，唐东堰，雷奕，陈彩林主编，北京大学出版社 2018 年 7 月。

（13）《国家网络文艺战略研究：中国文化强国新时代》，庄庸，王秀庭著，福建教育出版社，2018 年 9 月。

（14）《突破与转型——新世纪以来网络文学研究论文选》，荣跃明，袁红涛主编，东方出版中心，2018 年 11 月。

（15）《中国网络文学二十年》，欧阳友权主编，江苏凤凰文艺出版社，2018 年 12 月。

2. 著作评介文章

论著1:《网络文学创作原理》,王祥,中国人民大学出版社,2015年4月。

书评:屈波,《互联网时代文学写作的新变化——评〈网络文学创作原理〉》,《新闻爱好者》,2018年第1期。

论著2:《网络文学与动漫产业互动发展研究》,陈海燕,四川大学出版社,2017年7月。

书评:胥倩,周于飞,《一部选题新颖论述独到的网络文学研究力作——评〈网络文学与动漫产业的互动发展研究〉》,《名作欣赏(评论版)》,2018第2期。

论著3:《破壁书:网络文化关键词》,邵燕君,王玉王,生活.读书.新知三联书店,2018年5月。

书评:王玉王,《一词一世界——〈破壁书:网络文化关键词〉的编撰》,《中国图书评论》,2018年第8期。

论著4:《网络文艺学探析》,欧阳友权,中国社会科学出版社,2018年5月。

书评1:禹建湘,《网络文艺学的历史性演进——读欧阳友权〈网络文艺学探析〉》,《中国图书评论》,2018年第9期。

书评2:贺予飞,《开启网络文艺学研究的新疆域》,《中国艺术报》,2018年8月15日。

书评3:蒲钰希,《网络文艺需要建构自己的理论——读欧阳友权〈网络文艺学探析〉》,《文艺报》,2018年10月29日。

书评4:曾照智,《建构数字化时代的网络文艺学》,《文学报》,2018年11月8日。

论著5:《网络文学论纲》,欧阳友权,人民文学出版社,2003年4月。

书评:陈丽玉,《网络文学的文化逻辑及人文内涵——评〈网络文学论纲〉》,《新闻战线》,2018年第18期。

论著6:《大神们:我和网络作家这十年:星火时代》,夏烈,花城出版社,2018年5月。

书评1:汤俏,《一介新文人的朴素"野心"》,《博览群书》,2018年第10期。

书评2:桫椤,《〈大神们〉:批评家的意气和燃情》,《文艺报》,2018年5月25日。

论著7:《数字出版商业模式研究》,陈洁,中国社会科学出版社,2017年5月。

书评:吴凯炎,高桂芳,《媒介融合时代的新数字出版——读〈数字出版商业模式研究〉》,《出版广角》,2018年第18期。

(二)年度硕博学位论文

1. 于晓芳.全媒体背景下建构网络文学批评机制的探讨[D].湖北民族学院硕

士学位论文，2018.

2. 度冉. 大数据时代网络文学的版权保护［D］. 河南大学硕士学位论文，2018.

3. 王姝雨. 网络文学 IP 价值开发研究［D］. 湖南大学硕士学位论文，2018.

4. 王月. 网络文学 IP 的营销策略研究［D］. 辽宁大学硕士学位论文，2018.

5. 王玉焦. 网络“女频”小说研究［D］. 贵州民族大学硕士学位论文，2018.

6. 孙敏. 网络都市言情小说论析［D］. 山东师范大学硕士学位论文，2018.

7. 姚婷婷. 网络宫斗小说研究［D］. 山东师范大学硕士学位论文，2018.

8. 刘振玲. 网络文学知识产权开发研究［D］. 山东师范大学硕士学位论文，2018.

9. 张艳丽. 网络小说影视剧改编研究［D］. 山东师范大学硕士学位论文，2018.

10. 裴振. 论网络文学的价值虚无主义［D］. 山东师范大学硕士学位论文，2018.

11. 马嘉潞. 网络小说改编剧中的青年亚文化的传播研究［D］. 山东师范大学硕士学位论文，2018.

12. 王晨阳. 泛娱乐时代我国网络文学 IP 转化成影视作品的机制研究［D］. 东北师范大学硕士学位论文，2018.

13. 杜瑜. 晋江文学城 IP 运营研究［D］. 陕西师范大学硕士学位论文，2018.

14. 蒋祎. 网络言情小说中的爱情叙事［D］. 江西师范大学硕士学位论文，2018.

15. 庞馨悦. 江南小说创作中的“另类”校园书写［D］. 吉林大学硕士学位论文，2018.

16. 贺泽兰. 基于虚拟社区互动的 IP 整合营销研究［D］. 广西大学硕士学位论文，2018.

17. 肖博文. 网络小说改编青春偶像剧的类型特征与传播策略［D］. 吉林大学硕士学位论文，2018.

18. 贾舒. 从性别文化视角看网络文学中的男性生育题材［D］. 陕西师范大学博士学位论文，2018.

19. 陈梦雅. 网络抗战小说电视剧改编研究［D］. 江苏师范大学硕士学位论文，2018.

20. 张青婉. 近年网络言情小说创作模式研究［D］. 云南师范大学硕士学位论文，2018.

21. 贾宽涛. 网络盗墓小说中的“他者历史”文学书写研究［D］. 云南师范大学硕士学位论文，2018.

22. 刘振宇. 大学生网络文学阅读行为影响因素研究［D］. 内蒙古大学硕士学位论文，2018.

23. 姬越蓉．中国传统文学出版 IP 研究［D］．南京大学硕士学位论文，2018.

24. 丁述银．码字工—网络文学底层生态［D］．南京大学硕士学位论文，2018.

25. 王金朵．网络作家 Priest 研究［D］．河北师范大学硕士学位论文，2018.

26. 薛杰夫．基于受众分析的我国网络小说域外传播研究［D］．西安工业大学硕士学位论文，2018.

27. 侯娟．网络小说的产业化研究［D］．南京师范大学硕士学位论文，2018.

28. 王悦．自媒体时代网络都市小说研究［D］．东北师范大学硕士学位论文，2018.

29. 邹祖邑．高低语境下的中国网络玄幻小说跨文化传播研究［D］．上海外国语大学硕士学位论文，2018.

30. 贾方方．新媒体传播视野下校园题材影视 IP 的开发研究［D］．华中师范大学硕士学位论文，2018.

31. 翟顺超．网络文学行业收入确认与计量研究［D］．上海国家会计学院硕士学位论文，2018.

32. 刘萍．“武侠世界”网站对中国网络奇幻小说的英译研究［D］．上海外国语大学硕士学位论文，2018.

33. 张琪．消费文化视阈下的国产 IP 电影［D］．吉林大学硕士学位论文，2018.

34. 杨霄．同源 IP 延伸开发探索研究［D］．郑州大学硕士学位论文，2018.

35. 万雪飞．非虚构作品 IP 的现状与问题研究［D］．南昌大学硕士学位论文，2018.

36. 王蕾．中国互动小说出版研究［D］．苏州大学硕士学位论文，2018.

37. 张欢．新媒体时代网络大 IP 影视剧热反思［D］．吉林大学硕士学位论文，2018.

38. 包宝涛．国产动漫 IP 运营研究［D］．安徽大学硕士学位论文，2018.

39. 段晓云．网络仙侠小说文学空间研究［D］．兰州大学硕士学位论文，2018.

40. 陈思．基于价值链理论的网络文学 IP 版权价值开发研究［D］．浙江大学硕士学位论文，2018.

41. 范雯萱．我国 IP 剧的发展现状与问题研究［D］．兰州大学硕士学位论文，2018.

42. 赵文学．奥飞娱乐 IP 运营研究［D］．南京师范大学硕士学位论文，2018.

43. 宁毅．网络文学类型化的生成机制研究［D］．广西师范大学硕士学位论文，2018.

44. 邱冬胜．网络玄幻小说在北美的传播研究［D］．东华理工大学硕士学位论文，2018.

45. 田野．藏地探秘小说研究［D］．四川师范大学硕士学位论文，2018.

46. 耿昕萌．粉丝经济视角下网络 IP 改编剧的营销策略研究［D］．上海外国语大学硕士学位论文，2018.

47. 赵欢．IP 影视剧现存问题与对策研究［D］．河北经贸大学硕士学位论文，2018.

48. 刘文博．新媒体语境下网络剧类型化发展研究［D］．上海师范大学硕士学位论文，2018.

49. 黄悦．移动互联时代：阅读的社交化研究［D］．安徽大学硕士学位论文，2018.

50. 姜崇．基于数据挖掘的网络小说价值预测分析［D］．沈阳航空航天大学硕士学位论文，2018.

51. 陈肇珅．影视行业“IP 热”研究［D］．北京印刷学院硕士学位论文，2018.

52. 胡永建．网络文学版权开发研究［D］．北京印刷学院硕士学位论文，2018.

53. 李光宁．网络文学对当代青少年“三观”的影响研究［D］．吉林财经大学硕士学位论文，2018.

54. 黄小烜．网络写作软件著作权侵权问题研究［D］．四川师范大学硕士学位论文 018.

55. 李家安．“非虚构”写作论［D］．江西师范大学硕士学位论文，2018.

56. 向真．当代网络小说中的“眩惑”性问题研究［D］．江西师范大学硕士学位论文，2018.

57. 乔欢欢．我国网络盗墓小说出版研究［D］．河南大学硕士学位论文，2018.

58. 张馨予．消费文化语境下文学经典的网络同人小说研究［D］．延边大学硕士学位论文，2018.

59. 苏荣荣．国内网络言情小说影视剧改编的叙事策略研究［D］．陕西科技大学硕士学位论文，2018.

60. 张冬静．故事中的自我迷失：网络文学阅读对青少年自我概念清晰性的影响［D］．华中师范大学硕士学位论文，2018.

61. 贺予飞．基于商业生态系统的网络文学产业发展研究［D］．中南大学博士论文，2018.

（三）年度科研项目

1. 国家级项目

（1）2018 年国家社科基金项目

全球媒介革命视野下的中国网络文学发生、发展及国际传播研究，邵燕君，重点项目，北京大学，18AZW025。

当代中国新媒介文论话语建构研究，单小曦，一般项目，杭州师范大学，18BZW008。

网络新媒体视阈下文艺改编研究，任传霞，一般项目，山东师范大学，18BZW026。

数字时代网络出版管理机制研究，宋嘉庚，一般项目，北京印刷学院，18BXW040。

网络空间治理背景下我国非法网络出版的规制研究，崔明伍，一般项目，安徽大学，18BXW042。

网络文学正能量传播激励机制研究，闫伟华，西部项目，内蒙古大学，18XXW004。

“比较文本媒介”理论视阈下的文学跨媒介生产研究，钟雅琴，青年项目，深圳大学，18CZW005。

（2）2018 年国家社科基金艺术学项目

中国数字新媒体艺术创新研究，冯应谦，重大项目，北京师范大学，18ZD12。

影视剧与游戏融合发展及审美趋向研究，陈旭光，重大项目，北京大学，18ZD13。

中国故事的影像生产，陈晓云，一般项目，北京师范大学。

中国剧本数据库构建及大数据智能剧本创作系统研究，李春芳，一般项目，中国传媒大学。

形态·基因·模式：网生内容发展动力及趋势研究，卜彦芳，一般项目，中国传媒大学。

网络剧价值引导机制研究，巴丹，一般项目，浙江理工大学。

（3）2018 年国家社科基金结项项目

推动文化产业成为国民经济支柱产业研究，杨永忠，四川大学，12AZD018。

百年中国文学与媒介的互动共生关系研究，胡友峰，温州大学，13AZW002。

网络著作权法避风港规则研究，万勇，上海交通大学凯原法学院，11CFX028。

文化视域中的网络文学研究，周志雄，山东师范大学，14BZW151。

网络著作权研究，杨小兰，四川师范大学，12BXW050。

媒介融合背景下的版权机制研究，黄先蓉，武汉大学信息管理学院，15BTQ046。

网络虚拟社区中的亚文化传播研究，蔡骐，湖南师范大学，14BXW073。

中国出版业数字化转型的媒介融合问题与对策研究，梁小建，南开大学，13CXW011。

2. 省部级项目

（1）中国作家协会网络文学理论评论支持计划 2018 年度入选项目

中国网络文学年鉴（2018），中国作家协会网络文学委员会中南大学研究基地。

中国网络文学史料丛书（第一、二卷），邵燕君。

文化视域中的网络文学研究，周志雄。

中国网络文学发展新时代：从“现实题材”到“大文创生态”，庄庸。

中国网络文学 20 年，欧阳友权。

网络小说的生产机制研究，林俊敏（阿菩）。

（2）2018 年度湖南省社科基金年度项目

文化产业 IP 运营及保护创新模式研究，赵小波，一般项目，湖南商学院。

（3）2018 年度江苏省社科项目

文化研究视域下网络文学的批评方法研究，王青，一般项目，中国矿业大学。

（4）2018 年度福建省社会科学规划项目

网络类型小说叙事研究，苏晓芳，一般项目，厦门理工学院，FJ2018B115。

（5）2018 年广西哲学社会科学规划研究课题项目

广西网络文学发展与广西文化传播研究，韩颖琦，一般课题，广西大学。

（6）2018 年四川省社科规划基地重大项目

四川网络文学产业调查与发展研究，韩新明，基地项目，西南科技大学，SC18EZD006。

产业环境网络文学原创问题研究，赖敏，基地项目，成都信息工程大学，SC18EZD048。

五、年度理论批评的不足

2018 年度，理论批评界的网络文学的研究取得了许多重要的理论成果，但从整体看，仍存在某些缺陷和不足。

1. 网络文学的“文学性”研究有待加强

“网络性”和“文学性”是网络文学的两项基本特征。“网络性”是网络文学区别于其他文学性质的基本特质，“文学性”则成为网络文学与网络上其他资讯相异的根本依据。这两项特征互为表里，在研究过程中应当给予同等重视。

但就目前的研究现状来看，学界对网络文学的内部规律研究、“文学性”研究重视不够。许多学者将网络文学视作一种文化现象或产业现象进行研究，研究视点主要落在网络文学的产业发展、海外传播、版权保护等现象上，相对而言忽视了对网络文学作为“文学”的本体研究。而在网络文学本体研究中，研究者主要集中在网络文学的定义问题、新的批评体系以及文学史的建构问题。换而言之，当前的研究以宏观性的外部研究为主，内部研究的相关成果相对较少。我们知道，无论是网络文学产业，还是 IP 改编的影视动漫行业，其兴盛发展都建立在优质的网络文学作品基础上。失去优质的网络文学文本，这些行业的发展也将成为无本之木、无源之水，难以可持续发展。对网络文学“文学性”的研究，是探析网络文学的本体，可以为网络文学提供观念本源，矫正发展路向，促进其品质的进一步提升，因为唯有坚持对网络文学本身的文学性质进行研究，才能为其他现象的研究提供保证。正如郑纳新所言，“当下网络文学的问题，显然还谈不上‘经典化’问题”①。网络文学的发展是一个时间化、历史化的自然选择过程，相较于凭空建构理论，不如回归内部的“文学性”问题研究，以奠定研究的基础。网络文学研究的过程中，不能仅仅从“网络性”的视点出发进行相应的研究——这会导致网络文学研究“用一条腿走路”。在重视外延现象研究的同时，也需要做好网络文学内部的“文学性”研究，如此才能为理论的突破提供源源不断的创新动力。

2. 理论批评与创作现实之间存在“脱节”之忧

从2018年度的相关成果来看，网络文学研究领域依然存在着理论批评与创作现实难以兼容的“脱节”问题，这主要表现在传统批评家和学院派的某些研究成果中。一方面，部分研究者将其他研究领域的方式方法生搬硬套进网络文学研究领域，造成研究的错位和结论的谬误；一方面，网络文学学术理论与作家实际创作之间存在隔阂，在大部分情况下未能契合，形成“两张皮”现象。

众所周知的是，“网络文学”是当代出现的一个新概念。无论对网络文学和传统文学做何种学理分析，都必须承认二者在多个层面上存在着差异性。在这种情况下，“网络文学”虽然是一片未经开发的“处女地”，但同时也给研究者的研究造成了困惑——传统的研究方法和理论是否能够适用于这一领域？这一困惑也逐渐演变成为针对“是否能够建立新的网络文学批评体系”这一问题的争论。

如果将1998年认定为“中国网络文学元年”，那么在2018年的今天，网络文学已经走过了整整20年时间。相对而言，网络文学研究的历史则更短。作为一个新兴的研究领域，网络文学研究依旧属于小众领域，专门从事这方面研究的学者较少。随着网络文学的迅猛发展，一些研究者发现无法再将它视若无物，因而匆匆“入场”。在这种情形下，自然缺乏对网络文学的真切认知与深厚积累，在研究过程中自觉或不自觉地将传统的理论方法生搬硬套进网络文学领域，甚至于是在没有调查的情况下，想当然的提出了自己的结论。例如，韩曙明在《提高网络文学编校质量的思考》中提出的“版面格式错误”问题中，所列举的“分段混乱”这一论证，并没有考虑到网络文学在写作阅读上的特殊性，而是以传统编校标准进行规定。还有，有的作者在文章中所认为的“网络文学作者写作的目的是为了获得影视、游戏的改编”这一认知是一种对于创作目的的误读。“IP”改编相较于相对于浩瀚的网文作品只是沧海一粟，“为改编而创作”只是少数，不能代表广大网络作家，尤其是底层作家的创作目的。

当前，对网络文学进行理论研究的主力军依旧是“学院派”的研究者。可以预

① 郑纳新：《优化网络文学生态的几点思考》，《南方文坛》2018年第2期81页。

见的是，在相当一段时间内这一局面都不会被打破。我们应当尊重这一事实，即大部分研究者的知识结构体系都来自于学院式的培养，基于传统理论方法的积淀。但在实际研究中，更应当注重研究者对于网络文学“特殊性”的把握。只有正视网络文学与传统文学的差异，切实解读网络文学的创作特征，将理论与实际情况相结合，提出的理论与建议才能够具有针对性。

当前，网络文学的相关理论依旧处于一种形而上的层面，与网络作家的创作实际存在隔阂，对实际创作的解读和回应能力有限。正因满足不了作家的实际需求，大多数作者并不看好网络文学的相关理论。相对于传统文学研究，网络文学研究一大优势在于研究者与被研究对象存在于同一时空领域。研究者应当充分发挥这一优势，加强与创作者的沟通交流，深入了解网络作家的创作实际情况，让理论研究深深地扎根于实际。因为只有实现理论与现实的统一，才能确保所提出的理论具有针对性和现实意义。

3. 同质化研究造成创新性不足

同质化不但存在于网络文学创作上，在理论批评领域中也有类似现象。

纵观 2018 年度的网络文学的理论批评成果，多数都集中在“IP”研究、产业发展、传播现实等方面，开拓新研究领域的学者较少，许多研究者习惯于赶热点或“找着说”，对相同的话题做重复性探讨，它们采用相同的方法，探讨相同的话题，表达相同的态度，得出相同的结论。这种同质化的研究现象，看似是对主流趋势的呼应，实际上堵塞了创新的道路，使得网络文学的相关研究陈陈相因，局限于一隅，理论发展受到阻碍。这种现象的出现是多方面因素造成的。首先是理论队伍薄弱。从总体上来看，网络文学研究依旧属于小众研究，学术圈中的许多学者站在传统立场，认为网络文学的研究价值不足。再加上高校对相关研究人才的培养刚刚起步，网络文学研究队伍十分薄弱。在这种情况下，网络文学领域的高水平论文往往只出自少数研究者之手，难以达成理想的思想交流碰撞效果。其次，研究深度不足。近年来，网络文学的兴盛与快速发展，促使许多学者将目光从其他研究领域转向网络文学研究，他们初次涉及网络文学研究领域，对新领域的发展业态和作家作品了解不多，所以研究起来要么生搬硬套，要么人云亦云，造成创新力不足。

学术研究从本质上来说是一种创新行为。研究者提出的新观点、新理论，发现的新现象、新规律是理论批评的使命，也是研究的重点所在。失去了创新性，学术研究将失去存在的意义。只有避免网络文学研究的同质化现象，网络文学研究才能增添活力。

（赵明、孙苑茜　执笔）

第七章 网络文学的文化产业

我国网络文学用户已达到4.06亿人，网民对文学的使用率高达50.6%，这些数据说明，网络文学依旧具有广阔的市场需求。随着资本的进入，网络文学平台不断寻找新的商业模式，有的甚至整合资源、谋求上市。网络文学精品化的发展方向和用户已经形成的付费习惯，使得用户付费阅读成为网络文学产业化发展的核心动能。在付费阅读、粉丝打赏、网络广告三足鼎立的盈利格局之下，网络文学IP全版权运营也呈厚积薄发之势，开拓了一条新的产业通道。近两年，网文出海也为我国的网络文学产业化打开了国际市场。除此之外，线下出版、IP改编等多方向发展实现了作者、平台的多重收益，使网络文学的文化产业在上一年的基础上更上一层台阶。

一、网络文学线上产业

1. 付费阅读仍为主要盈利方式，IP全版权运营成为发展趋势

（1）付费模式进入黄金期，网站收费制日渐成熟

付费阅读主要指读者通过充值的方式获得会员身份，从而能够在免费试读结束后继续阅读网络小说章节的作品变现方式。2018年，部分文学网站阅读收费的标准如下：

①起点中文网、起点女生网

等级	普通用户	普通会员	高级会员	初级VIP	高级VIP
升级条件	——	一次性充值1元	12个自然月内消费满199元	12个自然月内消费满1200元	12个自然月内消费满3600元
付费标准	5分/千字	5分/千字	5分/千字	4分/千字	3分/千字

②小说阅读网

阅读币与人民币兑换比例和充值方式有关，网银、支付宝、财付通，1元人民币兑换100阅读币；手机充值卡充值100元获得8500阅读币；手机短信充值30元获得1200阅读币；Q币卡充值10元获得800阅读币。

官方付费定价标准为：3阅读币/千字，由作者自主定价的作品，价格在3-10个阅读币/千字不等，不足千字部分不计费。

③逐浪网

1元人民币兑换100逐浪币，每10逐浪币可阅读2000字，大约每千字价值五分钱。

④17K小说网

根据充值数额不同分为17个VIP等级，根据等级不同每千字收费3-5分钱不等，也可使用包月服务，任意阅读VIP章节。

包月时长	1个月	3个月	6个月	1年
收费	19.9元	39元	66元	108元
续包	19.9元/月	15元/月	12元/月	9月/月

⑤QQ阅读、创世中文网、云起书院

等级	VIP1	VIP2	VIP3	VIP4	VIP5	VIP6	VIP7	VIP8	VIP9
累计消费	任意	6000	18000	36000	72000	128000	240000	480000	960000
订阅价格	5	5	5	5	4	4	3	3	3

（注：升级累计按照过往12个月动态计算，表格中单位均为书币，1书币=0.01元）

⑥纵横中文网

等级	VIP1	VIP2	VIP3	VIP4	VIP5
累计消费	充值	50元	500元	5000元	50000元
订阅价格	5分/千字	3分/千字	3分/千字	3分/千字	3分/千字

⑦飞库网

不同充值方式可以充值的上限不同，支付宝、网银、话费充值的起充金额不同，网站内最低10元起充值，1元/100飞币，即1分钱兑换1飞币，总体上5分/千字。

⑧潇湘书院

根据粉丝值的不同分为10个等级，根据等级不同每千字收费3-5分钱不等；可单本购买电子书，书籍价格为1-5元不等；也可使用包月服务，任意阅读VIP章节。

包月时长	1个月	3个月	6个月	12个月	24个月
收费	15元	40元	70元	120元	200元

⑨晋江文学城

部分 VIP 作品更新完结后经过筛选会被收录到完结包月库中，即 VIP 作品阅读权限高于完结包月库作品，包月又分为“3 元 5 本”和“15 元通读”两种。每千字阅读收费价格如下：

等级	消费用户	普通用户	初级 vip 用户	高级 vip 用户
升级条件	在晋江网注册或登录的用户	单笔充值 3000 晋江币/15 天累计消费 1500 晋江币	单笔充值 10000 晋江币/30 天累计消费 3000 晋江币	365 天内累计消费 120000 晋江币
普通章节价格	5 分/千字	5 分/千字	4 分/千字	3 分/千字
最新章节价格	10 分/千字	5 分/千字	4 分/千字	3 分/千字
vip 和霸王票折扣	无	无	有机会获打折卡	有机会获打折卡

（注：根据不同方式充值所收取的手续费不同，1 晋江币 = 0.01 元）

⑩网易云阅读

根据书籍性质的不同，有三种购买方式：

整本购买：对于整本购买的书，只需购买一次，之后即可阅读该本书的所有章节内容；

按章购买：支持按章购买的作品，在购买时，可选择按卷/章分批次购买；按章购买的作品，以千字计价，根据作者定价，3-8 分钱每千字不等；

自动订阅：还在连载更新中的作品，支持自动订阅购买。在阅读该作品新章节时，会自动购买并可直接阅读；如果账户余额不足，则依然需要充值购买。

⑪飞卢小说网

等级	普通会员	初级 VIP	高级 VIP	星级 VIP
升级条件	注册即可	账户余额满 30 元/消费满 30 元	账户余额满 100 元/消费满 100 元	账户余额满 365 元/消费满 365 元
收费	5 点/千字	3 点/千字	2.5 点/千字	2 点/千字

（注：1 点 = 0.01 元）

⑫榕树下

包月时长	1 个月	3 个月	6 个月	12 个月	24 个月
收费	1000 金叶	2400 金叶	4200 金叶	7200 金叶	12000 金叶

（注：1 金叶 = 0.01 元）

⑬世纪书城

提供了包括支付宝、网银、游戏币、话费在内的 8 余种充值方式，10 元 1000 世纪币，最低 10 元起充，一次最高充值 100 元，每千字花费 5 世纪币，即 5 分钱。

⑭塔读文学

普通书籍每千字阅读消耗 3 塔豆（1 塔豆=0.01 元），部分书籍为版权方自主定价，每千字阅读消耗 3-6 塔豆不等；由于充值渠道的不同，塔豆与人民币之间的兑换比例会进行适当调整。

⑮香网

VIP 章节统一 4 香币/千字，根据充值方式不同，人民币与香币的兑换比例不同，支付宝充值渠道下，1 香币=0.01 元。

⑯ 3G 书城

VIP 作品收费章节的消费价格为 0.03 元/千字（即 3 点谷粒/千字）。

⑰言情小说吧

等级	体验会员	初级会员	高级会员
升级条件	使用小说吧会员卡充值	充值小说币	扣除 5000 个小说币
收费	0.04 元/千字	0.03 元/千字	0.02 元/千字

⑱磨铁中文网

等级	VIP0	VIP1	VIP2	VIP3	VIP4	VIP5
积分条件	1-999	1k-4999	5k-19999	20k-99999	100k-199999	200k 以上
收费/千字	5 磨铁币	5 磨铁币	5 磨铁币	4 磨铁币	4 磨铁币	3 磨铁币

（注：1 磨铁币=0.01 元）

⑲红袖添香

暂停包月制度，实行千字付费制度，具体如下：

	等级	普通 VIP	初级 VIP	高级 VIP	至尊 VIP
升级条件	人民币形式	/	/	缴纳 30 元，不获得红袖币	缴纳 50 元，不获得红袖币
	红袖币形式	充值满 5000 红袖币	单次充值 5000 红袖币以上	扣除 3000 红袖币	扣除 5000 红袖币
收费	普通 VIP 章节	4 分/千字	4 分/千字	2 分/千字	2 分/千字
	一品红文	5 分/千字	4 分/千字	3 分/千字	3 分/千字

⑳蔷薇书院

等级	初级 VIP 会员	高级 VIP 会员	粉钻用户
升级条件	一次性充值 10 元以上	一次性充值 50 元以上	一次性充值 365 元以上
收费	4 分/每千字	3 分/每千字	3 分/每千字

㉑红薯中文网

会员类型	红薯小说 VIP 章节	红薯 A 级小说 VIP 章节	红薯 S 级小说 VIP 章节
初级 VIP 会员	4 红薯币/千字	5 红薯币/千字	6 红薯币/千字
中级 VIP 会员	3 红薯币/千字	4 红薯币/千字	5 红薯币/千字
高级 VIP 会员	2 红薯币/千字	3 红薯币/千字	4 红薯币/千字

（注：1 红薯币 = 0.01 元）

㉒联通沃阅读

一般情况下，出版全本图书前 3 章免费，第 4 章开始收费，原创连载图书前 20 章免费，第 21 章开始收费，按章收费中，1T 值 = 0.2 元，100 阅点 = 1 元，可通过签到、充值获得阅点。包月制度中，用短信订购发送命令，有三元包专区包月（专区内书籍免费阅读）、5 月高级图书包月（每月可选 8 本全本或部分连载完结图书）、5 月高级杂志包（《读者》等杂志 20 本阅读）和 5 月原创酷听包月（有声小说 200 本随心听）。

值得一提的是，阅文集团对起点中文网、创世中文网、红袖添香、榕树下等网文品牌进行了资源整合，在网络文学市场中几乎占据了半壁江山，从上述网站的数据可以看出，阅文集团所属网站所指定的付费标准很大程度上代表了行业一般定价。

（2）版权产业崛起，IP 全版权运营成为发展趋势

从 1998 年的初上枝头到 2018 年的百花齐放，在这 20 年间，网络文学经历了从“内容为王”到“渠道为王”，再到“用户为王”的三个阶段。期间，网络文学作品也完成了从数量至上到质量取胜的转向，由此以优质内容资源为核心的全版权运营顺势而生。所谓的网络文学全版权运营是指围绕一部文学优质作品版权，通过以点带面的形式对其进行多元化开发，在实现商业价值的最大化的同时兼顾社会效益，最终实现多元盈利。这意味着版权经营不再仅仅局限于在线阅读和线下出版这两种方式，而是可以进行影视、动漫、游戏、音乐等多种形式、多种媒体的开发。① 2015 年 1 月，国家新闻出版广电总局印发了《关于推动网络文学健康发展的指导意

① 李阳冉：《我国网络文学全版权运营模式探析——基于“BAT”的对比研究》，河南大学硕士学位论文，2015 年，第 17 页。

见》，其中明确指出，要推动内容投送平台建设和大力培育市场主体，鼓励企业充分利用互联网、移动互联网，以图文、音频、视频等不同形式，对优秀原创文学作品进行全方位、多终端开发利用及传播，实现一次开发生产、多种载体发布。① 国家政策的支持为网络文学全版权运营创造了一个良好的生长环境，并为网络文学作品的全版权运营指明了发展方向。

中国出版集团副总裁潘凯雄在谈到全版权运营时提到："全版权运营，类同于集约化经营，可以充分发挥作品资源的最大效益。如果真能做到，是件大好事。"② 例如，网络小说《摸金玦》还未出版，其电影改编权就在 2016 中国杭州第二届版权合作与交易大会上以 4000 万元的高价被中南影业买下，成为文博会的标王。除了电影改编权之外，还有《摸金玦》的电视剧改编权、游戏改编权、舞台剧改编权以及图书出版权和海外发行权，这些版权价值加起来的总和将远远超过 1 亿元。

另外以阅文集团为例，全版权运营收入目前已成为其第二大收入来源。阅文集团 2014 年到 2017 年的版权运营收入呈现一个总体持续增长的趋势。在 2015 年合并盛大文学之后，版权运营年收入从 1214 万元增长到 1. 63 亿元，出现了飞跃式增长。（详见图 7-1-1）除此之外，版权收入在总收入中的占比也从 2014 年的 2. 6%增长至 2015 年的 10. 1%。虽然 2016 年、2017 年的占比有所下降，但仅在 2018 年的上半年，版权运营收入就达到了占比 13. 9%，呈现增长回归趋势。（详见图 7-1-2）

① 国家新闻出版广电总局：《关于推动网络文学健康发展的指导意见》，2015 年 1 月。

② 吴娜：《中国的"全版权"时代何时到来》，光明日报，2014 年 03 月 28 日，http：//news. hexun. com/2014-03-28/163445973. html。

7-1-2 阅文集团2014年-2018年上半年版权运营收入占总收入比例

2. 打赏与粉丝经济

（1）打赏支持优秀作品，粉丝经济热度不减

“打赏”这一道具最早出现于起点中文网。为了满足读者粉丝对偶像作者的追求，现在大多数网络文学网站都开通了打赏功能体系，读者可以直接为自己喜爱的读者每次打赏 1—10000 元不等的金额。而对于这些打赏金，网站和作者会按照比例进行分配，一般是网站和作者五五分、四六分或三七分等。2017 年一部热门作品可以在一个月得到接近 1000 元的打赏金额，发展到 2018 年，一部热门作品的打赏金额一周就可以达到 1000 元，这显示打赏模式已经走向深层次的繁荣。

打赏道具的出现进一步完善了打赏机制，它不仅增加了作者的收入，也为读者和作者之间提供了更多互动交流的机会。相比于网站广告的强制式用户体验和网络付费阅读强制式消费方式，用户使用打赏功能完全自愿，虽然每月平均下来用户打赏金额不足百元，但是 2018 年网络文学用户基数更加庞大，带来的经济利益十分可观。同时，狂热的粉丝中还出现了一些令人震惊的打赏金额，打赏金的上限不断刷新，真正的忠粉除了愿意买书之外还愿意打赏作者，10 块、100 块、1000 块，甚至是一百万，一辆宝马，所以不少网站将目标放在培养粉丝特别是高黏度和高忠诚度的粉丝上面。

除打赏可以体现粉丝热度之外，投月票也可以达到支持作者的效果。月票制度是网络文学存在的一种奖赏制度，读者可以将获得的月票投给自己喜爱的作者，月票榜单上位置高的作者不仅可以获得更多的现金奖励，而且可以增加作品被曝光的机会。获得月票的方式一般有三种：保底月票、付费阅读消费以及打赏。保底月票和用户等级有关，每月最多三张；而一般的网络文学读者在付费阅读方面每千字只需要 1—3 分钱，读者通过这个途径得到的月票有限；而打赏则可无限制获得月票，以阅文集团旗下起点中文网为例，每打赏 10000 起点币则默认赠送 1 张月票，而百度文学每打赏 500 纵横币可以获得 1 张捧场月票，消费 5000 纵横币则可获得 10+1

张纵横票，以此类推。

（2）打赏收入渐稳，粉丝经济效益可观

虽然相对于付费阅读和广告的稳定收入来说，打赏带来的收益具有不确定性，但不可否认的是，打赏已经占据了网络文学网站盈利份额中相当的一部分。17K 小说网总编辑刘英就曾在 2014 年表示，17K 的打赏收入已经超过站内总收入的 30%。每个月一般维持在 30%—40%，有的月份甚至达到 50%。① 2018 年，起点中文网继续呈现出打赏经济的繁荣景象。在起点中文网月票年度榜单中，会说话的肘子的小说《大王饶命》以 1128305 票的成绩位居起点中文网月票年度榜的榜首，且以较高的优势领先其他作者的作品。排名 2-10 位的作品均获得 30 万以上的月票，体现出打赏经济可观的收入水平。

表 7-1-1　2018 年起点中文网月票年度榜（单位：票）

序号	作品名称	作者	类型	月票数
1	大王饶命	会说话的肘子	都市	1128305
2	牧神记	宅猪	玄幻	950371
3	时光和你都很美	叶非夜	都市	707402
4	恰似寒光遇骄阳	囧囧有妖	都市	687927
5	圣墟	辰东	玄幻	513184
6	修真聊天群	圣骑士的传说	都市	481411
7	太初	高楼大厦	都市	425168
8	汉乡	孑与 2	历史	426733
9	神医凰后	苏小暖	古言	407641
10	凡人修仙之仙界篇	忘语	仙侠	367906

（注：若作品得票在当月榜单 500 强之外，则当月票数不计）

月票排行榜所体现的粉丝喜爱度，从侧面粗略地反映了作者的粉丝打赏收入，而粉丝打赏榜则能直观地展示出这一收入。在起点中文网粉丝打赏榜中，排名第一、昵称为“烟灰黯然跌落”的粉丝已累计打赏近 229 万，在 2017 年基础上增长 20 余万，展示出持续增长的打赏趋势，为网络文学的创收贡献了巨大的力量。高份额的打赏金额并不是一个鲜有的现象，截止到 2018 年 12 月 22 日，在起点中文网，打赏累计超过 100 万的有 5 人，在 2017 年的水平上保持不变。且排名第六的粉丝

① 阅文集团力推“生态共营”，六亿粉丝定义 IP 商业 2.0 时代 . http：//www. donews. com/net/201606/2929936. shtm，2016-6-9. 肖家鑫 . 网络文学成资本宠儿，2013 年市场收入规模达 46.3 亿元 [N] . 人民日报，2014-02-21.

karlking 打赏金额已达到 95 万，相较于 2017 年增加了 4 万，具备超过百万的潜力，显示出持续的创收能力。且从榜单来看，累积打榜超过 10 万的目前有 79 人，较 2017 年增长 18 人次（数据截止 2018 年 12 月 23 日），体现出粉丝经济的可持续增长能力。（详情见表 7-1-2）

表 7-1-2 起点中文网打赏粉丝榜前十

排名	粉丝昵称	累积打赏（起点币）	约合人民币（元）
1	烟灰黯然跌落	229217209	229 万
2	Fning	171753816	172 万
3	涳谷～茗杺	129585764	130 万
4	诸神承诺的永远	110500175	111 万
5	zxingli	110000000	110 万
6	karlking	90548549	91 万
7	凤舞云梦	80002764	80 万
8	贺兰山的魂	78707944	78 万
9	紫月亮 1970	65025475	65 万
10	海魂衣	58700000	59 万

3. 文学网站广告稳中求进

（1）网站广告形式各异，殊途同归谋共赢

网络文学中的广告主要有三种形式，即网站广告、营销合作和 WAP 平台应用。网络文学当中的广告包括常规硬广告、书目广告、富媒体广告、音频小说和个性模板五种形式。营销合作包括关键字搜索营销合作、商家定制活动合作、SNS 用户病毒营销合作等。WAP 平台应用则主要是通过无线网络和手机即时浏览网站上的所有内容，在其中插入广告以获取广告收入，位置主要集中在网站封面、弹窗、客户端 APP 开屏、页面横幅等。

网络小说网站的广告类型基本为其平台的自推广告，一般是本站作品推荐（如起点中文网新书推荐板块的设置）和集团活动外推，其余的大部分广告都是网络游戏的广告，这其中有相当一部分与该文学网站的网络小说有关，画面大都比较精美。截至 2018 年 12 月 23 日，起点中文网发布了 360 个封推广告，用来宣传推广本站作家原创作品。同时，封推广告也有一部分是游戏广告，这类广告属于按钮式广告，如大天使之剑等，动态画面制作精美，点击进去就有游戏链接，通过视频和新手礼包两种形式吸引用户注意力。起点中文网在封推广告下方还设有游戏板块，推出葫芦娃、岁末码字大狂欢等游戏。除了网页本身的广告嵌入以外，网络文学网站还会通过弹窗的形式（插页式广告、弹跳广告）进行广告推广，如潇湘书院打开后右下角就会出现微信小程序的二维码推送、创世中文网会出现 QQ 阅读下载二维码等，而且该弹窗会随着鼠标推移而始终存在，持续几分钟后才会自动关闭。并且这种弹窗广告会以配色明亮的动画吸引人的眼球。除了以上内容形式，在创世中文网首页，顶部还有活动抽奖类的广告内容，其本质是对网站的微信公众号进行推广，也属于网站文化品牌推广的范畴，一定程度上有利于网络文学产业化链条的发展。

（2）网站定位影响广告投放

对文学网站来说，丰富的用户流量和盈利能力是吸引广告投放的重要影响因素。以网络文学产业中的龙头企业阅文集团为例，我们统计了其旗下 11 个品牌网站的日均覆盖率，通过对各个文学网站的用户覆盖率进行比较，以确认广告投放的影响因素。

表 7-1-3　2017 年 12 月阅文集团旗下网站日均覆盖率

编号	网站	日均 IP 浏览量	日均 PV 浏览量	Alexa 排名	小说网站排名
1	起点中文网	25.5 万	306 万	1330	1
2	创世中文网	463.5 万	1756 万	6	7
3	云起书院	463.5 万	1756 万	6	7
4	潇湘书院	1.2 万	5.04 万	65469	14
5	言情小说吧	1.05 万	3.67 万	24871	18
6	红袖添香	0.6 万	1.2 万	422616	21
7	小说阅读网	0.45 万	1.35 万	97954	33
8	起点女生网	1.13 万	1.13 万	24871	35
9	懒人听书	1.8 万	5.94 万	26703	62
10	天方听书网	0.075 万	0.15 万	82492	137

通过对 2018 年 12 月阅文集团旗下的网络文学网站广告覆盖情况进行统计，可以发现网络文学产业广告投放选择过程中存在一定的倾向性。虽然所选取的阅文集团所属的 11 个网文网站的主要广告类型各有其偏好，但总体来看，网络文学行业在进行广告投放时主要倾向于以下几个类型：游戏、网文推广、活动比赛、活动抽奖、商品销售以及作家推荐，文学网站广告投放的文学题材选择在这几个领域相对稳定。

表 7-1-4　2018 年 12 月阅文集团网络文学网站广告覆盖情况

编号	网站	广告类型	数量
1	起点中文网	游戏、网文推广	3
2	创世中文网	游戏、网文推广、活动抽奖	4
3	云起书院	游戏、网文推广、活动抽奖、商品销售	3
4	红袖添香	活动比赛、网文推广	2
5	潇湘书院	活动比赛、网文推广	5
6	起点女生网	活动比赛、网文推广	4
7	小说阅读网	活动比赛、网文推广	1
8	言情小说吧	活动比赛、网文推广	2
9	天方听书网	游戏、网文推广	3
1	懒人听书	活动比赛、网文推广	4

（广告数量不包括封推广告中的网文推荐，以单独成板块的广告为统计对象。）

在文学网站的广告投放影响因素层面，具有影响力是文学网站获得广告投放的重要因素，但并不是唯一的要素。结合以上两个表格数据，可以看出，虽然起点中文网所占据的市场份额和行业影响力最大，但是其广告投放并不是最为领先。部分影响力相对较弱的文学网站，也获得了较为可观、甚至更加密集的广告投放。从各网站的广告呈现和页面布局来看，网站版面的安排与设计、广告制作的精美程度都成为广告投放选取过程中的重要考察因素。如云起书院、潇湘书院、红袖添香等网络文学网站，其广告设计非常精美，且比较符合其自身的网站定位，因此能够获得用户的青睐，并得到较多的广告投放。榕树下网站较为与众不同，没有游戏和活动推广，其广告类型主要是作家推荐，也与其文学走向、注重作家培养与推广的定位一致。而 QQ 阅读、起点读书和作家助手没有商业广告的投放也与其自身定位、网站本身简明扼要的设计风格相关。

4. 网文出海的线上产业

（1）网文出海平台多，盈利潜力大

中国网络小说通过各种方式在海外传播多年，硕果累累。2004 年，起点中文网通过出售网络小说数字与实体版权，打开了东南亚市场；2014 年，WuxiaWorld，Gravity Tales 等北美网络文学翻译网站的建立吸引了大批西方读者；2017 年 5 月，阅文集团推出的起点国际 Webnovel 上线，这标志着网文出海 2.0 时代的正式开启。网络文学出海已经完成了从内容输出到文化输出的转型，逐渐成为展示国家形象的一个窗口。

目前，网文出海有国内文学网站海外版、海外本土网文翻译网站、海外网文原创平台等三种主要形式。起点中文网作为国内首屈一指的网络文学原创平台，凭借多年优质内容的积累，征服无数海外读者。2017 年 5 月 15 日，起点中文网海外版——起点国际正式上线。其主要提供跨平台互联网服务。除了 PC 端外，Android 版本和 iOS 版本的移动 AP 也同步上线。发展至今，起点国际的内容储备已超过 100 本，目前已上线 90 部作品，更新量超过 25000 章，作品总量已经超过所有独立站点。早在 2014 年 12 月，海外中国网络文学翻译网站 Wuxiaworld 就已成立，其网站作品目前以玄幻、武侠、仙侠等内容为主，是海外本土第一批成立的中国网文翻译网站。根据 Alexa2018 年 6 月的数据显示，Wuxiaworld 全球网站排名为 1005。网站的读者来自全球 100 多个国家和地区，人数排在前五的国家分别是美国、菲律宾、加拿大、印尼和巴西，其中北美读者约占总数的 1/3。根据海外网文读者阅读平台占比率图显示，成立时间最早的海外中国网文翻译平台 WuxiaWorld 占比最高，为 93.4%。其次拥有大量内容版权的起点国际位居第二，占比 89.9%。

图7-1-3　海外网文读者阅读平台用

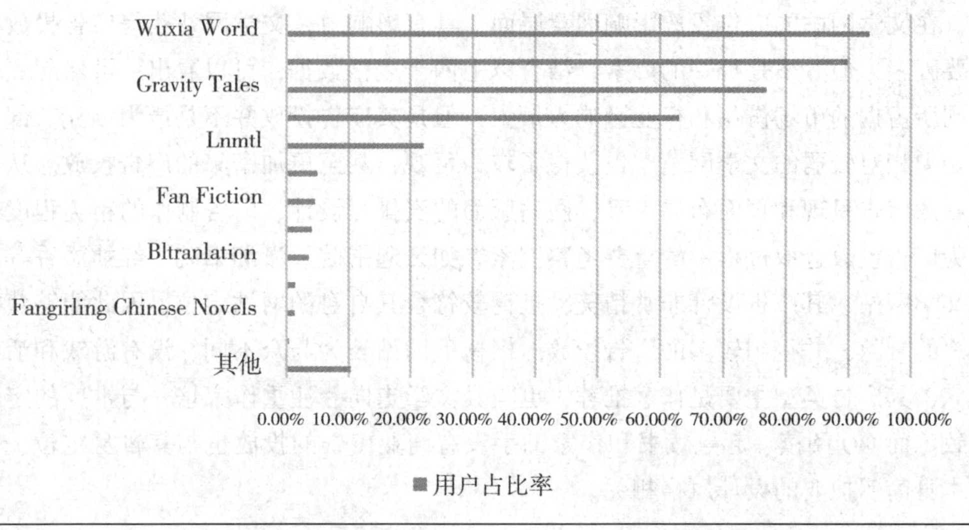

（数据来源：艾瑞咨询）

（2）“网文出海”任重道远

目前，网文出海已经进入 2.0 时代，由内容输出转变为文化输出，在这一转变过程中，内容翻译、文化壁垒、法律制度差异、盈利模式单一等一系列问题形成了阻力。首先，网络文学出海的第一要务就是对网文内容的翻译，翻译的精准度直接影响网文出海的品质。因此，网文出海对内容翻译的要求十分高，例如武侠类类题材小说中，对中国专有名词及诗词、古文等内容的翻译，以及玄幻类题材中的新名词、俚语等的翻译就是亟待解决的难题。在内容翻译有较高难度之外，海外翻译专业人才的匮乏也是一大问题。人才缺失就导致翻译质量低、翻译效率慢等现象的出现。其次，网文出海面临的另一大难题就是文化认同和法律制度上的差异问题。中国出海的网文题材、类型、受众地域及翻译小说数量十分有限，外国读者在观看过程中，对于小说中的中国文化及小说构建的世界观也无法全部理解。除此之外，海外的法律环境也与国内有所不同，在有关言论限制、作品分级、未成年人保护、数据保护和文化保护等方面的规定均存在差异。并且在目前中国网文出海过程中，许多连载小说的翻译是海外网文爱好者的自发行为，许多内容并未得到授权。这就使得海外网文盗版侵权情况严重，但跨国维权却并不容易。

在以上难题之外，海外网文平台兴起时间晚，相应的盈利模式尚不成熟也对保持稳定的盈利造成了一定的影响。相较国内的文学站点成熟的月票、VIP 等制度，海外网文平台主要是依靠广告收入，并且这也仅限于一些大型的网站平台，对于其余中小型网文平台来说，还需进一步探索更为稳定的盈利方式。

总体来说，网络文学的线上产业的主要盈利模式在十几年前付费阅读制度形成时基本就已形成，2018 年在前几年的基础上继续稳定发展，并获得了可观的收益。2018 年，在付费阅读、打赏、广告之外，IP 的全版权运营也加入了线上产业的盈利阵营。这一变化，也对网络文学发展提出了精品化的要求，为建立网络文学生态圈打下了前期基础。粉丝经济依旧为行业带来了可观的收入，出现了打赏经济的繁荣景象。在网络文学网站广告收益层面，丰富的广告内容和形式伴随着广告投放的规范发展，仍旧发挥着其盈利作用。国际化市场的端口已慢慢开启，网络文学这一巨轮也承载着中华文化扬帆远航。

除了线上产业外，2018 年网络文学的线下产业也通过线下出版、影视改编、IP 改编等模式实现了收益增长。但总体而言，网络文学线上产业发展具有更强的优越性，相比之下，线下产业的盈利略有逊色，具体盈利方式将在后续两节阐述。

二、网络文学线下出版

1. 2018 年度线下出版市场概观

网络文学的向好势头，促使网络文学产业链的多重繁荣发展。线下出版已经成为网络文学产业链中必不可少的一环。据统计，2018 年度，我国共出版网络文学作品 436 部（目录可参加本章附录）。各大出版社纷纷看准网络文学身上潜藏的巨大经济价值，与文学网站合作，将网络文学的影响力从线上扩展到线下。网络小说开始涉足传统出版市场，并逐渐成为一种潮流，促进中国实体书出版走向一个新的高度。

因为网络文学有数量庞大的读者群，而且各大知名作者的火热人气也可以作为免费的广告宣传。加上文学网站丰富的文学资源，可以作为网络文学的出版基础，有利于帮助网络文学实现从数字到实体出版的过渡。看准了这个商机，越来越多的出版商、文学网站涉足实体出版的领域。百花洲文艺出版社、江苏凤凰文艺出版社、青岛出版社、湖南少年儿童出版社、江苏文艺出版社等已经逐渐成为出版网络文学丛书或作品集的中坚力量。2018 年，网络文学线下出版行业整体势头依然强劲。网络文学的实体出版，为作者、文学网站、出版社都带来了丰厚的利润回报，也为读者提供了多向的阅读选择，其所达成的是“四方共赢”的局面。

2. 2017 年度线下分类出版一览

网络文学作品的线下出版以小说为主，而网络小说又是以类型化为主，其线下出版也可以类型分类。国内各大文学网站对旗下网络文学作品分类大同小异。主要分玄幻类、奇幻类、武侠类、仙侠类、都市类、现实类、军事类、历史类、游戏类、竞技类、体育类、科幻类、灵异类、恐怖类、二次元类、言情类、穿越类等多种类别，其中有些类别会相互重叠。

2018 年由网络文学作品转化出版的图书有 436 部，数量最多的是言情类，分现代言情类 244 部和古代言情类 113 部，占比为 82.8%。排名第二位的是玄幻类，共 63 部，占比为 14.4%。排名第三位的是悬疑类，共 10 部，占比为 2%。其余类别较少，如电竞类仅 6 部。如图 7-2-1 所示。

图7-2-1　2018年线下出版的网络文学作品各类型数量分布图

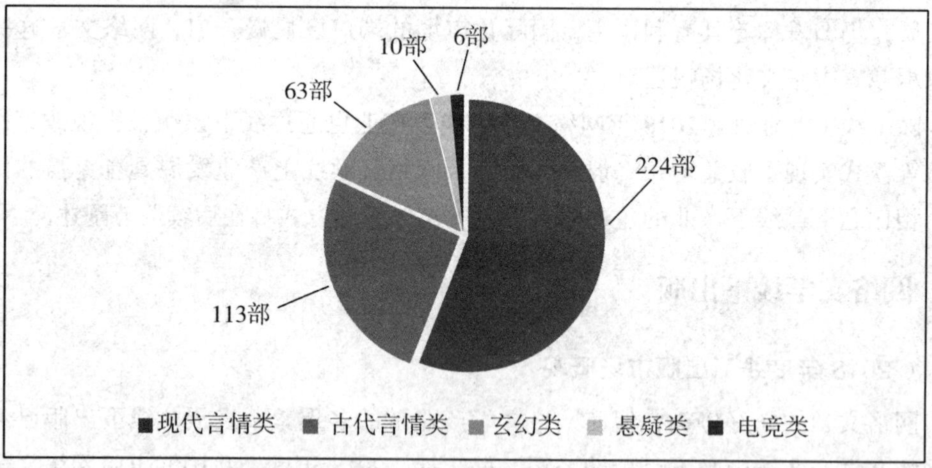

纸质图书主要在实体书店和网络购物平台上进行销售，而京东、天猫、当当三大网络平台一直保持“三足鼎立”的明显优势。根据 Analysys 易观发布的《中国 B2C 市场季度监测报告 2017 年第 3 季度》数据显示，2017 年第 3 季度，中国 B2C 市场出版物交易规模为 68.4 亿元人民币，同比增长 22.4%。同时，网上零售图书市场格局发生变化，京东以市场份额 36.2%，首次位居线上图书销售第一；当当占据 35.1%市场份额，位居第二；天猫市场份额 17.5%，位居第三。介于当当网多年积累的大数据2亿消费用户的影响力，可以分析2018年网络文学作品线下出版后的网上市场销售情况，因而，在此仅以当当网数据为参考（统计数据截止到2018年12月31日）。

在当当网中，青春文学主要分校园类、爱情/情感类、叛逆/成长类、悬疑/惊悚类、娱乐/偶像类、爆笑/无厘头类、玄幻/新武侠/魔幻/科幻类、穿越/重生/架空类、古代言情类。2018年1到12月份各出版新书数量分别是49部、14部、16部、11部、86部、41部、40部、29部、47部、37部、24部、31部。网络文学作品线下出版后的图书在当当网上主要分为青春文学系列。在2018年中，网络文学作品荣登2月图书畅销榜Top前500的图书有9部，荣登3月图书畅销榜Top前500的图书有26部，荣登4月图书畅销榜Top前500的图书有29部，荣登5月图书畅销榜Top前500的图书有48部，荣登6月图书畅销榜Top前500的图书有60部，荣登7月图书畅销榜Top前500的图书有64部，荣登8月图书畅销榜Top前500的图书有92部，荣登9月图书畅销榜Top前500的图书有107部，荣登10月图书畅销榜Top前500的图书有94部，荣登11月图书畅销榜Top前500的图书有123部，12月未有畅销榜Top前500的图书。具体如图7-2-2所示。

图7-2-2　2018年每月出版新书数及荣登当月图书畅销榜TOP前500的图书数

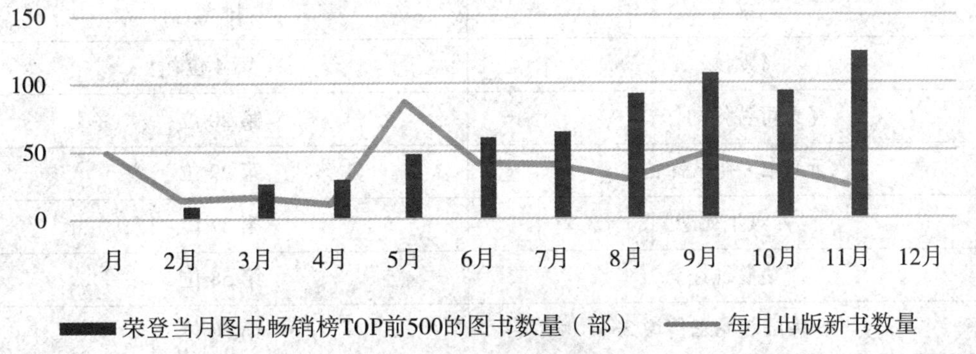

年度内，青春文学系列一共出版436部。其中1到12月分别新出版图书49部，14部，16部，11部，86部，41部，40部，29部，46部，37部，24部，31部。其中，1月与12月未能有图书进入当月青春文学畅销榜TOP500。如7-2-3所示，从2月份开始，线下出版的网络文学作品在当当网各月的青春文学类畅销榜中数量和排名都有明显的大幅度上升。荣登2月份青春文学畅销榜TOP500的图书有9部，其中《无可替代的你》排名最高，为第12位。

表 7-2-1　2018 年线下出版的网络文学作品在当当网 2018 年 2 月青春文学类畅销榜排名

书名	排名
《无可替代的你》	第 12 位
《路从今夜白 2》	第 33 位
《似曾识我》	第 48 位
《不负如来不负卿》	第 191 位
《他看见你的声音之巫忆》	第 200 位
《单向迁徙》	第 265 位
《如懿传》	第 330 位
《如果他知道》	第 420 位
《梦见狮子》	第 460 位

荣登 3 月份青春文学畅销榜 TOP500 的图书有 26 部，其中《默读》荣登榜首，好评率达 99. 8%（见表 7-2-2）。

表 7-2-2　2018 年线下出版的网络文学作品在当当网 2018 年 3 月青春文学类畅销榜排名（前 200 名中的排位）

书名	排名
《默读》	第 4 位
《无可替代的你》	第 20 位
《元尊 2 · 初试锋芒》	第 29 位
《西藏生死恋》	第 37 位
《蔓蔓征途》	第 58 位
《斗罗大陆 3 龙王传说 23》	第 60 位
《小清欢》	第 66 位
《相爱有归期》	第 77 位
《似曾识我》	第 103 位
《独家占有》	第 111 位
《何处暖阳不倾城》	第 112 位
《梦溪石：麟趾》	第 187 位
《如懿传》	第 190 位

荣登4月份青春文学畅销榜TOP500的图书有29部，其中在3月青春文学畅销榜位列第4的《默读》下降至第9位，但依然稳居4月份畅销榜前列（见表7-2-3）。

表7-2-3　2018年线下出版的网络文学作品在当当网2018年4月青春文学类畅销榜排名（前200名中的排位）

书名	排名
《默读》	第9位
《琴帝典藏版6》	第48位
《琴帝典藏版7》	第61位
《云尊2·初试锋芒》	第64位
《无可替代的你》	第65位
《小清欢》	第73位
《蔓蔓征途》	第74位
《独家占有》	第95位
《何处暖阳不倾城》	第117位
《愿时光清浅，许你欢颜》	第119位

荣登5月份青春文学畅销榜TOP500的图书有48部，有18部闯进TOP200。其中依旧是《默读》名次最高，位列第12（见表7-2-4）。

表7-2-4　2018年线下出版的网络文学作品在当当网2018年5月青春文学类畅销榜排名（前200名中的排位）

书名	排名
《默读》	第12位
《斗罗大陆3龙王传说24》	第23位
《无可替代的你》	第47位
《庆熹纪事》	第61位
《琅琊榜之风起长林》	第77位
《何处暖阳不倾城》	第98位
《如懿传》	第139位
《元尊2·初试锋芒》	第141位

续表

书名	排名
《刚好，你也喜欢我》	第 145 位
《独家占有》	第 173 位
《斗罗大陆 3 龙王鹑说 23》	第 183 位
《良陈美锦》	第 185 位
《苍穹榜：圣灵纪 2》	第 187 位
《芸汐传奇：风华倾天下》	第 192 位

荣登 6 月份青春文学畅销榜 TOP500 的图书有 60 部，有 18 部闯进 TOP200。《默读》名次最高，位列第 4（见表 7-2-5）。

表 7-2-5　2018 年线下出版的网络文学作品在当当网 2018 年 6 月青春文学类畅销榜排名（前 200 名中的排位）

书名	排名
《默读》	第 4 位
《乌云遇皎月》	第 11 位
《元尊 3 · 龙争虎斗》	第 13 位
《元尊 4 · 蛟龙得水》	第 24 位
《斗罗大陆 3 龙王传说 25》	第 36 位
《斗罗大陆 3 龙王传说 24》	第 48 位
《斗罗大陆 3 龙王传说 23》	第 62 位
《元尊 2 · 初试锋芒》	第 71 位
《何处暖阳不倾城》	第 94 位
《琅琊榜》	第 102 位
《青梅弄竹马》	第 112 位
《庆熹纪事》	第 115 位
《琅琊榜之风起长林》	第 116 位
《小清欢》	第 123 位
《如懿传》	第 134 位
《七根凶简》	第 146 位

续表

书名	排名
《独家占有》	第 149 位
《琴帝典藏版 9》	第 173 位

荣登 7 月份青春文学畅销榜 TOP500 的图书有 64 部，有 12 部闯进 TOP100。《默读》名次最高，位列第 8（见表 7-2-6）。

表 7-2-6 2018 年线下出版的网络文学作品在当当网 2018 年 7 月青春文学类畅销榜排名（前 100 名中的排位）

书名	排名
《默读》	第 8 位
《扶摇皇后》	第 12 位
《乌云遇皎月》	第 21 位
《温暖的弦》	第 29 位
《芸汐传奇：风华倾天下》	第 43 位
《琅琊榜》	第 55 位
《斗路大陆 3 龙王传说 26》	第 57 位
《如懿传》	第 76 位
《斗罗大陆 3 龙王传说 25》	第 83 位
《她的小梨涡》	第 90 位
《竹书谣（壹）》	第 91 位
《知否知否应是旅费红白歌手》	第 92 位

荣登 8 月份青春文学畅销榜 TOP500 的图书有 92 部，有 17 部闯进 TOP100。《香蜜沉沉烬如霜》名次最高，位居第 3 位。《默读 2》紧随其后，位居第 9 位（见表 7-2-7）。

表 7-2-7 2018 年线下出版的网络文学作品在当当网 2018 年 8 月青春文学类畅销榜排名（前 100 名中的排位）

书名	排名
《香蜜沉沉烬如霜》	第 3 位
《默读 2》	第 9 位

续表

书名	排名
《默读 1》	第 13 位
《斗罗大陆 3 龙王传说 28》	第 17 位
《乌云遇皎月》	第 27 位
《如懿传》	第 32 位
《六爻·壹》	第 36 位
《元尊 6·逆流而上》	第 48 位
《琅琊榜》	第 53 位
《斗罗大陆 3 龙王传说 27》	第 54 位
《扶摇皇后》	第 61 位
《知否知否应是绿肥红瘦》	第 66 位
《她的小梨涡》	第 81 位
《何处暖阳不倾城》	第 84 位
《小清欢》	第 91 位
《良陈美锦》	第 95 位

荣登 9 月份青春文学畅销榜 TOP500 的图书有 107 部，有 22 部闯进 TOP100。《为了你，我愿意热爱整个世界》名次最高，位居第 2 位（见表 7-2-8）。

表 7-2-8　2018 年线下出版的网络文学作品在当当网 2018 年 9 月青春文学类畅销榜排名（前 100 名中的排位）

书名	排名
《为了你，我愿意热爱整个世界》	第 2 位
《凉生，我们可不可以不忧伤》	第 11 位
《默读》	第 12 位
《默读 2》	第 13 位
《香蜜沉沉烬如霜》	第 14 位
《斗罗大陆 3 龙王传说 28》	第 27 位
《乌云遇皎月》	第 35 位
《如懿传》	第 53 位

续表

书名	排名
《月魄在天》	第 61 位
《六爻·壹》	第 63 位
《斗罗大陆 3 龙王传说 27》	第 65 位
《琅琊榜》	第 66 位
《亿万斯年》	第 82 位
《她和她的猫》	第 90 位
《我本爱孤独，直到有了你》	第 87 位

荣登 10 月份青春文学畅销榜 TOP500 的图书有 94 部，有 14 部闯进 TOP100。《默读 3》名次最高，位居第 3 位（见表 7-2-9）。

表 7-2-9　2018 年线下出版的网络文学作品在当当网 2018 年 10 月青春文学类畅销榜排名（前 100 名中的排位）

书名	排名
《默读 3》	第 3 位
《默读》	第 10 位
《默读 2》	第 14 位
《凉生，我们可不可以不忧伤》	第 22 位
《香蜜沉沉烬如霜》	第 31 位
《斗罗大陆外传·唐门英雄传》	第 41 位
《乌云遇皎月》	第 51 位
《他逆光而来》	第 52 位
《斗罗大陆 3 龙王传说 28》	第 53 位
《琅琊榜》	第 60 位
《六爻·贰》	第 67 位
《她和她的猫》	第 76 位
《知否知否应是绿肥红瘦》	第 78 位
《沙海》	第 88 位

荣登 11 月份青春文学畅销榜 TOP500 的图书有 123 部，有 13 部闯进 TOP100。《默读》系列一共有 3 本入围，名次最高的《默读 3》位居第 3 位，表现不俗（见

表 7-2-10）。

表 7-2-10　2018 年线下出版的网络文学作品在当当网 2018 年 11 月青春文学类畅销榜排名（前 100 名中的排位）

书名	排名
《默读 3》	第 3 位
《默读 1》	第 15 位
《默读 2》	第 16 位
《六爻·贰》	第 23 位
《斗罗大陆外传·唐门英雄传》	第 31 位
《她的小梨涡》	第 33 位
《乌云遇皎月》	第 34 位
《她和她的猫》	第 38 位
《香蜜沉沉烬如霜》	第 42 位
《沙海》	第 52 位
《琅琊榜》	第 63 位
《斗罗大陆 3 龙王传说 28》	第 66 位
《凉生，我们可不可以不忧伤》	第 95 位

2018 年 1 到 11 月荣登青春文学当月新书畅销榜 TOP500 的图书占全年出版青春文学系列新书的比例分别是 0%、2%、6%、7%、11%、14%、15%、21%、25%、22%、28%。其中，11 月份荣登青春文学当月新书畅销榜 TOP500 的图书占全年出版青春文学系列新书的比例最高，为 28%，1 月份与 12 月均为 0，全年平均比例为 12.6%。具体如图 7-2-3 所示。

图7-2-3　2018年青春文学当月新书畅销榜TOP500的图书占全年出版青春文学系列新书的比例图

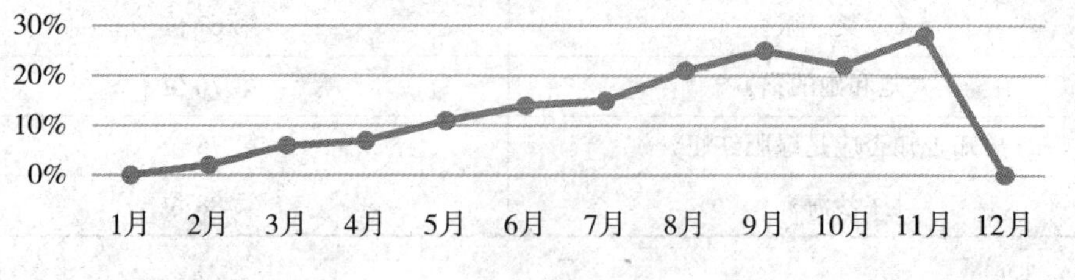

通过对各期虚拟类榜单的分析可以看出，热播影视剧和电影很容易促进原著销售能力的提高。例如，《如懿传》《琅琊榜》《温暖的弦》《香蜜沉沉烬如霜》《凉生，可不可以不忧伤》等小说均稳居排行榜前列，这些图书都因为电视剧和网剧的热播顺利上榜。

除此之外，系列丛书依然是消费者购买频率最高的一类图书。“斗罗大陆·龙王传说”系列的实体书连续12月都上榜。《默读》系列在3-10月均位于榜单前列。系列丛书有广泛扎实的群众基础，因而系列实体书都保持极高的出版频率。

三、网络文学跨界运营产业链

1. 2018年网络文学IP改编与运营概观

根据中国互联网络信息中心发布的第42次《中国互联网络发展状况统计报告》，截至2018年6月，网络文学用户规模达到4.06亿，较去年末增加2820万，占网民总体的50.6%。2018年，我国庞大的网络文学用户促进了网文IP从兴起到火热，这给整个市场带来了无限的想象空间和发展潜力。据国家新闻出版广电总局数字出版司对当前市场规模较大、影响力较强的45家重点网站发展情况的统计，截至2017年12月，网络文学作品总量累计超过1600万部，改编电影累计1195部，改编电视剧1232部，改编游戏605部，改编动漫712部。以IP授权为核心，网络文学产业正日益将影视、游戏、动漫、舞台剧等连接在一起，促使各环节产生联动效应，形成泛娱乐产业链。

网络文学在自身迅速成熟和发展的同时，其庞大的原创作品量也为中国泛娱乐产业提供了强有力的原创内容支持，使网络文学产业链得到全面开发。以阅文集团旗下的作品为例：网文《斗破苍穹》的全网点击量近100亿，阅文通过多方联动的方式进行IP开发，最大化挖掘IP价值。阅文将《斗破苍穹》通过中文简体内容、泰文纸质内容，以及英、法、韩等多种语言形态进行电子书的再传播。2018年三月份，根据天蚕土豆同名小说改编的动画《斗破苍穹》第二季播出。开播首日，全网视频专辑总点击量突破1.6亿次。这种通过动漫、有声书等形式的改编，提升了其在二次元领域的影响力，从而又反过来提升了原IP的商业价值和影响。9月份，《斗破苍穹》影游联动，同名手游、电视剧同步上线，吸引了不同内容载体的泛受众群体。《如懿传》播出后，主创者以善禧文化致力于打造该IP衍生品，包括与剧中元素相关的钥匙扣、抱枕、帆布包、真丝眼罩、和纸胶带、晴雨伞、团扇等，并开发或计划开发广播剧、有声读物、游戏等多个业态衍生品，还在游戏《王者荣耀》中上架了安琪拉如懿传联动皮肤。从上可以看出，网络文学发展的一种重要模式便是以人气网络小说为基础，对作品进行影视、游戏、周边、动漫等一系列改编和运作，以联动开发实现IP价值的最大化。

2018年，位于中国移动阅读市场第一梯队的阅文集团、掌阅科技、阿里文学等，继续推进网络文学IP的改编与运营。由中国科学院旗下《互联网周刊》联合eNet研究院发布的《2018中国互联网300强》榜单中，阅文集团凭借其突出的表现，成为唯一进入前100强的数字阅读企业。阅文集团作为引领行业的正版数字阅读平台和文学IP培育平台，2018年获得全方位的发展，从“全·内容”生态持续深化、到IP改编大丰收、再到网文出海新突破，展现了其强劲的生命力。阅文集团有超千万的作品储备，730万创作者以及触达数亿用户的多元分发渠道，为打造“全·内容”生态打造了不竭动力。在“IP共营合伙人”制度、“IP全链服务”体系的指导下，阅文集团的IP改编作品层出不穷。《扶摇》《天盛长歌》《你和我的倾城时光》《双世宠妃2》《武动乾坤》《斗破苍穹》《将夜》等影视改编作品接连上线；《斗破苍穹》第二季、《全职高手》特别篇、《星辰变》《全职法师》等人气动画为国产动漫注入了新鲜的血液。此外，《斗破苍穹》《斗罗大陆》也陆续改编成游戏。阅文集团为全行业树立了IP多领域、多形式联动发展的成功典范。阅文集团旗下的起点国际率先布局海外原创网络文学市场。多部网文改编剧在海外发行播出，更有原生网文IP海外授权影视改编。另外，为了推动中国网文走出去，走向世界，阅文集团在其承办的第二届“网络文学+”大会和“网络文学走出去”论坛上，发布了“星创计划”等多项人才培养计划。

掌阅科技继续发力网络文学产业。在4月9日举行的掌阅文学作家年会上，掌阅科技宣布将与北京大学合作打造“北大网络文学研究论坛-掌阅文学原创人才基地”，与中国传媒大学联手打造IP研究基地，加速布局网络文学产业链。为了培养网文新生力量，保障网络作家的基本生活，掌阅科技在“网络文学+”论坛上联合中国网络作家村与轻松筹正式启动了网络文学领域首个对平台内全部签约作家的健康保障公益计划——文学心源计划，为有文学梦想且有困难的作者群体提供支持。掌阅科技旗下的掌阅文学自诞生之初就主打精品战略，经过三年的快速发展，积累了大量优秀作品。进入2018年，掌阅文学推出重磅现实题材作品，举办“千万新原创征文”大赛，积极探索多优秀IP的深度改编。

阿里文学通过体系化运作推广作品，包括书旗小说、天猫读书、UC小说、PP书城、优酷书城等阿里文学自有渠道。还全方位挖掘、推广、运营优秀作家的作品，提供阿里生态资源以及业内顶级衍生资源，为网络文学发展注入新的活力。阿里文学还启动“星璨杯”创意征文大赛，与阿里影业联合推出A计划征文大赛。通过一系列的政策，阿里文学吸引了一大批知名作家入驻，同时也有上百部作品完成衍生或授权。衍生领域囊括了漫画、动漫、影视剧、游戏等。

2. 网络作品影视剧改编

网络小说的影视剧改编在多年的发展后逐渐形成潮流。根据2018年艺恩播映指数，在TOP50剧集中，有17部是网文改编，总播放量近1054亿。“2018年中国文娱指数盛典”年度最具价值剧集TOP10里，有5部电视剧改编自网络小说。《香蜜沉沉烬如霜》排第2位，播映指数为86.24；《如懿传》排名第3位，播映指数为81.11；《橙红年代》排名第5位，播映指数为76.28；《天坑鹰猎》排名第6位，播映指数为74.43；《芸汐传》排名第10位，播映指数为65.65。来自Vlinkage—专业娱乐数据和营销顾问的数据，截止到2018年12月31日，在电视剧网络播放半年排行榜中，2018年播放量前10的电视剧有6部改编自网络小说，播放量前20的电视剧中有15部改编自网络小说。其中，《如懿传》《香蜜沉沉烬如霜》在排行榜中居第二、第三位，播放量分别为1616424万、1502493万。《扶摇》排名第4位，播放量为1173214万；《一千零一夜》排名第7位，播放量为757987万；《凉生，我们可不可以不忧伤》排名第8位，播放量为575052万；《沙海》排名第10位，播放量为555757万。

根据胡润研究院与猫片共同推出的《2018猫片·胡润原创文学IP价值榜》，《将夜》高居榜首，《全职高手》《斗破苍穹》位于榜单前10。根据登顶榜首的小说改编的同名电视剧《将夜》已经在今年10月底于腾讯视频独播，收视率领跑2018年网络剧播放排行榜。另外，《将夜》还获得了《新周刊》“2018中国视频榜”之“年度IP”奖。女性受众作为剧集市场的主流消费群体，占据着举足轻重的地位，为了满足女性受众的需求，2018年优质女频影视作品业绩显赫，如根据同名小说改编的《你和我的倾城时光》讲述了青年人艰苦奋斗的创业历程，彰显了女性的风采，上线8小时播放量破2亿。

由网络小说改编而来的影视剧在收视率、播放量等方面取得不俗成绩的同时，其中不少影视剧也收获了良好的口碑。以豆瓣评分7分以上且评分人数高于2000人为标准，2018年1-9月共有17部网剧达标。在这之中，有11部网络剧改编自网络文学作品，分别是《忽而今夏》《夜天子》《天坑鹰猎》《S. C. I. 谜案集》《如懿传》《亲爱的活祖宗》《结爱·千岁大人的初恋》《媚者无疆》《为了你我愿意热爱整个世界》《给我一个十八岁》《萌妃驾到》。《忽而今夏》以8.3分的高分夺得1-9月排名第一的剧集，累计播放量达18.1亿。改编自网络文学作品的《大江大河》勾勒了一幅中国改革开放40年的时代图景，品质口碑热度并存，自12月10日开播以来，引起了强烈的反响，话题量持续攀升，达到13.2亿，收视率包揽北京卫视、东方卫视前二，分别是1.28和0.89；豆瓣评分高达8.8分。同时，从《大江大河》的大火可以看出，读者的喜好类型在不断发生变化，现实主义题材的影视剧开始受到观众的青睐，社会影响力逐步提高。

（1）2018 年网络小说改编的电视剧（见表 7-3-1）

表 7-3-1　2018 年网络小说改编电视剧名录

电视剧名称	原作品	原作者	首播时间	出品公司	播出平台
茧镇奇缘	塔罗女神探之茧镇奇案	章苒苒	2018.01.01	荣信达、盛唐时代、盟将威	芒果 TV
我的青春遇见你	城里的月光	滕肖澜	2018.01.02	北京华录百纳影视股份有限公司、喀什华录百纳影视有限公司、中国电影股份有限公司北京电视分公司	湖南卫视、芒果 TV、腾讯、优酷
龙日一你死定了 2	龙日一，你死定了	小妮子	2018.01.11	麦浪影业、企鹅影视	腾讯视频
凤囚凰	凤囚凰	天衣有风	2018.01.14	华夏视听、欢娱影视	湖南卫视、芒果 TV、爱奇艺
国民老公	国民老公带回家	叶非夜	2018.01.15	企鹅影视、领誉传媒	腾讯视频
寻秦记	寻秦记	黄易	2018.01.18	优酷视频、江苏稻草熊影业公司、北京源创嘉艺影视文化有限公司	优酷
我站在桥上看风景	我站在桥上看风景	顾西爵	2018.01.23	芒果影视、深蓝影业	湖南卫视、芒果 TV、腾讯
一路繁花相送	一路繁花相送	青衫落拓	2018.02.07	北京领骥影视文化发展有限公司	东方卫视、江苏卫视、芒果 TV、腾讯视频、爱奇艺、优酷、PPTV
柜中美人	胭脂醉	水合	2018.02.08	唐人影视	优酷
飘香剑雨	飘香剑雨	古龙	2018.02.08	爱奇艺、拉风传媒	爱奇艺
烈火如歌	烈火如歌	明晓溪	2018.03.01	嘉行传媒、尚世影业、完美世界影视、曼荼罗影视传媒	优酷

续表

电视剧名称	原作品	原作者	首播时间	出品公司	播出平台
面具	面具	王小枪	2018.03.02	北京爱奇艺科技有限公司、北京海东明日影视文化传播有限公司	上海新闻综合频道、北京卫视、爱奇艺
人生若如初相见	迷雾围城	匪我思存	2018.03.02	完美时空文化、北京君舍文化、亚太未来影视等	腾讯视频
南方有乔木	南方有乔木	小狐濡尾	2018.03.25	上海柠萌影视传媒有限公司、长江文化	浙江卫视、江苏卫视、腾讯视频、爱奇艺、优酷、搜狐
三国机密之潜龙在渊	三国机密之潜龙在渊	马伯庸	2018.03.27	唐人影视	腾讯视频
动物系恋人啊	动物系恋人啊	花花酱	2018.03.29	天津金狐文化传播有限公司、广州莱可映相传媒有限公司	搜狐视频
金牌投资人	金牌投资人	龙在宇	2018.04.03	芒果影视、博集影业、稻田影视	湖南卫视、芒果TV、爱奇艺
我才不会被女孩子欺负呢	我才不会被女孩子欺负呢	废铁行者	2018.04.12	优酷、拉近影业、年青时候、世纪鲲鹏	优酷
忽而今夏	忽而今夏	明前雨后	2018.04.19	企鹅影视、完美世界影视	腾讯视频
萌妻食神	萌妻食神	紫伊281	2018.04.23	企鹅影视、上海兴格文化传媒有限公司	腾讯视频
冒险王卫斯理之蓝血人	卫斯理	倪匡	2018.04.24	爱奇艺	爱奇艺
哦！我的皇帝陛下	这个皇帝我要了	淡漠的紫色	2018.04.25	哇唧唧哇、企鹅影视、五谷圆丰文化传媒	腾讯视频
大牧歌	牧歌	韩天航	2018.04.28	中视精彩、东方全景	爱奇艺、搜狐、央视网、腾讯视频、央视八套

续表

电视剧名称	原作品	原作者	首播时间	出品公司	播出平台
温暖的弦	温暖的弦	安宁	2018.04.30	聚美影视、上海观达影视文化有限公司	湖南卫视、腾讯视频、优酷视频、芒果TV
莽荒纪	莽荒纪	我吃西红柿	2018.04.30	北京天悦东方文化传媒有限公司、上海银润广告传媒有限公司、云南金彩视界影业有限公司	安徽卫视、爱奇艺、腾讯视频
泡沫之夏	泡沫之夏	明晓溪	2018.05.08	爱奇艺、上海耀客传媒股份有限公司	浙江卫视、爱奇艺
结爱·千岁大人的初恋	结爱·异客寻欢	施定柔	2018.05.09	企鹅影视、芒果影视、造梦机影视	腾讯视频
天意	天意	钱莉芳	2018.05.10	优酷、磨铁娱乐、青春你好、完美影视、霍尔果斯磨铁影视娱乐	优酷
冒险王卫斯理之无名发	卫斯理	倪匡	2018.05.15	爱奇艺	爱奇艺
玄门大师	玄门大师	陈十三	2018.05.21	华策影视、乐视影业、乐道互娱文化传媒有限公司、国奥影业	爱奇艺
哦!我的皇帝陛下第二季	这个皇帝我要了	淡漠的紫色	2018.05.23	哇唧唧哇、企鹅影视、五谷圆丰文化传媒	腾讯视频
想看你微笑	想看你微笑	紫鱼儿	2018.05.29	华视盛典影业有限公司、华视娱乐投资集团股份有限公司、浙江九笙影视文化有限公司、杭州蓝狮子文化创意股份有限公司	优酷
同学两亿岁	同学两亿岁	疯丢子	2018.05.30	爱奇艺	爱奇艺
我的女友要上天	日酒见人心	费饭饭	2018.06.07	派格华创影业、企鹅影视	腾讯视频

续表

电视剧名称	原作品	原作者	首播时间	出品公司	播出平台
萌妃驾到	萌妃驾到	沐郁	2018.06.08	优酷、乐漾影视、长江文化、尚午汇佳、东仑传媒、佳妍传媒	优酷
亲爱的活祖宗	我的活祖宗	雪影霜魂	2018.06.13	爱奇艺	爱奇艺
镇魂	镇魂	Priest	2018.06.13	时悦影视	优酷
法医秦明2清道夫	清道夫	秦明	2018.06.15	搜狐视频、博集影业	搜狐视频、芒果TV
扶摇	扶摇皇后	天下归元	2018.06.18	柠萌影业、柠萌悦心、企鹅影视	浙江卫视、腾讯视频
为了你我愿意热爱整个世界	为了你我愿意热爱整个世界	唐家三少	2018.06.18	华策影视、克顿传媒、新天地工作室	爱奇艺、深圳卫视
芸汐传	天才小毒妃	芥沫	2018.06.25	北京爱奇艺科技有限公司、上海丝芭影视有限公司	爱奇艺
一千零一夜	今天也要努力去你梦里	番大王	2018.06.25	曼荼罗影视传媒、嘉行传媒、浩瀚星盘	湖南卫视、优酷视频、腾讯视频
S.C.I.谜案集	S.C.I.谜案集	耳雅	2018.06.26	阿里巴巴影业、中汇影视、兴格传媒	优酷
诚忠堂	乔家大院	朱秀海	2018.07.01	中央电视台、北京华晟泰通传媒投资有限公司、山西新祁旅游有限公司	央视八套、爱奇艺、搜狐视频、腾讯视频、芒果TV、PP视频、央视网
给我一个十八岁	十八岁给我一个姑娘	冯唐	2018.07.06	北京东海麒麟文化传播有限公司、优酷	优酷
炮灰攻略	炮灰攻略	莞尔wr	2018.07.10	搜狐视频、华泠文化	搜狐视频

续表

电视剧名称	原作品	原作者	首播时间	出品公司	播出平台
在悠长的时光里等你	在悠长的时光里等你	漫雪失忆	2018.07.13	嘉会传媒、捷成世纪文化、星影联盟、乐享影业、捷成星纪元、君坤影视、盛桐文化、东木华阳、爱奇艺文学	爱奇艺
我和两个他	我和两个他	四丫头	2018.07.18	爱奇艺	爱奇艺
沙海	盗墓笔记少年篇．沙海	南派三叔	2018.07.20	企鹅影视、南派泛娱、视骊制作	腾讯视频
媚者无疆	媚者无疆	半明半寐	2018.07.24	优酷、浙江壹贰叁肆影视文化、海宁月亮开花影视文化有限公司	优酷
香蜜沉沉烬如霜	香蜜沉沉烬如霜	电线	2018.08.02	完美影视、幸福蓝海、时代众乐、鲲池影业、重庆盛美、新片场传媒	江苏卫视、爱奇艺、腾讯、优酷
爱情进化论	爱情进化论	海中城	2018.08.02	新丽电视文化投资有限公司	东方卫视、浙江卫视、腾讯视频、爱奇艺
武动乾坤之英雄出少年	武动乾坤	天蚕土豆	2018.08.07	深蓝影业、优酷、北京世纪伙伴文化、悦凯影视、阅文集团	东方卫视、优酷
惹上冷殿下	惹上妖孽冷殿下	晨光熹微	2018.08.08	企鹅影视、莱可传媒	腾讯视频、芒果TV
法医秦明之幸存者	法医秦明系列 幸存者	秦明	2018.08.09	企鹅影视、聚禾影画影业	腾讯视频
夜天子	夜天子	月关	2018.08.14	东仑传媒	腾讯视频
天盛长歌	凰权	天下归元	2018.08.14	辛迪加影视、东申影业、好麦文化、中文在线、新影联文化	湖南卫视、芒果TV、爱奇艺
如懿传	后宫。如懿传	流潋紫	2018.08.20	新丽电视文化投资有限公司	腾讯视频

续表

电视剧名称	原作品	原作者	首播时间	出品公司	播出平台
我们的千阙歌	我们的千阙歌	青衫落拓	2018.08.24	宇佑传媒	山东卫视、爱奇艺、搜狐视频、腾讯视频、优酷视频
天坑鹰猎	天坑鹰猎	天下霸唱	2018.08.30	光芒影业、优酷	优酷视频、东方卫视
斗破苍穹	斗破苍穹	天蚕土豆	2018.09.03	万达影视传媒有限公司、新丽电视文化投资有限公司	湖南卫视、腾讯视频
等到烟暖雨收第一季	等到烟暖雨收	慵十一	2018.09.03	爱奇艺、麦田映画影业、北京耐飞影视有限公司、兔子洞文化、演娱派	爱奇艺
许你浮生若梦	许你浮生若梦	橘子宸	2018.09.07	霍尔果斯华娱时代影业、世纪长龙影视、北京华奇世纪影业有限公司	优酷
舌害	舌害	赵大咪	2018.09.10	爱奇艺、喜天影视	爱奇艺
橙红年代	橙红年代	骁骑校	2018.09.17	华策克顿旗下宽厚文化、公安部金盾影视文化中心	东方卫视、浙江卫视、腾讯视频、优酷视频、爱奇艺
凉生，我们可不可以不忧伤	凉生，我们可不可以不忧伤	乐小米	2018.09.17	蜜淘影业	湖南卫视、爱奇艺、PP视频、腾讯视频、芒果TV、优酷
如若巴黎不快乐	如果巴黎不快乐	白槿湖	2018.09.23	国龙影业、DMG印纪娱乐、一画开天影业、童乐影视	芒果TV
倾世妖颜	倾世妖颜	马莎莎	2018.09.27	蓝颖影业、企鹅影视、聪明传媒	腾讯视频
颤抖吧阿部之朵星风云	颤抖吧，ET	疯丢子	2018.09.27	优酷、新派系文化传媒	芒果TV
一吻不定情	一吻不定情	子兮	2018.09.27	新媒诚品	爱奇艺

续表

电视剧名称	原作品	原作者	首播时间	出品公司	播出平台
创业时代	创业时代	付遥	2018.10.12	浙江华策影视股份有限公司	浙江卫视、东方卫视、爱奇艺、腾讯视频、优酷视频
盛唐幻夜	盛唐幻夜	缪娟	2018.10.18	华策集团、北京自由酷鲸影业	腾讯视频
双世宠妃2	爆笑宠妃：爷我等你休妻	梵缺	2018.10.22	企鹅影视	腾讯视频
将夜	将夜	猫腻	2018.10.31	金色传媒、猫片、天神影业、企鹅影视、腾讯影业、阅文集团	腾讯视频
原来你还在这里	原来你还在这里	辛夷坞	2018.11.06	上海儒意影视、天津唐人影视、霍尔果斯吉翔影坊影视传媒	优酷视频
我们的四十年	电视	庸人	2018.11.11	时代光影	江苏卫视、爱奇艺、搜狐、乐视、腾讯、芒果TV、风行网、PP视频、优酷
你和我的倾城时光	你和我的倾城时光	丁墨	2018.11.12	光彩影业、御嘉影视、杭州巨鲸、愚恒影业、阅文集团、永乐影视	东方卫视、浙江卫视、腾讯视频、爱奇艺
我家徒弟又挂了	我家徒弟又挂了	尤前	2018.11.19	企鹅影业	腾讯视频
人不彪悍枉少年	人不彪悍枉少年	易阑珊、后空翻鱼刺	2018.11.22	企鹅影视、上海耀客传媒股份有限公司	腾讯视频
我的恶魔少爷	恶魔少爷别吻我	锦夏末	2018.11.24	上海腾讯企鹅影视文化传播有限公司	芒果TV、腾讯视频

续表

电视剧名称	原作品	原作者	首播时间	出品公司	播出平台
那座城这家人	平安扣	李燚	2018.12.02	天娱传媒、华晟泰通、江苏城市联合、耳东影业	湖南卫视、爱奇艺、腾讯视频、优酷
大约是爱	大约是爱	李李翔	2018.12.03	上海强盛影视、浙江超凡影视、霍尔果斯新视线影视	腾讯视频
大江大河	大江东去	阿耐	2018.12.10	上海广播电视台、东阳正午阳光影视有限公司、SMG 尚世影业	东方卫视、北京卫视、爱奇艺、腾讯视频、优酷
知否知否应是绿肥红瘦	知否知否应是绿肥红瘦	关心则乱	2018.12.25	东阳正午阳光影视有限公司	湖南卫视、爱奇艺、腾讯视频、优酷视频、芒果TV、YouTube

注：播出平台中第一个频道或网络视频端为首播平台，播出平台只有网络视频端的为网络剧。

（2）2018 年网络小说改编的电影

来自中国票房网的统计数据显示，截至 2018 年 12 月 31 日，在 2018 年度首周票房前 25 的电影中，改编自作家张北海小说的《邪不压正》排名第 21，首周票房为 31537 万。

网络小说改编的电影作品见下表。

表 7-3-2　2018 年网络小说改编电影名录

电影名称	原作品	原作者	首映时间	出品公司
我的影子在奔跑	我的影子在奔跑	胡永红	2018.01.16	江苏众道影业、广东南方领航影视
南极之恋	南极之恋	吴有音	2018.02.02	宸铭影业（上海）有限公司、和和（上海）影业有限公司
清水里的刀子	清水里的刀子	石舒清	2018.04.04	北京海洋时光文化传播公司、浙江嘉上影视传媒公司等

续表

电影名称	原作品	原作者	首映时间	出品公司
寻找罗麦	去了西藏	王超	2018.04.13	武汉传奇人影视、北京春秋时代、法国 Reboot 公司
给 19 岁的我自己	给 19 岁的我自己	黄朝亮、汤琰、恋上一滴泪	2018.05.29	强视传媒有限公司出品
只能活一个	只能活一个	庄秦	2018.07.06	北京国奥标点国际文化传媒有限公司
邪不压正	侠隐	张北海	2018.07.13	无锡自在影视有限公司
悲伤逆流成河	悲伤逆流成河	郭敬明	2018.09.21	北京光线影业有限公司
云南虫谷	鬼吹灯之云南虫谷	天下霸唱	2018.12.29	华谊兄弟电影有限公司、梦想者电影有限公司

（3）2018 年网络小说改编的网络大电影

网络大电影是指影片时长超过 60 分钟，以移动和互联网发行为主的电影。2014 年，爱奇艺首次提出网络大电影的概念，以区分于院线电影，并通过“大”字与微电影有了区别。随后市场规模不断扩大，网络大电影迎来爆发式的增长。但网络大电影还未能形成品牌效应与规模，单部过亿的影片稀缺，而流量高地尚处在低播放量、多数量的区域。据爱奇艺网络大电影 2018 年度票房榜显示，TOP10 中有 1 部网络大电影改编自网络文学作品，TOP20 中有 2 部改编自网络文学作品。其中，《狄仁杰之幽冥道》排名第 10 位，有效观影人数为 4341037 人，票房分成金额是 15,193,629 元；《牧野诡事之神仙眼》排名第 18 位，有效观影人次为 3233733 人，票房分成金额是 11,141,408 元。

表 7-3-3 收录了主要的网络大电影改编作品。

表 7-3-3 2018 年网络小说改编网络大电影名录

电影名称	原作品	原作者	上映时间	出品公司
古玩大亨	古玩大亨	红薯蘸白糖	2018.01.21	逐浪中文网、天津嘉鼎云影视传媒有限公司、上海茂田文化传媒有限公司
铁血江湖之决不饶恕	决不饶恕	于宁	2018.02.03	通辽振威影视

续表

电影名称	原作品	原作者	上映时间	出品公司
特工总裁小辣妹	白衣校花与大长腿	校花阮清恬	2018.02.10	霍尔果斯安之若素影视传媒有限公司、蓝蓝蓝蓝影视传媒(天津)有限公司
腹黑上司我要了	富豪俱乐部3：形形色色富二代	天佑	2018.03.17	江苏上观文化传媒、非比寻常影视文化(北京)有限公司、北京姿瓣文化传媒有限公司
奇门诡秘之深渊之门	奇门诡秘	玉柒	2018.03.26	梦圆华夏文化传媒(北京)有限公司
爱人再生	爱人再生	雯煊	2018.03.27	佛山赫拉、华亨影业
运动学概论	张先生和张先生	王泡小泡	2018.05.20	海疆时代(北京)影视制作有限公司、北京品智互动文化传播有限公司、上海奔嗨影视文化传媒有限公司
牧野诡事之神仙眼	鬼吹灯之牧野诡事	天下霸唱	2018.07.12	吉吉向上、奇树有鱼、工力影视
龙的新娘	龙的新娘	洛樱	2018.07.14	北京淘梦、网易文漫
荒村之浮生若梦	荒村公寓	蔡骏	2018.08.23	芒果娱乐
斗玉之玉魂师	斗玉之玉魂师	贡茶	2018.09.14	优酷、阿里文学、阿里影业、派乐传媒、派乐嬉士、传影文化、黑鸽时代
诸天至尊	诸天至尊	纯情犀利哥	2018.09.19	无锡国家数字电影产业园园区企业—世纪影业
倾城宠妃	本宫是大明星	七妹	2018.09.26	新片场影业、爱奇艺文学
狄仁杰之幽冥道	神探狄仁杰之阴兵借路	轩胖儿	2018.10.02	吾道南来、众乐乐影视
刑凶手札	刑凶手札	Sky 威天下	2018.11.16	优酷、七娱乐影业
笙笙入我心	笙笙入我心	北以	2018.11.24	爱奇艺文学、上海天涌影视传媒股份有限公司、天津淘梦银汉天河网络技术有限公司
交换记忆	交换记忆	且历	2018.12.06	爱奇艺文学、北京信义时代电影股份有限公司

3. 网络小说动漫改编

经过多年的发展，中国网络小说形成了庞大的内容库，题材涉猎广泛，几乎达到了无所不有、无所不包的程度，给动画生产提供了强有力的内容支撑。而且，网络小说的读者和动画的观众群体皆以年轻人为主，二者具有很高的重合度。

在2018年艺恩播放量TOP50动画作品中，有17部是网络小说改编，总播放量近107亿。其中，阅文网文改编动画有6部，贡献了近30亿的点击。阅文系动画往往上线伊始便引爆全网，多部作品实现长线系列化更新。《斗破苍穹》第2季播放量16亿；《星辰变》上线八小时破亿，开播80天便达到播放量6.5亿，并且还在以每天500万的速度与日俱增，同时获得了8.5的豆瓣评分；同名作品改编动画《斗罗大陆》上线1小时，播放量达1.3亿；《全职高手》特别篇开播10小时内双平台总播放量破亿；《全职法师》第3季上线一个月点击量破亿。从这几部作品可以看出，阅文集团愈发强悍的IP动画改编能力，“集均播放量过亿”甚至成为司空见惯之事。在2018年“阅文超级IP风云盛典”中，“超级动漫改编IP”奖项由动漫《星辰变》获得。

阅文系漫画表现同样亮眼。《全职法师》漫画自登陆腾讯动漫以来，单平台点击量就达到了13.2亿；《斗战狂潮》漫画单平台点击量达到6.8亿；而《花颜策》漫画10月上线，关注已破百万，位列快看漫画排行榜第六位。来自同名网络小说改编的漫画《修真聊天群》2018年7月进入付费阶段，一度登上付费人气总榜榜首。根据晋江文学城作者墨香铜臭所著小说改编的动漫《魔道祖师》备受关注，第一季网络播放量已经超过15亿，集均网络播放量破亿，豆瓣评分更是高达8.9分，获得了流量口碑双丰收，被漫迷称之为“2018年国漫第一番”。此外，其在社交网络上的热度也持续走高，《魔道祖师》动画微博话题高居微博动漫榜TOP1，阅读量达到11.4亿。9月27、28日，《魔道祖师》动画接连斩获第十五届中国动漫金龙奖（CACC）最佳系列动画奖和“金光奖”第七届国际原创动漫大赛最佳新锐动漫奖。

表7-3-4收录了主要的动漫改编作品。

表7-3-4　2018年网络小说动漫改编名录

作品名称	原作品	原作者	载播时间	相关信息	类型
斗罗大陆	斗罗大陆	唐家三少	2018.01.20	斗罗大陆由杭州玄机科技信息技术有限公司制作；企鹅影视、玄机科技联合出品；于腾讯视频播出	动画
斗破苍穹2	斗破苍穹	天蚕土豆	2018.03.03	由幻维数码创意科技有限公司制作；腾讯视频、阅文集团出品；于腾讯视频播出	动画

续表

作品名称	原作品	原作者	载播时间	相关信息	类型
灵域 6	灵域	逆苍天	2018.04.20	由绘梦动画，Drop 制作；爱奇艺出品；于爱奇艺播出	动画
全职高手特别篇	全职高手	蝴蝶蓝	2018.04.27	由重庆彩色铅笔漫画设计有限责任公司制作；阅文集团、企鹅影视、东申影业、bilibili 出品；于腾讯视频、bilibili 视频播出	动画
帝王攻略	帝王攻略	语笑阑珊	2018.04.30	由七灵石动漫画有限公司制作；企鹅影视出品；于腾讯视频播出	动画
末日曙光	末日曙光	非天夜翔	2018.05.20	由七瞳映画制作；企鹅影视出品；于腾讯视频播出	动画
观海策	观海策	光正钦	2018.06.17	由同明宣工作室制作；企鹅影视、众策文化、同明宣出品；于腾讯视频播出	动画
魔道祖师	魔道祖师	墨香铜臭	2018.07.09	由重庆视美精典影视动画有限责任公司制作；企鹅影视、视美精典出品；于腾讯视频播出	动画
盛世妆娘	盛世妆娘	荔萧	2018.07.24	由 Imagineer、江通动画共同制作；企鹅影视出品；于腾讯视频播放	动画
四海鲸骑	四海鲸骑	马伯庸	2018.08.16	由每日视界和霍尔果斯火天大有联合制作；爱奇艺出品；于爱奇艺播出	动画
择天记 4	择天记	猫腻	2018.08.22	由上海福煦影视文化投资有限公司制作；阅文集团、腾讯视频出品；于腾讯视频播放	动画
国民老公带回家 4	国民老公带回家	叶非夜	2018.10.03	由娃娃鱼工作室制作；阅文集团、企鹅影视出品；	动画
星辰变	星辰变	我吃西红柿	2018.10.05	由上海福煦影视文化投资有限公司制作；阅文集团、企鹅影视出品；于腾讯视频播放	动画

续表

作品名称	原作品	原作者	载播时间	相关信息	类型
全职法师 3	全职法师	乱	2018. 10. 13	由上海福煦影视文化投资有限公司制作；腾讯视频、阅文集团（第 1 季）；企鹅影视（第 2 季、第 3 季）出品；于腾讯视频播出	动画
少年歌行	少年歌行	周木楠	2018. 12. 26	由中影年年（北京）文化传媒有限公司制作；于爱奇艺播出	动画
萌妻食神	萌妻食神	紫伊 281	2018. 12. 29	由娃娃鱼工作室制作；阅文集团出品；于 bilibili 视频播出	动画

4. 网络小说游戏改编

随着移动互联网和电子阅读技术的发展，阅读不再受制于时间和空间等物理条件，人们对网文 IP 的需求不再仅限于通过文字进行想象，它催生出了全新的“阅读场景”、全新的“阅读生态”，而将文字作品改编为游戏则能无限拓展这种场景，同时也拓展了网文 IP 的传播，并可获得价值增值。

例如，自 2018 年 6 月开启不删档内测以来，由网络小说改编而来的《新斗罗大陆》手游凭借着其精品品质冲入 AppStore 免费榜卡牌类游戏前 10，获得了 2017 年天府奖最佳移动网络游戏，还在 2018 年“阅文超级 IP 风云盛典”上被评选为“超级游戏改编 IP”。同名 IP 游戏也在热播剧的带动下受到更多的关注和追捧。《新斗罗大陆》手游与在 2018 年 12 月 1 日开播的第二季动画开展深度联动合作。此次联动内容包括动画形象授权、动漫剧情植入及广告合作等。电视剧《斗破苍穹》在播出的同时，其官方正版手游《斗破苍穹：斗帝之路》在面临同类手游激烈竞争的情况下，仍吸引了大量粉丝的深度体验，上线首日即达成了 5 小时内登顶 AppStore 免费榜榜首的成绩，首周便称霸 IOS 游戏免费榜前四。《武动乾坤》手游是由同名电视剧改编的玄幻 MMORPG 手游。2018 年 12 月 28 日，《武动乾坤》在第四届 MHA 黑石奖上获得“硬核年度最受欢迎 MMO 游戏”奖。

表 7-3-5 收录了主要的游戏改编作品。

表 7-3-5 2018 年网络小说改编游戏名录

游戏	原作品	原作者	备注	游戏平台
吞噬星空	吞噬星空	我吃西红柿	2018 年 3 月 26 日开启二测，由阅文游戏发行	手机端
莽荒纪 2018	莽荒纪	我吃西红柿	2018 年 5 月 4 日登陆安卓平台首发，由广东趣炫网络股份有限公司开发	手机端
锦绣未央	庶女有毒	秦简	2018 年 5 月 5 日，游戏内测结束，由凯撒文化开发	手机端
新斗罗大陆	斗罗大陆	唐家三少	2018 年 6 月开启不删档内测，由阅文游戏开发	手机端
武动乾坤	武动乾坤	天蚕土豆	于 2018 年 8 月 16 日、8 月 23 日分别在 IOS、安卓平台上线，由阿里文娱与蜗牛游戏联手推出	手机端
斗破苍穹：斗帝之路	斗破苍穹	天蚕土豆	2018 年 9 月 19 日开启不删档内测，由腾讯游戏发行	手机端
天盛长歌	凰权	天下归元	2018 年 10 月 19 日开启 IOS 不删档测试，由爱奇艺游戏与猎手互娱联合发行	手机端
诸天至尊	诸天至尊	纯情犀利哥	2018 年 10 月 31 日全平台上线，由天赐游戏与掌阅联合发行	手机端
如懿传	后宫·如懿传	流潋紫	2018 年 11 月下旬至 12 初开启测试，由那家漫画公司开发	手机端
全职法师	全职法师	乱	2018 年 11 月 1 日首次内测，2019 年 1 月发行	手机端

5. 其他网文衍生产品

网络文学的泛娱乐产业链除了将原著改编为影视剧、动漫、游戏外，还有舞台剧、话剧等形式。根据天下霸唱作品改编的舞台剧《摸金玦》已在全国 30 多个城市巡演，仅 2017 年票房就将近 400 万。2018 年又相继在重庆、武汉、上海、南京等多地上演。改编自顾漫的同名网络小说的舞台剧《微微一笑很倾城》继 2017 年在上海上演后，又于 2018 年 12 月 3 日在昆山文化艺术中心大剧场上演。

网络小说因其更新频率高、写作周期长，能够培养一批忠诚度高、创造力强的粉丝群体。这些粉丝群体可以对外输出相关的同人创作内容，进行 IP 改编作品的宣传，具有相当的商业价值。众多网站平台一直在探索网文的周边设计开发，粉丝便是忠实的消费者和宣传者。阅文集团在与麦当劳的合作取得了较大成功后，又在2018年联手上海邮政推出了《全职高手》主题的精装纪念邮册、简装纪念邮折等2种收藏邮品，以及特制明信片、杯垫等其他主题周边。此次合作将《全职高手》IP的跨界营销，从餐饮、手游、汽车领域，拓展到集邮收藏领域，再次刷新营销次元。另外，《全职高手》中的角色叶修将在2019年成为麦当劳黄金薯条和黄金薯格的代言人，这见大大强化用户的品牌印象。

网络文学故事性强，这一特性使它成为有声阅读领域的重要内容源头。阅文集团紧紧地抓住“耳朵经济”机遇，与众多专业制作方和平台合作输出精品有声内容，打造了完善强大的IP改编音频开发与分发合作矩阵。今年，阅文集团发布了全新有声阅读品牌“阅文听书”。通过与喜马拉雅、懒人听书、企鹅FM等音频分享平台的合作，阅文听书有声阅读内容库得到极大扩充，其中居于人气榜首的《超凡相师》有声书单平台点击高达25亿，《斗破苍穹》单部有声书总点击量突破20亿。晋江文学城与猫耳FM建立深入的合作关系后，持续推出优质的广播剧，在2018年上线了多部由晋江文学城网络小说改编而来的广播剧，在专业制作团队和豪华配音阵容的加持下，赢得了良好的口碑。收录作品如表7-3-6和表7-3-7所示。

表7-3-6 2018年晋江文学城广播剧已上线作品

作品	原作者	承制	首集播出时间	出品
《不死者》第一季	淮上	729声工场	2018.01.26	猫耳FM
《帝王攻略》	语笑阑珊	北斗企鹅工作室	2018.01.29	猫耳FM
《有匪》	Priest	音熊联萌工作室	2018.04.29	猫耳FM
《残次品》第一季	Priest	瞬心文化	2018.05.15	猫耳FM
《魔道祖师》第一季	墨香铜臭	北斗企鹅工作室	2018.06.01	猫耳FM
《撒野》第二季	巫哲	玉苍红工作室	2018.06.17	猫耳FM
《破云》	淮上	声音气球	2018.06.30	猫耳FM
《默读》第一季	Priest	声音气球	2018.07.25	猫耳FM
《天宝伏妖录》	非天夜翔	边江工作室	2018.08.07	猫耳FM
《唯一的星光》	茴笙	风流逐声工作室	2018.08.30	猫耳FM
《魔道祖师》第二季	墨香铜臭	北斗企鹅工作室	2018.10.05	猫耳FM
《残次品》第二季	Priest	瞬心文化	2018.10.16	猫耳FM
《空降热搜》	颜凉雨	瞬心文化	2018.11.26	猫耳FM
《夺梦》	非天夜翔	光合积木	2018.11.27	猫耳FM

表 7-3-7　2018 年晋江文学广播剧已签约作品

作品	原作者	作品	原作者
《巨星手记》	语笑阑珊	《被迫成为大佬的生存日常》	地日草
《那月光和你》	语笑阑珊	《地球上线》	莫晨欢
《迪奥先生》	绿野千鹤	《老公死了我登基》	潇湘碧影
《酌鹿》	绿野千鹤	《白夜问米》	touchinghk
《不要物种歧视》	月下蝶影	《安息日》	月下桑
《我爱种田》	拉棉花糖的兔子	《想飞升就谈恋爱》	龙柒
《碎玉投珠》	北南	《你听得到》	桑玠
《轻狂》	巫哲	《他们都说朕是傀儡》	贺端阳
《有种你再撞一下》	巫哲	《饮冰》	淮上

本章附录：

2018 年度线下出版网络作品名录

（以作品出版时间先后为序）

编号	书名	作者	出版日期	出版社	类型	原发网站
1	无可替代的你	烛霄	2018 年 1 月	江苏凤凰文艺出版社	现代言情类	晋江文学城
2	斗罗大陆 3 龙王传说 23	唐家三少	2018 年 1 月	湖南少年儿童出版社	玄幻类	起点中文网
3	默读	Priest	2018 年 1 月	百花洲文艺出版社	悬疑类	晋江文学城
4	西藏生死恋	羽芊	2018 年 1 月	四川文艺出版社	现代言情类	半壁江文学
5	琅琊榜之风起长林	海宴	2018 年 1 月	浙江文艺出版社	古代言情类	起点女生网
6	不会谈恋爱的我	叫我一声逑姐	2018 年 1 月	百花洲文艺出版社	现代言情类	晋江文学城

续表

编号	书名	作者	出版日期	出版社	类型	原发网站
7	似曾识我	梅子黄时雨	2018 年 1 月	湖南文艺出版社	现代言情类	晋江文学城
8	梦见狮子	小狐濡尾	2018 年 1 月	百花洲文艺出版社	现代言情类	晋江文学城
9	蔓蔓征途	薇拉 vc	2018 年 1 月	湖南文艺出版社	现代言情类	晋江文学城
10	月魄在天	蓝色狮	2018 年 1 月	江苏凤凰文艺出版社	玄幻类	青豆小说网
11	单向迁徙	张饮修	2018 年 1 月	百花洲文艺出版社	现代言情类	悠悠书盟
12	独家占有	丁墨	2018 年 1 月	百花洲文艺出版社	现代言情类	鲸鱼中文网
13	元尊 2 · 初试锋芒	天蚕土豆	2018 年 1 月	长江出版社	玄幻类	三七中文
14	极光之恋	王千赫	2018 年 1 月	江苏凤凰文艺出版社	现代言情类	17K 小说网
15	不负如来不负卿(全三册)	小春	2018 年 1 月	北京联合出版有限公司	古代言情类	笔趣岛
16	菩提生香	尤四姐	2018 年 1 月	长江出版社	古代言情类	晋江文学城
17	我想你,前任 2	张躲躲	2018 年 1 月	北京联合出公司版	现代言情类	腾讯文学
18	麟趾	梦溪石	2018 年 1 月	长江文艺出版社	玄幻类	少年文学网
19	白杨往事	长宇宙	2018 年 1 月	百花洲文艺出版社	现代言情类	晋江文学城

续表

编号	书名	作者	出版日期	出版社	类型	原发网站
20	西游：决战花果山	磨剑少爷	2018年1月	江苏凤凰文艺出版社	玄幻类	香网
21	琅琊榜（插图珍藏版）	海宴	2018年1月	四川文艺出版社	古代言情类	起点女生网
22	浮生知星辰（下）	北倾	2018年1月	江苏文艺出版社	现代言情类	微信公众号
23	小清欢	云拿月	2018年1月	百花洲文艺出版社	现代言情类	笔趣馆
24	没道理的爱情	弦外之音	2018年1月	湖南文艺出版社	现代言情类	匣子小说网
25	绊橙	这碗粥	2018年1月	青岛出版社	现代言情类	凤舞文学网
26	炮楼	巫哲	2018年1月	世界知识出版社	现代言情类	晋江文学城
27	如果他知道	夜蔓	2018年1月	百花洲文艺出版社	现代言情类	晋江文学城
28	祀风师乐舞	藤萍	2018年1月	百花洲文艺出版社	玄幻类	晋江文学城
29	你的骄傲	一世安	2018年1月	花山文艺出版社	现代言情类	17K小说网
30	女帝本色3本无心	天下归元	2018年1月	青岛出版社	古代言情类	鲸鱼中文网
31	记得要忘记	楚燕狂子	2018年1月	百花洲文艺出版社	现代言情类	三五中文网
32	转天劫	陈小普	2018年1月	长江出版社	玄幻类	鲸鱼中文网

续表

编号	书名	作者	出版日期	出版社	类型	原发网站
33	你的声音,我的世界	清枫语	2018年1月	百花洲文艺出版社	现代言情类	晋江文学城
34	路从今夜白2	墨舞碧歌	2018年1月	百花洲文艺出版社	现代言情类	鲸鱼中文网
35	温香阮玉	季桃初	2018年1月	百花洲文艺出版社	古代言情类	晋江文学城
36	世间所有的清晨	蓝紫青灰	2018年1月	江苏凤凰文艺出版社	现代言情类	塔读文学网
37	莫忘初心,许你朝夕3	沐笙箫	2018年1月	青岛出版社	现代言情类	17K小说网
38	和你的世界谈谈	桃桃一轮	2018年1月	百花洲文艺出版社	现代言情类	乐文小说网
39	我本闲凉	时镜	2018年1月	世界知识出版社	古代言情类	晋江文学城
40	余生有你才安好	ARIELBABY	2018年1月	江苏文艺出版社	现代言情类	爱尚小说网
41	谢家皇后	越人歌	2018年1月	人民交通出版社	古代言情类	17K小说网
42	愿我如星君如月	安安	2018年1月	花山文艺出版社	现代言情类	潇湘书院
43	四月女友	川村元气	2018年1月	湖南文艺出版社	现代言情类	塔城小说网
44	灼灼桃花凉	清菡花开	2018年1月	百花洲文艺出版社	古代言情类	136小说网
45	金枝玉叶	远月	2018年1月	江苏凤凰文艺出版社	古代言情类	晋江文学城

续表

编号	书名	作者	出版日期	出版社	类型	原发网站
46	我就喜欢他那样	蒋牧童	2018年1月	江苏凤凰文艺出版社	现代言情类	大书包小说网
47	绿洲与冰川	薄荷迷	2018年1月	江苏凤凰文艺出版社	现代言情类	晋江文学城
48	蔓蔓青萝	桩桩	2018年1月	中国华侨出版社	古代言情类	求书网
49	他笑时风华正茂	舒远	2018年1月	百花洲文艺出版社	青春文学〉现代言情类	晋江文学城
50	我站在桥上看风景	顾西爵	2018年2月	百花洲文艺出版社	现代言情类	顺隆书院
51	良辰美锦	沉香灰烬	2018年2月	江苏凤凰文艺出版社	古代言情类	鲸鱼中文网
52	如玉生烟	总攻大人	2018年2月	新世界出版社	古代言情类	完本小说网
53	盐店街	江天雪意	2018年2月	北京联合出版有限公司	古代言情类	起点女生网
54	不正经深情	七宝酥	2018年2月	江苏凤凰文艺出版社	现代言情类	晋江文学城
55	武动乾坤1：神秘石符	天蚕土豆	2018年2月	浙江文艺出版社	玄幻类	起点中文网
56	十万星河	长安夜雨	2018年2月	江苏凤凰文艺出版社	现代言情类	晋江文学城
57	只记花开不记年	艾小图	2018年2月	长江文艺出版社	现代言情类	晋江文学城
58	我的男友四百岁	杀心	2018年2月	江苏文艺出版社	玄幻类	晋江文学城

续表

编号	书名	作者	出版日期	出版社	类型	原发网站
59	武动乾坤 2:炎城风云	天蚕土豆	2018 年 2 月	浙江文艺出版社	玄幻类	起点中文网
60	武动乾坤 3:墓府探宝	天蚕土豆	2018 年 2 月	浙江文艺出版社	玄幻类	起点中文网
61	武动乾坤 4:大荒古碑	天蚕土豆	2018 年 2 月	浙江文艺出版社	玄幻类	起点中文网
62	武动乾坤 6:百朝大战	天蚕土豆	2018 年 2 月	浙江文艺出版社	玄幻类	起点中文网
63	武动乾坤 7:远古秘藏	天蚕土豆	2018 年 2 月	浙江文艺出版社	玄幻类	起点中文网
64	武动乾坤 18:强势回归	天蚕土豆	2018 年 2 月	浙江文艺出版社	玄幻类	起点中文网
65	散落星河的记忆 3:化蝶	桐华	2018 年 3 月	湖南文艺出版社	古代言情类	晋江文学城
66	庆熹纪事	红猪侠	2018 年 3 月	浙江文艺出版社	古代言情类	晋江文学城
67	人间欢喜	随侯珠	2018 年 3 月	百花洲文艺出版社	古代言情类	晋江文学城
68	流浪在你的时光里	穿行四季	2018 年 3 月	百花洲文艺出版社	现代言情类	晋江文学城
69	若你爱我如初	沐清雨	2018 年 3 月	百花洲文艺出版社	现代言情类	晋江文学城
70	桃花债	大风刮过	2018 年 3 月	中国文联出版社	古代言情类	晋江文学城
71	君子报恩 2	囧囧有妖	2018 年 3 月	民主与建设出版社	古代言情类	起点中文网
72	修罗道·传奇	步非烟	2018 年 3 月	江苏凤凰文艺出版社	青春文学〉玄幻类	17K 小说网

续表

编号	书名	作者	出版日期	出版社	类型	原发网站
73	元尊 3 · 龙争虎斗	天蚕土豆	2018 年 3 月	长江出版社	玄幻类	起点中文网
74	佳期如梦之海上繁花	匪我思存	2018 年 3 月	江苏凤凰文艺出版社	现代言情类	纵横中文网
75	十二月风雪客	云葭	2018 年 3 月	湖南文艺出版社	古代言情类	晋江文学城
76	他很好很好	淡樱	2018 年 3 月	青岛出版社	现代言情类	晋江文学城
77	那时年少	一草	2018 年 3 月	湖南文艺出版社	现代言情类	塔城文学网
78	你亲爱的我	公子十三	2018 年 3 月	百花洲文艺出版社	现代言情类	掌阅小说网
79	知否知否应是绿肥红瘦	关心则乱	2018 年 3 月	中国华侨出版社	古代言情类	晋江文学城
80	最后的言灵师	莲洛	2018 年 3 月	青岛出版社	玄幻类	晋江文学城
81	散落星河的记忆 3:化蝶	桐华	2018 年 3 月	湖南文艺出版社	古代言情类	晋江文学城
82	乌云遇皎月	丁墨	2018 年 4 月	百花洲文艺出版社	现代言情类	云起书院
83	我的命中命中	桑玠	2018 年 4 月	百花洲文艺出版社	现代言情类	晋江文学城
84	惟我独仙典藏版	唐家三少	2018 年 4 月	山东画报出版社	玄幻类	起点中文网
85	唐家小猫	朝小诚	2018 年 4 月	百花洲文艺出版社	现代言情类	晋江文学城
86	千山记	石头与水	2018 年 4 月	浙江文艺出版社	古代言情类	晋江文学城

续表

编号	书名	作者	出版日期	出版社	类型	原发网站
87	扶摇皇后	天下归元	2018年4月	百花洲文艺出版社	古代言情类	鲸鱼中文网
88	北京女子图鉴	张佳	2018年4月	长江出版社	现代言情类	17K小说网
89	七根凶简	尾鱼	2018年4月	中国友谊出版社	悬疑类	晋江文学城
90	和月折梨花	寂月皎皎	2018年4月	长江出版社	古代言情类	鲸鱼中文网
91	重拾倦爱	莫菲勒	2018年4月	江苏凤凰文艺出版社	现代言情类	晋江文学城
92	倾心相遇，安暖相陪	双凝	2018年4月	青岛出版社	现代言情类	鲸鱼阅读
93	乌云遇皎月	丁墨	2018年4月	百花洲文艺出版社	现代言情类	云起书院
94	大宋女提刑官	沧水寒	2018年5月	青岛出版社	古代言情类	小说阅读网
95	她的小梨窝	唧唧的猫	2018年5月	百花洲文艺出版社	现代言情类	晋江文学城
96	若春和景明	空岛	2018年5月	江苏凤凰文艺出版社	古代言情类	晋江文学城
97	沫许辰光2	月下魂销	2018年5月	江苏文艺出版社	现代言情类	趣阅小说网
98	炽道	TWENTINE	2018年5月	江苏凤凰文艺出版社	玄幻类	晋江文学城
99	若你爱我如初	沐清雨	2018年5月	百花洲文艺出版社	现代言情类	晋江文学城
100	贼娘子	烟秾	2018年5月	北京联合出版社	古代言情类	2K小说阅读网

续表

编号	书名	作者	出版日期	出版社	类型	原发网站
101	亿万星辰不及你 2	叶非夜	2018 年 5 月	江苏凤凰文艺出版社	现代言情类	起点女生网
102	粉妆夺谋.2	西子情	2018 年 5 月	北京联合出版社	古代言情类	潇湘书院
103	无可奉告的羔羊	昀泽野	2018 年 5 月	河南人民出版社	现代言情类	笔趣阁
104	知我如你，情深不负	肖若水	2018 年 5 月	青岛出版社	现代言情类	晋江文学城
105	嫁给乔医生	我是落落	2018 年 5 月	百花洲文艺出版社	现代言情类	晋江文学城
106	是谁为你送花来	安逸	2018 年 5 月	百花洲文艺出版社	现代言情类	晋江文学城
107	倾心相遇，安暖相陪	双凝	2018 年 5 月	青岛出版社	现代言情类	鲸鱼阅读
108	九州·黑暗之子	唐缺	2018 年 5 月	浙江文艺出版社	玄幻类	114 啦小说网
109	凤煮九天之风华初露	楚鲤	2018 年 5 月	九州出版社	古代言情类	鲸鱼中文网
110	凤凰错 4 爱恨别离分骨肉	阿彩	2018 年 5 月	青岛出版社	古代言情类	咪咕阅读
111	倾倾似我心	长欢喜	2018 年 5 月	江苏凤凰文艺出版社	现代言情类	网易云阅读
112	若春和景明	玖月晞	2018 年 5 月	江苏凤凰文艺出版社	现代言情类	晋江文学城
113	狩魂者.4	三天两觉	2018 年 5 月	长江出版社	玄幻类	起点中文网
114	考拉小姐与桉树先生	白槿湖	2018 年 5 月	湖南文艺出版社	现代言情类	文轩网

续表

编号	书名	作者	出版日期	出版社	类型	原发网站
115	机长大人请降落	华灯微凉	2018年5月	江苏凤凰文艺出版社	现代言情类	言情小说吧
116	乌衣巷	兰城	2018年5月	北京联合出版社	古代言情类	17K小说网
117	终身患者	黄子凌	2018年5月	河南人民出版社	现代言情类	笔趣阁
118	君侯本无邪·贰	蓬莱客	2018年5月	江苏凤凰文艺出版社	古代言情类	晋江文学城
119	山海异闻录	酒九	2018年5月	江苏凤凰文艺出版社	玄幻类	17K小说网
120	珍珑·无双局Ⅱ	桩桩	2018年5月	北京联合出版社	古代言情类	起点女生网
121	和月折梨花	寂月皎皎	2018年5月	长江出版社	古代言情类	鲸鱼中文网
122	半缘修仙半缘君	雨霁初晴	2018年5月	青岛出版社	古代言情类	青豆小说网
123	江海共余生	不披马甲太销魂	2018年5月	百花洲文艺出版社	现代言情类	夜晚文学网
124	君似桐花开	容默	2018年5月	江苏凤凰文艺出版社	古代言情类	晋江文学城
125	有鹤鸣夏3	苏清绾	2018年5月	江苏凤凰文艺出版社	古代言情类	笔趣阁
126	春天的十个瞬间	明开夜合	2018年5月	湖南文艺出版社	现代言情类	晋江文学城
127	天影.2	萧鼎	2018年5月	百花洲文艺出版社	玄幻类	笔趣阁
128	相如以茉	情倾卿	2018年5月	江苏凤凰文艺出版社	现代言情类	晋江文学城

续表

编号	书名	作者	出版日期	出版社	类型	原发网站
129	你只能喜欢我	顾辞微	2018年5月	贵州人民出版社	现代言情类	晋江文学城
130	君侯本无邪叁	蓬莱客	2018年5月	江苏凤凰文艺出版社	古代言情类	晋江文学城
131	我好像不适合谈恋爱	板栗子	2018年5月	江苏凤凰出版社	现代言情类	晋江文学城
132	狩魂者5	三天两觉	2018年5月	长江出版社	玄幻类	起点中文网
133	红妆神捕	水红xl	2018年5月	北京联合出版有限公司	古代言情类	起点女生网
134	手可摘星辰	临渊鱼儿	2018年5月	江苏凤凰文艺出版社	现代言情类	晋江文学城
135	江湖天很晴	月星汐	2018年5月	北京联合出版有限公司	古代言情类	塔城文学网
136	嫡嫁千金	千山茶客	2018年5月	江苏凤凰文艺出版社	古代言情类	凤舞文学网
137	六宫无妃：全3册	月斜影清	2018年5月	中国华侨出版社	古代言情类	网易云阅读
138	全职高手4——全明星周末 2018版	蝴蝶蓝	2018年5月	羊城晚报出版社	电竞类	晋江文学城
139	大明皇妃·孙若微传	莲静竹衣	2018年5月	百花洲文艺出版社	古代言情类	114啦小说网
140	重拾倦爱	莫菲勒	2018年5月	江苏凤凰文艺出版社	现代言情类	晋江文学城
141	忽而今夏	明前雨后	2018年5月	北京联合出版有限公司	现代言情类	塔城文学网
142	凤权录	修竹	2018年5月	中国华侨出版社	古代言情类	书香云集小说网

续表

编号	书名	作者	出版日期	出版社	类型	原发网站
143	少女心永不毕业	柒柒若	2018年5月	江苏文艺出版社	现代言情类	网易云阅读
144	而你情深似海	卫好时	2018年5月	贵州人民出版社	现代言情类	掌阅书城
145	夺锋·2	黑水白山	2018年5月	世界知识出版社	玄幻类	晋江文学城
146	他所闻到的世界	草灯大人	2018年5月	江苏凤凰文艺出版社	现代言情类	晋江文学城
147	薄荷微光少年时	微酸袅袅	2018年5月	江苏凤凰文艺出版社	现代言情类	起点女生网
148	华音流韶:天剑伦	步非烟	2018年5月	青岛出版社	玄幻类	九九藏书网
149	良辰多喜欢	原城	2018年5月	江苏文艺出版社	现代言情类	花语女生网
150	清梦压星河	妖之夭	2018年5月	江苏凤凰文艺出版社	现代言情类	晋江文学城
151	进击吧,电竞	乔其纱	2018年5月	江苏凤凰文艺出版社	电竞类	晋江文学城
152	星辰变 典藏版3	我吃西红柿	2018年5月	湖南少年儿童出版社	玄幻类	鲸鱼阅读网
153	飞剑问道1	我吃西红柿	2018年5月	湖南少年儿童出版社	玄幻类	爱上中文网
154	青山见我多妩媚	伊人睽睽	2018年5月	湖南少年儿童出版社	现代言情类	采薇书院
155	那时情深月明	九月鸢尾	2018年5月	江苏凤凰文艺出版社	现代言情类	晋江文学城
156	何处暖阳不倾城	北倾	2018年5月	江苏凤凰文艺出版社	现代言情类	晋江文学城

续表

编号	书名	作者	出版日期	出版社	类型	原发网站
157	谁说我不爱你	北倾	2018 年 5 月	江苏凤凰文艺出版社	现代言情类	晋江文学城
158	天珠变　典藏版 2	唐家三少	2018 年 5 月	湖南少年儿童出版社	玄幻类	起点中文网
159	你是我的小虚荣 · 1	萱草妖花	2018 年 5 月	世界知识出版社	现代言情类	晋江文学城
160	深海有鸟，天堂有鱼	西小洛	2018 年 5 月	天津人民出版社	现代言情类	网易云阅读
161	末日乐园	须尾俱全	2018 年 5 月	长江出版社	玄幻类	鲸鱼中文网
162	清时与糖	然澈	2018 年 5 月	江苏凤凰文艺出版社	现代言情类	笔趣阁
163	摸摸头，别哭了	狸子小姐	2018 年 5 月	贵州人民出版社	现代言情类	网易云阅读
164	全职高手 8—草根齐聚 2018 版	蝴蝶蓝	2018 年 5 月	羊城晚报出版社	电竞类	起点中文网
165	小泪痣	鹿灵	2018 年 5 月	羊城晚报出版社	现代言情类	晋江文学城
166	一鉴情深	子少言	2018 年 5 月	民主与建设出版社	现代言情类	晋江文学城
167	若有千意	语笑嫣然	2018 年 5 月	江苏凤凰文艺出版社	现代言情类	话本小说网
168	撑腰	不止是颗菜	2018 年 5 月	江苏凤凰文艺出版社	现代言情类	晋江文学城
169	我想与你共度余生	是今	2018 年 5 月	江苏凤凰文艺出版社	现代言情类	晋江文学城
170	顾盼倾心	小红杏	2018 年 5 月	广东旅游出版社	现代言情类	匪子小说网

续表

编号	书名	作者	出版日期	出版社	类型	原发网站
171	全职高手7——新科冠军 2018版	蝴蝶蓝	2018年5月	羊城晚报出版社	电竞类	起点中文网
172	凉生,我们可不可以不忧伤	乐小米	2018年5月	江苏凤凰文艺出版社	现代言情类	青豆中文网
173	余生有你才安好	ARIELBABY	2018年5月	湖南少年儿童出版社江苏凤凰文艺出版社	现代言情类	笔趣阁
174	青春无小事	有点闹A	2018年5月	天津人民出版社	现代言情类	起点女生网
175	梧桐那么伤	乐小米	2018年5月	江苏凤凰文艺出版社	现代言情类	塔城文学网
176	渺渺何所思	风荷游月	2018年5月	江苏凤凰文艺出版社	古代言情类	晋江文学城
177	诡城梦魇	雍九	2018年5月	贵州人民出版社	悬疑类	腾讯文学
178	全职高手5——毁人不倦 2018版	蝴蝶蓝	2018年5月	羊城晚报出版社	电竞类	起点中文网
179	非夜琉莹	柏夏	2018年5月	江苏凤凰文艺出版社	古代言情类	飘柔文学
180	我的世界全是你的味道	Lucia露神	2018年5月	江苏凤凰文艺出版社	现代言情类	晋江文学城
181	斗罗大陆3龙王传说27	唐家三少	2018年6月	湖南少年儿童出版社	玄幻类	起点中文网
182	六爻壹·鹏程万里	Priest	2018年6月	北京时代华文书局	现代言情类	晋江文学城

续表

编号	书名	作者	出版日期	出版社	类型	原发网站
183	扶摇皇后	天下归元	2018 年 6 月	百花洲文艺出版社	古代言情类	凤舞文学网
184	天宝伏妖录一狐美人	非天夜翔	2018 年 6 月	羊城晚报出版社	玄幻类	晋江文学城
185	知我如你，情深不负	肖若水	2018 年 6 月	青岛出版社	现代言情类	晋江文学城
186	结爱·异客逢欢	施定柔	2018 年 6 月	浙江文艺出版社	现代言情类	匣子小说网
187	她的小梨窝	唧唧的猫	2018 年 6 月	百花洲文艺出版社	现代言情类	笔趣阁
188	竹书谣	文简子	2018 年 6 月	北京联合出版社	古代言情类	八一中文网
189	琴帝典藏版 10	唐家三少	2018 年 6 月	湖南少年儿童出版社	玄幻类	起点中文网
190	知否知否应是绿肥红瘦 . 2	关心则乱	2018 年 6 月	中国华侨出版社	古代言情类	晋江文学城
191	关心则乱　典藏版 3	静默	2018 年 6 月	湖南少年儿童出版社	玄幻类	起点中文网
192	星河彼岸	弱水度	2018 年 6 月	江西人民出版社	玄幻类	创世中文网
193	我们的轻熟时光	蒙淇淇	2018 年 6 月	江苏凤凰文艺出版社	现代言情类	网易云阅读
194	全职高手 19——永恒荣耀	蝴蝶蓝	2018 年 6 月	羊城晚报出版社	电竞类	起点中文网
195	粉妆夺谋 . 2	西子情	2018 年 6 月	北京联合出版有限公司	古代言情类	笔趣阁

续表

编号	书名	作者	出版日期	出版社	类型	原发网站
196	长相知，不相疑	阿茵	2018 年 6 月	台海出版社	现代言情类	云起书院
197	亿万斯年	江旭	2018 年 6 月	湖南文艺出版社	玄幻类	17K 小说网
198	江山为聘	行烟烟	2018 年 6 月	江苏凤凰文艺出版社	古代言情类	言情小说吧
199	冷月如霜	匪我思存	2018 年 6 月	江苏凤凰文艺出版社	古代言情类	塔城文学网
200	曾有一个人爱我如生命	舒仪	2018 年 6 月	中国友谊出版公司	现代言情类	豆豆小说阅读网
201	手可摘星辰	临渊鱼儿	2018 年 6 月	江苏凤凰文艺出版社	现代言情类	晋江文学城
202	他似星辰大海	画盏眠	2018 年 6 月	百花洲文艺出版社	现代言情类	晋江文学城
203	白色口哨	帘十里	2018 年 6 月	青岛出版社	现代言情类	晋江文学城
204	此爱无岸	那夏	2018 年 6 月	百花洲出版社	青现代言情类	书丛网
205	千面宠妃	忘川之源	2018 年 6 月	江苏凤凰文艺出版社	古代言情类	17K 小说网
206	双重替身	顾青衣	2018 年 6 月	江苏凤凰文艺出版社	现代言情类	爱上中文网
207	珍珑·无双局Ⅱ	桩桩	2018 年 6 月	北京联合出版有限公司	古代言情类	起点女生网
208	我好像不适合谈恋爱	板栗子	2018 年 6 月	江苏凤凰文艺出版社	现代言情类	晋江文学城
209	是谁为你送花来	安逸	2018 年 6 月	百花洲文艺出版社	现代言情类	晋江文学城
210	青城	乐小米	2018 年 6 月	江苏凤凰文艺出版社	现代言情类	九久读书人

续表

编号	书名	作者	出版日期	出版社	类型	原发网站
211	伦敦星光不散场	吕亦涵	2018年6月	湖南文艺出版社	青春文学〉现代言情类	晋江文学城
212	双序曲	栖见	2018年6月	百花洲出版社	古代言情类	少年文学网
213	世间戏	古的猫宁	2018年6月	百花洲文艺出版社	古代言情类	创世中文网
214	寡人无疾2	祈祷君	2018年6月	百花洲文艺出版社	古代言情类	晋江文学城
215	松木巷十七号	鹤见鹤	2018年6月	百花洲文艺出版社	古代言情类	晋江文学城
216	东宫喜事	寂霏	2018年6月	四川文艺出版社	古代言情类	晋江文学城
217	知否知否应是绿肥红瘦.3	关心则乱	2018年6月	中国华侨出版社	古代言情类	晋江文学城
218	喂,给你我的小心心	子非鱼	2018年6月	百花洲文艺出版社	现代言情类	网易云阅读
219	一颗小草莓	卿玖思	2018年6月	中国文联出版社	现代言情类	晋江文学城
220	莽荒纪6-10册套装	我吃西红柿	2018年6月	江苏凤凰文艺出版社	玄幻类	鲸鱼中文网
221	莽荒纪1-5册套装	我吃西红柿	2018年6月	江苏凤凰文艺出版社	玄幻类	鲸鱼中文网
222	奇妙人偶男友	昨夜星辰	2018年6月	百花洲文艺出版社	现代言情类	话本小说网
223	沙海　典藏纪念版	南派三叔	2018年7月	长江文艺出版社	悬疑类	起点中文网
224	时光行者的你	木浮生	2018年7月	百花洲文艺出版社	现代言情类	鲸鱼中文网

续表

编号	书名	作者	出版日期	出版社	类型	原发网站
225	狱火烈烈空自华	寒烈	2018年7月	江苏凤凰文艺出版社	古代言情类	晋江文学城
226	藏在回忆里的风景	素光同	2018年7月	四川文艺出版社	现代言情类	大书包小说网
227	时光微微甜	酒小七	2018年7月	四川文艺出版社	现代言情类	晋江文学城
228	他逆光而来	左瞳	2018年7月	江苏凤凰文艺出版社	现代言情类	晋江文学城
229	我一直在这里，等风也等你	麋鹿与花	2018年7月	江苏凤凰文艺出版社	现代言情类	云起书院
230	裂锦	匪我思存	2018年7月	江苏凤凰文艺出版社	古代言情类	晋江文学城
231	我的时光里，满满都是你	忘记呼吸的猫	2018年7月	江苏凤凰文艺出版社	现代言情类	鲸鱼中文网
232	粉妆夺谋.3	西子情	2018年7月	北京联合出版有限公司	古代言情类	笔趣阁
233	蝴蝶之刃	兜兜麽	2018年7月	百花洲文艺出版社	现代言情类	晋江文学城
234	不愿悄悄喜欢你	苏幸安	2018年7月	黑龙江美术出版社	现代言情类	晋江文学城
235	光之子（全三册）	唐家三少	2018年7月	湖南少年儿童出版社	玄幻类	起点中文网
236	爱情的开关（典藏纪念版）	匪我思存	2018年7月	江苏凤凰文艺出版社	现代言情类	飘柔文学
237	默许浮生	乌云冉冉	2018年7月	青岛出版社	现代言情类	网易云阅读
238	婆娑行	迟生晚	2018年7月	长江出版社	古代言情类	掌阅文学
239	春日宴	白鹭成双	2018年7月	三秦出版社	古代言情类	凤舞文学网

续表

编号	书名	作者	出版日期	出版社	类型	原发网站
240	青梅七分甜	姜之鱼	2018 年 7 月	广东旅游出版社	现代言情类	92 小说网
241	嫡长孙	闻檀	2018 年 7 月	江苏凤凰文艺出版社	古代言情类	晋江文学城
242	许你一世繁花	饕餮琉璃	2018 年 7 月	北京燕山出版社	现代言情类	17K 小说网
243	画骨女仵作	厘多乌	2018 年 7 月	三秦出版社	古代言情类	顺隆书院
244	星光璀璨	匪我思存	2018 年 7 月	江苏凤凰文艺出版社	现代言情类	飘柔文学
245	情书六十页	不止是颗菜	2018 年 7 月	青岛出版社	现代言情类	晋江文学城
246	顾念有嘉人	小红杏	2018 年 7 月	吉林文史出版社	现代言情类	晋江文学城
247	亲爱的霸王龙先生	令狐小样	2018 年 7 月	江苏凤凰文艺出版社	现代言情类	爱奇艺文学
248	国民男神爱上我	安知晓	2018 年 7 月	百花洲文艺出版社	现代言情类	笔趣阁
249	初次爱你，为时不晚	准拟佳期	2018 年 7 月	百花洲文艺出版社	现代言情类	起点中文网
250	当我足够美，才能留住你	LYDIA	2018 年 7 月	北京联合出版有限公司	现代言情类	文学巴士
251	帝凰	天下归元	2018 年 7 月	百花洲文艺出版社	古代言情类	顶点小说网
252	子夜吴歌	知夏	2018 年 7 月	浙江文艺出版社	古代言情类	鲸鱼中文网
253	初恋就是我选你	海殊	2018 年 7 月	贵州人民出版社	现代言情类	爱奇艺文学
254	她唇角微甜	沈南肆	2018 年 7 月	青岛出版社	现代言情类	晋江文学城

续表

编号	书名	作者	出版日期	出版社	类型	原发网站
255	来时有灯火	空空如气	2018年7月	百花洲文艺出版社	玄幻类	晋江文学城
256	吹梦到西洲	于蹊	2018年7月	百花洲文艺出版社	玄幻类	17K小说网
257	我在新西兰等你	戴帽子的鱼	2018年7月	湖南文艺出版社	现代言情类	陌上香坊
258	我亲爱的厨神先生	时梧	2018年7月	百花洲文艺出版社	现代言情类	晋江文学城
259	是谁家新燕	帘重	2018年7月	青岛出版社	古代言情类	晋江文学城
260	市井珍馐	易小佳	2018年7月	江苏凤凰文艺出版社	古代言情类	17K小说网
261	景景相依	南音音	2018年7月	江苏凤凰文艺出版社	现代言情类	红袖添香
262	叶叶笙歌	顾盼若浅	2018年7月	江苏凤凰文艺出版社	现代言情类	晋江文学城
263	江川往事	莫默	2018年7月	江苏凤凰文艺出版社	现代言情类	网易云阅读
264	藏在回忆里的风景	素光同	2018年8月	四川文艺出版社	现代言情类	晋江文学城
265	滕王阁秘闻	姵璃	2018年8月	北京联合出版有限公司社	悬疑类	完本小说网
266	斗罗大陆外传 唐门英雄传	唐家三少	2018年8月	湖南少年儿童出版社	玄幻类	起点中文网
267	倾一世温柔，暖一场相遇	暮小哥	2018年8月	时代文艺出版社	古代言情类	完本小说网
268	翅膀之末	沐清雨	2018年8月	文化发展出版社	现代言情类	晋江文学城

续表

编号	书名	作者	出版日期	出版社	类型	原发网站
269	君子报恩 3	囧囧有妖	2018 年 8 月	民主与建设出版社	古代言情类	起点中文网
270	终身最爱 2	玄默 529	2018 年 8 月	北京联合出版公司	现代言情类	新浪博客
271	逆锋	梧栖凤	2018 年 8 月	长江出版社	现代言情类	鲸鱼中文网
272	他似晨风起	惜双双	2018 年 8 月	江苏凤凰文艺出版社	现代言情类	匣子小说网
273	御龙记：史前闯入者	邢立达	2018 年 8 月	北京联合出版有限公司	玄幻类	网易云阅读
274	我的皇后	谢楼南	2018 年 8 月	江苏凤凰文艺出版社	古代言情类	塔城文学网
275	小娇妻	妃子一笑	2018 年 8 月	江苏凤凰文艺出版社	现代言情类	恋上你看书网
276	灵魂拼图	橘子宸	2018 年 8 月	贵州人民出版社	玄幻类	珊瑚文学
277	欢颜	deepbluesea	2018 年 8 月	江苏凤凰文艺出版社	现代言情类	晋江文学城
278	只为他折腰	六盲星	2018 年 8 月	江苏凤凰文艺出版社	古代言情类	晋江文学城
279	愿为天上月	锦竹	2018 年 8 月	江苏凤凰文艺出版社	古代言情类	网易云阅读
280	镇香令	沐水游	2018 年 8 月	江苏凤凰文艺出版社	现代言情类	鲸鱼中文网
281	西夏死书 1-5 册套装	顾非鱼	2018 年 8 月	金城出版社	玄幻类	17K 小说网
282	安东侯府	蓝家三少	2018 年 8 月	江苏凤凰文艺出版社	古代言情类	神书网

续表

编号	书名	作者	出版日期	出版社	类型	原发网站
283	姗姗未迟	陌殇栀夏	2018年8月	江苏凤凰文艺出版社	现代言情类	快眼看书
284	你比月色动人	笑佳人	2018年8月	江苏凤凰文艺出版社	现代言情类	晋江文学城
285	直到你喜欢我为止	太后归来	2018年8月	江苏凤凰文艺出版社	现代言情类	晋江文学城
286	你看起来很小气	涂塔塔	2018年8月	江苏凤凰文艺出版社	现代言情类	百田网
287	原来帝尊是夫君	沉闻	2018年8月	贵州人民出版社	古代言情类	掌阅书城
288	“医”心一意喜欢你	天神遗孤	2018年8月	花山文艺出版社	现代言情类	百道网
289	你是哪颗星	常冬	2018年8月	湖南文艺出版社	现代言情类	爱上中文网
290	萌妃志	惑乱江山	2018年8月	青岛出版社	古代言情类	鲸鱼中文网
291	我在世界之巅等你	今儿立秋	2018年8月	贵州人民出版社	现代言情类	爱上你看书网
292	初恋109次	其莎	2018年8月	文化发展出版社	现代言情类	百道网
293	大荒祭	萧鼎	2018年8月	长江出版社	现代言情类	起点中文网
294	他与爱同罪	北倾	2018年9月	百花洲文艺出版社	现代言情类	爱上中文网
295	芸汐传奇：与君共朝夕	芥沫	2018年9月	百花洲文艺出版社	古代言情类	鲸鱼中文网

续表

编号	书名	作者	出版日期	出版社	类型	原发网站
296	知否知否应是绿肥红瘦.4（典藏纪念版）	关心则乱	2018年9月	中国华侨出版社	古代言情类	晋江文学城
297	芸汐传奇：携手共山河	芥沫	2018年9月	百花洲文艺出版社	古代言情类	鲸鱼中文网
298	再也不要做怨妇	大风刮过	2018年9月	江苏凤凰文艺出版社	现代言情类	晋江文学城
299	再生缘：我的温柔暴君	墨舞碧歌	2018年9月	江苏凤凰文艺出版社	现代言情类	鲸鱼中文网
300	写给鼹鼠先生的情书	吉祥夜	2018年9月	青岛出版社	现代言情类	鲸鱼中文网
301	神澜奇域：无双珠1	唐家三少	2018年9月	湖南少年儿童出版社	玄幻类	起点中文网
302	天珠变典藏版4	唐家三少	2018年9月	湖南少年儿童出版社	玄幻类	起点中文网
303	琴帝典藏版13	唐家三少	2018年9月	湖南少年儿童出版社	玄幻类	起点中文网
304	青春从遇见他开始	猪宝宝萌萌哒	2018年9月	江苏凤凰文艺出版社	现代言情类	鲸鱼中文网
305	神印王座典藏版12	唐家三少	2018年9月	湖南少年儿童出版社	玄幻类	起点中文网
306	草莓味的你	陈梓希	2018年9月	江苏凤凰文艺出版社	现代言情类	匣子小说网
307	山河表里	PRIEST	2018年9月	云南美术出版社	现代言情类	晋江文学城
308	风衷录	天如玉	2018年9月	百花洲文艺出版社	玄幻类	晋江文学城

续表

编号	书名	作者	出版日期	出版社	类型	原发网站
309	爱上小气先生	风为裳	2018年9月	四川文艺出版社	现代言情类	当当云阅读
310	你若盛开 清风自来	你若盛开清风自来	2018年9月	南京出版社	现代言情类	笔趣阁
311	京洛再无佳人2	乔维安	2018年9月	百花洲文艺出版社	现代言情类	笔趣阁
312	徐徐图妃	徐徐图之	2018年9月	百花洲文艺出版社	古代言情类	新浪微博
313	粉妆夺谋.4	西子情	2018年9月	北京联合出版有限公司	古代言情类	笔趣阁
314	岁月有糖,情诗成行	许时亦	2018年9月	青岛出版社	现代言情类	晋江文学城
315	你是长夜,也是灯火	岁惟	2018年9月	青岛出版社	现代言情类	晋江文学城
316	制服青春·首席谈判官	楚河	2018年9月	百花洲文艺出版社	现代言情类	掌阅书城
317	融雪	蔚空	2018年9月	青岛出版社	现代言情类	顶点小说网
318	云起时见你	云舒	2018年9月	浙江工商大学出版社	现代言情类	掌阅书城
319	锦衣卫	非天夜翔	2018年9月	湖南人民出版社	古代言情类	晋江文学城
320	妃常心动2	伊安然	2018年9月	江苏凤凰文艺出版社	古代言情类	塔读小说网
321	南风已至	蔚空	2018年9月	青岛出版社	现代言情类	晋江文学城
322	最佳天后	陶嘉月	2018年9月	百花洲文艺出版社	现代言情类	晋江文学城

续表

编号	书名	作者	出版日期	出版社	类型	原发网站
323	一个钢镚儿	巫哲	2018年9月	世界知识出版社	现代言情类	晋江文学城
324	甜牙齿	不止是颗菜	2018年9月	北京华文时代书局	现代言情类	晋江文学城
325	帝师	来自远方	2018年9月	中国华侨出版社	古代言情类	笔趣阁
326	逢青	这碗粥	2018年9月	百花洲文艺出版社	现代言情类	晋江文学城
327	浮沙	僵尸嬷嬷	2018年9月	百花洲文艺出版社	现代言情类	晋江文学城
328	如果这一秒，我没遇见你(典藏纪念版)	匪我思存	2018年9月	江苏凤凰文艺出版社	现代言情类	九久读书人
329	浮光掠影	素光同	2018年9月	青岛出版社	现代言情类	新浪博客
330	全职高手11再见，嘉世2018版	蝴蝶蓝	2018年9月	羊城晚报出版社	电竞类	起点中文网
331	恋爱放映式	陌顷寒	2018年9月	天津人民出版社	现代言情类	掌阅书城
332	后宫·如懿传(全六卷)(精装修订版)	流潋紫	2018年9月	人民文学出版社	古代言情类	笔趣阁
333	老爷有喜1	随宇而安	2018年9月	百花洲文艺出版社	古代言情类	爱上中文网
334	他与微光皆倾城	绛美人	2018年9月	天津人民出版社	现代言情类	鲸鱼中文网
335	老爷有喜2	随宇而安	2018年9月	百花洲文艺出版社	古代言情类	爱上中文网

续表

编号	书名	作者	出版日期	出版社	类型	原发网站
336	将门嫡女之定乾坤	千山茶客	2018 年 9 月	青岛出版社	青春文学〉古代言情类	小树林电子书
337	大哥	PRIEST	2018 年 9 月	上海人民美术出版社	现代言情类	晋江文学城
338	林深时见鹿	晏生	2018 年 9 月	贵州人民出版社	现代言情类	言情小说吧
339	你不来，花不开	二月生	2018 年 9 月	江苏凤凰文艺出版社	现代言情类	晋江文学城
340	大王饶命 1	会说话的肘子	2018 年 9 月	长江出版社	古代言情类	八一中文网
341	笼中月	岛頔	2018 年 9 月	百花洲文艺出版社	现代言情类	晋江文学城
342	撒野	巫哲	2018 年 10 月	北京联合出版有限公司	现代言情类	晋江文学城
343	晚安,小茉莉	明开夜合	2018 年 10 月	湖南文艺出版社	现代言情类	晋江文学城
344	蜀帝传奇	龙猫一	2018 年 10 月	江苏凤凰文艺出版社	古代言情类	17K 小说网
345	以后少吃鱼	鹿灵	2018 年 10 月	青岛出版社	现代言情类	晋江文学城
346	她心见陆心	画盏眠	2018 年 10 月	百花洲文艺出版社	现代言情类	霓晴小说网
347	贻笑倾陈	季桃初	2018 年 10 月	四川文艺出版社	现代言情类	晋江文学城
348	你是我的怦然心动	kk 依旧初夏	2018 年 10 月	江苏凤凰文艺出版社	现代言情类	晋江文学城
349	如果深海忘记了	苏茯苓	2018 年 10 月	青岛出版社	现代言情类	鲸鱼中文网

续表

编号	书名	作者	出版日期	出版社	类型	原发网站
350	江湖小香风	一度君华	2018 年 10 月	百花洲文艺出版社	古代言情类	晋江文学城
351	江湖没有谱	板栗子	2018 年 10 月	江苏凤凰文艺出版社	古代言情类	晋江文学城
352	你只能喜欢我 2	顾辞微	2018 年 10 月	贵州人民出版社	现代言情类	凤凰小说网
353	蜜桃味热恋	龙柒	2018 年 10 月	江苏凤凰文艺出版社	现代言情类	晋江文学城
354	别闹,醋先生	叶余七 er	2018 年 10 月	江苏凤凰文艺出版社	现代言情类	话本小说网
355	你好,我的盖世英雄	撒旦的猫	2018 年 10 月	江苏凤凰文艺出版社	现代言情类	起点女生网
356	权门告白	鱼歌	2018 年 10 月	江苏凤凰文艺出版社	现代言情类	17K 小说网
357	我打赌你喜欢我	时梧	2018 年 10 月	黑龙江美术出版社	现代言情类	晋江文学城
358	余音绕梁	舒远	2018 年 10 月	江苏凤凰文艺出版社	现代言情类	笔趣阁
359	晚安,我的美梦小姐	陆宝	2018 年 10 月	江苏凤凰文艺出版社	现代言情类	塔读文学网
360	儒期而至(上)	漠兮	2018 年 10 月	江苏凤凰文艺出版社	现代言情类	67 书吧
361	烈旭照清河	帘十里	2018 年 10 月	江苏凤凰文艺出版社	古代言情类	晋江文学城
362	微雨千城 2	江菲	2018 年 10 月	江苏凤凰文艺出版社	现代言情类	笔趣阁
363	今天也要喜欢你	明月上	2018 年 10 月	黑龙江美术出版社	现代言情类	17K 小说网

续表

编号	书名	作者	出版日期	出版社	类型	原发网站
364	慢慢慢慢来	殊默	2018年10月	江苏凤凰文艺出版社	现代言情类	晋江文学城
365	半莲池	花清晨	2018年10月	江苏凤凰文艺出版社	古代言情类	咪咕阅读
366	王爷年少	布衣祺	2018年10月	江苏凤凰文艺出版社	古代言情类	晋江文学城
367	棠棣王朝	陈峻菁	2018年10月	江苏凤凰文艺出版社	古代言情类	网易云阅读
368	循循善诱	慕拉	2018年10月	江苏凤凰文艺出版社	现代言情类	晋江文学城
369	假面娇妻	小九	2018年10月	江苏凤凰文艺出版社	古代言情类	趣阅阁
370	就像喜欢春天的熊	花间树里	2018年10月	江苏凤凰文艺出版社	现代言情类	晋江文学城
371	如果巴黎不快乐 单册典藏版 第1册	白槿湖	2018年10月	湖南文艺出版社	现代言情类	求书网
372	白雀妃	唐家小主	2018年10月	天津人民出版社	现代言情类	网易云阅读
373	我寄人间雪满头	陆缥缈	2018年10月	江苏凤凰文艺出版社	古代言情类	小说酒吧
374	尤尤我心	木子喵喵	2018年10月	江苏凤凰文艺出版社	现代言情类	空蓝小说网
375	星坟 望古神话	天使奥斯卡	2018年10月	九州出版社	悬疑类	天涯文学
376	初晨,是我故意忘记你2	籽月	2018年10月	浙江工商大学出版社	现代言情类	800小说网

续表

编号	书名	作者	出版日期	出版社	类型	原发网站
377	撑腰 2	不止是颗菜	2018 年 10 月	江苏凤凰文艺出版社	现代言情类	晋江文学城
378	你是我的荣光	琉璃秀	2018 年 10 月	江苏凤凰文艺出版社	现代言情类	晋江文学城
379	同桌的那个坏同学	福禄丸子	2018 年 10 月	江苏凤凰文艺出版社	现代言情类	晋江文学城
380	西出玉门．上	尾鱼	2018 年 11 月	敦煌文艺出版社	悬疑类	晋江文学城
381	舟而复始	赵乾乾	2018 年 11 月	江苏凤凰文艺出版社	现代言情类	晋江文学城
382	残次品	PRIEST	2018 年 11 月	江苏凤凰文艺出版社	现代言情类	晋江文学城
383	慈悲城	丁墨	2018 年 11 月	四川文艺出版社	现代言情类	鲸鱼中文网
384	天使离开的夏天	卡罗拉重复	2018 年 11 月	贵州人民出版社	现代言情类	17K 小说网
385	神澜奇域：无双珠 2	唐家三少	2018 年 11 月	湖南少年儿童出版社	玄幻类	起点中文网
386	报告，我想和你谈恋爱	江都司马	2018 年 11 月	江苏凤凰文艺出版社	现代言情类	晋江文学城
387	你是我最美的相遇	唐逍	2018 年 11 月	江苏凤凰文艺出版社	现代言情类	起点女生网
388	逆臣．1：一代帝王养成史	米洛	2018 年 11 月	北京时代华文书局	古代言情类	晋江文学城
389	陈蜗牛的追爱日记 3 奇怪的他	梧桐私语	2018 年 11 月	江苏凤凰文艺出版社	现代言情类	珊瑚文学

续表

编号	书名	作者	出版日期	出版社	类型	原发网站
390	偏见先生	丘迟	2018年11月	江苏凤凰文艺出版社	现代言情类	晋江文学城
391	宠你到世界尽头	未眠君	2018年11月	花山文艺出版社	现代言情类	塔读文学网
392	可爱多少钱一斤	栖见	2018年11月	江苏凤凰文艺出版社	现代言情类	看书阁
393	南城	笑佳人	2018年11月	世界知识出版社	现代言情类	少年文学网
394	笙笙喜欢你	惊胭	2018年11月	贵州人民出版社	现代言情类	起点中文网
395	恕难从命	邵夏	2018年11月	三秦出版社	古代言情类	快眼看书
396	咬定卿卿不放松·上卷	顾了之	2018年11月	百花洲文艺出版社	玄幻类	棉花糖小说网
397	今非昔比·完结典藏版(全2册)	田园	2018年11月	江苏凤凰文艺出版社	古代言情类	网易云阅读
398	长夜映月明	纪长迦	2018年11月	江苏凤凰文艺出版社	现代言情类	晋江文学城
399	不知东方既白	橘子宸	2018年11月	江苏凤凰文艺出版社	古代言情类	笔趣阁
400	我等风雪又一年	阿Q	2018年11月	贵州人民出版社	现代言情类	起点女生网
401	斗破苍穹之大主宰3(精装典藏版	天蚕土豆	2018年11月	湖南人民出版社	现代言情类	起点中文网
402	半圆	何处听雨	2018年11月	百花洲出版社	现代言情类	晋江文学城

续表

编号	书名	作者	出版日期	出版社	类型	原发网站
403	守护时光守护你	唐家三少	2018年11月	江苏凤凰文艺出版社	现代言情类	起点中文网
404	只是刚好喜欢你	路.律夜	2018年11月	江苏凤凰文艺出版社	现代言情类	明月中文
405	斗罗大陆第四部 终极斗罗1	天蚕土豆	2018年12月	湖南少年儿童出版社	青春文学〉玄幻类	起点中文网
406	残次品(全2册)	PRIEST	2018年12月	江苏凤凰文艺出版社	青春文学〉现代言情类	晋江文学城
407	挚野2:完结篇	丁墨	2018年12月	百花洲文艺出版社	现代言情类	八一中文网
408	元尊9·玄源洞天	天蚕土豆	2018年12月	长江出版社	玄幻类	三七中文
409	哑舍·壹	知音动漫	2018年12月	长江出版社	玄幻类	精彩小说网
410	芥子2	宁小白	2018年12月	中国致公出版社	现代言情类	下书网
411	琴帝典藏版16	唐家三少	2018年12月	湖南少年儿童出版社	玄幻类	起点中文网
412	深渊游戏Ⅰ·洗神髓	水千丞	2018年12月	中国友谊出版公司	玄幻类	爱奇艺文学
413	至尊女医(全3册)	凤灵	2018年12月	青岛出版社	玄幻类	67书吧
414	心底温柔是你	淡樱	2018年12月	青岛出版社	现代言情类	笔趣阁
415	君子报恩	囧囧有妖	2018年12月	三秦出版社	古代言情类	起点中文网
416	请叫我总监(全2册)	红九	2018年12月	长江出版社	现代言情类	晋江文学城

续表

编号	书名	作者	出版日期	出版社	类型	原发网站
417	奶油味暗恋	竹已	2018 年 12 月	青岛出版社	现代言情类	爱上中文网
418	魔兽剑圣异界纵横 7	天蚕土豆	2018 年 12 月	湖南人民出版社	玄幻类	566 小说网
419	锦衣之下·典藏版(全 2 册)	天蚕土豆	2018 年 12 月	江苏凤凰文艺出版社	古代言情类	笔趣阁
420	千万次柔情	春风榴火	2018 年 12 月	广东旅游出版社	现代言情类	读书网
421	异人崛起 5	溟有鱼	2018 年 12 月	湖南少年儿童出版社	玄幻类	笔趣阁
422	表妹万福(共 3 册)	蓬莱客	2018 年 12 月	江苏凤凰文艺出版社	古代言情类	晋江文学城
423	大王饶命 3	会说话的肘子	2018 年 12 月	长江出版社	现代言情类	笔趣阁
424	不要物种歧视	月下蝶影	2018 年 12 月	世界知识出版社	现代言情类	晋江文学城
425	浓秦蜜意	翼苏轼的鬼	2018 年 12 月	百花洲文艺出版社	现代言情类	晋江文学城
426	凤栖宸宫:全二册	转身	2018 年 12 月	江苏凤凰文艺出版社	古代言情类	33 小说
427	他眼中有繁星	关就	2018 年 12 月	江苏凤凰文艺出版社	现代言情类	爱上中文网
428	虞美人之剑指江山	闻情解佩	2018 年 12 月	百花洲文艺出版社	古代言情类	17K 小说网
429	凡人修仙之仙界篇 1	忘语	2018 年 12 月	安徽文艺出版社	玄幻类	笔趣阁
430	海盗鬼皮书	旋翼之刃	2018 年 12 月	中国致公出版社	悬疑类	香网

续表

编号	书名	作者	出版日期	出版社	类型	原发网站
431	亲爱的封先生	梁葵倾	2018 年 12 月	百花洲文艺出版社	现代言情类	玄萌堂
432	今日份的甜	苏耐	2018 年 12 月	江苏凤凰文艺出版社	现代言情类	云起书院
433	星辰变　典藏版 8	我吃西红柿	2018 年 12 月	湖南少年儿童出版社	玄幻类	鲸鱼中文网
434	尘缘Ⅲ	烟雨江南	2018 年 12 月	长江出版社	古代言情类	52 小说网
435	斗破苍穹之大主宰 4（精装典藏版）	天蚕土豆	2018 年 12 月	湖南人民出版社	悬疑类	鲸鱼中文网
436	绣衣直指（全 2 册）	贴木儿苏和	2018 年 12 月	江苏凤凰文艺出版社	古代言情类	起点中文网

（禹建湘、范憬怡、李慧瑾　执笔）

第八章 研讨会议、社团活动与重要事件

2018年正值中国网络文学诞生二十周年，网络文学的主流方向发展步履依旧稳健，网络文学相关主题沙龙、论坛、研讨会、座谈会、行业峰会接连不断，网文界各类社团活动及大事件的数量较往年有大幅度提升。网络文学精品化创作成果显著、佳作迭现，海外传播和海外市场拓展成效明显。全国各地网络文学作家协会、机构和基地动作频频、声势浩大，新设作协、机构和基地也如雨后春笋般不断涌现。同时，网络文学作家的培育、扶持和维权机制愈发完善，采风、公益、联谊活动，与传统作家的对话交流活动逐渐增多，与读者、公众的线下互动日益增强，网络文学作家的职称评审更是提振了创作热情。网络文学二十年来飞速的发展态势、深厚的成果累积、强大的综合影响力，于本年度凸现无遗，这在年度内网络文学的研讨会议、社团活动和重要事件中得到了充分体现。

一、网络文学年度会议

1. 年度网络文学会议清单

据统计，2018年度全国范围内共举办网络文学相关会议69次。其中网络文学行业发展相关会议26次，网络文学创作相关会议11次，地方网络文学发展相关会议28次，网络文学海外传播相关会议4次。

根据会议主题和研讨内容，2018年度网络文学会议清单如下。

（1）网络文学行业发展相关会议

1月10日，北京，网络文学新时代巅峰论坛；

4月13日，浙江杭州，2018中国数字阅读大会网络文学发展峰会；

5月10日，深圳，2018国家数字出版高端论坛；

5月11日，江苏南京，江苏网络文学发展工作座谈会；

6月1日，四川绵阳，中国文艺理论学会网络文学研究分会第五届学术年会暨“中国网络文学二十年”学术研讨会；

7月12日，江苏南京，网络文学教学研讨会；

7月22日，深圳，“对话大数据中的城市数字阅读”论坛；

7月24日，北京，第八届中国数字出版博览会；

7月30日，江苏南京，“江苏网络文学谷”授牌仪式暨江苏首届网络文学高端峰会；

8月14日，河北石家庄，河北网络文学座谈会；

9月14日，北京，中国网络小说发展座谈会；

9月14日，北京，中国“网络文学+”高峰论坛；

9月15日，北京，2018第二届中国“网络文学+”大会平行主题论坛——“聚集现实题材论坛”、“精品生产论坛”、“版权保护论坛”、“走出去论坛”；

9月15日，北京，2018第二届中国“网络文学+”大会企业分论坛——“网络文学与科技发展分论坛”、“网络文学发展与人才培养分论坛”、“网络文学与投融资分论坛”、“中国网络文学与城市、青年、大文创分论坛”、“网络文学与动漫产业融合发展”、“网络文学等特色小镇的探索与实践”；

9月21日，北京，第二届中国“网络文学+”大会研讨会；

10月22日，上海，纪念改革开放四十周年网络文学座谈会；

10月30日，上海，网络文学家培育与网络文学发展高峰论坛；

10月30日，北京，全国网络文学重点园地工作联席会议专题会议；

11月18日，江苏南京，“@泛舟”桨声灯影秦淮河网络文学论坛；

11月23日，深圳，2018中国科幻大会“网络文学：科幻势力正崛起”专题论坛；

11月28日，江苏南京，首届江苏省网络文学原创作品大赛获奖作品座谈会；

12月11日，广东广州，全国网络作家庆祝改革开放40周年座谈会；

12月26日，云南大理，2018咪咕阅读作家盛典；

12月30日，浙江杭州，“2018青年批评家日·网络文艺”暨“中国网络文学评论大赛”首站高校推介会；

（2）网络文学创作相关会议

1月27日，四川达州，2018年第八届网络写作交流暨新春联谊会；

4月20日，黑龙江穆棱，“走近网络文学”创作交流会；

4月27日，上海，“志愿文学”网络作家基层行启动仪式暨“志愿文学”交流座谈会；

5月26日，浙江金华，“您好，新时代”——网文大神献礼艾青暨网络文学创作分享会；

8月15日，浙江杭州，《大神们——我和网络作家这十年》第一卷“星火时代”研讨会；

9月14日，北京，两岸网络文学作家创作论坛；

10月19日，北京，“新时代新风口：网络文学中的现实题材精品创作”主题论坛；

11月2日，浙江杭州，“城市记忆”杭州历史文化网络作家创作工程；

11月9日，广东广州，2018世界华文创意写作大会暨创意写作高峰论坛；

12月15日，山西太原，新时代网络文学的发展与繁荣——山西网络文学创作座谈会；

（3）地方网络文学发展相关会议

1月27日，浙江杭州，“新时代·新青年”首届青年网络作家沙龙；

2月7日，浙江杭州，2018网络文学新春联谊会暨杭州文娱联盟年会；

3月16日，安徽合肥，安徽作家网上线启动仪式暨2018年省作协第一次主席团扩大会议；

3月21日，四川成都，四川省网络作家协会第一届常务理事会第四次会议；

3月29日，上海市，中国网络文学20年发展研讨会；

4月16日，浙江宁波，中国·宁波网络小说高峰论坛暨2018“华语新声”科幻小说征文大赛启动仪式

5月18日，山西文学院第六届签约作家签约仪式

7月6日，浙江杭州，2018年白马荟·文人会客厅第二期雅集活动暨杭州泛娱项目一对一闭门会；

7月17日，上海，上海市文学创作系列网络文学专业中级职称评审启动会；

7月28日，四川自贡，自贡市网络作家协会举行“网络文学助推乡村振兴”研讨会；

7月30日，天津，“天津网络作家村暨泛文学文化小镇”项目调研论证专题协调会；

8月10日，浙江杭州，2018年白马荟·第三期文化沙龙暨匠心诗意：青瓷大师对话网文大神活动；

8月12日，北京，第一期“传统作家与网络作家对话”活动；

8月12日，广东广州，网络文学‘经典化’与IP打造——‘网络文学百晓生’夏烈新书《大神们》分享会；

8月25日，北京，第二期“传统作家与网络作家对话”活动；

9月4日，浙江杭州，2018年白马荟·文人会客厅第四期雅集活动暨匠心诗意：花茶大师对话网络大神活动；

9月15日，上海，上海网络作家协会召开第二届会员大会第一次会议和第二届理事会第一次会议；

10月9日，浙江杭州，2018年白马荟·文人会客厅第五期白马荟·文化沙龙暨杭州网文泛娱项目对接会；

10月13日，黑龙江大庆，大庆市网络文学协会——四县文艺联盟“花都杯”笔会暨“塞北花都”采风仪式；

10月16日，浙江杭州，以“用现实题材，讲好中国财经故事”为主题的2018中国财经文学论坛；

10月18日，浙江湖州，莫干山网络文学论坛；

10月23日，上海，网络大神读者见面会；

11月14日，河南，2018年白马荟第六期：正商集团·网艺文化中原行——走进“大河之南”；

11月24日，深圳，2018中国科幻大会“网络文学：科幻势力正崛起”专题论坛；

12月9日，浙江杭州，中国网络作家村第一次村民大会暨首个“村民日”活动；

12月17日，上海市作协第十次会员大会召开，著名网络作家血红入选新一届上海作协主席团成员；

12月19日，重庆，2018重庆网络文学大会暨“全国知名网络作家重庆行”启动仪式；

12月30日，山东枣庄，枣庄市作家协会网络作家座谈会。

（4）网络文学海外传播相关会议

6月8日，网络文学海外传播高峰论坛暨网络文学国际传播全球研讨会；

9月5日，浙江杭州，国际合作发布会暨“启迪东信”杯国际留学生创新创业大赛启动仪式；

9月15日，北京，第二届中国“网络文学+”大会“网络文学走出去”论坛；

9月17日，浙江宁波，2018天一阁论坛·第二届中国—中东欧国家文学论坛。

2. 重要会议内容介绍

（1）1月10日，网络文学新时代巅峰论坛

1月10日，由北京作家协会、纵横文学、阿里文学共同举办网络文学新时代巅峰论坛在北京作家协会召开，北京市作家协会驻会副主席王升山、中国作协网络文学专家肖惊鸿、中国青年智库论坛执行秘书长庄庸、中国作协网络文学专家马季、北京大学中文系副教授邵燕君、中国社会科学院文学所研究员陈定家、纵横文学CEO张云帆、阿里文学CEO宇乾，以及北京市委宣传部出版处和北京市新闻出版广电局数字出版处相关负责人出席会议，共同探讨北京网络文学助力全国文化中心建设，分析网络文学创作方向向精品力作发展以及网络文学的文化输出、挑战机遇等方面内容。①

① 爆侃网文，《网络文学新时代巅峰论坛举办》，爆侃网文，http：//www.baokan.tv/n/china/2018-01-11/65179.html，2018年12月29日查询。

（2）1月27日，“新时代·新青年”首届青年网络作家沙龙

1月27日，由共青团杭州市委、杭州市文联、杭州市青联主办的“新时代 新青年”首届青年网络作家沙龙在滨江区白马湖中国网络作家村举行。会议就“网络文学如何与影视改编合作”、“如何创作有生命力的网络文学作品”、“网络文学作品版权”、“网络作家落户安家”等问题进行了交流与探讨。

杭州为打造“中国网络文艺之都”，开展了网络文学“一院一村一周”建设工作，中国作协网络文学研究院和中国网络作家村落户杭州，首届“中国网络文学周”活动在杭州举办，扶持网络文学发展的政策措施也相继出台，团市委还向网络作家村授牌“筑梦家园”基地，双方将在帮扶青年网络作家上开展更多合作。①

（3）1月27日，2018年第八届网络写作交流暨新春联谊会

1月27日，来自四川省达州市和各县（市区）以及成都、重庆、湖北等地的近200名网络作家、网络写作爱好者、媒体记者、知名学者、作家和教授济济一堂、齐聚达城西外百朗园，举行了2018中国·达州第八届网络写作交流暨新春联谊会。本次活动主题是“走进文化春天、感悟巴山十年”，会议设置了“巴山十年”和“春天的序曲”两大板块活动内容，与会网络作者纷纷表示：市委市政府高度重视、热忱关心网络作者、又出台了那么好的扶持文学创作政策。无论软件、硬件，当前都是达州文艺大繁荣大发展的最好时期。②

（4）2月7日，2018网络文学新春联谊会暨杭州文娱联盟年会

2月7日，由滨江区宣传部、白马湖生态创意城管委会主办，网艺文化、网易文漫、橙瓜网承办的“2018网络文学新春联谊会暨杭州文娱联盟年会”在杭州滨江白马湖畔燃情开幕。咪咕阅读、网易文学、华数传媒、天翼文学等杭州网络文学相关企业负责人40余人，一同跨过时间的门槛，满怀喜悦迎接一场文娱盛宴。③

（5）3月16日，安徽作家网上线启动仪式暨2018年省作协第一次主席团扩大会议

3月16日，安徽作家网上线启动仪式暨2018年省作协第一次主席团扩大会议在合肥举行，随着安徽作家网的全新上线，安徽网络作协和安徽网络作家有了网站依托和平台支撑，将获得更大发展空间。安徽作家网设置安徽作协、文学皖军、网络作协、少协播报、在线阅读、期刊联盟六大内容板块，网络写手和普通文学爱好者也可通过在线注册，将通过审核的作品上传和发布。④

---

① 李川，《团杭州市委举行“新时代 新青年”首届青年网络作家沙龙》，http：//qnzz. youth. cn/place/dishi/201802/t20180208_ 11394704. htm，2018年12月30日查询。

② 搜狐网，《达州市举行2018年第八届网络写作交流暨新春联谊》，搜狐网，https：//www. sohu. com/a/221631138_ 415632，2018年12月30日查询。

③ 搜狐网，《2018网络文学新春联谊会暨杭州文娱联盟年会圆满举行》，搜狐网，http：//www. sohu. com/a/221868537_ 99971698，2018年12月30日查询。

④ 搜狐网，《安徽作家网上线 助力安徽网络文学发展》，搜狐网，http：//www. sohu. com/a/226358350_ 99971698，2018年12月30日查询。

（6）4月13日，2018中国数字阅读大会网络文学发展峰会

4月13日，由中国作协网络文学研究院、浙江省作家协会主办，中国网络作家村、咪咕数字传媒有限公司承办的“第四届中国数字阅读大会网络文学发展峰会”在杭州举行。峰会以“自信铸梦·共创文学新时代”为主题，中国作协原副主席、中国作协网络文学委员会主任陈崎嵘，浙江省作协党组书记、副主席臧军，杭州市文联党组书记、主席应雪林等十多位嘉宾以及梦入神机、牛凳、疯丢子、半鱼磐等作家齐聚一堂，共同度过了一个“思维碰撞、知识分享”的下午。①

（7）4月16日，中国·宁波网络小说高峰论坛暨2018“华语新声”科幻小说征文大赛启动仪式

4月16日，作为宁波文博会系列活动之一的宁波网络小说高峰论坛暨2018“华语新声”科幻小说征文大赛启动仪式在宁波市北仑区举行，浙江省网络作协常务副主席、杭州师范大学教授夏烈担任主持，本土网络作家苍天白鹤、随侯珠、解语等数十位大神出席论坛。②

（8）5月10日，2018国家数字出版高端论坛

5月10日至14日，第十四届中国（深圳）国际文化产业博览交易会在深圳举行。作为文博会的国家级论坛之一，由国家新闻出版署（国家版权局）主办、数字出版司与中国新闻出版研究院承办，广东省新闻出版广电局、深圳市文体旅游局与深圳出版发行集团公司协办的2018国家数字出版高端论坛在5月10日下午举行。本届论坛的主题是“新时代、新动能、新作为”。各省、直辖市新闻出版广电局数字出版管理部门负责人以及260多位数字出版企业代表出席论坛。阅文集团联席CEO梁晓东、得到首席战略官池书进、喜马拉雅副总裁张韬、同方知网副总经理张宏伟、科大讯飞副总裁章继东、樊登读书会创始人樊登、阿里文学副总裁、总编辑周运、酷狗音乐的副总裁赵海舟、网易文学漫画事业部总经理范少卿、咔哒故事内容运营副总裁杨波分别进行了主题演讲。③

（9）5月11日，江苏网络文学发展工作座谈会

5月11日，江苏网络文学发展工作座谈会在南京召开。江苏省委宣传部、省委统战部、省作协等领导出席会议。跳舞、我吃西红柿、天使奥斯卡、天下归元、雨魔等网络文学大咖云集，就如何构筑江苏网络文学新优势及网络文学产业化发展方向进行了交流与探讨。会上，江苏省网络作家协会发布公告，将举办首届泛华文网

① 中国网，《网络文学发展峰会：昭示生生不息的发展潜力》，中国作家网，http：//www.chinawriter.com.cn/n1/2018/0423/c404023-29943838.html，2018年12月29日查询。

② 庞锦燕，《宁波网络小说高峰论坛举行　网络文学产业链继续发力》，http：//www.chinawriter.com.cn/n1/2018/0423/c404023-29943815.html，2018年12月29日查询。

③ 人民网，《2018国家数字出版高端论坛在深圳文博会召开》，人民网，http：//media.people.com.cn/n1/2018/0511/c14677-29980519.html，2018年12月30日查询。

络文学“金键盘”奖。①

（10）6月1日，中国文艺理论学会网络文学研究分会第五届学术年会暨“中国网络文学二十年”学术研讨会

6月1日至3日，中国文艺理论学会网络文学研究分会第五届学术年会暨“中国网络文学二十年”学术研讨会在四川绵阳举行，来自全国各地的100余名专家学者齐聚一堂，围绕中国网络文学20年的历史发展、代表作品、评价标准、海外传播等主题竞相发言，为我国网络文学健康发展建言献策。

中国文艺理论学会网络文学研究会以中南大学文新院为会长单位和秘书处单位，会长欧阳友权教授在大会致辞并作专题报告，与会专家就“中国网络文学20年的历史回顾与未来前瞻”“网络文学批评与理论研究的问题及其突破点”“网络文学与中国传统文化的关系”“网络文学的评价体系与批评标准”“网络文学海外传播与共同体建构”“网络作家爱潜水的乌贼及其作品评论”等主题进行了研讨，取得了丰富成果。②

（11）6月8日，网络文学海外传播高峰论坛暨网络文学国际传播全球研讨会

6月8日，由阅文集团携旗下海外门户起点国际（Webnovel）主办的“网络文学海外传播高峰论坛”暨“网络文学国际传播全球研讨会”在新加坡举行。阅文集团高级副总裁、总编辑林庭锋，副总裁、副总编辑侯庆辰，原创内容部高级总监杨沾，以及阅文旗下多位作家、译者、编辑出席活动，与数十名来自东南亚各国的读者展开近距离交流，探讨网络文学海外传播的发展方向。③

（12）7月17日，上海市文学创作系列网络文学专业中级职称评审启动会

7月17日，上海市文学创作系列网络文学专业中级职称评审启动会举行。为了加强上海网络文学创作人才队伍建设，更好地服务于新兴文学群体，上海推出了《上海市文学创作系列网络文学专业职称评审办法（试行）》。

对此，上海作协党组书记、副主席王伟表示，网络作家职称评审工作将对上海网络文学事业发展、网络作家队伍建设、作家协会发挥服务职能等方面起到积极而深远的影响。上海网络作协副会长血红表示，《上海市文学创作系列网络文学专业职称评审办法（试行）》的推出，代表着社会公众对网络文学的认同，代表了社会对网络作家这个群体的认同，这也是对网络作家的一种鞭策、一种鼓励，网络作家

---

① 新浪网江苏，《江苏网络文学发展工作座谈会：打造中国网络文化产业园》，中国作家网，http://www.chinawriter.com.cn/n1/2018/0512/c404023-29984342.html，2018年12月29日查询。

② 程海威，《中国文艺理论学会网络文学研究会第五届学术年会成功举行》，中国社会科学网，http://lit.cssn.cn/wx/wx_xszx/201806/t20180606_4346080.shtml，2018年12月29日查询。

③ 今日资讯，《阅文举办网络文学海外传播高峰论坛作家、译者、海外粉丝齐聚狮城》，大国风采网，http://www.greatchinese.com.cn/news/msrd/20180612/29982.html，2018年12月29日查询。

们应该对自己有更高更多的要求。①

（13）7月30日，“江苏网络文学谷”授牌仪式暨江苏首届网络文学高端峰会

7月30日上午，“江苏网络文学谷”授牌仪式暨江苏首届网络文学高端峰会在南京举办，来自全国的网络作家、评论家和相关企业代表共计100多人参加会议。“江苏网络文学谷”由江苏省委宣传部授予落户秦淮区，致力于打造以原创网络文学精品为源头，以IP版权转化为纽带，集网络文学创作、影视、网剧、游戏、动漫等文、艺、娱一体的IP全产业链园区。苍天白鹤、跳舞、天使奥斯卡、雨魔、骠骑、姞文、巧嫣然、八异、霉干菜烧饼、一起成功、麦苏、朽木可雕等12名网络作家成为首批入驻江苏网络文学谷的作家。

授牌仪式结束后，现场举行了以“网络文学IP与城市未来”为主题的峰会，峰会由中国传媒大学教授范周主持。江苏省作协党组成员、书记处书记王朔，中国作家协会网络文学委员会委员马季，中国作协会员、阿里文学签约作家苍天白鹤（陆晓宁），中文在线文化中国事业部常务副总经理王敏，掌阅科技联合创始人王良分别进行了互动交流。②

（14）8月10日，2018年白马荟·第三期文化沙龙暨匠心诗意：青瓷大师对话网文大神活动

8月10日，由高新区（滨江）区委宣传部主办，中国网络作家村、杭州市电影电视家协会、爆侃网文、旅创小镇承办的“2018年白马荟·第三期文化沙龙暨匠心诗意：青瓷大师对话网文大神活动”在中国网络作家村隆重举行。丽水市网络作家协会主席牛凳，著名网络作家、企业家发飙的蜗牛以及月如火、疯丢子、风少羽、魅东、灭绝、天玄生、叶精灵儿、陈行者、水山等著名网络作家到场。活动还特邀了华策集团、电魂游戏、美盛文化、网易文学、书香文学、鲜漫文化、欢乐书客、南辰北斗、午山影视、浮云科技、瓯江汇等相关单位及企业组织的领导及负责人到场。在座的专家们讨论了关于如何让青瓷文化与网络文学相结合，如何向更多的年轻人传播龙泉青瓷文化的问题。③

（15）8月14日，河北网络文学座谈会

8月14日，河北网络文学座谈会在河北省作协召开。河北文学院院长司敬雪，河北省新闻出版局出版处副处长李辉，河北文学院副院长史习军以及梦入洪荒、九戈龙、随清风去等网络作家、青年评论家围绕“如何出作品、出人才”这一主题，

① 欣闻，《上海启动网络文学专业职称评审》，http：//www. chinawriter. com. cn/n1/2018/0720/c403994-30158994. html，2018年12月29日查询。

② 中国作家网，《江苏网络文学谷挂牌，打造文化产业新地标》，中国作家网，http：//www.chinawriter. com. cn/n1/2018/0730/c404023-30178250. html，2018年12月29日查询。

③ 爆侃网文，《“2018年白马荟·第三期文化沙龙暨匠心诗意：青瓷大师对话网文大神活动”隆重举行》，爆侃网文，https：//mp. weixin. qq. com/s？_ _ biz = MzAwMDYwNzM4Nw% 3D% 3D&idx = 1&mid = 2656304538&sn=435ae78a06de7d9f16ef03f8ced9bdee，2018年12月30日查询。

从加强现实主义创作、加强网络作家培训、设立网络文学奖项、多渠道建立 IP 项目的长效孵化机制等方面内容，提出很多建设性建议。①

（16）8 月 15 日，《大神们——我和网络作家这十年》第一卷“星火时代”研讨会

8 月 15 日，由中国作协网络文学院、浙江省作家协会、杭州市文联、花城出版社主办，浙江省网络作家协会、杭州市网络作家协会、杭州师范大学文创产业研究院承办的纪实文学：《大神们——我和网络作家这十年》第一卷“星火时代”研讨会在中国网络作家村天马苑举行。该书主要讲述从 2007 年 1 月到 2013 年 3 月这五年中，浙江杭州的网络文学代表人物和代表事件，作者夏烈以亲历者、策划者、组织者、研究者的多重身份视角，记叙了中国网络文学“大神”辈出、佳作叠献的一段历程。研讨会邀请了艾伟、何平、卢敦基、毛晓青、欧阳友权、邵燕君、沈勇、许苗苗、庄庸等近 20 位来自省内外的专家学者。中国作协原副主席、中国作协网络文学研究院院务委员会主任、中国网络作家村“名誉村长”陈崎嵘等到会致辞祝贺。②

（17）8 月 25 日，第二期“传统作家与网络作家对话”活动

8 月 25 日，作为第二届中国“网络文学+”大会的重要活动之一，“传统作家与网络作家对话”活动第二场在佑圣寺十月文学院举行。此次对话年龄跨度从“30 后”到“90 后”，代表传统文学的是王蒙、邱华栋、大头马，代表网络文学的是管平潮、乱世狂刀、疯丢子。83 岁高龄的王蒙表示，虽然网络文学的兴起是近些年的事，但网络文学经常涉及的题材，如武侠、玄幻等，他在年轻时就十分喜欢阅读此类小说，包括郑证因的《鹰爪王》、还珠楼主的《蜀山剑侠传》、白羽的《十二金钱镖》等。他坦言自己对当代的网络文学了解不多，但是相信现在的网络小说也一定很好看。③

（18）9 月 14 日，中国“网络文学+”高峰论坛

9 月 14 日，第二届中国“网络文学+”大会在北京亦创国际会展中心开幕，大会以“网络正能量，文学新高峰”为主题，横向秀出“网络文学+”主题，纵向展示网络文学 20 年发展历程，中宣部出版局副局长冯士新，全国政协委员、中国音像与数字出版协会理事长、原国家新闻出版广电总局副局长孙寿山，中国作协党组成员、副主席、书记处书记李敬泽，北京市委宣传部常务副部长赵卫东等出席论坛并讲话。北京市新闻出版广电局党组书记、局长杨烁主持开幕式。相关专家学者、知

① 中国作家网，《河北召开网络文学座谈会》，中国作家网，http://www.chinawriter.com.cn/n1/2018/0816/c403994-30232832.html，2018 年 12 月 30 日查询。

② 爆侃网文，《大神们——我和网络作家这十年》研讨会在网络作家村天马苑举行，凤凰网，http://wemedia.ifeng.com/74487303/wemedia.shtml，2018 年 12 月 30 日查询。

③ 北京晚报，《王蒙：我对网络文学没有生疏感》，中国作家网，2018 年 12 月 29 日查询。

名网络文学企业及相关文化企业负责人和网络文学作者共1000余人参加会议。

大会以“1+4+N”模式举办多场活动，即1个主题高峰论坛、4场平行主题论坛、N个由企业主办的系列分论坛。其中备受关注的高峰论坛以“观照现实生活 聚焦精品创作”为主题，探讨当下如何让现实题材成为网络文学创作的主流，以及如何多元化地讲好中国故事。①

（19）9月14日，中国网络小说发展座谈会

9月14日，由中国青少年新媒体协会、阅文集团主办的中国网络小说发展座谈会在北京召开。本次座谈会以“网络文创，走向世界”为主题，团中央宣传部、社会联络部、中国青少年新媒体协会有关同志和忘语、骷髅精灵、横扫天涯、鹅是老五、小刀锋利等40余名知名网络作家参加座谈交流，围绕中国网络小说发展整体现状及发展态势，海外推广情况、遇到的问题和挑战，作家个人成长路径等进行探讨，达成网络文学和社会主义核心价值观同向而行，网络文学要贴近群众、多出精品，网络文学将带动中国文化走向世界等会议共识。②

（20）9月14日，两岸网络文学作家创作论坛

9月14日，由第二届“中国网络文学+”大会组委会和九州文化传播中心联合主办的两岸网络文学作家创作论坛在北京举行，与会嘉宾围绕“网络文学新时代 两岸交流新征程”这一主题展开交流。论坛的圆桌对话上，月关、柳下挥、天使奥斯卡、猫眼娜娜、明星煌等两岸知名网络文学作家就两岸网络文学创作现状、两岸业界互动与合作等议题进行了探讨。③

（21）9月15日，“网络文学保护”论坛

9月15日，由国家新闻出版署、北京市人民政府指导，北京市新闻出版广电局（北京市版权局）主办的2018第二届中国“网络文学+”大会平行主题论坛——“网络文学版权保护论坛”在京召开。国家版权局副司长段玉萍，北京市新闻出版广电局党组书记、局长杨烁，北京市新闻出版广电局副局长王野霏等有关部门领导，中国文字著作权协会总干事张洪波、首都版权产业联盟秘书长韩志宇，阅文集团、掌阅科技、阿里文娱等网络文学及相关企业代表，专家学者、知名作家、法律实务界代表以及来自全国各地的网络文学爱好者200余人出席了本次论坛。论坛邀请网络文学产业领域权利人、相关产业界、学术界、法律实务界代表同与会者进行深入交流。知名作家月关、华东政法大学知识产权学院教授、博士生导师从立先、北京

① 爆侃网文，《第二届中国“网络文学+”大会今日开幕》，爆侃网文，http：//www. baokan. tv/n/china/20180914/69232. html，2018年12月29日查询。

② 搜狐网，《中国网络小说发展座谈会在京召开，忘语、横扫天涯等40余名网络作家参加》，搜狐网，http：//www. sohu. com/a/254298536_ 166723，2018年12月30日查询。

③ 刘洁妍，《两岸网络文学作家创作论坛在京举行》，http：//tw. people. com. cn/n1/2018/0915/c14657-30295108. html，2018年12月30日查询。

知识产权法院冯刚以及阅文集团高级副总裁张蓉，阿里文学副总裁、总编辑周运，掌阅科技联合创始人、副总裁王良等在论坛上就网络文学版权相关热点问题分享了经验。①

(22) 9月15日，“网络文学走出去”论坛

9月15日，由中国“网络文学+”大会组委会主办，阅文集团、中创文艺智库承办的第二届中国“网络文学+”大会“网络文学走出去”论坛在北京举行。论坛以“世界舞台中国故事”为主题，汇集各部门领导、海外嘉宾、作家学者以及行业产业代表。论坛现场，阅文集团内容运营部总经理杨晨主讲发布《网络文学海外传播（2017-2018）研究报告》，全方位展现网文出海成绩。著名文学评论家、中国当代文学研究会会长白烨发布“新时代网络文学出海暨激励计划”，中国作协网络文学首席专家肖惊鸿博士发布网络文艺英才国际研修计划。②

(23) 9月21日，北京，第二届中国“网络文学+”大会研讨会

9月21日，北京市新闻出版广电局组织召开第二届中国“网络文学+”大会研讨会，总结第二届大会各项工作，研讨第三届中国“网络文学+”大会思路。研讨会上，与会各方对第二届中国“网络文学+”大会的成功举办给予高度评价，大家一致认为，大会在权威政策发布、引导精品创作、推动行业融合、提倡版权保护、促进IP交易、扩大宣传影响等方面都做出了突出的成绩，同时非常明确地传递了加强网络文学行业管理的信息，聚焦了行业发展的关键问题，集中展示了“网络文学+”企业风采，达成了实实在在的IP交易的丰硕成果。③

(24) 10月19日，“新时代新风口：网络文学中的现实题材精品创作”主题论坛

10月19日，由北京十月文艺出版社、北京作协、阿里文学联合主办的“新时代新风口：网络文学中的现实题材精品创作”主题论坛在京举行。中国作协网络文学中心主任何弘，北京市新闻出版广电局副局长张苏，北京出版集团总编辑李清霞，北京十月文艺出版社副总编辑胡晓舟，阿里文学CEO宇乾、总编辑周运与关仁山、肖惊鸿、刘大先、石一枫、侯磊等作家评论家，骠骑、何常在、最后的卫道者等网络文学作家齐聚一堂，围绕新时代现实题材创作如何打破套路化、模式化的症结，

① 爆侃网文，《第二届中国“网络文学+”大会 网络文学版权保护论坛在京召开》，爆侃网文，http://www.baokan.tv/n/china/20180917/69267.html，2018年12月30日查询。

② 搜狐网，《网络文学走出去论坛举行 阅文推动网文出海进入2.0时代》，搜狐网，https://www.sohu.com/a/254172226_100027260，2018年12月29日查询。

③ 王坤宁，《北京市局召开第二届中国“网络文学+”大会研讨会》，中国新闻出版广电报，http://xwcbj.gd.gov.cn/xwcbgdj/swzx/2018-09/26/content_3069cf1f19904cada7c51cc5b2ff5a30.shtml，2018年12月30日查询。

影响网络文学的创作形态和格局展开主题讨论。①

（25）10月30日，网络文学家培育与网络文学发展高峰论坛

10月30日，“网络文学家培育与网络文学发展高峰论坛”在华东师范大学举行。高峰论坛由一个主论坛及主题分别为“网络文学家培育与网络文学创意产业孵化”、“网络文学家培育与优秀网络文学作品创作”的两个分论坛组成。主论坛由华东师范大学中国创意写作研究院副院长、中文系教授黄平主持，上海市作家协会副主席孙甘露，中国作协网络文学研究院副院长、浙江省网络作家协会常务副主席夏烈，著名网络文学作家、上海网络作家协会会长血红作为主论坛嘉宾做主题发言并展开对话讨论。论坛的召开将有助于进一步提升中国未来网络文学家项目的深入开展，扩大中国创意写作研究院的影响力。②

（26）10月30日，全国网络文学重点园地工作联席会议专题会议

10月30日，全国网络文学重点园地工作联席会议专题会议在北京举行。会议深入学习贯彻习近平总书记关于文艺的重要论述，特别是习近平总书记关于网络文艺的重要论述，要求坚决抵制官场“亚文化”小说等不良创作倾向，满足广大人民群众不断增长的美好精神生活需要，切实承担起网络文学的责任与使命。中国作协副主席李敬泽出席会议并讲话，中国作协网络文学中心副主任安亚斌，以及来自阅文集团、中国作家网、晋江文学城、17K小说、掌阅文化、纵横中文网等40家文学网站的代表参加会议。③

（27）11月9日，2018世界华文创意写作大会暨创意写作高峰论坛

11月9日，“2018世界华文创意写作大会暨创意写作高峰论坛”在广东外语外贸大学举行。会议以“新时代、新起点、新使命”为主题，吸引了来自海内外120多所高校、近300位文学与写作教师、以及知名作家、资深媒体出版人欢聚羊城，共同探讨新时代中国高校创意写作专业建设、教学经验和人才培养大计。本次论坛上，由阅文集团和广东外语外贸大学共同发起，联合香港大学、香港开放大学、澳门科技大学等高校，共同成立阅文粤港澳创意写作基地，就加强粤港澳青少年数字阅读引导、培养网络写作人才，扩大读写交流等方面展开合作，基地秘书处设在广东外语外贸大学。④

---

① 范得，《现实题材网络文学　精品创作大有可为》，中国作家网，http：//www.chinawriter.com.cn/n1/2018/1029/c404023-30367613.html，2018年12月29日查询。

② 查建国，仝薇，《“网络文学家培育与网络文学发展高峰论坛”在上海举行》，中国社会科学网，http：//www.cssn.cn/zx/bwyc/201811/t20181111_4773410.shtml，2018年12月30日查询。

③ 李晓晨，《把提高质量作为网络文学的生命线-全国网络文学重点园地工作联席会议在京举行》，中国作家网，http：//www.chinawriter.com.cn/n1/2018/1105/c404023-30381369.html，2018年12月29日查询。

④ 李永杰，刘红艳，《2018世界华文创意写作大会暨创意写作高峰论坛在广外举行》，中国社会科学网，http：//www.cssn.cn/zx/bwyc/201811/t20181111_4773537.shtml，2018年12月30日查询。

（28）11月18日，“@泛舟”桨声灯影秦淮河网络文学论坛

11月18日，在“江苏网络文学谷”成立100天之际，来自全国各地的网文大咖、IP开发运作人以及相关文化产业专家齐聚秦淮，参加“@泛舟”桨声灯影秦淮河网络文学论坛，论坛以秦淮河为主题采用画舫游秦淮的形式，穿插秦淮河边发生的爱情故事、历史故事和科举故事作为沿岸表演，重现千百年前的秦淮胜景，引得各路文学大咖齐声叫好。①

（29）11月24日，深圳，2018中国科幻大会“网络文学：科幻势力正崛起”专题论坛

11月23日，以“幻想无界　共享未来”为主题的2018中国科幻大会于深圳大学隆重开幕。阅文集团于24日承办了主题为“网络文学：科幻势力正崛起”的分论坛，旗下作家远瞳、卧牛真人、最终永恒，携手著名科幻作家、深圳科学与幻想成长基金创始人之一张冉与著名科幻作家罗隆翔共参与。与会代表共同探讨了网络文学对科幻题材发展的意义，分析了传统与网络科幻文学的异同，并展望了融合创作新元素后网络文学巨大的全球竞争潜力。②

（30）12月11日，全国网络作家庆祝改革开放40周年座谈会

12月11日，由中国作协网络文学中心、鲁迅文学院和广东省作家协会联合主办的“全国网络作家庆祝改革开放40周年座谈会”在广州举行。中国作协网络文学委员会主任陈崎嵘，鲁迅文学院办公室主任吴欣蔚，广东省网络作协主席杨克，广东省作协创研部副主任周西篱，以及鲁迅文学院第十四期网络文学作家培训班的42位学员参加活动。

本次座谈会是“全国网络作家庆祝改革开放40周年”主题采访暨鲁迅文学院第十四期网络文学作家培训班社会实践活动的重要一环。座谈会上，萧鼎、酒徒、意千重、宅猪、天子、雨魔、Sky威天下、沐清雨、琴律、关中军刀、曼卿、李写意等网络作家围绕改革开放40周年和网络文学发展20年的相关话题进行了讨论和交流。③

（31）12月9日，浙江杭州，中国网络作家村第一次村民大会暨首个“村民日”活动

12月9日，位于杭州滨江白马湖畔的“中国网络作家村”迎来了开村一周年的“生日”。当天，100多位作家村的“村民”齐聚白马湖畔，召开了第一次村民大会

① 顾明欣，石尚昀，《网络文学“大神”泛舟秦淮河》，中国作家网，http：//www. chinawriter. com. cn/n1/2018/1123/c403994-30417021. html，2018年12月29日查询。

② 搜狐网，《阅文集团亮相2018中国科幻大会　探索科幻网文发展之路》，搜狐网，https：//www.sohu. com/a/277742513_ 100160390，2018年12月30日查询。

③ 虞婧，《全国网络作家庆祝改革开放40周年座谈会在广州举办》，中国作家网，http：//www.chinawriter. com. cn/n1/2018/1216/c403993-30469812. html，2018年12月29日查询。

暨首个“村民日”活动。大会总结了作家村过去一年的成绩，为未来一年的发展敲定了规划。

中国网络作家村成立一年来，与网易文学、华数传媒、掌阅、咪咕数媒等一批网文平台达成了战略合作，成立了政府引导基金，以投资相关企业或作家，全力打造多元素的泛娱乐产业链，使作家村成为网络文学优质 IP 的资源热岛。目前已有 8 家动漫影视企业在作家村周边集聚，联动形成高新区内文学创作、游戏动漫上下游优质企业，形成作家村特有的数娱产业矩阵，让浙江网络文学的发展借力发力不费力。①

(32) 12 月 15 日，新时代网络文学的发展与繁荣——山西网络文学创作座谈会

12 月 15 日，由中共山西省委宣传部、省委统战部和山西省作家协会主办的“新时代网络文学的发展与繁荣——山西网络文学创作座谈会”在太原举行，近 50 位作家、评论家、网络文学作家代表参加座谈。江苏省作协创联部主任吴正峻、浙江省网络作协副主席夏烈就网络文学的创作与发展进行了讲座。山西省委宣传部网络办、省委统战部社会处分别就网络监管、社会新阶层人士工作等和与会作家进行了交流。网络作家、评论家围绕“新时代背景下山西网络文学的发展与繁荣”这一主题进行了互动和探讨。②

(33) 12 月 19 日，2018 重庆网络文学大会暨“全国知名网络作家重庆行”启动仪式

12 月 19 日，以“书写新时代，网播正能量”为主题的 2018 重庆网络文学大会暨“全国知名网络作家重庆行”在重庆九龙坡区举行。在为期两天的活动中，来自全国的百余名知名网络作家，以及阿里文学、咪咕阅读、掌阅文学、纵横文学等行业嘉宾，共同探讨网络文学的发展。当天的研讨会上，近百名网络作家“如何提高网络文学作品质量”“如何营造网络文学健康生态”等话题进行了交流。③

(34) 2019 年 1 月 8 日，连接宇宙——首届华语网络文学 IP 价值论坛召开

2019 年 1 月 8 日，由中国青年出版总社、北京名赫集团、新华文轩四川数字出版传媒有限公司联合主办，中创文艺智库、中国青年智库论坛、北京名赫文化传播有限公司、杭州师范大学文化创意产业研究院联合承办的“连接宇宙——首届华语网络文学 IP 价值论坛”，在北京朝阳规划艺术馆 · 水云间隆重召开。中国青年智库论坛执行秘书长庄庸发布了首届华语网络文学年度 TOP100 大盘点，推出了十大

---

① 张璐，《网络文学的“浙江奇迹”》，中国作家网，http：//www. chinawriter. com. cn/n1/2018/1220/c404023-30477479. html，2018 年 12 月 29 日查询。

② 晋闻，《山西举行网络文学创作座谈会》，中国社会科学网，http：//www. cssn. cn/ts/ts_ wxsh/201712/t20171227_ 3795558. shtml，2018 年 12 月 30 日查询。

③ 洪健，《2018 重庆网络文学大会在重庆举行》，中国作家网，http：//www. chinawriter. com. cn/n1/2018/1221/c403994-30481659. html，2018 年 12 月 30 日查询。

TOP10 榜单：年度网络作家 TOP10（综合榜），年度网络作品 TOP10（综合榜），年度网络文学 IP 影视剧 TOP10（副榜：年度网络文学 IP 衍生榜 TOP10），年度网文（界）风云人物 TOP10，年度网络文学关键词 TOP10，年度网络文学大事记 TOP10，年度网络文学女频文 TOP10，年度网络文学新物种（跨界网文）TOP10，年度网络文学内生趋势（硬核网文）TOP10，年度网络文学爆款潮流（灵气复苏流）TOP10。①

二、网络文学年度社团活动

1. 年度网络文学社团活动清单

据统计，2018 年度全国范围内共举办网络文学社团活动 124 次。其中网络文学评奖推介活动 36 次，网络文学作家研修班 25 次，网络文学新设作协、社团机构 26 个，调研采风及其他活动 37 次。

根据活动主题和活动内容，2018 年度网络文学社团相关活动清单如下。

（1）网络文学评奖推介活动

1 月 23 日，北京，2017 年优秀网络文学原创作品推介名单发布；

2 月 2 日，广西南宁，第三届广西网络文学大赛颁奖暨第四届广西网络文学大赛启动仪式；

2 月 10 日，山东淄博，2017 年度文学奖首届文学“金墨客”颁奖仪式；

3 月 29 日，上海，“中国网络文学 20 年 20 部优秀作品 · 20 名优秀作家”的推选结果公布；

4 月 13 日，北京，“鹤鸣杯”网络文学奖启动仪式；

4 月 14 日，北京，豆瓣阅读举办第五届征文大赛颁奖典礼；

4 月 14 日，北京，“豆瓣类型文学奖”启动；

4 月 20 日，北京，2018 年向读者推荐优秀网络文学原创作品活动启动；

4 月 20 日，北京，“大运河文化”主题网络文学评审工作启动；

5 月 11 日，江苏南京，首届泛华文网络文学“金键盘”奖启动；

5 月 11 日，北京，第三届海峡两岸新媒体原创文学大赛颁奖典礼；

6 月 1 日，北京，第四届海峡两岸新媒体原创文学大赛征文正式启动；

6 月 14 日，广西蒙山，2018 年首届梁羽生文学奖颁奖典礼；

6 月 21 日，全国网络文学重点园地工作联席会议 2018 年度重点作品扶持选题名单公布；

6 月 27 日，优秀网络文学评论征集暨首届中国网络文学评论奖年度评奖活动启动；

---

① Yes 娱乐现场，《第一届华语编剧黄金周大会　首届华语网络文学 IP 价值论坛隆重召开》，新浪网，http：//k. sina. com. cn/article_ 1878456645_ 6ff6f94502000fbx3. html，2019 年 1 月 28 日查询。

6月29日，第二届“金熊猫”网络文学奖公布；

7月8日，浙江杭州，第二届两岸青年网络文学大赛正式启动；

8月5日，浙江嘉兴，红船精神全国网络文学大咖征文活动启动仪式；

9月16日，浙江杭州，2018华语言情小说大赛颁奖典礼；

9月16日，北京，“中国网络文学二十年系列评审”结果揭晓，“二十件大事”、“二十部优质IP作品”和“二十个关键词”发布；

9月18日，北京，北京影视出版创作基金2018年度拟扶持项目名单公示；

9月20日，深圳，首届“大湾区杯（深圳）网络文学大赛”正式启动；

10月28日，2018王者荣耀文学大赛公布赛事总冠军；

11月14日，江苏南京，首届“中国江苏扬子江网络文学周”开幕暨首届泛华文网络文学“金键盘”奖颁奖典礼；

11月20日，上海，“分众”中国网络文学年度新人大赛正式发布启动；

11月23日，四川成都，第二届“金熊猫”网络文学颁奖暨创作座谈会；

11月23日，上海，华东师范大学发布《2018年度网络文学新人大赛公告》；

11月27日，山东济南，第四届网络文学征文大赛颁奖礼仪式；

11月28日，江苏南京，首届江苏省网络文学原创作品大赛获奖作品公布；

11月30日，上海，第三届现实主义网络文学征文大赛作品研讨会暨终评启动会；

12月15日，云南昆明，第四届滇云网络文学大赛颁奖典礼；

12月26日，云南大理，第三届“咪咕杯”网络文学大赛及2018年度奖项揭晓，第四届“咪咕杯”文学大赛启动；

（2）网络文学作家研修班

3月18日，北京，中央统战部第二期网络人士理论研讨班；

3月30日，浙江杭州，2018好故事训练营暨首届中国网络作家高级培训班；

7月3日，四川达州，四川省网络作家培训班；

7月3日，广东，2018年广东网络作家深入学习贯彻习近平新时代中国特色社会主义思想高级研修班；

7月3日，内蒙古呼和浩特，首届“网筑梦想”全区青年网络作家培训班暨第一期“青社学堂”；

7月13日，深圳，阅文集团2018年云起作家深圳高研班；

8月25日，内蒙古鄂尔多斯，全国网络作家深入学习习近平新时代中国特色社会主义思想专题培训班；

9月4日，北京，鲁迅文学院第十三期网络文学作家培训班（现实题材班）开班；

9月9日，江西井冈山，全国第二期青年网络作家井冈山高级培训班开班；

9月19日，浙江杭州，2018年好故事训练营暨第二期中国网络作家高级培训班开班；

10月13日，湖北黄冈，首届网络作家文学精品创作培训班；

10月16日，贵州贵阳，贵州省首届中青年作家高级研修班；

10月21日，上海，第五期网络文学（现实题材创作）高级研修班；

10月22日，浙江杭州，2018年全省青年网络作家骨干培训班；

10月22日，上海，网络文学编辑人员业务培训班；

10月23日，浙江杭州，咪咕文学院启动仪式暨第一期高级作家研修班开班；

11月5日，湖南长沙，“与改革同行，约青年筑梦”湖南省新兴青年群体培训班；

11月7日，北京，网络文学网站负责人暨骨干编辑人员培训班结训；

11月14日，江苏南京，全国网络作家深入学习习近平新时代中国特色社会主义思想专题培训班开班；

11月20日，四川成都，2018年四川省网络作家第二期培训班；

11月23日，北京，鲁迅文学院第十四期网络文学作家培训班；

12月7日，河北石家庄，河北网络作家培训班开班；

12月8日，北京，阅文创作研修班；

12月27日，北京，鲁迅文学院第十四期网络文学作家培训班结业典礼。

（3）网络文学新设作协、社团机构

1月13日，江苏镇江，镇江市网络作家协会成立大会暨第一次会员大会；

1月15日，江西新余，省文联与新余学院签订战略合作协议暨江西网络文学基地揭牌仪式；

1月25日，江苏盐城，盐城市网络作家协会成立大会暨第一次会员代表大会；

1月26日，吉林市，吉林市网络作家协会成立；

2月3日，浙江绍兴，绍兴市网络作家协会第一次会员代表大会；

3月10日，广西河池，河池市网络作家协会第一次会员代表大会；

3月25日，浙江杭州，萧山区网络作家协会成立大会暨萧山区首届青年网络写手大赛颁奖仪式；

4月28日，陕西西安，“西安红色经典故事网络创作工坊”揭牌仪式；

5月18日，山东淄博，高青县网络作家协会成立大会；

5月20日，浙江杭州，浙江省网络作家协会大运河创作基地、网络作家工作室挂牌暨大运河网络文学征文大赛启动仪式；

6月23日，天津，天津市作家协会网络文学专业委员会揭牌成立；

7月27日，江西南昌，南昌市网络作家协会成立大会；

9月20日，江苏宿迁，宿迁市网络作家协会召开成立大会暨第一次代表大会；

10 月 18 日，浙江湖州，湖州市网络作家协会成立；

10 月 18 日，湖南永州，永州市网络作家协会成立；

10 月 18 日，青海西宁，青海省作协网络文学委员会成立；

11 月 17 日，湖北襄阳，襄阳市网络文学学会成立；

11 月 19 日，江苏南通，海安市网络作家协会成立；

11 月 23 日，江苏南通，南通市网络作家协会成立；

11 月 30 日，湖南益阳，益阳市网络作家协会成立；

12 月 2 日，天津，天津团泊洼网络作家村揭牌仪式举行；

12 月 6 日，山东济南，中国作协网络文学研究基地揭牌仪式暨首届网络文学论坛；

12 月 7 日，贵州都匀，黔南州作家协会网络文学创作委员会成立；

12 月 19 日，湖南长沙，长沙市网络作家协会成立；

（4）调研采风及其他活动

3 月 7 日，中共浙江省委宣传部常务副部长来颖杰一行到中国网络作家村调研网络文学建设工作；

3 月 14 日，杭州市委常委、统战部长佟桂莉，浙江省文联副主席、杭州市文联党组书记、主席应雪林，市委统战部常务副部长金志强一行考察调研“中国网络作家村”建设情况；

3 月 20 日，国家新闻出版广电总局数字出版司谢东晖司长等一行 9 人，到北京市掌阅科技、中文在线、阿里文学和爱奇艺等 4 家单位，对北京网络文学企业开展广泛深入的调研；

3 月 28 日，2018 年成都市网络文学联盟作家采风调研活动在双流区启动；

4 月 11 日，由成都市互联网文化协会主办的网络作家采风活动走进成都市新都区；

4 月 16 日，中央统战部副部长戴均良考察调研中国网络作家村；

5 月 5 日，贵州贵阳，“志愿文学”网络作家首站——贵州行出发仪式；

5 月 8 日，中央统战部八局局长张明赴中国网络作家村调研新的社会阶层人士统战工作；

5 月 20 日，浙江嘉兴，网络作家“弘扬红船精神”采风活动；

6 月 2 日，淄博市网络作家协会组织首批网络作家和文学爱好者走进张店区博爱园老年养生护理院，与老人和护工近距离接触、交流，体验和感受其生活；

6 月 12 日，商丘新兴青年网络作家代表携手河南省青年联合会为商丘市柘城县张桥小学捐赠了欢乐书屋；

6 月 23 日至 24 日，重庆市网络作家协会代表一行先后到夔州博物馆、瞿塘峡、白帝城、旱夔门、天坑、地缝、龙桥河景区进行采风；

8月11日，河北网络作家寇广平（梦入洪荒）、张伟（录事参军）、裴云（希行）及网络文学评论家桫椤做客河北文学馆读书荟，和近百位文学爱好者一起交流探讨“网络文学的改变和挑战”；

8月13日，由澳门街坊总会组织的“千人计划”青年浙江考察团莅临中国网络作家村参观学习；

8月15日，湖州市委常委、宣传部长范庆瑜一行莅临中国网络作家村；

8月17日，阿克苏市宣传文化系统干部一行莅临中国网络作家村进行考察；

8月27日，深圳市龙岗区文化产业发展办公室一行来到杭州市高新区（滨江）白马湖学习考察，考察期间参观中国网络作家村；

8月29日，东阳市政协副主席王玉才一行参观中国网络作家村白马苑；

8月29日，应中法创新设计研究院关于“之江与塞纳河比较研究”的课题组之邀，巴黎维莱特国立高等建筑学院（ENSAPLV）建筑与设计教授，法国数字城市实验室学者，当代设计思潮研究专家 Antonella Tufano 女士和法国国立高等工业设计学院（ENSCI）教授，米歇尔中心 HeSam 创新项目负责人 Bernard Moise 先生来杭进行考察，到访中国网络作家村白马苑；

9月6日，横店管委会任明强主任和横交所刘涛总经理一行参观了中国网络作家村天马苑；

9月7日，长沙市文联党组书记、副主席王俏携《创作》杂志社副社长李晓蓉到达杭州进行调研考察活动，期间对中国网络作家村进行实地考察；

9月14日，江西，“致敬40年，书写新时代”改革进程中成长的青年网络作家主题活动；

9月16日，北京，掌阅科技公司联合中国网络作家村与轻松筹等共同发起一项关爱基层文学工作者的公益活动——文学“心源计划”；

9月18日，福建厦门，鹤鸣·厦金采风活动；

10月10日，海南团省委一行到达杭州学习考察，期间参观中国网络作家村·天马苑，并召开座谈会；

10月26日，湖北省作协一行来到中国网络作家村，参观考察后，召开座谈并取经；

10月31日上午，浙江省社会主义学院2018年党外代表人士能力素养提升班学员到白马湖创意城考察，期间参观中国网络作家村；

11月2日，西安市雁塔区文体局考察团赴杭州考察学习期间参观中国网络作家村·天马苑；

11月8日，北美南加州华人写作协会来访中国网络作家村·天马苑，省统战部、省作协相关人员陪同，参观中国网络作家村之后召开座谈；

11月8日，青岛市文联一行到中国网络作家村·天马苑参观考察；

11 月 13 日，树人大学教师团队一行参观中国网络作家村·天马苑；

11 月 13 日，台湾导报记者陈子发一行三人来到中国网络作家村·天马苑，对著名网络文学作家管平潮、疯丢子进行专访；

11 月 28 日，河南焦作市委常委、修武县委书记郭鹏一行在赴杭州滨江考察期间参观中国网络作家村·天马苑；

12 月 5 日，浙江省政协副主席吴晶一行参观中国网络作家村·天马苑；

12 月 5 日，中国教育国际交流协会刘利民会长一行赴杭州考察“中国教育国际交流协会杭州文化创意产业研究基地”期间参观中国网络作家村·天马苑；

12 月 20 日，江苏省版权局版权管理部门采取实地考察和座谈相结合的方式，先后考察了位于秦淮区的“江苏网络文学谷”和位于江宁区的“江苏网络文学创意园”，调研网络文学发展状况；

12 月 24 日，澳门“千人计划”朝阳学会考察团赴浙江考察学习期间参观中国网络作家村·天马苑。

2. 重要社团活动内容介绍

（1）1 月 23 日，2017 年优秀网络文学原创作品推介名单发布

1 月 23 日下午，国家新闻出版广电总局和中国作家协会联合发布 2017 年优秀网络文学原创作品推介名单，《复兴之路》《岐黄》《择天记》《华簪录》等 24 部作品入选。该活动是继 2015 年和 2016 年后第三次举办，今年共有 380 部作品参选，申报数量创三届之最。当下，与网络文学有关的评选、推优等活动日渐增加，对此，本次推介评委、中南大学文学院教授欧阳友权认为，评选活动为读者提供了一种引导性路径，让他们了解在浩如烟海的网络作品中，哪些是好的或比较好的，从而更便捷地找到自己喜爱的作品。“网络作品的爆发式增长，客观上存在着‘量大质不优’‘星多月不明’的现象，评选推优无形中为网络创作设置一种标杆、一个尺度，那将会形成一种文学的‘旗语’，对网络文学创作有一定的示范性。”①

（2）1 月 26 日，吉林市网络作家协会成立

1 月 26 日，吉林市网络作家协会正式成立，大会选举产生了协会第一届领导机构，并提出了协会今后的工作思路。吉林市网络作家协会为市作家协会的二级协会，接受市作家协会的业务指导和监督管理，其业务范围包括网络写作学习、网络作家培训、网络作家创作交流以及网络文学作品创作。成立大会上，审议通过了《吉林市网络作家协会章程》，选举产生了吉林市网络作家协会第一届理事会、第一届主

① 爆侃网文，“2017 年优秀网络文学原创作品”发布仪式启动，爆侃网文，http://www.baokan.tv/n/china/2018-01-24/65512.html，2018 年 12 月 30 日查询。

席团成员。网络作家刘阳当选为本届网络作家协会主席。①

(3) 2 月 3 日，绍兴市网络作家协会第一次会员代表大会

2 月 3 日，绍兴市网络作家协会第一次会员代表大会召开，选举产生了绍兴市网络作家协会首届理事会，黄锡云当选为首届绍兴市网络协会主席，傅蓁当选为副主席兼秘书长，于太封等 20 人当选为副会长、理事等，首批 84 名会员成为绍兴首届市网络作家协会会员。②

(4) 2 月 10 日，2017 年度文学奖首届文学“金墨客”颁奖仪式。

2 月 10 日，淄博市 2017 年度文学奖首届文学“金墨客”颁奖仪式圆满落幕。“金墨客”文学奖是淄博市网络作家协会推出的年度文学奖，经过主席团传阅审核通过和微信群公开公示等程序，按照得票由高到低依次授予巩本勇、劳丁（丁恩昌）、骏青追日（王明光）、踏雪寻梅（巩同英）、张玉国、云止于水（李常萍）、醉墨轩（郭祥）、辽阔之海（郭明晓）、夏伦稳、玉静心明（黄秀美）、深山樵夫（李洪树）首届文学现场“金墨客”2017 年度文学奖。③

(5) 3 月 30 日，2018 好故事训练营暨首届中国网络作家高级培训班

3 月 30 日，2018 好故事训练营暨首届中国网络作家高级培训班在杭州举办了开班仪式暨新闻发布会。该项目旨在扶持和孵化优秀青年创作骨干，为国内广大的内容创作者提供具有实践意义的职业化创作培训和发展机会，为中国 IP 市场输送更多富有潜力的原创内容。2018 好故事训练营暨首届中国网络作家高级培训班共吸纳 66 名学员，他们于 3 月 30 日至 4 月 2 日，在杭州白马湖中国网络作家村接受包括网络文学创作、文学的游戏化与影视化改编、网文版权运营等多个涉及创作及 IP 运营的针对性课程。④

(6) 4 月 14 日，豆瓣阅读举办第五届征文大赛颁奖典礼

4 月 14 日，豆瓣阅读举办第五届征文大赛颁奖典礼，并宣布了“豆瓣类型文学奖”启动的消息。“豆瓣类型文学奖”每年评选 1 次，旨在奖励当年新发表的最出色的类型小说作品，评选范围包括所有的出版图书以及有质量的网络发表作品。颁奖典礼上，豆瓣阅读还公布了“豆瓣方舟计划”，将加强与东方出版社等传统出版

① 搜狐网，邀请函丨吉林市网络作家协会首届年会暨吉林十大网络作家颁奖典礼，搜狐网，http://www.sohu.com/a/275675081_488995，2018 年 12 月 30 日查询。

② 爆侃网文，绍兴市网络作家协会成立，爆侃网文，http://www.baokan.tv/n/china/2018-02-05/65761.html，2018 年 12 月 30 日查询。

③ 搜狐网，淄博市 2017 年度文学奖首届文学“金墨客”颁奖仪式圆满落幕，搜狐网，http://www.sohu.com/a/222327927_99971698，2018 年 12 月 30 日查询。

④ 网易，首届好故事训练营正式开营，成就好故事，为中国网络文学赋能，网易，http://book.163.com/18/0330/11/DE53IJ2C00928L4A.html，2018 年 12 月 30 日查询。

机构合作。①

（7）4 月 28 日，“西安红色经典故事网络创作工坊”揭牌仪式

4 月 28 日，西安文理学院与市委党史研究室联合举行“西安红色经典故事网络创作工坊”揭牌仪式，旨在推进西安红色经典故事网络文学创作工作。西安市委党史研究室宣研处副处长郭强，省作协青年作家李玉和，西安事变纪念馆、西安八办纪念馆、葛牌镇苏维埃政府纪念馆负责人，西文理历史文化旅游学院、马克思主义学院、文学院负责人和市委党史研究室干部、网络写作指导教师、学生代表共 50 余人参加了仪式。②

（8）5 月 11 日，第三届海峡两岸新媒体原创文学大赛颁奖典礼

5 月 11 日，由中国出版集团主办的第三届海峡两岸新媒体原创文学大赛颁奖典礼在北京举行。本届大赛作为国内网文 IP 转化率较高的文学大赛，受到了文学界和新闻出版界的广泛关注，大赛于 4 月 21 日正式启动，征稿期间组委会共收到作品 1672 部，其中有效参赛作品 1426 部，作品主要来自中国大陆、台湾地区、香港特别行政区和澳门特别行政区，美国、加拿大及缅甸华人也积极参与大赛。

经过初评、复评及终评，《风雪将至》荣获大佳金奖，《岐黄》荣获最佳故事奖，还获得原国家新闻出版广电总局 2017 年度优秀网络文学推荐，并荣获 2018 中国数字阅读大会版权峰会“年度潜力 IP 价值榜”作品。③

（9）5 月 20 日，浙江省网络作家协会大运河创作基地、网络作家工作室挂牌暨大运河网络文学征文大赛启动仪式

5 月 20 日，浙江省网络作家协会大运河创作基地、网络作家工作室挂牌暨大运河网络文学征文大赛启动仪式在拱墅区举行。此次征文大赛以“讲述运河故事，传承千年文化”为主题，以大运河文化为主要创作元素，向单位及个人征集符合社会主义核心价值观要求的网络文学作品。大赛旨在学习贯彻新时代中国特色社会主义思想和党的精神，引领网络文学健康发展，大力传承、阐释大运河文化，讲好运河故事，重点培育、孵化一批以大运河文化为主题的网络文学精品，开创网络文学的“运河时代”。本届大赛为期一年，从 2018 年 4 月开始到 2019 年 5 月结束，2018 年 5 月 20 日举行启动仪式，2018 年 6 月-7 月作品大纲征集，2018 年 8 月公布入围大纲，2019 年 4 月最终作品评选，2019 年 5 月举行颁奖仪式。④

---

① 陈莹，现实题材是网络文学新机会，中国作家网，http：//www.chinawriter.com.cn/n1/2018/0613/c404023-30054940.html，2018 年 12 月 30 日查询。

② 爆侃网文，“西安红色经典故事网络创作工坊”揭牌仪式举行，爆侃网文，http：//www.baokan.tv/n/china/2018-05-07/67885.html，2018 年 12 月 30 日查询。

③ 徐平，第三届新媒体原创文学大赛颁奖典礼在京举行，中国作家网，http：//www.chinawriter.com.cn/n1/2018/0515/c403994-29990231.html，2018 年 12 月 30 日查询。

④ 搜狐网，首届大运河网络文学征文大赛在浙江杭州启幕，搜狐网，https：//www.sohu.com/a/232697381_ 99971698，2018 年 12 月 30 日查询。

（10）6月14日，2018年首届梁羽生文学奖颁奖典礼

2018年首届梁羽生文学奖颁奖典礼14日在中国新派武侠小说开山祖师梁羽生的故乡广西梧州市蒙山县举行。“梁羽生文学奖”是中国首个以题材内容划分的文学奖，既注重作品的文学性与独创性，也注重作品的可读性与传播性，以出版图书为主，同时考虑纸书化、影视化、IP化的原创网络文学作品。该奖项在评选方式上，分为提名、初评和终审三个环节，以七家提名机构与网络读者提供的作品为基础来提名，之后由来自全国各大报刊的11位资深媒体人组成的媒体评审团初评，最后由七名评论家与出版行业专家组成的专家评审团评出最终结果。其中最受瞩目奖项-杰出贡献奖被“中国悬疑小说第一人”蔡骏收入囊中。2018年首届梁羽生文学奖系列活动于6月13日—14日在蒙山县举行，期间还举行了“蒙山情”文学采风活动和主题论坛等。①

（11）6月23日，天津市作家协会网络文学专业委员会揭牌成立

6月23日，天津市作家协会网络文学专业委员会在天津文学馆成立并揭牌。这是天津市首个网络文学专业组织，同时也是天津市作家协会第一个专业委员会，市委统战部、共青团天津市委和市作协相关负责人士参加了成立仪式。会议审议了《市作协网络文学专业委员会章程》等内容，选举刘景松等担任委员会主席、副主席等职务。主席团聘请了由律师、影视人、编导、纪检等专业人士作为顾问委员，共同支持专委会建设。同时，网络作家代表还向社会发起了网络作家新时代社会主义文艺创作倡议书。②

（12）7月3日，四川省网络作家培训班

7月3日，由四川省网络作家协会主办的“四川省网络作家培训班暨全省文学扶贫‘万千百十’活动．网络作家革命老区创作采风行”开班仪式，在达州市达川区举行。来自四川省内外的80多名网络作家和达州本土网络作家、作者参加了会议。本次培训采风活动为期七天，其中培训时间四天，邀请了来自北京和川内外的知名学者教授、著名网络作家为学员授课。同时，密切结合课堂教学和文学扶贫“万千百十”活动，培训班学员还前往革命老区宣汉县、万源市深入开展红色革命老区创作采风行。③

（13）7月27日，南昌市网络作家协会成立大会

7月27日，南昌市网络作家协会成立大会在南昌召开。南昌市文联党组书记、

① 黄艳梅，陈冠言，2018年首届“梁羽生文学奖”在广西蒙山颁奖，中国作家网，http：//www.chinawriter.com.cn/n1/2018/0615/c403994-30061457.html，2018年12月30日查询。

② 高丽，天津市作协网络文学专业委员会成立，中国作家网，http：//www.chinawriter.com.cn/n1/2018/0625/c404023-30083203.html，2018年12月30日查询。

③ 爆侃网文，四川省网络作家培训班开班仪式在达州市举行，爆侃网文，http：//www.baokan.tv/n/china/2018-07-04/68340.html，2018年12月30日查询。

主席赵军，市文联副主席贺思敏，市文联党组成员、副主席付长庚、周文彬，市文联副主席、市作协主席王芸，市文联副调研员雷雨，市作协名誉主席陈安安，以及市网络作家代表共70余人出席会议。

南昌市网络作协是江西省第一家地市级网络作协，它的成立标志着南昌市区市网络文学创作进入新的时代。大会审议通过了《南昌市网络作家协会章程》，选举产生了第一届理事会。会上，赵军同志、周文彬同志分别讲话，勉励网络作家们努力修德修艺，跟上时代步伐，结合文学情怀，多接触社会，走正路，出精品，扩大影响，营造良好氛围，扩大作家队伍，努力开拓网络文学的新天地。①

(14) 9月4日，鲁迅文学院第十三期网络文学作家培训班（现实题材班）开班

9月4日，鲁迅文学院第十三期网络文学作家培训班（现实题材班）开学典礼在京举行。中国作协副主席、鲁迅文学院院长吉狄马加出席开学典礼，并与学员们合影留念。本期培训班为期近一个月，共有来自全国26家文学网站和单位选拔推荐的40名学员参加。学员平均年龄34岁，其中不少已是具有较大影响力和读者号召力的网络文学作家。结合网络文学的特点与本期培训班现实题材专题的特性，鲁院进行了精心筹备。在课程设置上，邀请了国情时政、文学艺术、创作技巧等方面的国内知名学者进行授课，并邀请网络文学的知名作者、研究专家等与学员们进行面对面的交流对话。此外，培训班还组织学员们参加第七届鲁迅文学奖颁奖典礼，组织教学观摩等活动，力求通过多种多样的教学形式，使培训班达到最佳学习效果。②

(15) 8月5日，红船精神全国网络文学大咖征文活动启动仪式

8月5日，由嘉兴市文联主办，市作协、市网络作协承办的红船精神全国网络文学大咖征文活动启动仪式举行。征文活动以“红色故事红船精神”为题材，对标2021年建党100周年等重大历史节点，计划3年内分3次邀请100名网络作家参与写作，创作一批以红船精神为主题的作品。③

(16) 8月25日，全国网络作家深入学习习近平新时代中国特色社会主义思想专题培训班

8月25日，全国网络作家深入学习习近平新时代中国特色社会主义思想专题培训班在内蒙古自治区鄂尔多斯市乌审旗开班。为将学习贯彻习近平新时代中国特色社会主义思想和党的十九大精神不断引向深入，中国作家协会于2018年至2019年

---

① 中国作家网，南昌市网络作家协会成立大会召开，中国作家网，http://www.chinawriter.com.cn/n1/2018/0727/c404023-30174803.html，2018年12月30日查询。

② 王觅，鲁院第十三期网络文学作家培训班开班，中国作家网，http://www.chinawriter.com.cn/n1/2018/0907/c403994-30277765.html，2018年12月30日查询。

③ 新浪网，红船精神全国网络文学大咖征文活动启动，新浪网，http://k.sina.com.cn/article_5279514376_13aaeff08040009yzg.html，2018年12月30日查询。

开展全国文学业务骨干培训工作，分期分批对中青年作家、网络作家、自由撰稿人和基层作协负责人开展培训，培训对象以中国作协会员为主。此次全国网络作家深入学习习近平新时代中国特色社会主义思想专题培训为系列培训的第二期，以理论学习、实地教学等多种形式展开，来自全国的50位网络作家参加此次培训班，其中有33位中国作协会员。①

(17) 9月16日，“中国网络文学二十年系列评审”结果揭晓，“二十件大事”、“二十部优质IP作品”和“二十个关键词”发布

9月16日，第二届中国“网络文学+”大会闭幕。与首届大会相比，第二届中国“网络文学+”大会进一步增强了权威性、高端性、融合性和功能性。在历时三天的活动中，精品创作、现实题材、融合创新、版权保护、IP运营等成为本届大会的高频词汇。

大会上，中国音像与数字出版协会相关负责人揭晓了“中国网络文学二十年系列评审”结果，并发布影响和推动中国网络文学发展历程中的“二十件大事”、“二十部优质IP作品”和“二十个关键词”。同时，北京市新闻出版广电局发布2018年度向读者推荐的21部优秀网络文学原创作品名单，《运河造船记》《一路走过：改革开放40年纪实》和《大明长城风云》等一批聚焦于庆祝改革开放40周年和全国文化中心建设的现实题材作品入选。②

(18) 10月18日，青海省作协网络文学委员会成立

10月18日，为落实《中国作协深化改革方案》和《青海省文联深化改革方案》中关于建立联系新的文学群体、引导网络文学发展的工作机制的有关要求，经青海省文联同意，并经当日召开的青海省作协七届七次委员会通过，省作协网络文学委员会成立。青海省作协网络文学委员会的成立，从根本上改变了青海网络作家各自为政、缺乏有效组织引导的状况，将更广泛团结、引领在青网络作家，通过创作和研讨活动，弘扬新青海精神，推动青海网络文学健康快速发展，更好地为“一优两高”战略服务，为新青海建设服务。③

(19) 10月18日，永州市网络作家协会成立

10月18日，永州市网络作家协会成立大会召开。业界资深编辑冯振（冯和尚）当选协会主席。高明宇（一梦黄粱）、曹海波（萧漠）、杨新龙（杨半仙）、翟萍（山月清）、王竹林（彰坤）当选副主席。同时，永州市网络作家协会聘任著名网络

① 搜狐网，全国网络作家深入学习习近平新时代中国特色社会主义思想专题培训班在鄂尔多斯开班，搜狐网，http://www.sohu.com/a/250794002_662549，2018年12月30日查询。

② 李菁，20部优质IP、20个关键词……网络文学20年这样走过，中国作家网，http://www.chinawriter.com.cn/n1/2018/0917/c403994-30296979.html，2018年12月30日查询。

③ 中国作家网，青海省作协网络文学委员会成立，中国作家网，http://www.chinawriter.com.cn/n1/2018/1023/c404023-30358272.html，2018年12月30日查询。

作家愤怒的香蕉为名誉主席。永州市政协副主席杨军元，湖南省作家协会主席、党组副书记王跃文，湖南省作家协会副主席、省网络作家协会主席余艳，永州市委宣传部常务副部长、市作协名誉主席蒋三立，市委网信办主任蒋旭军等出席成立大会。①

(20) 11月14日，首届“中国江苏扬子江网络文学周”开幕暨首届泛华文网络文学“金键盘”奖颁奖典礼

11月14日，由江苏省作协、南京市江宁区人民政府、南京市秦淮区人民政府、镇江新区管理委员会共同主办的首届“中国江苏·扬子江网络文学周”开幕暨首届泛华文网络文学“金键盘”奖颁奖典礼在江苏南京市江宁区举行。江苏省委常委、宣传部部长王燕文，中国作协网络文学中心主任何弘，江苏省委宣传部副部长徐宁，江苏省委统战部副部长黄仕亮，江苏省作协主席范小青，江苏省作协党组书记、副主席韩松林，南京市委常委、宣传部部长陈勇，以及网络文学作家、评论家、网络文学从业者等近300人参加此次活动。

活动现场，范小青与江宁区委副书记高德臣共同为中国·江苏网络文学创意产业园揭牌。黄仕亮和陈勇为中国网络文学展示馆揭牌。王燕文启动首届扬子江文学周。首届扬子江网络文学周从11月14日持续到18日，期间将组织中国网络文学二十年江苏20部优秀作品发布，江苏网络文学院江宁创作基地落户，江苏网络文学发展座谈会，江苏网络作家村成立，知名网络作家签赠活动，网络文学大咖论坛等活动。②

(21) 11月23日，鲁迅文学院第十四期网络文学作家培训班

11月23日，鲁迅文学院第十四期网络文学作家培训班开学典礼在京举行。中国作协副主席、鲁迅文学院院长吉狄马加出席开学典礼。本期培训班为期一个多月，共有来自全国23家文学网站和单位选拔推荐的42名学员参加。结合网络文学的特点，鲁院进行了精心筹备。在课程设置上，邀请国情时政、文学艺术、创作技巧、权益保障等方面的国内知名学者进行授课，并邀请对网络文学创作情况熟悉的知名作者、研究专家等与学员们进行文学交流对话，还组织了教学观摩、社会实践等活动。③

(22) 11月23日，华东师范大学发布《2018年度网络文学新人大赛公告》

11月初，华东师范大学成立了中国创意写作研究院，并宣布启动“分众”中国

① 爆侃网文，永州市网络作家协会成立，爆侃网文，http://www.baokan.tv/n/china/20181019/69836.html，2018年12月30日查询。

② 李菁，人数众多，作品优秀，网络文学已形成“江苏现象”，中国作家网，http://www.chinawriter.com.cn/n1/2018/1115/c404023-30402441.html，2018年12月30日查询。

③ 范得，鲁迅文学院第十四期网络文学作家培训班开班，中国作家网，http://www.chinawriter.com.cn/n1/2018/1130/c403993-30433879.html，2018年12月30日。

未来网络文学家项目。11 月 23 日，华东师范大学发布《2018 年度网络文学新人大赛公告》，凡是在网络文学平台，包括自媒体平台连续更文 3 个月以上的 40 岁以下新人作家就可参赛。大赛将每年评选出 10 至 20 名作者，作为“未来网络文学家”后备人才，以华东师范大学中国创意写作研究院和华东师范大学中文系创意写作硕士学位点为平台，为其量身定做个性化培养方案，免费提供为期三年的优质专业培养。2018 年度网络文学新人大赛将于 2019 年 6 月完成评审并举行颁奖。①

（23）11 月 27 日，第四届网络文学征文大赛颁奖礼仪式

11 月 27 日，第四届网络文学征文大赛颁奖礼仪式在济南举行。《永远的红领巾》等 27 部优秀网络文学作品获奖。本届大赛以“初心”为主题，共征集作品 941 部，参赛作者来自北京、上海、广东等全国 27 个省、市、自治区，数量、质量均创历史新高。大赛邀请山东省作家协会原副主席刘玉堂，山东师范大学文学院副院长、教授、博士生导师张丽军等担任评委，经过严格评审，27 部作品获奖，副市长王桂英参加活动并为获奖者颁奖。②

（24）11 月 30 日，益阳市网络作家协会成立

11 月 30 日，由益阳市委网信办和市文联、作协共同筹备，由益阳市委网信办主管的益阳市网络作家协会正式成立，湖南省作协副主席、省网络作协主席余艳，益阳市政协副主席王令波出席成立大会。益阳作为湖南省网络文学的重要组成部分，作品基数大，作家“大神”多，创作整体水平位居省内前列。据统计，目前活跃在省内和国内主要网站的益阳籍网络作家和写手共有 800 余人。③

（25）11 月 30 日，第三届现实主义网络文学征文大赛作品研讨会暨终评启动会

11 月 30 日，第三届现实主义网络文学征文大赛作品研讨会暨终评启动会在上海市新闻出版局举行。现实主义网络文学征文大赛由上海市新闻出版局指导，阅文集团主办，旨在培养现实主义作者，鼓励、扶持其创作出更多反映时代、贴近生活的优秀现实主义作品。此次大赛自 2 月征文开始以来，阅文集团旗下起点中文网，创世中文网等九大平台共同参与，一万零二百位作者参加比赛，共创作现实主义作品一万一千八百部。④

（26）12 月 2 日，天津团泊洼网络作家村揭牌仪式举行

12 月 2 日，团泊洼网络作家村暨新文化传媒（团泊）小镇在天津市静海区团泊

---

① 徐萧，不仅是纯文学作家，华东师范大学还要培养网络文学作家，中国作家网，http://www.chinawriter.com.cn/n1/2018/1123/c404023-30418588.html，2018 年 12 月 30 日查询。

② 张晓涵，第四届网络文学征文大赛颁奖仪式举行，中国作家网，http://www.chinawriter.com.cn/n1/2018/1128/c403994-30428868.html，2018 年 12 月 30 日查询。

③ 刘慧婷，《益阳网络作家有“娘家”啦！网络作家协会正式成立》，红网，http://news.rednet.cn/c/2018/11/30/4785232.htm，2018 年 12 月 30 日查询。

④ 罗昕，现实主义网络文学井喷增长，网文正在进入生活化时代?，中国作家网，http://www.chinawriter.com.cn/n1/2018/1203/c403994-30437326.html，2018 年 12 月 30 日查询。

湖畔揭牌。团泊洼网络作家村采用政府主导、市场化运作的模式，广泛吸引知名网络作家和文化企业入驻。后续将通过延伸产业链，打造集网络作家村、新媒体村、纪录片村、跨境电商村为一体的新文化传媒小镇。①

（27）12 月 6 日，中国作协网络文学研究基地揭牌仪式暨首届网络文学论坛

12 月 6 日，中国作协网络文学研究基地揭牌仪式暨首届网络文学论坛在山东大学中心校区举行。网络文学研究基地揭牌仪式由山东大学文学院院长杜泽逊主持，下午的网络文学论坛上，与会专家学者从多个角度对网络文学研究进行了积极探讨和充分交流，研讨内容涵盖了传统文学与网络文学的关系、网络文学的现实主义困境、网络文学 IP 运营、文艺学在网络时代的新变、网络流行文化的历史性和中国化、网络文学跨学科批评的研究前景等。会议现场学术争鸣，新见迭出，研讨氛围十分热烈。②

（28）12 月 7 日，河北网络作家培训班开班

12 月 7 日，河北网络作家培训班开班仪式在省作协举行。中国作家协会网络文学中心主任何弘，省作协党组书记王凤、副主席李延青，河北文学院院长司敬雪等出席开班仪式，来自全省各地的 50 名网络作家参加了开班式。本次培训班邀请了文学专家何弘、白烨、庄庸为学员授课，通过专题讲座对学员进行专业培训，旨在引领河北网络作家弘扬社会主义核心价值观，助力河北网络作家迈向更高层次，创作更多积极反映党和人民砥砺奋进的优秀作品，展示人民的精神风貌和动人故事，生动描绘新时代中国特色社会主义建设的历史画卷，为实现中华民族伟大复兴的中国梦提供文化支持和精神动力。③

（29）12 月 19 日，长沙市网络作家协会成立

12 月 19 日，长沙市网络作家协会成立大会举行，会议审议通过了《协会章程（草案）》，并选举产生了长沙市网络作家协会第一届理事会、监事会和主席团。刘明当选为主席，周健良、刘锋、关云、杨莉、陈睿、姜路、贺予飞、曾登科共 8 人当选副主席。目前，长沙市网络作家已超过 2000 人，其中包括有流浪的军刀、愤怒的香蕉、磨剑少爷等一大批大咖级作家，规模和影响力居湖南之最。会上，益云律师事务所与长沙市网络作家协会签订战略合作协议，将在法律咨询、版权维护等方面，为广大网络作家们提供坚强的后盾。④

---

① 翟永冠，王宁，京津冀首个网络作家村揭牌，中国作家网，http://www.chinawriter.com.cn/n1/2018/1204/c403994-30440350.html，2018 年 12 月 30 日查询。

② 孙会沅、李彤，中国作协网络文学研究山东大学基地揭牌仪式暨首届网络文学论坛举行，中国作家网，http://www.chinawriter.com.cn/n1/2018/1207/c404023-30450010.html，2018 年 12 月 30 日查询。

③ 卫玮，强化经典意识　夯实创作根基，中国作家网，http://www.chinawriter.com.cn/n1/2018/1211/c403994-30458016.html，2018 年 12 月 30 日查询。

④ 爆侃网文，长沙市网络作家协会成立，爆侃网文，http://www.baokan.tv/n/china/20181219/70656.html，2018 年 12 月 30 日查询。

三、网络文学年度重要事件

1. 总体描述

本次共统计网络文学重要事件 43 个。其中网络文学产业行业发展大事记 14 个，网络文学重要奖项发布 7 个，网络文学 IP 开发大事记 14 个，网络文学年度报告发布 8 个，具体清单如下。

（1）网络文学产业行业发展大事记

5 月 17 日，浙江杭州，首届中国网络文学周；

7 月 16 日，北京，“剑网 2018” 专项行动；

7 月 30 日，江苏南京，“江苏网络文学谷” 落户南京秦淮；

9 月 14 日，北京，第二届中国 “网络文学+” 大会；

10 月 8 日，北京，第三届 “北京十月文学月”；

10 月 18 日，浙江湖州，首届 “中国湖州（德清）·莫干山文学周”；

10 月 22 日，上海，首届上海网络文学周正式启幕；

10 月 23 日，浙江杭州，咪咕文学院成立；

10 月 30 日，上海，‘分众’中国未来网络文学家项目启动；

11 月 14 日，江苏南京，首届 “中国江苏·扬子江网络文学周”；

11 月 18 日，“江苏网络作家村” 落户镇江；

11 月 28 日，上海，“2018 年度网络文学专业中级技术职称评审通过人员名单” 发布

12 月 6 日，浙江宁波，第六届宁波文学周举办；

12 月 20 日，阅文集团入选 “2018 中国互联网 300 强” 企业，排名第 57 位。

（2）网络文学重要奖项发布

1 月 28 日，湖南长沙，阅文超级 IP 风云盛典暨第三届中国原创文学风云榜盛典；

4 月 11 日，第 12 届作家榜之 “网络作家榜” 发布；

5 月 17 日，“2017 中国网络小说排行榜” 发布会；

10 月 22 日，天马文学奖设立；

11 月 14 日，首届泛华文网络文学 “金键盘” 奖颁奖典礼；

12 月 10 日，速途研究院发布《2018 年中国网络文学作家影响力榜》；

（3）网络文学 IP 开发大事记

4 月 26 日，北京，问道 IP——网络文学 IP 价值评估体系研究成果分享会；

5 月 9 日，浙江杭州，浙江文学内容影视产业孵化内容平台启动仪式暨欢愉文化 2018 年春季发布会；

5 月 19 日，浙江杭州，2018 年网文泛娱项目推介会；

7 月 13 日，湖南长沙，2018 动漫和网络文学 IP 运营及投融资大会；

7 月 30 日，北京，2018 第二届中国“网络文学+”大会 IP 路演“阿里文学专场”；

8 月 8 日，北京，2018 第二届中国“网络文学+”大会 IP 路演“爱奇艺文学专场”；

8 月 22 日，北京，2018 第二届中国“网络文学+”大会 IP 路演“中文在线专场”；

8 月 30 日，浙江绍兴，《狼毫小笔之云门香雪》新书首发仪式暨柯桥首条网络文学 IP 游线发布会；

10 月 18 日，浙江绍兴，中国第一条网络小说 IP 旅游线路“跟着小笔游柯桥”开游式；

10 月 30 日，浙江杭州，2018 西湖 IP 大会；

10 月 30 日，浙江杭州，第三届西湖 IP 大会的创投路演；

11 月 18 日，“中国网络文学泛娱乐产业孵化基地”揭牌仪式；

12 月 17 日，浙江温州，2018 中国（温州）网络文学 IP 全产业链发展大会；

12 月 20 日，《2018 猫片 · 胡润原创文学 IP 价值榜》《2018 猫片 · 胡润原创文学 IP 潜力价值榜》和《2018 猫片 · 胡润原创动漫 IP 价值榜》发布。

（4）网络文学年度报告发布

1 月 10 日，艾瑞咨询，发布《2018 年中国网络文学 IP 影响力研究报告》；

3 月 5 日，速途研究院，发布《2017 年网络文学年度报告》；

4 月 13 日，第四届（2018）中国数字阅读大会，发布《2017 年度中国数字阅读白皮书》；

4 月 26 日，中国传媒大学受众研究中心，发布《网络文学 IP 价值评估体系研究》；

5 月，中国作家协会网络文学委员会中南大学研究基地，《中国网络文学年鉴（2017）》；

5 月 9 日，艾瑞咨询，发布《2018 年中国网络文学作者报告》；

5 月 20 日，中国作家协会，发布《中国网络文学蓝皮书（2017）》；

9 月 14 日，第 2 届中国“网络文学+”大会，发布《2017 年度中国网络文学发展报告》。

2. 重要事件内容介绍

（1）1 月 10 日，《2018 年中国网络文学 IP 影响力研究报告》发布

1 月 10 日，互联网第三方调研机构艾瑞咨询发布《2018 年中国网络文学 IP 影

响力研究报告》，对网文 IP 改编发展历程、网文 IP 衍生现状、网文 IP 影响力表现、典型网文 IP 运作平台、网文 IP 发展趋势及网文 IP 受众进行了深入探讨。报告指出网文 IP 开发已进入 4.0 时代，从最初简单的内容改编，到现在深入挖掘内容丰富的宏大 IP，实现由平台方主导推多媒介的良性互动。①

（2）1 月 28 日，湖南长沙，阅文超级 IP 风云盛典暨第三届中国原创文学风云榜盛典

1 月 28 日，“阅文超级 IP 风云盛典暨第三届中国原创文学风云榜盛典”在湖南卫视播出，传统文学作家，网络文学作家、演艺明星以及文娱产业代表共同致敬网络文学 15 周年。盛典现场共揭晓了包括年度原创风云榜-男生作品、年度原创风云榜-女生作品年度改编潜力 IP、年度潜力作家、年度影视改编 IP、年度动漫改编 IP、年度值得期待的游戏改编 IP、年度受海外欢迎 IP、年度成就作家、超级 IP 男演员、超级 IP 女演员等十份推荐名单。本次年度中国原创文学风云榜再度彰显了中国网络文学的顶尖创作水准与人气峰值，有望借力阅文集团丰富多元的渠道，覆盖各大阅读场景，全力助推全民阅读进程向前发展，同时为下游文创产业 IP 开发源源不断地输送优质素材。②

（3）4 月 13 日，《2017 年度中国数字阅读白皮书》发布

4 月 13 日，《2017 年度中国数字阅读白皮书》在第四届（2018）中国数字阅读大会上发布。《2017 年度中国数字阅读白皮书》由中国音像与数字出版协会编著，书中的数据是通过对全国 10 余家主流数字阅读企业进行数据采集和深度访谈，对全国 229 个城市数字阅读用户展开随机抽样后得出的，具备科学性、准确性和前瞻性。

白皮书从“政策”“技术”“产业”“用户”“展望”五个篇章入手，系统回顾了一年以来国家在数字阅读领域的政策部署、全民阅读推进情况、技术研发创新方向、用户阅读行为习惯以及产业未来发展趋势，权威地呈现出数字阅读行业的新面貌。③

（4）4 月 26 日，《网络文学 IP 价值评估体系研究》发布

4 月 26 日，由中国传媒大学受众研究中心（ARC）举办的“问道 IP——网络文学 IP 价值评估体系研究成果分享会”上，中国传媒大学受众研究中心发布《网络文学 IP 价值评估体系研究》，为时下火爆的 IP 价值评估提供了科学参考。研究包括《网络文学 IP 影视开发价值排行榜》《网络文学 IP 游戏开发价值排行榜》，并

① 王静，《网络文学 IP 开发市场火爆》，中国作家网，http：//www.chinawriter.com.cn/n1/2018/0111/c404023-29759952.html，2018 年 12 月 30 日查询。

② 马学玲，《阅文超级 IP 风云盛典举行　第三届中国原创文学风云榜致敬网文 15 年》，光明网，http：//reader.gmw.cn/2018-01/29/content_ 27487881.htm，2018 年 12 月 30 日查询。

③ 暴英霞，金佳丽，《2017 年度中国数字阅读白皮书》发布：2017 年我国人均阅读电子书 10.1 本，中国青年网，http：//sh.qihoo.com/pc/9c31370175964f8b7? cota = 1&refer_ scene = so_ 1&sign = 360_ e39369d1，2018 年 12 月 30 日查询。

对时下的影视改编痛点进行了精准分析，提出了 IP 改编“四大风向”和“五大提示”。①

(5) 5 月 9 日，《2018 年中国网络文学作者报告》发布

5 月 9 日，艾瑞咨询发布《2018 年中国网络文学作者报告》，报告从网络文学作者概况与写作习惯、网络文学作品现状、网络文学作者与 IP 改编分析、网络文学作者与平台分析、网络文学作者画像五个方面进行了探讨和分析。

(6) 5 月 17 日，首届中国网络文学周

5 月 17 日，首届中国网络文学周在浙江杭州开幕。此次文学周以“新时代 · 新起点 · 新使命”为主题，聚集了来自海内外的网络作家、评论家、网络文学组织工作者、文学网站和翻译网站负责人，以及网络文学相关企业代表 400 余人。在四天时间里，一系列网络文学论坛将亮相文学周，包括“新时代 · 新起点 · 新使命——学习贯彻习近平新时代中国特色社会主义思想和党的十九大精神”座谈会、网络文学创作论坛、网络文学海外传播论坛、网络文学行业论坛等。唐家三少、骠骑、酒徒、蒋胜男等网络作家，白烨、黄鸣奋、陈定家、何平、邵燕君等评论家，以及文学网站、影视企业、网络文学组织等相关代表将进行充分交流和讨论，共同探讨网络文学创作如何贯彻落实党的十九大精神，如何加强现实主义题材创作、讲好中国故事，如何更好地促进中国网络文学“走出去”，网络文学衍生产业如何健康发展等问题，分析网络文学行业发展态势，探讨新时代网络文学工作的新思路、新举措。

本次文学周注重网络文学与文化产业的对接。除了 2018 年网络文学新作发布会、作家新书签售等活动外，还举办了 2018 年网文泛娱项目推介会，进一步推动网络文学和文化产业融合的具体实践，总结以往的成功经验，发布新项目。②

(7) 5 月 17 日，“2017 中国网络小说排行榜”发布

5 月 17 日，在浙江杭州举办的首届中国网络文学周开幕仪式上，2017 年中国网络小说排行榜出炉，猫腻的《择天记》、他曾是少年的《书剑长安》、冰临神下的《孺子帝》、沧月的《朱颜 · 镜》、管平潮的《燃魂传》等 40 部作品上榜。2017 年中国网络小说排行榜沿袭了网站推荐和专家推荐相结合的办法，全年共征集 452 部符合参评条件的作品。经过评选，最终确定全年共 40 部上榜作品。其中，幻想类作品有 19 部，历史类有 4 部，都市及现实题材有 15 部，竞技类 1 部，二次元 1 部。③

---

① 李淼，《〈网络文学 IP 价值评估体系研究〉发布，网络文学 IP 开发需注意“四大风向”“五大提示”》，中国作家网，http://www.chinawriter.com.cn/n1/2018/0511/c404023-29983662.html，2018 年 12 月 30 日查询。

② 刘晓闻，《首届中国网络文学周在浙江杭州开幕》，中国作家网，http://www.chinawriter.com.cn/n1/2018/0517/c403993-29996773.html，2018 年 12 月 30 日查询。

③ 傅炜如，《2017 年中国网络小说排行榜出炉：共 40 部作品上榜》，央广网，http://zj.cnr.cn/zjyw/20180517/t20180517_524237249.shtml，2018 年 12 月 30 日查询。

(8) 5月19日，2018年网文泛娱项目推介会

5月19日，2018年网文泛娱项目推介会召开，国内一线影视公司、传媒公司或工作室的CEO、负责人等齐聚现场，深入探讨了网络文学和文化产业融合的具体实践，总结以往的成功经验，发布新项目。为更加全面地了解网络文学家的产业生态圈，爱奇艺文学版权总监江俊和骨朵传媒CEO王蓓蓓在演讲环节中，分别从不同角度对IP影视的市场现状进行讲演。除此之外，三部电视剧项目，四部网络剧项目，这些由影视公司、工作室等精心挑选出的优质项目也在现场进行十分钟的推介。①

(9) 5月20日，《中国网络文学蓝皮书（2017）》发布

5月20日，在由中国作家协会、浙江省委宣传部、杭州市委宣传部主办的首届中国网络文学周上，中国作协首次发布《中国网络文学蓝皮书（2017）》，从创作状况、研究评论状况、队伍状况、产业发展状况、组织引导状况和海外传播状况全面回顾和总结2017年中国网络文学发展概貌，以优秀作品引领创作风向。

蓝皮书认为，2017年是中国网络文学多元化发展的重要拐点。截止去年底，全国网络文学创作队伍约1400万人，重点文学网站的原创作品总量达1646.7万种。网络文学已成为中国社会主义文学的重要组成部分，在文学版图中所占比例越来越大。②

(10) 5月，《中国网络文学年鉴（2017）》出版

5月，《中国网络文学年鉴（2017）》是一部记录2017年我国网络文学发展情况的著作，由中国作协网络文学委员会副主任，中国作协网络文学委员会中南大学研究基地主任、首席专家，中国文艺评论家协会网络文学委员会副主任，中国文艺理论学会网络文学研究分会会长欧阳友权主编。主要内容包括：网络文学年度综述、文学站点、活跃作家、热门作品、理论与批评、网络文学产业、会议与活动、编年史录等专题，及时地总结了网络文学的丰富信息和有效资源，专门针对网络文学发展中所暴露出的内容创作、版权维护、人才培养等症结，政府、行业协会、企业和学界齐心并力，为网络文学把脉开方，推动网络文学行业健康、规范发展。年鉴认为，经过20余年高速增长的积累，2017年中国网络文学在政府支持、资本追逐、业界深耕、粉丝助力、专家引导下，协同创新发展，依然保留了繁荣的发展势头。③

(11) 7月13日，2018动漫和网络文学IP运营及投融资大会

7月13日，2018动漫和网络文学IP运营及投融资大会在长沙天心文化（广告）产业园隆重举行。本次大会作为2018湖湘动漫月分会场活动，由湖南省文化厅、湖

① 腾讯大浙网，《2018网文泛娱项目推介会举行 TOP级影视大咖齐聚》，腾讯大浙网，http://zj.qq.com/a/20180521/021012.htm，2018年12月30日查询。

② 李月红，黄慧仙，中国作协首次发布《2017中国网络文学蓝皮书》，浙江新闻，https://zj.zjol.com.cn/news/942104.html，2018年12月30日查询。

③ 欧阳友权主编，《中国网络文学年鉴（2017）》，新华出版社2018年5月版，第1页。

南省新闻出版广电局指导，长沙天心文化（广告）产业园、湖南省动漫游戏协会、湖南省网络作家协会主办。现场，省动漫协会及省网络作家协会分别就动漫作品 IP 和网络文学 IP 进行了发布，现场共发布动漫和网络文学 IP62 个。①

（12）7月30日，2018第二届中国“网络文学+”大会IP路演“阿里文学专场”

7月30日，”网络文学+”大会首场 IP 路演暨阿里文学专场在北京十月文学院举行。阿里文学在活动现场举行了三部原创作品的签约仪式，骠骑作品《零点》与西安奥金百影视签约，多一半作品《第五名发家》与北京佳桐互娱传媒签约，森林鹿作品《唐宫奇案之血玉韘》与优酷签约。其中，阿里文学作家骠骑的作品《零点》也是阿里文学推出 IP 影视顾问团的首部作品，由制片人马千策操刀，骠骑本人进行剧本改编，新锐导演赵锦焘执导。②

（13）7月30日，“江苏网络文学谷”授牌仪式暨江苏首届网络文学高端峰会

7月30日，“江苏网络文学谷”授牌仪式暨江苏首届网络文学高端峰会在南京科举博物馆举办。峰会上，苍天白鹤、跳舞、天使奥斯卡、雨魔、骠骑、姞文、巧嫣然、八异、霉干菜烧饼、一起成功、麦苏、朽木可雕等12名网络作家成为首批入驻江苏网络文学谷的作家。红薯网、逐浪网、有乐网、漫动作、喵星人、北京彤彤文化有限公司、上海耳东影业集团，成为首批入驻企业。园区将规划建设“网络作家之家”、“网络文学客栈”以及“最美网络书店”等，致力于打造成为中国网络文学精品展示地、网络粉丝向往地、风投资本追逐地、文学大神集聚地、正能量输出地，成为江苏对外讲好中国故事、江苏故事，传播中华优秀文化，展示文化旅游魅力的枢纽和窗口。目前江苏省内主要的文学网站有5家，分别是：红薯网（南京）、逐浪网（南京）、有乐网（南京）、酷匠网（南京）、潇湘书院（苏州）。③

（14）8月30日，《狼毫小笔之云门香雪》新书首发仪式暨柯桥首条网络文学 IP 游线发布会

8月30日，《狼毫小笔之云门香雪》新书首发仪式暨柯桥首条网络文学 IP 游线发布会在绍兴柯桥隆重举行。现场发布了全国首条网络文学 IP 游线：跟着小笔游柯桥。《狼毫小笔之云门香雪》新书的发布，不仅是文学界的一次盛会，也是旅游界具有里程碑意义的重大事件。此次柯桥区全域旅游与网络文学作品开展深度合作，结合作品主题推出了“唐诗之路遗韵”和“书乡兰韵花香”两条网络 IP 游线，不

① 腾讯大湘网，《2018 湖南动漫和网络文学 IP 运营投融资大会举办》，腾讯大湘网，http：//hn.qq.com/a/20180714/009541.htm，2018年12月30日查询。

② 李淼，《“网络文学+”大会迎来首场 IP 路演》，中国作家网，http：//www.chinawriter.com.cn/n1/2018/0806/c404023-30211212.html，2018年12月30日查询。

③ 江苏作家网，《江苏网络文学谷，打造文化产业新地标——“江苏网络文学谷”授牌仪式暨江苏首届网络文学高端峰会在南京举行》，江苏作家网，http：//www.jszjw.com/topnews/20180731/1533010083470.shtml，2018年12月30日查询。

仅拓展了旅游营销的全新模式，而更激活柯桥本土的文化旅游资源。①

(15) 9月14日，第二届中国“网络文学+”大会

9月14日至16日，2018第二届中国“网络文学+”大会在北京举办，大会以“网络正能量，文学新高峰”为主题，围绕北京全国文化中心建设，以“专业化、开放化、国际化、创新化、多元化”的方式，全方位多角度展现21世纪中国网络文学新作为，推动精品创作生产。并以IP为核心，着重突出“+”的概念，充分调动当下文化、资本、动漫、影视、游戏、音乐等产业资源，发挥网络文学整体优势，实现资源的整合，为中国网络文学发展提供多层次服务，衍生出一系列涉及范围更为广泛的泛娱乐文化产业。

本届大会在国家新闻出版署、北京市人民政府的指导支持下，进一步增强活动的权威性、高端性、融合性和功能性，加大精品创作生产力度，延伸产业链条，推动网络文学跨领域融合发展，重点打造“六大平台、六大活动”，即权威发布平台、行业交流平台、产品交易平台、成果展示平台、互动体验平台、宣传推广平台和网络文学20周年相关主题征集活动、作家沙龙活动、名家讲堂活动、线上主题活动、线下主题活动、品牌推介活动。②

(16) 9月14日，《2017年度中国网络文学发展报告》发布

9月14日，第2届中国“网络文学+”大会在京举行。会上，中国音像与数字出版协会第一副理事长张毅君发布了《2017年中国网络文学发展报告》，报告采用的数据来源包括国内21家主流网络文学企业的产业调研，9582份有效用户问卷，以及原国家新闻出版广电总局数字出版司相关工作数据。从政策、作品、作者、读者、市场、趋势等6个角度，全面分析了2017年中国网络文学发展情况，以及未来的发展方向。③

(17) 10月8日，第三届“北京十月文学月”

10月8日，“庆祝改革开放40周年--第三届北京十月文学月”启动活动在十月文学院本部佑圣寺举行。“北京十月文学月”是由北京市委宣传部、市新闻出版广电局、市网信办、市文联共同主办，以文学界、出版界为主体，社会各界广泛参与的全市性文学主题活动。自2016年成功举办首届活动，现已形成一个集出版成果展示、文化活动、全民阅读、交流服务等于一体的文学活动品牌，深受广大市民欢迎，切实提升了城市的文学亮度和文化温度。

---

① 网易，《狼毫小笔之云门香雪》新书首发仪式暨柯桥首条网络文学IP游线发布会在绍兴柯桥举行，网易新闻，http://news.163.com/18/0831/17/DQIB17HR000189DG.html，2018年12月30日查询。

② 丁玉冰，《第二届中国“网络文学+”大会在京启动》，光明网，http://culture.gmw.cn/2018-07/09/content_29756060.htm，2018年12月29日查询。

③ 光明网，《2017年中国网络文学发展报告》，http://topics.gmw.cn/2018-09/17/content_31219938.htm，2018年12月30日查询。

本届活动持续至10月31日，围绕“文学与时代同行”的主题，汇聚北京与全国优质文学资源，呈现“主题活动”、“国际交流”、“大众活动”、“京味文学”、“少儿文学”、“网络文学”等六大板块、包括以“改革开放40年--北京文学的变化与发展”为主题的第三届北京文学高峰论坛、国际文学期刊高峰论坛、名家讲堂、网络诗会、主题阅读等近百场丰富多彩的文化活动。①

（18）10月22日，首届上海网络文学周

10月22日，首届上海网络文学周在虹口北外滩的白玉兰广场开幕。在持续一周的时间里，萧鼎、血红、酒徒、阿菩、马季、庄庸等“网文大神”与网络文学评论家、研究者相聚上海，通过座谈会、读者见面会、创作经验分享会、纪念改革开放40周年主题采访等活动，共议网络文学前20年的发展，展望未来20年的新变化。网络文学大神、评论家、学者等相继走进作家书店、读者书店、海派文化中心、思南文学之家，与网文读者面对面交流，探讨网络文学创作中现实与幻想元素的平衡、新时代网络文学的责任与使命、网络现实主义文学创作经验等主题。②

（19）10月30日，2018西湖IP大会

10月30日，由浙江省新闻出版广电局、浙江日报报业集团、浙江省作家协会和西湖区人民政府主办，东方星空数字娱乐有限公司和中共西湖区委宣传部承办的“2018西湖IP大会”在杭州举行。今年的西湖IP大会以“网生迭代”为主题，讨论网生时代的内容跃迁迭代之路。在圆桌沙龙环节，大会邀请Tom Jacobson、中国电影艺术研究中心资深研究员李迅、阿里大文娱IP内容合作中心总经理王平、五元文化联合创始人马李灵珊、热播剧集《橙红年代》原著作者骁骑校、国内新锐导演周劼、华策影视集团杭州事业群评估中心总经理傅思聪等七位嘉宾，就“网生时代，用什么样的作品照进现实”进行对谈。此外，本次大会还将发布多个优质公司项目，旨在推动网生文化产业集群形成，培养网生时代的新人才与新团队，构建网生文化产业生态圈。③

（20）10月30日，‘分众’中国未来网络文学家项目启动

10月30日，“分众”中国未来网络文学家项目启动仪式在华东师范大学举行。本次活动在中国作家协会的指导下开展，由华东师范大学主办，华东师范大学中国创意写作研究院、华东师范大学中文系承办。分众传媒此次向华东师范大学教育发展基金会捐赠人民币1000万元，用于支持华东师范大学“分众”中国未来网络文

---

① 高凯，《“第三届北京十月文学月”在京启动》，中国青年网，http://sh.qihoo.com/pc/911f7fd02d6ddb95c?cota=1&refer_scene=so_1&sign=360_e39369d1，2018年12月30日查询。

② 搜狐网，《首届上海网络文学周开幕》，搜狐网，http://www.sohu.com/a/270756047_119886，2018年12月30日查询。

③ 王逸群，《共话“网生迭代”2018西湖IP大会再度来袭》，浙江新闻，https://zj.zjol.com.cn/news/1053080.html，2018年12月30日查询。

学家项目、奖励华东师范大学优秀学子。签约仪式后，举行了华东师范大学中国创意写作研究院揭牌成立仪式，并现场发布了华东师范大学“分众”中国网络文学年度新人大赛评选公告。①

(21) 11月14日，首届“中国江苏·扬子江网络文学周”

11月14日，首届“中国江苏·扬子江网络文学周”开幕暨首届泛华文网络文学“金键盘”奖颁奖典礼在南京市江宁区举行。有跳舞、我吃西红柿、匪我思存、天下归元、骁骑校、鹅是老五、月关、蒋胜男等近50位知名网络作家走进大学、图书馆、书店、学校，与广大网络文学粉丝进行见面交流活动，共同为南京带来一场网络文学盛宴。

首届扬子江网络文学周将从11月14日持续到18日，期间主办方为广大网络文学爱好者安排了丰富多彩的活动内容：中国网络文学二十年江苏20部优秀作品发布，江苏网络文学院江宁创作基地落户，江苏网络文学发展座谈会，江苏网络作家村成立，知名网络作家签赠活动，网络文学大咖论坛等。②

(22) 11月18日，“江苏网络作家村”落户镇江

11月18日，“江苏网络作家村”和“中国网络文学泛娱乐产业孵化基地”揭牌仪式在镇江宜园举行。天下归元、木子喵喵、浪漫烟灰等国内近百名当红网络文学作家、评论家、文学网站主编等，共同参加了活动。揭牌仪式上，浪漫烟灰、木子喵喵等15名网络文学作家与“江苏网络作家村”签约，就IP开发、影视制作、衍生品开发等结为战略合作伙伴。爱读文学网总编辑吴长青、爱奇艺文学编辑杨勇、龙杰网大文化传媒联合创始人陈明珠等10人签约成为“江苏网络作家村”IP导师。

“江苏网络作家村”将规划建设“中国网络文学IP形象展览馆”“网络作家培训基地”“编剧医生培训中心”“网络文学众创空间”“江苏网络文学研究院”“国家级网络文学IP路演基地”等，为网络文学泛娱乐产业提供便捷服务。此外，“江苏网络作家村”首期“百部IP宜创”计划，也在现场正式启动，计划在3年内创作、吸纳系列IP上百部，具体定位于各类影视项目改编，通过自主开发IP、网络文学IP合作共同打造建设中国网络文学泛娱乐产业孵化基地，形成中国网络文学产业交易中心。③

(23) 12月6日，第六届宁波文学周举办

12月6日至11日，由宁波文联主办、《文学港》杂志社和宁波作协承办的第六

① 唐小丽，韩庆，《华东师范大学中国未来网络文学家项目启动》，http://sh.people.com.cn/GB/n2/2018/1101/c134768-32231555.html，2018年12月30日查询。

② 金传春，《首届“中国江苏·扬子江网络文学周”暨金键盘奖颁奖典礼在南京举行》，http://www.msweekly.com/show.html?id=104729，2018年12月30日查询。

③ 王艳，《“江苏网络作家村”落户镇江 天下归元任“村长”》，人民网，http://js.people.com.cn/GB/GB/n2/2018/1118/c358232-32300493.html，2018年12月30日查询。

届宁波文学周举办。中国作协副主席阎晶明，中国作协网络文学委员会主任陈崎嵘，中国作协书记处书记鲁敏，浙江作协主席艾伟，中共宁波市委常委、宣传部部长万亚伟，宁波文联党组书记王晓勇，以及来自全国各地的近百名作家评论家参加活动。本届文学周举办了两场文学论坛。第一场论坛聚焦“改革开放40周年中国文学的现状和发展前景”。第二场论坛围绕“科幻小说的现实意义”进行研讨。①

(24) 12月17日，2018中国（温州）网络文学IP全产业链发展大会

12月17日，2018中国（温州）网络文学IP全产业链发展大会在浙江温州召开。此次大会上，众多国内外IP领域大咖将集聚温州，围绕“新时代、新文创、新动能”进行交流分享；众多IP资源方将在活动进行IP内容展示，与需求企业进行资源对接、合作洽谈；此外，在温州市委宣传部牵头倡议下授权，此次大会还将组建中国（温州）IP衍生品版权交易中心，建立网文IP产业化联盟，致力于推动中国IP版权交易市场更加正规、透明、高效。②

(25) 12月20日，《2018猫片·胡润原创文学IP价值榜》《2018猫片·胡润原创文学IP潜力价值榜》和《2018猫片·胡润原创动漫IP价值榜》发布

12月20日，胡润研究院携手IP版权运营机构猫片在京发布《2018猫片·胡润原创文学IP价值榜》，100个最具价值的中国原创文学IP上榜。猫腻的作品《将夜》登上榜首。同期发布的榜单还有《2018猫片·胡润原创文学IP潜力价值榜》和《2018猫片·胡润原创动漫IP价值榜》。这是胡润研究院与猫片连续第二年发布原创文学IP价值榜和潜力价值榜，动漫IP价值榜为第一次发布。

《2018猫片·胡润原创文学IP价值榜》是依据1998年以来的各大原创文学平台的作品，通过全网的阅读量、月票量、推荐量和收藏量的大数据做出初步筛选，再由胡润研究院以及业内文学编辑根据作品影响力、文学价值和历史转化价值综合评分后排列出结果。③

(26) 2019年1月13日，中国原创网络文学IP盛典“2018阅文超级IP风云盛典”

2019年1月13日，由东方卫视、阅文集团联合主办的中国原创网络文学IP盛典“2018阅文超级IP风云盛典”在上海举行。本届盛典星光熠熠、亮点颇多，众多影视明星、实力歌手、网络文学大咖纷纷亮相，一同见证了2018年网络文学“奥斯卡”的荣耀归属。

本届盛典推荐、盘点了2018年网络文学的超级IP、优秀创作者、影视动漫游

① 黄尚恩，《第六届宁波文学周举办》，中国作家网，http：//www.chinawriter.com.cn/n1/2018/1217/c403994-30470572.html，2018年12月30日查询。

② 程潇潇，《2018中国（温州）网络文学IP全产业链发展大会17日召开》，温州新闻，http：//wzrbw.cmstop.cn/p/90165.html，2018年12月30日查询。

③ 李菁，《2018猫片·胡润原创文学IP价值榜》发布，《将夜》居榜首，中国作家网，http：//www.chinawriter.com.cn/n1/2018/1222/c404023-30482018.html，2018年12月30日查询。

戏改编作品，并表彰了阅文 IP 改编影视剧中表现杰出的演员。用扎实演技为多个 IP 角色注入生命的实力演员陈坤、杨幂，分别获得了超级 IP 男、女演员推荐的殊荣；冉冉新星陈飞宇、人气小生吴磊、新锐演员李沁以及备受 IP 片方青睐的青年演员张若昀则被盛典推荐为超级 IP 新人演员、超级 IP 人气之星、超级 IP 突破演员、超级 IP 备受关注演员。根据热门小说改编的电视剧《如懿传》被推荐为超级影视改编 IP；网络文学领军人物辰东以及江南的作品《龙族 V》则分获超级 IP 成就作家与超级 IP 杰出作品推荐。①

（丁玮俊　执笔）

① 胡弋，《“2018 阅文超级 IP 风云盛典”名单出炉　陈坤、杨幂获推超级 IP 男女演员》，红网，https：//ent. rednet. cn/content/2019/01/14/4645684. html，2019 年 1 月 28 日查询。

第九章　网络法规与版权管理

自网络文学诞生起，版权管理问题就随之出现。二十年的发展历程中，版权不仅带来了网络文学的重获新生，也刺激了网络文学产业链的拓展。版权产业与网络文学共生互促，形成了如今网络文学欣欣向荣的局面。2018 年，我国网络文学版权保护力度之强、范围之大前所未有，保护网络文学版权、加大版权管理力度，已然成为各界共识。

一、年度网络文学版权管理现状

经过二十年来的发展积累，版权已经成为网络文学产业中的最大经济增量，网络文学版权管理越来越受到重视。随着技术手段的更迭，网络侵权手段日渐复杂多样，但网络文学版权保护政策法规、行业规制、举证机制也随之更新。2018 年，我国共出台网络文学版权管理相关政策 7 部，发表网络文学版权管理相关报告及文献 53 篇，举办网络文学版权管理相关会议 5 场，开展了颇具声势的“2018 年网络文学专项整治行动”“‘剑网 2018’专项行动”，重庆、内蒙古、河北、河南、吉林、江西等六个省市搭建了新的版权服务相关平台。此外，2018 年在杭州华泰一媒起诉深圳道同科技发展有限公司和中文在线起诉京东侵权案中，“区块链”所起到的举证作用为版权所有人注入了“强心剂”，创新了网络文学维权举证方式，政府、业界等各方力量不约而同着力保护网络文学版权，促进了网络文学健康发展。

1. 网络文学版权管理力度加大

自版权市场得到规范以来，数字音乐、电影电视、网络文学等产业基本已形成了各自的付费收听、下载、阅读等模式，我国网民已经逐渐形成了尊重版权、保护版权的良好习惯。但由于网络文学版权市场存在易侵权、难界定和难惩治的特点，因此，网络文学版权保护政策有许多尚需完善之处，保护机制仍待进一步健全。2018 年，网络文学版权管理仍保持范围广、力度大的整治态势，持续促进网络文学版权市场规范发展。

（1）网络文学行业版权意识增强，版权保护关注度提高

2018 年，学界对网络文学版权管理研究著述颇丰，包括《网络文化视域下知识产权的刑法保护》《网络文学的著作权保护问题研究》《浅谈网络文学侵权现象及版

权保护》等研究，从不同角度对网络文学版权管理进行评述，为网络文学版权保护提供更多思路。此外，中国作家协会作家权益保障委员会，将多年来为作家维护权益过程中积累的实用经验，按系统汇编成《作家维权实用指南》，梳理了法律法规及相关规定，界定了著作权知识相关法律概念，对“张某与S公司侵害著作权纠纷案——网络著作权侵权案件应如何确定赔偿数额标准”等典型案例进行点评，列举了专家说法和常用合同及文件，以期更多作家能够从中受益，更好地保障自己的权益。

4月23日，国家版权局网络版权产业研究基地在京发布《中国网络版权产业发展报告（2018）》，报告显示，当前中国网络版权产业继续保持快速增长趋势。目前，数字阅读平台培育了用户的在线阅读习惯，用户阅读习惯的迁移推动出版社对数字阅读平台从被动接纳转为主动接受，2017年，数字阅读市场规模突破百亿元，同比增长31.1%，可以看出，在各界力量的共同努力下，用户的版权意识正在不断提高。

今年4月，艾瑞咨询发布了《2018年中国泛娱乐版权保护研究报告》，对包括网络文学在内的泛娱乐领域近年来的版权保护状况进行了回顾和梳理，报告显示，“2017年，国内网络文学行业因盗版带来的损失约74.4亿元，为近4年来的最低值，而在2016年，这一数字为79.8亿元，国内网络文学版权保护向好发展。”尽管网络文学因盗版带来的损失依然很大，但在近年来行业规模的高速增长的背景下，国内网络文学的盗版增长势头已得到初步遏制。网络文学行业版权秩序的不断好转，既离不开相关部门的大力打击，也离不开从业者的自身努力。同时，报告中认为，与网络视频和数字音乐相比，由于文件存储介质所占空间较小、网络文学作品更容易获得且侵权成本低等原因，其版权保护仍任重道远。

2018年，学界、业界相继召开了北京国际网络版权监测研讨会、CCBN2018主题论坛——IP生态与文娱峰会、2018中国网络版权保护大会、中国“网络文学+”大会平行主题论坛——“网络文学版权保护论坛”、第七届中国国际版权博览会、2018中日著作权研讨会等网络文学版权管理相关会议，分别对网络文学版权及其保护情况进行了探讨和研究，为网络文学版权保护提供了学术探讨平台。

（2）相关立法不断完善，有效推动了网络文学行业的正版化进程

2018年，新出台了六项与网络文学版权管理相关的政策法规，分别从知识产权认证、司法审判、专项治理、失信惩戒等方面开展版权保护，打击侵权行为，保护网络文学网站和网络文学作者的权益。

2013年11月，国家认监委、国家知识产权局联合印发了《知识产权管理体系认证实施意见》，共同探索开展知识产权管理体系认证工作，但随着我国社会经济的快速发展，《实施意见》已经不适应新形势的要求，因此，2018年2月11日，国家认监委、国家知识产权局联合发布了《知识产权认证管理办法》。《知识产权认证

管理办法》的实施，全面规范了知识产权认证活动，加强了对认证机构事中事后监管力度。

2 月 27 日，中共中央办公厅、国务院办公厅印发了《关于加强知识产权审判领域改革创新若干问题的意见》。《关于加强知识产权审判领域改革创新若干问题的意见》以完善知识产权诉讼制度为基础、加强知识产权法院体系建设为重点、加强知识产权审判队伍建设为保障，为不断提高知识产权审判质量效率、加大知识产权司法保护力度、有效遏制侵犯知识产权行为提供了有力的政策支撑。

7 月 20 日，国家版权局、工业和信息化部、公安部、国家互联网信息办公室联合开展第 14 次打击网络侵权盗版专项治理“剑网行动”，并发布了《关于开展打击网络侵权盗版“剑网 2018”专项行动的通知》，进一步巩固网络侵权盗版治理已有成效，同时，持续深入开展打击网络侵权盗版专项行动。

10 月 23 日，国家新闻出版署、中国作家协会决定组织开展 2018 年优秀网络文学原创作品推介活动，并发布了《关于开展 2018 年优秀网络文学原创作品推介活动的通知》，引导网络文学创作出版导向，鼓励网络文学作家创作优秀网络文学原创作品的积极性。

11 月 9 日，国务院知识产权战略实施工作部际联席会议办公室印发了《2018 年深入实施国家知识产权战略加快建设知识产权强国推进计划》，从知识产权领域改革、知识产权创造、知识产权保护、知识产权运用、知识产权国际交流以及组织实施和保障六个方面进行重点计划，深入细致的规划了知识产权工作的一系列推进计划。

12 月 4 日，38 个部门和单位联合印发《关于对知识产权（专利）领域严重失信主体开展联合惩戒的合作备忘录》，针对知识产权（专利）领域严重失信行为的主体实施者的重复专利侵权行为、不依法执行行为、专利代理严重违法行为、专利代理人资格证书挂靠行为、非正常申请专利行为以及提供虚假文件行为六类行为开展联合惩戒。

从 2000 年《互联网信息服务管理办法》到今年《关于对知识产权（专利）领域严重失信主体开展联合惩戒的合作备忘录》的颁布，二十年来，网络文学版权保护相关政策法规不断更新，新政策的出台强有力地推动了网络文学版权相关立法的不断完善，多维度多渠道的打击侵权盗版行为，保护著作权人的权益。

（3）版权司法手段不断增强，网络文学版权管理平台更为健全

2018 年，各省市不断加强版权管理平台建设，着力构建集版权登记、版权咨询、版权保护等多功能为一体的版权管理网络，不断提升版权管理水平，创新版权管理方式，为培育版权市场提供肥沃的土壤。同时，各省市积极开展版权管理联盟工作，实现版权管理平台的跨区域联动，更好地保护版权所有者的权益，推动民众版权保护意识的增强。

4月，重庆市版权局在全市区县试点建设版权登记工作站，进一步完善贴近基层、服务群众的版权社会化服务体系，推动版权登记作品成果转化，促进版权产业发展。

4月21日，在2018年全国知识产权宣传周内蒙古地区活动启动仪式上，内蒙古自治区首家公益版权服务工作站正式授牌成立。同时，在内蒙古自治区2018年版权工作培训会上，又举办了全区各盟市版权服务站授牌仪式，为十二个盟市授予“版权服务工作站”牌匾和开展著作权登记服务《委托书》。

4月26日，河北省版权信息数据库平台正式上线，通过为著作权人提供多种线上服务，进行大数据信息整理统计分析，助力河北版权产业在内容、渠道、管理、服务等方面健康发展；9月19日，河北省版权保护中心在廊坊市设立版权服务站，同日，廊坊市创建全国版权示范城市工作领导小组办公室也在全市设立了首批18个版权服务工作站，完善版权公共服务体系；12月13日上午，唐山市版权保护服务站正式授牌，开展版权登记工作。

7月19日，河南省版权交易中心在郑州正式挂牌运营，以“版权融合资本、交易提升价值”为理念，提供版权保护、版权宣传、作品登记、版权法律咨询、版权创意实物展示等主要服务，合理开发利用版权资源，确保著作权人的合法权益，为版权保护工作做出积极贡献。

9月27日，长春市版权局经过前期调研，广泛征求意见，在长春市图书馆、长春市版权保护协会等4家单位设立“长春市版权服务工作站”，提升版权公共服务能力。

10月11日，吉安市首个版权服务工作站在吉安庐陵人文谷挂牌成立，是江西省设立的第15个省级版权服务工作站，工作站依托省著作权登记系统平台，致力于打造成为一个集作品登记、版权咨询、版权交易、纠纷调解于一体的综合性版权服务平台。

各省市以版权登记工作站、版权服务工作站、版权信息数据库平台、版权交易中心等形式，开展网络文学版权登记、版权保护、版权交易、法律咨询等相关服务，成为版权保护、解决著作权人实际问题的版权服务平台、推动大众版权保护意识增强的宣传渠道。

（4）执法内容更加细致，打击盗版侵权力度加大

2018年，国家版权局持续开展“剑网”行动，以网络侵权多发领域为重点目标，以查办案件为重要抓手，通过集中整治和引导规范，有效运用分类监管、约谈整改、行政处罚、刑事打击等多种措施，重点规范网络直播、知识分享、有声读物等平台版权传播秩序，维护清朗的网络空间秩序，营造良好的网络版权环境。

在“剑网”行动基础上，2018年专门开展了以整治网络文学传播为目的的“2018年网络文学专项整治行动”，进一步规范网络文学传播秩序。“2018年网络文

学专项整治行动”由国家新闻出版署和全国“扫黄打非”办公室联合部署，各地从5月至8月组织开展专项整治行动，其重点整治的三大问题之一就是网络文学作品的侵权盗版问题。在打击网络文学侵权盗版行为方面，专项整治行动依法查处了一批侵权盗版行为：安徽合肥高新公安分局查办“许某等人网络侵犯著作权案”，抓获犯罪嫌疑人11名，捣毁虎踞阁、小小书屋等运营达4年之久的盗版侵权小说网站11个、侵权APP平台2个，冻结涉案资金500余万元，犯罪嫌疑人许某等人利用8个主要侵权盗版小说网站与多个广告联盟平台合作，吸收广告日均获利5万余元，非法获利2000余万元，服务器内查明被侵权小说共500余万部，侵权QQ阅读、UBOOK、起点、阅文等正版读书网站30余家；江苏、浙江等地也查办了多起同类案件，江苏查结昆山市“99听书网”、盐城市“小说网”等涉侵犯著作权案件，宿迁“24K小说网”涉嫌侵犯著作权案等其他案件在进一步查办中。围绕专项整治行动的推进，管理部门将持续加大网络文学的日常监管力度。

中国政府打击侵权盗版的严厉态度和有效措施赢得了国际社会的肯定。在10月19日举办的第七届中国国际版权博览会上，英国驻华大使馆知识产权专员杜涛说：“‘剑网行动’是世界领先的保护知识产权的行动。”

网络文学版权保护为网络文学作者和网站带来了巨大的经济回报。在泛娱乐版权产业蓬勃发展的市场背景下，网络文学产业正在变成“一只会下金蛋的母鸡”。就版权保护的重要性而言，国家版权局版权管理司司长于慈珂说：“保护好知识产权就是保护创新，用好知识产权就是激励创新。中国将一如既往地与世界各国开展版权合作，让版权服务经济发展、服务人民的美好生活。”

2. 网络文学版权保护方式创新

随着网络文学的迅速崛起和日趋发展及网络文学衍生产业规模的不断扩大，盗版行业也亦步亦趋，呈现出不断扩大、愈加隐蔽也愈发猖獗的态势。2018年1月，合肥警方侦破了一起特大网络侵犯文学作品著作权案，涉案金额就突破千万元。巨额非法牟利的背后，体现的是网络文学版权监管保护不足，同时也体现了盗版的便捷性及取证的困难性。2018年，网络文学版权保护更加被重视，包括中国“网络文学+”大会平行主题论坛——“网络文学版权保护论坛”在内的一系列会议、论坛都在积极建言献策，为网络文学版权保护带来前沿思考和相关对策。

（1）版权保护探索成效渐显

在网络文学发展的20年历程中，版权保护经历了由弱到强、从乱到治再到转型的过程。早期的网络文学作品大多发表在公开BBS或是博客论坛上，对于版权的授予和追回并没有相对应的严格规制，盗版定义也相对模糊。有时，为了扩大影响力和知名度，作者甚至默许他人转载传播，而不进行版权的追踪和保护。在这个阶段，网络文学尚未形成完整的商业盈利模式，线下出版占据了网络文学产业链中的核心地位，网络文学的版权意识十分薄弱。

随着互联网技术发展的突飞猛进，在文学网站的运营需求下，网络文学开始探索属于自己的商业模式。2003 年，起点中文网通过试行 VIP 付费阅读制度，摸索到了开启网络文学的商业模式之门的“金钥匙”。随着付费模式的建立，一批网络文学盗版大站逐渐兴起，带来了“反侵权”意识的回归。但是，由于版权保护方式和体制机制不足，网络文学的版权保护依旧没有实质性进展，盗版的猖獗让一部分正版文学网站因为财务状况而陷入停止运营的困境。在盗版网站流量居高不下，甚至逼近正版网络文学网站流量的情况下，网络文学版权保护迫在眉睫。

早在 2005 年，我国就开始了一系列的法律法规的建设和完善。当年 5 月，国家版权局和原国家信息产业部共同出台了《互联网著作权行政保护办法》；9 月，国家版权局会同公安部首次开启了打击网络侵权盗版行为的专项行动，意味着我国网络文学版权保护走向了逐渐完善。随后，一系列相关的法律法规的陆续出台，为网络文学版权保护提供了制度上的保障；尤其是“净网行动”和“剑网行动”等专项行动的实施，对网络文学的盗版侵权行为实施了有效的打击。如今，随着杭州网络法院的建立，更多的网络维权平台上线，重拳出击遏制盗版侵权行为。据艾瑞咨询的统计①，2017 年移动端网络文学盗版损失呈现出显著的下降，与 2015 年损失基本持平，这与网络文学版权保护方式的不断更新有着密切联系。

（2）版权侵权方式日渐隐蔽

从最初的复制粘贴，到今天的手打团、贴图团，甚至到利用软件编程抓取，网络文学盗版侵权集团的手段随着科技和正版保护措施的进步而不断发展。近年来，网络侵权盗版的方式方法不断变化，网络文学盗版侵权集团采用打一枪换一个地方的游击方式，给网络文学的正版保护事业带来了极大的困难。同时，网络侵权新情况不断出现，侵权形式隐秘且复杂多变，移动化、社交化、国际化的趋势明显。侵权者利用海外域名、海外服务器、海外来源介质等形式，隐藏个人运营信息，导致维权困难；大批优质的中国版权作品在海外也受到各种盗版困扰，遭遇海外维权难题。

2018 年，在安徽破获的特大网络文学作品著作权侵犯案件中，犯罪嫌疑人许某等人为获取盗版利润，四年间架设包括“虎聚阁”“小小书屋”等在内的 13 个盗版网络文学网站。该案中犯罪嫌疑人还在合肥市租用多个办公场所，分开办公，分开管理，甚至将编辑人员、管理人员和服务器分立于三地。除此之外，嫌疑人在侵权中摒弃了传统的付费阅读后一字一句输入后台的方式，高薪网罗电脑技术专家，开发复制盗版软件，并使用采集软件，提高侵权复制他人文字作品的速度。单此个案，

① 资料来源：《2018 中国泛娱乐版权研究保护报告》，艾瑞咨询，http：//www.iresearch.com.cn/Detail/report？id=3222&isfree=0，2018 年 12 月 12 日查询。

犯罪嫌疑人运营盗版网站之多、时间之长、非法获利之巨，实属罕见。由此可见，目前网络文学版权盗版现状已然从明面直接侵权，走向暗中依靠技术获利。这些隐蔽的侵权手段，是网络文学版权管理的痛点，也是网络文学亟待祛除的一个毒瘤。

2011 年起，随着《中华人民共和国著作权法》的第二次修订和国家对大型盗版网站的打击的加强，PC 端网络文学盗版行为开始向“站点群”的方向转移。尽管大型盗版网络文学站点不断在减少，但目前盗版网络文学的山寨网站依旧比比皆是，很多已经从明面走向暗面，通过将服务器架设到海外，不断变换 IP 地址，或者架构虚拟网络访问渠道的方式企图逃脱国家监管。

PC 端盗版网络文学网站的虽已逐渐消沉，但又有其他盗版渠道兴起。借助移动智能设备的普及和发展，阅读网络文学的方式从 PC 端走向移动端，网络文学的盗版产业也相应的从 PC 端的文学站点转向移动端的可转码移动阅读页面。移动便捷、随时随地可看的特性带来的是各类盗版网络文学 APP 的迅速涌现。从网站到 APP，用户的阅读习惯在不断变化，盗版的手段也在与时俱进且更加隐蔽，对正版网络文学带来了极大的伤害。

（3）版权保护手段创新

网络文学版权所有者与侵权者的博弈从未停歇。近年来，政府、企业、行业协会等各种形式的组织、个人都在积极寻求更有利的版权保护方式，通过版权保护的创新，遏制狡猾多端的盗版行径，保护版权所有者的利益。

首先，政策引领司法改革，创新网络文学版权保护平台。在过去的十多年中，各类政策法规相继出台，国家版权局、国家广电总局等国家部委联合打击盗版，出台相关网络文学版权法律法规和政策文件 40 余部。包含国家版权局、国家互联网信息办公室、工信部、公安部等在内的多部委联合开展的“剑网行动”，在十余年的历程中功不可没。2018 年，国家开展了“2018 年网络文学专项整治行动”，打掉了安徽一个涉案金额上千万的特大网络文学盗版集团。另外，在诉讼过程中，为了尽量减少企业的时间和经济成本，方便网络诉讼，我国积极进行司法改革，成立了杭州互联网法院、北京互联网法院等，针对涉网案件进行集中审理。杭州互联网法院网络著作权纠纷进行了单独列项，自成立以来，接受案件数量已超过 5000 例，大大提高了网络文学的版权保护力度。截止 2018 年 12 月 13 日，杭州互联网法院已接受有关网络著作权纠纷案件 4303 件，从数据上看，司法体制改革对涉网的版权保护带来了极大的正向影响。

其次，借力科技发展，创新网络文学维权方式。近年来，随着我国网络互联网法院的完善，企业借力国家法律法规，对涉及侵犯自身合法版权权益的个人、网站、企业存证和起诉更加便利，互联网版权的案件审理已经走向案件起诉多、解决快、质量高、资源省的发展之路，对于企业来说，无疑是一个保护版权的利好举措。今年，利用技术手段，通过去中心化的区块链电子账本进行存证，利用哈希值来确认自我版权的拥有者地位，企业的维权举证方式得到了跨越性的改进。2018 年杭州华泰一媒起诉深圳道同科技发展有限公司和中文在线起诉京东侵权一案中，区块链都起到了巨大的作用。华泰一媒公司通过第三方存证平台，进行了侵权网页的自动抓取及侵权页面的源码识别，并将这两项内容和调用日志的压缩包计算成哈希值上传至 Factom 区块链和比特币区块链中。这种以区块链技术作为电子数据存储，并确保数据完整性的方式，是互联网技术与电子数据存证的新融合，给权利人维权提供了更多的可能性，体现了电子证据发展的新趋势。利用区块链不可轻易被修改的特性，法院将区块链存证作为有效证据，基于该证据进行了合乎法理的宣判。可以说，新技术的引进，对于企业自身保护版权来说是一柄实实在在的利器。

还有，行业联盟发力，激发网络文学版权保护内生动力。单独某一家文学网站很难独当市场上多如牛毛的盗版公司。因此，2018 年中国网络版权保护大会上，中国移动咪咕文化科技有限公司和国家版权局版权管理司与中国版权协会版权监测中心共同签署了《网络版权保护合作备忘录》，联合打造网络版权保护的新模式。利用行业自律，自觉抵制侵权盗版行为，坚决不用侵权盗版作品，不为任何侵权盗版网络文学作品提供接入、存储、搜索、链接等网络技术服务，这样可以有效配合政府部门开展网络反盗版维权活动，树立正版意识，为行业发展带来积极影响。

网络文学版权保护意义深远，伴随着网络文学从初生到发展一路发展，至今已有所建树。在网络文学盗版行业“魔高一尺”之时，网络文学产权保护也在努力做到“道高一丈”，但我们知道，网络文学版权保护之路仍“道阻且长”。

二、网络文学相关政策法规梳理

1.《互联网信息服务管理办法》，国务院，2000 年 9 月 25 日；

2.《最高人民法院关于审理著作权民事纠纷案件适用法律若干问题的解释》，最高人民法院，2002 年 10 月 15 日；

3.《互联网著作权行政保护办法》，国家版权局、国信息产业部，2005 年 5 月 30 日；

4.《最高人民法院关于审理涉及计算机网络著作权纠纷案件适用法律若干问题的解释》，最高人民法院，2006 年 12 月 8 日；

5.《中华人民共和国侵权责任法》，全国人民代表大会常务委员会，2010 年 7 月 1 日；

6.《互联网文化管理暂行规定》，文化部，2011 年 4 月 1 日；

7.《最高人民法院关于审理侵害信息网络传播权民事纠纷案件适用法律若干问题的规定》，最高人民法院，2013 年 1 月 1 日；

8.《中华人民共和国著作权法》，全国人民代表大会常务委员会，2013 年 3 月 1 日；

9.《中华人民共和国著作权法实施条例》，国务院，2013年3月1日；

10.《信息网络传播权保护条例》，国务院，2013年3月1日；

11.《最高人民法院关于审理利用信息网络侵害人身权益民事纠纷案件适用法律若干问题的规定》，最高人民法院，2014年10月10日；

12.《习近平在文艺工作座谈会上的讲话》，2014年10月15日；

13.《使用文字作品支付报酬办法》，国家版权局、国家发改委，2014年11月1日；

14.《关于推动网络文学健康发展的指导意见》，国家新闻出版广电总局，2014年12月18日；

15.《关于规范网络转载版权秩序的通知》，国家版权局办公厅，2015年4月17日；

16.《互联网视听节目服务管理规定》，国家新闻出版广电总局，2015年8月28日；

17.《中共中央关于繁荣发展社会主义文艺的意见》，中共中央，2015年10月3日；

18.《关于规范网盘服务版权秩序的通知》，国家版权局，2015年10月14日；

19.《关于新形势下加快知识产权强国建设的若干意见》，国务院，2015年12月18日；

20.《移动互联网应用程序信息服务管理规定》，国家互联网信息办公室，2016年8月1日；

21.《中共中央　国务院关于完善产权保护制度依法保护产权的意见》，国务院，2016年11月4日；

22.《关于加强网络文学作品版权管理的通知》，国家版权局，2016年11月14日；

23.《国务院关于印发“十三五”国家战略性新兴产业发展规划的通知》，国务院，2016年11月19日；

24.《习近平在中国文联十大、中国作协九大开幕式上的讲话》，2016年11月30日；

25.《国务院关于印发“十三五”国家信息化规划的通知》，国务院，2016年12月15日；

26.《国务院关于印发“十三五”国家知识产权保护和运用规划的通知》，国务院，2016年12月30日；

27.《版权工作“十三五”规划》，国家版权局，2017年1月25日；

28.《文化部关于推动数字文化产业创新发展的指导意见》，文化产业司，2017年04月11日；

29.《中华人民共和国网络安全法》，全国人民代表大会常务委员会，2017年6月1日；

30.《网络文学出版服务单位社会效益评估试行办法》，国家新闻出版广电总局，2017年7月1日；

31.《网络文学出版服务单位社会效益试行评估指标和计分标准》，国家新闻出版广电总局，2017年7月1日；

32.《国务院关于进一步扩大和升级信息消费持续释放内需潜力的指导意见》，国务院，2017年08月24日；

33.《坚定文化自信，推动社会主义文化繁荣兴盛》，习近平在中国共产党第十九次全国代表大会上的报告，2017年10月18日；

34.《关于加强知识产权审判领域改革创新若干问题的意见》，十九届中央全面深化改革领导小组，2017年11月20日；

35.《知识产权认证管理办法》，国家认监委、国家知识产权局，2018年2月11日；

36.《关于加强知识产权审判领域改革创新若干问题的意见》，中共中央办公厅、国务院，2018年2月27日；

37.《关于开展打击网络侵权盗版"剑网2018"专项行动的通知》，国家版权局等，2018年7月20日；

38.《关于开展2018年优秀网络文学原创作品推介活动的通知》，国家新闻出版署、中国作家协会，2018年10月23日；

39.《国家广播电视总局关于进一步加强广播电视和网络视听文艺节目管理的通知》，国家广播电视总局，2018年10月30日；

40.《2018年深入实施国家知识产权战略加快建设知识产权强国推进计划》，国务院知识产权战略实施工作部际联席会议办公室，2018年11月9日；

41.《关于对知识产权（专利）领域严重失信主体开展联合惩戒的合作备忘录》，国家发展改革委等38个部委，2018年12月4日。

三、网络文学版权管理相关报告及学术文献

1.《中国网络版权产业发展报告（2018）》①

2018年4月23日，国家版权局网络版权产业研究基地在京发布《中国网络版权产业发展报告（2018）》，报告显示，当前中国网络版权产业继续保持快速增长趋势。根据测算，2017年中国网络版权产业的市场规模为6365亿元，较2016年增

① 《〈中国网络版权产业发展报告（2018）〉发布》，光明网，http：//politics. gmw. cn/2018—04/25/content_ 28491717. htm，2018年10月28日查询。

长27.2%。其中，中国网络版权产业用户付费规模为3184亿元，占比规模突破50%。

报告依据世界知识产权组织关于版权产业的界定，将网络核心版权产业界定为依托版权保护，即依赖于网络技术和应用，完全的从事创造、生产与制造、表演、传播与展出、发行与销售内容产品的产业。

传统文化产业正在积极拥抱互联网，加快数字转型。例如，在数字阅读领域，数字阅读平台培育了用户的在线阅读习惯，用户阅读习惯的迁移推动出版社对数字阅读平台从被动接纳转为主动接受。据报告统计，2017年，数字阅读市场规模突破百亿元，同比增长31.1%。

虽然中国的网络版权产业一直保持着快速增长，但同时也面临着流量红利衰减的挑战。2017年，中国移动互联网人均使用时长同比仅增加8.7分钟，用户人均单日使用时长临近饱和，因此，提升存量消费市场的质量是未来竞争的焦点。当前，中国网络版权产业各领域积极融合发展——在技术方面，“内容+社交+AI大数据”推动信息流、音乐社交以及微信小程序等新内容生态的形成；在产业生态方面，互联网与影视、出版、音乐、动漫等上游产业还将进一步深入融合，培育更加繁荣的原创市场。

2.《作家维权实用指南》

《作家维权实用指南》是中国作家协会作家权益保障委员会办公室编写的作家权益保障指南。中国作家协会作家权益保障委员会办公室负责中国作家协会作家权益保障委员会的日常工作，无偿为中国作家协会会员提供著作权保护服务，通过调解等方式解决相关著作权问题，他们将多年来为作家维护权益过程中积累的实用经验，按系统汇编，出版成书，以期更多作家能够从中受益，更好地保障自己的权益，现将目录列举如下：

法律法规及相关规定

中华人民共和国著作权法

中华人民共和国著作权法实施条例

信息网络传播权保护条例

使用文字作品支付报酬办法

教科书法定许可使用作品支付报酬办法

最高人民法院关于审理著作权民事纠纷案件适用法律若干问题的解释

最高人民法院关于审理侵害信息网络传播权民事纠纷案件适用法律若干问题的规定

最高人民法院关于审理利用信息网络侵害人身权益民事纠纷案件适用法律若干问题的规定

北京市高级人民法院关于确定著作权侵权损害赔偿责任的指导意见

北京市高级人民法院关于网络著作权纠纷案件若干问题的指导意见（一）（试行）

中华人民共和国侵权责任法（节选）

国家版权局办公厅关于规范网络转载版权秩序的通知

国家版权局办公厅关于加强网络文学作品版权管理的通知

著作权知识

一、著作权的内容

二、发表权详解

三、署名权详解

四、修改权详解

五、复制权详解

六、演绎权详解

七、著作权的产生

八、著作权的归属

九、著作权只保护“表达”不保护“思想”

十、著作权的保护期

十一、著作权的继承

十二、著作权“合理使用”的适用情形

十三、著作权“法定许可”的几种情形

十四、如何认定剽窃、抄袭行为?

十五、现行稿酬制度介绍

十六、怎样进行版权登记

十七、作品版权登记的几大作用

十八、著作权人投稿时应注意的问题

十九、签订出版合同时应注意的问题

十二、与文学网站签约时应注意的问题

二十一、遇到对自己不利的格式合同怎么办?

二十二、出版社违约，作者如何解除合同?

二十三、未签约或未约定报酬使用作品的处理

二十四、“避风港”原则

二十五、“红旗”原则

二十六、著作权受到侵害时怎么办?

二十七、诉讼、仲裁和调解的效果和区别

二十八、著作权案件的管辖

二十九、诉讼时效的计算

三十、侵权损失的计算

案例点评

一、陈某与余某等侵害著作权纠纷案——影视作品侵害文学作品著作权的判断标准

二、张某与S公司侵害著作权纠纷案——网络著作权侵权案件应如何确定赔偿数额标准

三、张某与雷某等侵害著作权纠纷案——必要场景和有限表达方式不受著作权法保护

四、J公司诉陈某著作权权属纠纷案——违约金的合理范围

五、马某与F出版社等侵害著作权纠纷案——翻译作品的侵权赔偿以及精神损害赔偿的计算标准

六、张某与于某侵害著作权纠纷案——合理使用的判断标准

七、李某与W出版社著作权侵权案——买卖书号出版图书的复制发行主体及侵权行为的认定

八、母某与W期刊网侵害著作权纠纷案——对信息网络传播行为的理解

九、陈某诉K公司侵害保护作品完整权纠纷案——侵害保护作品完整权的构成要件

十、王某与国家工商行政管理总局商标评审委员会商标申请驳回复审行政纠纷案——将在我国政治、经济、文化等领域具有重大影响的知名人物姓名或笔名、艺名等相关权利申请为商标时的法律规则

十一、张某与Z公司等著作权权属、侵权纠纷案——将文学作品改编为影视作品时侵害保护作品完整权的判断尺度

十二、温某诉W公司侵害作品改编权及不正当竞争纠纷案——武侠题材游戏侵害在先文学作品改编权的判断尺度

十三、张某与H出版社著作权权属、侵权纠纷案——美术作品侵害文学作品改编权的认定标准

十四、北京Y公司与孟某著作权许可使用合同纠纷案——对专有出版权重复授权构成违约

十五、杨某与B出版社出版合同纠纷案——使用作品付酬标准约定不明时应如何确定稿酬支付标准

十六、贾某与F广播电台著作权权属纠纷案——广播电台法定许可的认定以及是否应当为原作者署名

十七、陈某与J出版社著作权侵权案——职务作品著作权的归属是否适用推定

专家说法

一、改编作品著作权的权利范围及权利行使探析

二、解析抄袭承担的四种法律责任

三、移动互联时代背景下网络媒体侵害著作权行为的规制

四、编剧的知识产权保护

五、作家进行证据保全的三大途径

六、同人之“同”的《著作权法》问题思考——“金庸诉江南”一案的法律与文学分析

七、通过文件共享群传播作品是否侵权——以一起通过 QQ 群传播作品的案件为例

八、不可分割的合作作品须全体作者协商一致后方可行使权利——以一起合作作者之间著作权纠纷案为例

九、相同历史题材作品间的侵权认定——评书《千古功臣张学良》著作权纠纷案评析

常用合同及文件

一、图书出版合同（中国作协权保办推荐）

二、作品信息网络传播权非专有授权合同

三、要求删除或断开链接侵权网络内容的通知

四、要求恢复被删除或断开链接的网络内容的说明

五、民事诉讼流程图

3.《2018 年中国泛娱乐版权保护研究报告》①

2018 年 6 月，艾瑞咨询在京发布《2018 年中国泛娱乐版权保护研究报告》，对包括网络文学在内的泛娱乐领域近年来的版权保护状况进行了回顾和梳理。

（1）打击盗版成效显著

根据艾瑞咨询历年来对网络文学盗版损失的核算，2017 年移动端网络文学盗版损失呈现出显著的下降趋势，随着有关部门对移动端盗版网络文学 APP 进一步的集中打击，移动端网络文学盗版损失将继续下滑。

2017 年，国内网络文学行业因盗版带来的损失约 74.4 亿元，为近 4 年来的最低值，而在 2016 年，这一数字为 79.8 亿元，表明国内网络文学版权保护在向好发展。虽然网络文学因盗版带来的损失依然很大，但考虑到近年来行业规模的高速增长，国内网络文学的盗版增长势头已得到初步遏制。

① 《“良币驱劣币”网络文学正版化初见成效》，人民网，http://ip.people.com.cn/n1/2018/0625/c179663-30081640.html，2018 年 12 月 6 日查询。

（2）行业贡献不可忽视

近几年，以阅文集团、腾讯等为代表的企业积极开展、组织和参加互联网行业正版化行动，努力探索版权保护路径，寻求建立行业共识，成绩斐然。

以阅文集团为例，为推进行业正版化、维护创作者权益，阅文集团率先形成了一套版权管理规范体系。首先，阅文集团持续强化监测处置工作，尤其是对重点平台、重点作品进行监测处置，提高企业维权效率。2016、2017 两年，每年监测处理的侵权链接均高达 80 万条左右，监测范围涉及 10 余个平台。其次，注重案件宣传，推动行业版权保护意识的提升。自成立以来，阅文集团对自主发起或参与协助的诸多案件进行了大力宣传。再次，积极发起、参与维权联盟，提升企业自主维权实力。

（3）持续推进尚待合力

将盗版损失占同期市场规模的比例进行比较，网络文学的盗版损失占到了市场规模的 58.3%，远高于数字音乐的 5.9%和网络视频的 14.3%。对于市场规模本就较小的网络文学而言，盗版带来的行业危害和威胁无疑是严重的。此外，再加上新型盗版方式的产生、网络文学周边衍生品领域盗版加剧、文字作品侵权案件的判赔额较低等因素影响，对网络文学版权的保护仍任重道远。

对于网络文学版权保护未来之路，报告认为，首先，政府相关部门应继续加大网络侵权盗版的打击力度，进一步提高侵权成本，加大判赔力度；其次，要推动相关规章制度落地，进一步落实文学作品侵权盗版网络服务商“黑名单”与网络文学作品重点监管“白名单”制度等。

4. 2018 年网络文学版权管理相关学术文献

（1）网络文学版权管理期刊文章

①李婵，徐龙顺，张文德：《网络信息资源著作权风险演化博弈分析》，《情报科学》2018 年第 1 期。

②汤晓峰：《论同人文学作品的可版权性及法律保护》，《中国出版》2018 年第 1 期。

③王建：《我国网络文学版权保护存在的问题及应对措施》，《科技与法律》2018 年第 1 期。

④韩济阳：《网络文学的著作权保护问题研究》，《法制与社会》2018 年第 6 期。

⑤李松慧：《浅谈网络文学合法权益的法律保护》，《法制博览》2018 年第 6 期。

⑥范海波：《同人小说著作权问题研究》，《法制博览》2018 年第 7 期。

⑦罗潇丽：《网络文学版权保护问题及对策探究》，《现代视听》2018 年第 3 期。

⑧韩杰炜：《浅谈网络文学侵权现象及版权保护》，《安徽文学（下半月）》2018 年第 3 期。

⑨肖海，魏海飞：《网络文学作品著作权的保护困境及出路》，《重庆交通大学学报（社会科学版）》2018 年第 2 期。

⑩高婷：《网络文学作品 IP 改编存在的版权问题及对策思考》，《中国出版》2018 年第 7 期。

⑪陶宇：《网络文学著作权侵权问题分析》，《吉林广播电视大学学报》2018 年第 4 期。

⑫周倩，柳福东：《网络小说及其电视剧版权保护问题研究》，《法制与经济》2018 年第 4 期。

⑬张京京，刘晏宁，迪力热巴 · 艾热提，刘玥：《同人小说的侵权性问题研究》，《法制与社会》2018 年第 12 期。

⑭朱丽霞，刘渊园：《从著作权侵权与不正当竞争角度浅析金庸诉江南案》，《劳动保障世界》2018 年第 15 期。

⑮蒋心怡，周静蕾，王蕾，李晓婕：《网络文学版权问题初探》，《法制博览》2018 年第 14 期。

⑯李东鑫，王建：《论网络文学版权保护的价值取向和保护原则》，《传播力研究》2018 年第 9 期。

⑰程莹，孟文玲：《网络文化视域下知识产权的刑法保护》，《学术探索》2018 年第 7 期。

⑱彭桂兵：《网络文学版权保护：侵权形态与司法认定——兼评近期的几个案例》，《出版科学》2018 年第 4 期。

⑲史霄鸿：《有声阅读版权：网络视听产业发展制约性因素》，《今传媒》2018 年第 7 期。

⑳张珈源：《论网络文学作品的著作权保护》，《科技经济导刊》2018 年第 23 期。

㉑陈前进，代永生：《新时代网络版权执法监管的新挑战》，《出版广角》2018 年第 15 期。

㉒史子轩：《网络文学著作权法律问题研究》，《法制博览》2018 年第 24 期。

㉓叶亚杰：《网络服务商版权内容过滤的基本设想与实现路径》，《编辑之友》2018 年第 9 期。

㉔宿迟：《加大知识产权司法保护力度——将习近平总书记讲话精神落实到知识产权司法审判实务中》，《中国发明与专利》2018 年第 9 期。

㉕王文晶，朱玲悦：《网络文学版权保护探究》，《新西部》2018 年第 26 期。

㉖张俊发：《论影视改编侵犯网络文学作品完整权行为的认定规则》，《科技与

法律》2018 年第 5 期。

（2）网络文学版权管理报纸文章

①李婧璇，赵新乐，蒋胜男：《为网络文学版权保护发声》，《中国新闻出版广电报》2018 年 3 月 19 日。

②胡春萌：《网络文学反盗版有了新技术》，《天津日报》2018 年 3 月 29 日。

③吴华：《保护原创，促进网络文学健康发展》，《中国艺术报》2018 年 3 月 29 日。

④段玉萍：《新时代网络版权“她动力”》，《中国新闻出版广电报》2018 年 4 月 26 日。

⑤窦新颖：《网络版权：新业态激发产业经济活力》，《中国知识产权报》2018 年 5 月 2 日。

⑥任文岱，孙梦凡：《网络版权保护进入新时代》，《民主与法制时报》2018 年 5 月 8 日。

⑦王涵：《新时代网络版权保护的机遇与挑战》，《民主与法制时报》2018 年 5 月 10 日。

⑧尹琨：《为版权合作提供内容支持》，《中国新闻出版广电报》2018 年 5 月 28 日。

⑨钱好：《正版化有力带动网络文化产业蓬勃发展》，《文汇报》2018 年 6 月 8 日。

⑩姜旭：《“良币驱劣币”，网络文学正版化初见成效》，《中国知识产权报》2018 年 6 月 25 日。

⑪许旸：《呵护宝贵原创力，正版化之路任重道远》，《文汇报》2018 年 6 月 29 日。

⑫赖名芳：《维护清朗的网络版权秩序》，《中国新闻出版广电报》2018 年 7 月 19 日。

⑬樊文：《推动网文“出海”迈向正版化、精品化》，《国际出版周报》2018 年 8 月 20 日。

⑭崔晓丽：《如何解救被“盗”走的尊严》，《检察日报》2018 年 10 月 26 日。

⑮吴学安：《遏制网络侵权盗版乱象需要法治的力量》，《中华读书报》2018 年 10 月 31 日。

⑯张建平：《惩治网络文章侵权要刮骨疗伤》，《人民法院报》2018 年 10 月 31 日。

（3）网络文学版权管理相关硕博论文

①高培培：《论侵权演绎作品的著作权保护》，2018 年青岛大学硕士论文。

②范雯萱：《我国 IP 剧的发展现状与问题研究》，2018 年兰州大学硕士论文。

③李华强：《论我国同人小说著作权保护制度的构建》，2018 年广西师范大学硕士论文。

④刘振玲：《网络文学知识产权开发研究》，2018 年山东师范大学硕士论文。

⑤孙文静：《文学角色的著作权法保护研究》，2018 年天津师范大学硕士论文。

⑥杨亚萍：《论网络著作权的刑法保护》，2018 年兰州大学硕士论文。

⑦张沁红：《同人作品著作权问题研究》，2018 年黑龙江大学硕士论文。

⑧赵婧婧：《同人小说作品著作权法律问题研究》，2018 年陕西师范大学硕士论文。

四、网络文学版权管理相关会议

1. 北京国际网络版权监测研讨会①

2018 年 2 月 26 日，由中国版权协会主办的北京国际网络版权监测研讨会在京召开，聚焦小网站跨国网络侵权盗版问题展开研讨和经验分享，旨在加强国际交流合作、联手打击跨国侵权。

中国版权协会理事长阎晓宏理事长在致辞中指出，经过多年的发展，我国大网站的守法意识相对比较强，版权保护成绩明显。但小网站侵权盗版不容忽视，就小网站侵权盗版和监测维权问题举行研讨，很有针对性和现实意义。

国家版权局版权管理司司长于慈珂认为国际网络版权监测维权是个非常重要的话题，他用三个主题词来阐释了他的观点。第一，协同。网络版权的保护手段很多，有技术手段、市场手段、法律手段等，其中，技术手段是比较重要的一种手段。当前，应该把这些手段协同起来，使其发挥整体的效应。第二，协调。网络版权涉及许多环节和方面，如创作者、权利人，使用者、传播者、服务商等相关方面，要把这些环节和方面协调起来，特别是服务商、运营商，要发挥更多的版权保护的主体责任，权利人组织、著作权集体管理组织也责无旁贷。第三，协作。如何解决网络传播的无国界和司法、行政执法的主权性有疆界之间的冲突？需要国与国之间进行更有效、更有力的合作、协作，来打击跨国网络侵权盗版，除了国家间的合作外，企业间、协会之间、民间组织之间的合作也非常重要。于司长说，国家版权局将进一步发挥版权行政执法监管的特点和优势，对准新问题、新挑战针对出击，促进网络版权的创造、运用、保护和管理。

知识产权保护事关营商环境和文化产业发展、事关创新型国家建设，多年来，我国加强版权保护、打击侵权盗版的步伐坚定，成效显著。特别是国家版权局等四部委连续 13 年开展的“剑网行动”依法治理网络空间，网站守法意识和版权保护

① 《联手向跨国网络侵权盗版宣战——北京国际网络版权监测研讨会召开》，国家版权局网，http://www.ncac.gov.cn/chinacopyright/contents/518/359742.html，2018 年 10 月 28 日查询。

意识得到极大提升，我国网络版权秩序持续好转、网络版权生态不断优化。在维权方面，很多大网站也从被动应诉转向主动出击，特别是积极进行海外维权。

但随着数字网络技术的不断发展，当前网络侵权新情况不断出现、形式隐秘且复杂多变，移动化、社交化、国际化的趋势明显。侵权者利用海外域名、海外服务器、海外来源介质的形式，深度隐藏个人运营信息，导致维权困难，同时，大批优质的中国版权作品在海外也受到各种盗版，遭遇海外维权难题。

本次研讨会正是在此背景下召开的，上述问题引起了多方高度重视。监测是维权的基础，面对新时代、新形势，本次会议着重探讨了如何充分利用技术手段加强全球网络监测，在监测的基础上运用法律、行政手段加强市场监管，加强国际合作，联手打击侵权盗版等问题。

2. 2018 中国网络版权保护大会①

2018 年 4 月 26 日，时值第 18 个世界知识产权日，国家版权局在北京举办了 2018 中国网络版权保护大会，来自相关政府部门、司法部门、权利人、版权产业界、学术界、法律实务界的代表，围绕“保护创作，推进运用”主题，就网络版权创作、保护和运用开展了广泛研讨。

十三届全国政协文化文史和学习委员会副主任、中国版权协会理事长阎晓宏出席大会并致辞。阎晓宏认为中国保护知识产权的决心是坚定的，成效是显著的。针对当前版权保护存在的问题，他建议：以立法机关为主导，加快推动法律体系的修订完善；实施版权严保护，推动形成司法保护、政府监管、行业协调、企业自律的社会共治格局；科学配置资源，鼓励更多优质精品创作诞生。

世界知识产权组织中国办事处主任陈宏兵宣读世界知识产权组织副总干事王彬颖为大会发来的贺信。王彬颖表示，创新和知识产权保护已经成为中国文化创意经济的重要驱动力。中国在解决数字环境下版权保护问题的智慧和经验，对世界知识产权各利益攸关方都会有所益处。陈宏兵认为，网络版权的规则建设刻不容缓，网络知识产权工作应该更好地服务产业发展。

国家版权局版权管理司司长于慈珂作主旨演讲。他认为，倡导创新文化、着力保护创作、推动创造运用，是满足人民美好生活需要、推动解决社会主要矛盾的有效途径，是实施创新驱动、推动我国经济高质量发展的必然要求，是激发全民族文化创新创造活力、推动社会主义文化繁荣兴盛的应有之意。我们要综合运用多种手段，通过开展高效的版权执法保护创新创作，完善优质的版权服务激励创新创作，加强广泛的国际交流共惠创新创作。

会上，国家版权局联合全国“扫黄打非”工作小组办公室发布“2017 年度打击

① 《2018 中国网络版权保护大会在京召开》，国家版权局网，http：//www. ncac. gov. cn/chinacopyright/contents/11179/373047. html，2018 年 10 月 28 日查询。

侵权盗版十大案件”，国家版权局版权管理司与中国版权协会版权监测中心、中国移动咪咕文化科技有限公司签署《网络版权保护合作备忘录》，中国信息通信研究院发布了《2017 年中国网络版权保护年度报告》。

大会相关主题分会围绕新技术变革与网络版权创新、短视频与动漫网络版权保护及规范、新时代网络版权“她动力”等主题进行了广泛研讨。

3. 中国“网络文学+”大会平行主题论坛——“网络文学版权保护论坛”①

2018 年 9 月 15 日，由国家新闻出版署、北京市人民政府指导，北京市新闻出版广电局（北京市版权局）主办的 2018 第二届中国“网络文学+”大会平行主题论坛——“网络文学版权保护论坛”在京召开。

论坛聚焦网络文学版权热点，重点探讨当下网络文学作品的创作、传播、改编以及 IP 运营和交易中的版权保护问题，促进网络文学版权保护，助推产业发展。

北京市新闻出版广电局党组书记、局长杨烁在论坛上致辞。他认为，我国网络文学产业步入黄金机遇期和快速扩张期，其迅速提升的市场影响力已经辐射到其他国家和地区。版权保护则是整个网络文学产业健康繁荣发展的生命线，从网络文学的创作、出版到 IP 转化、衍生品交易，整个产业链条通过“版权”这个纽带紧密联系起来，哪一个环节都离不开强有力的版权保护。他表示，要坚持“三位一体”，即“创作”“版权”和“产业”，整个文学，包括网络文学离不开创作，离不开内容生产，大会的举办要紧紧围绕抓好精品创作这个重中之重；知识竞争的核心就是版权，创作引导、产业发展，都离不开版权保护和交易。“网络文学是一个新兴行业，它是数字经济重要的组成部分，北京正在疏解整治促提升，高精尖转型，整个国家也一样，我们要通过大会推动网络文学产业向高质量发展转变。”随着信息网络、人工智能等技术的不断发展，网络传播方式和作品应用方式也在不断发展变化，为版权保护工作带来许多新问题、新挑战。因此，要共同研究，创新工作方式方法，综合运用多种手段，为网络文学的进一步发展提供更加强有力的服务和保障。

论坛上，来自国家版权局、学术界、法律界的专家学者分析了网络文学版权保护工作的特点以及当前行业普遍关心的热点难点问题，并对进一步加强网络文学作者、传播平台以及广大读者的权益保护提出了相关建议。

4. 第七届中国国际版权博览会②

2018 年 10 月 19 日—21 日，两年一届的第七届中国国际版权博览会在江苏省苏州市举行。作为中国国家版权局按照国际化、专业化、市场化原则举办的唯一常态

① 王坤宁，《让“网络文学+”幼苗长成参天大树》，中国新闻出版广电报，http：//data. chinaxwcb. com/epaper2018/epaper/d6843/d2b/201809/91631. html，2018 年 10 月 14 日查询。

② 赵新乐，《版权产业让世界更精彩》，中国新闻出版广电报，http：//data. chinaxwcb. com/epaper2018/epaper/d6859/d5b/201810/92222. html，2018 年 12 月 5 日查询。

化综合性的国家级版权专业博览会，让人们看到中国对版权的重视以及开展国际版权贸易、促进对外交流合作、建设知识产权强国的信念和决心。

（1）成果展示，凸显版权成果

在国际展示区，世界知识产权组织、中国国家版权局、国际音乐馆、国际唱片馆以及相关著作权管理组织的展示让人们对于全球版权产业的发展状况有了更为深入的了解。

作为连续几届参与博览会的地区，上海今年以“版权+生活”“版权+科技”“版权+文化”为主题。阅文集团、上海哔哩哔哩科技有限公司、元意识知识产权以及上海自贸区国际文化投资发展有限公司等众多企业展示了各自在版权领域的成果。山东展位上，占据了整整一面墙的“版权进乡村，潍坊在行动”的成果展示让观众看到了山东在推动版权进乡村方面所做的努力和成效。

版权产业集中展示区，专业性、市场化更加明显。作为一家数据驱动的版权贸易与保护平台，上海冠勇科技有限公司展示了 Firstbrave 版权大数据平台、版权监测保护新技术的开发与应用、影视版权的正版发行服务等领域的成果，并展示了近年来在版权监测保护与版权金融贸易方面的案例。

在腾讯展馆，此次展出的内容以“新文创”为核心，包括腾讯版权创新、实践、保护等多方面，2018 年 6 月升级版权保护系统的企鹅号，为原创作者提供电子授权、全网监测、一键维权的一站式服务。

（2）专业论坛，听见世界声音

本次中国国际版权博览会期间，21 世纪版权促进文化创意国际论坛、国际纪录片版权高峰论坛、江苏省大学生版权论坛以及太湖知识产权论坛等多场论坛不仅让大家更好地了解中国改革开放以来版权保护方面取得的历史性进步，也为中国努力建立并有效实施平衡有效的国际版权制度体系提供新思路。

在 21 世纪版权促进文化创意国际论坛上，近 20 个国家版权政府管理部门和相关机构的负责人围绕版权促进文化创意，以及 21 世纪版权工作面临的变革、挑战和机遇进行深入探讨和交流。

中国国家版权局版权管理司司长于慈珂在主旨发言的开篇就提到一个观点：版权制度激发创新、促进繁荣。迈入 21 世纪的网络时代，版权问题超越国界，成为各国面临的机遇和挑战，鼓励文化创新、加强版权保护，也成为各国共同的主张和任务。

连续 4 届成功举办的太湖知识产权论坛，已成为国内知识产权聚集交流的重大盛会之一。在此次博览会上，近 5 个小时的论坛活动期间，来自国内知名版权专家、著名版权企业总裁和众多特邀嘉宾，围绕“聚焦版权产业发展，引领创智创新保护”，为所有人带来一场高规格、高水平的版权盛宴。

（3）行业活动，开拓广阔前景

10月21日，本次中国国际版权博览会的最后一天，第十届全国大学生版权征文活动颁奖仪式举行。作为连续举办10届的活动，目前全国高校师生参与版权学术研究、关注版权领域新成果新发展的热情空前高涨，涌现出一批有相当价值的版权专业理论文章，为提高和普及社会公众的版权意识作出了贡献。

开幕式期间，阿里巴巴集团与京版十五社反盗版联盟就图书版权保护计划签约。按照计划，双方将根据法律法规，使用平台技术与出版社数据，对线上盗版图书销售进行主动防控。

中国国际版权博览会这个最具影响力的综合性国际版权专业展会，将持续向世界展现版权领域真实、立体、全面的中国，展示中国版权保护、版权事业、版权产业成就以及中国开展国际版权贸易，促进对外交流合作的有力行动。

5. 2018 中日著作权研讨会①

2018年12月21日，由中国国家版权局和日本文化厅联合主办的2018中日著作权研讨会在上海召开。中国国家版权局版权管理局局长于慈珂、日本文化厅审议官内藤敏也出席研讨会并致辞。来自中日政府和业界的80余位嘉宾围绕“数字环境下的版权保护制度建设”“数字环境下的版权保护业界实践”等议题进行了交流研讨。

于慈珂在致辞中表示，数字技术给版权保护和发展带来了一系列新问题、新挑战，推动建立更加平衡有效的版权保护体系，是世界各国共同面临的新问题。中国政府将以更开放的心态、更开阔的视野，采取更积极的举措，交流、分享一切有益于版权制度发展的信息、经验和建议，推动中日版权合作的持续发展。

内藤敏也介绍了日本著作权法的最新修订情况，并表示在内容产业方面，中日合作颇多、渠道畅通：当日方发现了侵权盗版链接，中方的优酷、土豆等网络视频平台几乎能做到100%的删除。他希望以此次研讨会为契机，中日双方在政府、机构、企业等层面进行更多层次的合作交流。

中国国家版权局国际版权研究基地顾问、华东政法大学教授王迁介绍了中国对于著作权的立法和行政保护，他用实例讲解了中国著作权法中发行权与信息网络传播权的不同，还介绍了国家版权局等部门连续14年开展的打击网络侵权盗版“剑网行动”对中国版权环境的改善起到的积极作用。

日本文化产品海外流通促进机构（CODA）代表理事、总裁后藤健郎介绍了CODA应对著作权侵权及促进正版流通方面的举措。他表示，发生在网上的侵权行为传播速度很快，而且盗版者会采用很多方法规避监测，为应对网络盗版，CODA

① 《2018中日著作权研讨会在沪举行》，国家版权局网，http：//www.ncac.gov.cn/chinacopyright/contents/518/390801.html，2018年12月25日查询。

联合多家机构采取了一系列措施：让安全软件对用户进行警告，提醒用户不要打开盗版网站；要求谷歌、雅虎等搜索引擎停止显示盗版网站搜索结果等。此外，日本3家大型广告团体分享了侵权网站的清单，并拒绝在盗版网站上刊登广告。

中国国家版权局与日本文化厅于2002年签署了《中日版权保护战略合作备忘录（司局级）》，并于2005年共同启动了中日著作权政府间会谈机制。2010年3月，经日方提议，双方提高备忘录级别，签署《中日版权战略合作备忘录（部级）》，约定两国在版权方面广泛开展合作，每年在两国交替就版权问题进行政府间会谈，并就共同关注的版权问题举办研讨会。近年来，在备忘录框架下，双方依照每年制定的工作计划积极开展工作，通过代表团互访、政府间会谈，以及举办研讨会、圆桌会议等方式，有效推动了在版权领域的沟通与合作。

五、网络文学版权管理相关行动

1. 2018年网络文学专项整治行动①

“2018年网络文学专项整治行动”是为进一步规范网络文学传播秩序，更好地满足人民群众精神文化需求，由国家新闻出版署和全国“扫黄打非”办公室联合部署各地从5月至8月组织开展的专项整治行动。

专项整治行动的目标是查处一批内容低俗、危害青少年身心健康的网络文学作品，关闭一批价值导向严重偏差、不具备运营能力的网络文学网站及移动客户端，查办一批违法违规典型案件。同时，要探索建立监管长效机制，强化导向管理，倡导讲品味、讲格调、讲责任，抵制低俗、庸俗、媚俗，督促网络文学企业建立完善内容把关制度，为青少年健康成长营造良好网络环境。

专项整治行动将重点聚焦三方面问题：一是严肃处理传播导向不正确、内容低俗网络文学作品行为；二是坚决打击传播淫秽色情网络文学作品行为；三是依法查处侵权盗版行为。全国“扫黄打非”办公室将联合公安等部门严查有关案件，严惩违法犯罪分子，对不履行主体责任的企业坚决进行查处。

专项整治行动开展以来，根据群众举报，全国“扫黄打非”办公室已分别部署北京、上海、江苏等省市，对“17K小说网”“晋江文学城”“起点中文网”等传播淫秽色情及低俗文学作品情况进行调查。

北京市文化市场行政执法总队已对“17K小说网”“晋江文学城”“飞库网”“飞卢小说网”“红袖添香”“纵横中文网”作出行政处罚，上海、江苏已分别向“起点中文网”“逐浪小说网”下达行政处罚告知书。同时，各地对辖区内文学网站加强监管，查处了一批行政、刑事案件。

---

① 《2018年网络文学专项整治行动》，国搜百科，http：//baike.chinaso.com/wiki/doc—view—400444.html，2018年10月7日查询。

在组织查办案件的同时，全国“扫黄打非”办公室和国家新闻出版署已协调相关部门关闭400余家境内外违法违规文学网站。各地也加大工作力度，相继关闭了一批手续不齐备、导向不正确、内容不健康的文学网站。

2018年9月21日，全国“扫黄打非”办公室、国家新闻出版署2018年5月联合部署各地开展为期三个月的网络文学专项整治行动，目前取得阶段性成效。各地积极组织对辖区涉及开展网络文学业务的网站、移动客户端、微信公众号等平台，进行全面排查和多轮次检查，重点整治网络文学作品导向不正确及内容低俗、传播淫秽色情信息、侵权盗版三大问题。

据不完全统计，6月至8月底，各地共查办网络出版行政和刑事案件120多起，责令整改网络文学经营单位230余家，封堵关闭网站及账号4000余个，查删屏蔽各类有害信息14.7万余条。

2. “剑网2018”专项行动①

2018年7月16日，国家版权局、国家互联网信息办公室、工业和信息化部、公安部联合召开新闻通气会，通报启动打击网络侵权盗版“剑网2018”专项行动有关情况。

“剑网2018”将以网络侵权多发领域为重点目标，以查办案件为重要抓手，通过集中整治和引导规范，有效运用分类监管、约谈整改、行政处罚、刑事打击等多种措施，集中整治网络转载、短视频、动漫等领域侵权盗版多发态势，重点规范网络直播、知识分享、有声读物等平台版权传播秩序，深入巩固网络影视、网络音乐、电子商务平台、应用商店、网络云存储空间等领域专项整治成果，维护清朗的网络空间秩序，营造良好的网络版权环境。

此次专项行动自7月上旬开始，将利用四个多月的时间开展三项重点整治：

一是开展网络转载版权专项整治。针对目前网络媒体特别是微博、微信公众号、头条号等“自媒体”侵权现象，将重点打击未经许可转载新闻作品的侵权行为和未经许可摘编整合、歪曲篡改新闻作品的侵权行为，坚决整治自媒体通过“洗稿”方式抄袭剽窃、篡改删减原创作品的侵权行为，着力规范搜索引擎、浏览器、应用商店、微博、微信等涉及的网络转载行为。通过集中查处一批违法转载案件，依法取缔、关闭一批非法新闻网站、网站频道及微博账号、微信公众号、头条号、百家号等互联网用户公众账号服务提供者，来实现整治规范的目的。

二是开展短视频版权专项整治。针对当前短视频领域存在的未经授权复制、表演、网络传播他人影视、音乐、摄影、文字等作品，以合理使用为名对他人作品删减改编并通过网络传播，短视频平台以用户上传为名、滥用“避风港”规则对他人

① 《国家版权局等四部委启动“剑网2018”专项行动》，国家版权局网，http://www.ncac.gov.cn/chinacopyright/contents/520/382502.html，2018年10月28日查询。

作品进行侵权传播等版权问题，专项行动将把抖音短视频、快手、西瓜视频、火山小视频、快视频、美拍、秒拍、微视、梨视频、小影、56视频、火萤、哔哩哔哩等热点短视频应用程序纳入重点监管，一方面重点打击短视频领域的各类侵权行为，另一方面引导短视频平台企业规范版权授权和传播规则，构建良性发展的商业模式。

三是开展重点领域版权专项整治。具体包括三个重点领域：第一，动漫领域版权集中治理。在专项行动中重点打击通过网站、应用程序、互联网用户公众账号、视频字幕组等非法传播盗版动漫作品的行为，以及未经授权使用他人动漫形象制作传播游戏、玩具、文具、服装等动漫衍生品的侵权行为。第二，网络直播、知识分享、有声读物平台版权集中治理。针对这些平台存在的未经授权大量使用音乐、文字、口述作品版权问题，专项行动从规范新型商业模式健康发展的角度，着力整治相关平台未经授权使用他人作品的行为，主动加强监管，制定相关规则，积极加以引导，构建平台良好版权秩序。第三，巩固“剑网”行动治理成果。进一步加强对网络影视、网络音乐、电子商务平台、应用商店、网络云存储空间等领域的版权监管，突出打击通过网络销售教材教辅、少儿出版物、音乐和影视移动存储介质以及使用聚合链接、设置境外服务器等手段的侵权行为。

专项行动期间，各地版权执法部门集中力量、快速查办各类网络侵权盗版案件，对人民群众意见强烈、社会危害大的侵权盗版网站予以从严查处，并提请相关管理部门依法吊销电信业务经营许可证或注销ICP备案、停止提供网站接入服务等；对涉嫌构成犯罪的，将根据“两法衔接”机制移交公安机关立案查处。

3. 各省市网络文学版权管理相关行动

(1) 重庆市试点建设区县版权登记工作站①

2018年，重庆市版权局进一步完善贴近基层、服务群众的版权社会化服务体系，推动版权登记作品成果转化，促进版权产业发展，在全市区县试点建设版权登记工作站。

一是精心组织。引导各区县结合本地实际和发展特色，重点围绕具有市场前景、产业价值、文旅融合等紧密度高的版权资源和创作者，有针对性地开展调查梳理工作。在此基础上，对照工作站管理办法和指导测评指标等软硬件要求，采取自愿的方式向市版权局申报建设工作站。

二是加强指导。市版权局对各区县的申报进行评估后，对符合条件的予以授牌，并加强对工作站的经常性业务指导，不定期组织工作人员进行业务培训，上门开展针对性辅导。同时，定期收集、审核工作站提交的登记申请资料，及时发放登记证书。

---

① 《重庆市试点建设区县版权登记工作站》，国家版权局网，http：//www.ncac.gov.cn/chinacopyright/contents/518/367877.html，2018年10月28日查询。

三是上下联动。通过多种渠道广泛宣传版权登记及建站的意义和作用，使著作权人和社会各界进一步了解版权的政策，知晓工作站的工作程序、要求等事项，在全市上下努力营造“尊重劳动、尊重知识、尊重人才、尊重创造”的社会氛围。

（2）内蒙古自治区版权管理相关活动

①首家版权服务工作站正式成立①

2018 年 4 月 21 日，在 2018 年全国知识产权宣传周内蒙古地区活动启动仪式上，内蒙古自治区首家公益版权服务工作站正式授牌成立。

内蒙古自治区版权服务工作站由自治区版权局批准设立，是配合版权行政管理部门在指定区域开展版权服务工作的非营利机构。工作站负责宣传贯彻著作权法律法规，帮助有关企事业单位建立版权管理与保护制度，配合版权行政管理部门和执法部门进行版权调查和统计工作，在指定区域开展版权相关服务，免费承担一般作品登记提交的申请、初审（包括电子版）及咨询等工作。工作站将依托“内蒙古技术转移及知识产权一站式服务平台”，通过线上与线下相结合的方式为创新主体及社会公众提供科技成果转移转化、专利申请、商标注册、版权登记、信息检索等一站式服务。

②通辽市首个版权服务站挂牌成立②

内蒙古自治区 2018 年版权工作培训会上，举办了全区各盟市版权服务站授牌仪式，国家版权局和自治新闻出版广电局相关领导出席活动，为十二个盟市授予“版权服务工作站”牌匾和开展著作权登记服务《委托书》。

经过前期准备，通辽市版权服务站于近日挂牌成立，开始版权登记业务。通辽市版权服务站设在通辽市文化新闻出版广电局，免费开展版权中介服务、申请版权资质材料审核、呈报自治区审批、版权保护咨询、版权服务等项业务。

（3）河北省版权管理相关活动

①版权信息数据库平台上线③

2018 年 4 月 26 日，河北省版权信息数据库平台正式上线。平台通过为著作权人提供多种线上服务，进行大数据信息整理统计分析，助力河北版权产业在内容、渠道、管理、服务等方面健康发展。

河北省版权信息数据库平台从登记确权入手，采用多种新技术手段，为作品登记、许可转让、价值转化等环节提供相应的保护措施，从而形成版权保护的链条，

① 《内蒙古自治区首家版权服务工作站正式成立》，国家版权局网，http：//www. ncac. gov. cn/chinacopyright/contents/518/372555. html，2018 年 10 月 28 日查询。

② 《内蒙古：通辽市首个版权服务站挂牌成立》，国家版权局网，http：//www. ncac. gov. cn/chinacopyright/contents/518/383890. htmll，2018 年 11 月 2 日查询。

③ 《河北省版权信息数据库平台上线》，国家版权局网，http：//www. ncac. gov. cn/chinacopyright/contents/518/374570. html，2018 年 10 月 28 日查询。

促进版权价值转化。著作权人可通过平台注册登录，对文字、音乐、美术、摄影、动漫、影视等各类文化创新作品，进行在线登记、自主管理，确定版权归属，登记时限从过去的30个工作日缩短为一周以内。

此外，平台还提供了多项增值服务，可为著作权人提供版权登记、版权信息等大数据统计及分析，并提供多种权利的电子合同模板。著作权人还可通过该平台建立自己的创新作品之家，对自己的创新作品自主选择展示和管理。

②廊坊市设立18个版权服务站①

2018年9月19日，河北省版权保护中心在廊坊市设立版权服务站。同日，廊坊市创建全国版权示范城市工作领导小组办公室，在全市设立了首批18个版权服务工作站，完善版权公共服务体系，提升版权公共服务能力，促进文化创意产业发展。服务站的设立将搭建完善的版权保护政策体系，为著作权人提供作品登记、版权评估、版权质押、版权交易等一系列服务。

③唐山市版权保护服务站成立②

12月13日上午，唐山市版权保护服务站正式授牌，将促进全市版权产业的发展和版权保护服务质量的提高。

如今，科学技术已经成为推动经济社会发展的主要力量，创新驱动是大势所趋。为了支持和保护创新，国家制定了一系列知识产权保护法律法规，并不断深入践行。

新成立的唐山市版权保护服务站，将营造“尊重创作、尊重版权”的社会氛围，积极开展版权登记工作，不断优化版权服务质量，为全市创新驱动发展注入新的动力。

(4) 河南省版权交易中心在郑州正式挂牌运营③

为助力作品版权保护，提升公众版权意识。2018年7月19日，河南省版权交易中心在郑州正式挂牌运营。

河南省版权交易中心将充分发挥河南省区位优势，以“版权融合资本、交易提升价值”为理念，遵循“公开、公正、公平”原则，开展版权保护、版权宣传、作品登记、版权法律咨询、版权创意实物展示等主要服务，合理开发利用版权资源，确保著作权人的合法权益，为版权保护工作做出积极贡献，推动版权产业繁荣发展。

① 《廊坊市设立18个版权服务站》，国家版权局网，http://www.ncac.gov.cn/chinacopyright/contents/518/385478.html，2018年12月16日查询。

② 《唐山市版权保护服务站成立》，国家版权局，http://www.ncac.gov.cn/chinacopyright/contents/518/390689.html，2018年12月23日查询。

③ 《河南省版权交易中心在郑州正式挂牌运营》，国家版权局网，http://www.ncac.gov.cn/chinacopyright/contents/518/382892.html，2018年10月28日查询。

（5）吉林省长春成立首批4家版权服务工作站①

2018年9月27日，长春市版权局经过前期调研，广泛征求意见，近日在长春市图书馆、长春市版权保护协会等4家单位设立“长春市版权服务工作站”。

4家版权服务工作站将开展版权法律法规及相关知识的宣传、培训；开展版权咨询、代办版权登记、纠纷调解、信息服务等社会服务；配合版权行政管理部门开展版权产业统计、调查研究和开展相关活动等。

此外，工作站还将积极促进版权创造运用，通过完善授权机制、搭建交易平台等方式，营造良好的版权生态环境，激励创新创造，促进版权成果转化。

（6）江西省吉安市首个版权服务工作站挂牌成立②

2018年10月11日，吉安市首个版权服务工作站在吉安庐陵人文谷挂牌成立。庐陵人文谷版权服务工作站由省版权局批准设立，是江西省目前唯一一个由设区市申请设立的版权服务工作站，也是江西省设立的第15个省级版权服务工作站。

庐陵人文谷版权服务工作站成立后，配合版权行政管理部门在指定区域开展版权服务，由市文广新局代管，省版权保护中心提供业务指导，日常工作由庐陵人文谷负责。工作站依托省著作权登记系统平台，为权利人提供高效便捷的作品登记，同时还开展版权培训、版权推广、版权维权等公益服务，致力于打造成为一个集作品登记、版权咨询、版权交易、纠纷调解于一体的综合性版权服务平台。

六、年度网络侵权盗版案例举隅

1. 合肥警方破获首起网络文学作品著作权侵权案③

2018年1月31日，合肥市公安局高新分局宣布合肥首起网络侵犯文学作品著作权案被侦破，抓获嫌疑人许某，关停11个读书网站，查处非法牟利上千万元。

2017年12月，某科技公司发现自2016年下半年起，公司旗下多个正版读书网站享有独家著作版权的大量文字作品出现在合肥一些网站上，于是向高新公安分局报案。由于牵涉作品皆属报案公司与作者签约的，未经许可转载属于侵权，于是警方立案侦查。

经调查，“虎聚阁”“小小书屋”等网站均未登记实际办公地址，且未在相关部门备案，甚至备案人信息皆系伪造。经过进一步侦查，警方发现该虚假备案与合肥某网络科技公司有多重交集，该公司法人代表许某有重大作案嫌疑。

---

① 《长春成立首批4家版权服务工作站》，国家版权局网，http：//www. ncac. gov. cn/chinacopyright/contents/518/386781. html，2018年11月2日查询。

② 《吉安市首个版权服务工作站挂牌成立》，国家版权局网，http：//www. ncac. gov. cn/chinacopyright/contents/518/387108. html，2018年11月2日查询。

③ 资料来源：国家版权局，http：//www. ncac. gov. cn/chinacopyright/contents/518/387658. html，2018年12月5日查询。

掌握证据后，警方出动百余名警力，在上海、蜀山区、高新区三地四处同时收网，一举抓获许某等 11 名涉嫌侵犯著作权嫌疑人。经许某交代，其盗版行为前期通过付费在正版网站上阅读小说再对着电脑一字一句敲下来发表在自己搭建的网站上，后觉费时，通过高薪招聘的方式网罗电脑高手，合伙开发复制盗版软件，将正版小说复制、编辑、发表到自己的网站上。

四年间，许某等人利用专业技术，架设 13 个盗版网站，租用服务器，使用专业采集软件，未经授权随意复制他人文字作品，侵权牟利，服务器内复制他人文字作品 500 多万部，被点击量 18.9 亿次，开办 10 多个盗版网站，吸收免费会员 45 万名，侵犯掌阅、起点、阅文等正版网站 30 多家，与多家广告联盟合作日均非法获利近 6 万元。截至案发，非法获利 1000 多万元。

2018 年 10 月，安徽省合肥市高新区人民检察院正对这起“特大网络侵犯著作权案”进行审查起诉，。目前，公安机关已抓获犯罪嫌疑人 11 名，查控涉案服务器 12 台，关停虎踞阁、小小书屋等侵权盗版小说网站 11 个、侵权 App 平台两个，查扣涉案电脑 15 台，冻结涉案账户 4 个。

安徽合肥查办的这起案件，犯罪嫌疑人运营盗版网站数量之多、时间之长，非法获利、侵权数、被点击量之巨，均全国罕见，案情非常典型。此案的有力查办，将有效震慑网络文学领域侵权违法犯罪行为，推动网络文学市场秩序更加规范、网络环境健康清朗。

2.《芈月传》著作权侵权纠纷①

2018 年 1 月 23 日，海淀法院官网发布快报，称东阳市乐视花儿影视文化有限公司以侵犯著作权为由，将《芈月传》作者蒋胜男、出版商浙江文艺出版社和销售商中关村图书大厦诉诸法院一案已审结，判决驳回原告东阳市乐视花儿影视文化有限公司的全部诉讼请求。

原告东阳市乐视花儿影视文化有限公司称，其曾与作家蒋胜男签订《剧本创作合同》等合同，双方对《芈月传》电视剧本等著作权进行了约定，蒋胜男为编剧，受委托创作电视剧《芈月传》剧本，蒋胜男是《芈月传》原著《大秦太后》的创意人，拥有原著创意版权。蒋胜男愿意接受委托并按照原告医院修改该电视剧剧本，因而花儿影视公司是《芈月传》电视分集大纲、人物小传和剧本的著作权人，应当享有在改变和创作过程中形成的成果的全部著作权和衍生品权利，而蒋胜男作为该剧编剧，享有在该电视剧片头中编剧的署名权。2015 年，浙江文艺出版社出版发行署名蒋胜男的《芈月传》和北京中关村图书大厦销售此书属于侵权行为。

根据《中华人民共和国著作权法》第十一条规定：著作权属于作者，创作作品

① 资料来源：国家版权局，http：//www.ncac.gov.cn/chinacopyright/contents/4509/363464.html，2018 年 12 月 5 日查询。

的公民是作者，由法人或者其他组织主持，代表法人或者其他组织意志创作，并由法人或者其他组织承担责任的作品，法人或者其他组织为作者。如无相反证明，在作品上署名的公民、法人或者其他组织为作者。《最高人民法院关于审理著作权民事纠纷案件适用法律若干问题的解释》第七条规定，“当事人提供的设计著作权的底稿、原件、合法出版物、著作权登记证书、认证机构出具的证明、取得权力的合同等，可以作为证据。”

法院根据上述规定，审理后认为，蒋胜男是《芈月传》小说的作者、花儿影视公司是《芈月传》剧本的著作权人。从双方合作的意思表示来看，《芈月传》小说著作权归属与《芈月传》小说是否在《芈月传》剧本完成之前就已经完成无关，双方以合同形式将《芈月传》小说的著作权除去改编称部分作品的权利外，均保留给作者蒋胜男。而《芈月传》剧本应为《芈月传》小说的改编作品。蒋胜男接受委托创作剧本，引入公司意见进行修改，属于正常的剧本创作行为，在《芈月传》小说已经完成的情况下，再对其某些情节进行修改合乎常理，因此不能认定《芈月传》小说改编或者抄袭了《芈月传》剧本内容。

基于此，法院最终作出“由于花儿影视公司在电视剧播出和公开场合以自认的方式对蒋胜男正常基于《芈月传》小说进行改编予以认可，所以花儿影视公司关于蒋胜男创作的《芈月传》小说侵犯了《芈月传》剧本改编权的主张不成立，蒋胜男不构成侵权，浙江文艺出版社的出版发行和中关村图书大厦的销售行为属于合法行为，不构成对花儿影视享有的著作权的侵犯”的判决。

3. 2018 年网络文学专项整治行动①

“2018 年网络文学专项整治行动”是由国家新闻出版署和全国“扫黄打非”办公室联合部署各地从 5 月至 8 月组织开展的专项整治行动，涉及开展网络文学业务的网站、移动客户端、微信公众号等平台，重点整治网络文学作品导向不正确及内容低俗、传播淫秽色情信息、侵权盗版三大问题。据统计，6 月至 8 月底，各地共查办网络出版行政和刑事案件 120 多起，责令整改网络文学经营单位 230 余家，封堵关闭网站及账号 4000 余个，查删屏蔽各类有害信息 14.7 万余条。

专项整治中，各地充分发挥查办案件的主导作用，对网络监测、市场检查、群众举报等获取的重点线索深入核查，努力形成案件，提升打击效果，形成工作震慑。北京、上海、重庆、浙江、江苏、湖北、广东等网络资源发达的地区查办了一批行政处罚案件。多地保持高压态势，加大对网络文学犯罪案件的刑事打击力度，安徽、山东、湖南、广西、福建等地查办了多起刑事案件。

在清理整治网络文学作品导向不正确及内容低俗方面，各地组织网络文学企业

① 资料来源：人民网，http://culture.people.com.cn/n1/2018/0920/c1013-30305589.html，2018 年 12 月 5 日查询。

自查自纠，重点清理下架恶搞红色经典、抹黑革命英雄、解构歪曲历史以及低俗、庸俗、媚俗作品和内容。如江苏组织“逐浪网”加强审核自查，删除涉嫌违规作品3.6万部，“潇湘书院”网下架违规作品，屏蔽2011年前未经人工审核的驻站作品8万多部。上海组织“起点中文网”自查，删除屏蔽严重违规内容71条，修改轻微违规内容1235条。各地对内容把关不严、情节严重的企业坚决进行处罚。北京查处网络出版案件38起、罚没款总额62.6万元，查办了晋江文学城、飞库网、纵横中文网等出版传播含有禁止内容网络出版物案等案件。

在严厉打击淫秽色情信息方面，各地全力开展核查，积极查办案件。山东青岛查获52小说网传播淫秽网络文学作品案。经查，该网站传播淫秽网络小说1744部，网站开办者董某某被依法刑事拘留。湖南永州查获星辉信息技术有限公司涉嫌传播淫秽物品案，涉案公司未取得网络出版行政许可，利用微信公众号“大话美女”提供网络出版物，单本书籍点击量达数千万次，其中点击量较大的4部电子书籍经鉴定均为淫秽色情书籍。此外，福建福州淘豆网登载非法有害信息案、重庆书包网涉嫌传播淫秽物品案、浙江宁波“极品阅读”APP涉嫌传播色情内容案等多起案件均在查办中。

在打击网络文学侵权盗版行为方面，安徽成功侦破一起特大网络侵犯著作权案。安徽合肥高新公安分局查办“许某等人网络侵犯著作权案”，抓获犯罪嫌疑人11名，捣毁虎踞阁、小小书屋等运营达4年之久的盗版侵权小说网站11个、侵权APP平台2个，冻结涉案资金500余万元。经查，犯罪嫌疑人许某等人利用8个主要侵权盗版小说网站与多个广告联盟平台合作，吸收广告日均获利5万余元，非法获利2000余万元，服务器内查明被侵权小说共500余万部，侵权QQ阅读、UBOOK、起点、阅文等正版读书网站30余家。江苏、浙江等地也查办了多起同类案件，江苏查结昆山市“99听书网”、盐城市“小说网”等涉侵犯著作权案件，宿迁“24K小说网”涉嫌侵犯著作权案等其他案件在进一步查办中。

网络文学专项整治行动取得了一定效果，网络文学环境面貌有明显改观、网络市场秩序也更加规范。但结合群众反映，从当前网络监测和已查办的案件情况来看，网络文学领域中导向偏差、低俗色情等问题还未得到彻底解决，“扫黄打非”部门不能松懈。为了巩固扩大专项整治行动的效果，“打黄扫非”部门将按照党中央对网络文化繁荣发展和网络空间规范治理的要求，需要建立长效机制、夯实企业主体责任，及时开展约谈警示，加强教育引导，督促落实企业主体责任，优化网站技防、人防审核体系，加强自审自查，继续将专项整治深化开展下去，进一步推动网络文学环境健康清朗。

4. 区块链成为著作版权存证有效证据（中文在线诉京东侵权）①

2018年6月28日，杭州互联网法院针对杭州华泰一媒文化传媒有限公司起诉深圳市道同科技发展有限公司侵犯信息网络传播权纠纷一案作出判决，判令道同科技公司赔偿华泰一媒公司经济损失等。

在本案中，著作权人都市快报社独家授权华泰一媒公司针对其作品开展知识产权维权。华泰一媒公司发现，道同科技公司未经授权转载了文字作品和摄影作品，涉嫌侵犯其信息网络传播权，遂将其起诉至杭州互联网法院，请求法院判令道同科技公司赔偿经济损失等。

与普通著作权侵权纠纷案不同的是，本案中，华泰一媒公司通过第三方存证平台，进行了侵权网页的自动抓取及侵权页面的源码识别，并将上述两项内容和调用日志的压缩包计算成哈希值上传至Factom区块链和比特币区块链中。这种以区块链技术作为电子数据存储，并确保数据完整性的方式，是互联网技术与电子数据存证的新融合，给权利人维权提供了更多的可能性，体现了电子证据发展的新趋势。杭州互联网法院认为，对于采用区块链等技术手段进行固定的电子数据，应秉承开放、中立的态度进行个案分析认定，既不能因为区块链等技术本身属于新型、复杂技术手段而排斥或者提高其认定标准，也不能因该技术具有难以篡改、删除的特点而降低认定标准，应根据电子数据的相关法律规定综合判断其证据效力。据此，杭州互联网法院认定华泰一媒公司提交的区块链电子证据具有法律效力，道同科技公司侵权成立，应赔偿原告经济损失4000元。该案成为我国区块链存证作为有效证据进行审理的首案。

5. 中文在线诉苹果版权侵权②

2018年7月6日，北京知识产权法院对中文在线就饶雪漫、唐七公子等作家作品诉美国苹果公司侵犯其信息网络传播权案作出二审判决，维持原判，中文在线获赔200.9万元。此为中文在线诉苹果公司系列版权侵权案的第3批，截至当时，中文在线提起的8批次诉讼中的前3批诉讼全部胜诉，共获赔368.7余万元。

中文在线诉苹果公司侵权，第一批次诉讼发生在2011年。2011年8月，中文在线发现APP Store存在大量涉嫌侵权的应用程序，这些APP未经许可传播其拥有信息网络传播权的二月河、周梅森、海岩、巴金等知名作家的16部作品。2011年12月，中文在线就上述作品向北京市第二中级人民法院提起诉讼，是国内最早起诉苹果公司APP Store侵权的权利人之一。2012年12月，北京市第二中级人民法院作

① 资料来源：中国打击侵权假冒工作网，http：//www.ipraction.gov.cn/article/xxgk/dxal/bq/201807/20180700193447.shtml，2018年12月5日查询。

② 资料来源：中国打击侵权假冒工作网，http：//www.ipraction.gov.cn/article/xxgk/dxal/bq/201807/20180700193162.shtml，2018年12月5日查询。

出一审判决，认定苹果公司对 APP Store 具有极强的控制力和管理能力，并按照固定比例参与应用程序的销售分成，应当尽到较高的注意义务，据此，判令苹果公司停止侵权行为，赔偿经济损失及合理费用 60.5 万元。苹果公司不服一审判决，向北京市高级人民法院提起上诉。2015 年 1 月，北京市高级人民法院作出判决，驳回苹果公司上诉，维持原判。随后，苹果公司申请再审，2015 年 12 月，最高人民法院驳回了再审申请。

在第一批次案件诉讼过程中，中文在线与苹果公司代表就和解事项多次接洽，但未达成一致意见。在此期间，中文在线再次发现 APP Store 仍然存在其他涉嫌侵权 APP，涉及作品达数百部之多。中文在线于 2014 年 3 月就其中的温瑞安、二月河、海岩、周梅森等部分作家的作品提起诉讼。2015 年 5 月，北京市第二中级人民法院作出一审判决，判令苹果公司停止侵权，赔偿中文在线经济损失等 107.3 万元。苹果公司也同样提起上诉，2015 年 11 月，北京市高级人民法院二审判决驳回苹果公司上诉；2016 年 9 月，最高人民法院作出裁定，驳回苹果公司的再审申请。在 2018 年，北京知识产权法院对宣告维持判决，八年维权攻坚战才算暂告一个段落，但由于涉嫌侵权内容较多等原因，还有大量案件等待起诉。

6. 洛小阳《三尸语》维权胜诉①

2018 年 11 月 20 日，湖南网络作家协会官方微信公众号发布《官宣，洛小阳《三尸语》维权事件胜诉》一文，以洛小阳胜诉并获得败诉方暗石网赔偿金的结果结束了长达十六个月的漫漫维权路。

2017 年 7 月 25 日，湖南省网络作家协会会员洛小阳在“龙的天空”网站爆出其作品《三尸语》被暗石网站侵权。在孤立无援的情况下，洛小阳向湖南省网络作家协会求助，网协主席团得知后，引起高度重视，各副主席通过各种渠道力助洛小阳维护自己的合法权益。尽管当时网协成立不久，但网协全体作者十分团结，同时为洛小阳发声，让整个事件得到足够强的曝光。9 月 1 日，洛小阳向暗石网寄出律师函，10 月 10 日，获得立案。

2017 年 12 月 2 日，洛小阳在“龙的天空”发帖，直言《三尸语》版权已经拿回，但维权还要继续。同时，还对进展进行了披露，提到其版权已经全部回归自己手中，暗石网拒绝下架自己的作品也拒绝赔偿，甚至出现换壳变身网站侵权的形式，行径恶劣，将继续起诉，追回损失。

另一方面，暗石网络科技有限公司除了在自家网站内拒不下架侵权作品外，还以管辖异议等多种借口拒绝出庭，拖延了一年时间，直至 2018 年 9 月 3 日才正式开庭。在这一年时间中，暗石网依旧以多种方式变法侵权，先后将书稿以打包贩售、

① 资料来源：湖南网络作协官方微信号，https：//mp.weixin.qq.com/s/wRtHu5xp1dT8oKgKdD3Oeg，2018 年 12 月 23 日查询

更名上架、更换平台、换壳上线的方式上传至网络并以此牟利。

最终，在 2018 年 9 月 28 日，经福建省厦门市湖里区人民法院判决，解除《三尸语》与暗石网的合同关系，并赔偿洛小阳《三石语》稿酬损失。

（高羽鑫、朱柏安　执笔）

第十章　少数民族网络文学

少数民族网络文学是指我国少数民族写手以互联网媒体为展示平台和传播介质，基于兴趣爱好或其他目的所创作的小说、诗歌、散文、随笔杂谈等文学作品，也可指少数民族网络写手或少数民族传统作家将已经完成并发表至报纸期刊上的作品登录在网络平台上，以供读者们阅读、欣赏和交流的文学作品，本文使用的是第一层含义。我国少数民族网络文学作为新时期以来非汉民族网络文学创作集合体，其起步略晚于居于相对主流地位的汉民族网络文学。在近20年的发展中，少数民族网络文学涌现出一大批写手和文学作品，显示出良好的发展势头，已经形成了一个包含作家、作品、创作平台和广泛受众的文学生态体系，这个体系与汉民族网络文学共同构成了中国网络文学系统，却又以显著的民族文化特点，保持自身的相对独立性。2018年，少数民族网络文学在平台建设、作品创作、理论批评等方面均取得了一定成就，保持着旺盛的生命力。

一、年度少数民族网络文学发展概况

1. 总体面貌

我国少数民族网络文学是借助互联网的联动而快速发展起来的。1999年8月，中国社会科学院少数民族文学研究所开通了国内第一个少数民族文学研究的专门网站——“中国民族文学网”，它的成立标志着我国少数民族网络文学发展的开端。随后，少数民族文学网站纷纷建立，其中非营利性网站占大多数。至今，我国少数民族网络文学经历了萌芽、发展、转型等阶段，无论是创作主体、作品内容、文学语言，还是审美趣味等都逐渐形成自己的特色。少数民族网络文学创作主体不断壮大，不仅有传统作家的加入，后起新秀的队伍也日渐壮大，青年写手增多。作品内容不断丰富，许多作品不仅体现本民族的特色，还扩大至主流文学和类型文学；作品体裁方面，在保持诗歌、散文为主体的情况下，小说创作较为火热，占比也开始增加；文学语言由最初的本民族语言逐渐转向双语，目前，以汉语创作的写手占据较大部分，展现了少数民族网络文学强大的生命力和旺盛的发展势头。

我国网络文学的迅猛发展有效推动了少数民族文学的发展，文学网站的创办和完善为少数民族作家队伍的壮大提供了一个契机，成为少数民族写手用文学抒情言志的精神家园，众多民族写手在这里成长与成熟。2018 年，一大批侗族、哈萨克族、回族、蒙古族、苗族、土家族、维吾尔族、彝族、藏族、壮族等少数民族的文学爱好者、诗人、作家们在少数民族文学网站（论坛）和专业性文学网站，以及博客、公众号等网络平台上进行文学写作，他们中青年写手居多，许多少数民族已经创建了自己的作家交流群，其中，比较具有代表性的作家有白族的宋炳龙；侗族的潘年英、南无袈裟理科佛；回族的马永欢、咬狗、杨知寒、丁墨；满族的雁九、携爱再漂流、岩岩夏日、西子情、雾外江山；蒙古族有孙树恒、乌兰其木格；苗族有血红、红娘子、姚筱琼、墨绿青苔、吉祥夜；土家族有当金垭、毛兴凯、Fresh 果果、子在川上曰、罗晓；瑶族的海青拿天鹅；彝族的沙辉、王国清、一路走心；藏族的刚杰·索木东、旺秀才丹、岗路巴·完代克；壮族的忽然之间~、施定柔；布依族的月涌、杨启刚等。

2018 年是少数民族网络文学作品丰收的一年，数量规模大、涉及题材广泛、内容丰富多彩。与汉民族网络小说独占半边天的体裁格局不同的是，少数民族网络文学的作品体裁以诗歌、散文为主。近年来，小说的创作逐渐增多，这一体裁尤其受到少数民族青年写手的青睐，也为少数民族网络文学的产业化奠定了一定的基础。

2018 年，诗歌类代表作品有蒙古族作家孙树恒的《再回故乡》、刚杰·索木东的《雅砻河谷的青稞熟了（组诗）》、旺秀才丹的《麻玛乡的美女》、岗路巴·完代克的《远方的诗（组诗）》、艾图哈的《白山黑水间的游子》、杨启刚的《井冈山：一座高峰的硬度（组诗）》等；散文类代表作品有马永欢的《夏天的漂亮河》、姚筱琼的《满天星茶马古道探幽》、倮伍伟哲的《故乡》、张邦兴的《母亲的脊梁》、潘年英的《深山苗寨》、蓝永秀的《久违的旱烟味》等；短篇小说类代表作有杨知寒的姚筱琼的《满天星茶马古道探幽》、赤·桑华的《一片片羊毛似的白云》、江洋才让的《达瓦赛马》等；长篇连载小说代表作有 fresh 果果的《仙侠奇缘之杀阡陌》、南无袈裟理科佛的《民国奇人》、雁九的《大明望族》、忽然之间~的《住进你心里》、血红的《开天录》、咬狗的《生死狙击之死神游戏》等，其中有部分还在连载中，尚未完结。

2. 少数民族网络文学代表性网站

文学网站是推动网络文学发展不可或缺的平台，正是有了这个平台，网络文学才得以快速发展，并得到广泛传播。少数民族文学网站主要包括专业文学网站和非专业文学网站两大类。专业文学网站是指以提供网络文学相关服务为主营业务的网站，非专业文学网站则包括门户网站的文学频道、论坛、博客、贴吧、公众号等网络文学阅读平台。目前，我国 55 个少数民族中，已有 20 多个少数民族建立了自己本民族的文学网站（论坛），例如白族、保安族、布依族、朝鲜族、傣族、侗族、哈尼族、哈萨克族、回族、拉祜族、满族、蒙古族、苗族、畲族、羌族、撒拉族、水族、土家族、维吾尔族、瑶族、彝族、裕固族、藏族、壮族等少数民族。与少数民族相关联的网络平台有近100个。中南大学研究生石曼婷在《网络文学五年普查（2009—2013）》的“少数民族网络文学”一章中，将少数民族文学网站分为四大类，第一类是由民间个人或群团自发创办的公益性民族文学网站和论坛，如满族的满族在线；苗族的三苗网、苗人网、苗族文化网、苗族在线、文山苗族网、中国苗族网等；彝族的中国彝族网、彝族人网、彝族文化艺术网、彝族青年网；藏族的藏人文化网、琼迈藏族文学网等。第二类是由少数民族文学期刊搭建的网络平台，如《民族文学》（http：//mzwx.qikan.com/）、《回族文学》（http：//hzwx.qikan.com/）、《满族文学》（http：//mziw.qikan.com/）、《西藏文学》（http：//xiza.qikan.com/）、《贵州民族研究》（http：//gymz.qikan.com/）、《花的原野》（http：//www.hdyy.net/）等。第三类是由民族文学研究机构建立的民族文学网络研究中心。如新疆大学西北少数民族研究中心（http：//wkjd.xju.edu.cn/）、广西民族大学壮学研究中心（http：//zx.gxun.edu.cn/zxjj.htm）、湖北民族学院南方少数民族研究中心（http：//www.hbmy.edu.cn/templet/nfzx/index.html/）、内蒙古大学蒙古学研究中心（http：//mgxzx.imu.edu.cn/）等。第四类是由民族作家协会以及各地文联创办的民族特色文学网站。如西北文学网（http：//www.xbwenxue.com）、梵净山艺术网（http：//www.fjwyw.cn/）、广西文联网（http：//www.gxwenlian.com/index/index.asp）等。除此之外，少数民族作家活跃的网络平台也逐渐扩大。除了上述民族网站外，综合性文学网站、个人博客、微信公众号等网络平台也是文学爱好者们创作与作品发布的聚集地。例如中国诗歌网（http：//www.zgshige.com/）、起点中文网（http：//www.qidian.com/）、晋江文学城（http：//www.jjwxc.net/）、新浪读书（http：//book.sina.com.cn/）、红袖添香（http：//www.hongxiu.com/）、孙树恒博客（http：//blog.sina.com.cn/sunsunshuheng）、当金垭博客（http：//blog.sina.com.cn/zgsrhl651010）、Fresh果果微信公众号“果果很圆”等。由此可见，少数民族网络文学已经成为网络文学发展进程中不可或缺的一部分。少数民族文学网站的出现，不仅为少数民族文学的发展提供了平台，而且让更多的研究者将目光转向少数民族文学和文化。这里试选择有代表性的少数民族文学网站进行简要介绍。

中国民族文学网（http：//iel.cass.cn/），中国社会科学院少数民族文学研究所于1999年8月开通的国内第一个少数民族文学研究的专门性网站，站点内有南方民族文学、北方民族文学、藏族文学、蒙古族文学、民族文学理论等研究方阵以及中国史诗、神话研究、各民族文学关系、当代论坛、口头传统、田野研究基地等专题频道，读者亦可在此站点进行学术刊物《民族文学研究》的在线投稿。

中国西部散文网（http：//www.cnxbsww.com/），站点记录了中国西部散文学会五百余位会员的信息和民族作家作品动态，以及国内唯一一家专刊中国西部12个省市区的大型省级纯文学期刊《西部散文选刊》自2007年至2018年的电子版。

民族文学网（http：//www. mzwxzz. com/），全国唯一的少数民族文学刊物《民族文学》的官网，站点首页以温家宝“办好民族文学，促进民族团结进步”为醒目标题，下设《民族文学》期刊的汉文版、蒙文版、藏文版、维文版、哈文版、朝文版，读者可以在线订阅、在线投稿，了解到少数民族文学最新动态。

《花的原野》蒙古文文学网（http：//www. hdyy. net/），当代蒙古族文学史上具有代表性的刊物《花的原野》的官方网站，站点由内蒙古自治区文学艺术界联合会主办，由内蒙古《花的原野》杂志社承办，首页设有花的原野、博客、世界文学刊物、金钥匙刊物、蒙古族作家和其他刊物等版块，是研究蒙古族文学最权威的全蒙文网站。

《回族文学》（http：//hzwx. qikan. com/），中国唯一以回族命名并公开发行的文学期刊《回族文学》的网上版本，刊载着回族作家和诗人的佳作。本网站由龙源期刊网签约代理，读者可以在此站点阅读期刊的原貌版以及电子文本版，按篇计费，每篇文章一到两元，还可以在线投稿和留言交流，方便实用。与该网站相类似的还有《满族文学》（http：//mziw.qikan.com/）、《西藏文学》（http：//xiza.qikan.com/）、《贵州民族研究》（http：//gymz.qikan.com/）等。

藏人文化网（http：//www. tibetcul. com/），创办于2004年，是西藏文化最权威的中文平台，下设藏人文学（http：//wx. tibetcul. com/），包括文学动态、经典文库、作家档案、专题专访、名家力作、三区大地、博文选粹和社区美文八大板块。网站收录了五十六位藏族作家和诗人以及五十六位其他民族作家和诗人的信息动态，诗歌、散文、小说、随笔等作品极其丰富。

文山苗族网（http：//www. 3-hmong. com/），站点下设苗山新事、七彩苗山、苗学研究、苗文空间、文学园地、风俗习惯等栏目。其中文学园地频道2018年更新民间文学作品6篇、书面文学10篇、文学杂谈1篇、其他综合1篇。

侗族风情网（http：//www. dongzu8. com/），侗族青年吴盛兴于1999年个人主页发展起来全面展示侗族文化，宣传侗族风情的公益性民族站点，是侗族地区最大的侗族社区网站，是侗族人的网上精神家园。下设侗族新闻、侗乡人物、侗人随笔、侗族论坛、侗人日记、精品鉴赏、侗族网站等20个频道，涉及侗族文化的方方面面，文学作品。

西域风文学网（http：//xjhtzxgx. 2003y. net/），由新疆和田地区作家协会秘书长古啸于2006年7月1日创办，下设散文天地、新诗原创、精彩小说、杂谈随感、诗词古韵等版块，在该网站发表作品必须注册成为会员，全站实行会员积分制，网站管理规范，作品更新及时，文友交流频繁。

梵净山文艺网（http：//www. fjwyw. cn/），贵州省铜仁市文学艺术界联合会（简称铜仁市文联）主办的文学网站，定期更新文艺动态和文联通知，站内有佳作荐赏和文艺评论两大栏目，刊载有文学作品、电子刊物、诗词楹联作品以及文学评论等网站原创作品。

阳光诗人孙树恒的博客（http://blog. sina. com. cn/sunsunshuheng），内蒙古作家协会会员孙树恒的个人新浪博客。截至2018那边12月21日，博客总计拥有13，848关注人气，1，402，041微博访问量。累计至今，作者已在个人新浪博客上发布363篇原创散文、750篇原创诗歌、14篇原创小说以及23篇原创散文诗等，作品图文并茂，影响深广。

此外，少数民族代表性文学网站还有蒙古族文化网（http://www. mgzwhw. com/）、三苗网（http://bbs.3miao.net/）、彝族人网（http://www.yizuren.com/）、壮族在线（http://www.rauz.net.cn/）、布依族网（http://www.iuix.net/）、满族在线（https://www. manjusa. com/）、土家族文化网（http://www. tujiazu. org. cn/）等，将在本章第二节不同少数民族网络文学概述中予以详细介绍。

3. 少数民族网络文学代表性作家

少数民族是指我国除汉族以外的55个民族，少数民族文学网站的建立为少数民族文学爱好者们构筑了一个更加便捷的交流空间，也孕育了一大批网络写手，他们有的活跃于本民族文学网站，有的活跃于文学论坛，有的活跃于综合性文学网站，有的活跃于个人博客和公众号等。虽然他们活跃的网络平台多样化，统计困难，但仍有一大批值得我们关注的少数民族网络作家。这里选取部分少数民族代表性网络作家进行简要介绍。（从作者的民族出发，参照中华人民共和国国家标准的《中国各民族名称的罗马字母拼写法和代码》进行排序）

宋炳龙：白族，男，1957年出生于云南省洱源县炼铁乡的农民家庭，诗人，小说家，云南省作家协会会员，头条文章作者。已出版自由诗集《山魂》、古体诗集《不鸣居诗钞》、长篇艳情小说《迷失边城》和《白洁夫人》等多部作品。2018年在《中华诗词》上发表《渔家傲·烟雨周庄》《密支那思乡吟》《茶马古道拾遗（三首）》等多首诗歌。也在个人博客上发布《咏兰五首》《鸡足山感悟（六首）》《绝句二首》《洱源风物诗之三》等系列组诗，还有《新春抒怀》《咏黄牡丹》《冬日登苍山》《中秋夜阴雨》等多篇抒发自己情感的诗歌。

潘年英：笔名帕尼，侗族，男，1963年生于贵州天柱县，中国作家协会会员，现居湖南湘潭，已有38部著作问世。大学期间开始发表文学作品，主要创作小说和散文。1994年获中国作协庄重文文学奖。目前主要活跃于新浪博客，是少数民族博客文学的领军人物。博客上发表的文章以游记类和评论类居多，如散文集《深山苗寨》《名不虚传的功夫村》《一个人的文学帝国》等。历经21年，其“故乡三部曲”的第四部《解梦花》于2018年7月由新星出版社出版。

南无袈裟理科佛：真名陆显钊，笔名陆恪，侗族，男，贵州人。现为磨铁中文网签约作家，代表作品有《苗疆蛊事》《苗疆道事》《夜行者：平妖二十年》等。

《苗疆蛊事——我被外婆下了金蚕蛊》于 2012 年 11 月 9 日在天涯“莲蓬鬼话”论坛首次发表，长期占据百度小说搜索风云榜前列，引发百万读者阅读狂潮，同时开创了国内巫蛊类网络小说的先河。2012 年成为磨铁中文网“最佳作者”“最畅销作品”获得者，2013 年网络十大作品获奖人、天涯十大最佳作者获得者。悬疑小说《民国奇人》2018 年 10 月 21 日在网易云阅读上首发，目前仍在连载中。

马永欢：笔名山竹，清风竹韵，回族，男，中国网络作家协会会员，上海文艺网签约作家，《回族文学》等多家刊物微刊专栏签约作家，《永平回族》主编。2005 年开始发表作品，在《散文百家》《文苑 · 西部散文》《回族文学》等报刊发表 1000 多篇，公开出版了 9 部散文选集，作品荣获大理州 2013 年、2014 年、2015 年度公开出版优秀图书奖，文学成就入选《中国回族文学通史》（当代卷），《永平记忆》等 5 部著作被中国现代文学馆收藏。目前，主要在《东方散文杂志》《中学教学参考河南站》《浪花文艺》等微信公众号和公众平台上发布新作。

咬狗：回族，男，知名网络小说作者，由于作品《全球进化》一书成名，在起点中文网、创世中文网均有多篇著作，如《异界全职业导师》《全球进化》《蛮荒九道》《寄生王朝》《无限进化》等。作品以玄幻、科幻题材为主，写作风格擅长热血激情的战斗描写以及兄弟情义塑造。游戏同名小说《生死狙击之死神游戏》于 2018 年 9 月 17 日完结，《战宠入侵》仍在火热连载中。

杨知寒：真名杨艾琳，回族，女，豆瓣阅读作者。已出版作品《寂寞年生人》和《惊觉梦》。目前，主要活跃于豆瓣阅读，发表的作品有文艺小说《培养皿》、言情女性小说《沈清寻》以及悬疑小说《惊梦觉》。2018 年 6 月 26 日加入中国作家协会。

丁墨：本名丁莹，回族，女，曾是晋江文学城的驻站作家，现已签约于创世中文网，作品文路构思巧妙大胆，大多都是半言情小说。代表作有《如果蜗牛有爱情》《他来了，请闭眼》《你和我的倾城时光》《美人为馅》等。已出版作品十余部，并有多部作品已输出影视版权。2018 年由赵丽颖和金瀚主演的《你和我的倾城时光》在东方卫视、浙江卫视首播。2018 年 4 月 15 日，作者在云起书院和创世中文网上发布新作《挚野》，目前已完结。

雁九：真名苗妍，曾用笔名晏九，满族，女，1980 年出生于内蒙古。钟爱传统文化，喜欢红学与明清历史，偏爱老北京民俗研究，现为腾讯文学旗下创世历史类小说作者，阅文集团大神作家。代表作品有《孔织》《重生于康熙末年》《天官》等。其作品以架空历史类小说为主，语言文字平实，喜欢用细节描写刻画人物性格，推动故事情节。目前活跃于起点中文网、创世中文网、腾讯文学等文学网站，其历史长篇小说《大明望族》和《族长压力大》仍在连载中。

携爱再漂流：原名宋丽暄，满族，女，首届言情大赛最佳文字奖获得者，红袖添香的当红女作者之一，现为掌阅文学旗下掌阅小说网签约作家。2008 年 5 月开始在红袖添香上发表作品，代表作有《普兰誓言》《寻爱千年》《不认输，fighting》《办公室风声》《谁将流年抛却》等。《不认输，fighting》是第一本在网络上连载并进行VIP收费阅读的都市职场类小说，携爱再漂流堪称网络当红职场VIP写作第一人。都市小说《闪耀吧！酒店女王》于2017年4月11日首发于爱奇艺文学，目前正在连载中。

岩岩夏日：满族，男，1993年出生于内蒙古，毕业于重庆邮电大学，现在全职写作。代表作有《重生之超级兑换》《最后一个驱鬼道士》《超级高高手》《最后一个驱鬼人》等。2014年开始在17K小说网连载都市异能类小说《重生之超级兑换》。目前和景象文学公司合作，《最后一个驱鬼人》在景象文学上连载。

西子情：真名王玉慧，满族，女作家。大学毕业后遂执笔文坛，2010年签约潇湘书院从事写作事业，现为潇湘书院白金作者，中国作协会员。以文笔清新华丽，情感细腻，精彩起伏的故事情节和独具一格的写作手法得到广大读者的喜爱。已出版作品《妾本惊华》《卿本惊华》《纨绔世子妃》《京门风月》。《妾本惊华》和《纨绔世子妃》在连载期间横扫内外站榜单，是古言类扛鼎之作。两部作品同时签约影视。现今她的新小说《花颜策》正在潇湘书院连载。

雾外江山：真名张胜朋，满族，男，网络作家，起点中文网长期签约作家。代表作品有《仙道之主》《神剑永恒》《大道独行》《唯我巅峰》《道岳独尊》《红顶位面商人》等。2017年2月，他在第二届网文之王评选中位列百强大神。2018年5月，荣获第三届"橙瓜网络文学奖"百强大神。2018年5月，第三届"橙瓜网络文学奖"评选中，《道岳独尊》荣获年度百强作品奖。2018年6月26日加入中国作家协会。

孙树恒：笔名恒心永在，蒙古族，男。头条新闻作者，江山文学和散文在线签约作家。在江山文学网、中国网络文学联盟、红袖添香等网站有文集；已出版个人诗集《长夜当歌》和散文集《父亲的草原》。目前，主要在中国诗歌网和个人新浪博客上发表新作。截止2018年11月15日，作者全年在中国诗歌网上共发表63篇原创诗歌、散文、散文诗等，在个人博客上发表原创诗歌、散文、散文诗、小说共97篇。

乌兰其木格：笔名乌兰格格，蒙古族，女，榕树下文学网站签约作家。长篇历史小说《慰安妇的慰安》获2014年北京市互联网媒体协会"网络文化季"大赛长篇小说三等奖；短篇小说《醉贤良》获2013年北京市互联网媒体协会"网络文化季"大赛短篇小说三等奖，并出版合集。2018年6月26日加入中国作家协会。

血红：原名刘炜，苗族，男，湖南常德人。现为阅文集团白金作家，中国网络作家富豪榜上榜作家。2017年2月，在第二届网文之王评选中位列百强大神。2018年，在第三届"橙瓜网络文学奖"评选中位列十二主神。目前上架于阅文集团旗下网站的代表作有《林克》《龙战星野》《神魔》《邪风曲》《邪龙道》《偷天》《光明纪元》《巫神纪》《三界血歌》等。2018 年 7 月，《万界天尊》完结。同年，9 月 10 日血红最新作品《开天录》在起点中文网上架，截至目前已获得一千万点击。

红娘子：原名姚笛，苗族，女，湖南浦市人，专职作家，江湖人称“惊悚女皇”，现为中文在线签约作家。代表作品有《红缎》《青丝》《绿门》《大唐 1 号美术馆》《渡灵师》等，其中“七色恐怖”系列小说，已经成为中国恐怖小说读者的必读之物。目前活跃在爱奇艺文学、咪咕文学、汤圆文学等综合类文学网站，2018 年完结的作品有《道师爷》《胭脂祸心》《血色绞刑架》等，《灵宝密码：海昏侯墓异闻录》《血色绞刑架》《桥师爷》等还在火热连载中。另外，《道师爷》同名电影于 2018 年 9 月 7 日在爱奇艺独家播出。

姚筱琼：苗族，女，现为湖南省怀化市作家协会副主席。20 世纪 80 年代开始发表各种体裁文学作品，主要作品有：短篇小说集《芭蕉雨》、散文集《远山阳光》、长篇重案小说《罪名成立》《杀人动机》《失手》等。其中《罪名成立（原名：刑侦队长）》《危情布局（原名：五魁首）》分别获湖南省 2008 年和 2010 年重点作品扶持关注，《杀人动机》获 2008 年度长篇小说奖。《罪名成立》《失手》均在 17K 小说网上发表过，目前主要活跃于新浪博客，发布散文、诗歌、个人游记、文学评论等文学作品。

墨绿青苔：真名朱双艺，苗族，贵州省作家协会会员，黔南州作家协会会员。系 2008 年三 G 门户网站职业签约作家，2014 年新华网职业签约作家，2016 年腾讯旗下阅文集团小说阅读网白金级职业签约作家。著有悬疑小说《迷离档案》《诡域档案》《连环罪：心理有诡》等。2018 年 6 月 26 日入选为中国作家协会会员。同年，7 月 10 日，悬疑小说《破局者》上架磨铁中文网，目前正在连载中。

吉祥夜：真名李莹，苗族，女，红袖添香的签约作家，中国作协会员。多届华语言情小说大赛冠军获得者。出版小说和作品签约影视多部。凭借《漓宫挽歌：药引皇妃》和《神秘老公不见面》成为红袖的钻级作者。文风多变，文字清新优美，擅长暖情虐文，故事催人泪下，温馨动人。代表作品有《老师，爱情天天向上》《总裁的冒牌新娘》《一路念向北》《婚心计》等。目前，现代都市言情小说《如果你也记得我》在红袖添香上连载。

当金垭：土家族，男，20 世纪八十年代开始写诗。2018 年以前，主要活跃于中国诗歌网和个人博客。原创作品数量惊人，文学体裁丰富，包括原创诗歌、散文、散文诗、小说、诗论等。目前，主要在长阳天天诗歌等微信公众平台上发表作品。截止 2018 年 12 月 7 日，当金垭已参与了平台的且诗且歌系列（6 期）、转角系列（8 期）、躲进一个雨天系列（6 期）以及诗歌即渡船系列（14 期），有单独的一首诗歌，也有组诗的形式。

毛兴凯：土家族，男，字同仁，号前川瀑布。《中国作家网》会员；《子归》原创文学网会员；巴东县作家协会会员；恩施州作家协会会员；中国少数民族作家学会会员。爱好写作，崇尚质朴简练的文风，部分作品见诸报刊、杂志。著有散文集《故乡的心跳》，由中国文艺出版社出版。2018 年在中国作家网发表了 4 篇原创散文。

Fresh 果果：真名江晨舟，土家族，女，籍贯湖南凤凰，超人气新兴小说作家。代表作品有《仙侠奇缘之花千骨》《脱骨香》《琉璃般若花》《十万狂花入梦来》等。2009 年凭借《花千骨》一文成为晋江文学城最受欢迎的作者之一。目前活跃于个人微博“Fresh 果果”、微信公众号“果果很圆”、晋江文学城、爱奇艺文学等网络平台，2018 年 10 月 22 日在晋江文学城独家首发小说《仙侠奇缘之杀阡陌》，并在上述活跃的网络平台中持续更新，目前作品仍在连载中。

子在川上曰：原名陈宝川，土家族，男，湖南常德人，1971 年生。种过地，酿过酒，做过建筑工人，也开过酒楼，现为深圳一家企业的负责人，长期居住于深圳。著有诗集《行走在历史中的鱼》。目前，活跃于江山文学网和个人博客。截止 2018 年 12 月 6 日，已在江山文学网上发表作品 784 篇，也在个人博客上发表大量原创诗歌、小说、散文等多题材作品，博客访问量更是高达 12 万。

罗晓：本名丁道兵，土家族，男，湖北利川人。中国作家协会会员、湖北省作家协会会员、鲁迅文学院学员、天下书盟作家、阿里文学签约作家。2007 年在起点中文连载第一部作品《回唐传》。代表作品有《黄金手》《无双宝鉴》《最强相师》《纪委书记》《龙门阵》等。2018 年 5 月，在第三届“橙瓜网络文学奖”评选中位列百强大神。目前，都市小说《大山里的青春》正在连载中。

海青拿天鹅：瑶族，女，天蝎座，80 后，现为晋江文学城签约作者。2007 年 6 月开始在晋江写作。主要代表作品有《双阙》《春莺啭》《白芍》《嫤语书年》《暮春之令》《思美人》《拉美西斯的情书》等。2007 年在晋江文学城首发的《双阙》，收藏量近两万，总点击量超千万，积分过 6 亿。因文笔精致古朴，文风大气沉郁，被誉为 07，08 网络古代言情小说的代表作品。作者于 2018 年 11 月 1 日在晋江原创网上发布的新作《檀郎》，发布一个月内，收藏量超 6000，目前处于连载中。

沙辉：彝名沙玛木呷，彝族，男，1976 年生，四川省盐源县人，四川省作协会员，青年诗人、文学评论家，“祖先情结写作”的提出和践行者。已出版诗集《漫游心灵的蓝天》和爱情抒情长诗《心的方向》。目前活跃于彝族人网文学论坛，为作品、诗人和小文人写一些文学评论、书讯动态和人物传奇。2018 年在彝族人网上发表文学评论《对民族传统文化的致敬和深情歌咏——贝史根尔长诗《乌芝嫫》序》等。

王国清：彝名曲木伍合，彝族，男，中国少数民族作家协会会员，彝汉双语写作者，现居四川大凉山。目前主要活跃于中国诗歌网和彝族人网等网络平台，并在上面发布新诗作。2018 年，在中国诗歌网上发表了 6 首原创诗歌。如《手机》《我们》《身边有条江叫做金沙江》等。部分诗作也在彝族人网上以组诗的形式更新，如《王国清短诗：〈当父亲赶上端午节〉（外七首）》。

一路走心：彝名沙玛尔坡惹，彝族，男。曾笔名一支诚实的笔、群时守嘴独时守心。一位四川大凉山毕摩后裔，出生于俄尔则俄雪山脚下，早年游学成都平原，现蜗居彝地安宁河平原。喜欢漫步山野或闲庭静读，独立思考者，边缘文化人，时不时码一点散淡文字。2018 年在彝族人网发表散文《浮世如歌》《一个人的村落》《上山记》《远足记》等，多次位于栏目推荐前列。

刚杰·索木东：又名来鑫华，藏族，男，甘肃卓尼人，70 后作家。中国作家协会会员。甘肃省作家协会理事、副秘书长。藏人文化网文学频道主编，著有诗集《故乡是甘南》。目前，主要活跃于中国诗歌网、藏人文化网和个人博客，2018 年在上述网络平台上同步更新原创组诗《颗粒归仓的秘密》《八月，途中的秋天》等系列。个人博客粉丝众多，博客访问量超十二万。同年，凭借《雅砻河谷的青稞熟了（组诗）》获得第二届全国藏汉双语诗歌大赛汉语组“优秀诗人奖”。

旺秀才丹：藏族，男，出生于甘肃省天祝藏族自治县，现居于四川成都，西北民族大学教授，藏文化专家，藏人文化网 CEO。“互联网+藏族文学”的倡导践行者。2004 年创办“西藏文化的中文平台”藏人文化网，2005 年创办藏族历史上第一个中文博客“藏人文化博客”。目前主要活跃于藏人文化网、藏人文化博客、中国诗歌网等文学网站（论坛）。2018 年在藏人文化网上发表《麻玛乡的美女（组诗）》等原创诗歌。

岗路巴·完代克：藏族，男，1997 年出生于甘南合作，毕业于西北民族大学。《中国诗》签约诗人，仓央嘉措诗社甘南分社副长兼秘书长。作品散见《甘肃省青年 2017 年诗选》《佛顶山（少数民族诗歌诗选）》和藏人文化网等网络平台。2018 年在藏人文化网上发表多首原创诗歌和诗歌译作，如组诗系列有《岁月，使我哭泣和欢笑组诗》《雨中的离别》《心爱的牧场》等，诗歌译作有《端智嘉诗歌新译》《尖梅达：南逝的云彩（组诗）》等。

忽然之间~：原名韦小丽，壮族，女，广西人，现居武汉，是晋江文学城创造销量奇迹的一位超人气作者。代表作有《若即若离》《暧昧》《柔道爱情》《一生只要一个你》等。被读者誉为“最温暖的写手”。目前，主要活跃于晋江文学城和个人微博“忽然之间 wh”，2017 年新作《如若，不曾见》在个人微博“忽然之间 wh”和晋江文学城上同步连载，目前未完结。2018 年 11 月 26 日将 2015 年的作品《住进你心里》填坑完结。

施定柔：又名玄隐，壮族，女。2004 年开始在晋江文学城发表作品，先后完成“定柔三迷”武侠系列作品——《迷侠记》《迷行记》《迷神记》，奠定了其水墨江湖新武侠的地位；2008 年凭借现代题材小说《沥川往事》圈粉无数，由此改编的电视剧《遇见王沥川》于 2016 年 7 月在安徽卫视首播，引发小说阅读热潮。鉴于《遇见王沥川》的不俗口碑，续集《再见王沥川》于 2016 年 9 月 7 日正式宣布启动，这也是施定柔继《遇见王沥川》和《彩虹的重力》之后第三次担任编剧，于2018 年 9 月 11 日在优酷视频播出。

月涌：本名贺明勇，布依族，男，布依文化业余学者，贵州散文学会会员、黔西南州作家协会会员、《天下布依》文艺刊物主编。八十年代开始写诗并发表，曾担任中国现代诗歌网常务副站长兼诗歌现场版主，网易诗歌论坛版主等。2018 年，在中国诗歌网发表《纳梭河之歌》《夏日纪事》等 4 首诗歌，同年也在价值中国网上发表《我们去哪里（外二首）》《古树、古井、古村》等诗歌作品。

杨启刚：布依族，男，中国作家协会会员，中诗网第二届签约作家。作品散见于《诗刊》《星星诗刊》《诗潮》《中国诗人》《山花》等报刊，荣获政府文艺奖、鲁藜诗歌奖、尹珍诗歌奖等奖项。公开出版有诗集《遥望家园》《打马跑过高原》等六部个人专著。2018 年在中国诗歌网上发表《玫瑰：挽歌或遥望（组诗）》《仁宝书记，我在春天为您写首诗（组诗）》《三花记（组诗）》等诗歌作品。

4. 少数民族网络文学代表性作品

网络文学浩如烟海，多以类型文学和长篇巨作为主，而少数民族网络文学、特别是少数民族网站上的原创文学则与之相异，主要以诗歌、散文和短篇小说为主，长篇小说相对较少。这些创作内容植根于丰富的民族文化土壤之上，作品具有鲜明的地域性和民族性。但是，活跃于综合类文学网站的少数民族网络作家创作的作品，倒是体现出一般网络文学的发展特点。我国少数民族文学网站、代表作家和作品不胜枚举，笔者主要以 2018 年由少数民族网络作家创作（含 2018 年仍在续更或年度内仍具较大影响）、描述少数民族生活，以及发表在少数民族文学网站上的作品为主要选取依据，并从小说、诗歌、散文三大类别出发，选取部分代表性作品简要介绍（从作者的民族身份出发，参照中华人民共和国国家标准的《中国各民族名称的罗马字母拼写法和代码》排序）。

（1）小说类

《挚野》，回族女作家丁墨 2018 年 4 月 15 日发表于云起书院和创世中文网的言情小说，目前已完结。小说讲述的是许寻笙与岑野追求梦想的故事，青春、梦想和成长是小说的主线。

《生死狙击之死神游戏》，回族网络作家咬狗 2016 年 2 月 2 日首发于创别书城的游戏同名小说，目前已完结。小说主要讲述的是对射击类游戏具有过人天赋的少年陈锋，作为冒险者被投入到死亡空间中，以勇敢的战斗表现得到伙伴认可并成为队长，率领成员最终攀上生命层次的巅峰的故事。

《沈清寻》，回族女作家杨知寒发表于豆瓣阅读上的一部言情女性小说。小说讲述了一个民国爱情故事。主人公沈清寻纯洁刚烈，生母病逝后重回沈家大院，在专断淫威的祖母与两个终身未嫁的姑姑身边生活，与姑姑的养子相爱却注定不能修成正果。沈清寻与爱人各奔东西后，逐渐成长为有见识、有心胸的新时代女性。

《开天录》，苗族作家血红于2018年9月10日在起点中文网上发布的玄幻小说，目前处于连载中。讲述的是生存容易，生活艰难的故事。

《道师爷》，苗族作家红娘子2016年11月27日发布于爱奇艺文学网的悬疑小说，目前已完结。小说讲述的是关师傅叶飞的故事，在这个民不聊生的军阀厮杀混战中，一代奇人关师父行走江湖所引发的有关人性的三段故事。2018年9月7日由同名小说改编的网络电影《道师爷》在爱奇艺独家上线。

《满天星茶马古道探幽》，苗族作家姚筱琼2018年9月17日发表在个人博客上的美丽乡村系列散文第76篇。讲述了自己寻访和探秘茶马古道的过程，由此激发了自己对于生命、勇气、灵魂等的思索。

《如果你也记得我》，苗族女作家吉祥夜2018年5月21日在红袖添香上连载的现代都市言情小说。小说讲述的是她记得他，因为他眉角那颗痣；他记得她，只是因为她是她。每一个擦肩而过的缘分，终成为回忆里的故事。

《破局者》，苗族女作家墨绿青苔创作的悬疑推理小说。2018年7月10日正式上架于磨铁中文网。小说的主人公庄严的父亲庄诚是茶城有名的大律师，七年前被指控妨碍司法公正畏罪自杀，庄严怀疑父亲是遭人陷害，于是子承父业成为一名见习律师。追查真相的过程中，庄严将目睹很多因自私与懦弱所惹来的杀身之祸，在见义勇为与明哲保身之间做出选择。

《爸爸你在哪里?》，苗族作家张元奇2018年1月28日发表于文山苗族网文学园地的一篇短篇小说。主人公罗小丹是个从小没见过自己爸爸的孩子，参加玩具厂招工的时候，觉得厂长很熟悉，很像自己的爸爸，在一系列的追问和安排下，最终与父亲相认，也为自己的妈妈找到爱人的故事。

《住进你心里》，壮族作家忽然之间~2015年5月1日首发有晋江文学城的现代言情小说，2018年11月26日作者填坑完结。小说讲述了一个爱你，我不择手段；只为，住进你心里的故事。

《大明望族》，满族青年女作家雁九所著的历史网络小说。2013年7月26日在创世中文网首发，目前处于连载中。小说讲述的是大明中叶，吴兴沈氏与汝南周氏、会稽顾氏、陇西李氏、东海陈氏、中山张氏并称的中国六大世家早已凋零，沈氏分支立足松江，声名鹊起，为当世显赫望族。主人公因现代灵魂，回到至五百年前，重生到祖宗身上的故事。

《闪耀吧！酒店女王》，满族作家携爱再漂流2018年4月11日在爱奇艺文学平台上发表的都市言情小说，同年10月12日完结。小说讲述的是四个女孩为了爱情奔赴职场的故事。

《花颜策》，满族女作家西子情2018年3月3日在潇湘书院上连载的古代言情小说。小说讲述的是三岁能诗，七岁能赋，十岁辩当世大儒，十二岁百步穿杨，十五岁司天下学子考绩，十六岁监国摄政，文登峰，武造极，容姿倾世，丰仪无双事物太子选妃时，选中了林安家最小的女儿花颜，然后两人相伴一世的故事。

《道岳独尊》，满族作家雾外江山2017年11月14日发表于掌阅小说网的一部奇幻修正小说。2018年5月，荣获第三届“橙瓜网络文学奖”年度百强作品奖。

《苗疆道事》，侗族作家南无袈裟理科佛2014年6月8日在黑岩网连载，2015年8月15日完结的长篇悬疑类网络小说。讲述的是青年陈二蛋从70年代到2010年，这40年的风云往事。这部小说不是陈二蛋的个人传记，而是一个时代，以及身处于这个大时代之中，那些一代宗师的故事。

《仙侠奇缘之杀阡陌》，土家族作家fresh果果2018年10月20日在晋江文学城独家首发的仙侠修真小说。讲述的是师父和花千骨前世的故事。小说中男女主人公有了新的名字，新的人生与故事，，性格也发生了某些变化。唯一不变的是铭心刻骨的爱恨虐恋。结尾的那一刻，达成与《花千骨》故事的豁然贯通，与一切的情感汇聚。

《龙门阵》，土家族作家罗晓2017年8月30日首发于阿里文学的悬疑探险小说。小说讲述以四川民间的神秘文化为背景的探险故事，展述三星堆的玄奥秘辛，野人沟的传说，黑竹神庙，守护神兽灵犬雪狮，苗疆蛊事，主人公鲜以和做私家侦探的朋友冉英俊冉大胖子一起以寻找“太阳轮”起始，一步步揭开川苗地区的神秘文化的面纱。

《檀郎》，瑶族女作家海青拿天鹅2018年11月1日在晋江文学城上发表的历史架空小说。讲述的是女主人公云霓生实现三个愿望，即拿回祖父的田宅、傍着公子发财以及把对么的表公子勾搭了的故事。

（2）散文类

《夏天的漂亮河》，回族作家马永欢2018年9月30日发表于中学教学参考河南站微信公众号上的原创散文。讲述了自己与兄弟小五去母亲的故乡漂亮河的行程，描写了村庄的农耕生活与良好的村风民风，令人仿佛置身一幅美丽的图画中。

《锦书难托》，藏族作家格央2018年9月27日发表于藏人文化网文学专栏名家力作板块的一篇散文。描写了毕业后考上乡镇公务员的仓，因距离问题与男友分手、遇见来做课题的大学老师并与之相爱，最后因为现实问题分手，另嫁他人的故事。

《果洛镜像（组章）》，藏族作家程强2018年4月16日发表于藏人文化网文学专栏名家力作板块的一篇散文。全文由“玛查里”、果洛诗人、黑帐篷、婚礼、草原骑手5个部分组成。

《满天星茶马古道探幽》，苗族女作家姚筱琼2018年9月15日发表于个人博客上的美丽乡村系列散文第76篇。通过自己的亲身经历，讲述了寻访和探幽茶马古道的过程，表达了对于生命、灵魂、理想和抱负的感悟。

《浮世如歌》，彝族作家一路走心2018年10月22日发表于彝族人网的原创散文。散文描述了作者在极度负累和负罪的情况下，只能通过沉醉文字来苦渡当下，表达了自己对于自由的向往，渴望流放、隐居、与世无争的生活。

《故乡》，彝族作家倮伍伟哲 2018 年 4 月 16 日发表于彝族人网的一篇原创散文。主要讲述了自己对故乡的回忆以及怀念之情。

《母亲的脊梁》，壮族作家张邦兴 2018 年 5 月 18 日发表于文山壮族网温都尔园地的一篇散文。作者回乡看望母亲，发现母亲腰背佝偻厉害却坚持下地干活，进而追忆起母亲一生劳碌不止，表达了母亲的伟大以及作者对母亲的感激之情。

《文山州赋》，壮族高中虔 2018 年 3 月 15 日发表于文山壮族网文学园地的一篇散文赋。通过散文赋的形式向我们介绍了文山州的发展历史以及风俗人情等基本情况。

《深山苗寨》，侗族作家潘年英 2018 年 8 月 8 日发表于个人博客上的一篇游记散文，由三个小节组成。作者从摄影的角度出发，讲述了自己临时起意探访苗寨、寻找和感受苗寨以及去嫂子家吃饭的情景，作者以自己的行走路线为行文线索，语言质朴，情感真挚。

《月色空港》，侗族余功进 2018 年 8 月 8 日发表于侗乡网的一篇散文。作者漫步在月夜下的黎平，体会宁静的空港之城，继而有感而发。

《久违的旱烟味》，瑶族作家蓝永秀 2018 年 2 月 28 日发表于大化瑶族网的一篇原创散文。描述了作者通过久违的“旱烟味”，回想起父亲以及自己与旱烟的故事，表达了自己对于父亲的思念之情。

《扶贫路上的那些故事》，瑶族中学老师韦青岚 2018 年 11 月 21 日发表于大化瑶族网的一篇散文。主要记录了自己加入扶贫队伍，和队友以及扶贫家庭之间的一些事。

《剃头匠老余》，土家族唐伟发表于土家族文化网上的一篇原创散文。作者通过对剃头匠的老余剃头的态度和方式，明白了生活的真谛。

《“特仑苏”之情》，达斡尔族 aobuk2018 年 4 月 23 日发表于达斡尔论坛小说散文专栏的一篇散文。在超市卖场的牛奶柜台上看到“特仑苏”，进而引发远在他乡的游子思乡之情。

《奔跑中的年味》，达斡尔族德都勒海燕 2018 年 2 月 16 日发表于达斡尔论坛诗词歌赋板块的一篇原创散文。回忆达斡尔族过年的传统习俗——磕头，展现自己童年时期的不解和无奈，进而表达自己从中得到的收获——争取和奔跑的本领。

（3）诗歌类

《再回故乡》，蒙古族作家孙树恒 2018 年 1 月 21 日发表于个人博客的原创诗歌。通过自己“再次回到故乡”的情景，表达了自己对于故乡的深厚情感。

《雅砻河谷的青稞熟了（组诗）》，是藏族作家刚杰·索木东创作的原创诗歌，也是 2018 年 6 月 27 日“吐蕃故都·雅砻绿谷”第二届全国藏汉双语诗歌大赛优秀诗人奖（汉语组）获奖作品。诗歌由“第一块农田”“第一位赞普”“第一座宫殿”“第一个墓葬”四个典故组成，极具藏族历史和神话传说特色。

《麻玛乡的美女》，藏族作家旺秀才丹 2018 年 10 月 8 日发表于藏人文化网诗歌板块的一首原创诗歌。诗歌来源于 2018 年 9 月 27 日至 30 日，诗人参加的一次盛会，由于居住着有众多来自麻玛乡的参会美女们，因而“麻玛乡的美女”由此而来。

《远方的诗（组诗）》，藏族作家岗路巴·完代克 2018 年 11 月 16 日发表于藏人文化网的原创诗歌。诗歌由“远方的诗”“黎明的客人”“赴梦路”“抉择”“牵梦绕魂”“当周草原”“雪中的牧场”“思恋丁香园”“温暖之夜”“雪天的故事”十部分组成。

《母亲（母亲节诗歌）》，苗族作家杨凤金 2018 年 5 月 9 日发表于文章苗族网文学园地的一首原创诗歌。诗歌写于母亲弥留之际，表达了作者对于母亲的不舍之情。

《大围山（组诗）》，苗族作家杨凤金 2018 年 8 月 23 日发表于文山新闻网文学频道的一篇原创诗歌。

《十二月，是我舅舅的葬礼》，彝族作家王国清 2018 年 1 月 30 日发表于中国诗歌网的原创诗歌，表达了对舅舅逝世的怀念之情。

《白山黑水间的游子》，彝族人 aituha（艾图哈）2018 年 1 月 4 日发表于满族在线文学论坛现当代文学板块的一篇现代诗歌。

《罗婺细语》，彝族作家普驰达岭 2018 年 5 月 8 日发表于彝族人网的大型组诗。全诗由 56 个小节组成，讲述了一个拥有千余年历史文化的煌煌彝族部落——罗婺部的历史以及自己对于故乡的情感。

《纳梭河之歌》，布依族作家月涌 2018 年 6 月 10 日发表于中国诗歌网的原创诗歌。全诗由 7 个小节组成，“纳梭”是布依语，地名，意即有一坝麦田的地方。

《井冈山：一座高峰的硬度（组诗）》，布依族作家杨启刚 2018 年 3 月 23 日发表于中诗网的原创诗歌，也被中诗网收录进《中国诗歌》第 1551 期。诗歌由“夜读《西江月·井冈山》”“四月在十里杜鹃赏花”“井冈翠竹里的绿色风情”三个章节组成。

《倦鸟归巢》，侗族欧正霞 2018 年 5 月 25 日发表于侗乡网的一篇现代诗歌。表达了自己在侗寨中的感悟。

《渔家傲·烟雨周庄》，白族作家宋炳龙发表于《中华诗词》2018 年第 1 期的一首词。评论家莫真宝点评其词“为我们描绘了一幅典型的江南风俗印象画……此词上下两片浑然一体，以游客视角，绘就水墨邻里的江南烟雨图。”

《洗尽铅华（四首）》，土家族作家子在川上曰 2018 年 6 月 30 日发表于个人博客上的原创诗歌，由“美人好美”“等等”“洗尽铅华”“命运”诗歌小篇章组成。

《椰坪行吟（组诗选 8 首）》，土家族作家当金垭 2018 年 3 月 24 日发表于长阳天天诗歌微信公众平台上的原创组诗。诗歌由“亲爱的花儿，你好”“唱歌的椰坪散发迷人的青春气息”“麒麟头来了仙客”“夜宿椰坪”“山乡旅游犹如时空错觉”“传奇”“喜鹊将巢架在高高树杈上”以及“安祥的老家又不仅仅是安祥”8 个小节组成。

《西部女孩——写给西部志愿者的歌》，土家族作家毛兴凯发表于土家族文化网的一首原创诗歌。通过五个小节，简述了西部志愿者女孩从上大学到毕业的心境变化。

《母爱如海》，达斡尔族阿根 2018 年 5 月 13 日发表于达斡尔论坛小说散文专栏的一篇原创散文诗。表达了自己对于母亲的尊敬以及母爱的伟大之情。

二、不同少数民族的网络文学

通过前述少数民族网络文学发展总貌，我们了解到少数民族网络文学网站、作家、作品等在 2018 年发展的基本情况。但由于我国少数民族众多，每个民族都有不同的民族特点和文化传统，在网络文学发展上也有明显的差异性，这里选择几个网络文学出现较早、发展也较为成熟的民族做一些介绍。①

1. 蒙古族网络文学

蒙古族建立的文学网站中，影响比较大的汉语网站是蒙古族文化网（http：//www. mgzwhw. com/）和草原雄鹰网（http：//www. burgud. com/cn/）。蒙古族文化网是一个展示蒙古文化精粹，阐释蒙古文化内涵的互动平台，内容翔实全面，形式活泼多样，集知识性、学术性和趣味性于一体，融蒙古文、新蒙古文、简体汉文、繁体汉文、英文、日文为一身，是一个面向不同年龄层次、不同学术和知识需求的专业性门户网站，其宗旨是通过网站展现民族政策和改革开放的成果，通过互联网真实、全面、系统地介绍民族文化知识、繁荣民族文化，推动民族团结进步。目前，其艺术欣赏频道下设的文化栏目和文化活动频道有关文学的信息仅更新至 2015 年。草原雄鹰网是运营多年的蒙古文门户网站，简要分为蒙文版和汉语版。其中，草原雄鹰网中文版分为综合门户、音视频、博客、文学、新闻、教育等 11 个频道，其下作品皆为蒙文创作。目前，蒙文版网站仍在继续更新。

“草原文学”一直是蒙古族文学创作的核心内容之一，蒙古族网络文学的发展也将其延续传承，创作基调大气磅礴。一直以来，“草原”在其创作主题中占有举足轻重的地位。谈到“草原”，人们就会想到蒙古，“草原”这一意象在蒙古族文学网站和文学作品中表现得尤为突出。如草原雄鹰网中直接设有草原文学频道。另外，

① 此处各少数民族的排序是参照中华人民共和国国家标准即《中国各民族名称的罗马字母拼写法和代码》进行排列的。

“哈达、毡房、蒙古袍、马头琴、驼铃、胡杨、鹰、牧羊犬”等极具民族特色的意象也是蒙古族网络文学创作的一大特点。如孙树恒2018年发表于个人博客上的原创诗歌《在草原，做最美的自己》，诗中选取了牧民、草原、牛、羊、鹰、马、敖包、马头琴等大量极具蒙古族特色的意象。创作者们大多借助这些意象表达自己对于生命的敬畏、故乡的眷恋、时间的珍惜、爱情的向往、自由的追逐等多种情感。

2. 藏族网络文学

藏族建立的文学网站中，影响比较大的是藏人文化网（http://www.tibetcul.com/）、琼迈藏族文学网（http://www.tibetcm.com/）和中国藏族网（http://www.zangzu.com/index.html）。藏人文化网创办于2004年4与20日，定位为“西藏文化的中文平台”，拥有动态、专题、人物、信仰、文学等十六个频道，是目前全世界范围内藏文化最大、最权威、最具影响力的中文门户网站之一。其中文学专栏设有文学动态、经典文库、作家档案、专题专访、名家力作、三区大地、博文选粹、社区美文8个栏目，截止2018年12月5日，文学专栏下的名家力作专区部分的诗歌、散文、随笔、小说以及其他的更新丰富，主要以转载本民族传统作家和网络作家在各大报纸期刊上已发表的文章以及在本网站原创的作品为主。琼迈藏族文学网是首个藏族文学门户网，也是藏族青年作家加卜青·德卓于2007年主持的首个藏族母语文学网。同年，琼迈藏人博客开通。中国藏族网是青海藏族研究会2003年注册，2004年正式运营的藏族官方网站，中途经历资金投入不足而关闭过，于2010年重新投入资金和改版而重新运营。是介绍藏族历史文化、发表藏族研究学术成果，以及国内外政府机构、民间团体、经济组织、文化学者、旅游爱好者在线交流、沟通互动的网络平台。中国藏族网的文化频道下设文化、民俗文化、藏族历史、藏学研究、民族工艺、文学艺术、科教频道等栏目，对藏族文化的发展和保护，以及宣传民族传统美德有积极意义。目前，因服务器不稳定而无法登陆。

藏族网络文学的一大兴盛，离不开藏族作家们的积极创作。一方面藏人文化网汇聚了一大批藏文化文学爱好者，如王小忠、扎西才仁、旺秀才丹、刚杰·索木东、严英秀、仁谦才让等。另一方面，也为推广藏文化影响力的繁荣发展做出了卓越的贡献，满足了“网上西藏心灵家园”的称号。2018年6月27日举办了“吐蕃故都·雅砻绿谷”第二届全国藏汉双语诗歌大赛暨“吐蕃诗人奖”评选活动，著名诗人居·格桑摘得“吐蕃诗人奖”。

藏族网络文学主要以“豪放”“壮阔”著称，在创作内容方面，也多选用草原、雪山、高原、甘南、青稞、黄帐、马匹等具有本民族本区域特色的意象进行创作。多表达对生命的敬畏和思考，对山川景物的赞美与寄托以及对故乡的眷恋和对家乡的思念之情等。藏族网络文学在体裁上发展全面，诗歌、散文、随笔、小说等题材的文学作品创作平衡，很多作家多领域、多题材“跨界创作”，并取得显著成效。

如王小忠，不仅诗歌创作优异，散文写作也是一绝。再如次仁罗布的小说创作多次荣获奖项，散文写作也很突出。在创作语言方面，藏族网络文学是为数不多的拥有汉语和藏语双网站的少数民族之一。

3. 苗族网络文学

苗族建立的文学网站中，大多数是非营利性网站，影响比较大的网站有三苗网（http：//bbs. 3miao. net/）、苗人网（http：//www. hmongbq. com/）、苗族文化网（http：//www. chinamzw. cn/）、文山苗族网（http：//www. 3－hmong. com/）、中国苗族网（http：//www. chinamzw. com/）等。三苗网、苗人网、苗族文化网、文山苗族网、中国苗族网等均是以宣传苗族文化为中心的综合性网站。其中，三苗网是1999年由中国社会科学院民族研究所副研究员石茂明博士创办的，是目前中国开通最早、坚持最久、影响力最大、传播效果最好的苗族主题新媒体。旗下不仅有论坛、微博、QQ群，还开通了“三苗网X智慧苗族”的微信公众号。苗人网是天下苗人的家园，也是所有苗族人民进行文化、学术交流的平台。苗族文化网是面向社会和公众，以公益性为基础的苗族文化宣传和传承的品牌网络宣传平台，以“研究苗族历史　弘扬苗族文化”为核心，为苗族地区经济、文化、旅游等发展提供全方面的信息化服务。文山苗族网的文学园地频道，主要包含民间文学、书面文学、文学杂谈、其他综合四大类。中国苗族网旨在进一步整合全国各地苗族文化资源，打造集文化展示、学术交流、资源共享等一体的网络平台。旗下设有文学之窗频道，便于文学爱好者们发表原创作品和进行文学交流。目前，三苗网、苗人网文学版块暂无更新，苗族文化网因服务器不稳定而无法访问。

苗族门户网站的建立与运行，不仅为传播本民族文化提供了一个平台，也更加方便文学爱好者的交流。如中国苗族网旗下的文学之窗频道，截至2018年12月6日，已更新诗歌和散文41篇。文山苗族网的作品更新也不落其后，文学体裁丰富，有民间文学、书面文学、文学杂谈等共计18篇。其中，张元奇一直坚持双语创作，有纯汉语的小说《没钱鬼也推磨》、也有纯苗语创作的诗歌《NDAX DEB NDAX NDRANGS ZOX GED HLOB》、更有双语版本的小说《NZEUF NZEUS之恋》等。苗族网络作家除了活跃于本民族门户网站外，也活跃于起点中文网、爱奇艺文学、咪咕文学、17K小说网等综合性文学网站，如血红、红娘子，姚筱琼、墨绿青苔、吉祥夜等苗族网络作家。血红更是起点中文网玄幻类的大神级作家。

苗族网络文学的一大特点即鼓励原创作品，展现苗族特色。三苗网下设的文学论坛可以说是苗族网络文学创作的基地和缩影，从论坛宗旨和论坛公告，可以清晰地看出，论坛创建者和管理者们对于苗族网络文学的发展规划，“鼓励原创，谢绝灌水”“多发精华帖、原创帖，控制灌水帖”。二者皆坚持原创是王道的原则，鼓励文学爱好者们坚持自己的创作，表达自己独立的思想。另外，苗族网络文学的创作中，还注重展现苗族特色。

4. 彝族网络文学

彝族建立的文学网站中，影响较大的主要有中国彝族网（http：//www.yizucn.com/）、彝族人网（http：//www. yizuren. com/）、彝族文化艺术网（http：//www.yzuwhw. com/）和彝族青年网（http：//www. yizuqn. com/）。中国彝族网由在京彝人黄平山于 2001 年 7 月 19 日创建，网站聚知识性、学术性、大众性于一体，旨在通过平实的视角，以丰富的图片文字展示彝族文化和彝族地区为主的少数民族地区的风光人文。以“宣传彝族，展示彝族！弘扬中华民族文化，增强各民族团结！”为宗旨，已开通同名贴吧、微博及 QQ 群，为广大彝族网友了解彝族文化和交流提供了便捷。彝族人网自诩为“中国彝族文化网络博物馆，彝族文化第一门户（网站）”。网站内设有彝族概况、传统文化、彝学、人物、文艺、文学、旅游、视频、摄影、书苑、社会、博萃、特别专题和彝人论坛 14 个频道。其中文学频道分为文苑之声、文学评论、诗歌、散文、小说/纪实文学/剧本、随笔·小品、作家 7 个栏目。另外彝族人网和彝人诗歌微信公众平台已开通，每日更新。截止 2018 年 12 月 6 日，中国彝族网、彝族文化艺术网和彝族青年网均因服务器不稳定而无法正常登录。

彝族网络文学的发展在我国各少数民族网络文学中影响较大，不可缺少。以诗歌文学最为突出，语言的表达与情感的抒发特色鲜明，真切感人。彝族网站中活跃着一批以王国清、沙辉、普驰达岭、井吾都瓦等为代表的实力名家和青年作家，作品更新快，质量高。如王国清的短诗《当父亲节赶上端午节（外七首）》、倮伍拉且的《凉山往事》《大凉山的山长在我的脑子里面》、倮伍伟哲的《漂泊》《你的歌（外一首）》、普驰达岭的组诗《金沙江在我的血液中流响》《罗婺细语》、井吾都瓦的《生日（外四首）》《故乡的雪（外二首）》等。

彝族网络文学的创作题材以诗歌、散文为主，小说为辅。主题多以本民族或本地区的语言特色、山水美景、彝人精神、宗教信仰等为主，表达了创作者对于彝族或彝地的热爱和眷恋之情。作品中多带有“故乡、老屋、村庄、月光”等意象，表达“思念、祝福、回忆”等情感。其中彝族诗群，是我国诗歌领域最受关注的群体之一。无论是传统的期刊杂志还是网络平台，彝族对于诗歌的创作以及重视程度是遥遥领先于其他各少数民族的。如彝族人网下设的文学栏目中，诗歌领域的更新与活跃程度领先于其他栏目。彝人论坛中的文学板块主要由《彝诗选萃》出品者，彝诗馆专题网页、彝人诗歌公号选稿基地，彝火诗社互动方阵以及中国力量诗歌联盟成员组成。阿索拉毅在网上创建的诗歌馆也备受关注。

5. 壮族网络文学

壮族建立的文学网站中，影响比较大的是壮族在线（http：//www.rauz.net.cn/）和文山壮族网（http：//www.wszhuangzu. com/）。壮族在线是全国最大的壮族文化门户网站。其中文章中心下设的撩人文苑板块分类详细，由概况篇、学术篇、文学篇等 10 个部分组成，其中文学篇的文学作品数量丰富，但目前因未授权，凭据无效，访问被拒绝。另外，还有壮族在线贴吧以及同名论坛。文山壮族网是壮族人的网上家园，壮族同胞心灵相约的港湾，也致力于打造成为云南省最大的壮族门户网站。网站首页下设的文学园地主要以转载本民族作家撰写的文章为主。正如网站的免责声明所言，部分内容为网上收集，旨在弘扬和宣传壮族文化。本年度文学园地板块收录的 14 篇文章中，仅有 3 篇是本网站原创，其余 11 篇皆为从文山新闻网、马关政务网和网络上转载而来。

壮族主要聚居在我国南方，范围东起广东连山壮族瑶族自治县，西至云南文山壮族苗族自治州，北达贵州黔东南苗族侗族自治州从江县，南抵北部湾。网络文学的发展以云南省文山壮族苗族自治州最为强盛，不仅开设文山壮族网，而且文山新闻网和云南马关县人民政府门户网站的文学作品也更新及时，品类繁多。其中，马关县政务网专门开设了一个安平文苑，其下设有边关师潮、散文天地、小说之窗、生活随笔、戏剧曲苑、时代风采以及校园文学 7 个板块。网站的开设汇聚了一大批文学爱好者，他们的职业各异，有传统作家、政府人员、人民教师等；他们的姓名不计，有真实姓名、笔名、网民甚至是佚名。重要的是他们对于文学的热爱，乐于表露自己内心想法的皆可。壮族网络文学的内容也大多与地域特色有关，标题即可察觉，如"云南的小锅米线""大坪坡""我的边境情结""文山州赋""大围山""普者黑"等，带有明显的地域风格。

6. 布依族网络文学

布依族建立的文学网站中，影响比较大的是布依族网（http：//www. iuix. net/）和布依族在线（https：//www. buyizu. cn/wenxue. html）。布依族第一个网站《中国布依民族网》由都匀布依族青年阿布于 2001 年创建。网站的创办，凝聚了不少关心民族文化建设的富有才干的布依族青年。但是，艰难经营三年后，网站终不能继续支撑——关闭了。2004 年，老莫贝侬开办了《布依在线》，2005 年具备成熟的规模，注册会员近千人，发帖总数过万，最终，网站因维护问题再次夭折。2006 年，几位管理骨干另起炉灶，新的布依网站建立成功——布依族网。布依族网的核心宗旨是传播布依族的历史文化。为热爱民族语言文化的同胞提供布依语言文字的教学和学习的互动平台；为民族的历史和文化的传播，为母语的继承和发展贡献我们的微薄力量；为离家远走外出谋生的各位贝侬提供网络联系、心灵交流、人生经验和商贸信息交流的互动平台。其中，文学天地分为原创诗歌、诗歌翻译、散文作品、剧本小说、佳作赏析、作者访谈以及作品翻译 7 个子栏目，今年暂无更新。另外，布衣论坛还专门设有布依文学专栏，更新至 2018 年 2 月。布依族在线，原名"中国布依网"，是极具布依族民俗文化、学术研究、文学艺术为一体的综合性门户网站，被誉为“中国布依族文化网络博物馆”。网站于 2018 年 1 月 1 日，由广大布依族文化爱好者与传承者自愿发起创办的公益微信平台《天下布依人》在中央民族大学申请创建，是以网站具体管理人注册并具有互联网合法资质的综合性互联网信息资源平台。2018 年 4 月 1 日，中国布依网正式上线运行。网站主要是以网络平台为载体，通过建立全国性移动互联网络，积极传播布依族文化。目前，宣传平台主要建立“中国布依网”为基础，覆盖微信平台、QQ 等。

布依族网络文学主要以母语创作和母语翻译为主。前者是将作品以母语的形式表达出来，如原创诗歌《Dauc Nail》、剧本小说《Mengz gueh maz，gul xih gueh maz》以及论坛转载故事《牛郎织女鹊桥相会》等。后者主要是翻译古代诗歌、《道德经》等中国传统文学作品，方便本民族文学爱好者借鉴交流。如《〈村居〉布依译文》《陆游〈游山西村〉试译》《布依译文《道德经》第一篇》等。布依族对于文学的态度非常虔诚，管理员 aro 更是直接在网站论坛中指出：布依族文学，应该理解为所有的以布依语言文字创作的文学作品，而不应该是布依族作家创作的其他语言文字的文学作品，更不应该只要提及布依族的所有文学作品，都列入布依族文学。由此可见，他们对于本民族语言的推崇和热爱。

7. 满族网络文学

满族建立的文学网站中，影响比较大的是满族在线（https：//www.manjusa.com/）。满族在线网站是满族的门户网站之一，前身为 2010 年成立的“青年满洲论坛”。“满族在线”是一个以满语学习交流以及满族传统文化宣传、研究、交流为目的的综合性门户网站。网站的宗旨是团结满族人，宣传发扬满族的传统文化和语言，给学习满语热爱满族文化的各族同胞提供一个交流的平台。希望有更多的同胞来学习自己民族的语言，加入保护、弘扬和传承满族文化的队伍中来。2011 年满族在线网站新浪微博注册成功，目前持续更新。2017 年推出满族在线手机客户端和开通满族在线 App。

满族文学自清代以来，形成了独立的文学风格和文学力量，题材丰富，作家繁多，在文学和艺术上都取得了辉煌成就。早期，满族文学主要以民间文学为主，包括口头创作，也有神话、说部、传说、故事、民歌和说唱文学等作品。网络文学兴盛以来，满族也是较早在网络上建立本民族网络平台的少数民族之一。“满族在线”网络平台下设的文学论坛更是直接将文学分为民间文学、古典文学、传统说部和现当代文学四个类别。大多以发表自己的原创作品为主。2018 年，萧萧洛水在现当代文学板块发表了自己用满文撰写的小说《sucungga 的满语灵异故事》，目前已连载到第七章。另外，还有关铁椽的古体诗《满洲之梦》、aituha 的现代诗歌《白山黑水间的游子》以及恩特根的《满洲依旧》等。满族网络文学创作大多以满族作家描写满洲、满族的历史发展和传奇故事为主，原创性和差异性明显。

8. 侗族网络文学

在侗族文学网站中，以公益性文学网站居多，影响比较大的有侗族风情网（http://www.dongzu8.com/forum.php）、侗乡网（http://www.dongxiangwang.cn/）、侗人网（http://www.dongzulm.com/）、中国侗族网（http://www.dongzuwang.com/portal.php）等。侗族风情网，被誉为侗族地区最大的侗族主题社区网站，是站长吴盛兴1999年创建的，最早是吴盛兴（无声行）的个人主页，经过无数次的改版和更换域名，目前基本定型。侗族风情网划分的频道非常详细，涉及侗族文化的方方面面。侗乡网是黎平新闻资讯官方网站，由新闻、资源、图片、视频、更多以及互动六大部分组成，旗下设有文苑频道，包含散文、小说、诗文、书画和摄影5个栏目。作品更新较及时，以本网站原创为主。目前，侗族风情网因服务器问题而无法正常登录。2018年侗人网和中国侗族网文学版块均无更新。

侗族网络文学的发展逐渐从以草根文学为主过渡到草根文学与精英文学共同发展的转型期，目前文学网站中的活跃会员不仅有农民、学生和打工者，实力作家们也在不断注入，作品质量有了明显提升。诗人柴棚早期是侗族风情网的活跃分子，个人还开设了文学博客。其作品常见于《诗刊》《民族文学》《星星诗刊》等刊物，2017年成为中国作家协会发展会员。另外，很多侗族作家不仅活跃在本民族网站，范围也逐渐扩大至其他专业性文学网站，如侗族的南无袈裟理科佛，现为磨铁中文网签约作家，因“苗疆三部曲”开创了国内巫蛊类网络小说先河，掀起苗疆蛊术系列小说创作与阅读热潮。

侗族文学历来以民间文学在大众中流传，近年来，逐渐向作家文学转型，出现了一批创作实力和创作潜质相当的作家队伍。而侗族网络文学则以草根文学著称，主要是因为创作主体大多是农民、学生以及在城市边缘生活的打工者。他们大多没有经历过专业的写作培训，文化水平有限，受教育程度不高，只是借助网络平台，将自己生活的点点滴滴进行简单的加工改造，抒发自己对生活的态度与情感，作品大多充满乡土气息，蕴含生活共识。

9. 土家族网络文学

土家族建立的文学网站中，影响比较大的是土家族文化网（http://www.tujiazu.org.cn/）和武陵网（http://www.iwuling.com/）。土家族文化网2008年9月开始上线运行，是一个以“传播土家族文化，传承土家族文明，传递土家族信息”为宗旨的宣传土家族文化的公益性网站。网站秉承“科学发展文化，创新为民服务，共建生态文明新农村”的理念，融新闻性、学术性、知识性和服务性于一体，深入研究探讨土家族的传统文化，多视角、多维度、多层面地反映土家族的发展成就，充分展示土家族的文化特色和时代风貌。土家族文化网的武陵文艺专栏下设文艺动态、访谈特写、评说天帝、散文诗歌、杂谈随笔以及小说纪实6个与文学相关的小栏目。武陵网于2011年3月开始运行，网站以“引领武陵山片区各族人民与全国人民同步实现小康”为目标，以“展示武陵社会进步的窗口、促进武陵经济发展的平台、推动武陵文化繁荣的阵地”为宗旨，力争早日成为武陵山片区对外宣传的重要窗口和综合服务武陵山片区的门户网站。武陵网的武陵文艺专栏下设文艺动态、活动公告、艺苑生活、期刊推荐、专题专栏、诗词歌赋、散文随笔、真访谈、评论特写9个频道。土家族文化网和武陵网均为现任北京瑞武陵峰文化发展中心主任朱峰自费创建的非营利性网站，用以传播优秀的民族文化，打造传播民族文化的新窗口。

土家族网络文学在传统文学发展强盛的势头上借力发展，网络作家们主要活跃于土家族文化网和武陵网等本民族网站，部分作家活跃于中国诗歌网、晋江文学城、阿里文学等综合性文学网站以及个人博客、微信公众号等网络平台。如土家族文化网下设的土家文艺专栏，活跃着郑登全、冉霞、张云霞、赵凌峰等一批网络作家。他们作品常带有土家族地域特有的自然景物、山川河流以及文化风俗，表达了少数民族网络作家们对自己家乡、民族的热爱，以及民族精神和时代风貌。另外，当金垭经常在中国诗歌网和个人新浪博客上发表诗歌新作。Fresh果果则在个人微博、微信公众号和晋江文学城等网络平台上发布小说连载。罗晓活跃于阿里文学，2018年在第三届“橙瓜网络文学奖”评选中位列百强大神。

10. 其他少数民族网络文学

截止2018年12月7日，据不完全统计，我国55个少数民族中，已有20多个少数民族建立了自己本民族的文学网站、文学论坛、文学频道、百度贴吧、微信公众号等网络平台。除了上述简要介绍的9个少数民族外，还有回族、维吾尔族、瑶族、白族、傣族等少数民族的网络文学也有一定规模和水平。与少数民族相关联的网站、论坛等网络平台有百个。如中国民族文学网、大西北文学网、叶梅文学网、中国民间文学网、西北网络文学网、感动西部文学网、西域风文学网、甘肃文联网、玉溪文学艺术网、毕节文学艺术网、昭通文学艺术网、中国西部文学艺术网、梵净山艺术网、广西文联网、内蒙古作协网、中国西部散文网等。目前，虽然部分少数民族网站已经停办或处于待续费状态，或因服务器问题而无法正常登录，但是少数民族网络文学的发展仍不可小觑。另外，如门巴族、珞巴族、基诺族、景颇族、布朗族、仡佬族、阿昌族、普米族、怒族、德昂族、独龙族、鄂伦春族等少数民族，在少数民族网络文学这块仍处于薄弱或空白状态。

文学网站是推动网络文学发展不可或缺的平台，网络作家们在这个网络平台上，更加方便、快捷的进行文学的传播与交流，进而推动少数民族文学的繁荣和经济的发展，引导更多的文学爱好者和研究者们关注少数民族文学和文化。少数民族文学网站的建立也涌现出了一大批实力名家和作家新秀们，他们早期在报纸期刊上发表文章，然后转战于本民族网站；或者将已发表的作品转载于文学网站或个人博客上，通过网络平台的优势扩大自己的影响力；更有甚者直接在网络平台上发表自己的原创作品，这些我们都将其归为少数民族网络作家。另外，少数民族网络作家除了活跃于本民族网站外，也在综合性网站上发表作品，如中国诗歌网、起点中文网、晋江文学城、红袖添香、爱奇艺文学、磨铁中文网、掌阅小说网、豆瓣阅读、阿里文学等综合性专业文学网站，有的还签约成为驻站作家。如苗族的血红是阅文集团白金作家、侗族的南无袈裟理科佛是磨铁中文网签约作家、瑶族的海青拿天鹅是晋江原创网签约作家、回族的马永欢是上海文艺网签约作家、雁九是阅文集团大神作者等。

少数民族网络文学的兴盛繁荣，在很大程度上推动了少数民族社会经济的发展，也推动了少数民族文化的传播与交流，并吸引了许多研究者将目光转移至少数民族文化以及文学的研究上。除了上述简介的蒙古族、藏族、苗族、彝族、壮族、布依族、满族、侗族、土家族等少数民族的网络文学发展现状外，其他少数民族网络文学也具有本区域本民族鲜明的特色，如瑶族的网络文学善于选择具有民族和地域特色的风俗建筑以及风土人情进行创作，展现民族特色；水族网络文学以转载作品抢占优势，让人们在借鉴好作品的同时，创作出优质且具有本民族特色的原创作品；回族网络文学注重宗教情怀，网络作家们创作的作品常带有鲜明的宗教特色，风格以“纯净”为主等。少数民族网络文学的发展参差不齐，但创作主体、作品主题、语言表达、抒发情感的方式等均有许多相似性。许多少数民族身份的创作者，以本民族本区域特色出发，汉语创作和双语创作双管旗下，彰显民族情怀，表达自己对于民族、区域的热爱和眷恋之情。另外有些少数民族网络作家不局限于本民族思想、文化范畴，而是注重本民族传统文化与现代文化的交流，使自己的作品注入现代气息，实现民族与世界，历史与现代的交流与融合发展。

三、特点、意义和局限性

1. 年度少数民族网络文学的特点

(1) 创作主体：青年写手增多

一般而言，少数民族网络文学是指少数民族身份的创作者在互联网上创作的文学作品，或指少数民族作家将已经完成并发表至传统报纸、期刊上的文学作品，通过电子扫描或人工输入等方式，在互联网平台上展示和传播的作品。在少数民族网络文学兴起之初，呈现在互联网上的大多数少数民族网络作品，是由少数民族作家在线下创作发表后，“搬运”至各个文学网站，即简单地将传统文学作品“电子化”的过程，并没有完全脱离“精英创作”。当时的创作主体集中在活跃于传统媒介上进行写作的作家群，其中大多数已经获得一定的文学成就和社会认可。Web 2.0 时代的到来，为用户提供了更多的参与内容生产的机会，新一代的青年写手逐渐崛起。键盘和鼠标取代了稿纸和笔，成为他们思想创作的新工具。

少数民族网络文学也进入了2.0时代，表现为少数民族网络作家年龄比例和创作方式上的变化。以80后、90后出生的青年写手数量逐渐增加，他们当中有不少作者拥有自己的博客、微博，活跃于本民族专门网或各大综合文学网站，并已经在拥有大批量的粉丝群。90后作家代表有彝族在校大学生瓦扎伟洛、阿卓日古、在读硕士生阿加伍呷，甘南的藏族网络写手岗路巴·完代克，满族全职小说写手岩岩夏日等。瓦扎伟洛是一位民族文学爱好者，他和阿卓日古均于2016年加入中国诗歌网，并开始了在该网站上诗歌创作。出生于1997年的岗路巴·完代克是《中国诗》的签约诗人，2018年在藏人文化网上发表多首原创诗歌和诗歌译作。80后作家代表有腾讯文学旗下创世历史类小说满族女作家雁九、活跃于个人微博、微信公众号、晋江文学城、爱奇艺文学等平台的土家族女作家Fresh果果、藏族青年作家王小忠等。青年群体对互联网有着“天然”的亲切，网络为少数民族青年网络作家提供了最佳的平台，创作主体年轻化的整体趋势越来越明显，青年写手正在越来越靠近网络创作舞台的中心。

（2）作品体裁：以诗歌散文为主，小说创作有所增加

在少数民族地区自然、经济、社会等多种因素的作用下，不同民族之间文字语言发展产生了较大的差异。少数民族情感表达方式与汉族略有不同，诗歌和散文是少数民族自我情感表达最常用的文学载体形式，也是少数民族网络文学创作的主要部分。但伴随着少数民族创作群体的年轻化趋势，小说这一深受青年人喜爱的文学形式在少数民族网络文学总体数量中所占比例逐渐上升，无论是在各少数民族文学网站中，还是在少数民族写手活跃的各大综合网站上都已得以体现。以藏人文化网为例，在持续更新作品的文学专栏中，截至2018年12月20日，名家力作和三区大地两个栏目于2018年共更新诗歌176首，散文52篇，随笔10篇，小说62篇，其他体裁文学作品共5篇，其中诗歌和散文数量占据了总数的四分之三，数量仅次于诗歌散文的小说所占比例约为20.3%，而在2017年和2016年，小说占比分别是17.2%和9.7%。相较于前两年，这两个栏目在2018年所更新的作品总数波动不大，但小说的创作数量从2016年的33篇，到2017年的51篇，再到2018年的62篇，数量几乎翻倍，由此可见，少数民族写手们对小说创作热情见长。

诗歌、散文是少数民族文学创作者，在面对本民族欠发达的文字系统时的较佳选择，这在少数民族网络文学的母语创作中表现得尤为明显。近年来，少数民族诗歌、散文创作的热情尤不减，依然占据着少数民族网络文学作品的半壁江山。与此同时，网络小说的创作在少数民族文学圈内也变得十分火热，而伴随着互联网的热潮而兴起的连载小说更是受到很多名作家的青睐，如南无袈裟理科佛在网易云阅读上正在连载的悬疑小说《民国奇人》、回族知名网络作者咬狗仍在火热连载中的小

说《战宠入侵》、与景象文学公司合作的满族作者岩岩夏日，正在连载的《最后一个驱鬼人》等。网络小说的兴起离不开少数民族地区文化水平的提高，以及少数民族同胞尤其是年轻一代对汉语驾驭能力的提升。从经济视角看，在各大网站发布的文学 IP 价值榜中，小说的 IP 价值远远大于诗歌散文，这也为少数民族文学产业化发展奠定了一定的基础。

（3）创作主题：彰显民族文化特色

毫无疑问，少数民族作家都有自己独特的创作意识，但各个民族内部文学作品又具有一定的相似性，即本民族的文化特色。这一点无论是在诗歌、散文、随笔、小说，还是在其他创作体裁中均有体现。写手们一般倾向于选择少数民族地区代表性事物作为书写对象，或回望历史文化，或抒发故土情怀，或阐述特色风情，以各种形式彰显本民族的文化特色。互联网时代各大族裔网站的组建，形成了离散的少数民族文学创作的聚合平台，使这些夹带着民族情感和共同欲求的文学作品得以更为高效的传播，从而民俗经典传统得以延续，保持其独特的魅力。

苗族特有的巫傩文化使其文学作品时常带有一种神秘色彩。如文山苗族网中张元奇于 2018 年更新的诗歌《三个母亲》，抒发了自己的民族情怀，短篇小说《山上巧遇结良缘》、散文《没钱鬼也会推磨》把现实与鬼神紧密结合，将苗族神巫文化体现得淋漓尽致。在藏人文化网中，最近更新的《尼玛松保 2018 年自选诗十首》、花盛的组诗《从时光里醒来》、刚杰·索木东的组诗《赞美，在黑色大地上》、仁谦才华的《仙憩是一次心的涅槃》等上百篇诗歌中，“雪山”“高原”“河水”“白云”“寺庙”是高频率出现的几个元素，这与藏族人对居住于高原地区有关，也是藏族十明文化的体现。蒙古族多居住于北方大草原地区，以狩猎、放牧为生，他们不同程度地继承了匈奴、鲜卑、突厥等民族的文化、习俗传统，创造出了一种独特的游牧文化。如蒙古族作家孙树恒在个人博客上发表的原创诗歌《诗意，诉说坚定的力量》，他把对父母、亲人的思念融入优雅的红枣马、柔韧和辽阔的草原、茫茫的田野、大青山宽厚的肩。他的其他作品，如《来吧，一起去拥抱草原》《今夜，我打马过草原》《驰骋是马的生命，草原是马的归属》《家乡的味道》等同样呈现出浓郁的蒙古族风情。由此可见，无论是苗族的巫傩文化、藏族的十明文化、蒙古族的游牧文化，还是其他少数民族的传统文化，无一例外地通过网络文学作品的主题凸现出来，网络文学成为少数民族彰显民族特色文化的重要新型载体。

2. 我国少数民族网络文学发展的意义

（1）形成多民族文学创作平台

中国是一个推崇民族平等的多民族国家，但在文学领域，少数民族文学发展相对滞后。从 20 世纪初中国第一部文学史的出版，到 80 年代“重写文学史”，再到近现代，少数民族文学一直都比较薄弱。究其原因，一是少数民族语言复杂与文字发育缓慢之间的矛盾。我国55个少数民族有80多种语言，而只有藏、蒙、满几个为数不多的少数民族拥有比较成熟的文字，还有34个民族没有与自己语言相一致的文字。民族文学多依靠口头形式的人际传播，而大部分生活区域相对闭塞，又缺少书面传播的稳固性，民族文学没有形成稳定的传播优势。新中国成立后，国家开始推行普通话，少数民族对于汉语言的驾驭能力逐渐得到提升，70年代后期各少数民族文学类杂志期刊开始创办，初步形成了本民族文学的创作平台，如《民族文学》《贵州民族研究》《回族文学》等。但这种少数民族文学期刊的发行人群多集中于民族地区，而很少出现在更为广泛的传播视野中。二是市场经济消费浪潮对少数民族文学的冲击。改革开放以来，文学作品作为精神产品的商业属性得以凸显，中国文学作品的文学性和艺术性逐步让位于市场规律和商业原则。民族文学主题更加偏重于小众口味，这对于原本就不够畅销的少数民族书籍和期刊更是十分不利，导致许多民族文学相关书籍和刊物只有在高校、研究所才能见到，有时甚至在少数民族地区都难以为更多人所了解。

少数民族文学长期以来相对封闭的状态直到互联网传播革命的到来而出现转机。加拿大著名媒介理论家麦克卢汉曾提出“媒介即讯息”的观点，用以概括传播媒介在人类社会发展中的重要地位。尽管这一观点被认为是对媒介作用的夸大，但传播媒介形式对所承载内容，及社会环境的影响之大是毋庸置疑的。互联网的兴起正印证着麦克卢汉的观点，网络的迅速普及为民族文学带来了空前的活力。一方面，网络传播的开放性、无边界性为少数民族文学带来了大量的创作群和受众群，打破了民族文学的传播壁垒。写手可以选择以任意形式，在任意时间和任意网络媒体上创作任意题材的作品，而网络用户也可以以最低的成本来选择自己感兴趣的少数民族文学作品阅读。另一方面，网络平台的超文本性为民族文学作品的大量创作和传播提供了可能。网络传播的重新赋权让大批少数民族青年作家找到施展拳脚的空间。于是，互联网已成为新生一代民族作家成长的摇篮。

(2) 促进不同民族文化相互交流

中南大学石曼婷在《我国少数民族网络文学研究》中提出，网络文学是少数民族新的精神家园，从少数民族网络文学作品中，可以看到少数民族文学创作者的生存状态、文化认同、心灵归属、情感寄托与理想追求。而少数民族网络文学的意义，不只是集聚各少数民族内部的精神港湾，更为重要的是，它对各少数民族之间的文化交流的促进作用是以往的任何媒介都难以企及的。网络的开放性让各少数民族璀璨的文化均能平等的传播，民族作家们对民俗风情的展示、对族裔审美意识的流露、对家乡的思念，通过个人博客、微博账号或文学网站表达，读者只要关注博客、微博账号，或者注册网站会员就可以赏阅这些作品。相比于以往需要花钱订阅期刊或到图书馆借阅少数民族书籍和期刊，网络便成为用户最高效和最低成本的阅读平台。

在网络赏阅的同时，读者还可以对作品发表见解和评论，以作为对创作者的反馈。以网络连载小说为例，由于适应互联网的快速传播特性与现代的快餐文化，网络连载小说现已成为网络文学的基本模式。所谓连载小说，即在小说还未创作完成时就发布，后面的章节随着创作逐步更新直至完成。连载小说的滚动式发布，为读者与作者之间的交流对话提供了巨大的空间。一方面，读者将自己的阅读体会和心理期待反馈给作者；另一方面，写手可以根据读者的反馈意见审视自己的作品，有时还会在后续的创作中做出调整。相比于实体书的读者，网文中的读者，不再是纯粹的读者，而是整个写作系统中的一部分。另外，读者针对文学作品的评价不仅停留在其外在形式，更深入至文学作品内部的文化价值交流。作者在每天更新作品之余，还坚持与粉丝的及时互动。尤其是少数民族传统文化题材的作品。除了作者与读者之间的互动外，不同民族文化背景的读者之间的交流也十分频繁，他们会就共同喜爱的作品表达不同的观点，或相互认同，或展开讨论。无论是作者与读者之间的互动，还是读者与读者之间的交流，都是一种有意义的文化交流。于是，在互联网时代，少数民族作家、作品和读者之间共同构建了一个开放的文化交流圈。

(3) 丰富我国当代文学园地

少数民族网络文学作为中国文学的一部分，对于当代文学的发展有着十分重要的意义。就少数民族文学史而言，少数民族网络文学拓展了其当代界域。少数民族网络作家现有的创作成绩以及可以预期的未来发展空间，不仅拓展了少数民族文学及其理论批评的视野，而且丰富了当代少数民族文学学科的内涵，并使此后的少数民族文学史不得不将少数民族网络文学纳入其视野之内。对于中国网络文学而言，少数民族网络文学无疑是该系统的不可或缺的有机部分。中国网络文学是由包含着56个民族的整体中华民族的网络文学作家创造的文学体系，汉民族或是55个少数民族共同努力，才打造了完整意义的中国网络文学。尽管少数民族文学由于长期以来处于边缘化地位，尽管现有的创作存在诸多缺陷，但它都是中国网络文学有机系统中必不可少的组成部分，任何人都无权将它排除于中国网络文学之外。中国网络文学要想走上纵深发展之路，必须担负起理解、鼓励、支持少数民族网络文学的文化责任。

此外，少数民族网络文学修正了传统纸质文学书写的惯例。网络文学以及其他网络亚文学文本的创作、传播和接受方式的自我化、匿名化、宽松化，导致个人性情、民间趣味乃至娱乐消遣、经济效益等自便性指标的合法化。这种率性而为的网文品格，自然在少数民族网络文学特别是网络小说中体现出来。少数民族网络文学在表现历史记忆、民族风情、现代诉求等方面可能更具区域民族特色。因此，少数民族网络文学在修正自身书写民族“平等、团结、进步”惯例的同时，包括少数民族网络文学在内的整个网络文学行业对于国家意识形态话语以及随之而来的宏大叙事就构成一种无形而巨大的融合性力量，总体上优化了中国当代文学的结构布局。

3. 少数民族网络文学的局限性

(1) 网站建设难以适应网络文学发展的需要

相比于苗、藏、蒙、彝、侗等民族网络文学的火热，一些人口规模较小的民族无论是在作品的创作还是在网站平台的建设上相对较为滞后，甚至像门巴族、珞巴族、基诺族、景颇族、布朗族、仡佬族、阿昌族、普米族等民族的网络文学仍处于空白状态。而在近半数已经开通的民族网站中，除去从其他报纸、期刊上转载的作品外，坚持更新原创作品并形成一定数量规模的较少。土家族是我国少数民族中位列第七的民族，其传统文学发展势头良好。2011 年开通了武陵网，这是除了土家族文化网之外土家族影响最大的门户网站，其下的文艺专栏下设有诗词歌赋、散文随笔、真访谈、评论特写和小说故事等栏目，多活跃在 2011 年至 2014 年间，但这些文学窗口陆续在 2013 至 2016 年不再更新。在人数超过千万的中国第二大少数民族满族建立的民族网站中，满族在线是其中影响较大的一个，其文学专栏分为民间文学、古典文学、传统说部和现当代文学，这四个板块在 2018 年总共更新作品数量不超过 10 篇。原创作品数量规模少已经成为民族网站运营面临的难题。

除了作品数量少以外，少数民族网站还存在服务器连接不稳定、链接混乱等问题。中国彝族网、彝族文化艺术网、侗族风情网、中国藏族网、苗人文化网、哈萨克网等多个民族门户网站经常处于服务器连接不稳定而无法登陆的状态。而一些像壮族在线下设的僚人文苑专栏等网站中掺杂着许多博客和各种形形色色的网站链接，甚至很多链接还由于没有授权的问题而失效，类似种种运营中的问题使得相当部分的少数民族网站显得些许杂乱。面临诸多问题的少数民族网站陷入了发展瓶颈期，而如何突破这种瓶颈，还需在高产精品作家的引进、网站维护经费来源等方面下功夫，这对于像中国布依民族网、彝族网、苗人网、琼迈藏族文学网等个人或群团自发创办运营的网站来说，是个不小的挑战。

(2) 青年作家培养需进一步加强

80 年代以后出生的少数民族作家，大部分是通过互联网开始走向文学道路的。互联网的开放性和无界性特征，为青年写手的创作提供了一个崭露头角的平台。不管是中学生、在外务工者，还是大学研究生，都可以随时随地开通个人微博、博客等个人社交媒体，或为本民族的文学网站投稿。互联网的低门槛为网络文学带来了数量庞大的青年写手，这些写手的文学素养和文化水平可能参差不齐，但网络文学平台都会对他们开放。培养具有潜力的青年作家，使之更高效率的创作出更多的精品力作，是少数民族网络文学可持续发展不得不面对的问题。

开办少数民族青年作家培训研修班是一个重要突破方向。目前，中国作协直属学习培训单位——鲁迅文学院，每年都会召开少数民族文学创作培训班和中青年作家高级研讨班，邀请全国知名作家、评论家、学者、少数民族研究专家授课，安排艺术观摩，提升少数民族作家的思想和艺术修养。此外，如云南昆明地区等部分少数民族地区也会举办作家培训班。但到目前为止，尚未出现专门针对少数民族青年作家网络创作的研讨班。值得一提的是，上海、浙江、湖南、四川等十余省市成立了网络作家协会，这或许对少数民族青年作家培训是个有利因素。另外，少数民族可以成立本民族的网络作家协会，邀请本民族知名作家举办青少年网络创作培训班，组织民族内部高水准的文学对话，也可以由少数民族地区政府组织成立青年作家培训机构，扶持青年作家快速成长。还有，民族文学网站可以举办少数民族青年作家征文大赛、签约部分高质量作家，建立科学专业的评价、激励及评奖机制，以激励青年写手的精品化创作。这对于传承少数民族文化，促进少数民族文学在互联网时代的繁荣发展有着极其重要的意义。

(3) 网络文学运营水平有待提高

互联网为知识变现提供了宽广的平台。相较于大型综合网站上连载小说带来的巨大 IP 价值，少数民族网络文学的产业化发展状况不愠不火。周兴杰在《当“民族”遇见“新部族”：少数民族网络文学中的身份认同问题》的论述中，将当前少数民族网络文学划分为“互联网+少数民族文学”和“少数民族作家+网络文学”两种基本形态。前者主要是指少数民族文学期刊搭建的网络平台上所呈现的文学作品，后者主要是指民间少数民族个人或群团自发创办民族文学网站和论坛、博客、贴吧、微信公众号等一些非专业网络文学阅读平台。这些网站大部分是公益性和民间非商业性的，主要以宣传、交流为主，不能复制商业网站的盈利模式。许多网站由于缺少专业的运营团队和资金来源问题，在发展过程中一直未能寻找到适当的运营模式。

少数民族网文产业化程度低，一个重要原因在于其规模体量和体裁特点的限制。网络小说 IP 后续可以被开发改编为电视剧、电影、动漫等其他文学产品，其 IP 价值一般高于诗歌、散文，而诗歌散文却更加符合少数民族写手们的情感表达方式，尤其受到老一辈作家们的青睐。但伴随着青年写手的增多，小说这一深受年轻人喜爱的体裁也随之会较多地出现，少数民族网络文学作品以诗歌散文独霸天下的格局正在逐渐改变。另外，从少数民族 Fresh 果果、红娘子、血红、携爱再漂流、吉祥夜等一些知名作家的作品分析，仙侠神魔、恐怖悬疑、都市言情、职场现实等这些契合当前网络文学市场的体裁依然可以成为少数民族创作的开拓领域。这也从一个侧面反映了网络文学的“民族性”与主流审美之间存在着广阔衔接空间，尤其是以民族母语为文本语言的作品，也可以从这里得到启发，让民族性、文学性与商业性实现有机融合，开辟我国少数民族网络文学的新格局。

（张俊、单志仟　执笔）

附录：2018 网络文坛纪事

一月

1 月 4 日

一鱼数据发布《2017 中国网络文学产业白皮书》。

1 月 5 日

阅文集团公布 2017 年网络文学年度榜单——网文十二天王。12 位网络作家代表了各品类网络小说中的佼佼者！榜单如下：

2017 玄幻畅销新王者：横扫天涯

2017 全网轻小说第一人：醉卧笑伊人

95 后仙侠新人王者：任我笑

中国年度武侠第一新星：封七月

95 后科幻新人王：姐姐的新娘

2017 谍战之王：可大可小

2017 游戏最强创意新人王：齐佩甲

亲子题材领衔作家：寒门

都市正能量幽默大师：会说话的肘子

网络历史小说新人王：苍山月

2017 年奇幻最佳创意新秀：咸鱼公爵

90 后爆笑灵异第一人：解三千

1 月 8 日

北京大学网络文学研究论坛发布 2017 网络文学年度作品榜，榜单表现出 2017 年年榜作品的一个显著特点是平台多元化，除文学网站外，还包括微博、微信、LOFTER、火星小说等各种平台的作品，显现出网络文学的“繁花形态”，以及受精英文学传统的影响。

女频

《未亡日》藤萍火星小说

《西出玉门》尾鱼　晋江文学城

《锦桐》闲听落花　起点中文网

《丢掉那少年》倪一宁　微信公众号

《杀戮秀》狐狸　长佩文学论坛

《有药》七英俊　新浪微博

《如此夜》mockmockmock 网易 LOFTER

《忽而至夏》尼卡　红袖添香

《丧病大学》颜凉雨　晋江文学城

《天宝伏妖录》非天夜翔　晋江文学城

男频

《三国之最风流》赵子曰　纵横中文网

《一念永恒》耳根　起点中文网

《修真聊天群》圣骑士的传说　起点中文网

《俗人回档》庚不让　创世中文网

《最漫长的一夜》蔡骏　新浪微博

《琥珀之剑》绯炎　起点中文网

《放开那个女巫》二目　起点中文网

《美食供应商》会做菜的猫　起点中文网

《韩警官》卓牧闲　起点中文网

《临高启明》吹牛者　起点中文网

1 月 10 日

艾瑞咨询发布《2018 年中国网络文学 IP 影响力研究报告》。

1 月 20 日

1 月 20 日至 1 月 22 日，网易文学“用心讲好故事”2017 年度作家年会在海南省三亚市亚龙湾举行。五十余位网易文学的核心作家，与网易文学团队共聚一堂，畅言 2017 年中的创作故事与经验，共商 2018 年的发展与机遇。

1 月 23 日

国家新闻出版广电总局和中国作家协会联合发布 2017 年优秀网络文学原创作品推介名单，《复兴之路》《岐黄》《草根石布衣》《全职妈妈向前冲》《诡局》《恩将求抱》《别怕我真心》《如果深海忘记了》《糖婚》《秋江梦忆》《心照日月》《交换吧，运气!》《夜旅人》《武林大爆炸》《完美世界》《雪鹰领主》《择天记》《原始战记》《君九龄》《万古仙穹》《华簪录》《朱颜·镜》《天域苍穹》《太玄战记》等 24 部作品入选。该活动是继 2015 年和 2016 年后第三次举办，今年共有 380 部作品参选，申报数量创三届之最。

1 月 27 日

由中国青年出版社和光明网联合主办，中国网络文学网生评论家委员会（筹）推出的“中国网络小说好看榜”于本月盛大揭晓，其中入选中国网络小说好看榜“2017 年度作品”有：年度军事演义小说《残阳帝国》（作者：野狼獾）、年度升级逆转小说《顾道长生》（作者：睡觉会变白）、年度都市悬疑小说《默读》（作者：priest）等，入选“中国网络小说好看榜 2017 年度作家”的则有：希行、紫金陈、猫腻等。

1 月 28 日

由阅文集团与湖南卫视共同举办的“阅文超级 IP 风云盛典暨第三届中国原创文学风云榜盛典”于湖南卫视播出，携新老优秀作家、知名演艺明星以及文娱产业代表，共同致敬网络文学 15 周年。盛典现场共揭晓了包括年度原创风云榜、年度改编潜力 IP、年度潜力作家在内的十份推荐名单，权威盘点 2017 年中国网络文学年度表现，助推 2018 年网络文学发展及 IP 泛娱乐产业开发。

1 月 31 日

元旦期间，橙瓜宣布举办“第三届橙瓜网络文学奖”网文之王评选活动，在业内引起广泛轰动，打响了 2018 网络文学行业盛事第一炮。

二月

2 月 2 日

阅文集团（00772. HK）发布深度报告《中国网络文学领导者》。

2 月 2 日

第四届广西网络文学大赛正式启动。站在新的起跑线上，大赛继续发挥平台的引导作用，培育更多为新时代伟大实践而书写的网络文学创作者，不断推出反映时代精神、为时代发声的网络文学精品力作。

2 月 4 日

绍兴市网络作家协会正式成立，首批会员 84 人，涵盖全市所有行政区域。

2 月 7 日

近日，艾瑞咨询发布《2018 年中国网络文学 IP 影响力研究报告》，从网文 IP 的发展概述、衍生分析、影响力分析、发展趋势等方面分析了中国网络文学的市场状况。

三月

3 月 6 日

3 月 6 日，北京市新闻出版广电局召开北京网络视听节目管理与发展工作座谈会，市新闻出版广电局、市网信办、市文化市场行政执法总队有关部门负责同志及本市 30 家重点视听网站主要负责人或总编辑参加会议。会议对 2017 年网络视听节目征集评选优秀作品报送单位进行了表彰和奖励，与会人员还共同为北京网络视听行业大发展、网络视听文艺大繁荣献计献策。

3 月 22 日

3 月 22 日上午，在成都召开的四川省网络作协第一届理事会第四次会议上，四川省网络作协常务副主席邓子强通报了 2017 年四川网络文学的发展情况。会议审议通过了《四川省网络作家协会第一届理事会第四次会议工作报告（审议稿）》《四川省网络作家协会第一届理事会第四次会议决议（草案）》；发布了2017年度四川省网络文学排行榜，2017年度四川省网络小说“十大影响力作品”“十佳人气作品”“十佳IP作品”，并给予表彰；并充分肯定了四川省网络作家协会一届三次理事会以来的工作。

3月29日

3月29日，由中国作协网络文学委员会、上海市新闻出版局、上海市作家协会、阅文集团联合主办的“中国网络文学20年发展研讨会”在上海市作家协会举行。在会上，“中国网络文学20年20部优秀作品·20名优秀作家”的推选结果得以公布。

完整名单如下（按票数排序）：

1.《间客》（猫腻，2009）
2.《第一次的亲密接触》（痞子蔡，1998）
3.《悟空传》（今何在，2000）
4.《大江东去》（阿耐，2009）
5.《诛仙》（萧鼎，2003）
6.《致我们终将逝去的青春》（辛夷坞，2007）
7.《斗罗大陆》（唐家三少，2008）
8.《飘邈之旅》（萧潜，2003）
9.《步步惊心》（桐华，2005）
10.《家园》（酒徒，2007）
11.《繁花》（金宇澄，2012）
12.《回到明朝当王爷》（月关，2006）
13.《鬼吹灯》（天下霸唱，2006）
14.《复兴之路》（wanglong，2015）
15.《斗破苍穹》（天蚕土豆，2009）
16.《巫神纪》（血红，2015）
17.《明朝那些事儿》（当年明月，2006）
18.《盘龙》（我吃西红柿，2008）
19.《全职高手》（蝴蝶蓝，2011）
20.《神墓》（辰东，2006）

3月31日

3月31日至4月1日，地处红色革命老区的四川省巴中市作协组织网络作家开展“红色文艺轻骑兵”采风创作活动，10余名网络作家先后参观该市章怀山森林公园生态旅游发展、恩阳区茶坝镇扶贫产业园区建设，与当地干群和业主交流座谈。

四月

4 月 4 日

中国作协网络文学中心全面开展工作——深化改革进一步推进。去年 5 月，中共中央办公厅印发《中国作协深化改革方案》，对中国作协深化改革作出全面部署。中国作协按照方案要求，调整中国作协机关内设机构，于去年年底成立网络文学中心，进一步完善联系新的文学群体、引导网络文学发展的工作机制，强化了服务职能。同时，根据方案提出的“积极转变职能，改革完善组织机构”的要求，逐步建立中国作协与团体会员单位、文学期刊人员双向挂职交流制度。网络文学中心积极谋划和开展各项工作，延伸工作手臂，扩大覆盖范围，把千千万万网络作家凝聚起来，繁荣新时代网络文学创作。

4 月 9 日

4 月 9 日，掌阅文学第二届作家年会举行，掌阅联合创始人王良宣布，掌阅将与北京大学、中国传媒大学展开深度合作。掌阅作为国内领先的数字阅读平台，累计拥有 6 亿用户，此次与最高学府和最专业的传媒院校达成合作，这将被看作是改变网络文学行业的里程碑事件。掌阅将与北京大学打造“北大网络文学研究论坛-掌阅文学　原创人才基地”，同时，掌阅将与中国传媒大学联手打造“中传 & 掌阅 IP 研究基地”。

4 月 13 日

4 月 13 日—15 日，2018 中国数字阅读大会在浙江杭州举行。本届大会在浙江省人民政府指导下，由中国音像与数字出版协会、浙江省新闻出版广电局、中共杭州市委宣传部主办，中国音像与数字出版协会数字阅读工作委员会、杭州市西湖区人民政府、咪咕文化科技有限公司共同承办，以“新时代　新阅读　新向往”为主题，旨在联合产业合作伙伴，以满足人民群众精神文化需求为出发点和落脚点，通过将行业趋势论坛与丰富阅读活动相结合，搭建政府、行业与用户互联互通的交流平台，推动数字阅读产业成果转化、提升全民阅读水平及质量，推进国家文化软实力和中华文化影响力的提升。

4 月 14 日

华西都市报——封面新闻、大星文化、作家榜阅读 APP 发布了作家榜主榜。著名儿童文学作家杨红樱以 4100 万元人民币的版税收入，时隔 8 年重回中国作家榜榜首。畅销书作家大冰以 2400 万元的版税排名第二，著名作家郑渊洁以 2100 万元的版税名列第三。从今年的榜单看，畅销书作家刘同以 1700 万元的版税排名第五，科幻作家刘慈欣以 1250 万排名第九，玄幻作家玄色以 1200 万元名列第十。排名前十的作家中，除了 4 名畅销书作家，其他都为儿童文学作家。而本届“网络作家榜”一改上一届榜首作家碾压式胜利的模式，呈现出双巨头的形势：唐家三少虽六度霸榜，以 1.3 亿元再登榜首，但位居第二名的天蚕土豆版税也紧追其后，高达 1.05 亿元。其余 16 位分别是：无罪、月关、天使奥斯卡、骷髅精灵、跳舞、柳下挥、藤萍、何常在、水千丞、高楼大厦、鱼人二代、白姬绾、妖夜、小刀锋利、雨魔、犁天。

4 月 16 日

2018“华语新声”科幻小说征文大赛正式启动。

4 月 19 日

4 月 19 日，阅文集团正式发布“2018 年原创文学白金、大神名单”，除男性原创文学 36 位白金作家、151 位大神作家之外，名单还首次公布了女性原创文学 20 位白金作家、168 位大神作家。

男频白金大神（顺序不分先后）：辰东、耳根、猫腻、唐家三少、我吃西红柿、血红、鱼人二代、打眼、乱、跳舞、风凌天下、zhttty、爱潜水的乌贼、傲无常、蚕茧里的牛、尝谕、丛林狼、鹅是老五、高楼大厦、蝴蝶蓝、孑与 2、净无痕、骷髅精灵、犁天、林海听涛、录事参军、七十二编、瑞根、三戒大师、胜己、石三、石章鱼、忘语、写字板、小刀锋利、宅猪。

女频白金大神（顺序不分先后）：丁墨、苏小暖、叶非夜、吱吱、希行、夜北、MS 芙子、公子衍、水千澈、恍若晨曦、绛美人、安知晓、梵缺、连玦、穆丹枫、十月初、姒锦、夏染雪、萧七爷、寻君。

4 月 22 日

宁波网络小说高峰论坛暨 2018“华语新声”科幻小说征文大赛启动仪式在北仑举行。

4 月 23 日

为了发掘更多优秀的原创作品，打造优质的顶级新，咪咕阅读正式开启第三届“咪咕杯”网络文学大赛，旨在网罗更多优秀的网络文学作家，以多元化的方式将原创网文作品呈献给读者。

4 月 26 日

2017 年，按照国务院关于开展打击侵犯知识产权和制售假冒伪劣商品工作和全国“扫黄打非”工作总体部署，各地区版权执法相关部门进一步加大版权执法监管力度，查处了一批侵权盗版大要案件。为集中展示版权执法相关部门查处侵权盗版案件的工作成果，充分发挥典型案例的示范引导作用，国家版权局联合全国“扫黄打非”工作小组办公室选定了“2017 年度打击侵权盗版十大案件”，涵盖侵犯网络文学、影视、音乐、游戏作品著作权案件，通过网络平台制售盗版制品案件，以及传统制售盗版图书案等案件类型。这十大案件具体包括：1. 北京优阅盈创科技有限公司侵犯文字作品著作权案；2. 上海智器投资咨询有限公司侵犯文字作品著作权案；3. 江西南昌“摇头网”侵犯音乐作品著作权案；4. 天津“吉吉影院”网侵犯影视作品著作权案；5. 山东威海刘某等制售盗版光盘案；6. 湖北恩施赵某某等侵犯网络游戏著作权案；7. 广西南宁“皮皮小说网”侵犯文学作品著作权案；8. 上海卿某制售盗版图书案；9. 河南尉氏“12. 15”印制盗版图书案；10. 江苏徐州“3. 11”印制盗版图书案。

4 月 26 日

4 月 26 日，在由中国传媒大学受众研究中心举办的“问道 IP——网络文学 IP 价值评估体系研究成果分享会”上，中国传媒大学受众研究中心（ARC）主任刘燕南教授分享了具有较高的学术价值和较强应用性的《网络文学 IP 价值评估体系研究》报告。该报告在略显混乱的 IP 改编市场中，为更科学地评估 IP 价值指明了方向。

4 月 27 日

“志愿文学”网络作家基层行启动仪式暨“志愿文学”交流座谈会于上海举行，“志愿文学”创作研究基地也于启动仪式上正式挂牌成立。本次活动主题为“青春志愿行·共筑中国梦”，由团中央青年志愿者行动指导中心、中国作家协会创作联络部及阅文集团联合主办，旨在聚焦志愿者文学发展，号召社会各界关注和扶持基层边远地区和志愿者文化。

五月

5 月 1 日

阅文集团于 2017 年 5 月推出针对海外读者的起点国际网，并在今年 4 月开放了原创功能。网站上线仅 3 个月就吸引到超过 2000 名来自不同国家的作者，发布了 4000 余部作品，其中尤以中国网文风格的东方玄幻故事居多——修仙、武侠等经典元素不再是国人专利，也开始在这些洋作者们的笔下焕发光芒。

5 月 5 日

艾瑞咨询发布《2018 年中国网络文学作者白皮书》。

5 月 11 日

第三届海峡两岸新媒体原创文学大赛（以下简称“大赛”）奖颁奖仪式在北京举行。大赛由中国出版集团主办，主打现实题材，在国务院台办和原国家新闻出版广电总局的大力支持下，大赛已经成功组织两届，征集作品近万部。作品《风雪将至》获得大佳金奖，作品《静静的运河》《王致和》获得大佳银奖，《白纸阳光》《自燃树》《天堂钥匙》三部作品获得大佳铜奖，作品《垒影子的人》《一个士兵的哨所》《柠檬绿的夏天》《当葡萄爱上狐狸》《裂焰——村官的 2015》《身份告急》《别人的故事》《瘥佛》八部作品获得优秀奖，最佳故事奖被作品《岐黄》夺得。

5 月 11 日

江苏省作家协会在南京召开了江苏网络文学发展工作座谈会。在这次座谈会上，江苏省作协宣布首届泛华文网络文学“金键盘”奖启动，即日起接受申报。

5月17日

5月17日，在浙江杭州举办的首届中国网络文学周开幕式上，“2017年中国网络小说排行榜”发布会举行，揭晓2017年中国网络小说排行榜下半年榜，并为全年上榜作者颁发证书。此外，开幕式上，中国作协首次发布了《中国网络文学蓝皮书（2017）》。

2017年中国网络小说排行榜：

1. 冰临神下《孺子帝》
2. 沧月《朱颜·镜》
3. 善水《不二掌门》
4. 管平潮《燃魂传》
5. 舞清影《我是你的眼》
6. 丁墨《乌云遇皎月》
7. 打眼《宝鉴》
8. 红九《请叫我总监》
9. 尾鱼《西出玉门》
10. 吉祥夜《一路上有你》
11. 藤萍《未亡日》
12. 宅猪《牧神记》
13. 无罪《平天策》
14. 酒徒《大汉光武》
15. 月斜影清《古蜀国密码》
16. 齐橙《大国重工》
17. 小桥老树《侯沧海商路笔记》
18. 烽火戏诸侯《剑来》
19. 耳根《一念永恒》
20. 骁骑校《罪恶调查局》

5月18日

5月18日下午，中国首届网络文学周——网络文学行业论坛如期举行。该论坛旨在分析网络文学行业发展态势，解读网络文学及相关产业发展政策法规，厘清存在问题，探讨解决方法。

5月19日

第三届橙瓜网络文学奖在首届中国网络文学周期间揭晓。网络作家“我吃西红柿”摘得本届的“网文之王”，其作品《飞剑问道》获得“年度十大作品”。本届网络文学奖由橙瓜网主办，中国作家网、咪咕数媒、阿里文学、掌阅科技协办，唐家三少、天蚕土豆、梦入神机、烽火戏诸侯等百余位知名网络作家出席颁奖典礼。

《飞剑问道》《剑来》《凡人修仙之仙界篇》《平天策》《修真聊天群》《天行》《独步逍遥》《盛世天骄》《宰执天下》《第一战神》获得“年度十大作品”，另有《圣墟》《逍遥游》等百部作品获推荐。月关、蝴蝶蓝、天下归元等十五位作者被评为“年度最受欢迎作家”。此次“橙瓜网络文学奖”还发起倡议将 5 月 19 日设立为“网络文学读书日”。主办方表示，希望中国网络文学更健康的发展，更好的传承中国文化，更有效的弘扬中华文化正能量，让更多人享受阅读的乐趣。

5 月 20 日

由中国出版集团公司主办的“第四届海峡两岸新媒体原创文学大赛”启动，该赛事倡导现实题材创作方向，以“新时代 · 创精品 · 享阅读”为中心，面对海内外中文创作者征文。

5 月 24 日

第二届爱奇艺文学奖的颁奖仪式日前在北京圆满落幕。万唯影业的签约作家酒徒、骠骑，凭借作品《关河未冷》《春秋轮》斩获本次文学奖的一二等奖，分别获得了 200 万元和 100 万元大奖。

六月

6 月 1 日

6 月 1 日–3 日，以中南大学文新院为会长单位和秘书处单位的中国文艺理论学会网络文学研究会，在四川绵阳西南科技大学召开第五届学术年会暨“中国网络文学二十年”学术研讨会，来自全国各地的 100 余名专家学者和网络作家齐聚一堂，围绕中国网络文学 20 年的历史发展、代表作品、评价标准、海外传播等主题竞相发言，为我国网络文学健康发展建言献策。

6 月 4 日

国家艺术基金资助、中国传媒大学主办的网络文艺批评人才培养项目在京开班。这是国家艺术基金第一次设立网络文艺高端培训项目，一共选拔 42 名学员，主要从事网络文艺相关管理、媒体和研究工作。

6 月 5 日

日前，江苏省新闻出版广电局启动首届江苏省网络文学原创作品大赛，以主题出版和现实题材内容为重点，面向全省网络文学出版服务单位征集优秀网络文学原创作品。本次大赛将坚持以人民为中心的创作出版导向，以社会主义核心价值观为引领，打造江苏文化品牌，培养一批高水平创作人才，用大批脍炙人口、深入人心的优秀作品讲好中国故事和江苏故事，丰富广大读者的网络文学阅读内容，推动江苏网络文学高质量发展。

6 月 6 日

河北省开展网络文学专项整治，2018 年 6 月至 8 月，河北省将在全省范围内开展网络文学专项整治行动，规范网络文学市场秩序，督促网络文学企业建立完善内容把关制度，建立监管长效机制，强化导向管理，为青少年健康成长营造良好网络环境。

6月8日

6月8日下午，阿里文学第二届作者年会在西安召开。会上，阿里文学与陕西省作家协会签署战略合作协议，双方将结合各自优势为网文作者和传统作家创造更广阔的成长空间，推进文学行业的持续发展。阿里文学还宣布将启动超2000万奖励的征文大赛，旨在挖掘具有创新精神的作者，扶持一批小众题材创新作品。同时，阿里文学还进行了首届阿里文学“星辰奖”颁奖仪式。宇乾、齐雅丽作为颁奖嘉宾为获奖者颁奖。

今年4月，秉持着“激励更多优秀的文学作品创作，向大众推荐更好的IP作品”为理念和目标，阿里文学正式推出星辰奖。最终由260万网友在60部作品中投票选取出了《妙手小村医》《第一战神》《剑道诛天》《民国大毒师》《龙渊》《老街中的痞子》《洛丽玛丝玫瑰》《唐宫奇案之血玉鞢》《放学后开始逃跑》《幻梦列车》等十部作品入选“最受读者欢迎奖”。《唐宫奇案之血玉鞢》《老街中的痞子》《妙手小村医》成功从十部优秀小说中突围，荣获本届阿里文学星辰奖“最具潜力改编奖”。

6月10日

由江苏省作家协会和南京大学共同主办的第四届“中国当代文学·扬子江论坛”在南京举行。论坛以“中国当代文学新路向”为议题，众多作家、评论家汇聚一堂展开讨论。

6月15日

近期，国家新闻出版署和全国“扫黄打非”办公室联合部署各地从5月至8月组织开展2018年网络文学专项整治行动，重点整治网络文学作品导向不正确及内容低俗、传播淫秽色情信息、侵权盗版三大问题。各地积极行动、严格监管，专项整治进展迅速，目前已查处一批行政、刑事案件，对一批违法违规网络文学网站进行了处罚。此外，全国“扫黄打非”办公室和国家新闻出版署已协调相关部门关闭400余家境内外违法违规文学网站。

6月15日

由爱奇艺文学与趣阅科技联合主办，掌阅科技协办，历时三个月的首届华语创意征文大赛现已公布结果。冠亚季军分别为倪洛的《女神楼》、绯红《狂刀异闻录》以及光年牙《羌羽》。

6月16日

QQ阅读杯——寻找“未来文艺之星”网络小说创作大赛获奖名单公示。本次大赛由共青团上海市委员会、新华社中国经济信息社、上海网络作家协会、上海市学生联合会联合主办，阅文集团协办，活动旨在唱响主旋律、传播正能量，给热爱文学的广大青少年搭建抒发梦想、实现梦想的平台。获奖名单如下：

一等奖（1名）

《蒲公英的使命》，作者：谢

梓蕾（广东省翁源中学）

二等奖（3名）

《二月葡萄》，作者：魏日妮（陕西工商职业学院）

《想叔》，作者：黄燕（巢湖学院）

《人民的审判》，作者：陈思诺（南京林业大学）

三等奖（6名）

《冷月葬诗魂》，作者：王心如（扬州大学）

《守墓人》，作者：廖诗琪（湖南省衡阳县第三中学）

《问心求善》，作者：屈李斌（湖南工学院）

《手机》，作者：王秀文（上海第二工业大学）

《烟火焚城》，作者：肖敏（四川外国语大学）

《清风吹过那个夏天》，作者：郑晓丹（大连市西岗区教师进修学校附属学校）

评审会奖（1名）

《桑秋》，作者：张誉月（宜春学院）

QQ阅读票选人气奖（1名）

《青春，没有十全十美》，作者：颜璇（湖南省衡南二中）

最强创意奖（1名）

《最美的青春》作者：耿浩轩（黑龙江大学）

6月19日

近日，阿里文学在上影节宣布，成立阿里文学IP影视顾问团，敦淇、李小婉、白一骢、杨文军、刘文武、马千策等11位国内金牌制片人和导演成为顾问团首批成员。同时，阿里文学签下知名网文作者静夜寄思和苍天白鹤，作家骠骑也在会上发布了全新系列小说。

6月21日

全国网络文学重点园地工作联席会议2018年度重点作品扶持选题名单出炉：

《交锋》可大可小

《牧神记》宅猪

《长乐歌》三戒大师

《全职法师》乱

《神藏》打眼

《大帝姬》希行

《我们的，时代》江南木木

《风是叶的涟漪》常山赵龙

《凤门嫡女》意千重

《旧曾谙》吉祥夜

《你好消防员》舞清影

《温柔只给意中人》姜知临

《沈家规矩多》君琳琅

《撩表心意》红九

《徐徐恋长空》板栗子

《一寸山河》作家李珂

《河庄梦情》笑波客

《商途》笔龙胆

《宁家女儿》繁朵

《维和战队》蓝盔之恋

《至爱功勋》刘广雄

《重生之出人头地》闹闹不爱闹

《神工》任怨

《秋江梦忆》丁也林

《老妈有喜》蒋离子

《方外：消失的八门》徐公子胜治

《大山里的青春》罗晓

《足球纪元》郭怒

《芳菲乡的振兴》上官诗经

《安河桥北》常青

6月21日

中国作家协会公布中国作家协会网络文学理论评论支持计划2018年度入选项目，名单如下：

中国网络文学年鉴（2018）——中国作家协会网络文学委员会中南大学研究基地

中国网络文学史料丛书（第一、二卷）——邵燕君

文化视域中的网络文学研究——周志雄

中国网络文学发展新时代：从“现实题材”到“大文创生态”——庄庸

中国网络文学20年——欧阳友权

网络小说的生产机制研究——林俊敏（阿菩）

6月23日

天津市作家协会网络文学专业委员会在天津文学馆成立并揭牌。

6月27日

《网络文学评论》杂志社发布《优秀网络文学评论征集暨首届中国网络文学评论奖年度评奖活动启事》。本活动宗旨在于全面贯彻党的十九大精神，以习近平新时代中国特色社会主义思想为指导，深入学习宣传贯彻习近平总书记重要讲话精神，围绕中央“高度重视和切实加强文艺理论评论工作”与“大力发展网络文艺”的精神要求，充分发挥文学评论和理论在网络文学发展过程中的导向作用，促进和引导网络文学健康发展。

6月29日

在四川省互联网信息办公室、成都市互联网信息办公室指导下，成都市互联网文化协会于2017年9月面向全国启动了第二届“金熊猫”网络文学奖评选活动，近日第二届“金熊猫”网络文学奖评选活动获奖名单出炉，其获奖作品如下：

长篇作品：

金奖

《傩神》

（作者：阮德胜，河南籍）

银奖

《蜀帝》

（作者：刘彩云，四川籍）

铜奖

《枕边敌人》

（作者：陈杰，四川籍）

最具改编价值奖：

《官场沉浮》

（作者：张军，山西籍）

最具天府文化魅力奖

《锦绣河图》

（作者：温秀利，四川籍）

最具创意价值奖

（经评委会决定　空缺）

中短篇作品：

金奖

《梦境归来》

（作者：刘浩暄，四川籍）

银奖

《律师晏天衡》

（作者：刘明恒，湖北籍）

《秘境惊魂》

（作者：左文萍，北京籍）

铜奖

《雷庄的庙》

（作者：王德新，山东籍）

《青枫渡》

（作者：陈融，山东籍）

（经评委会决定铜奖空缺一名）

七月

7月2日

7月2日至6日，由广东省作家协会主办，广东网络作家协会、阅文集团、《网络文学评论》杂志社协办的广东网络作家深入学习贯彻习近平新时代中国特色社会主义思想高级研修班在广州举行。来自全省各地的优秀网络作家和阅文集团总编辑林庭锋、副总编辑侯庆辰等近百人参加学习。

7月2日

橙瓜网发布2018上半年度橙瓜网文风云榜TOP30，其中《圣墟》百万登顶《元尊》其后。

2018上半年度橙瓜网文风云榜TOP30　来源：百度指数

排名	小说	作者	年指数
1	《圣墟》	辰东	1193480
2	《元尊》	天蚕土豆	731600
3	《武道巅峰》	莫默	555046
4	《龙王传说》	唐家三少	554435
5	《飞剑问道》	我吃西红柿	443573
6	《万古神帝》	飞天鱼	363375
7	《永夜君王》	烟雨江南	335363
8	《帝霸》	厌笔萧生	304531
9	《凡人修仙之仙界篇》	忘语	245483

续表

排名	小说	作者	年指数
10	《剑来》	烽火戏诸侯	242094
11	《逆天邪神》	火星引力	236852
12	《牧神记》	宅猪	207964
13	《伏天氏》	净无痕	193447
14	《修罗武神》	善良的蜜蜂	186682
15	《全职法师》	乱	176554
16	《最强狂兵》	烈焰滔滔	170373
17	《斗罗大陆》	唐家三少	153804
18	《校花的贴身高手》	鱼人二代	147813
19	《大王饶命》	会说话的肘子	143988
20	《斗破苍穹》	天蚕土豆	121178
21	《修真聊天群》	圣骑士的传说	115512
22	《道君》	跃千愁	113996
23	《混沌剑神》	心星逍遥	105439
24	《汉乡》	孑与 2	104369
25	《真武世界》	蚕茧里的牛	101459
26	《无敌剑域》	青鸾峰上	87019
27	《大道朝天》	猫腻	85449
28	《万域之王》	逆苍天	84408
29	《一号红人》	山间老寺	83194
30	《无敌天下》	神见	81703

7 月 3 日

7 月 3 日至 6 日，由内蒙古自治区团委、文联主办，内蒙古作协等单位承办的首届“网筑梦想”全区青年网络作家培训班暨第一期青社学堂在呼和浩特举办。全区青年网络作家、优秀网络写作青年、各盟市团委相关工作人员 80 余人参加了培训。

7 月 8 日

由国家新闻出版署、北京市人民政府指导，中共北京市委宣传部、中国音像与数字出版协会、北京市新闻出版广电局（版权局）、北京市互联网信息办公室、北京市文学艺术界联合会、北京经济技术开发区管理委员会等单位主办的2018第二届中国“网络文学+”大会新闻发布会在京举办。本次发布会标志着第二届中国“网络文学+”大会正式启动。据介绍，第二届中国“网络文学+”大会继续以“网络正能量，文学新高峰”为主题，将于9月14日至16日在北京亦创国际会展中心举办。大会将以“专业化、开放化、国际化、创新化、多元化”的方式，全方位多角度展现21世纪中国网络文学新作为，推动精品创作生产。

7月8日

“第二届两岸青年网络文学大赛”正式启动。作为首届两岸青年发展论坛的重要组成部分，“第二届两岸青年网络文学大赛”相较第一届规格更高，平台更大，时间跨度更长。

7月16日

7月16日，国家版权局、国家互联网信息办公室、工业和信息化部、公安部联合召开新闻通气会，通报启动打击网络侵权盗版“剑网2018”专项行动有关情况。此次专项行动自7月上旬开始，将利用四个多月的时间开展三项重点整治：一是开展网络转载版权专项整治。二是开展短视频版权专项整治。三是开展重点领域版权专项整治。

7月17日

上海在全国范围内率先推出了《上海市文学创作系列网络文学专业职称评审办法（试行）》。经上海市人力资源和社会保障局同意，2018年上海市文学创作系列网络文学专业中级职称，正式开放申报。办法规定，在文学创作职称系列增设“网络文学”专业，包括网络文学原创、网络文学评论、网络文学翻译等。网络文学创作职称包括网络文学创作四级、三级、二级和一级，分别对应初级、中级、副高级和正高级职称。7月17日上午10点，网络文学专业中级职称评审启动仪式在上海作协的作协大厅召开。上海市作家协会主席杨遗华（陈村），上海网络作家协会副主席、悬疑小说作家蔡伦，上海网络作家协会副主席刘炜（阅文集团白金作家血红），阅文集团二次元品牌作家枯玄与众网络作家、编辑共同见证了仪式的启动。

7月19日

为了更好地发展无锡网络文学，培养精英作者，打造属于无锡的网络文学名片，将首次设立无锡网络文学“金手指”奖。“金手指”奖每两年评选一次，即日起面向全市征稿。

7月21日

第一期网络文学理论评论高级研修班举办，此次研修班刷新了以往的研修模式，围绕研修大主题“网络文学发展成就”，以“自助、互助、共助加引导”的方式，以国家立场、行业准则、读者视角、专业评论的标准，初步梳理出二十年来的代表作品，描绘出中国网文的发展脉络。

7 月 24 日

根据晋江文学城荔箫同名网络小说改编的动画《盛世妆娘》确定将于 7 月 24 日在腾讯视频独播，动画由企鹅影视出品，Imagineer 创想者株式会社和江通动画股份有限公司制作。

7 月 27 日

7 月 27 日，在中国“网络文学+”大会的指导下，掌阅与轻松筹联合发起文学领域首个对平台内全部签约作家的健康保障公益计划。掌阅作为领先的数字阅读平台，轻松筹作为全民健康保障第一平台；主动承担起大平台应有的社会责任，并且立即得了众多顶级作家响应，共同发起了心源计划。心源计划不仅得到各个合作方的支持，还得到著名的作家支持，联合成立了心源基金。掌阅将联合著名作家一起对困难作者进行更直接的帮助。

7 月 27 日

网易文漫在北京举办“内容新宠——女频 IP 推介会”，会上宣布成立“女性成长力工作室”，组织专业的文学编辑和影视行业人才形成专业团队，对网易文漫平台上的优质女性题材网文 IP 进行改编与孵化，并邀请知名编剧袁媛担任工作室内容顾问。

7 月 27 日

南昌市网络作家协会成立大会在昌召开。南昌市网络作协是江西省第一家地市级网络作协，它的成立标志着南昌市区市网络文学创作进入新的时代。

7 月 30 日

江苏网络文学谷授牌仪式暨江苏首届网络文学高端峰会在秦淮区南京科举博物馆举办。江苏网络文学谷由江苏省作协、南京市委宣传部与秦淮区政府共同打造，以原创网络文学精品为源头，以 IP 版权转化为纽带，集网络文学创作、影视、网剧、游戏、动漫、出版、舞台演艺、移动阅读、有声读物、周边产品等“文、艺、娱”为一体的 IP 全产业链园区。

八月

8 月 8 日

2018 第二届中国“网络文学+”大会 IP 路演“爱奇艺文学专场”在京举行。

8 月 9 日

河北网络文学座谈会在河北省作协召开。

8 月 10 日

近日，首届阿里文学“星璨杯”创意征文大赛正式启动，大赛旨在挖掘具有创新精神的作者，扶持一批小众题材创新作品，通过让好的内容得到与之相匹配的商业回报，激活作者创作热情，繁荣网文市场，进而为整个产业注入一批立意高远、内容优质、人物阳光并充满正能量的好作品。

8月12日

由花城出版社主办的“网络文学‘经典化’与IP打造——‘网络文学百晓生’夏烈新书《大神们》分享会”在广州琶洲展馆举行。

8月12日

作为第二届中国“网络文学+”大会的重要活动之一，“传统文学VS网络文学六家谈”在北京举办。

8月13日

网络文学平台公司阅文集团（00772. HK）发布公告称，拟以不超过155亿元的价格，收购新丽传媒100%股权。创立于2007年的新丽传媒，主要从事电视剧、网络剧及电影的制作和发行，制作的剧集作品包括《我的前半生》《白鹿原》《女医明妃传》《余罪》等，参与电影包括《悟空传》《情圣》《羞羞的铁拳》及《夏洛特烦恼》。阅文集团方面称，根据双方所达成的最终协议，新丽传媒既有的管理团队将会继续负责电视剧、网络剧和电影制作业务，并有权对原创内容进行挑选，包括从阅文以外的平台选取素材。与此同时，新丽传媒将在阅文集团帮助下，接触阅文集团的内容库、作家平台及编辑队伍等资源。

8月16日

广州市天河区人民法院对查良镛（笔名：金庸）诉杨治（笔名：江南）、北京联合出版有限责任公司、北京精典博维文化传媒有限公司、广州购书中心有限公司著作权侵权及不正当竞争纠纷一案作出一审判决。法院认为杨治创作的“同人小说”《此间的少年》不构成著作权侵权，但公开出版获利等行为构成不正当竞争，判决杨治、联合出版公司、精典博维公司应立即停止不正当竞争行为，赔礼道歉并消除不良影响。杨治赔偿查良镛经济损失168万元及为制止侵权行为的合理开支20万元，联合出版公司、精典博维公司就其中的30万元及3万元承担连带责任。

8月17日

2018网络文学会客厅暨“第二届网络原创文学现实主义题材征文大赛”获奖作品纸质书首发仪式及影视签约仪式在上海举行。上海市新闻出版局局长徐炯、上海市新闻出版局科技与数字出版处处长丁晓玲、阅文集团联席CEO吴文辉、阅文集团起点中文网副总编李晓亮、上海文艺出版社社长陈徵，以及作家舞清影、卓牧闲等共同出席，见证《大国重工》《明月度关山》《朝阳警事》等作品纸质书首发和《明月度关山》《朝阳警事》影视签约的达成，共享现实主义题材创作的最新成果。

8月17日

为积极响应党的十九大提出的长三角一体化发展战略，推动长三角地区文学资源的挖掘和运用，打造具有广泛影响力的区域文艺品牌，8月17日下午，沪苏浙皖四地作协在上海作协大厅签订协议，联合组建“长三角文学发展联盟”。

8 月 20 日

中国互联网络信息中心（CNNIC）发布第 42 次《中国互联网络发展状况统计报告》（以下简称为《报告》）。报告显示，截至 2018 年 6 月 30 日，我国网民规模达 8.02 亿，互联网普及率为 57.7%；其中，手机网民规模已达 7.88 亿，网民通过手机接入互联网的比例高达 98.3%。报告显示，网络文学企业营收结构多元化趋势明显。网络文学用户阅读方式多样化趋势明显。

8 月 22 日

8 月 22—23 日，两家上市公司掌阅、阅文不约而同公布了网文最新出海情况，阅文海外用户超千万，掌阅覆盖 40 个国家。阅文集团的网络文学海外业务主要通过起点国际运营，目前已上线英文翻译作品 150 余部，累计用户访问量超 1000 万。此外，阅文还向日韩地区及泰国、越南等东南亚多国，以及美国、英国、法国、土耳其等欧美多地授权数字出版和实体图书出版，涉及 7 种语种，20 余家合作方，授权作品达 300 余部。截至目前，掌阅海外版已上线英语、韩语、俄语、印尼语、法语、泰语、阿拉伯语、乌尔都语等 14 个语种版本，覆盖 40 个“一带一路”沿线国家和地区，在多个国家和地区位列阅读分类畅销榜榜首，并支持相应的海外登录方式、支付方式，在海外华语区掀起了中国文化热。

8 月 23 日

由辽宁省作协与咪咕数字传媒有限公司联合举办的“咪咕万里行——辽宁网络作家沙龙”在大连金普新区举行。月关、骠骑、满城烟火、神我很乖、夜十三、明日复明日、三羊猪猪、雾外江山、墨白焰、辰机唐红豆等多位辽宁省内网络作家参加活动。

8 月 25 日

由国家新闻出版署、北京市人民政府指导第二届中国“网络文学+”大会组委会和《中国作家》杂志社共同承办的“网络文学 VS 传统文学六家谈”第二场活动 25 日在北京十月文学院举行，著名作家，原文化部部长、中国作协副主席王蒙与鲁迅文学院常务副院长邱华栋、青年作家大头马、网络作家管平潮、乱世狂刀、疯丢子围绕“网络文学路在何方”主题展开讨论。

8 月 25 日

8 月 25 日至 8 月 29 日，全国网络作家深入学习习近平新时代中国特色社会主义思想专题培训班在内蒙古自治区鄂尔多斯市乌审旗举办。此次培训为中国作协开展全国文学业务骨干系列培训的第二期，来自全国的 50 位网络作家参加培训，其中有 33 位中国作协会员。

8 月 26 日

橙瓜网成功举行中国网络文学橙瓜智库论坛。首届中国网络文学橙瓜智库论坛由橙瓜网、中国青年智库论坛等多方共同发起，秉承交流、合作、开放、包容的理念，旨在洞察网文行业及周边行业的趋势，布局泛娱乐产业未来。这既是一场大咖云集、群英齐聚的行业盛典，也是一场里程碑式、具有划时代意义的行业嘉年华。

九月

9月4日

鲁迅文学院第十三期网络文学作家培训班（现实题材班）开学典礼在京举行。

9月5日

2018年度阿里巴巴9.5公益周各项活动全面铺开，由阿里文学联合中国社会福利基金会共同打造的“益起读书”公益阅读大篷车开进云南省丽江市永胜县期纳镇中心小学，为红光小学、黎明小学、落雪坪小学、东红小学、东坪小学、格克小学、海联小学等八所学校，近2000名师生，捐赠了图书、体育用品、文具用品及购书基金。

9月8日

9月8日至9月13日，全国第二期青年网络作家高级培训班在江西井冈山举行。

9月11日

9月11日深夜，著名网络作家、儒商唐家三少悲痛发文宣布妻子去世的消息：“我的木子走了。”从妻子查出患癌开始，他已经陪伴妻子一起抗争了将近三年。唐家三少曾是起点签约作家，代表作有《斗罗大陆》《绝世唐门》《天珠变》。《为了你我愿意热爱整个世界》为其笔下自传体爱情小说，女主角原型为其妻子，已改编成影视剧。

9月14日

第二届中国“网络文学+”大会开幕式暨中国网络文学高峰论坛在北京亦创国际会议中心举行。大会以“网络正能量，文学新高峰”为主题，以IP为核心，着重突出“+”的概念。在上午的高峰论坛中，中国音像与数字出版协会第一副理事长张毅君发布了《2017年中国网络文学发展报告》。报告共分为政策篇、作品篇、作者篇、读者篇、市场篇和趋势篇六个部分，报告显示，截至2017年，国内45家重点网络文学网站的驻站创作者数量已达1400万，在所有省份中，广东省的网络文学创作者比例最高，其次是江苏、山东、四川，浙江排名全国第五。

9月14日

在北京亦庄举办的第二届“中国网络文学+”大会期间，由大会组委会和九州文化传播中心联合主办的两岸网络文学作家创作论坛顺利召开

9月14日

9月14日，中国网络小说发展座谈会在京召开。

9月15日

9月15日，上海网络作家协会召开第二届会员大会第一次会议和第二届理事会

第一次会议，来自沪上十多个文学网站的200多位会员齐聚。会议宣布，刘炜（血红）当选为会长，王小磊（骷髅精灵）、蔡骏、林庭锋、程铭（洛水）、张书玉（府天）、丁烨当选为副会长，王若虚当选为秘书长兼法人，孙辉（哥舒意）和陈佶（秦风）被聘任为副秘书长。

9月15日

由国家新闻出版署、北京市人民政府指导，北京市新闻出版广电局（北京市版权局）主办的2018第二届中国“网络文学+”大会平行主题论坛——“网络文学版权保护论坛”在京召开。同日，第二届中国“网络文学+”大会“网络文学走出去”论坛在京举行。

9月16日

第二届中国“网络文学+”大会在北京亦创国际会展中心圆满落幕，大会闭幕式上，中国音像与数字出版协会相关负责人揭晓了“中国网络文学二十年系列评审”结果，发布了影响和推动中国网络文学发展历程中的“二十件大事”、“二十部优质IP作品”和“二十个关键词”。

一、网络文学发展历程中的二十件大事

（一）1998年3月，《第一次的亲密接触》网上连载，引读者广泛关注。

（二）1999年8月，“榕树下”注册成功，催生首批原创文学网站的建立。

（三）2003年10月，起点中文网在线收费运营模式正式推出。

（四）2004年10月，盛大网络收购起点中文网等网站，聚集效应初显。

（五）2009年9月，《大江东去》获中宣部第十一届“五个一工程奖”。

（六）2010年1月，手机阅读业务进入商用阶段。

（七）2011年，网络文学掀起改编潮。

（八）2014年1月，浙江省率先成立网络作家协会。

（九）2014年10月，习近平总书记主持召开文艺工作座谈会并发表重要讲话。

（十）2014年9月，“扫黄打非·净网2014”专项行动启动。

（十一）2014年12月，原国家新闻出版广电总局《关于推动网络文学健康发展的指导意见》等文件发布实施。

（十二）2015年1月，中文在线、掌阅、阅文集团等企业先后上市。

（十三）2015年7月，原国家新闻出版广电总局首次开展年度优秀网络文学原创作品推介活动。

（十四）2015年10月，中共中央印发《关于繁荣发展社会主义文艺的意见》。

（十五）2017年5月，阅文集团“起点国际”上线。

（十六）2017年8月，首届中国“网络文学+”大会在北京举办。

（十七）2017年11月，国家版权局印发《关于加强网络文学作品版权管理的通知》。

（十八）2018 年 5 月，首届网络文学周在杭州举办。

（十九）2018 年 6 月，网络文学用户规模超过 4 亿。

（二十）2018 年 8 月，全国宣传思想工作会议在京召开，习近平总书记发表重要讲话。

二、网络文学发展历程中的二十部优质 IP 作品

（一）《诛仙》

（二）《步步惊心》

（三）《鬼吹灯》

（四）《致我们终将逝去的青春》

（五）《琅琊榜》

（六）《斗罗大陆》

（七）《盘龙》

（八）《大江东去》

（九）《斗破苍穹》

（十）《花千骨》

（十一）《微微一笑很倾城》

（十二）《失恋三十三天》

（十三）《遍地狼烟》

（十四）《裸婚时代》

（十五）《全职高手》

（十六）《完美世界》

（十七）《择天记》

（十八）《大国重工》

（十九）《复兴之路》

（二十）《网络英雄传Ⅰ：艾尔斯巨岩之约》

三、网络文学发展历程中的二十个关键词

（一）精品创作

（二）社会效益评估

（三）推优

（四）净网行动

（五）网络文学+

（六）编辑责任制度

（七）阅评制度

（八）现实题材

（九）数字版权

（十）自律公约

（十一）在线写作

（十二）付费阅读

（十三）IP（IntellectualProperty）

（十四）网络文学出海

（十五）互动

（十六）女频男频

（十七）更新

（十八）代入感

（十九）打赏

（二十）新文艺群体

9 月 16 日

2018 华语言情小说大赛颁奖典礼 9 月 16 日在杭州西湖隆重举行。近 50 位女性网络作家及行业专家西湖论剑，大放异彩。最终，新生代情感作家江心月影，凭借现实题材网络小说《陌路柔情》问鼎年度总冠军，该小说通过对婚姻中的背叛与坚守，对爱与责任的深情解读，感动千万网友，作品全网点击量已经突破 6000 万次。

9 月 18 日

第二届“磨铁杯”黄金联赛第二赛季获奖名单新鲜出炉！据悉，第二赛季中获得“季度金牌签约奖”的作品分别为：《猎境者》（作者：唐小豪）、《中华女子银行》（作者：不画）、《大酒当国》（作者：陈末）、《予你半生》（作者：琉玄）、《钟声》（作者：旎婳莲翩）、《夜路押镖》（作者：老八零）、《梦游者：致命游戏》（作者：吉振宇）、《长安秘案录》（作者：时音）、《灵楼住客》（作者：强大的猪）、《孤胆侦察兵》（作者：本封旗印轩）、《辣妈的二次青春》（作者：玉珊瑚）、《彩云之南，山海以北》（作者：半瓶）；获得第二赛季“赛区之星”的作品分别为：《中华女子银行》《孤胆侦察兵》《猎境者》《彩云之南，山海以北》。

9 月 19 日

9 月 19 日，好故事训练营暨第二期中国网络作家高级培训班在中国网络作家村正式启动。

9 月 20 日

9 月 20 日，宿迁市网络作家协会召开成立大会暨第一次代表大会。

9 月 20 日

全国“扫黄打非”办公室、国家新闻出版署今年 5 月联合部署开展为期 3 个月的网络文学专项整治行动，目前取得阶段成效。6 月至 8 月底，各地共查办网络出版行政和刑事案件 120 多起，责令整改网络文学经营单位 230 余家，封堵关闭网站及账号 4000 余个，查删屏蔽各类有害信息 14.7 万余条。

9月20日

第五届深圳文学季启动仪式将在深圳书城中心城北台阶举行。活动当天同时举行《深圳报告——改革开放40年前沿记录》新书发布会、“大湾区杯”（深圳）网络文学大赛启动仪式。

9月25日

首届江苏省网络文学原创作品大赛参赛作品公示，一等奖由巧嫣然（张爽）的《海上生明月》夺得，该小说发布在红薯中文网。

9月28日

中国动漫金龙奖在广州召开颁奖大会。2018年金龙奖首次设立最具网络人气轻小说奖，阿里文学共五部作品获奖，分别是墨熊的《地狱猎兵》（金奖）、刘阿八的《我的女友召唤兽》（银奖）、胧雨墨的《我们只做正经鸭子》（铜奖）、伯百川的《这就是推理》（铜奖）以及亮词的《梦幻列车》（铜奖），阿里文学五部作品同时获奖也一举成为当晚最受瞩目的一匹黑马。

9月28日

“湖南网络作家创作研讨会”在毛泽东文学院圆满举办。

十月

10月8日

“庆祝改革开放40周年——第三届北京十月文学月”启动活动在十月文学院本部佑圣寺举行。

10月21日

10月21日至10月29日，由中国作协网络文学中心和上海市作家协会共同主办的第五期网络文学（现实题材创作）高级研修班在上海举办，来自全国的72位网络作家参加培训。

10月22日

首届上海网络文学周开幕，专为网络文学设立的新奖项天马文学奖同时启动。

10月23日

由中国作家协会网络文学研究院、浙江省作家协会、咪咕数字传媒有限公司联合主办的咪咕文学院启动仪式暨第一期高级作家研修班开班仪式在杭州西溪圆满举行。

10月23日

青海省成立省作协网络文学委员会。

10月25日

在江苏省委宣传部、中国作家协会网络文学中心和江苏省作家协会的指导下，江苏省网络作家协会和南京市江宁区人民政府联合设立的“泛华文网络文学‘金键盘’奖”获奖名单出炉。首届泛华文网络文学“金键盘”奖自今年5月启动以来，共收到来自全国 30 余家文学网站推荐和个人申报作品计 437 部。获奖名单如下：

（一）现实题材获奖作品（2 部）

《奋斗者：侯沧海商路笔记》（作者：小桥老树）

《老妈有喜》（作者：蒋离子）

（二）玄幻仙侠类获奖作品（2 部）

《雪中悍刀行》（作者：烽火戏诸侯）

《雪鹰领主》（作者：我吃西红柿）

（三）都市幻想类获奖作品（2 部）

《八珍玉食》（作者：雀鸣）

《还你六十年》（作者：三水小草）

（四）军事历史类获奖作品（2 部）

《大汉光武》（作者：酒徒）

《无缝地带》（作者：李枭）

（五）现代言情类获奖作品（2 部）

《人不可貌相》（作者：月下蝶影）

《翅膀之末》（作者：沐清雨）

（六）古代言情类获奖作品（2 部）

《大明小婢》（作者：沐非）

《天才小毒妃》（作者：芥沫）

（七）悬疑科幻类获奖作品（2 部）

《源世界之天衍》（作者：跳舞）

《罪恶调查局》（作者：骁骑校）

（八）游戏竞技类获奖作品（1 部）

《回到八零年代打排球》（作者：番茄菜菜）

（九）优秀影视改编获奖作品（1 部）

《凰权》（作者：天下归元）

（十）优秀游戏改编作品

本届空缺

（十一）优秀有声改编获奖作品（1 部）

《撒野》（作者：巫哲）

（十二）优秀动漫改编获奖作品（1 部）

《万古仙穹》（作者：观棋）

（十三）优秀实体出版获奖作品（1 部）

《少年幻兽师》（作者：雨魔）

（十四）优秀翻译输出获奖作品（1 部）

《琉璃世琉璃塔》（作者：姞文）

（十五）优秀繁体获奖作品（1部）

《玄天魂尊》（作者：暗魔师）

（十六）优秀少数民族语言作品

本届空缺

（十七）最具IP改编潜力获奖作品（1部）

《望古神话之星坟》（作者：天使奥斯卡）

（十八）最佳创意获奖作品（1部）

《望古神话之秦墟》（作者：月关）

（十九）最具人气作品

本届空缺

10月25日

全国“扫黄打非”办公室公布了安徽查办的一起特大侵犯网络文学网站著作权典型案件。据介绍，安徽省合肥市高新区检察院近日正在对“许某等人网络侵犯著作权案”进行审查起诉，将很快向人民法院提起公诉。目前，公安机关已抓获涉嫌侵犯著作权嫌疑人11名，查控涉案服务器12台，关停虎踞阁、小小书屋等侵权盗版小说网站11个、侵权APP平台2个，冻结涉案账户4个。

10月26日

全国“扫黄打非”办公室和国家新闻出版署就微信公众号传播淫秽色情和低俗网络小说问题约谈了腾讯公司，责令其立即下架违背社会主义核心价值观，低俗、庸俗、媚俗网络小说，坚决清理传播淫秽色情等有害内容的微信公众号，切实履行企业主体责任。

10月26日

国家新闻出版署、中国作家协会发布《关于开展2018年优秀网络文学原创作品推介活动的通知》。

10月30日

中国作协网络文学中心在京召开全国网络文学重点园地工作联席会议专题会议，深入学习贯彻习近平总书记关于文艺的重要论述，特别是习近平总书记关于网络文艺的重要论述，要求坚决抵制官场“亚文化”小说等不良创作倾向，满足广大人民群众不断增长的美好生活需要，切实承担起网络文学的责任与使命。

10月30日

在第三届“北京十月文学月”闭幕式上，阿里文学与十月文学签署战略合作协议，双方将在作家扶持、内容创作和宣传衍生等方面达成深度合作，充分发挥十月文学与阿里文学强大的内容和平台资源，助力传统文学与网络文学的融合发展，进一步推动北京文学从“高原”走向“高峰”。活动现场进行了“十月阿里文学创作中心”揭牌仪式，同时推出匠心计划，首期投入超2000万为优秀作家及作品提供全链路扶持。宁肯、酒徒等12位知名作家入选首批扶持名单。

10月30日

10月30日，华东师范大学“分众”中国未来网络文学家项目启动仪式在华东师范大学举行。本次活动在中国作家协会的指导下开展，由华东师范大学主办，华东师范大学中国创意写作研究院、华东师范大学中文系承办。

十一月

11月2日

“城市记忆”杭州历史文化网络作家创作工程在杭州启动。数十位知名网络作家将参与到创作工程中，围绕钱塘江、大运河、良渚三大杭州重要历史文化遗存，着重开展“城市记忆·钱塘往事”“城市记忆·运河风流”“城市记忆·良渚曙光”三大篇章的网络文学创作。第一批作者包括酒徒、蒋胜男、孑与2、夜摩、华表、清扬婉兮、春叁拾郎、少羽、少封、吕静、宓小九、万聿文、赫连果果等。昨天，他们已前往钱塘江、大运河、良渚三地采风，为创作积累素材。

11月5日

日前，上海市新闻出版局举办网络文学编辑人员业务培训班。

11月9日

廊坊市网络作家协会召开第一次代表大会，标志着廊坊市网络作家协会正式成立。

11月14日

在江苏省委宣传部、江苏省委统战部和中国作家协会网络文学中心的共同指导和支持下，由江苏省作协、南京市江宁区人民政府、南京市秦淮区人民政府、镇江新区管理委员会共同主办的首届“中国江苏·扬子江网络文学周”开幕暨中国江苏网络文学创业园揭牌仪式在南京市江宁区举行。

11月14日

11月14日至18日，由中国作协网络文学中心和江苏省作协联合举办的全国网络作家深入学习习近平新时代中国特色社会主义思想专题培训班在江苏南京举行。

11月15日

三江学院举行2018首届“网络文学”专业毕业生双选会现场，近二十家网络文学相关企业进场招聘。

11月15日

中国网络文学二十年江苏20部优秀代表作品发布仪式成功举行，其名单如下：1. 跳舞《恶魔法则》2. 我吃西红柿《吞噬星空》3. 忘语《凡人修仙传》4. 天使奥斯卡《篡清》5. 骁骑校《橙红年代》6. 无罪《剑王朝》7. 打眼《黄金瞳》8. 萧潜《飘邈之旅》9. 顾漫《何以笙箫默》10. 禹岩《极品家丁》11. 天下归元《扶摇皇后》12. 雨魔《驭兽斋》13. 更俗《枭臣》14. 李歆《秀丽江山》15. 石章鱼《医统江山》16. 寂月皎皎《君临天下》17. 任怨《横刀立马》18. 失落叶《网游之纵横天下》19. 卓牧闲《韩警官》20. 乔雅《心照日月》

11 月 17 日

襄阳市网络文学学会成立挂牌仪式暨“百人真实故事计划”活动启动仪式举行。

11 月 18 日

“江苏网络作家村”和“中国网络文学泛娱乐产业孵化基地”揭牌仪式在镇江宜园举行。

11 月 20 日

洛小阳《三尸语》维权事件胜诉。

11 月 20 日

由爱读文学网与北京青涩传媒联合打造的英文网站“神域”于今日上线，目前，网站除签约国内作者外，还签约海外作者。同时，采取翻译和日更相结合，未来陆续开辟海外市场，特别是向海外作者约稿。努力构建网络文学的世界化格局。爱读文学签约作者符合类型的作品实行中英文同步发表。

11 月 23 日

11 月 23 日，鲁迅文学院第十四期网络文学作家培训班开学典礼在京举行。

11 月 23 日

2018 年 10 月成立的华东师大中国创意写作研究院启动“分众”中国未来网络文学家项目，并发布 2018 年度网络文学新人大赛公告。通过本次大赛选拔的网络文学新人将于明年金秋到华东师范大学报到，免费展开为期三年的专业培养，其中一年驻校培养，两年校外跟踪培养。

11 月 23 日

以“幻想无界　共享未来”为主题的 2018 中国科幻大会于深圳大学隆重开幕。本次大会为期三天，旨在全面展示中国科幻文创的发展现状，促进产业的长远发展。此次大会期间，阅文集团承办了“网络文学：科幻势力正崛起”专题论坛，旨在探讨科幻网文的发展之路。同日，阅文杯第 29 届中国科幻银河奖在深圳正式揭晓。其中俞豪逸（笔名最终永恒）的作品《深空之下》夺得了最佳网络文学奖。

11 月 23 日

第二届“金熊猫”网络文学奖在成都举行了颁奖仪式。

11 月 24 日

2018 爱奇艺文学作家年会在海南成功举办。在本次活动中，爱奇艺文学颁发了多项 2018 年度奖项，并宣布成立“爱奇艺文学院”，将从讲座、评奖、科技创新三个角度，以线下主题活动、IP 沙龙、理论作品征集评奖、中国网络文学 IP 评估分析系统研发等多种形式，打造成为中国网络文学产学研一体化发展平台。

11 月 26 日

近日，由法兰克福书展和新加坡出版商协会联合主办的 2018 亚洲故事驱动大会（StoryDrive Asia 2018）在新加坡举行。阅文集团海外门户起点国际（Webnovel）内容负责人刘昱人发表主题演讲，详细阐述阅文集团构筑的网络文学商业模式。

11 月 27 日

由中共济南市委宣传部、济南日报报业集团、济南市文学艺术界联合会、济南市文化广电新闻出版局共同主办，舜网承办的第四届网络文学征文大赛获奖名单在济南市文化馆群星剧场揭晓，27 部网络文学作品脱颖而出，《永远的红领巾》等五部作品获得一等奖。

11 月 28 日

首届江苏省网络文学原创作品大赛获奖作品座谈会在南京召开，大赛获奖名单正式揭晓，《海上升明月》获一等奖，《京门风月》《棯子花开》《问鼎巅峰》等 3 部作品获二等奖，《河庄梦情》等 6 部作品获优胜奖。

11 月 29 日

2018 纵横作家年会在北京隆重举行。

11 月 30 日

近期，在上海市新闻出版局的指导下，阅文集团开展了“创现实　阅万里”2018 阅文集团现实主义万里行——第三届网络文学现实主义题材征文大赛培训活动。活动中，近 10 名阅文集团资深编辑、作家走进南京、成都、广州、上海四座城市及当地高校，为 135 位作者学员提供了具体有效的创作指导，并与近 600 名高校学生展开近距离交流互动。

11 月 30 日

由益阳市委网信办和市文联、作协共同筹备成立，由益阳市委网信办主管的益阳市网络作家协会正式成立。

十二月

12 月 1 日

四川网络作家协会首个创作基地授牌仪式在南充市嘉陵区中国农夫商城嘉陵伊甸园种植园区举行。

12 月 2 日

团泊洼网络作家村暨新文化传媒（团泊）小镇揭牌签约仪式在天津市静海区光合谷旅游度假区举行。

12 月 6 日

中国作协网络文学研究基地揭牌仪式暨首届网络文学论坛在山东大学中心校区举行，在热烈的氛围中，中国作家协会网络文学研究山东大学基地、山东大学网络文学研究中心成立。

12 月 6 日

由杭州互联网法院召开的司法区块链运行情况暨中国网络作家村上链启动仪式新闻发布会成功举办，网络作家“倾城日光薇娜”成为中国网络作家村上链后“第一个吃螃蟹”的作家。杭州互联网法院通过真实案例完整演绎确权、取证、起诉、法官校验全部流程，有效解决了作家维权取证难、确权难等问题，真正让网络作家做到网上创作、网上维权。

12 月 7 日

黔南州作家协会网络文学创作委员会成立暨 2018 年县（市）作协工作汇报会在都匀召开。

12 月 7 日

河北网络作家培训班开班式在省作协举行。

12 月 8 日

12 月 8 日至 9 日，由中国小说学会指导，网络文艺国际创研基地与阅文集团联合主办，中创文艺智库承办的阅文创作研修班在北京国家数字出版基地举行。

12 月 8 日

由银河悦读网、纳税人报联合主办的“庆祝改革开放 40 年网络文学 20 年（北京）论坛”在首都开启。

12 月 9 日

第七届黄河文学奖评奖结果揭晓，知名网络作家胡说（刘金龙）携历史传奇小说著作《醉红楼》入选获奖。

12 月 9 日

“中国网络作家村”挂牌开村一周年，100 多位“村民”齐聚白马湖畔，召开第一次村民大会暨首个“村民日”活动。

12 月 13 日

在由多牛集团主办的 2017 第八届“牛耳奖颁奖典礼”上，连尚文学 CEO 王小书以连尚免费读书开创网络文学免费模式，被评为 2018 牛耳奖“互联网年度杰出人物”。

12 月 15 日

由广西壮族自治区党委宣传部、自治区党委网络安全和信息化领导小组办公室指导的第二届广西网络文学大赛在南宁落下帷幕，《老厅堂》《薄姬传》分获散文组、小说组一等奖；《第一书记》《回梦曲》《蛙祭》等一批优秀作品脱颖而出。

12 月 17 日

“2018 中国（温州）网络文学 IP 全产业链发展大会”在温州浙南云谷“墨客工场”召开，来自全国的网络文学 IP 版权方、知名 IP 作家、温州轻工企业代表等数百人齐聚墨客工场畅谈网络文学 IP 全产业链发展，并共同见证了“中国（温州）IP 衍生品版权交易中心”的正式挂牌和“网络文学 IP 产业化联盟”的成立。

12 月 19 日

2018 重庆网络文学大会暨全国知名网络作家重庆行在九龙坡区举行。在活动启动仪式上，九龙坡区政府与重庆出版集团签订了战略合作协议。重庆出版集团将发挥自身在数字阅读等方面的优势，与九龙坡区联合打造互联网数字阅读基地；重庆市网络作家协会与全国各大网络文学平台签订了战略合作协议，双方将结合各自优势，为网络作家和传统作家创造更广阔的成长空间，在作品推荐等领域发挥各自优势，推动文学行业持续发展。

12 月 19 日

在长沙市文联组织下，长沙市网络作家协会成立大会举行。

12 月 20 日

12 月 20 日，胡润研究院携手 IP 版权运营机构猫片在京发布《2018 猫片 · 胡润原创文学 IP 价值榜》，100 个最具价值的中国原创文学 IP 上榜。猫腻的作品《将夜》登上榜首。同期发布的榜单还有《2018 猫片 · 胡润原创文学 IP 潜力价值榜》和《2018 猫片 · 胡润原创动漫 IP 价值榜》。

2018 猫片 · 胡润原创文学 IP 价值榜

排名	排名变化	作品名	作者	积分
1	+3	将夜	猫腻	1059556
2	+1	凡人修仙传	忘语	955176
3	+9	鬼吹灯	天下霸唱	759455
4	+9	全职高手	蝴蝶蓝	647955
5	-3	盗墓笔记	南派三叔	548179
6	+5	三生三世十里桃花	唐七公子	538866
7	-6	斗破苍穹	天蚕土豆	497517
8	-----	择天记	猫腻	454628
9	+8	雪中悍刀行	烽火戏诸侯	411764
10	新	圣墟	辰东	358220

来源：《2018 猫片 · 胡润原创文学 IP 价值榜》

2018 猫片·胡润原创文学 IP 潜力价值榜

排名	作品名	作者
1	大王饶命	会说话的肘子
2	大道朝天	猫腻
3	剑来	烽火戏诸侯
4	挚野	丁墨
5	牧神记	宅猪
6	天官赐福	墨香铜臭
7	神工	任怨
8	AI 生存指南	灰熊猫
9	修真聊天群	圣骑士的传说
10	秦吏	七月新番

（孙敏　执笔）

编后记

这是我们完成的第三部《中国网络文学年鉴》。与前两部相比有两点变化：一是增加了“网络文学阅读”新章节，对2018年度的网络文学读者分布、网络作品阅读市场状况，以及在线阅读的临场评说、粉丝打赏、“原著粉”吐槽等现象做了阐述与分析。读者是网络文学市场的主宰，我们觉得作为网络文学年鉴这是不可或缺的内容，补之实有必要；二是在数据收集与资料实证上较之以往花费了更多的工夫，调研的时间更长，得到的第一手资料也更丰富，目的是以实证史，以求客观信息的翔实完备，这也是听取了同行专家意见后所做的改进。常言说“事不过三”，一年比一年有进步正是应有的期待，做了三年，理当完备、成熟一点，尽管离年鉴要求和我们的设想可能还有差距，但虽不能至，心有往之，力有尽之，主观上就此多做点努力于己心安。

2018年恰逢中国网络文学20周年，学界、业界举行了许多纪念和研讨活动。我们是这段历史的见证者和参与者，并在这一年完成了新著《中国网络文学二十年》，其中的许多信息可以与本年鉴共享或相互印证，而年鉴记载的恰是网络时代文学年度变迁的历史足迹，这让我们越发感受到了这项工作的深远意义。

各章节执笔分工情况是：第一章年度综述由邓祯、江思颖、欧阳友权执笔；第二章文学网站由戴靓、罗诗咏执笔；第三章活跃作家由张忠秀、黄思源、聂庆璞执笔；第四章热门作品由张伟颀、宋倩钰执笔；第五章网络文学阅读由贵州财经大学周兴杰教授执笔；第六章理论与批评由赵明、孙苑茜执笔；第七章网络文学的文化产业由禹建湘、范憬怡、李慧瑾执笔；第八章研讨会议、社团活动与重要事件由丁玮俊执笔；第九章网络法规与版权管理由高羽鑫、朱柏安执笔；第十章少数民族网络文学由张俊、单志仟执笔；最后一部分2018网络文坛纪事由孙敏执笔。全书大纲拟定和统稿工作由欧阳友权完成。许多章节几易其稿，我们的艰辛与欢笑、亮点与缺憾，均凝聚在这部年鉴的字里行间。

中国作协将本年鉴纳入网络文学理论批评支持计划年度项目，给了我们更多的信心和鼓励，华东师范大学——“分众”中国未来网络文学家项目为本年鉴提供支持；编委会专家为年鉴的编撰工作积极出谋划策；众多网站和业界同人为我们提供了许多有价值的信息；项目组成员从年初接活儿至年末完稿，付出了许多辛劳；人文在线的潘萌先生和新华出版社的责编为本年鉴的装帧设计和内容把关竭诚尽力，在此一并深致谢忱！

谨此记之。

编　者

2019年2月15日